ZHONGGUO JINDAI WENXUESHI

中国近代文学史

主编 任访秋

河南大学出版社

·开封·

图书在版编目(CIP)数据

中国近代文学史/任访秋主编. —开封:河南大学出版社,2009.6(2019.8重印)
ISBN 978-7-5649-0005-2

Ⅰ.中… Ⅱ.任… Ⅲ.文学史-中国-近代 Ⅳ.Ⅰ209.5
中国版本图书馆 CIP 数据核字(2009)第 093495 号

责任编辑 胡全章
责任校对 姜 畅
封面设计 王四朋

出版发行	河南大学出版社		
	地址:河南省开封市明伦街 85 号	邮编:475001	
	电话:0378-2825001(营销部)	网址:www.hupress.com	
排 版	郑州市今日文教印制有限公司		
印 刷	开封日报社印务中心		
版 次	2009 年 6 月第 2 版	印 次	2019 年 8 月第 14 次印刷
开 本	787mm×1092mm 1/16	印 张	19.25
字 数	442 千字	定 价	48.00 元

(本书如有印装质量问题,请与河南大学出版社营销部联系调换)

目 录

绪　论 /1

上　编

概　说 /17

第一章　近代文学的先行者——龚自珍 /19
第一节　生平及思想 /19
第二节　诗歌创作 /22
第三节　散文创作 /26
第四节　龚自珍在文学史上的地位和影响 /29

第二章　经世派作家的崛起 /32
第一节　经世派作家崛起的历史背景和文学主张 /32
第二节　魏源 /35
第三节　王韬 /39

第三章　鸦片战争时期的爱国诗潮 /43
第一节　爱国诗潮的形成 /43
第二节　爱国诗潮反映的社会内容 /44
第三节　空前繁荣的讽刺诗 /47
第四节　爱国诗潮的艺术成就及其影响 /49

第四章　桐城派的中兴与复归 /51
第一节　鸦片战争前后桐城派的发展与危机 /51
第二节　曾国藩与桐城派的中兴 /55
第三节　曾门弟子及桐城派的复归 /58

第五章　宋诗派及其他诗词流派 /61
第一节　宋诗运动兴起的原因 /61
第二节　宋诗派的诗歌理论 /62

第三节　宋诗派的诗歌创作　/64
第四节　金和及其诗歌创作　/66
第五节　蒋春霖及其《水云楼词》　/68

第六章　19世纪40～80年代的小说创作　/71
第一节　《荡寇志》　/72
第二节　《儿女英雄传》　/75
第三节　《三侠五义》　/77
第四节　狭邪小说　/80

第七章　《艺概》及其他文论　/84
第一节　刘熙载及其《艺概》　/84
第二节　林昌彝及其《射鹰楼诗话》　/88
第三节　太平天国的文学主张　/90

中　编

概　说　/97

第一章　资产阶级文学改良运动　/101
第一节　文学改良运动的历史进程　/101
第二节　文学改良运动的目标与内容　/104
第三节　文学改良运动的历史意义　/107

第二章　梁启超　/112
第一节　梁启超的生平、思想和著作　/112
第二节　梁启超的"文学改良"论　/114
第三节　梁启超的文学创作　/118
第四节　梁启超对近代中国文化事业的主要贡献　/123

第三章　黄遵宪　/125
第一节　生平与思想　/125
第二节　诗歌创作　/127
第三节　艺术成就及其影响　/133

第四章　康有为及其他维新派作家的创作　/137
第一节　康有为　/137
第二节　谭嗣同、夏曾佑、蒋智由　/140

第三节　丘逢甲与其他台湾爱国诗人　/144
第四节　林旭、刘光第　/147

第五章　"同光体"及其他诗歌流派　/150
第一节　"同光体"诗派及其诗歌理论　/150
第二节　"同光体"诗派的诗歌创作　/152
第三节　王闿运与汉魏六朝诗派　/155
第四节　樊增祥、易顺鼎与中晚唐诗派　/157
第五节　李慈铭　/159

第六章　清末常州词派　/161
第一节　谭献、庄棫　/161
第二节　王鹏运、况周颐　/164
第三节　朱祖谋、郑文焯　/168
第四节　陈廷焯、冯煦　/171

第七章　谴责小说　/174
第一节　谴责小说的兴起及其作家队伍　/174
第二节　李宝嘉和《官场现形记》　/175
第三节　吴沃尧与《二十年目睹之怪现状》　/178
第四节　刘鹗与《老残游记》　/181
第五节　曾朴及《孽海花》　/183

下　编

概　说　/189

第一章　章炳麟　/194
第一节　生平与思想　/194
第二节　诗文创作　/202
第三节　对五四文学革命的影响　/207

第二章　秋瑾及其他革命派作家　/209
第一节　秋瑾　/209
第二节　邹容、陈天华　/213
第三节　章士钊、刘师培　/216
第四节　金天翮　/222

第三章　南社与南社诗人 /227
第一节　南社 /227
第二节　柳亚子 /229
第三节　陈去病、高旭 /233
第四节　苏曼殊 /237
第五节　黄节、于右任等其他南社诗人 /240

第四章　革命派小说及其他小说流派 /243
第一节　革命派小说理论 /243
第二节　苏曼殊的小说创作 /245
第三节　黄世仲的《洪秀全演义》 /248
第四节　鸳鸯蝴蝶派的小说 /250

第五章　近代戏曲 /254
第一节　19世纪中、末叶的传奇杂剧及地方戏曲 /254
第二节　戏曲改良运动 /258
第三节　吴梅、姚华的戏曲理论研究 /262
第四节　早期话剧 /264

第六章　翻译文学 /267
第一节　近代翻译文学的兴起 /267
第二节　严复的翻译及其诗文创作 /270
第三节　林纾对西方小说的翻译 /273
第四节　苏曼殊、马君武、鲁迅等人的翻译活动 /275

第七章　王国维 /279
第一节　生平学术思想及成就 /279
第二节　悲剧论 /281
第三节　境界说 /283
第四节　文学发展进化观 /285

结束语：中国近代文学的渊源与流变 /287
后　记 /298
校勘后记 /299

绪　论

在整个人类文明史上，能与中华民族如此辉煌灿烂而又持续不断的历史文化相比者，确乎不多。在相对隔绝的地理环境和文化环境中发生发展并自成一体的华夏文明，曾有过极其显赫的过去，产生了令人惊叹的文化与文学。但进入近代以后，尤其是西方帝国主义的不断入侵与大规模的西学东渐，大一统的华夏民族和文化开始受到严峻的挑战与冲击。这不仅给民族的生存，同时也给民族文化与文学提出了一个严重的问题，即如何对付、迎接这种不可避免的挑战与冲击，并在挑战与冲击中重新确立自己的方位，选择自己的出路。经过几代人艰难曲折的探索和数十年漫长而急遽的变革，至五四时期，中国文化与文学终于出现了新的转机。如果我们把百余年来中国文学的演进历程视为一个不断走向开放的矛盾、艰难、曲折、坎坷的现代化进程的话，那么，毫无疑问，这一进程发轫于近代。

全面的危机，构成了近代中国文学发展的基本历史背景。这种全面危机主要表现在三个层面，即民族生存危机、封建社会的政治危机和以儒家文化为主体的传统文化的危机。西方列强的炮火轰开了中国的门户，惊醒了封建帝国的睡梦，把这个封闭已久的封建帝国拉入了开放竞争的近代世界格局。一次又一次的军事入侵与经济掠夺，一个又一个不平等条约的签订，民族危机迫在眉睫，民族矛盾一跃成为近代中国社会的主要矛盾，救亡图存成为时代的最强呼声，也是全民族每一个个体必须承担的重要责任。这一前所未有的危机，从根本上改变了民族的生存意识，危机感与忧患感弥漫于近代先进知识分子之中。从觉醒的先进地主阶级知识分子到资产阶级的改良派和革命派，无不把自己的全部力量投入到挽救民族危亡和改革、革命的时代洪流之中。与此同时，随着帝国主义入侵的加剧与深入，进一步加速了徒有其表的腐败封建社会机体的瓦解、衰落与崩溃。一次又一次的农民起义，一场又一场的政治动乱，社会政治危机也达到了空前严重的关头。阶级矛盾与民族矛盾相交织，构成了近代中国社会的严重动荡与纷扰不安。昔日封建帝国的强盛已经变为自我安慰而又虚无缥缈的梦幻。这种内外交织的危机已使得封建社会无法按照传统的惯例，通过改朝换代的方式，调节自身的机能，恢复整个封建社会大系统的平衡与稳定。与民族生存危机和封建社会政治危机相伴随的则是以儒家文化为主体的传统文化的危机。这一危机以更加隐蔽的方式影响到近代中国社会的各个侧面,影响到近代中国文学的发展。

如果说,民族生存危机是以帝国主义的入侵为标志、政治危机是以封建政体失调和政治动乱为形式表现出来的话,那么,以儒家文化为主体的传统文化的危机则是以中西文化冲突日益加剧、深化而显示出来的。发生于近代中国的中西文化冲突,是带有历史悲剧色彩的。这一冲突实际上是指以儒家文化为主体的中国传统文化与近代西方资本主义文化的冲突。这是两种具有明显时代差异和根本性质不同的文化系统的冲突与交锋。这不仅是物质力量的交锋,更是两个完全不同的"世界图式",涉及语言思维体系、信仰追求体系、政治经济制度以及人的生活方式和心态结构等系统整体的差异,其整体功能的优势与劣势是不言而喻的。中国所面临的是一个在各方面都比自己强大得多的敌人。值此民族危亡的严重时刻,中华民族在军事、政治上抗拒外侮的同时,也必然会张扬自己的文化传统,筑起心理上的文化防线。在这种背景下,两种文化系统与"世界图式"一旦相遇,冲突便不可避免。但是,以华夏为中心,以以尊临卑的文化心理和以儒家礼乐教化、纲常伦理作为判断异质文化唯一价值尺度的文化心理定势,曾经致了以儒家文化为主体的传统文化的困境和严重危机。这种困境和危机主要是指,以儒家文化为主体的传统文化既缺乏内部的更新机制,压抑母体文化中的活跃因子,又无力扭转民族所面临的危机处境。危机本身便可能孕育着转机。"师夷长技以制夷"这一战略口号所包含的价值取向,为处于困境中的中国文化指出了一个新的方向与出路。从技艺的学习到政治经济体制的借鉴,进而又到文化思想的大规模输入,中国文化为更新自己的机制,摆脱封闭、僵化、危机的困境,开始了艰难痛苦的跋涉。

因此,近代中国这一特殊的历史氛围,决定了救亡与启蒙、反帝与反封建必然成为这一历史时期的中心议题和首要任务。但救亡与启蒙、反帝与反封建,在近代中国的整个历史发展进程中,又构成了两组既相互统一又相互矛盾,既相互交织而又有所背离的双重命题。近代思想、文化与文学的种种新旧杂糅与复杂矛盾性,均可在此找到问题的根结所在。在这一矛盾的历史运行过程中,救亡与反帝日趋深化,启蒙与反封建终于成为时代文化构成的迫切问题,中国文学也在此过程中逐步确立了自己的历史出路,开始了全面的从传统古典文学向现代文学的历史过渡。

在这种全面危机(民族生存危机、封建政治危机和以儒家文化为主体的传统文化的危机)下孕育发展的近代中国文学,在其呱呱落地之后,时代之父便带领它开始了生命旅程上风驰电掣般的奔走。它来不及回味母体的温馨,来不及述说梦般的憧憬,来不及思考生命的归宿,甚至来不及舒展一下它早熟但发育并不健全的肌体。历史的进程是那样的迅猛,使它不得不以匆忙而惶惑的目光全神贯注地注视着瞬息万变的现实世界。全面的危机像一股股强大的脉冲,使它的心灵为之阵阵颤抖。它毫不犹豫地运用并不纯熟也无暇雕琢的艺术手段,参与了历史的进程:它不仅从各个侧面,真实而全面地反映了这种危机,而且更重要的是,它同时又记录了民族心理结构、价值观念和审美意识的深刻变迁过程;它不仅反映了中华民族所蒙受的种种屈辱与在屈辱中爆发的空前的救亡反帝热情,而且也记录了中华民族为抛弃沉重的历史包袱,进行启蒙与反封建的艰难步履。新旧文化意识的交错杂陈与激烈交锋,决定了近代中国文学是一个矛盾复杂的混合形态。传统文学的弊端与必然衰落在近代中国文学的发展中得以证实和宣告，而新世纪的文学萌芽又在此过程中得以孕育、成长。也许从整体上看，近代中国文学本身并没有达到审美表现与完善的较高层次，但由于它的艰难探索，却为它以后的中国文学奠定了基础，指出了根本方向与出路——走现代化之路。

仅有80年的发展历史却是跨越时代的中国近代文学，犹如一部由数代人参加的，分别代表不同阶级、不同阶层思想情绪和审美趣味的多声部合唱，合唱中的杂乱与不和谐是十分明显的，但在杂乱与不和谐中，救亡与启蒙、反帝与反封建的主旋律却是异常嘹亮。正是由于这样，近代中国文学与近代中国历史现实保持了紧密的联系，与近代中国社会进程、文化思想变革形成了一种共感共振效应。鉴于此，我们在把近代中国文学视为中国文学走向现代化的历史开端的同时，依据近代中国救亡与启蒙、反帝与反封建运动发展的节奏和文学发展所呈现出的阶段性，将近代中国文学的演变过程分为三个历史时期：

一、鸦片战争与洋务运动时期——近代文学的萌生与古典文学的衰落期

这一时期的救亡与启蒙运动是遵循着补天自救—避害自卫—中体西用的逻辑顺序展开的。进入19世纪以来，清朝统治已由康乾时期的巅峰状态走向衰敝，昔日的东方帝国面临着四处潜伏的危机：政治腐败，经济凋零，军备松弛，农民起义此起彼伏，天灾人祸连年不绝。面对江河日下的社会局势，一种由危机感而触发的忧患意识在士大夫阶层逐渐蔓延。出于一种起衰救敝的补天愿望，他们首先在学术界发难，倡言革除烦琐、空疏的学风，呼唤明末清初出现过的经世致用思潮的复归，同时，他们激烈地抨击社会的各种弊端，以与天朝盛世的睡梦极不和谐的音响刺激浑浑噩噩的国人。这是19世纪以来第一次具有微弱启蒙意义的动作。

鸦片战争的爆发，扰乱了中国封建社会缓慢发展的旧有秩序："天朝帝国万世长存的迷信受到了致命的打击，野蛮的、闭关自守的，与文明世界隔绝的状态被打破了。"(《马克思、恩格斯选集》第2卷，第2页)在战争带来的生存危机面前，出于一种避害自卫，除弊御侮的目的，中国的先进人士开始了对现存政治、思想、文化多方面的批判、检讨与反省。反省仍是在传统的华夏中心与以夏变夷的思想基础上进行的，他们没有也不可能认识到，战争的对手，代表的是正在世界范围内泛滥的新兴的资本主义洪流，鸦片战争也仅仅是西方列强把中国卷入世界市场，变中国为其殖民地的第一步。他们过分信赖封建帝国的强盛和以往处理夷敌局部战争的经验，因而对这场"亘古未有之变"总是保持着一种盲目乐观的情绪。对内，他们希图以自救的方式，通过现有政体与思想文化机制的自我完善与调节，使旧有秩序的紊乱趋于正常；对外，他们以为学得对方的船坚炮利，修缮加固城池海防，自可化险为夷。师夷之长技以制夷的思想与鸦片战争前夕兴起的经世致用思潮自然地融合，形成了这一时期思想界的旗帜。"经世致用"与"师夷之长技以制夷"的思潮在一定程度上移转了士大夫阶层中空疏、烦琐的学风，促使一部分知识分子把目光转向社会现

实与对中国之外世界的注意。但这种远远不够的救亡觉悟仅仅为少数先进知识分子所具有。与中国之外世界的长期隔绝,妄自尊大的民族文化心理与麻木愚钝的精神状态,扼杀与阻止了全民族范围内的救亡总动员,生存危机意识并没有为全民族所共同接受。封建宗法制度、封建伦理纲常仍被视为神圣不可侵犯,对西方世界的了解与借鉴也被牢牢控制在"中体西用"原则所能允许的范围之内。

历史发展所带来的严酷事实是:中国封建政体与意识形态的腐朽已到了再不能亢奋起来的地步,微弱而有限的机制调节在强大的资本主义势力的进攻面前,几乎没有产生任何效应。经历了多次失望之后,在早期改良主义者中,终于萌生了朦胧的政体改良的要求。这是十分可喜的思想进步,也是历史发展的必然。

文学的触觉是异常敏感的。东南沿海的炮声,打乱了封建士大夫悠游从容的步武,他们从神韵、格调、性灵的艺术梦幻中惊醒。面对血与火的社会现实,以高遏入云的嘹亮歌唱,代替了往日的浅唱低吟。这种以揭露侵略者暴行,抨击清政府及军队腐败,歌颂抗战英雄,宣扬抵抗意识为主题的歌唱,汇成了鸦片战争时期的爱国诗潮。爱国诗潮很快与先于它们出现的经世致用文学思潮汇拢,形成了鸦片战争时期议论军国、臧否政治、描摹时变、慷慨论天下事的文学主体精神。近代文学发展过程中所呈现的文学与政治空前紧密结合,与救亡启蒙运动亦步亦趋、息息相关的发展趋势,正是从这里开始的。

爱国诗潮是居于不同社会地位,抱有不同艺术追求作家的共同歌唱。战争没有引起中国知识分子深层文化心理结构的变化,因而爱国诗潮所表现出的感慨忧愤与文学史上曾经有过的战乱文学相比,并没有明显的超越。在经世致用思想被学术、文学界普遍接受的同时,晚明以来形成并发展的人本主义和反理学思想却遭到冷落。作为鸦片战争时期思想与文学界巨子的龚自珍,表现出了超人的胆识与目光。他在批判封建专制统治对人的尊严的蔑视及对人性蹂躏的同时,表现出了对人身、人心自由与解放的热烈向往。他对世俗权贵的轻蔑、傲视,对母爱、童心的依恋、赞颂,以及他狂放不羁的气度,不畏强御的风骨,都显示出一种叛逆人格的力量。他建立在肯定人(包括自我)在历史与文学活动中的创造主体地位基础之上的文学"三尊"说,是这一时期出现的具有启蒙意义的文学思想。他指出,在文学创作活动中,要尊重作家个人对客观世界的主观感受与价值判断(尊心),尊重作家的思想情感及其方式(尊情),尊重文学与作家个性的自然表现(尊自然)。这种带有异端色彩的思想在当时的文学界并没有引起太大的反响。也许是这种呼声还显得纤弱,或超越了现实,也许是文坛过于麻木、积重难返,这种思想在半个多世纪以后方获得巨大的嗣响。

战争给了无生气的文学带来了新的表现题材,也带来了新的兴奋点。这种兴奋暂时为老态龙钟的古典文学涂抹了一层酡颜。太平天国农民起义的爆发,曾给学术界、文学界带来一片惊恐。尔后,随着所谓"同治中兴"局面的出现,文学又恢复了依靠自身惯性的缓慢蠕动。人们对封建政体与文化机制尚未丧失其复元振兴的信心,也很难产生诀别旧有文学体系的勇气和意图。温柔敦厚的诗教,文以载道的古训,仍作为经典而被频繁地征引;学汉、学唐、学宋的复古主义旗帜仍被不同的文学流派高高举起,微弱的创新意识,被紧紧包裹于复古的大旗之中;文学作为封建政治与经学之附庸的局面并没有改变,宋诗派、桐城派仍在学问还是性情、义理还是辞章的困扰中作着小心的平衡与艰难的选择;小说戏曲依旧被大雅君子视为小道,即便如此,这个时期的小说戏曲中,同样渗透着封建思想与伦理道德的说教。

文学期待着变革,期待着政治、思想革命的风暴给予它告别过去的力量。

二、维新变法时期——近代文学的形成与飞跃期

甲午战争以中方的惨败而告结束。《马关条约》的签订,使中国半殖民地化的程度大大加深。随着侵略活动的加剧,帝国主义划分势力范围、瓜分中国的活动日益甚嚣尘上,中华民族的生存发展受到严重的威胁。在严酷的社会现实面前,一场全民族范围内的救亡运动开始酝酿形成,"要救国,只有维新,要维新,只有学外国",成为压倒一切的强烈呼声。资产阶级改良派作为这一时期先进政治力量的代表,领导了以救亡图存为目的的维新变法运动。

维新思潮给近代中国意识形态领域的变革所带来的影响是既深且巨的。维新派为挽救民族危亡所进行的古今中外全方位的思想求索,促进了中西文化空前剧烈的撞击、交汇、融合。华夏中心、天朝至上的思维定势被轰毁,自我封闭、妄自尊大的思想文化体系被打破,中华民族开始全面地重新认识世界,审视自身,寻求自强新生之路。"物竞天择,适者生存"观念的引入,使人们从弱肉强食的普通道理中领悟到民族危机问题的严峻;进化论与公羊三世说的结合,成为维新思想家鼓吹变法图强的重要理论根据;民权论的传播,煽动起人们对民主政体的向往;民权论与明末清初思想家顾炎武、黄宗羲对君主制的批判思想交汇,铸就了维新思想家以实行君主立宪制为核心的政治理想。

正当维新派满心喜悦、跃跃欲试地将其政治理想付诸实行时,却遭到了封建旧势力的沉重打击,流血的现实促使维新思想家进一步探求影响政治变革成功的原因。他们认为,变法的流产很大程度上是由于思想与文化方面的变革进行得还相当不充分。于是,一场以"鼓民力,开民智,新民德"为主要内容的新民救国运动在变法失败后很快达到高潮。中国近代第一次有目的的改造国民精神的总体工程由此肇始。这场气势恢弘的思想启蒙运动给人们带来了思想观念上的许多重要变化:人们开始习惯于用"人群进化、级级相嬗"的观念看待社会历史的演进,尊王法祖、凡古皆好的传统思想受到挑战;西方近代资产阶级的思想文化越来越多地为中国人所接受,甚至某些程度上被理想化,以夏变夷及中体西用的思想樊篱被打破;具有近代意义的国家观念得到确立,民族的主权意识、独立精神与国民对国家的义务、权力被同时接受,君统论、君权神授论受到进一步的批判;冒险性、忍耐性、别择性与进取精神、群体意识被当做新国民所应具备的德性,奴性思想以及造成奴性思想的根源——封建伦理纲常受到冲击;对民族和国家兴盛、富强的向往,使理智的务实精神得到张扬,重性理考据之学,轻视工商科技的观念得到动摇。人们在社会观、伦理观、文化观、价值观诸方面的众多变化,深刻地影响着甲午战争以后中国政治与思想文化的变革,同时也影响着文学的变革。

19世纪末20世纪初中国文学的变革主要表现在以西方近代文学范型为参照,不断粉碎传统的旧文学体系和引进、吸收西方的文学观念与文学思潮、建立新型的文学形态两个方面。

在中日甲午战后救亡图存的政治热浪中,维新思想家是以文学无用的否定目光,开始他们对中国传统文学的重新审视。严复1895年发表的《原强》与《救亡决论》,在对中西文化的全面比较中认为,西方之所以强盛,是因为他们"先物理而后文物,重达用而薄藻饰";中国之所以贫穷衰弱,是因为"其学最尚词章",词章之道,虽能极海市蜃楼、恍惚迷离之能事,却无补于救弱救贫。谭嗣同则更为激进,他认为在中外虎争的时代,即应将考据辞章、无用之呻吟统统抛弃。

对旧文学的不满与批判,正是孕育新质的开始。维新派矫枉过正式的激愤之辞,很快便为理性的思考所取代。他们随即发现,彻底抛弃与摆脱母体文化与文学,是决计不可能的。唯一的出路在于打破封闭着的传统文学体系,于中输入新的能量与物质,改变其旧有的饱和僵死状态,使其焕发新的活力,产生新的机制。维新思想家们开始了各种尝试。

严复、夏曾佑1897年合作的《国闻报馆附印说部缘起》,首次把进化与人性的理论引入文学的研究。文章把人和人性看做是人类文明进化的产物,而人性的共同点在于"崇拜英雄""系情男女"。中国古典的说部、戏曲之所以经久不衰,为人所喜爱的程度远远超出圣经贤传及一般史书,关键在于它反映了"英雄""男女"这些普遍的人性,这便为小说、戏曲的升堂入室找到了理论支点。谭嗣同、夏曾佑试图向旧体诗发动冲击,他们袭用格律诗的形式,撷取佛教与基督教经典中的典故,掺杂以科学术语及外国语译音,作出诸如"纲伦惨以喀私德,法会盛于巴力门"一类"捋扯新名词以自表异"的新派诗。梁启超以半文半白、亦骈亦散、中西兼采、平易畅达、笔锋常带情感的新文体鼓吹变法维新,其文赢得"一纸风行,海内观听为之一耸"(严复《致熊纯如信》)的赞誉,使一切古文派相形见绌。

维新思想家具有探索意义的文学实践,为文学改良运动的形成提供了可贵的借鉴。戊戌变法失败后,维新思想家把政治热情转移到以新民为核心的思想启蒙运动中来。文学因其具有左右人心之"不可思议之力",而被认作是新民救国的最好途径。作为整个新民救国运动领袖人物的梁启超,相继打出诗界革命、文界革命、小说戏曲界革命的旗帜。梁启超为诸种文体革命所设置的目标,很大程度上是以西欧、日本资产阶级近代文学的范型为依据的,充分表现出维新派对西方资产阶级上升时期创造进取风貌的热切追寻。与此同时,梁启超还为国人编造了许多域外文学救国的神话。这种"求新声于异邦"和"托外改制"的手段,有力地推动了文学改良运动的发展,并促进了域外文学的介绍与引进。

维新思想家、文学家的种种努力,终于动摇了传统文学的根基,新的文学观念、新的文学形态、新的文学表现形式纷纭呈现,给文坛带来了空前未有的喧嚣与骚动:

——随着"进化如飞矢"观念的深入人心,复古、拟古思想受到唾弃,创新求奇,不依傍古人渐成为新的文学风尚。同时,以进化的观点看待中外文学史的递进,古语之文学变为俗语之文学被看做是历史发展的必然。

——文学重在表现人之情感的观念被普遍接受。严复、夏曾佑以表现人类共性的多寡和方式评价小说、戏曲与史经贤传,梁启超以薰、浸、刺、提来概括小说支配人道的力量,都是以情感作为其立论支点的。稍后,至系统地接受了康德、叔本华、席勒美学思想的王国维,其对情感说的认同则表述得更为明确:"若知识、道理不能表以议论而但可表以情感者,与夫不能求诸实地而但可求诸想像者,此则文学之所有事。"(王国维《国学丛刊序》)这种对文学特质的认识,已接近西方近代关于文学的理念,一定程度上完成了对中国传统的杂文学体系的超越。

——小说戏曲被引进文学的殿堂。小说被推为文学之最上乘,改变了诗文被视为正宗,而小说戏曲往往不被人看重的传统文学观念。随着小说地位的提高,各种小说刊物与新小说如雨后春笋,令人目不暇接。政治问题小说,社会谴责小说,言情小说,科幻小说,品种繁多,形式多样,给文学界带来异常喧闹的热烈气氛。小说堂而皇之地成为20世纪中国文学中的巨大家族,而观念的转变,却是从这里开始的。

——创作方法的区分与文学批评的更新。梁启超在《小说与群治之关系》中,把小说分为表现理想与反映现实两种。表现理想的称之为理想派小说,反映现实的称之为写实派小说,表明在这一时期中国文学家对艺术地把握世界的不同方式——创作方法的区分有了初步的认识。而五四时期浪漫主义与现实主义创作倾向的双峰对峙、双水并流,则是这种认识的进一步深化并走向了创作的自觉。在这一时期的文学批评中,中国传统的评点式的文学批评方式虽仍被沿用,但批评的原则与方法却有了更新的趋势。批评家从被封建士大夫视为海盗海淫的《水浒》、《红楼梦》中发现了民主、民权与反封建道德的思想倾向,同时,对文学的审美功能与审美属性的探讨也开始引起批评家们的兴趣。

——现代悲剧意识的萌生。在戏剧界革命的讨论中,蒋观云以西方戏剧作为参照,指出我国戏剧界的最大缺憾,在于缺乏震撼人心的悲剧,因而热情呼唤"陶写英雄之力"的悲剧在中国早日出现,以传达民族蒙难时期悲壮的美感与崇高感。这种对英雄悲剧的呼唤与时代的牺牲与尚武精神取得了完美的和谐。几乎与蒋观云同时,王国维在《红楼梦评论》中,也吸收运用了西方悲剧观念。但他较多地接受了叔本华哲学思想中悲观主义成分,用生活、欲求、痛苦无限循环的观点来看待人生和描写人生悲剧的作品,更赞赏悲凉的美感。他们对悲剧的召唤和对悲剧意识的阐发,无疑开启了现代悲剧意识的先河。

——语言出现变革的趋势。语言是民族文化与文学变革中最稳定与最保守的因素。随着新名词的介入和表达新思想的需要,以及人们对言文合一历史必然性认识的加深,这一时期文学语言出现了变革的趋势:形式较为自由的歌行体诗逐日增多;时杂以俚语、韵语及外国语法、词汇的新文体日益为人们所喜闻乐见;以启蒙新民为目的晚清白话文运动明确提出"崇白话而废文言"的口号。

文学改良运动是近代中国文学自我扬弃和艰难选择的真正开端。它借助西方异质文化的撞击力量,击破了中国古老的封闭的文学体系,并在历史的废墟上,开始初步构建他们理想中的文学殿堂。一切进行的都是那么匆忙,时代并没有留给他们从容思考与审慎选择的时机,维新派思想家、文学家凭着创造的热情和破坏的冲动,把文学庞大的支架建立在新民救国政治运动的基础之上。而当社会政治发生急骤变革,迫使他们退出政治与历史的中心舞台时,他们的文学大厦即开始倾斜。历史把思想启蒙与文学革命的接力棒传给了后来者。

三、辛亥革命与五四运动时期——近代文学的拓展与蜕变期

在维新思想家惨淡经营于新民救国运动时,以孙中山为代表的资产阶级革命派也在成长壮大之中。他们出于对清政府"量中华之物力,结与国之欢心"投降行为的愤怒,以及

对国家走向独立、自由、繁荣富强、摆脱帝国主义奴役的热切向往,提出了不同于维新派的救国方案。他们以"驱逐鞑虏、恢复中华"为号召,决心以暴力、流血的方式,彻底推翻清王朝的统治,建立新型的中华共和国。

以救亡为出发点的队伍迅速在"民族、民权、民生"的三民主义旗帜下集结,而三民主义的内容很快被凝聚和简化为最能煽动起人们行动热情的口号——"反满倒清"。华夷之辨、种族革命、天赋人权、无政治主义诸种学说与思潮,奇特地混合起来,成为各色人等反满倒清的思想支点。用暴力与流血推翻现有政府、建立共和国的革命热潮顿然使维新派新民救国主张与君主立宪的政治理想黯然失色,失去其原有的号召力。

辛亥革命的成功宣告了清王朝的覆灭,但刚刚树起的共和国旗帜也在风雨中飘摇。革命派"破坏告成,建设伊始"的喜悦并没有保持太久,清王朝刚刚落地的皇冠,使人垂涎,这便有一幕幕复辟丑剧的演出。革命后的失望、苦闷与第一次世界大战投射来的阴影,给中国思想界带来灰冷的色调。而冲破这层灰冷,给人们燃起新的希望之火的,是以李大钊、陈独秀为代表的五四知识分子。他们试图以新的思想启蒙补救暴力与流血留下的缺憾。承继近代思想先驱者的精神,他们举起了民主、科学的旗帜,召唤更具有平民色彩的国民运动,而把伦理之觉悟看做是国民"最后觉悟之觉悟",以人权平等、人格独立、个性解放、思想自由、婚姻自主等新的思想观念与行为模式,冲击与撕破缠绕在国民个体身心之上的有形或无形的封建网络,以个体的新生,赢得民族与社会的新生。

这个时期文学的发展,呈现着纷纭繁杂、多元对峙的局面。在辛亥革命准备时期,维新派君主立宪的政治理想遭到唾弃,但以文学为启蒙手段,促进国民觉悟,达到救亡目的的文学发展趋势并没有被遏止。革命派中的一些作家如陈天华、邹容、秋瑾、黄小配及南社早期诗人,无不热情地以文学鼓吹革命。与革命派具有浓郁社会功利色彩的文学观相反,王国维则以非功利的眼光看待文学,以为美是"可爱玩而不可利用者",反对把文学当做道德与政治的工具。维新派编造的域外文学救国的神话随着人们对西方文学的更多了解而逐步消失,但对西方文学思潮、作家作品的引进、介绍却方兴未艾,并逐步走向系统化与有选择地进行,东欧与俄国及其他弱小民族的文学也受到了注意。与此同时,以"保种、爱国、存学"相号召的国粹思潮喧嚣噪起。国粹思潮侧重于对民族传统文化(包括文学)的认同与弘扬,它具有"用国粹激动种姓,增进爱国热肠"的积极作用,但也明显地带有复古与盲目排外的思想情绪;在叱咤风云,倡言革命的诗文中,屈己就群,轻抛头颅,以词笔换兜鍪的群体意识与尚武牺牲精神得到了极大的张扬。而对中国的传统与现状具有更深沉冷静思考的思想家、文学家如鲁迅,则更注重民族文化心理结构,更急迫地呼唤精神界的战士,更热切地期待尊个性,排流俗,富有人道主义精神,洋溢着自由浪漫气息的文学作品的出现。辛亥革命后,共和国宏图初展但命运多乖,帝制的阴魂未散却已失去人心,旧的社会秩序被打破而新的尚未建立,旧的生活图景失去诱惑而新的仍显得朦胧。复辟丑剧与军阀割据愈演愈甚,给革命前驰骋战场的斗士带来心灵上痛苦的颤动。世界性的战争,冲击着向西方寻求真理的中国人的信仰堤防,使他们顿生"十年一觉扬州梦"的感慨,而将社会进化的希望转而寄托在东方文明之上。

但持续数十年的思想启蒙不会一无所获。经受欧风美雨洗礼,感受到封建制度灭亡快慰的新一代知识分子,他们还年轻,他们决不肯轻易放弃对新世界新生活的追求。近代社会的发展,科举制度的废除,给他们创造了前所未有的人生体验和探索的广阔道路。在文学创造活动中,五四青年群体以比他们的前辈更为激烈的态度抨击旧文学,同时又以无比的热情呼唤新文学。他们同封建的载道文学揖别,从文言的束缚中走出,他们以现代人的审美感知方式与表现手段,在各自深切感受过的人生领域,展现了广阔的社会生活和人的内心世界,以富有鲜明艺术个性的作品表现出新的时代精神与思想风貌。绵延数千年的中国文学以五四文学为新的起点,开始了向现代化的大踏步推进。近代文学家对文学的彻底突破和根本转换的期待,在五四新文化运动和文学革命中得到了落实,而近代文化与文学的变迁则无疑是五四新文化运动和文学革命的历史前奏和准备。

救亡与启蒙的主旋律回荡在近代文学发展的始终。国家、民族的生存与进步,以无形的力量,从总体上影响与制约着近代文学家的情感世界与审美系统。他们的体验、感知、想象、创造都无法摆脱政治、思想、文化变革所带来的巨大影响。近代作家与文学流派,由于政治信仰、艺术造诣、审美情趣的不同,各自表现出了独特的个性风格与流派风格。但如果我们超越对具体作家、流派风格的考察,而着眼于宏观的、历史层次的把握,则可以发现,近代文学的主导风格与审美风貌,走过了悲痛忧愤,渐趋于昂扬躁厉,终至于明朗乐观的发展轨迹。

鸦片战争与洋务运动时期,东方帝国、天朝盛世的釉彩在人们的惋惜声中一块块地剥落,封建政体千疮百孔,祖宗成法屡试不灵,内忧外患纷扰不已。发生在中国大地上的"亘古未有之变",牵动着一代诗人的情怀。由历史盛衰对比所带来的沧桑之感,由民族耻辱所激起的忧愤之怀,由补天无术所产生的焦灼之情,给他们的作品带来悲愤与怅惘交错、慷慨与凄婉杂陈的色调。封闭着的封建文化体系,使他们不得不在民族的本源精神中寻求支撑,"乱世之音怨以怒,亡国之音哀以思","厚人伦,移教化,美风俗"的古训仍被作为其审美理想与审美价值观念的准则,屈原式封建士大夫的忠怀孤愤,于他们仍具有强大的人格上的支配力量。他们不满于社会现状却没有力量改变它,他们觉察到封建大厦的岌岌可危却不得不全力扶持。他们的歌唱,充满着悲痛忧愤的情调,显示出一种沉郁而又几分悲凉的美。

维新变法与辛亥革命准备时期,维新派、革命派满怀激情,全力以赴地为他们认定的政治理想进行着艰苦卓绝的斗争。他们在传统文化与异质文化的冲突面前,表现出除旧布新的恢弘气度。他们为古老的民族与国度,偷运来再生的火种。他们把文学作为救亡与启蒙的号角鼙鼓,为奋起前行者助威,使昏睡迷惘者清醒。他们的创作,充满着凝重的现实感、崇高的英雄感,透露出民族再造的自信。文学在他们的驾驭之下,勉力分担着时代的重任,显示出昂扬躁厉的风度,是一种单色而富有力度的美。

辛亥革命后,封建王朝覆灭的命运触动封建文人的怀旧意绪与凄楚情怀。他们以悲怆低咽的基调,抒写着故国铜驼神思,麦秀黍离感慨。随即,他们又参加了保孔保教、维护封建伦常道德的合唱。然而这些不过是历史的一个小小插曲,在五四新文化运动对旧道德、旧文化的批判面前,他们的言行显得那样颟顸、迂腐。五四青年群体以敏感的心灵感应着新生活的召唤,他们以狂飙般的热情讴歌生命,讴歌青春,讴歌爱情,讴歌自然。他们对昨天不屑一顾,对明天则充满着渴望;他们对传统投去鄙视的目光,对创造则倾注着全心的向往。他们以具有浓烈个性色彩、表现人生价值和生命骚动的作品,取代了维新与辛亥革命准备时期揭示单一政治主题的作品；以冷峻、率直、真诚、抒情、富有哲理等多样的文学风格取代了前十几年间流行的由热情自信、历史使命感与牺牲精神凝聚而成的悲壮崇高的文学风格，他们的创作显示出明朗乐观的色彩，是一种斑斓的洋溢着青春气息的美。

在痛苦选择中演进的近代文学是中国文学发展的重大转折点。它所表现的深刻历史价值和意义在于：它一方面是中国传统古典文学的承续与终结，另一方面又是中国文学走向现代的先声。作为历史"中介物"——过渡转折期的近代中国文学，其承先启后的作用是显而易见的，也正因为如此，它本身也就不可避免地呈现出过渡转折时代所特有的矛盾性、复杂性与多重性。只有基于这一点，我们才有可能从整体上对这一时期出现的各种思潮流派、文学家、思想家的功过是非作出较为恰当的评价，全面认识近代中国文学发展的特点和演变的一般规律，进而阐明从近代中国文学向现代中国文学发展的历史必然性。

一、近代中国文化的复杂性与近代中国文学的复杂性

近代中国社会，为各种思想观念、文化意识、政治势力提供了一个充分活动的历史大舞台。正如我们已充分意识到的，近代文学的发生、发展和演进，是全面危机与思想文化变革导致的自觉过程与必然产物。因此，近代中国社会政治、文化的复杂性和深刻矛盾也必然从各个侧面，以各种方式投射到文学之中，一个动荡而充满矛盾的时代，必然也会产生充满矛盾的文化与文学。

如果我们不满足于描述外在的思想、政治、文化形态的复杂性而专注于民族文化心理的构型的话，我们无疑会发现形成近代文学复杂性的深刻心理原因。从某种意义上说，任何一个时代与民族的文学，都是特定时代与民族的文化心理结构的审美显现。在中西文化撞击交汇日趋激烈的近代中国，作为文学实践与创作主体的近代知识分子，在其文化选择的心理价值取向上表现出了极为驳杂、矛盾的历史风貌。面对西方文化的严重挑战和中国传统文化在这一挑战面前的艰难处境，近代中国知识分子（作家）表现了三种明显差异的心理价值取向：他们或以扳结的思维心理定势看待日益蓬勃发展的西学东渐浪潮，死死固守以夏变夷的僵死封闭的文化观念；或在承认中国技艺落后的同时，却充分肯定中国传统思想文化和礼乐教化的巨大优越性，在文化选择中恪守中体西用的原则；或不仅承认中国技艺不如人、政治制度不如人、文化与文学皆不如人，试图借助西方异质文化的冲击力量，荡涤传统文化的污泥浊水，建立适应民族生存与发展的新型文化。毫无疑问，第三种文化心理价值取向对于一潭死水般的中国的进步更具有建设性意义，近代中国所发生的文化变更与文学革新，正是在这种心态支配下酝酿发动的。

上述多元并存的文化心理价值取向与近代中国政治、思想、文化的急剧变动，给近代文学的发展带来了前所未有的复杂性与矛盾性。这种复杂与矛盾不仅表现为新旧对立的两种文学形态、意识的并存与杂糅，不仅表现为近代文学思潮、流派的驳杂和思想、审美风貌的驳杂，而且也以各种形式直接或间接地表现在文学观念、主题、风格以及思想家、文学家的思想行为模式之中。

即如被誉为近代文学开山的龚自珍，他所深切感受到的"尽奄然而无有生气"的社会

现实,使他产生了尖锐的社会批判思想和深重的危机忧患意识,但他提出的改革理想与方案,却充满着平庸、落后、陈旧的色彩。他希望以宗法、均田之类的复古空想和升擢人才、废除跪拜、礼敬大臣等细枝末节的改良来挽救摇摇欲坠的封建王朝的命运。他充满着人本主义精神和浪漫主义气质的尊心、尊情、尊自然的文学思想,饱含了丰富的近代意蕴。但与他"三尊说"同时存在的还有他陈腐的"诗教说",他认为在"悍顽煽乱,为支末忧"的"乱世"应用诗来教化"顽民",使"犯上作乱之民","仰祝圣清千万年"。(《升平分类读史雅诗自序》)这种"伟人与庸人"式的思想双重混合,同样也存在于后来的许多先进人物如梁启超、章太炎等人的思想与行为模式中,这是纷纭复杂、新旧交替的时代所形成的必然印痕。

近代文学观念的嬗变,同样也存在着类似的复杂矛盾现象。一方面随着中西文化的全面撞击与交汇,文学观念的更新与递进一直没有停止过。无论是关于文学的职能、范畴、本质、审美风格、艺术特性的认识与把握,还是在具体创作中显示出的实际风貌,都显现出递进式的进步趋势。而另一方面,这种进步的本身又充满着无比的艰辛与痛苦——阐道翼教的文学功能认知,崇先法古的文学心理定势,杂文学体系的文学范畴理论,作为一种已经凝聚化了的文化积淀,极大地限制着文学家,特别是封建正统知识分子的思想、眼界与文学实践。学唐、学宋、上溯两汉先秦的文学旗帜,与文学改良、文学革命的旗帜同时飘扬在近代中国文坛。对昨日封建帝国旧有秩序的怀恋与对明日少年中国及新时代的向往,同时召唤着近代文学家的文魄诗魂。

因此,处在不断变更中的近代中国文学,是一种新旧杂糅的文学,是启蒙与蒙昧、革新与守旧、进步与落后、开放与封闭等多重意识、多重形式相交织相混合的文学。近代文学的发展过程,既是新的进步文学萌发、生成、不断探索前进的过程,也是旧的封建正统文学延续、挣扎逐渐萎缩收束的过程。

二、近代中国文学的功利主义与审美价值的二律背反

作为民族危机、文化冲突与阶级矛盾产物的近代中国文学,从它发生的那一刻起,时代便把它卷入了历史进程的中心漩涡。作为民族危机的产物,它必然而且必须承担崇高的历史使命与责任,必须为民族的生存而呐喊,为社会的变革而呼吁。作为文化冲突的结果,它必然表现出文学重心和文化意识的倾斜,必然在不同文化意识的冲突中确立自身的支点。作为阶级矛盾的产物,它必然会被绑在政治斗争的战车上,成为政治搏斗的工具,为各种政治、阶级势力而服务。也许可以说,在此之前,任何一个时代的文学,都没能像近代文学那样,以如此之大的热情与自觉,从各个方面去参与时代的进程,也没能像近代文学那样,把文学的社会功利作用推崇扩展到如此之高且广的领域。

从经世派文学思潮兴起之时起,文学便开始从高高的殿堂步向了现实的土地。经世派的许多作家、思想家以自己强烈的忧患感、使命感和政治热情,试图用文学参与社会的变革。他们视文学为"匡时济世、除弊御侮、经世致用"之工具,即使像桐城派那样恪守古道,以正统和"中流砥柱"自居的文学流派,在积极参与政事的同时,也开始意识到:"文不能经世,皆无用之言,大雅君子所弗为也。"(方东树《复罗月川太守书》)继承了经世派传统

的资产阶级维新改良派,在政治变革失败之后,把自己强烈的政治热情转移到了文学之中,为救亡与启蒙的政治目的去倡导文学运动。从诗界革命、文界革命到小说戏曲界革命,他们奔走呐喊,呼风唤雨,文学的社会功利被他们夸大到无以复加的地步。"彼美、英、德、法、奥、意、日本各国政界之日进,则政治小说为功最高焉。"(梁启超《译印政治小说序》)梁启超在他自己杜撰的文学救国神话中,甚至得出这种结论:"欲新一国之民,不可不新一国之小说。故欲新道德必新小说,欲新宗教必新小说,欲新政治必新小说,欲新风俗必新小说,欲新学艺必新小说,乃至欲新人心、欲新人格必新小说。"(梁启超《小说与群治之关系》)文学仿佛成了医治社会的灵丹妙药。这种不无缺陷的功利主义逻辑推论,对于抬高文学的地位,促进文学乃至社会文化的变革都起了一定的积极作用,但同时,这种极端功利主义的态度与观念,对文学自身审美品格的提高与发展留下了至今仍值得思索的遗憾。

在文学功利主义被无限夸大的同时,文学的审美特性被忽视了。尽管我们可以在近代文学发展过程中寻找到与功利主义观念相反的例证与现象,如一度曾被唐宋古文运动打入冷宫,后在清代中叶又有所复苏的选派(骈文派)便表现出唯美主义的倾向。他们将经、史、子都排斥在文学之外而专取沉思瀚藻之文,追求一种"体制和正,气息渊雅,不为激音,不为客气"的文境。但这种躲进"象牙之塔"中的吟唱,却与那急遽变革而动荡的时代显得极不和谐,只不过是中国传统文学中形式主义的回光返照而已,从根本上讲,缺乏近代审美的意蕴,更无超越传统的意向与力量。而真正具有近代意蕴的审美价值观念是王国维的思想与主张,在他身上,显示了从哲学深层把握并阐发文学审美品格的深刻性。他以西方现代哲学美学思想为参照,较为系统而又不无偏颇地阐明了文学艺术的审美特性及本质之所在。但这呼声很快被无声无息地淹没在文学功利主义的大潮之中。

对于时代的变革和动荡来讲,一方面它不可能给文学提供从容发展的文化氛围,另一方面它又需要文学参与社会并极大地发挥其作用。在民族生存危机、救亡与启蒙、反帝与反封建成为时代中心议题的近代中国,文学若去追求自身审美品格的完善而无视民族变革生存的需要,那么它势必会丧失其存在的价值和地位。近代中国社会特殊的文化氛围与全面危机的形势,决定了近代文学必须随时代的演进而不断调整自身的结构,以求与时代取得同步。这是文学自觉选择的结果。因此,文学功利主义的盛行有其存在的合理性与必然性,但是,从文学自身演变的规律看,它作为人类文化发展过程中形成的一种特殊存在和人类认识自身把握生活的一种审美方式,又有其相对的独立性和本体存在意义。如果文学失去了自身的审美品格,那么它的"薰""浸""刺""提"的力量也不可能充分发挥,同样失去其存在价值。因此,极端功利主义往往是以削弱甚至牺牲文学的审美品格为代价,这必然会导致文学发展的深刻缺陷甚至是危机。这两个命题的二律背反,构成了近代中国文学发展的内在的不可解决的矛盾。从各自的角度看,均有其存在的合理性,但又隐含了不可克服的缺陷。这也是近代中国文学为什么一直没有能产生在思想意蕴和艺术审美上都能称得上深刻宏大的艺术佳作的原因之一。但是,就服务于救亡与启蒙、反帝与反封建的进步主导文学潮流而言,我们不能不承认,作为一个时代的文学,它不仅承担而且义不容辞地肩负了历史的使命。正是在这一意义上讲,近代中国文学的文化—历史价值远远超出其自身的纯文学价值,这是无可更改的历史事实。

三、近代中国文学发展的曲折性与演变的急遽性

近代中国文学80年的发展历程,从其行进的节奏看,恰恰表现为两种相互矛盾而又相互统一的演变节奏。一方面是其发展演变的曲折与漫长,另一方面又显示出其变革的急遽性。对于前者,它是经过长期历史积淀并带有一定"超稳定性"的传统文化与文学因素作用的结果;对于后者,它恰恰又是时代、文化、文学内部活跃进步因素和外来文化和文学不断转换浸入的必然显现。

近代中国文学的发展始终面临着如何处理古今、中外矛盾的文化困扰。在古今、中外的矛盾面前,近代文学家也始终处在理智与情感两难抉择的困境。这是近代文学演变双重节奏相交织相矛盾的深刻原因。中国文化与文学的历史,常常像一杯醇酒,令人回味与向往,历史文化的深层积淀不能也不可能完全清除,建立在自给自足的生产方式上的小农封闭意识,仍然主牵着人们的思想。而战争与竞争失败的现实,压倒一切的民族生存问题又迫使人们不断地以西方近代进步文化与文学为参照,对传统文化与文学进行深刻的检讨与反思,以继承和发扬民族文化的优秀精华,改造其不适应新的生存环境的消极因素。近代中国的首要问题是救亡图存与重铸国民精神,如何将救亡与启蒙所最需要的民族、民主精神加以艺术地显现与张扬;如何在这种显现与张扬中克服旧有的文学传统与社会接受心理的外部压力与文学家情感结构、思维定势的内部压力;如何在传统的杂文学体系,以诗文为文学正宗、以文言为主要表述方式的基础之上构建新的情感型文学的框架、新的文学范畴论、新的表现方式与文学语言……任务的艰巨性决定了近代文学变革将充满着艰难与曲折。

但近代中国文学的变革在时代变革的推动下又充分显示出急遽的特点。在近代中国80年的历史进程中,时代风驰电掣般地向前推进,政治、思想、文化变革的潮头后浪盖过前浪。时代每跃进一步,文学都表现出对自身的超越。历史推进的快节奏,带来了文学发展的快节奏,文学没有从容的心境与时间去完善自我,它自身形态的建设与审美品格的自觉都处在一种速成早熟的状态。同时,急遽而跳跃的时代节奏,不断把新的代表先进思想的文学家推到浪尖,并不断把落伍者抛到背后。文学家要么紧跟时代而不断超越旧我,要么被时代所遗弃。梁启超的"不惜以今日之我难昨日之我"之类的话,很能概括出许多不甘落后的文学家无可奈何的心境。

近代文学变革的艰巨性、曲折性与急遽性的矛盾,决定了这种变革进行得不彻底。但是,它却为后来者开启了道路,为濒临于困境的中国文学选择了新的历史出路——走向现代化之路。这种选择是一个从不自觉到自觉的过程。作为传统文学的历史自然承接,它自身必然笼罩着浓重的历史阴影,这恰恰从另外一方面宣告了中国传统正统文学作为整体系统生命力的衰竭和必然终结,同时也预示了一个更为全面而深刻的文学革命时代的必然到来。

如果说,近代中国文学是中国文学走向现代化的发轫、准备与起步,那么现代文学革命则是中国文学走向现代化的第一个高潮、第一次飞跃。因此,我们认为,现代文学革命是在近代文学变革基础之上的更深入全面的发展。现代文学不仅继承了近代文学的反帝

反封建和启蒙主义优良传统,而且把近代文学从思想文化到文学形式变革的成果也都继承了下来。近代先驱者们的历史悲剧也从反面启示了后来者。现代文学革命的起步,不仅包含了对整个传统文化与文学的深刻反思,同时也包含了对近代文化与文学的反思。只有这样,我们才可能理解近代文学与现代文学的历史联系。

首先,现代文学革命在酝酿发动之时起,便开始对数十年的日趋激烈的中西文化冲突进行了深刻反省与总结。这种反省,坚定了他们的文化选择与心理价值取向。正如陈独秀所明确认识到的,西方文化与中国传统固有之文化是根本不相容的,而它们之间每冲突一次,都促使国人觉悟一步,由学术而政治,由政治而伦理,因此,"吾敢断言,伦理的觉悟,为吾人最后觉悟之最后觉悟"(陈独秀《吾人最后觉悟之觉悟》)。那么潜在的结论必然是重新审视传统文化和价值观念,清算它的影响和恶果,这样就把近代以来兴起的思想文化革命推向了极至,推向了文化心理结构的深层内核。

其次,思想革命、文化革命重心的转移。如果说在救亡与启蒙、反帝与反封建这一近现代文化中心议题无所谓不同的话,那么,在启蒙与反封建重心上,现代文学革命明显表现出了巨大进步。近代文化与文学的变更,集中在对国民意识的重铸上,他们没有也不可能充分意识到,中国传统文化中那种群体与个体的冲突,以及这种冲突必然会因为中西文化冲突交汇而变得日趋激烈、难以调和。因此,在重铸国民意识的同时,忽略了个体意识的确立与人的本体存在问题。而现代文学革命在其起步之时起,便把重心转移到这一问题上,因而显示了巨大深刻性。鲁迅从"立业"到"立人"的转变和他在《摩罗诗力说》《文化偏至论》中所呼唤的正是"独立自由人道"与"掊物质而张灵明,任个人而排众数"的个体精神。这不仅是文化的变革,也是哲学意识的变革。这种具有强烈自我意识的"立人精神"至五四时期,终于演化为"人的文学"和对传统(包括近代)非人文学的彻底批判与否定。不明白这一点,也就无法理解五四新文学初期创作中为什么会出现如此之多对自我价值、人生价值的张扬和这种价值被压抑、摧残后的悲哀与反抗。

其三,从国家意识到个体意识的苏醒,正是从近代向现代转变的一种必然,而这种转变的实现,终于带来了文学的自觉与人的自觉。李大钊曾说过,"由来新文明之诞生,必有新文艺为之先声",因此也就必然有"哲人""犯当世之不韪,发挥其理想,振其自我之权威,为自我觉醒之绝叫"。(李大钊《晨钟之使命》)如果说近代文学许多先驱者仅仅意识到用文学作为工具去改良社会、救亡图存,而缺乏文学与人的自觉的话,那么,现代文学革命在实现文化意识、哲学意识重心转移的同时,也就唤起了一个文学自觉与人的自觉的时代。这不仅表现在创作思想和主题的深化上,同时也表现在艺术风格的多样、审美意识的强化以及文学实践的自觉与坚决上。因此现代文学革命的文学形式与语言变革的成功,实际上是文学自觉与人的自觉导致的必然结果。从这一意义上讲,现代文学革命的思想革命实绩与文学革命实绩(包括语言形式的革命)是统一的,不可分割的。

在经过近代文学复杂矛盾、艰难痛苦选择过程之后,接之而来的现代文学革命终于显示了中国文学向更高层次飞跃的自我调节、自我扬弃的能力,一个初具现代化规模的文学形态与理论体系终于逐步建立。

上编 (1840～1894)

概　说

　　1840年中英鸦片战争的爆发,揭开了中国近代史的序幕,中国近代文学的发展也由此开端。

　　进入19世纪以来,清王朝"康乾盛世"的釉彩已经剥落,世界东方的"老大帝国",由于日益严重的吏治败坏、军备废弛、财政困窘,笼罩着一派没落的气象。白莲教、天地会等遍及南北各地的农民起义,不时地摇撼着封建统治的宝座;在西方资本主义竞争中发达起来的英、法、美等国,正贪婪地注视着中国市场,潮水般的鸦片输入,使清王朝的对外贸易逆差飞速增长,白银大量外流,加剧了国内的财政困难与社会危机。与之相反,随着经学神圣地位的动摇,清王朝已无力像雍、乾时期那样严密地控制着思想界与学术界,各种思想、学术流派纷呈于世,使思想与学术界逐渐出现一种唐宋以来少有的百家争鸣的繁荣局面。

　　中国正处在大变动的前夜,各种社会矛盾正在或明或暗地聚集、交汇、撞击。但清王朝统治阶级中的大多数人仍旧沉酣在文治武功、皇朝盛世的美梦中。这个时期,率先觉醒,起而揭露社会危机存在,呼唤改革风雷的是以龚自珍、魏源、林则徐为代表的地主阶级开明知识分子。他们出于"补天"的愿望,摈弃汉学和宋学烦琐、空疏学风的束缚,揭起经世致用的旗帜,自觉地把目光转向社会现实。他们的诗文,充溢着锐利而深刻的社会批判思想,弥漫着深沉而灼人的忧患意识,也不乏带有几分书生意气的"匡国"韬略。他们声气相求,互为犄角,成为鸦片战争前夕时代的精灵与思想界的先驱。在龚自珍的诗文中,还透露出具有反封建色彩的个性解放的呐喊。这种呐喊虽然还显得纤细孱弱,但它如同天边的一丝曙光,给人们带来黎明即将到来的希冀。

　　鸦片战争以后中国的一连串失败,把沉醉在封建帝国虚假的繁荣与强大幻梦中的国人惊醒。基于一种避害与生存的意念,龚自珍等思想先驱者诗文中所传达的忧患意识,逐渐扩展成为全民族的危机意识,而整个中华民族所进行的反抗侵略的斗争,也自然成为文学所反映的主题。张维屏、张际亮、陆嵩、朱琦、姚燮、魏源、林则徐等作家,以不同声部的合唱,汇成这一时期的爱国诗潮。他们面对血与火的社会现实,热情歌颂爱国将领与人民群众的抗英斗争与牺牲精神,揭露清王朝的投降政策及军队的腐败无能,奏出反抗侵略、抵御外侮的雄壮乐章。

　　1851年,太平天国在广西揭起武装起义的大旗,短时间内,反对清王朝统治的革命风暴,席卷了南部半个中国。两年后,太平天国在南京成立了与清王朝南北对峙的农民革命政权。太平天国所实行的文化政策,有力地冲击了封建文化体系。他们反对浮文巧言,提倡切实明透、朴素晓畅的文风。他们的诗文、歌谣,表现出昂扬、饱满的战斗精神。

太平天国的存在,给清王朝带来极大的威胁。清政府在起用拥有地方地主武装的曾国藩、李鸿章等人的同时,勾结帝国主义武装力量,对太平天国进行联合围剿。在学术、文学界,曾喋喋争辩不休的汉学、宋学、选派、桐城派、学唐、学宋诗派,其门户之见虽还存在,但此时已无心同室操戈了。在镇压太平天国运动中成为炙手可热人物的曾国藩,出于对太平天国进行思想文化围剿、网罗与笼络知识分子、增强本政治集团力量的目的,以兼包并容的态度,调和统一各派,被桐城派、宋诗派推为一代宗主。

曾国藩在对桐城派文改造的基础上,别创湘乡文派。湘乡派文经世、议政的色彩很浓,是一种政治家之文。湘乡派文在洋务运动初期,成为宣传兴办洋务主张,批判封建顽固派思想的口舌,风靡一时。至19世纪80年代,湘乡文派遂向两个方向分化。一方以薛福成、郭嵩焘为代表。薛、郭二人都曾漂洋过海,亲自对西方资本主义国家作过考察,其思想逐渐从洋务派窠臼中跳出,进入早期改良主义的行列。其行文纵横驰骋,以辨析精微、说理透彻见胜,时而间用西语词汇,实为梁启超"新文体"的先导。另一方以吴汝纶为代表,他致力于湘乡派文向桐城派文的复归,试图重新恢复以气清、体洁、语雅为特点的桐城派文的本来面貌。

道、咸年间(1821~1861)宋诗运动有了很大的发展。有清一代,诗家蜂起,诗体数变。王士禛之神韵说,袁枚之性灵说,各领一时风骚。而翁方纲之肌理说,却借助乾、嘉征信求实学风的流被,获得巨大嗣响。至道、咸年间,"性情而合之学问"(翁方纲《徐昌谷诗论》),诗人与学人合一,竟成为诗坛压倒一切的审美趋向。这一时期,程恩泽、祁寯藻鼓噪于前,何绍基、郑珍、莫友芝响应于后,形成了颇有声势的宋诗运动。宋诗运动的鼓吹者既不满神韵派之空寂、性灵派之浮滑的诗风,又欲在"诗学盛唐"之外,另辟学诗路径,加之他们在治理朴学方面的优势,于是便以学杜(甫)、韩(愈)、苏(轼)、黄(庭坚)为号召,追求清苦幽涩、奇崛险怪的诗风,探索一种以学问求不俗,以自立求创新的学诗道路。

这个时期的小说创作,以侠义公案与狭邪小说为主。侠义公案小说多是通过离奇曲折的情节,表彰清官、侠士除暴安良、伸张正义的行为;狭邪小说作为明清人情小说的发展,偏重于描写畸形的性爱心理与生活。这两类小说所表现的思想意识是复杂的,但无论是思想内容,还是艺术水准,都远远逊色于明清小说所取得的成就。

1840~1894年,是中国近代文学发展的第一个时期。在这一时期内,时代风云的急骤变幻,改变了诗人悠闲的步武与浅斟低唱式的吟诵,文学开始从"空灵""雅洁"的审美时尚中挣脱出来,去拥抱现实生活。愤怒与抗争,成为文学的主题;悲壮与苍凉,成为文学的主导风格。但从总体上讲,这五十余年文学的发展,仍是在中国古典文学的轨道上运行的。以上诸种变化,不过是古典文学在战争与动乱时期所作出的自身调整,这个时期的文学尚未明显地表现出引人注目的近代意识与近代色彩。龚自珍对人的尊严及个性解放的呼唤,在这半个世纪中,少有知音与响应者;中国古典文学的高度成熟,还使人流连忘返,学唐、学宋的旗帜下,仍徘徊着苦苦寻觅的诗魂;明清小说、戏曲虽然曾经取得了令人炫目的成就,但人们却仍把诗、文视为文学正宗……

历史把对古典文学进行整体性改革、创造新型文学的条件与重任留给了后来者。

第一章 近代文学的先行者——龚自珍

第一节 生平及思想

龚自珍(1792～1841),字尔玉,又字璱人;更名易简,字伯定;又更名巩祚,号定庵,又号羽琌山民。浙江仁和(今杭州)人。清乾隆五十七年(1792)生于杭州。家中世代为官且治文,继祖、生祖、外祖、父、母、胞妹等,均有著作。外祖父段玉裁,是清代最杰出的语言文字学家之一,著有《说文解字注》、《经韵楼集》等。龚自珍从小受到良好教育,在诗歌、散文、经学、小学、金石文字、天文、地理,以至释道典籍、科名掌故等方面,广泛涉猎。13岁,著文《知觉辨》,"是文集之托始"。15岁,诗集编年。19岁,倚声填词。21岁,段玉裁为其词集作序云:"自珍见余吴中,年才弱冠。余索观所业诗文甚夥,间有治经史之作,风发云逝,有不可一世之概。尤喜为长短句。其曰《怀人馆词》者三卷,其曰《红禅词》者又二卷,造意造言,几如韩、李之于文章,银碗盛雪,明月藏鹭,中有异境。"(《经韵楼集》卷九《怀人馆词序》)。23岁,作《明良论》四篇,段玉裁云:"吾且耄,犹见此才而死,吾不恨矣!"编录文集,从这年始。27岁,中举人,房考评其文:"规锲六籍,笼罩百家,入之寂而出之沸,科举文有此,海内睹祥麟威凤矣!"又评其诗:"瑰玮冠场。"嘉庆二十五年(1820),29岁,任内阁中书,作《东南罢番舶议》、《西域置行省议》,指出当时社会已存在严重危机:"各省大局,岌岌乎皆不可支日月,奚暇问年岁?"道光三年(1823),又指出:"近惟英夷,实乃巨诈,拒之则叩关,狎之则蠹国。"此后,他一直存在着这种危机感,及至鸦片战争,"英夷"果然叩关而入。

龚自珍自幼情感丰富,为人直率。"乐亦过人,哀亦过人"(《琴歌》),"怨去吹箫,狂来说剑"(《湘月》),言谈举动,常"不依恒格"(《清史稿·龚巩祚传》)。同时代的人曾这样描绘他:"广额巉颐,戟髯炬目,兴酣,喜自击其腕。善高吟,渊渊若出金石。"京师祀孔,祭文必请龚自珍诵读,因他精力过人,声音洪亮。"与同志纵谈天下事,风发泉涌,有不可一世之意。而后学有所问难,则源流诲之,循循然似老师,听者有倦色,先生洒然也"。自珍平日"性不喜修饰,故衣残履,十年不更。尝访钱塘陈太守元禄于京师七井胡同,时九月(公历十月至十一月)也,秋气肃然,侍者縠觫立,先生衣纱衣,丝理寸断,脱帽露顶,发中生气蓬蓬然"。他性本豪迈,嗜奇好客,与人交往,不计身份。"朝从屠沽游,夕拉驺卒饮"(《自春徂秋,偶有所触……》),"在京师,尝乘驴车独游丰台,于芍药深处借地坐,拉一短衣人共饮,抗声高歌,花片皆落"。京师"舆皂稗贩之徒暨士大夫,并谓为龚呆子"(张祖廉《定庵先生年谱外纪》)。

这位"不依恒格"的"呆子",有许多不同常人之处。这表现在他的政治思想、文学思想以及思维方式等许多方面。

龚自珍的主要思想主张是他的挽救危亡论。鸦片战争之前20年,当时大多数人对清政府所面临的社会危机毫无觉察,龚自珍和他的战友们,却已洞悉危亡局势:"举国方沉酣太平,而彼辈若不胜其忧危,恒相与指天画地,规天下大计。"(梁启超《清代学术概论》二十二)。嘉庆十九年(1814),他写成《明良论》四篇,"四论皆古方也,而中今病"(段玉裁评语)。次年,24岁,作《尊隐》,抒写了他对整个时代的感受:"日之将夕,悲风骤至,人思灯烛,惨惨目光,吸饮暮气,与梦为邻","风恶,水泉恶,尘霾恶,山中泊然而和,洌然而清矣。人攘臂失度,啾啾如蝇虻,则山中戒而相与修娴靡矣。朝士寡助失亲,则山中之民,一啸百吟,一呻百问疾矣。……俄焉寂然,灯烛无光,不闻余言,但闻鼾声,夜之漫漫,鹍旦不鸣,则山中之民,有大音声起,天地为之钟鼓,神人为之波涛矣!"这些文字,无法据事指实,至今难以完全索解,但它们准确地传达出一位天才思想家对于社会幽隐的洞察和对时代的总体感受,它比一些仅仅撷取社会表层一事一乱加以分析、抨击的文章,更能振聋发聩,撼人心魄。作者自己颇喜其文,曾说:"少年尊隐有高文,猿鹤真堪张一军。"(《己亥杂诗》第二四一首)后来的历史发展,也证明了他的种种感觉是深刻的、准确的。

中国古代哲学,讲求"无往不复"(《易·泰》)。龚自珍出生于一个具有独特文化背景的家庭,深受传统文化的陶冶和熏染,曾欲以一家之言"写定《易》、《书》、《诗》、《春秋》"。他的社会批判论,建立在深厚的古代文化根基上。中国古代哲学的精粹,渗透在他的思想感情深处。他精研覃思,对社会人生的观察与批判,表现出一种与他人迥异的大家风度。

龚自珍的社会批判,具有鲜明的个人特征。他在鞭挞社会各种丑恶的同时,亟欲挽救社会的危亡。他对腐朽势力的咒骂和对新生力量的赞美,几乎同样充满激情与活力。他和一般憎恨社会、惟欲其死,或厌弃社会、惟欲逃生的愤世嫉俗者,有本质的不同。他是一个积极的用世者和救世者,毕其一生,一直都希望在这个衰朽社会的废墟上,建立起一个新的国度。

他写了一些非常动人的关于"花"的诗文。如名作《西郊落花歌》、《病梅馆记》和《城北废园将起屋……作救花偈示舍人》、《己亥杂诗》之五("落红不是无情物,化作春泥更护花")。他能够从"落花"中别见一个"新好"世界。爱花、疗花、救花、护花,成为他多次吟咏的主题。在他的眼中,浊流滚滚,洪水滔滔,神州陆沉,固所不免,但总要有一些有志多识之士,勇敢地担起责任来,挽救出这个世界里应能挽救的一切。这种"挪亚方舟"式的动人理想,闪射着近代人文主义思想的光辉。龚自珍对传统文化全面、系统、深透的参悟中,既有儒家的用世思想,也有佛家救世的慧心。因此,他的社会批判论,既具有破坏性、叛逆性,同时也具有建设性、承续性。这正是龚自珍能够长期吸引后人的魅力所在。

龚自珍的文学主张是尊情。他在《宥情》一文中,设甲、乙、丙、丁、戊数人之言,专门讨论情感问题。他认为"情"与"欲"有所不同,应该"析言之",即区别对待。"人之所以异于铁牛、土狗、木寓龙者安在?"就在于人有"情",对于人"情"之中"哀乐之正而非欲者",不能一概否定。"以情隶欲",无法正确对待人情中"哀乐之正"者;"以欲隶情",以为一切"情欲"都可肯定,则"情且为秽墟,为罪薮"。

这是一篇绝妙的文学论文。15年后,龚自珍又写了一篇与此文有关的《长短言自序》。他说:"情之为物也,亦尝有意乎锄之矣;锄之不能,而反宥之;宥之不已,而反尊之。龚子之为《长短言》何为者耶?其殆尊情者耶!"龚自珍对"情"不仅珍惜、宽容,而且公开表示要像《尊史》、《尊命》、《尊任》、《尊隐》一样尊情。

何谓尊情?如同《尊史》所言:"尊其心也。"就是尊重自我,尊重自我对于事物的独立认识与感受。他还提出:要"善入""善出"。所谓"善入",就是要对"天下山川形势,人心风气,土所宜,姓所贵,皆知之;国之祖宗之令,下逮吏胥之所守,皆知之。其于言礼、言兵、言政、言狱、言掌故、言文体、言人贤否,如言其家事,可谓入矣"。所谓"善出",就是要对以上所知的这一切,客观地、冷静地对待,犹如看优伶演戏,"优人在堂下,号咷舞歌,哀乐万千,堂上观者,肃然踞坐,眮睐而指点焉,可谓出矣"。要"毋寐毋喘,自尊其心"。

正是基于这一点,龚自珍主张文学充分表现作者的个性。"诗与人为一,人外无诗,诗外无人,其面目也完"(《书汤海秋诗集后》)。龚自珍经常回忆他的童年,寻觅他的童心,像招魂一样召唤他逝去的童年岁月。"猛忆儿时心力异,一灯红接混茫前"(《猛忆》);"瓶花帖妥炉香定,觅我童心廿六年"(《午梦初觉,怅然诗成》);"黄金华发两飘萧,六九童心尚未消"(《梦中作四截句》)……他人每自悔其少作,龚自珍却一再高度评价自己年轻时的作品,感到它们"触之峥嵘,忆之缠绵"(《跋少作》),正是自己真心的写照。在他人眼中,他已是一个"呆子",一个"狂士",一个"怪魁",评时议政,伤时骂座,不分场合,不看对象,不知"明哲保身"。"上关朝廷,下及冠盖,口不择言,动与世忤",以致故人侧目,亲友担忧。他自己却感到,自入中年,已经世故得太多了!"少年哀乐过于人,歌泣无端字字真。既壮周旋杂痴黠,童心来复梦中身"(《己亥杂诗》第一七○首)。

龚自珍的这些思想特征,使他不仅高出于同时代一些抱残守缺之士,也在许多方面远远超出于他的先辈袁枚。袁枚的"性灵说"虽也倡导在艺术中表现真情,但他对"情"的理解,往往局限于个人生活范围,有时"情"与"欲"不分,"以欲隶情",故其诗中所抒之"情",有时不免"为秽墟,为罪薮"。龚自珍则将个人哀乐与天下形势、人心风气等社会性问题紧密地绾结在一起,"心迹尽在是,所欲言者在是,所不欲言而卒不能不言在是,所不欲言而竟不言,于所不言求其言亦在是"(《书汤海秋诗集后》)。因此,袁枚等性灵派诗人所表现的,往往只是个人生活和个人感情中某些琐屑的片断,有关社会总体风貌和个人人格全貌的作品甚少,有时不免失之肤浅油滑,优柔少骨。龚自珍的诗文,却每能"与人为一","其面目也完"。这就使他的美学思想和他诗文创作的美学成就,成为数百年明清诗文中的一座高峰。

19世纪初期,是中国思想史和文学史上一个新的黎明时期。一方面,许多人大梦方酣,不知时之推移;但另一方面,也有一批最先觉醒者,闻鸡即起,攘臂奋呼,欲拯危亡于将毙。"楼阁参差未上灯,菰芦深处有人行"(《杂诗》)。夜之漫漫,鼾声齁齁,"山中之民,有大音声起"(《尊隐》)。龚自珍生当此时,个人条件和时代条件交错会遇,使他成为一代雄杰。他的朋友魏源、林则徐、王昙、舒位、包世臣、蒋湘南、梅曾亮、姚莹、张穆、汤鹏等,都是同时代最杰出的人物。他们像同时升起的星座,相互辉耀,显出壮观的景象。

道光九年(1829)，龚自珍 38 岁，考中进士。廷试对策，大致祖王安石《上仁宗皇帝书》。及朝考，在《安边绥远疏》中，陈南路北路利弊，及所以安之之策，洒洒千言，直陈无隐。可是，他终于没能实现自己的理想。十余年冷署闲曹，志业难伸，俸禄微薄，口腹难继。道光十九年(1839)，辞官南归。两年后，暴卒于丹阳书院。时年仅 50 岁，正值壮盛之期，死因至今不明。

龚自珍逝世时，正当鸦片战争之后第二年(道光二十一年辛丑，1841 年)。鸦片战争，是中国历史上一个转折点，中国从此进入一个新的时期。可惜，正当中国最需要龚自珍这样"谋识宏远"、"关注深切"(林则徐致龚自珍信)的思想家、文学家的时候，这颗思想界、文学界的彗星竟遽然陨落了！

这是龚自珍个人的不幸，也是时代的不幸！

第二节 诗 歌 创 作

龚自珍在《己亥杂诗》第 65 首自注中说：诗编年始嘉庆丙寅(1806 年，作者 15 岁)，终道光戊戌(1838 年，作者 47 岁)，共"勒成二十七卷"。但现存"编年诗"，始于嘉庆己卯(1819 年)，诗人 27 岁。前十余年间那些"峥嵘""缠绵"之作，已全部佚失。这是中国诗歌史上的一件憾事。

龚自珍现存诗歌 600 余首。其中 400 余首是七言绝句。古诗、律诗、乐府歌行体存百余篇。另有词 150 余首。这些作品，大体可分为两类：一类是深刻反映社会危机，愤怒鞭挞统治阶层的作品。代表作有七律《咏史》、《逆旅题壁，次周伯恬原韵》，七言歌行《行路易》，五古《人草稿》，七绝《歌哭》等。《己亥杂诗》中的一部分作品也属此类。另一类，是一些蕴含丰富、内容复杂的抒情诗。如七律《咏史》：

> 金粉东南十五州，万重恩怨属名流。
> 牢盆狎客操全算，团扇才人踞上游。
> 避席畏闻文字狱，著书都为稻粱谋。
> 田横五百人安在，难道归来尽列侯？

这是一首包含着丰富历史内容和深沉哲理的诗歌。全诗高度概括了乾隆以来中国封建社会的面貌。作者将笔锋指向"东南"，因为明清以来，封建社会上层人物，半数出于东南一带。这一带的风气，特别是知识分子的风气（"士风"），直接影响到整个国家的命运。当时的读书人，慑于清朝统治者大兴文字狱的淫威，不敢评议国家大事，要么满身铜臭，要么沉溺脂粉，士风衰颓，令人深忧。许多人明哲保身，没有勇气挺身而出。龚自珍是最早戳穿这种真相的人。这表现出他过人的敏锐和勇敢。结尾以田横五百壮士激励读者，旨在砥砺气节，挽救世风，教人明耻。诗人在《明良论·二》中指出："士皆知有耻，则国家永无耻矣;士不知耻,为国之大耻。"《咏史》表达了同样的思想内容。

《己亥杂诗》中的第二十四首("谁肯栽培木一章")、二十五首("椎埋三辅饱于鹰")、八十三首("只筹一缆十夫多")、八十五首("津梁条约遍东南")、八十六首("鬼灯队队散秋萤")、八十七首("故人横海拜将军"),以及广为人知的第一二五首("九州生气恃风雷")等,揭露社会弊病,抨击官僚制度,表现了作者火一样的热情,给人以鼓舞和激发。它们对那个死气沉沉的社会骤然一击,惊醒许多世人的沉梦,促使人们向真、向善、向美、向勇,使这些诗篇具有不朽的历史价值和审美价值。

龚自珍的另一类诗歌,或歌颂人生理想,赞扬个性解放;或通过一些微妙的感受,表现诗人精神世界深处的矛盾和痛苦;或歌颂真挚的友情、爱情;或是对于童心和母爱的追忆。也有一些歌哭无端,表现了一种深沉的忧郁感和孤独感。这些诗歌,重在表现诗人的主观感受,重在联想与想象,形象鲜明且诗意朦胧。它们与重在描述和再现客观生活的诗歌有所不同。有的诗,虽能从标题、诗注或诗中个别言词得知其写作缘由,但其内涵远不止此。对于这类诗歌,无需追寻它的本事,因为它们本来就并非仅为某人某事而写。它们是为了表现诗人内心深处某些幽滋暗长的隐秘的感觉,一些完全属于个人的感觉,给人留下无限的思考、品评空间。它们"是主观的、内在的诗,是诗人自己的表现"(别林斯基《诗的分类与分型》)。龚集中的这类诗歌,有《杂诗,己卯自春徂夏,在京师作,得十有四首》、《又忏心一首》、《能令公少年行》、《投宋于庭》、《送刘三》、《漫感》、《夜坐》、《美人》、《秋心》、《自春徂秋,偶有所触,拉杂书之,漫不诠次,得十五首》、《西郊落花歌》、《梦中作四截句》等。《己亥杂诗》中的很多首,也是这类诗歌中的佳作。

《夜坐》二首是道光三年(1823),龚自珍第四次参加会试落第所写。

> 春夜伤心坐画屏,不如放眼入青冥。
> 一山突起丘陵妒,万籁无言帝坐灵。
> 塞上似腾奇女气,江东久陨少微星。
> 平生不蓄湘累问,唤出姮娥诗与听。

> 沈沈心事北南东,一晌人材海内空。
> 壮岁始参周史席,髫年惜堕晋贤风。
> 功高拜将成仙外,才尽回肠荡气中。
> 万一禅关者然破,美人如玉剑如虹。

两首诗围绕人才问题,抒发了哲人、智者常有的孤独和哀伤。"一山突起丘陵妒,万籁无言帝坐灵",将封建社会才智之士共有的痛苦心情,表达得十分深刻。数十年后,康有为作《出都留别诸公》:"高峰突出诸山妒,上帝无言百鬼狞。"与龚自珍先后相应。

道光六年(1826),龚自珍第六次参加会试,与魏源同科。考官之一刘逢禄得卷狂喜,"亟劝力荐",未被采纳,龚、魏均落第。诗人悲叹:"廖落文人命,中年万恨并!""千秋万岁后,何如少年乐?"作《秋心》三首,其一云:

> 秋心如海复如潮,但有秋魂不可招。
> 漠漠郁金香在臂,亭亭古玉珮当腰。
> 气寒西北何人剑？声满东南几处箫。
> 斗大明星烂无数,长天一月坠林梢。

三首诗均因悼念亡友陈沆等人而发,却不限于悼亡。"气寒西北何人剑？声满东南几处箫";"天问有灵难置对,阴符无效勿虚陈";"槎通汉碧无多路,土蚀寒花又此坟"。让人感到一种深沉的失望,无尽的悲凉。诗中深长的喟叹,已不是一般的怀才不遇,而是把个人命运与社会危亡联在一起。在《尊隐》中,龚自珍称"京师"已如"鼠壤",但又寄希望于"山中之民",期待着那里的"钟鼓""波涛","大音声起"。在《古史钩沉论四》中,他明确提出"一姓不再产圣",对之完全绝望。同时又寄希望于"宾":"宾也者,异姓之圣智魁杰寿笹也。"在《夜坐》中,他一方面哀叹"江东久陨少微星",同时却又敏感地觉察到"塞上似腾奇女气"。《秋心》三首,又在"声满东南"的哀怨的箫声里,感到了"西北"不知"何人"凛凛的剑气。这些感受,均无以确指,但诗人似从整个时代氛围中预感到未来。

综观龚自珍的全部诗歌,它们具有以下艺术特点：

一、鲜明的浪漫主义风格

诗人不大重视具体事物的细致刻画,但却精妙地传达出了事物、乃至整个时代的精神。诗中想象丰富奇特,形象生动有力,文辞瑰丽多姿。

龚自珍特别喜欢那些大气磅礴,充满生机的形象。他曾评论南北山河："浙东虽秀太清孱,北地雄奇或犷顽。踏遍中华窥两戒,无双毕竟是家山。"(《己亥杂诗》第一五二首)他的诗作,兼得清秀、雄奇之美,而又偏爱雄奇。早期作品,"少年哀艳杂雄奇";后期作品,"中有风雷老将心"。他认为,"平原旷野,无诗也;沮洳,无诗也;硗确陿隘,无诗也;适市者,其声嚣;适鼠壤者,其声嘶;适女闾者,其声不诚",若辽东山川,俯视中原,逶迤万里,蛇行象奔,恣意横溢,达乎岭外,这才有诗;"如岭之表,海之浒,磅礴浩汹,以受天下之瑰丽,而泄天下之拗怒也",这才有诗。(《送徐铁孙序》)他的诗歌,就在努力创造这样一种意境。"罡风大力簸春魂,虎豹沉沉卧九阍"(《己亥杂诗》第三首),颇能代表龚诗的作风。

龚自珍论李白："庄、屈实二,不可以并,并之以为心,自白始。儒、仙、侠实三,不可以合,合之以为气,又自白始也。"(《最录李白集》)既云李白为其"始",后继者何人？龚自珍即其传人。他把中国的浪漫主义文学自觉地推向了一个新的阶段。

二、大量使用意象化的表现方法

龚诗中的有些形象,从字面看,似是生活中实有之物,实有之景,如"箫""剑""潮""影"。实际上并非生活中所实有,其形态也并非事物本身所生。它们只不过是诗人内心世界中的某一方面经过变幻之后的再现。前代诗人中,也曾有人成功地使用过这种表现方法,但不曾像龚自珍这样大量地自觉地使用。龚自珍在这方面做了有益的贡献。

龚自珍最常使用的意象是"箫"和"剑"。"我有箫心吹不得,落花风里别江南"(《吴山人文征、沈书记锡东饯之虎丘》);"来何汹涌须挥剑,去尚缠绵可付箫"(《又忏心一首》);"一箫一剑平生意,负尽狂名十五年"(《漫感》);"怨去吹箫,狂来说剑,两样消魂味"(《湘月》)……现存龚自珍的诗词中,写到箫、剑一方或箫剑并举,达四十余处。诗人笔下的"箫",表现他心灵深处哀艳、幽怨、柔和、抑郁、悲凄、忧伤、清深、婉丽、温文、悠远、"忆之缠绵"的一面;"剑",则表现他心灵深处雄奇、放达、刚烈、勇猛、豪侠、恣纵、郁怒、壮美、狂热、急迫、"触之峥嵘"的一面。这两方面:箫和剑,箫心和剑气,缠绵和峥嵘,高亢和低回,存在着内在的矛盾冲突,龚自珍却力图将它们结合成一体,"并之以为心","合之以为气",构成一种理想人格:矛盾错综复杂而又平衡、和谐。因此,龚自珍歌哭无端,任情驰骋,于奔放中有敛抑,狂热中有清醒,构成一种充满矛盾而又自成一体的精神世界和艺术世界,使人感到奇境独辟。后来,这种理想人格和艺术风格,强烈地吸引了戊戌时期和辛亥时期那一批年轻气盛、多才有志的青年。我们在康有为、梁启超、谭嗣同、高天梅、柳亚子、苏曼殊等人身上,都能够看到它的投影。

三、龚自珍的诗歌,具有灵活多样的艺术形式和语言风格

"从来才大人,面目不专一"(《题王子梅盗诗图》)。龚诗"自周迄近代之体,皆用之;自杂三四言,至杂八九言,皆用之"(《跋破戒草》),长句有的达十一言、十五言,五七言古体诗,七言近体诗均佳,尤以七言绝句为胜。

《己亥杂诗》315首,是诗歌史上的独创。诗人既充分发挥了七言绝句这种艺术形式轻捷灵便的特长,又突破了它的局限。它们像一盘精圆的珠子,单独看是美的,合并在一起,也是美的;择其数粒、数十粒,穿缀在一起,也是美的。因此,后来写"集龚"诗的人特别多,并多从《己亥杂诗》中选句。

龚自珍的诗歌风格多种多样。他自述:"欲为平易近人诗,下笔清深不自持。"(《杂诗》)这是他28岁时的诗句,不足以概括其一生。后来,他的诗歌风格向多方面拓展:瑰丽、清奇、朴实、古奥、平易、奇僻、通俗、艰涩、含蓄、生新;有的如清水芙蓉,有的如斑斓古器;有的缥缈恍惚,如在云中,有的一清见底,游鱼可数。

综观龚集,我们既可以看到盛唐李、杜、中唐韩、白的影子,更不难听到晚唐李贺、李商隐、杜牧之的遗响。清初的吴伟业,近人袁枚、赵翼、王昙、舒位等人的影响,也可见可闻。但是,他学古而不佞古,亲今而不媚今,在各方面勇于独创,遂自成一体。

龚自珍的词作不像他的诗、文那样出名,但也取得了较高的艺术成就。有人将他和张惠言、周济、项鸿祚、蒋春霖等并称为清词"后七家"。甚至有人认为他"词胜于诗"(李慈铭《越缦堂日记》)。现存龚词共一百五十余首,在龚集中占有相当大的比重。其中《湘月·壬申夏,泛舟西湖,述怀有赋》、《金缕曲·癸酉秋出都述怀有赋》、《浪淘沙·写梦》、《百字令·投袁大琴南》、《水调歌头》(题王竹屿《黄河归棹图》)二首、《鹧鸪天·题于湘山〈旧雨轩图〉》等,都堪称佳作。置之清人词集中,当可与纳兰容若、顾贞观等人媲美。

第三节 散文创作

龚自珍文如其诗,也有多种风格,多种面目,不可执一而论。

他是一位思想家,他的许多文章,体现出思想的锐敏与思维的缜密,且文采情理并茂。龚自珍自13岁作《水仙花赋》、《辨知觉》,即显示出辞理兼得的特点和深邃的思辨能力。此后,他论史谈经,有异于乾嘉经师,叙事写人,又异于桐城文士,掉臂迳行,自成一脉。

龚集中有大量涉及经史的论著。它们大都既具有逻辑力量,又具有美感,写得生动、鲜活,有感情,有气势,摄人心魄。即使读者不完全同意文中的观点,也仍然会为之所动,得到启迪。

如《论私》,作者"纵论'私'义",说天有私也,地有私也,日月有私也,圣帝哲后、忠臣孝子、寡妻贞妇,无不有私。孔孟之道,推己及人,就是承认了"私"的合理性。只有违背孔孟之道的墨翟、杨朱之流,才是真正主张"天下之至公无私"者。当今那些自我标榜"大公无私"者,"以墨之理,济杨之行",表面看来"兼爱无差",其实"拔一毛利天下而不为","直声"下掩盖着的,是极端的自私、虚伪和无耻。他们违背情理,等同禽兽:"狸交禽媾,不避人于白昼,无私也。若人则必有闺闼之蔽,房帷之设,枕席之匿,赪颊之拒矣。""今日大公无私,则人耶,则禽耶?"在今天的人看来,龚自珍这些关于"私"的论述,不免有失肤浅,论证方式也显得幼稚,并且易滋误解。可是,在封建社会里,帝王皆如黄宗羲《原君》所论,为了维护一家一姓的专制统治,往往以"大公"掩其大私,以"大公无私"为名,使天下百姓颠沛流离,肝脑涂地。在这种情况下,作者特别强调"私"的合理性,热情地维护个人隐私权,主张尊重个人,"日月不照人床闼之内",人人可以"庇我子孙",慈己之亲,"私自贞,私自葆",便带有非常深刻的意义。它反映了当时的先进思想家强烈的个性解放要求,闪射着民主思想的光辉,具有启蒙作用。这些思想,带有近代思想的特征。它们和提倡自私自利、只顾个人利益的思想,有所不同。因此,《论私》在当时人的心中引起强烈反响,认为它"横恣透快,足以褫鬼魅之魄而訾讦激之奸"(周自庵《止庵随笔》)。

龚自珍写人记事的散文,虽另具一格,也表现出思想家的特点。他一生中"吴然喜言百家",言辞笔墨无所禁忌,不循成法,好写奇人奇事,好发奇思妙语。《王仲瞿墓志铭》写诗人王昙的狂士奇行,《记王隐君》写一位隐士,都写得怪怪奇奇,迷离惝恍,有似传奇小说。桐城派的古文家们,是不屑于使用这副笔墨的。

更多为人称道的,是《杭大宗逸事状》。整篇文章像是一则一则的札记,作者不过随笔书之,似无明白显豁的题旨,但在这种貌似松散随意的结构形式下,巧妙地掩盖着严肃的内容。全文六则,处处有冷峻的思考,深沉的悲哀。第一则记杭世骏上疏获罪事;第二则记奏疏久被禁绝,后稿本流落民间;第三则记乾隆南巡时召见杭世骏的经过;第四则记杭世骏之死;五、六两则,记其晚年在扬州讲学事及其诗画:

乙酉岁,纯皇帝南巡,大宗迎驾,召见,问:汝何以为活?对曰:臣世骏开旧货摊。上曰：何谓开旧货摊？对曰：买破铜烂铁，陈于地卖之。上大笑；手书"买卖破铜烂铁"六大字赐之。

癸巳岁，纯皇帝南巡，大宗迎驾。名上，上顾左右曰：杭世骏尚未死么？大宗返舍，是夕卒。

这些文字，表面看来，写得平平静静，不动声色。可是，稍为敏感的读者不难看到，作者对杭世骏充满崇敬之情。杭世骏为了维护国家利益，上书谈朝廷用人宜泯满、汉之见，触怒乾隆，已经濒于极刑而又被赦归里。他再次见到乾隆，不卑不亢，毫无感激之情与悔改之意。"买破铜烂铁，陈于地卖之。"短短两句话，表现出凛然的骨气，也包含着愤怒与抗争。他是一个带有英雄气质的人。作者笔下的乾隆，则是一个工于心计的人物。他听出了杭世骏说话的用意，在"大笑"中手书"买卖破铜烂铁"六大字"赐"之。在封建社会里，这无异于一道定人终身的诏令，在貌似宽容的谑戏中，包含着极端的刻毒。文章将乾隆的内心活动，刻画得颇为神妙，仅写其一言一笑，其意却尽在未语之中。乾隆再度南巡，顾左右问："杭世骏尚未死么？"似乎是一种关怀。可是，"大宗返舍，是夕卒"。因何而死，作者未做任何交代，读者却不难看到一个最高统治者和整个封建社会的残酷和黑暗，令人心惊骨冷，毛发森然。这样的文章，真是冷峻至极！

龚自珍在《明良论·二》中，对于满族皇帝侮辱臣子人格的做法，提出过相当露骨的抗议。他认为，任何人，即使是至尊无上的皇帝，也要尊重别人的人格，不能"遇大臣如遇犬马"，使臣子"犬马自为"，尊严扫地，变得人人无耻。《杭大宗逸事状》，抒发了类似的思想。这种思想，在一定程度上带有近代平等思想的因素，是当时先进的政治主张。这是思想家之文，而非一般文人之文。

龚自珍的散文，同时又是政论家之文。他的《乙丙之际箸（塾）议》十一篇、《明良论》四篇、《尊史》、《尊隐》、《西域置行省议》、三《捕》（《捕蜮第一》、《捕熊罴鸱鸮狼第二》、《捕狗蝇蚂蚁蚤蜃蚊虻第三》）等，都是杰出的议政文章。

这些文章的中心思想，是"以良史之忧忧天下"（《乙丙之际箸议第九》）。何谓"良史之忧"？登高望远，统观全史，先天下之忧而忧，觉天下之所未觉，从而深刻揭露时弊，推动政治改革。龚自珍以公羊三世之说观察历史，认为任何一个朝代，都不可能实行永久不变的统治。"一祖之法无不敝，千夫之议无不靡，与其赠来者以劲改革，孰若自改革？"（《乙丙之际箸议第七》）

在《乙丙之际箸议第九》中，龚自珍以犀利的历史眼光，为当时昏昏欲睡的读者描绘了一幅可怕的图景："道路荒而畔岸隳也，似治世之荡荡便便；人心混混而无口过也，似治世之不议"，但"左无才相，右无才史，阃无才将，庠序无才士，陇无才民，廛无才工，衢无才商，抑巷无才偷，市无才驵，薮泽无才盗，则非但鲜君子也，抑小人甚鲜"。整个社会，精神贫困，人才匮乏。什么人才都没有了！连小偷、强盗也显得非常无能。这是一种极端平庸的时代。到处是一片灰暗的色调，"黑白杂而五色可废也，似治世之太素"，实则生机尽失，令人深哀。作者为所处时代忧心忡忡："履霜之屦，寒于坚冰；未雨之鸟，戚于飘摇；痹瘵之疾，殆于痈疽；将萎之华，惨于槁木。"他预感到一个空前严重的时代即将到来。"乱亦竟不远矣!"果然,25年后,爆发了鸦片战争。嗣后的历史证实了龚自珍的预见。

龚自珍的这类文章,后世读者可能会从科学性、明确性等方面提出种种质疑。但在当时人的心目中,它们却无异于暗夜中的火炬,酣梦时的惊雷,发生很大影响。梁启超说过:"晚清思想之解放,自珍确与有功焉。""初读定庵文集,若受电然。"(《清代学术概论》)主要是指这一类议政之文。它们从纵深的方向上开拓了一代人的视野,推动了一代人观念的变革。对于这类文章,应该给予很高评价。

龚自珍的散文还体现出诗的意蕴。文章的语言、构思,乃至通篇的情调,往往带有诗的痕迹。这一点,有时会给他的文章带来弱点,使人感到"意不豁达",但在更多的时候,是给文章增添光彩,给人以更多的回味。

最著名的当推《病梅馆记》。作者成功地吸收了先秦寓言、特别是庄子寓言中的一些手法,但又有所发展。一般寓言作品,大都篇末点题,说明故事所"寓"之意,故事不过是一个引子。《病梅馆记》则不然,文章唯写"病梅"之事。先写梅之产地,梅之美,梅之欹、之疏、之曲,梅之被斫、被删、被锄;"有以文人画士孤僻之隐,明告鬻梅者,斫其正,养其旁条,删其密,夭其稚枝,锄其直,遏其生气,以求重价,而江浙之梅皆病"。又写作者购梅、泣梅:"予购三百盆,皆病者,无一完者,既泣之三日,乃誓疗之。纵之、顺之,毁其盆,悉埋于地,解其棕缚。以五年为期,必复之全之。"最后又写,希望能有暇日、闲田,以广贮"病梅","穷予生之光阴以疗梅"。所有这些,都是要眇之言,无法以考据家的眼光与方法去求其实。文章自始至终未在字面上出现社会政治问题,可是,读者不难从病梅、疗梅,感受到整个病态社会扼杀人才、斫伤社会生机的罪恶,不难感受到作者要求个性解放的强烈愿望,感受到作者的郁闷和愤怒。龚自珍兼容说理、状物、抒情几类文字之长,一石三鸟,达到了多方面的目的。曾朴说:"这篇的中心思想,就是在那里骂当时矫揉造作的理学大家,弄得人人萎靡不振,自以为是先圣昔贤的模范。全篇都是比喻,说是多么痛快,那时能有这种反抗思想,是不易得的。"(《译龚自珍病梅馆记题解》)

龚自珍散文的主要特点是善于居高临下,把握全局,选中一点,直刺深处。他的文章善于蓄势,如同饥鹰扑兔,先在空中再三盘旋,然后看中猎物,急转直下,一举而中其要害。前述《尊隐》、《明良论》、《杭大宗逸事状》、《病梅馆记》等文,都有这一特征。以龚自珍和魏源相比,述论精详,龚不如魏。左宗棠说:"龚博而不精,不若魏之切实而有条理。"但若从总体方面来说,"定庵之议固不磨矣!"(《答陶少云书》)蒋湘南认为:"龚君之文,子长[司马迁]、孟坚[班固]之流亚也;魏君之文,管仲、孙武之流亚也。"(《与田叔子论古文第三书》)这些分析都很有道理。若论解决具体问题,切实可用,龚不仅不如魏源,也不及包世臣等人,但若论其俯瞰全局时所达到的高度和透视社会、透视历史文化的能力,论其文章的锋芒和气势,则魏源等人远不及龚。前人称龚自珍"文章砥诡","近代霸才";"文笔横霸","其独至者往往警绝似子"(李慈铭《越缦堂日记》),都与龚文这一特点有关。

篇中每有形象,笔端常带感情,是龚自珍散文的又一特点。不仅上述写人、记事、议论时政的文章,就连他讨论经义的文章,有时也带有这种特色。如《大誓答问》二十六篇、《五经大义终始答问》九篇、《农宗答问》五篇、《春秋决事比答问》五篇等,行间常有感情流溢,并且常在适当的时候,插入一些形象化的语言。

就风格论,龚文旁出泛涌,更端以言,雄诡杂出,变幻多姿。若用传统的文体来衡量,它们大都不够"纯正"。可是，读者掩卷之余，又不能不承认，这样的思想内容，似乎只有用这样的文体去表达才最合适。它们的内容和形式是统一的，因此才能产生特殊的力量。谭嗣同说："其中颇具微言大义而妙能支离闪烁，使粗心人读之不觉，亦大奇。"（《致汪康年梁启超》）此语颇能道出龚自珍文章的妙处。

第四节　龚自珍在文学史上的地位和影响

19世纪是中国历史发生巨大变革的时期。传统的文学观念、审美趣味、文学风格、创作手法，无一不在发生变革。

托古改制，依古变古，是贯穿整个19世纪的思想风气。龚自珍是首开风气者。世纪初，他重新提出公羊"三世说"，试图以此探索历史演变的规律。虽然他还没能从理论上摆脱循环论，但是，他的思想倾向、思想风格，以及他在阐述思想时所取的具体途径，都表明他并不是想要回到上古时代去。他的思想中，已经含有近代人文主义思想的萌芽，那是任何中国古代思想体系都无法包含容纳的。他从中国旧式思想武库中，操起"公羊学"这个老旧的思想武器，其目的正是要从老旧的房子里凿开一个洞，突破出去。论其经学思想，他继承了庄存与、刘逢禄的今文经学，是清代"公羊"学派最重要的代表人物之一。但他并不恪守家门，不是一个纯粹的经今文学家，并不以"公羊春秋"附会一切。皮锡瑞《经学历史》一书即不将龚列入经今文派。"药方只贩古时丹"，这说法不无几分真诚，但同时也透露出相反的含意。"古时丹"，有时不过是一种便于推销的金字招牌，葫芦里卖的，其实是新药。19世纪末期，康有为、梁启超、谭嗣同等新一代改革家，之所以那样欢欣、激动地推崇龚自珍，把他视为最合心意的思想先驱，除了彼此思想相近，有灵犀一线，还因为龚自珍为他们提供了一套比较适合当时的民情国情，易于推销自制良药的有效方术。康有为的《新学伪经考》和《孔子改制考》，正是龚自珍的思想（连同他的表达方式）在新形势下的继续。

这个世纪的思想家、文学家，很多人都以"医国手"自许。"何敢自矜医国手"，不过是一句谦词。他们已不屑于对久病衰微的古老帝国微温微补，总想医治社会的根本。虽然他们限于时代水平，还不能确切地知道社会痼疾的根本所在。但从世纪初的龚自珍、魏源、林则徐，到世纪末的康有为、梁启超、谭嗣同，都在苦苦地探寻社会"根本"，并想从"根"医治。他们的身上，都带有一种挑战者的特征。"何敢""只贩"，貌似谦抑，其实正是充满自信的挑战者的口气。他们的神情何等自负！他们的诗风、文风，大都文笔横恣，就是这种以天下为己任的内在气质造成的。龚自珍是这种贯穿了一个世纪的新文风的开路人。

龚自珍"但开风气不为师"，"口绝论文"，"不论文得失"。他从未将自己的文学主张概括为"神韵""格调""性灵""肌理""义理""经济"之类的纲领性语言，高标于自己的文学旗帜。再加上他冷署闲曹，困陋一生，不可能像先辈王士禛、后辈曾国藩等人那样，号召天下，成为一代文坛宗主。旧式文学史家遂不以流派论之，仿佛他孤峰独秀，以势力论，还不如湘乡派,同光体。其实,这是一种误解。19世纪初期至20世纪初期的中国文坛上,实际上存在着一个"龚派"。当时,"都下言古文,皆推龚定庵"(沈垚《与吴半峰》),与桐城派大师梅曾亮双峰并峙。连龚自珍的论敌也承认:"都下经学讲《公羊》,文章讲龚定庵",乃是长达数十年的"风气"。(张之洞《学术》自注)同时代一批最优秀的人物,如林则徐、魏源、阮元、梁章钜、刘逢禄、宋翔凤、包世臣、陈沆、李兆洛、蒋湘南、汤鹏、张际亮、林昌彝、梅曾亮、姚莹、张穆等,都与龚自珍声气相求。诗人王昙称龚自珍"绝世一空,前世难得"(《与陈云伯书》),梁章钜称他"抱负恢奇,才笔横恣""文章忘忌讳,才气极纵横"(《师友录》)。李兆洛称龚、魏"皆绝世奇才,求之于古,亦不可得"(《与邓守之书》)。包世臣称龚"文情奥衍,富齿淹博,造诣未可量"(《清故拣选知县道光辛巳举人包君行状》)。陈沆称之为"奇宝""天下之宝"(陆献《简学斋诗存》题跋)。号称"大河南北之钜儒"的蒋湘南说:"文苑儒林合,生平服一龚。"(《书龚定庵主政文集后并怀魏默深舍人》)

早在龚自珍生前,就有人认为:"其人其文,卓然大家,宜其上下五百年,而独有千古。"(曹籀《定庵文集序》)称其文"其光烛天,其力镇地,孟坚之文也"。"浑浑之气,沉沉之才,渊渊之光","郁郁舒舒,绵绵浩浩","斯足以当奇文大文之目矣","庶几夫古之不朽者"。(魏源、包世臣等《定庵文集》批语)龚自珍身后,声名益高。有人榜所居曰"龚学斋",有人号称"龚癖",有人私淑魏、龚,自题所居为"默定书堂",有人因龚诗有"叱起海红帘底月"句,标所作为《海红楼诗录》。戊戌维新中的重要人物,康有为、梁启超、谭嗣同、黄遵宪等人,几乎无人不受龚自珍的影响。梁启超云:"自珍性诙宕,不检细行,颇似法之卢骚,喜为要眇之思。其文辞俶诡连犿,当时之人弗善也,而自珍益以此自憙,往往引《公羊》义讥切时政,诋排专制。""光绪间所谓新学家者,大率人人皆经过崇拜龚氏之一时期。"(《清代学术概论》)又云:"语近世思想自由之向导,必数定庵。吾见并世诸贤,其能为今之思想界放光芒者,彼最初率崇拜定庵。当其始读定庵集,其脑际未有不受其刺激者。"(《论中国学术思想变迁之大势》)"诗界革命"的旗帜黄遵宪,其《人境庐诗草》,惊才绝艳,濡染定庵之处,时时可见。黄作《己亥杂诗》89首,标题与形式,均取自《己亥杂诗》。黄作《樱花歌》,脱胎于龚作《西郊落花歌》;其《不忍池晚游诗》等,也受龚诗影响而成。

及至20世纪初期,崇龚之风大盛。当时人的著述中,经常谈到龚自珍。龚集一刊再刊,出现多种版本。评论之多,评价之高,并世无双。《孽海花》的作者曾朴称龚自珍为"新文学的先驱者",说龚、魏"两人崛起,孑孑(孜孜)创新,一空依傍,把向来的格调,都解放了"。龚氏思想"奇警可喜",诗文词"都能自成一家",是"清朝道光朝的大文豪,是今日新文艺的开路先锋"。(《译龚自珍〈病梅馆记〉题解》)当时,"海内诗学,以龚定庵为大宗"(方瘦坡《敝帚赘言》)。龚诗"震铄一时,群相摹拟,滋成风气"(陈蒙庵《思无邪庵诗话》)。南社发起人之一柳亚子,自称"我亦当年龚定庵"(《海上赠刘季平》)。每当"奇愁浩荡","别有感情",便"挑灯自写定庵诗"。(《夜坐漫感》)他推尊龚自珍为"三百年来第一流"(《论诗三截句》)。其《磨剑室诗词集》,学龚之处甚多,时人认为,"其诗逼肖羽琌"(方瘦坡《习静斋诗话》),诗境"迫近龚定庵"(林之夏《与柳亚子书》)。南社另一发起人高旭,其《乐城落花歌》,与龚自珍《西郊落花歌》题相近,意亦相近。《悼亡妻红梅》云:"定庵七字真堪诵,歌哭前贤独有情。"他的不少诗歌,是受过龚诗影响的。至于"南社奇才"苏曼殊,其诗更与龚自珍有内在的相似之处。郁达夫说:"他的诗是出于定庵的《己亥杂诗》,而又加上一脉清新的近代味的。"(《杂评曼殊的作品》)南社诗人,很多都是"龚派"。《南社丛刻》中,"集龚"之作,近四百首。片言只语袭用龚诗的,更难以数计。20世纪初,龚自珍成为一代青年知识分子的代言人,到处可以看到他的面影。

五四运动前后,一批现代著名作家,对龚自珍也颇有兴趣。鲁迅"少时喜学定庵诗"(沈尹默《追怀鲁迅先生六绝句》)。鲁迅的《悼杨铨》(岂有豪情似旧时),与龚自珍《己亥杂诗》不无相通之处。其好友许寿裳云:"才气纵横,富于新意,无异龚自珍。"(《亡友鲁迅印象记》)与鲁迅同时代的胡适、郁达夫、俞平伯、丰子恺等人,都在他们的创作中受到龚自珍的影响。当代著名学者、思想家、文学家中,对龚自珍有特殊爱好者,亦不乏其人,热情洋溢的评语多处可见。

龚自珍对后代的影响,并不都是积极的。"只恐孤负灵箫意,北驾南舣到白头"(柳亚子《论诗三截句》),他也有消极的一面。那些"选色谈空"的篇章,"娇喘""轻颦"的诗句,无论在当时还是后世,都产生过不良影响。

综上所述,在中国历史上,能够像龚自珍这样,在哲学、政治、文学等不同领域里,在先后两个世纪里,在新旧两个时代里,发生持久的巨大影响的思想家、文学家,屈指可数。

"江山代有才人出,各领风骚数百年"。龚自珍是中国近代思想和文学战线上勇敢的先行者。他在全部中国思想史和文学史上,虽不能方驾李、杜、顾、王,但足可与其他先贤并立而无愧。他是中国近代哲学史、近代文学史当然的领头人。黑格尔在论述西方"近代哲学"时说,一代哲学史,需要有一个能够作为时代标志的开端人物,"我们需要用一个名字、一个人物作为首领、权威和鼻祖,来称呼一种作风",代表"当时的一般趋向"。(《哲学史讲演录》第四卷《近代哲学》)论述中国近代思想、近代文学,选一位可做标志的开端人物,则非龚莫属。

第二章 经世派作家的崛起

第一节 经世派作家崛起的历史背景和文学主张

在鸦片战争之前的所谓乾嘉盛世里,由于"汉学"和"宋学"适应了清王朝对知识分子实行高压与笼络相结合政策的需要,得到封建统治者的支持和提倡,在思想界占有统治地位。汉学直承东汉古文经学的遗风,故又称古文经学派,他们皓首穷经,埋头于故纸堆中,侧重古代典籍的音韵、训诂和文字学方面的校勘、辨伪、辑佚等工作,取得了突破性的进展,有较大的贡献。然而他们学而不思,知古而不知今,严重脱离现实。与此同时,在宋、明及清初发展起来的宋学,又专门在心性理气上一味务虚,思而不学,重空想不重实际,并规定朱熹的《四书集注》为科举考试的依据,引诱读书人尊崇程朱理学,"非朱子之传义不敢言",堕入科举做官的圈套。因而汉、宋之学牢牢地禁锢着一代思想,形成了"万马齐喑"的沉寂时代。反映到文学方面就是远离现实社会的复古模拟成风,桐城派和宋诗派的牢笼文坛。

历史的发展到了鸦片战争前后的道光年间,发生了巨大的转折。西方列强加紧了对中国的侵略,使清王朝原来就存在的社会危机和民族危机更加严重,人民群众反封建、反侵略的意识急剧强化,不能不推动思想界打破这置现实社会问题于不顾的沉寂状态,向着正视现实社会问题的方向发展。一批地主阶级中的开明官僚和先进的知识分子,联系现实社会的实际,从对长期封建社会历史的反思和眼前国家民族形势危难的思考中,欲以为面临崩溃的封建社会寻找一条起死回生的复兴之路。他们继承和发挥了明末清初顾炎武、黄宗羲、王夫之等进步思想家"经世""务实"的学风,提倡经世致用,匡时救国。希望冲破思想的禁锢,能够面对社会现实,研究实际问题。在哲学研究上重视实践,强调先行而后知。在史学和地理学上,也重视西北史地学的研究,探讨解决边疆问题。而他们要想联系的最大实际问题是社会政治的改革。他们远承西汉博士家法流传下来的今文经学,不拘于古文经义中一词一义的考据,反复探求《春秋公羊传》中圣人的"微言大义",作为"通经致用"的依据,以便依托经义,阐述他们"经世匡时"变革社会政治的主张。今文经学便成为他们"讥切时政、诋排专制"(梁启超《清代学术概论》),鼓吹变革图强,提倡经世致用的思想武器。于是一种"喜以经术作政论"的风气很快盛行,形成一个以经世文为主要特征的创作流派,故称之为经世派。所以,经世派的出现不是偶然的组合,是顺应历史发展的趋势和中国社会近代化过程的必然产物。

经世派的人数虽然不多,但是他们共同的思想倾向反映了地主阶级改革派在新时代到来之前的利益和要求,是当时新思想的代表,具有强大的号召力和影响能量。经世致用之学经他们的提倡和宣传,很快得以盛行,一种重视现实社会问题的研究和解决、改革社会的思潮迅速高涨,成为全社会的共同呼声,成为鸦片战争之前社会思潮转变的重要标志,使原来"万马齐喑"的思想界充满了蓬勃的生机和活力,显示了近代知识分子最初的觉醒。

首开这种风气的是近代的启蒙思想家龚自珍和魏源,接踵而来的是同他们有密切交往的友人、学生或志同道合的文人学者、地方官吏。他们激烈的言论和行动,自然形成一种强大的社会舆论和社会力量,影响着晚清社会思想、政治、经济、文化诸多方面的发展和变化。他们共同的特征是:在哲学和政治思想上宣传变异和改革的理论,强调自古无不变之法,要适应历史的发展,就非变革不可。敢于面对现实,揭露封建社会的黑暗和腐败,对清王朝的对内、对外政策表示了极大的不满。因此,以"经世致用"之学为依据,竭力呼吁改革政治,改革经济,并主张防御和抵抗帝国主义的侵略,放眼世界,向西方的先进科学技术和政治制度学习,苦心寻求强国富民之道,表现出一种变法维新救国的倾向。他们的这些经世致用的思想和主张,在当时的历史条件下,具有振聋发聩的启蒙作用,是近代资产阶级改良运动的先驱。

但是也应该看到,他们的这种变革思想,并非要改变整个封建社会制度的面貌,只是一种维护封建统治和秩序下的改革,继续保持"天朝"的威严。因为他们毕竟还是刚从封建阶级营垒中分化出来的先觉者,既带有那个阶级、那个社会的儒家传统思想的烙印,又明显地表露出一个伟大的新时代即将到来之前所引起的新的思想波动。他们既是新时代的召唤者,又是旧时代的维护者。

我国自古以来,在学术研究上就有文史哲不分家,文史哲与政事不可分离的传统。经世派作家视经术为治国安邦之术,将经术、政事、文章合而为一。他们往往是思想家、政治改革家和文学家的三位一体。当然他们首先是一个思想家、政治改革家,然后才是一个文学家。因此,随着他们哲学思想的转变,文学观念上也不断更新。一批经世派的作家崛起,除龚自珍和魏源外,还有林则徐、包世臣、冯桂芬、王韬等人。他们在文学创作上所表现出来的群体观念,同他们的经世致用思想是相通的,带着明显的面对现实、变革社会的文学主张和创作倾向。

他们在经世致用思想的指导下,强调诗文也要"经世""务实",要为变革现实的社会政治服务。龚自珍"尊史"的思想同他要求诗文也要真实地反映社会的思想是一致的。他认为诗与史,诗人与史官的社会作用相同。二者都要求反映社会的真实,给社会历史以公正的评价,故"诗文之指,有謦欬曲之义,本群史之支流"(《尊史二》)。魏源也有类似的观点,认为孔子编纂的《六经》,"在当日夫子自视,则亦一代诗文之汇选,本朝前之文献而已"(《国朝古文类钞序》)。把反映社会真实的诗文同历史的古典文献等同看待。包世臣也认为作文的目的,不外乎"言事记事",但是"言事之文,必先洞悉所事之条理原委,抉明正义,然后述得失之所以然,而条画其补救之方。记事之文,必先表明缘起,而深究得失之故,然后述其本末,则是非明白,不惑将来"。(《与杨季子论文书》)要求尊重和熟悉客观事实,实事求是,切不可"强推大义"。他们都认为诗文要真实地反映社会。而当时的现实社会是黑暗腐朽的,国家危难,民不聊生。这就要求诗文要以"朝掌国故、世情民隐为质干"(魏源《龚定庵文录序》),关心国计民生,对社会的弊病进行揭露和抨击,发挥诗文针砭时弊、"经世匡时"的社会作用。

因此,他们创作的诗文,主题鲜明,题材广泛,针对性强,有深刻的思想性和强烈的战斗性。对"上关朝廷,下及冠盖,口不择言,动与世忤",往往"伤时之语,骂坐之言,涉目皆是"。(张祖廉《定庵先生年谱外纪》)龚自珍、魏源的政论文常以考史、论经的形式出现,或从历史上论证"托古改制"的必要和措施;或从经学中探求通经致用的"微言大义"。冯桂芬和王韬的散文则更指陈剀切,切实有用,广泛介绍新思想、新事物、倡言改革的经国大计。经世派的诗歌更多忧时愤世之作,关怀国家民族存亡,同情人民苦难,痛斥上层社会的腐败无能和投降卖国的无耻行径,是一代真实历史的写照。所谓"安得上言依汉制,诗成侍史佐评论"(龚自珍《夜直》),"梦中疏草苍生泪,诗里莺花稗史情"(魏源《寰海后》),真正是关心国事,反映现实,批判现实的"诗史"。

他们哲学思想的核心是变异,同样在文学创作上也反对因循守旧,不受传统清规戒律的束缚,主张解放个性,直抒胸臆,充分发挥作家的创作个性。他们认为"一祖之法无不敝,千夫之议无不靡。与其赠来者以劲改革,孰若自改革"(龚自珍《乙丙之际箸议第七》),并且还提出"变古愈尽,便民愈甚"(魏源《默觚下·治篇五》)的观点,认为一切都在不断地变革,当然文学也不例外。"文章与世道为污隆"(魏源《国朝古文辞类序》),一代应有一代文学的变化。龚自珍指出:"一代之治,即一代之学"(《乙丙之际箸议第六》),学术文化也应适应一定的政治制度和社会状况而有所发展变化。

既然如此,文学创作就不应囿于成法,墨守成规,要摆脱前人的各种束缚,要有一种敢于冲破传统旧习的逆反精神和独创性。即魏源所说的"夫忽然得之者,地不能圉,天不能嬗,父兄师友不能佑。其道常主于逆,小者逆谣俗,逆风土,大者逆运会"(《龚定庵文录序》)。反对当时束缚作家创作个性的所谓"文统""道统",尤其反对桐城派的"义法"之说。冯桂芬就明确宣称自己"独不信义法之说",认为"称心而言,不必有义法也"。(《复庄卫生书》)破除精神枷锁,要求个性解放,充分发挥作家的创作个性。王韬在《弢园文录外编自序》中说:"文章所贵,在乎记事述情,自抒胸臆,俾人人知其命意之所在,而一如我怀之所欲吐,斯即佳文。"又在《蘅华馆诗录自序》中反对那种"宗唐祧宋以为高,摹杜范韩以为能,而于己之性情无有也"的刻意模仿之风。龚自珍更明确要求"诗与人为一,人外无诗,诗外无人,其面目也完"的标准。所谓"完",就是要无拘无束地毫无保留地表达自己的真情实感,不虚伪,不矫饰,自然显露作家的个性。因此,他们鄙视那种无病呻吟、言不由衷的说教和"伪文"。

他们为了适应这种表现新内容的需要和直抒胸臆的表达方式,在作品的形式上也主张"自然"。冯桂芬说:"文之佳者,随其平奇浓淡,短长高下,而无不佳。自然有节,有步骤,反正相得,左右咸宜,不烦绳削而自合。"(《复庄卫生书》)他们的诗歌均突破旧格律的约束,不受其严格的限制。散文形式也趋于自由化。尤其是冯桂芬和王韬的散文更是自由抒写,平易朴实,言之有理,雄辩情溢,开辟了晚清新体政论散文的先例。

总之，经世派作家的文学主张和创作实践，打破了清中叶以来"学行程朱，文章韩柳"，诗重"格调"，文守"义法"，内容陈旧，形式僵化的局面，首开一代关心国事民情，将经世致用之学与文学相结合的风气，是封建阶级旧文学企图挽救终结命运的一次最大修正，又是资产阶级新文学诱发的一种基因。无论是后来资产阶级的维新派，还是革命派的"南社"首领，如康有为、梁启超、黄遵宪、谭嗣同、蒋智由、柳亚子等人，在哲学、政治和文学思想上都曾受过经世派作家的影响，尤其是在政论文的写作和反映重大历史事件的中法战争、甲午中日战争的"史诗"上，更是继承和发扬了早期经世派作家的现实主义的战斗传统，可以视作晚清经世派文学的发展和兴盛。梁启超曾公正地评价说："数新思想之萌蘖，其因缘固不得不远溯龚、魏，而二子皆治新文学……而我思想界亦自滋一变矣。"(《清代学术概论》)直到1906年晚清文学改革运动蓬勃发展之时，对经世派作家持有"异议"的刘师培也不得不承认："近岁以来，作文者多师龚、魏。"(《论近世文学之变迁》)总之，经世派作家在晚清"政治维新"和"文学改革"中起到了先驱作用，留下了不可磨灭的历史功绩。

第二节 魏　　源

魏源(1794～1857)，原名远达，字默深，湖南邵阳人。21岁时随父到北京，从今文经学大师刘逢禄学习公羊之学，并开始广泛接触社会，与龚自珍、林则徐、包世臣、姚莹等人交游，共倡经世致用之学，寻求国家民族的富强之道。29岁中顺天乡试第二名后，在江苏布政使贺长龄、两江总督陶澍处当幕僚多年，以他胸怀"何不借风雷，一壮天地颜"(《北上杂诗》其三)的经世之志，力主"变古愈尽，便民愈甚"(《治篇五》)的改革主张，协助他们积极改革盐政、漕运、水利等积弊，为改革社会经济、政治大声疾呼，身体力行。

鸦片战争时期，魏源加入两江总督裕谦的幕府，在浙江前线参加了反对英帝国主义入侵的战斗。他还受林则徐之托，编撰《海国图志》，以坚定的民族自信、自尊、自强的思想，批判清政府闭关锁国、盲目排外的保守政策，提出"师夷长技以制夷"的进步主张，鼓吹向西方学习，是最早放眼世界的先进中国人之一。1844年考中进士后，曾任江苏东台、兴化知县，高邮知州等职。在参与镇压太平天国的军事活动中，因迟误驿报被革职。

晚年，因感时势的危难，宦途的艰险，魏源由一个讲求社会实效的经世派作家、社会改革家，成为一个逃避现实的佛学信徒。但他一生"兼揽众长，各造其极，且能施之于实行，不徒托诸空言，不愧为晚清学术运动之启蒙大师矣"(齐思和《魏源与晚清学风》)。

魏源著述丰富，主要有《皇朝经世文编》、《海国图志》、《古微堂集》、《古微堂诗集》。今人将其短篇论著辑为《魏源集》。

《皇朝经世文编》，是魏源于1826年代贺长龄编选的一部政论文汇编，选辑了清朝以来顾炎武、王夫之等有关政治、经济、文化、思想等方面的1300多篇文章，成书120卷。这些文章都是针对国计民生，社会弊病的整治，提出了自己的看法，是研究清代政治、经济、思想和文化的珍贵史料。魏源所以编选这些文章，在《例言》中说："书各有旨归，通存乎实用。"首先是着眼于现实,要匡时救弊,讲求实效,即所谓"经世之作在行事,不在文章,备掌故,不备体格"(《皇朝经世文续编例言》)。表明了魏源在思想上,强调文章经世务实的社会功用和作者独抒己见的写作个性,为这部选集确立了一个重社会效益,针对社会实际问题的选文、评文标准,对晚清散文的写作和评论影响较大,以后陆续有《经世文续编》、《经世文新编》、《经世文三编》等出现,开了一代以经世致用为标准的写文、选文新风。

魏源于1841年开始编撰林则徐所托付的《海国图志》,以后几经增订,于1852年定稿为100卷。卷首的《筹海篇》由他亲自撰写了一组政论,总结了守、战、款的经验教训,敏锐地指出加强海防,重视"广东义民之斩夷首,台湾义民之获夷船,南澳义民之火夷舟"的群众力量,对加强海防和发动沿海人民群众抗击英军侵略十分重要。其他部分则大量辑录中外资料,比较全面地介绍了世界各国,尤其是英、美等主要资本主义国家的地理、历史、政治、军事、文化,乃至风土习俗等知识,编录甚为周详,是我国当时关于世界知识的百科全书。魏源还在不少资料的前后加上序言和按语,提出一些富国强兵的措施和对付外国资本主义侵略者的策略,议论激切,充满经世救国的热情。其中尤为著名的是《海国图志序》。他说:"是书何以作?曰:为以夷攻夷而作,为以夷款夷而作,为师夷长技以制夷而作。"他提出的"师夷长技"的措施,主要是学习西方先进的科学技术和养兵、练兵之法,发展军需工业,造船制炮,并与民用工业相结合,"凡有益于民用者皆可造之"。至于"制夷",他借用明朝人的话说,"欲平海上之倭患,先平人心之积患"。他认为鸦片战争失败的根本原因和当时社会的主要弊端是"人心之积患",内政的腐败。所以他说"人心之积患",在于官吏们的"寐患"和"虚患",即他们昏庸愚昧、顽固保守的思想和虚骄不实、瞒上欺下的作风。主张以"去伪、去饰、去畏难,去养痈,去营窟",即以不虚伪粉饰、不怕困难、不结党营私来革除"寐患";"以实事程实功,以实功程实事",即以不说空话,干实事,成实功来革除人才的"虚患"。只有大家都面对现实,发愤图强,改革弊政,讲求实效,国家才会由弱变强,发达昌盛起来,才能打败外国的侵略者。

这篇序文同整部《海国图志》一样,打开了人们的视野,使长期处于闭关锁国、封建文化专制主义禁锢下的人们,一新耳目。连正在寻求维新之路的日本也深受其影响。

他的《古微堂集》,辑录了一些长篇巨著的序言和跋,以及他博览群书、心有所得的札记或感时愤世的短文,都有较强的针对性。如《学篇二》:

> "及之而后知,履之而后艰",乌有不行而能知者乎?繙"十四经"之编,无所触发,闻师友一言而终身服膺者,今人益于古人也。耳聆义方之灌,若周闻知,睹一行之善而中心惕然者,身教亲于言教也。披五岳之图,以为知山,不如樵夫之一足;谈沧溟之广,以为知海,不如估客之一瞥;疏八珍之谱,以为知味,不如庖丁之一啜。《诗》曰:"如彼行迈,则靡所臻。"

对在哲学上历来争论不休的认识和实践,知和行的关系问题,以短小的篇幅,生动的事例,阐明了哲学上的一个大道理。强调实践决定认识,先行而后知,"行"对于认识的重要性,表现出明显的唯物主义倾向。这种认识,正是魏源倡导改革,身体力行的思想基础。

魏源的散文不受桐城派清规戒律的约束,不法汉、魏,也不宗唐、宋,有意为雄奇之文,独抒己见,并长于叙事说理,层次清楚,明白畅达而又深含寓意,与龚自珍散文的奇诡瑰丽不同,"龚氏文深入而不欲显出,先生(指魏源)文深入而显出"(黄象离《重刊古微堂集跋》),自成特色,不拘一格。陆心源对魏源的散文总评曰:"尝愤时感事,奋欲有所树立,穆然于秦王、汉武之所为,故发为文章,古劲遒俊,奇气勃勃。精者可以羽翼六经,粗者亦与国家大政有裨益,盖非求工文句闲者比矣。"(《魏刺使文集序》)

魏源有诗近千首,大都收集在他自己编定的《古微堂诗集》内,可分为政治诗和山水诗两大类。他的政治诗深刻地反映了鸦片战争前后,中国封建社会末期崩溃的社会现实和作者"不忧一家寒,所忧四海饥"(《偶然吟》其九),要求变法图强的愿望。他的《江南吟》十首、《都中吟》十三首都标明为"效白香山体"的《新乐府》,比较广泛地涉及赋税、漕政、禁烟等朝野政事,着重揭露现行政体的弊病,表现出要求变革的急切心情。《江南吟》之八的《阿芙蓉》一首云:

> 阿芙蓉,阿芙蓉,产海西,来海东。不知何国香风过,醉我士女如醇酎。夜不见月与星分,昼不见白日,自成长夜逍遥国。长夜国,莫愁湖,销金锅里乾坤无。涸六合,迷九有,上朱邸,下黔首,彼昏自癎何足言,藩决膏殚付谁守?语君勿咎阿芙蓉,有形无形瘾同!边臣之瘾曰养痈,枢臣之瘾曰中庸,儒臣鹦鹉巧学舌,库臣阳虎能窃弓。中朝但断大官瘾,阿芙蓉烟可立禁。

描述鸦片输入中国后,举国上下嗜食成性,不知白天黑夜地吸食鸦片,过着麻木不仁的生活,忘记了国家民族的命运和前途,诗人深为忧虑的是"藩决膏殚付谁守"。然而造成这种社会危机的根源在哪里呢?诗人以敏锐的政治眼光,犀利的笔锋,尖锐指出禁烟无效的根源不在鸦片烟上。他认为鸦片烟对人民身体健康的摧残,国防的破坏,造成白银外流,国贫民弱的社会现象是有形的,而那种无形的烟瘾则比鸦片的毒害更大,这就是整个封建官僚体制的腐败。满朝文武官员都只会结党营私,阿谀媚上,中饱肥私,以致内政不修,政令虚设。诗的末尾两句"中朝但断大官瘾,阿芙蓉烟可立禁",真是一语破的,只有断绝了朝廷大官们包庇鸦片走私,投降卖国,贪污受贿,庸庸碌碌的无形的大官瘾,才有可能禁绝鸦片。对清王朝官吏的昏聩无能,政治、军事的腐败,进行了无情的揭露。

《都中吟》是魏源1844年在京参加考试时写的组诗。《都中吟》之一开头就写:"小楷书,八韵诗,青紫拾芥,惊儿童。"清代科举考试规定,写应试的八股文必须书写形体方正,笔画平直的小楷字;还必须写一首五言八韵的"试帖诗"。只要做好了这两件事,就很容易地得到高官厚禄。所谓的将相文武大臣,并不是因为他们有治国的谋略和才干,都是从会写小楷书、八韵诗而来。"官不翰林不入阁",清代制度执行阁臣必须翰林出身,而点翰林成为"佐上运筹议国计"的枢密之职,"上规主缺下民隐"的谏臣,都全靠一手秀丽工整的小楷,能诌几句八韵诗,就可从此发迹,青云直上,对科举的弊病,选拔人才的荒唐,极尽挖苦讽刺之能事。最后幽默嘲讽地说,大河决堤了,叫会做桃浪诗的人去治河吧!海防前线有敌人入侵,派会写檄文的能手去抵抗吧!把他的这首诗同他的《默觚下·治篇七》结合起来理解,可以看出,魏源深刻地揭露了那种脱离社会实际的"所用非所养,所养非所用"的官僚制度,对国家民族未来前途的危害是难以估量的,要求"所用必所养,所养必所用",在改革社会的实践中去造就人才。他说:"天下无事,庸人不庸人;天下非多难,豪杰不豪杰。九死之病,可以试医;万变之乘,可以试智。"讲的就是这个道理。

魏源反映鸦片战争的《寰海》《寰海后》《秋兴》《秋兴后》等四组组诗共四十余首,一诗一事,不但对那些昏庸误国、屈膝投降的丑恶行径,给予无情的嘲笑讽刺,揭露抨击,还借题发挥,陈述自己救世强国的感慨和看法。

反映道光二十一年(1841)广东战事的《寰海》组诗,共七言律诗十首。其二云:

千舶东南提举使,九边茶马驭戎韬。但须重典惩群饮,那必奇淫杜旅獒。周礼刑书周诰法,大宛苜蓿大秦艘。欲师夷技收夷用,上策唯当选节旄。

这是魏源目睹鸦片战争的失败所总结的经验教训。要求严惩那些贩毒走私、通敌卖国的不法之徒,主张同外国进行正当的贸易往来,批判清政府闭关锁国,盲目自大,把西方的先进科学技术视为奇技淫巧的顽固保守政策。倡导对外开放,学习西方的先进科学技术。

又在《寰海》其十中云:

同仇敌忾士心齐,呼市俄闻十万师。几获雄狐来庆郑,谁开押兕祸周遗?前日但说民通寇,此日翻看吏纵夷。早用秦风修甲戟,条支海上哭鲸鲵。

对三元里人民奋起反抗英国侵略军的斗争作了高度的评价,痛斥投降派欺骗人民,助敌纵寇的可耻罪行。严正驳斥投降派诬蔑"民通寇"的谰言,以"此日翻看吏纵夷"的事实,揭露投降派屈辱卖国的嘴脸。并从三元里人民群众抗英斗争的胜利中得到"义民可用"的启示,提出要"早用秦风修甲戟"的策略,振作沿海人民的尚武爱国精神,打败侵略者。

魏源作为一位经世派诗人,他的政治诗创作的最大特点是,思想解放,诗体也比较解放。敢于面对现实,直抒胸臆。首重经世致用,提倡发愤而作,有着强烈的时代感。因而表现在他诗中的忧世愤时之感,不是他个人的呼喊和寻求,而是那个处于多灾多难的,历史大转变时代的写照,反映了19世纪中期我国开明爱国的地主阶级知识分子,在这历史大转变中,寻求顺应历史发展,努力变革社会的轨迹。其次,他的政治诗在诗体结构上,表现出以文入诗,以史入诗,以议论入诗的特点。他反对因袭、模拟,反对专门在辞藻、声律方面刻意斗胜的"章绘句藻"之作。林昌彝评曰:"默深所为诗文,皆有神益经济,关系运会,视世之章绘句藻者,相去远矣。诗笔雄浩奔轶,而复坚苍遒劲,直入唐贤之室。近代与顾亭林为近。虽粗服乱头,不加修饰,而气韵天然,非时髦所能蹑步也。道州何子贞师谓:'默深诗如雷电倏然,金石争鸣,包孕时感,挥洒万有。少作已奇,壮更蹠实。'诚为切论。"(《射鹰楼诗话》卷二)比较恰当地概括了魏源政治诗的基本倾向和特点,对转变当时脱离实际的学风、诗风都产生了积极的影响。但是他的诗因运用僻典过多,晦涩难懂,削弱了诗的艺术感染力,缺乏诗的意境和韵味。

此外,魏源还写了大量的山水诗。他自述平生"好游山",并且"爱山",(《游后山吟》)曾自嘲地说:"应笑十诗九山水。"(《戏自题诗集》)魏源的山水诗并非仅是徜徉山水之作,他在对祖国山川江河,飞瀑流云的吟咏中,时时透露出一个经世学者与诗人忧时感世的思想情怀,山色水光,并没有使诗人忘却千疮百孔的社会现实与肩头的责任。他的《龙门吟》、《岱岳吟》,祈祝黄河水害早日结束。他的《秦淮灯船引》、《钱塘观潮行》散发着诗人鸦片战争之后因国事日非而引起的悲凉意绪。魏源的山水诗多采用铺叙写实的表现手法,显示出观察精微,描写细致,取譬新颖的特点。郭嵩焘曾评其山水诗曰:"游山诗,山水草木之奇丽,云烟之变幻,瀹然喷起于纸上,奇情诡趣,奔赴交会。盖先生之心,平视唐、宋以来作者,负才以与之角,将以极古今文字之变,自发其嵚崎历落之气。每有所作,奇古峭厉,倏忽变化,不可端倪。"(《古微堂诗集序》)

第三节 王　韬

王韬(1828～1897)本名利宾,字仲弢、紫诠,号弢园。别号、笔名甚多,有钓徒、天南遁叟、弢园老民、欧西寓公等30多个。江苏昆山县人。幼小聪慧,自称:"余少即好拈弄笔墨,十二岁学作诗,十三岁学作笺札,十四岁学作文,有得即书,不解属藁。"(《弢园尺牍·自序》)18岁即考中县学第一名,以后乡试落榜,便放弃科举仕途。1849年到上海谋生,入英国教会所办之墨海书馆任编辑工作,同英国传教士麦都思、艾约瑟等共事,长达十四五年之久。

太平天国定都南京之后,他先为清政府出谋献策,征剿太平军,希图得到一官半职,未获成功。后来,他又托名黄畹,上书太平天国的高级将领,谋划进攻上海。事发,清政府追捕王韬,1862年在英人的庇护下,他逃往香港,经麦都思介绍入英华书院,帮助英人理雅各翻译四书五经,沟通中西文化的交流。又曾两次到外国游历,对英、法、日等资本主义国家的政治、经济文化和科技发展有所了解,眼界开阔,认识更新,逐渐产生了效法西方,实现"变法自强"的改良思想。1874年在香港主编《循环日报》十年,亲自撰文痛斥时政,竭力鼓吹变法自强,热心介绍资本主义上升时期的一些思想和理论。后来将他这十年间所写的报刊政论辑为《弢园文录外编》出版,影响颇大。在近代报刊史上,他所主编的《循环日报》被认为是中国人办的第一张政论报,他也被公认为是近代最早的新闻工作者和第一位报刊政论作家。

因此,王韬成为一时知名的倡言改良的"名士"和"新党",不仅同英国的传教士和文化界有过长期的接触,还同洋务派的官僚和地方军政要员保持密切的交往。终于得到洋务派头目李鸿章的允许,于1884年获准从香港回上海定居。

晚年在上海期间,创办了弢园书局,并主持格致书院。生活上多出入于歌台舞榭,梨园妓馆,以诗酒应酬,写了一些阿谀奉承的无聊之作。既表现出政治思想的衰退,又流露出文风与世俗同流的平庸,失去了前期改革者的锐气和魄力。

他一生著述丰富,涉猎面广。据《弢园醵资刻书启》所述书目有36种,实有40种。除经学、史地学、自然科学的撰述外,文学方面的主要有:政论散文《弢园文录外编》和《弢园尺牍》,诗歌《蘅华馆诗录》,文言小说《瓮牖余谈》、《淞隐漫录》、《瀛壖杂志》、《淞滨琐话》

等，游记《乘浮漫记》、《扶桑游记》等。

王韬在主编《循环日报》大声疾呼宣传"变法自强"的有为生涯中，深深感到当时流行的"时文"，即桐城派古文和八股文，不仅在内容上强调"义理"，固守封建的伦理道德观念，与"变法自强"的思想相对立，而且在形式上因循守旧，讲究家法，对词章定出种种限制，也有碍于"变法自强"思想的灌输和普及。因此他在文学思想上最大的特点是主变主情。他说："鄙人作文，窃秉斯旨，往往下笔不能自休，若于古文辞之门径则茫然未有所知。"(《弢园文录外编·自序》)冲出古文辞的门径，想开创一种抒写自如，平易畅达，切实有用的新文风。他对"今世之文"，讲究"有家法，有师承，有门户，有蹊径，其措辞命意，具有所专注"(《弢园尺牍续钞自序》)，深为不满。并曾对"今之所为诗人"，专求"扯捚以为富，刻画以为工，宗唐祧宋以为高，摹杜范韩以为能，而于己之性情无有也"(《蘅华馆诗录自序》)的拟古倾向大加嘲讽和斥责。认为只有不受古人写诗作文的清规戒律束缚，才能自抒胸臆，畅所欲言。他说："文章所贵在乎纪事述情，自抒胸臆，俾人人知其命意之所在而一如我怀之所欲吐，斯即佳文。至其工拙，抑末也。"(《弢园文录外编·自序》)他的这些文学主张，针对晚清模拟成风，内容空疏，形式僵化的文学现象是有积极意义的。

王韬作为一位具有改良思想的宣传家，他的政论文创作取得了较高的成就。他以"论说"，即今天所谓"社论"的形式，每天一篇刊登在《循环日报》的头版，以《变法》、《变法自强》、《重民》等为题，集中、系统地宣传了他的改良主张。

首先，王韬突出强调中国社会需要"变法"。他对当时中国所面临的民族危机，有一个比较清醒的认识。西方资本主义列强都以中国为侵略对象，指出他们"航海东来，聚之于一中国之中，此固古今之创事，天地之变局。诸国既恃其长自远而至，挟其所有以傲我之所无，日从而张其炫耀，肆其欺凌，相轧以相倾，则我又焉能不思变计哉！"(《弢园文录外编·变法上》)又说："设我中国至此时而不一变，安能埒于欧洲诸大国，而与之比权量力也哉。"(出处同上)认为中国要求生存，在当时的国际形势下，非变法不可，不变法就不能立足于世界，与泰西各国处于同等地位。

其次，关于怎样"应变"和"善变"的问题。他从一个无官无职关心国事的作家和新闻记者的立场出发，提出了不少改良社会，变法自强的主张。他在《变法下》中提出："故今日我国之急务，其先在治民，其次在治兵，而总其纲领则在储材。"所谓治民，是他从中国历代的农民起义和西方资本主义国家政治制度的考察中，领悟到了"重民"的道理。他特别强调将君与民"上下相隔"改变为"上下相通"的重要。认为"民虽至卑而不可犯也，民虽至愚而不可诳也。善为治者，贵在求民之隐，达民之情，民以为不便者不必行，民以为不可者不必强，察其疴痒，而煦其疾痛。民之与官，有如子弟之与父兄，则境无不治矣"。(《弢园文录外编·重民上》)从这种重民观点出发，他热心地向国人介绍了欧洲资本主义国家的三体："一曰君主之国，一曰民主之国，一曰君民共主之国。"而他最赞赏的是英国的君主立宪制。他说："惟君民共治，上下相通，民隐得以上达，君惠亦得以下逮。"(《重民下》)这种要求改革政体的呼声尽管还比较微弱，但是比起前辈经世派作家的"托古改制"，还是前进了一大步。所谓治兵，就是要求废除旧的军事制度，学习资本主义国家的军事制度，实行军队西化。

然而，无论是"治民"也好，"治兵"也好，关键在于要有实行改革的人才，所以他说："总其纳领则在储材。"并说"储材之道,宜于制科之外,别设专科,以通达政体者为先,晓畅机务者为次。"(《重民上》)也就是说首先必须改革培养人才的教育制度和选拔人才的取士制度。他强调开办新式学校,对不适应社会需要的各种书院、学堂进行改革。强调"欲得真才,必先自废时文始",批评那种以八股取士的制度,是"以无用之时文,为进身之阶,及问其何以察吏,何以治民,则茫然莫对也。所习非所用,所用非所长"。(《弢园文录外编·变法自强中》)要求培养选拔那些"务归实用,不尚虚文"(出处同上),具有真才实学的人才,去实行变法自强的措施,完成救国的大业。

此外,他还主张学习西方的"富强之术",发展国内外的贸易,开路矿,兴纺织,造轮船等资本主义的工商业。

总之,王韬在政论文中所表现的这些改良思想,反映了晚清经世派作家,随着中国社会半封建半殖民地化的加剧,对西方资本主义政治、经济、文化思想理解的加深,开始跳出传统的"托古改制"的思维模式,放眼世界,学习西方,进而成为资产阶级的改良主义者,代表新兴的资产阶级利益,提出了新的政治要求。

王韬的政论文是近代报章文体的先驱,有其自己独特的艺术风格。

王韬主要活动在太平天国、第二次鸦片战争到中法战争的三十余年间。动荡的年代,给他提供了言论比较开放的社会环境,用他自己的话说,则是"方今言路宏开,禁网疏阔,故言之无所忌讳,知我罪我亦弗计也"(《重刻弢园尺牍自序》)。与龚自珍、魏源等人尚处在"避席畏闻文字狱",惊有余悸的时代有所不同,写起文章来无所疑虑、顾忌,"辄直抒胸臆,不假修饰,不善作谦词,亦不喜为谀语,少即好纵横辩论,留心当世之务,每及时事,往往愤懑郁勃,必尽倾吐而后快,甚至于太息泣下,辄亦不自知其所以然"。(出处同上)能将胸中所有悲愤郁积,尽吐而快,其气势磅礴勃发,横决溢出,有如急流湍湍,一泄无余,大有先秦纵横家的遗风。

王韬政论文的中心内容还有别于龚自珍、魏源以考史、论经的形式"讥切时政,诋排专制",而他侧重在介绍西方先进的资本主义制度,主要向国人宣传"变法自强"的思想,广泛介绍西方的新事物、新思想。这些正是世人关心瞩目的重大社会问题,给人以新的思想启迪,因而引起广大读者的注意,他的政论文一经报刊发表,常常风行海内。

王韬的政论文不是"上书言政",而是直接供报刊发表,面对广大读者,他不得不在改革文章的形式上下工夫,把生涩难懂的文言,改变为流畅浅显的文言,并且不论抒情述事,深入浅出,通俗易懂。形式短小精悍,语言新鲜活泼,纵横辩论,切实有用,极富热情,甚至有极大的煽动性和感染力,开辟了报章文体社会化通俗化的新径。

王韬政论文的艺术风格,对以后改良派的著名报刊政论家郑观应、康有为、梁启超、谭嗣同等人都产生了直接的影响,一时报章文体,又称新文体,在维新派的进一步发展与推动下,风行全国,代替了桐城派古文和八股时文,改变了一代文风,为五四后出现的白话散文,作了必要的过渡和准备。

此外,王韬还有诗歌和文言小说。诗歌多为唱和酬答,个人抒怀之作,风格浮华纤艳,比起前辈经世派作家忧国忧民,激励变革的诗歌逊色得多。他的文言小说也多是作者将所见所闻的社会新闻、民间故事或传闻轶事加以渲染编撰而成。对某些黑暗现象和封建的陈规陋习也有所抨击。但更多的是写人世沧桑,男欢女爱,烟花女子的苦难遭遇,狐鬼花妖的妩媚真情。尽管作者把同情全放在了被封建制度压迫的青年妇女一边,表现了一定的人道精神,但在当时外侮日逼,民族危难的历史条件下,这类文言小说不能不目为消闲之作。这同他常作"狭邪之游",寻花觅柳的生活经历分不开。所以王韬的诗歌和文言小说,同他所开创的报章体政论文相比,真有一个平地,一个高山之别。正因为有了这座"高山",才奠定了他在中国近代文学史上的重要地位。

第三章 鸦片战争时期的爱国诗潮

第一节 爱国诗潮的形成

鸦片战争的爆发,终于惊醒了"天朝盛世"的迷梦。清王朝色厉内荏的本质在战争中暴露无遗,使人民感到震惊和愤慨。许多诗人从"格调""性灵"的遗风中清醒过来,直面血与火的现实。抵御外侮、救亡图存,成为诗坛上压倒一切的呼声,爱国诗歌由此掀起了高潮。在这批诗人中,既有封建王朝的封疆大吏,也有平时吟花弄月的优游文人,当然也不乏身居社会下层的贫寒之士。

鸦片战争时期爱国诗潮的出现不是偶然的历史现象。除了英国武装入侵这一直接因素外,与清代诗风的转变也有着密切关系。早在18世纪末叶与19世纪初叶,即所谓"乾嘉盛世"之时,清代的诗坛就开始呈现出转变的趋势。当时,有不少人对充斥诗坛的靡弱肤廓之风表示不满,希望诗人们涤荡陋习,面向社会。郑燮的一段话很有代表性。他说:"古人以文章经世,吾辈所为,风月花酒而已。逐光景,慕颜色,嗟困穷,伤老大,虽刳形去皮,搜精抉髓,不过一骚坛词字尔,何与于社稷民生之计、三百篇之旨哉?"(《后刻诗序》)针对当时诗坛盛行的以学问入诗的风气,有的诗人旗帜鲜明地提出:"写出自身真阅历,强于饤饾古文书。"(张问陶《论诗》)在这种理论的影响下,清诗的现实主义主流逐渐加强,产生了不少揭露政治黑暗、反映民生疾苦的作品。这样,一旦侵略者用战争手段将中华民族逼到悬崖边缘时,爱国诗潮的出现就成为历史的必然。

鸦片战争时期的爱国诗潮,是在中国文学史上第一次出现的代表整个中华民族的利益,为反抗侵略、保卫祖国而呐喊的诗歌高潮,反映了民族的呼声和愿望。诗人们所反复咏唱的,是整个中华民族为抗击外国资本主义武装入侵而进行的民族自卫战争以及日益高涨的反抗斗争情绪。他们不像已往历史上的爱国诗人那样,仅仅代表某一民族或某一王朝的利益,只反映中华民族内部某些兄弟民族之间的争斗。因此,这次爱国诗潮当然又具有最广泛的社会性。同时,民族的危难也在一定程度上打破了自清初以来诗坛上根深蒂固的门户之见,像主性情之说的姚燮,鼓吹宋诗的祁寯藻,不主一家的金和,"为诗不遏才华"的张维屏等,尽管他们的文学见解各异,政治倾向也不尽相同,但是在这一时期都先后写出了富于爱国精神的作品。即使像李慈铭那样的思想比较保守的诗人,也在第二次鸦片战争中写出了"孤愤千秋在，狂呼一击中。夷酋方丧魄，廷议急和戎"(《庚午书事二首》之一)如此激愤的诗句。鸦片战争时期爱国诗潮以大致相同的思想倾向为基础，包容了各种流派的诗人，同时也包容了不同风格的作品。这样的情况，在中国近代文学史上还是第一次出现。

　　从创作方法上考察，鸦片战争时期爱国诗潮的出现，是中国诗歌的现实主义传统在新的历史条件下的延续和发展。它以愤慨的揭露、辛辣的讽刺和明快质朴的语言见称，在艺术上构成了较新的格局。它那无处不见的忧患意识为整个近代文学涂上了浓重的一笔，并成为中国近代文学的最重要的思想特色。如果说龚自珍的诗文是中国近代文学的启蒙之作，那么鸦片战争时期的爱国诗作则是中国近代诗歌的第一座丰碑。这一爱国诗潮为中国近代诗歌的发展奠定了较为坚实的基础，并昭示了近代诗歌发展的总趋势。

　　鸦片战争时期的爱国诗潮是在一个短暂的历史时期内涌现的，众多的诗人之间并没有也不可能形成统一的文学观，而且这些诗人来自社会各个阶层，其思想认识不尽一致，艺术水平也有高下之别。一般地说，他们都还未能突破封建正统观念的束缚，常常把忠君与爱国等同起来，对清王朝还抱有幻想。在艺术上，有相当一部分作品还停留在一般性的抒情状物或就事论事的议论阶段，缺乏精心提炼和深层开掘，因而显得比较肤浅粗直，风格也不够多样化，缺乏经久的艺术魅力。

　　当时有两部诗集着重搜辑鸦片战争时期的爱国诗作及有关史料。一部是林昌彝的《射鹰楼诗话》，所收多为两广地区作品；另一部是谢兰生的《咏梅轩杂记补遗》，所收多为江浙一带的作品。这两部书比较全面地反映了爱国诗潮的情况，为后人留下了不少珍贵资料。

第二节　爱国诗潮反映的社会内容

　　鸦片战争时期爱国诗潮的题材十分广泛，几乎触及到社会的每一个角落，可以大体归纳为以下五类：

一、热情歌颂誓死抗敌的爱国将士和人民群众

　　这一类诗大多写得慷慨悲壮，富于悲剧色彩，在爱国诗潮中所占比重较大，也最引人注目，以张维屏的《三将军歌》和《三元里》两诗为代表。张维屏(1780～1859)字子树，一字南山，号松心子，又号珠海老渔，广东番禺(今广州)人，道光二年(1822)进士，官至南康知府，晚年辞官隐居。他早年诗作多咏山水及应酬赠答，晚年在家乡目睹侵略者暴行，写出了传诵一时的《三将军歌》和《三元里》等诗，在中国近代诗坛上赢得了一席地位。

　　《三将军歌》歌颂了奋勇杀敌、为国捐躯的三位将领，即广州沙角炮台副将陈连升、吴淞炮台提督陈化成、定海总兵葛云飞，着重刻画了他们誓守国土、视死如归的英雄气概，其

中描写葛云飞死战拒敌一段尤为动人：

> 夷犯定海公守城,手蓺巨炮烧夷兵。夷兵入城公步战,枪洞公胸刀劈面。一目劈去斗愈健,面血淋漓敌惊叹。夜深雨止残月明,见公一目犹怒瞪。尸如铁立僵不倒,负公尸归有徐保。

诗中还点出了他们兵败牺牲的原因——或兵弱无援,或友军先溃。篇末寄寓了深沉的感慨:"承平武备皆具文,勇怯真伪临阵分。天生忠勇超人群,将才孰谓今无人？呜呼！将才孰谓今无人,君不见二陈一葛三将军！"诗中长短句交错出现,造成一种急促、紧迫的节奏,有力地烘托出悲壮惨烈的战斗氛围。

英国侵略军在中国领土上处处遇到人民群众的有力抵抗。道光二十一年(1841)五月,广州郊区三元里一带农民竖起"平英团"大旗,聚众万人,奋勇围击一支英军,但广州知府余保纯竟出面干涉,致使残余英军得以侥幸突围。《三元里》诗生动地记述了这一战斗的全部过程。诗篇一开始就描写了上万农民漫山遍野而来、奋勇杀敌的雄伟气势:

> 三元里前声若雷,千众万众同时来。因义生愤愤生勇,乡民合力强徒摧。家室田庐须保卫,不待鼓声群作气。妇女齐心亦健儿,犁锄在手皆兵器。乡分远近旗斑斓,什队百队沿溪山。众夷相视忽变色,黑旗死仗难生还。

这是一首正面歌颂人民力量的诗篇,在鸦片战争时期十分难得,诗人并以清朝官吏的纵敌与人民的自发抗敌作了强烈的对比,愤慨之情溢于言表。

值得提及的还有朱琦和陆嵩。朱琦(1803～1861),字伯韩,一字濂甫,广西临桂(今桂林)人,道光十五年(1835)进士,曾官御史,后在杭州抵抗太平军时战死。朱琦论诗反对模拟,诗之风格趋于雄深宏放,古体成就较高,著有《怡志堂诗集文集》。他在鸦片战争时期写有《朱副将战殁他镇兵遂溃诗以哀之》、《关将军挽歌》等作品。陆嵩(1791～1860),字希孙,号房山,江苏元和人,家境贫寒,只当过镇江府学教谕。诗学杜甫,风格朴实自然,但失之于质直,著有《意苕山馆诗稿》。他在鸦片战争时期写了《悲吴淞为陈将军化成作》、《听缪心如嘉谷谈浙东死寇王将军国英事》等作品。

二、愤怒控诉英国侵略军残暴屠杀和肆意劫掠的罪行

在涉及这类题材的诗人中,以姚燮成就较高。姚燮(1805～1864)是浙江镇海人,字梅伯,号复庄,又号大梅山民,道光十四年(1834)举人,三次会试皆不中,为生计常年奔波四方。工画,亦善词曲骈文。论诗主张自寄性情,并注意学习民歌之长,诗风奇肆秾丽,著有《复庄诗问》、《疏影楼词》等。镇海失陷后,他先后写了《太守门》、《兵巡街》、《毁神庙》、《捉夫谣》等作品,揭露侵略者的暴行。《捉夫谣》描写英军抓伕敛钱、凌辱市民:"城鬼捉夫如捉囚,手裂大布蒙夫头。银铛锁禁钉室幽,铁钉插壁夫难逃。……当官当夫给钱粟,鬼来捉夫要钱赎。朝出担水三千斤,暮缚囚床一杯粥。夫家无钱来赎夫,囚门顿首号妻孥。"

描绘出人间地狱的一派凄惨景象。姚燮在鸦片战争时期的作品大都朴质无华,善用白描,语言流畅,富于民歌风味,具有独特的艺术风格。

三、揭露清王朝文武官员的腐败无能

　　这类作品数量很多,以贝青乔的《咄咄吟》最有影响。贝青乔(1810～1863),字子木,号无咎,又号木居士,江苏吴县(今苏州)人,诸生。1841年12月投笔从戎,参加扬威将军奕经幕,在浙东一带抵抗英军,后游历南北各地,"四海依人短褐孤",卒于旅途。另著有《半行庵诗存》、《苗俗记》等。他把在奕经军中的所见所闻写成120首绝句,以诗纪史,就诗作注,题为《咄咄吟》,"言怪事也"。(《咄咄吟自序》)请看临阵指挥的武官张应云：

　　　　瘾到材官定若僧,当前一任泰山崩。铅丸如雨烟如墨,尸卧穹庐吸一灯。

文官们则是无所事事,中夜聚赌：

　　　　春风满座醉嘈嘈,一掷何妨百万豪。恰喜羽书中夜静,蜡灯酣赌好分曹。

　　《咄咄吟》一诗一注,全为纪实之作,具有较高的史料价值,但诗人过分拘泥于本事,缺乏艺术概括力,因此作品显得肤浅,形象也不够生动。

四、揭露清军和各级地方官吏借作战之名,横征暴敛,荼毒生灵

　　这类作品从一个侧面揭示了清军失败的内因。这里着重介绍张际亮的有关作品。张际亮(1799～1843),字亨甫,福建建宁人,道光十五年(1835)中举后,屡次会试皆不中,后因为好友姚莹申雪冤狱,劳瘁而卒。张际亮一生贫寒,浪迹四方,狷介耿直,敢于面斥权贵过失,被视为狂士。鸦片战争时期,他流亡于浙东一带,亲历苦难,写出了不少好诗。张际亮一生共写诗一万余首,多抒发对现实的不满,风格沉郁,语言工丽,在当时很有名气,有《张亨甫全集》。在他的笔下,清军对百姓是飞扬跋扈、鞭扑勒索:"夜中鞭扑声,呼号久谁诉"(《广信府》),临阵时则"倒戈迎敌骑,观壁弃戎衣"(《须怀》之三)。在《奉化县》一诗中,诗人成功地刻画了一群佯装负伤的宁波逃兵及一名色厉内荏、只知醉饱的将领,他们不战而逃,却向村民索要酒食,"佩刀割大肉,醉饱卧向天",搅得鸡犬不宁。张际亮诗的缺点是有时议论过多而未能切中肯綮,显得比较迂阔。

　　当时有些诗篇的揭露比张际亮的作品还要尖锐。"将军原不为苍生"(周沐润《京口》),一语点破了清军的本质。"溃卒仓皇工劫掠,残民潦倒避诛求"(吴嶰《吴淞口》),以对比手法写出了人民的双重灾难。王柏心的《南郡春兴同蔗泉作》从另一侧面揭露了清军的腐败：

　　　　四千健儿来益州,誓扫长鲸南海头。闻道捉船断行旅,得钱即醉妖妓楼。

以上这些作品的共同缺点是缺乏生动具体的形象刻画,艺术概括力不强。

五、抒发诗人矢志报国之心和忧国忧民之情

在这类作品中,抵抗派大臣林则徐(1785～1850)的《赴戍登程口占示家人二首》之一常为人们传诵:

力微任重久神疲,再竭衰庸定不支。苟利国家生死以,岂因祸福避趋之!谪居正是君恩厚,养拙刚于戍卒宜。戏与山妻谈故事,试吟断送老头皮。

这首诗作于1842年8月遣戍伊犁前夕。据说"苟利国家生死以,岂因祸福避趋之"两句诗人最为喜爱,常自吟诵。这首诗既表现了林则徐生死不渝的爱国精神,又于旷达之中流露出诗人的不平之气。即使在遣戍途中,林则徐仍惦念着祖国的安危,"闻道狼贪今渐戢,须防蚕食念犹纷"(《程玉樵方伯德润饯予于兰州藩廨之若已有园次韵奉谢》),提醒统治阶级警惕侵略者的动向。他的诗含蓄幽深,凄婉苍凉,而且格律谨严,曾勾勒西北关山景物,风格雄奇苍劲。著有《云左山房诗钞》等。

鲁一同(1804～1865)也是当时一位较有成就的诗人。他是江苏清河(今淮阴)人,字通甫,一字兰岑,道光十五年(1835)举人。他的诗风格质朴,气象雄阔,多反映民生疾苦之作,又以古文名世。著有《通甫类稿》、《通甫诗存》、《诗存之余》等。他在鸦片战争时写了《重有感》八首,深切怀念被革职远遣的林则徐,同时抒发了对国事的愤慨和担忧。"弓矢临边恩数异,金缯误国古今同。如何更卖卢龙塞,从此东南锁钥空!"诗人念及历史教训,对祖国前途表示出无限忧虑。

此外,还有一些作品以揭露鸦片流入的危害为题材,如魏源的《阿芙蓉》、祁寯藻的《新乐府三章》、黄燮清的《杂感》等,这里不再一一列举。

第三节 空前繁荣的讽刺诗

鸦片战争导致了讽刺诗的空前繁荣。社会的黑暗腐败和战场的节节失利为诗人们提供了俯拾皆是的素材。在震惊和愤慨之中,不少诗人都突破了"温柔敦厚""怨而不怒"的儒家诗教,以犀利的笔锋,尖刻的语言,来刻画那班文臣武将误国殃民、怯懦无能的种种丑态。这一时期是讽刺诗的丰收季节,无论从数量上或从质量上看,它都在爱国诗潮中占有举足轻重的地位。其中比较突出的是吴县诗人张仪祖和一些无名氏的作品。

张仪祖生平不详,著有《传砚堂诗录》。他在《咏史》之九中写道:

> 议和议战究谁差,聒耳官私两部蛙。闭户岂能摧寇焰,揭竿犹恐起群哗。衣冠皆盗斯奇变,科目无人况世家。见说张皇须坐镇,未妨宰相似棉花!

诗中描写国难当头,朝中重臣竟首鼠两端,无所措手足,最后一句道尽了清廷的腐败无能,而诗人的无限愤慨之情也由此可以想见。张仪祖善用对比来加强讽刺效果,给读者留下深刻的印象。他在《有感五首》之四中,先写前线炮声隆隆,满城烈火,军情紧急,继而笔锋一转,写后方将领按兵不动,竟然"怪他幕府偏无事,闲写刘娘玉貌肥",活画出一个畏敌如虎、拥兵自重而又附庸风雅的将领丑态。张仪祖诗风劲峭,工对仗,如"英雄效死偏无地,上相筹边别有才","狂寇称兵犹跋扈,平章谋国是调停",(《读史有感》)以及"万姓脂膏由土化,百官气骨为金销"(《咏史之四》)等,均可称为警策之句。

鸦片战争时期流传下来的无名氏诗作不少,其中多是讽刺诗。这些不愿留下姓名的诗人很可能是社会下层文人。他们对黑暗社会积怨既深,写诗时又不具名,顾忌较少,所以讽刺得更为淋漓酣畅。无名氏的作品大多是组诗,少则一组十余首,如《粤东感事十八首》、《广东纪事新诗十二首》、《闻警纪实七绝十四首》等,而《京口夷乱竹枝词》一组竟有54首之多。这些组诗大多是比较完整地记录了某一地区的战争进程,着重评价清王朝军队和官员在战争中的表现,不仅具有一定的文学价值,而且具有一定的史料价值。

在无名氏的作品中,我们看到的是"官军畏敌竟神昏,虏至争同万里奔"(《粤东感事十八首》)的战场大溃逃,还有"海错山珍先果腹,明珠翠羽入私囊。杯中浅酌西洋酒,帐内浓薰海国香"(《广东纪事新诗十二首》)的将领们醉生梦死的糜烂生活。在《广东纪事新诗十二首》之十中,诗人描写了一名无事优游而争先邀功的清军将领:

> 空把旌旗拥戍楼,将军无事任优游。彻天红焰烧民屋,遍地青燐动鬼愁。粉饰太平先报捷,邀功姓字可能周。失机谁守泥城将,论赏应推第一筹。

而清军士兵多是临时招募的乌合之众,打仗如同儿戏:

> 一著军衣气便昂,肩担刀斧手抬枪。分别演出猢狲戏,乡纵能当勇莫当。
> ——《扬州竹枝词二十首》之十七

地方官员们更是预作准备,闻风即逃:

> 门报衔牌预洗完,虚心宫仆胆先寒。此时反悔衣冠累,逃尽淮南候补官。
> ——《扬州竹枝词二十首》之十二

在官不能守、将不能战的情况下,诗人们自然联想到三元里村民的抗英义举,而"笑他兵力输民力,斩将搴旗几十村"(《广东纪事新诗十二首》之十)了。

这些讽刺诗多出自文人之手,所以文字比较典雅。第二次鸦片战争时期广东有《乐府三章》传世,讽刺两广总督叶名琛在大兵压境之际犹讲算学不休,结果城破被俘。诗以俚语写就,似为民间创作。但这样的作品流传下来的很少。

鸦片战争时期的讽刺诗,态度严肃而格调冷峻,语言辛辣尖刻而不失之油滑粗俗,有不少作品具有较高的艺术价值。它们和张维屏的《三元里》、《三将军歌》及贝青乔的《咄咄吟》等作品一样,共同标志着爱国诗潮的艺术水平。同时,这些作品笔锋所及,上至王公大臣,下至地痞恶棍,几乎触及到当时社会的各个黑暗角落,勾勒出鸦片战争时期的世态百相,但讽刺的主要对象,无疑是当朝统治阶层。"忠良俱不用,尽是卖国臣"(《五言诗》),已将讽刺的矛头指向最高决策者。这种大胆写法是继龚自珍之后,抨击时政之风的长足发展。这一时期,不少诗人或政治家借讽刺诗来发表政治见解,指斥朝纲,抨击时弊,开创了诗坛议论朝政的风气。

鸦片战争时期讽刺诗的不足之处也是比较明显的。诗人们的讽刺固然辛辣尖锐,但是却往往忽视了艺术的形象性。许多作品只是就事写诗,就诗论事,缺乏概括和提炼,而且议论过多,不少作品以议论代替了形象的刻画,显得苍白、粗直。另外,有的作品拘泥于本事,或用典过多,使词意晦涩难懂,也削弱了作品的艺术感染力。这种议论有余、艺术性不足的缺点,对鸦片战争以后的诗歌产生了一定的影响。

第四节 爱国诗潮的艺术成就及其影响

鸦片战争时期出现的爱国诗潮,不仅以其强烈的批判精神震动了长期以来积弱不振的诗坛,而且以其感情真挚、不拘常规的清新风格冲击了柔靡肤廓的颓败诗风,成为中国近代文学史上一个引人注目的现象。它的艺术成就主要表现在以下四个方面:

一、鸦片战争时期的爱国诗潮将我国古典诗歌的现实主义传统推向一个新的水平

就规模和气势而言,爱国诗潮并不比历史上的建安文学、安史之乱时期文学以及宋末元初、明末清初的遗民文学逊色。它们同属战乱文学,但爱国诗潮在反映现实生活的某些方面有所开拓和深化,特别是在反映战争方面有它的独到之处。从这些作品中,读者不仅可以清晰地看到战争的整个进程,而且可以了解到若干重大战役的筹划、布阵以及双方的攻守进退,同时还能进一步俯瞰战争的各个侧面,如兵器备配、部队组建、后勤供应、将帅性格、民情士气、社会治安等等,深切感受到由于战争而引起的全社会的震撼和动荡。爱国诗潮在描写战争方面所达到的深度和广度,是以往历次战乱文学所难以比拟的。围绕着这场战争,诗人们刻画了社会上的各色人物,无论文官武弁、贩夫走卒,还是贞女节妇、缙绅土棍,在作品中都有所表现,向人们展示了19世纪中叶中国社会的广阔画卷。所以,这些作品如果按照时间顺序排列起来,就是一部忠实记述鸦片战争的"诗史"。较之以往

描写战争的诗作,这部"诗史"似乎更注重战争场景的具体描述,因而显得更细腻、更准确。它理应在中国的战争文学中占有一席之地。

二、英雄颂歌和叙事组诗的大量出现,显示了中国诗坛发展的新趋势

中国古典诗歌传统以抒情诗为主,而抒情主体即诗人自己。在鸦片战争时期,许多诗人都突破了这一传统,而改为对客体——英勇杀敌的爱国将士——的热情歌颂。英雄颂歌的大量出现,反映了诗人们在民族危难之际从个人生活的小天地里走出来,把艺术视野投向更广阔的社会。

叙事组诗在鸦片战争时期得到迅速发展,贝青乔的《咄咄吟》竟长达120首。由于战局的变幻莫测,也由于需要描写的人物和事件过多,仅靠一两首短诗显然无法包纳如此丰富复杂的生活内容,于是大型叙事组诗的形式就普遍被诗人们采用,并影响到以后的诗坛。

三、爱国诗潮是中国近代诗歌通俗化的起点

诗人们为及时反映突如其来的社会巨变,不得不摈弃常规,在诗歌的体制、题材、手法、语言、风格诸方面都进行了开拓性的尝试,从而以丰富多彩的创作打破了诗坛上的沉闷局面。他们中的一些人以古体长篇叙事,有的人并注意向民歌和古乐府学习,文风活泼,语言俚俗。张维屏、陆嵩和徐时栋(1814～1873)都写了不少类似民歌和乐府体的作品。在这一时期爱国诗人的作品中,很少诘屈聱牙的篇章,即使是近体诗,也大都比较质朴平易。这种健康的诗风给诗坛带来了活力。在一定程度上预示着中国近代诗歌的发展方向。

四、讽刺诗的空前繁荣(详见前节)

总之,鸦片战争时期爱国诗潮的出现,在相当程度上扭转了长期统治诗坛的不问国事、远离现实的风气以及一味吟花弄月、故作空灵的时尚,使诗人们重新落脚在现实的土地上。这些作品的忧愤沉郁的风格和紧促急迫的节奏,也打乱了那些士大夫诗人的悠闲从容的步武,以鲜明的时代气息宣告了诗坛的进步。忧患意识和现实主义的创作方法,是这一爱国诗潮的两大支柱,对以后的诗歌发展产生了深远的影响。后来在中法战争、中日甲午战争时期又先后出现大量爱国诗歌,与这一诗潮的影响是分不开的。

另外,这一时期的有些爱国诗人在理论上提出了一些进步的见解,像张维屏提出"为诗不遑才华""不事规摹""不必求奇而自奇"(《国朝诗人征略》),姚燮主张"自寄其性情",朱琦论诗主"不得已而言",要求"歌有思,哭有怀""言出而天下传信"等等。他们都对无病呻吟、言之无物的颓败诗风表示不满,力主向现实生活靠拢,建立自己的艺术风格,而反对拟古,反对故作艰涩之辞。他们的创作实践与他们的文学主张基本是一致的。这些进步的文学见解对以后的诗歌发展也产生了积极的影响。

第四章 桐城派的中兴与复归

第一节 鸦片战争前后桐城派的发展与危机

桐城派是清中叶即已形成的一个以学习唐宋古文相号召的散文流派,其创始人是同出于安徽桐城一邑的方苞、刘大櫆、姚鼐。他们在长期的艺术实践中,逐渐形成了以"义法说""神气说"为核心,以"神理气味格律声色"为审美批评标准的散文写作理论。同时,方、刘、姚又以言简有序、清淡素朴为主要风格的散文创作名噪一时,赢得"天下文章,岂在桐城乎"的赞誉,桐城派之名,遂行于世。

桐城派在姚鼐之后获得较大的发展。姚鼐在鼎盛之年,放弃《四库全书》馆编修的任职,以文人学者身份,主讲江宁钟山、扬州梅花、徽州紫阳、安庆敬敷诸书院四十余年,承学之士,如蓬从风。桐城文章之学,便流播江南。姚鼐弟子中,最为著名的有管同、梅曾亮、方东树、刘开、姚莹等。

姚门弟子的主要活动时期是在嘉道年间。这个时期,正是中国社会经济、思想发生剧烈变动的时期。随着这种变动而来的是地主阶级知识分子的分化。他们中的一部分人开始在一定程度上摆脱封建统治思想的束缚,把目光转向社会现实,以激烈的言辞,揭露、抨击封建末世的种种弊端,呼唤改革的风雷,成为中国近代思想和文学革新的先驱者。姚门弟子在这场分化中,属于保守的正统派阵营中的分子。他们的文集中,并不乏论及政治、经济、学术、风俗的文章,他们抨击科举、官场的腐败,对国家财政经济的困窘、资本主义经济的侵入深表担忧,对潜在的社会危机亦有敏锐的觉察。但这一切,并没有使他们作出必须进行社会变革的结论,相反,在一种极力维护儒家思想统治,即所谓维护"道统"思想的支配下,他们把一切造成封建秩序紊乱的原因,统归于是人心、世风、士风不正的结果,而开出一个总的药方,即正风俗、兴教化。

姚门弟子在思想上维护"道统",而在文学上,则以六经、左、史、韩、欧、归、方所谓"文统"的传人自居。桐城派的创始人方苞,自言上承韩、欧,由韩、欧上溯六经、左、史,隐然有续接文统之意。姚鼐编辑《古文辞类纂》时,唐宋八家之后,明录归有光,清录方苞、刘大櫆,以暗示文统之脉络。至姚门弟子,则更是无所顾忌,公然声称清初古文三杰,"侯(方域)、魏(禧)、汪(琬)皆不得接乎文章之统"(管同《国朝古文所见集序》),而将方、刘、姚作为有清一代古文的开山,以上承归氏、唐宋八家,旨在加强与巩固桐城文派"国朝古文正宗"的地位。

姚门弟子毕竟生活在鸦片战争前后国家与民族危机日益加剧的社会环境中,他们在恪守"道统"、"文统"的同时,也认识到,时代在变,文章亦须因时而变。梅曾亮的一段话,很具有代表性:

> 惟窃以为文章之事,莫大乎因时。立吾言于此,虽其事之至微,物之甚小,而一时朝野之风俗好尚,皆可因吾言而见之。使为文于唐贞元、元和时,读者不知为贞元、元和人,不可也;为文于宋嘉祐、元祐时,读者不知为嘉祐、元祐人,不可也。韩子曰:"惟陈言之务去。"岂独其词之不可袭哉?夫古今之理势,固有大同者矣;其为运会所移,人事所推演,而变异日新者,不可穷极也。执古今之同,而概其异,虽于词无所假者,其言亦已陈矣。
>
> ——《答朱丹木书》

这段话集中地阐述了时代变了,文不得不变的道理,并把它解释为运会所移、人事推演的结果。文只有随时而变,方可常新;及时反映时代与事理的发展变化,这样的文章方可称作"真"。"真"在姚门诸子中,是衡文的一个重要标准。"物之可好于天下者,莫如真也。"(梅曾亮《黄香铁诗序》)"真"在诸人说法中,有几种含义:(一)时代之真,即如上引文所说,立言能使人见一时朝野之风俗好尚。(二)作者性情之真,人有缓急刚柔之性,文有动静阴阳之殊。因文见人,虽千百世,作者之音容笑貌可坐而得之,这正是文真的缘故。梅氏在《太乙舟山房文集序》中所说的"见其文而知其人,文之真者也"。正是指此种真。(三)语真。诸弟子言语真,常与"立诚"并提。方东树在《昭昧詹言》中说:作文"尤贵立诚,立诚则语真,自无客气浮情、肤词长语、寡情不归之病"。

在时代思潮影响下,姚门弟子曾提出要作经世、有用之文。如方东树说:"文不能经世者,皆无用之言,大雅君子所弗为也。"(《复罗月川太守书》)梅曾亮、管同两人也曾从题材的角度,把文作了尊卑之分,以言切政要,有裨教化的文章为贵;而以语涉情事,得趣山水的文章为卑。可见,在新的形势面前,姚门弟子更加注意到文学的现实性及文学与政治的紧密关系。这是其变。而变中不变的是姚门弟子在此同时,并没有放弃对"法"即文章艺术性的追求。因为注重文章艺术性的探讨,讲求文章的开阖、法度、波澜、声音,这是古文一派立足所在。桐城派中,方苞的义法说,刘大櫆的神气说,姚鼐的阳刚阴柔,神理气味格律声色,无不是着意于对散文艺术性的追求,也正是在这一点上,他们划清了古文家文与汉学家文、史学家文、科举文、理学家文的界线。因而当鸦片战争前夕,以"立言贵乎有用"为宗旨的经世派文出现时,他们从强调文章的法度入手,对经世派文进行了批评。

道光年间,开经世文风气的是陆耀编辑的《切问斋文钞》,魏源编辑的《皇朝经世文编》。编者把一些有关政治、经济、学术、风俗、刑法等有关国计民生问题的时论,不分派别,按类纂集,目的在于为国家治理者提供借鉴,提倡经世致用的风气。方东树读了这两部书后认为,两书中辑录的文章,只能算是随时取给之文,这样的文章以致用为急,不必以文字之工,虽如布帛菽粟,为人切需,但菽粟隔宿化为朽腐,布帛隔年垢敝鹑结,不能传之

第四章 桐城派的中兴与复归

后世。这类文章其症结在于缺少法度，文章之事，"夫有物则有用，有序则有法，有用尚矣，而法不背"。作文之人岂可离法而"任意驱役楮墨乎？"表现出与经世派对"文"的不同理解和追求。

由于个人经历、社会地位、所处环境诸方面的原因，姚门弟子的创作道路与散文风格，显示出各自不同的特点和面貌。

梅曾亮（1786～1856），字伯言，上元人。早年心壮志盛，以为士不可苟然而生于世，应"上佐天子"，"次明道术"，（《上汪尚书书》）而中进士后，在京做官二十余年，久困闲曹，转而认为事功与文词，两者不可兼得，于是便超然荣观而专事文辞。著作辑为《柏枧山房集》。

梅曾亮早年的作品，对政治有所涉及。如《民论》提出以王者之权兴教化，《上汪尚书书》对阶级太繁，互相牵制，事权不一的官僚制度提出批评。但稍后的文章，如《观渔》、《韩非论》、《读庄子书后》等，则表现了一种对封建专制的畏惧心理及避灾祸、远是非的处世态度。鸦片战争爆发后，梅曾亮对战争的成败十分关心，写了不少忧及家国黎民的文章，表现出真诚的爱国主义情怀。《柏枧山房集》中的纪游传记类文，如《钵山余霞阁记》、《游小盘谷记》、《冯晋渔舍人游梦记》、《王苕传》等文，写得意象鲜明、委婉曲折，平易而富有情韵，较典型地表现出桐城派文言简有序的风格。在《冯晋渔舍人游梦记》中，作者靠想象设置了一个"不登而山，不涉而水，不拜跪迎送而主客"的幽雅处所，表现了作者对官场及都市生活的厌倦。《惜字纸说》一文，尖锐地讽刺了满足于皓首而穷一经者的狭隘、可怕的门户之见。梅曾亮的散文，如林中之泉，山间小溪，娓娓谈来，平易清新。张裕钊评其文说："梅氏胜处最在能穷尽笔势之妙，其修辞诚，愈于方、刘诸公，然一意专精于是，气体理实遂不能穷极广大精微之致，此其所以病也。"（《答黎莼斋书》）

梅曾亮于姚门诸子中，功名最显，又专攻文章之学，故在京时，不少人登门求古文法，鲁一同、朱琦等即出自梅氏门下。姚莹曾言，姚门四杰中，管（同）、方（东树）、刘（开）名不出乡里，"独伯言为户部郎官，二十余年，植品甚高，诗、古文功力无与抗衡者"，（《惜抱先生与管异之书跋》）隐隐指明梅氏在姚门弟子中的地位。

方东树（1772～1856），字植之，桐城人。方氏一生，虽仕途不遇，但著作颇丰。自言："士不能经世济民，著书维挽道教，或亦补不耕织而衣食之咎也。"（苏惇元《仪卫方先生传》）强烈的卫道意识，廉洁刚直的性格，常使他赤膊上阵，以文章与人交战，因而，好辩而善说理，是方东树文的显著特点。其著作有《仪卫轩集》。

嘉道之际的汉学与宋学之争，是我国学术史上的一桩公案。方东树写于1824年的《汉学商兑》是道光以后宋学阵营反汉学的扛鼎之作。书中采用驳论的形式，对汉学家攻击宋学的言论，择其要者，逐条予以驳斥，不少地方确实击中汉学的要害。但同时，方东树对汉学家戴震、汪中等人"体民之欲"，将儒家还原为诸子百家中的一家等进步思想，也站在宋学家的立场上给予诋毁，并多次用功令及文字狱案例吓唬对方，显示出宋学的学阀性。

《仪卫轩文集》中的《化民正俗论》、《病榻罪言》，是方氏及其门人引为得意的两篇文章。前文写在1838年广州展开的有关驰禁还是严禁鸦片的讨论中。方氏此文对驰禁论进行了驳斥，主张禁烟不仅要严治贩运者，还要严治吸食者。后文写在林则徐、邓廷桢因禁烟而获罪之后。方氏认为，鸦片战争的爆发，最根本的原因不在禁烟，而是长期以来，内治不严，外夷纵恣的必然结果，从而为林、邓因此获罪而大鸣不平，表现出一定的爱国主义精神与正义感。

　　直言穷理，也给方氏的文章带来平直、粗疏，少有波澜意度等毛病。

　　方东树论文，以为学文须先立身，学行可述，大节不亏，文才可不朽于天地万世。文言，学古须由模仿始，而渐达于蜕化；精诵可得古人精神气象。这些学文之法，都被桐城派后学奉为圭臬。方东树还著有《昭昧詹言》一书，主要论诗，体制近于诗话，而偏重于"法"的体会与讲解。其弟子主要有方宗诚、戴均衡。

　　姚莹（1785～1852），字石甫，桐城人，姚鼐之从孙，官至台湾道，广西按察使。姚莹科举得名早，以后为政事所累，无暇专心于文，故屡次自白于文事未能深用功力，自愧家学。但处处牵制、事事掣肘的官场现实，是非混淆、因功得罪的生活经历，也常使他把不满和愤怒凝聚在笔端。他认为"正直敢言之气，于今衰也久矣，自古未有委靡如是之甚者也"。他把习委蛇之节者比作是坐视大厦之欹，而不敢易其栋梁的懦者。正是由于不讲实务，不勤远略，才造成中国今日的危亡局面。（《复座师赵分巡书》）叙述自己抗英有功反而得祸被逮始末的《再与方植之书》，则是对卖国媚敌，铸就冤狱者的愤怒控诉。文章最后写道：

　　　　夫君子之心，当与国家宣力分忧，保疆土而安黎庶，不在一身之荣辱也。是非之辩，何益于事！古有毁家纾难杀身成仁者，彼独非丈夫哉！区区私衷，惟鉴察焉。倘追林（则徐）、邓（廷桢）二公相聚西域，亦不寂寞。

忠怀孤愤，勃发而为天籁之文，声情俱佳，确可与司马迁《报任安书》同读。其著作辑为《中复堂全集》。

　　姚门弟子在鸦片战争前后的多事之秋里，对桐城家业，他们可谓费尽心机，惨淡经营。但星回斗转，今非昔比，他们所奉为救世灵丹的理学，在封建社会的分崩离析中，已变得无甚号召力，况他们除抄袭程朱的几句套言腐语外，并没有什么创新。因此，他们所乐道的文以载道，便不免遭虚车之讥。他们的文章虽表现了"经世"的倾向，但所运用的思想资料仍是治平修齐等旧的一套，在此基础上提出的政治主张，大多带有浓郁的书生气而不堪运用。他们虽然认识到文章应因时而变，但同时拘守着各种写作法度，限制了散文向更广阔的表现领域发展。再者，他们还面临着汉学家、骈体文派、经世文派的重重攻击，不管是从政治上、学术上、还是文学上，他们都感到自己力量不支，希望借助一强有力手臂的支持，摆脱困境，重振家业。刘开在《致鲍觉生学士书》中说：欲变风气，"方其始也，必有出群绝俗，负当代之望，以作人兴学为己任者倡之于上"。方东树说得更直接明白："思得一二大人君子在上位者，为人望所属，庶几足以震荡海内，开阖风气，使偏宕卓荦之士，悉转移而归之正学。"（《致鲍觉生学士书》）急切之情，如旱天之盼云霓。

第二节　曾国藩与桐城派的中兴

　　1856年,姚门弟子中年寿最长的梅曾亮、方东树相续去世,跟随他们学古文法的弟子虽众,但大多在文坛上默默无闻,不足以当主坛坫、执牛耳之重任。轰烈一时的桐城事业,处于群龙无首的境地。这时,援以手臂并促使桐城派中兴的,是在镇压太平天国起义中逐渐成为炙手可热人物的曾国藩。

　　曾国藩(1811~1872),字伯涵,号涤生。湖南湘乡人,进士出身,入翰林院,其著作被辑为《曾文正公全集》。1853年以吏部侍郎身份在湘办团练,后将团练扩编为湘军,开始了他镇压太平天国起义的军事生涯。

　　曾国藩在率兵打仗,戎马倥偬之中,为什么会对桐城派产生兴趣而又为它的中兴费心劳力呢？这是有一定的思想及社会原因的。

　　曾国藩是军机大臣穆彰阿的门生,又曾从大理学家倭仁、唐鉴讲习程朱理学。在宦海沉浮与对理学的潜心研究中,逐渐形成了以礼治政、以忠恕做人的内法外儒的思想体系。他认识到以武力维护封建秩序固然重要,而思想意识方面的统治更能奏效;对太平天国,不但需要武装的围剿,还需要思想文化方面的围剿,桐城派以程朱理学为归,以卫道、绌邪、兴教化为任,正是一支可以利用的队伍。

　　更重要的是,19世纪50年代末,湘军与太平军仍处在战争的相持阶段,而曾国藩以汉人率军,也还没有真正得到满族统治者的完全信任。为了战争的胜利,湘军中急需各方面的人才,而战争进行的主要地区江苏、安徽,桐城派的发展最盛。对面临着树倒猢狲散局面的桐城派援之以手,使其大旗不倒,大批文人学士就会纷沓而来,聚集麾下,成为政治、文化方面的重要力量。这样,既能保证中兴事业的发展,又增强了曾氏政治集团的势力,使这一政治集团在朝廷中越来越占举足轻重的地位,而曾氏又可得到保护文化的美名。一举数得,何乐不为！

　　曾国藩对桐城派的中兴、改造可分为肯定桐城派为文家正轨,扩大桐城派所守,新组一支文学队伍这几个方面的内容。

　　曾氏写于1858年的《欧阳生文集序》,可以看做是他所走的第一步。此文有两个意思:(一)描述桐城派自姚鼐以后的发展规模。指明此派如此昌盛,原因就在于海内学文之士皆以姚氏为文家正轨,这就再次肯定了桐城派的文坛正宗地位。(二)指出桐城派事业濒于灭绝的原因在于洪、杨之乱,湖南少安,尚得有人曲折以合桐城之辙。此文的妙处在于,桐城派名望借身居高位的曾国藩的推崇而增重。同时,曾氏也成为桐城派后裔们心悦诚服的保护人和领袖。曾氏写于次年的《圣哲画像记》可以说是故伎重演,他把姚鼐列入中国历代三十二圣哲之中,又言"国藩之粗解文章,由姚先生启之"。表现出十分的恭敬,当然,这种恭敬很大程度上是一种为着政治上的需要而故意作出的姿态。

　　曾国藩早年就读过方姚之书,在京做官时,又与梅曾亮讨论过文章,以至于朱庆元作《柏枧山房文集跋》时,竟把他列入梅氏弟子之列。所以,他对桐城派的文论体系并不陌生,而对其创作中的弊病也了如指掌。

  桐城派文的弊病,其一是规模狭小。桐城派谨守遵义法之论,片面追求有序之文,动辄求合古人法度,而行文变化又以删繁就简、言明意赅为指归,所以文章规模,越做越小。梅曾亮言文随时而变,提倡的就是:"立吾言于此,虽其事之至微,物之甚小,而一时朝野风俗好尚,皆可因吾言而见之。"又称赞陈用光之文:"不为熊熊之光,绚烂之色。"其实,这正是桐城文走向狭窄领域的表现。这种规模狭小禁忌繁多的文章,是难以表现重大题材及复杂思想的。曾国藩曾批评归有光之文说:"彼所为抑扬吞吐,情韵不匮者,苟裁之以义,或皆可以不陈。浮芥舟以纵送于蹄涔之水,不复忆天下有曰海涛者乎?神乎?味乎?徒词费耳。"(《书归震川文集后》)这实际上也是对学归文的桐城派的批评。针对桐城派文规模狭小的毛病,曾氏提出学韩学赋,作雄奇之文。其自称:"平生好雄奇瑰玮之文"(《致南屏书》),而雄奇之文,"瑰玮俊迈,以扬马为最;诙诡恣肆,以庄生为最;兼擅瑰玮诙诡之胜者,则莫胜于韩子"。(《杂著卷二》)作雄奇之文,学韩之外,还要学汉赋笔法,"韩文实与汉赋相近","近世学韩文者,皆不知其与扬、马、班、张一鼻孔出气"。(《家训》)又言,"骈散应互用,司马迁是文之王都,由韩(愈)、由班(固),文至王都即可"(《送周荇农南归序》)。姚门弟子中的刘开,就曾指出瑰奇壮伟之文不敢学,是学八家者之一失,但此说当时即使在姚门弟子中也没有被引起重视。至曾国藩以雄奇瑰玮之文药桐城派文规模狭小之病,则使桐城派文风发生了较大的变化。

  桐城派文另一弊病是空疏。古文一派自韩愈以后就讲文以载道,但对"道"的理解有广狭之别。宋代欧、苏等人,认为现实生活的百事中,即有道的存在,道即"物固有是理",因而提倡写"其道易知而可法,其言易明而可行"的文章。(欧阳修《答张秀才第一书》)明代以后,复古思潮盛起,对"道"的理解也就越来越狭窄。认为文以载道、明道方为言之有物,而"道"又几乎专指圣人之道,义理之学。姚鼐提出以考据助文之境,目的也是为了充实文章的内容,但这些文苑传中的人物,做不出几条像样的考据来,故所谓明道,仍不过是几句理学陈言。于是空疏之病,遂为世人诟病。

  欲使桐城派文更好地为封建政治服务,空疏之病也须除去。曾国藩的办法是,于姚鼐所说的以义理、考据、文章为内容的学问三事中另加一经济,并将四者比附于孔子的德行、文学、言语、政事四科,为其涂上一层"圣贤事业"的光彩。四者的涵义与关系是:"义理者,在孔门为德行之科,今世目为宋学者也;考据者,在孔门为文学之科,今世目为汉学者;辞章者,在孔门为言语之科,古艺文及今世制义诗赋皆是也;经济者,在孔门为政事之科,前代典礼政书及当代掌故皆是也。"而其中,义理与经济又是可以合于一体的,"苟道义理之学,而经济该乎其中矣","义理与经济,初无两术之分,特其施功之序详于体而略于用耳"。(《劝学篇示直隶士子》)义理与经济合,以义理规范经济,使经济不离义理之轨道;以经济充实义理,避免架空义理而将其落到实处,再佐以考据辞章,文章就会充实、饱满。这一别出心裁的新组合,被曾门弟子誉为:"扩姚氏而大之,并功德言于一涂。"

  为救桐城派文空疏之病,曾氏还在学习范围上扩大桐城派所守。桐城派作家奉为古文学习范本的《古文辞类纂》是姚鼐严格按照桐城义法编选的,其中不载六经、诸子、史传及六朝辞赋。曾国藩认为这个选本取径过窄,而另选一本《经史百家杂钞》作为补充。其中选入经、史、诸子之文及辞赋,并相应地将姚鼐所划分的十三个文体类别,合并删削为九类,另立叙记、典章两类,共十一类,别为著述、告语、记载三门。从文学角度讲,曾氏把经史、诸子、辞赋作为古文的源及学习对象,其持论较姚鼐宏通,也合乎实际,广收博取,有利于散文的创作,但曾氏同时另辟典章一类,其着眼点主要在政事而不在文学,这就与姚选的目的有了一定程度上的差别。

曾国藩并功德言于一途与《经史百家杂钞》的编选,为文章的写作提供了新的标准和范本。而"经济"的特别标出,则使载道、明道的古文与封建政治更紧密地绑在了同一战车之上。它不仅仍要宣传以纲常伦理为内容的封建意识,还要为封建政权的统治直接作策论筹划。曾氏对雄奇瑰玮之文的崇尚,使桐城文有可能从规模狭小的死胡同中走出,去表现重大题材和复杂思想,而同时,桐城派所谨守的法度、语言禁忌也在一定程度上被打破。曾氏的这些文学主张,主要是靠他本人及其弟子的创作实现的,这样,以清淡朴素、言洁语雅为主要风格的桐城派文,逐渐被一种具有新的风格的文章所代替,这就是后人称谓的湘乡派文。

曾国藩是一个处在传统与现实的夹缝中,充满着极大思想矛盾与人格分裂的复杂人物。动荡的时势,把他推上同治名臣及理学与旧文学收束者的坐席。曾氏之所以能成为桐城派的"中兴明主",固然主要是由于他占据了煊赫的政治地位,使他能在桐城派四面楚歌、山穷水尽之时,援之以手,但同时,也与他对桐城派因势利导的改造和他在文章写作上所取得的成绩有关。

对于桐城派的古文理论,曾氏是有所继承的。他言"粗解文章,由姚先生启之",固然主要是出于政治上的需要,但也不能说纯是弥天大谎。曾氏早年确有过尊崇方、姚的时期。曾氏文集中,以精处、粗处、阳刚阴柔论文,作文讲求器识,强调情理,主张学文宜从模仿入手,讲求讽诵之功,在这些地方,都可以看出桐城派古文理论的影响。他对于桐城派的改造,也正是在桐城派古文理论的基础上,因势利导,使其克服自身的弊端,走上更有效地为封建政治服务的道路,而并不是完全抛开桐城派的一套另起炉灶。

曾国藩作文学习司马迁、韩愈、兼及班固,务博深而讲求属文之法,造境求气象光明俊伟,造句求雄奇且又惬适,其气势、意象,是桐城末流所望尘莫及的。章太炎谓其"善叙行事,能为碑版传状,韵语深厚,上攀班固、韩愈之轮"。(《太炎文录·校文士》)又说:"他底著作,比前人都高一着,归、汪、方、姚都只能学欧、曾,曾才有些和韩相仿佛。"(曹聚仁记录《国学概论》)

1860年以后,曾国藩幕府中延揽的各方面人才与日俱增,众幕僚中,治古文辞而被后人称作曾门四弟子的是张裕钊、吴汝纶、黎庶昌、薛福成。四人都是因其文得知于曾氏,而被延入幕府的。入幕府后,又师法曾氏之文,精心揣摩,各有所成,而文名日起。至他们的出现,曾国藩对桐城派的中兴才告完成。

第三节　曾门弟子及桐城派的复归

张裕钊、吴汝纶、黎庶昌、薛福成都是19世纪60年代初进入曾国藩幕府的。这时，随着太平天国的被镇压和所谓"同治中兴"局面的出现，清政府面临的主要威胁，由"内忧"转为"外患"。以"自强""求富"为目标的洋务运动随之开始酝酿发展。曾门四弟子主要的政治活动是随着洋务运动的发展而进行的。受洋务运动代表人物曾国藩、李鸿章的影响，他们散文中所表现的政治倾向，主要是洋务思想。他们分析中国当时的处境，认为我疆土"四与寇邻，譬诸厝火积薪，懔然不可终日"（薛福成《答友人书》），随时都有被别国鲸吞的危险。而中国的政治、经济现状又呈现着一片没落之气。要使中国自立，足以攘外安内，则须练兵制器以自强，振兴商务以求富。自强求富，固然要向西方学习，但主要是学习其技艺而已，"取西人器数之学，以卫吾尧、舜、禹、汤、文、武、周、孔之道"（薛福成《筹洋刍议·变法》）。当然，这也是仅就曾门弟子在洋务运动时期的主要思想倾向而言。随着形势的发展，他们的思想也有所变化，如薛福成在出使西方国家之后，提出发展民族资本主义企业，并期待中国政体向君主立宪制跨进，这标志着他已进入早期改良主义者的队列。唯一亲历甲午战争及戊戌变法的吴汝纶，看到洋务运动的破产，认为"振兴国势，全在得人而不在议法"（《答廉惠卿》），一转走向教育救国的道路。

曾门四弟子中，于文章用力最著的是张裕钊（1823～1894），著有《濂亭文集》。他曾言："裕钊自唯生平入人世都无嗜好，独自幼酷喜文学"，故决心"捐弃一生华靡荣乐之娱，穷毕生之力"而为之。（《与黎莼斋书》）张氏论文，尚雅健与自然，而其作文，则学韩愈与汉赋，在雄奇、变化上用功。他的《赠范当世序》、《送梅中丞序》，采用铺张手法，排比句式，杂以硬语生辞，引物连类，尽情而发，节奏紧迫而富有变化。张氏晚年，颠沛流离，迁徙无所，由此生出的暮秋之感，在《游狼山记》、《贺苏生夫妇双寿序》中，有过真实的表现。他的《虫单传》则直是从韩愈的《毛颖传》中脱出，它描写了一个禀性孤傲，不乐与人偕，不为权贵折腰而最终隐入山中的虫子形象，实是作者以身自比。

与张裕钊一生专攻文章之学不同，薛福成（1838～1894）、黎庶昌（1837～1897）则志在事功，而不甘以文人自处。他们信奉曾国藩"文者，道德之钥而经济之舆"的训勉，为适应政事的需要而揣摩为文之道。其文章多是讨论"经世要务"，记载"当代掌故"的。但在这类题材的文章中，也不乏"记事尤为精美，令人百读不厌"（萧穆《庸庵文续编》评语）的作品。薛福成的《书太监安德海伏法记》，以传神的描写，记叙了山东巡抚丁宝桢计除西太后宠宦安德海的经过。《杂记四首》以蚁、鸡、猫、雀之斗，喻中西战争，说明只要团结，弱能胜强的道理。然而，薛福成、黎庶昌脍炙人口的作品，还是他们写在国外的一些游记，如薛福成的《观巴黎油画记》，黎庶昌的《卜来敦记》、《游盐原记》，在这些游记中，他们吸收了桐城派文的优点，以简洁生动，流畅细腻的笔法，描画了异国人民的风俗、生活与精神面貌，并于其中寄寓着中国尽快繁荣富强的良好愿望。薛福成著作编为《庸庵全集》，黎庶昌著作编为《拙尊园丛稿》。

第四章 桐城派的中兴与复归

曾门四弟子中,对桐城派的发展给予较大影响的是吴汝纶(1840~1902),其著作辑为《桐城吴先生全书》。吴汝纶在他的晚年,致力于湘乡派文向、姚桐城派文的复归。

湘乡派文之所以能风靡一时,在于它在洋务运动高涨时期,成为宣传兴办洋务主张,批判封建顽固派思想的口舌。甲午中日战争的失败,宣告了洋务运动的彻底破产,洋务思想成为弃履,作为载道之车的湘乡派文也就失去了往日的活力,同时,康梁维新变法思想及适应维新思想宣传而产生的新文体,不胫而走,大得人心。在洋务运动中也叫嚷过一通的吴汝纶,以过来之人的眼光看待康梁维新之说。认为振兴国运,全在得人,不在议法,"南海康梁之徒,日号泣于市,均之无益也"(《与阎鹤泉》)。而培养人才,西学当学,而中学也万不可废,中学书籍浩如烟海,吴氏认为,唯姚选古文融会了中学的精华,"以此为学堂必用之书,当与六艺并传不朽也"(《答严几道》)。湘乡派文的穷途末路,对教育救国的笃信,使吴氏又把希望寄于方、姚古文。

湘乡派文代替桐城派文,实际上是以政治家之文代替了文人之文,它重在持议而不拘文法,吴汝纶对此早有异议。他在甲午战争以前评郭嵩焘、薛福成文时就说:"郭、薛长于议论,经涉殊域矣,而颇杂公牍笔记体裁,无笃雅可诵之作。"(《与黎莼斋》)但在洋务思想流行之际,郭、薛之文脍炙人口,只有到了曾氏及其弟子去世及湘乡派文失去活力之后,起而纠偏的时机方臻于成熟。

纠偏与复归是从以下几个方面进行的。

一、尚醇厚而绌闳肆

曾国藩于学史迁韩愈之外,另提出学汉赋班固,以雄奇闳肆之文为尚。吴汝纶在《与杨伯衡论方、刘二集书》中借评方苞、刘大櫆之文,发表了对醇厚与闳肆的看法。他认为:"学邃者……故其文常醇以厚,而学掩才。学之未至……故其文常闳以肆,而才掩学。""今必以闳肆为宗,而谓醇厚之文为才之不赡,抑亦过矣。""文章之道,绚烂之后,归于老确。"方为至文。

吴氏力辩醇厚、闳肆之优劣,绝非仅在于评价方、刘文之高下,而在于提出一种新的论文标准。在这一标准下,曾氏所推崇的气象光明俊伟之文,绚烂而有光气之文,不再被继续推崇,取而代之的是方、姚的醇厚之文。而驰骋为才,纵横为气也是在隐指薛、黎之文,他们的文章洋洋洒洒,锋芒毕露,这正是文不成熟的表现。吴氏又言:"若谓足与文章之事,则姚郎中之后,止梅伯言、曾太傅及今日武昌张廉卿数人而已,其余盖皆'自郐'也。"(《答严几道》)受他的影响,后期桐城派,曾门之下,只推崇张、吴二人。

二、说道说经,皆于文体有妨

姚鼐将义理、考据、辞章作为学问三事,并提出以考据助文之境。曾国藩于学问三事外,又加上经济,但曾氏同时也认识到,义理、辞章、各有特性,求合不易,且足以相妨。故叹曰:"古文无施不可,但不宜说理。"至吴汝纶,则走向否定的极端,直截了当地说:"说道说经,不易成佳文。道贵正,而文者必以奇胜。经则义疏之流畅,训诂之繁琐,考证之该

博,皆于文体有妨。故善为文者,尤慎于此。"(与《姚仲实》)

三、行文应重剪裁,求雅洁

自方苞提出删繁就简与"古文不可入语录中语,魏晋六朝人藻俪俳语,汉赋中板重字法,诗歌中隽语,南北朝佻巧语"的雅洁标准后,桐城派在其发展过程中,对删繁就简还勉强执行,也写出了一些短小干净的好文章,但对"五不"的语言标准,却因为其近于苛而无法遵守。姚鼐弟子中,并不严禁作骈体文,刘开的一些文章甚至于骈散并用。到曾国藩提倡学习汉赋,并随着洋务的兴办,西语逐渐入文,此标准就更难执行了。针对这种情况,吴汝纶在与严复论翻译时,重新提出了重剪裁,求雅洁的问题。吴氏说,"与其伤洁,毋宁失真。凡琐屑不足道之事,不记何伤?若名之为文,而俚俗鄙浅,荐绅所不道,此则昔之知言者,无不悬为戒律,曾氏所谓'辞气远鄙'也",又教之以化俗为雅及剪裁之此,"文无剪裁,专以求尽为务,此非行远所宜"。(《答严几道》)

从以上三点可以看出,吴汝纶实在是有意识地提倡恢复以气清、体洁、语雅为特色的桐城派文,这种提倡得到吴氏众多弟子的响应,遂使由湘乡派文向桐城派文的复归得以实现。

吴门弟子在清末文坛较有影响的是贺涛、范当世、马其昶、姚永朴、姚永概等人。时代没有给他们提供驰骋纵横的政治舞台,他们的立足之地便只是文坛与讲坛。他们痛心于纲常名教的沦落,但也无力挽狂澜于既倒。他们企图以少涉纷杂、具有"渊穆气象"的纯儒自处,文章便很少再去讨论经世要务,取而代之的是,或掇拾着桐城先辈的只言片语去敷衍生活,或在狭小的格局里,叙写着身边的琐事,咀嚼着淡淡的哀愁。后期桐城派本身创造力的衰竭,使它再也没有力量和随之而来的新文化运动对垒,于是,它便带着"桐城谬种"的恶谥去了。

第五章 宋诗派及其他诗词流派

第一节 宋诗运动兴起的原因

道光、咸丰年间(1821～1861)出现的宋诗运动,是19世纪中叶的一个重要文学思潮和诗歌流派。作为一种文学现象,它不是孤立存在的。在它之前,有清初宋诗派的崛起;在它之后,又有所谓"同光体"诗歌的蔓延。实际上,作为唐诗派的一个主要对立面,宋诗运动基本上贯穿了整个清王朝的始末。只是由于早期宋诗派声名为唐诗派所掩,而后期宋诗派,即"同光体",又已堕为古典诗歌的末流。所以,宋诗运动只有在它的中期,才显得声势最大,并取得了诗坛的盟主地位。

中期宋诗运动的昌盛,其契机在于唐诗派的衰微及社会审美趣味的转换。近代诗人金天翮说:

> 有清一代,诗体数变。渔洋(王士禛)神韵,仓山(袁枚)性灵,张(问陶)、洪(亮吉)竞气于辇毂,舒(位)、王(昙)骋艳于江左。风流所届,遂成轻脱。夫口餍梁肉,则苦笋生味;耳倦筝笛,斯芦吹亦韵……
>
> ——《答樊山老人论诗书》

宋诗派的不少作品,正如"苦笋"和"芦吹"一样,清苦幽涩,给人以耳目一新之感。作为对乾嘉时期浓腻浮滑诗风的惩罚,宋诗运动走向了另一个极端。

以学问入诗,诗人之言与学人之言合二而一,是中期宋诗派的一大特色。这种论诗主学之说可以追溯到清朝初期。当时的宋诗派诗人厉鹗较早地提出了"书是诗材"这一命题。他认为:"……有读书而不能诗,未有能诗而不读书……书,诗材也。……诗材富,而意以为匠,神以为斤,则大篇短章,均擅其胜。"(《绿杉野屋集序》)为以后宋诗派的发展规定了大致的方向。乾隆时期的内阁学士翁方纲进一步提出"肌理说",主张"考订训诂之事与词章之事未可判为二途"(《蛾术编序》),将厉鹗的"书是诗材"的命题具体化了。他希望诗人"由性情而合之学问"(《徐昌谷诗论一》),"包孕才人学人,奄有诸家之所擅美"(《见吾轩诗集序》),也就是以学问作根柢,来充实诗的内容。他的这些观点,实际上已经开了合诗人之言与学人之言为一的先河，为道咸年间宋诗运动的兴起奠定了理论基础。

翁方纲写了不少金石训诂错杂其间的学问诗，受到袁枚和洪亮吉等同时代人的批评。但是，由于清代中期朴学盛行，许多诗人同时又是学问家，而一些学问家又喜写诗，诗人与学问家合流、诗与学问杂糅已经成为诗歌发展的一种不可逆转的趋势，所以翁方纲的诗论还是产生了相当广泛的影响。同时，盛行达百年之久的唐诗派由于缺乏创新，一味"袭古人之貌"，"顽钝不灵，泥滞弗化"（《格调论·下》），令人渐生憎意，社会审美趣味的更换已势在必行。但是，当时的社会，还不可能为诗人们提供充分的条件，来突破传统文学的既定格局。那些探索新路的诗人们，也只好像他们的前辈一样，在复古的旗号下打主意。由于上述种种因素，宋诗运动在道咸年间兴起，就不会令人感到意外了。

程恩泽（1785~1837）是中期宋诗运动的中坚。程恩泽，字云芬，号春海，安徽歙县人。嘉庆十六年（1811）进士，官至户部侍郎。他是一位著名的汉学家，从经史考据到天文、地理、金石、书画、医算等，无不涉及。他提出"凡欲通义理者必自训诂始"，并将这一见解贯彻到诗歌理论和创作实践中。他认为，诗自性情出，而"性情又自学问中出"，"学问浅则性情焉得厚？"（《金石题咏汇编序》）他把学问视为作诗的根本，提倡诗人们从训诂考据中挖掘诗料，比翁方纲的观点具有更大的片面性。

在创作实践方面，程恩泽也作了某些开拓性的尝试。他在一首诗中写道："明诗扫地钟谭出，谁挽颓风说建安？却爱闭门陈正字（师道），清如郊岛创如韩。"（《题陈迺锡先生手稿应陈尧农吉士属》）从中可以看出他的师承及艺术追求。他喜以文入诗，以虚字入诗，更喜以险怪的字句来追求奇崛的风格。如"磊磊落落方圆反正凸凹百石友，各带诗痕刻星斗"（《澹岩》）之类，这些都体现了宋诗派的特点。他的《粤东杂感》九首，描绘了广东一带"豪土万金销夜月，乞儿九死醉春风"，烟毒遍地、怵目惊心的景象，对鸦片输入、白银外流表示担忧。他的诗多为应酬和金石考据之作，艺术价值不高。

程恩泽之后，则有祁寯藻、何绍基、曾国藩、郑珍、莫友芝诸人继续鼓吹宋诗，推波助澜，而且程、祁、曾三人身居高位，煊赫于世，在封建士大夫阶层中很有号召力，于是宋诗派的声势越来越大。在这些诗人中，何绍基、郑珍和莫友芝都是程恩泽的门生，曾国藩则私淑江西诗派。诚如陈衍所总结："文端（祁寯藻）学有根柢，与程春海侍郎为杜，为韩，为苏、黄，辅以曾文正、何子贞、郑子尹、莫子偲之伦，而后学人之言与诗人之言合，而恣其所诣。"（《近代诗钞序》）

第二节 宋诗派的诗歌理论

中期宋诗派在翁方纲主学之说的基础上，提出了自己的理论追求，其核心是不俗与变脱，其主旨则是反对拟古，锐意求新。他们的理论家是何绍基。

何绍基（1799~1873）是道州（今湖南道县）人，字子贞，号东洲，晚号猿叟，道光十六年（1836）进士，官至四川学政，著有《东洲诗文集》。他在《使黔草自序》、《与汪菊士论诗》等

第五章 宋诗派及其他诗词流派

文章中提出的一套见解，可以视为中期宋诗派的文学纲领。

何绍基在理论上很有一股锐气和魄力。他反对依傍古人，力求自立。在《与汪菊士论诗》中，他说过一段颇有见地的话：

> 学诗要学古大家，止是借为入手，到得独出手眼时，须当与古人并驱。若生在老杜前，老杜还当学我。此狂论乎？曰：非也。松柏之下，其草不植，小草为大树所掩也，不能与天地气相通也。否则小草与松柏各自有立命处，岂假生气于松柏乎？记得随园有云：与其做总督衙门的门上，自然不如典史衙门的官主。此语却有理。止是小小官主，也不是容易做的。

在当时的诗坛上能讲出这样的话，是需要一点勇气的。他鄙薄唐诗派的拟古陋习，讥之为"优孟衣冠"，声明"做人要做今日当做之人，即做诗要做今日当做之诗"，强调诗歌应随着时代一起前进。郑珍也说，"言必是我言，字是古人字。……从来立言人，绝非随俗士"，并讽刺那些泥古不化，以模仿为能事的作品是"羊质而虎皮，虽巧肖仍伪"。（《论诗示诸生时代者将至》）

"不俗"二字是道咸年间宋诗运动的立命之处，也是何绍基诗学理论的基点。何为"不俗"？何绍基解释道：

> 同流合污，胸无是非，或逐时好，或傍古人，是之谓俗。直起直落，独来独往，有感则通，见义则赴，是谓不俗。高松小草，并生一山，各与造物之气通。松不顾草，草不附松，自为生气，不相假借。
>
> ——《使黔草自序》

何绍基将为人处世的道德情操与"自为生气"的诗学理论融合起来，强调无所依傍，自立于世，鼓励诗人们发挥艺术的独创性。他的"不俗"的艺术追求主要表现在诗歌语言的变脱上，主张"说自家的话，凡可以彼此公共通融的话头都与自己无涉"。在《符南樵寄鸥馆诗集叙》中，他讲得更为具体：

> 不变则不进，不脱则不成。从此摆尽窠臼，直透心光，将一切牢骚语、自命语、摹古语、随便语、名士风情语、勉强应酬语，概从刊落，戛戛独造，本根乃见。

由此可见，何绍基的所谓变脱，主要是指语言风貌的变革，即舍去陈言套话，代之以具有个性色彩的新鲜语言。但是，正是在这个问题上，何绍基陷入了困境。他一方面承认"考据之学，往往于文笔有妨"，同时又强调"诗文中不可无考据"，并把读经史和治考据视为写好诗文的要诀。这样，他的求新求变的锐气就不得不打了很大的折扣。以学问求不俗，以考据求变脱，其结果只能导致艰涩险怪、佶屈赘牙的艺术趋向，削弱诗歌的审美效果。他还主张写诗应"温柔敦厚"，"要扶持纲常，涵抱名理"，这显然是一种十分陈腐的观念，反映了中期宋诗派维护封建正统的政治立场。宋诗派诗人几乎毫无例外地敌视太平天国革命，从这里也可以找到一点答案。

道咸年间宋诗派的理论实质上是二元的。从思想倾向上看，他们因循守旧，奉儒家诗教为正统；而在文学主张方面，他们又要求有所变革，试图力破唐诗余地，开辟新的展示诗人个性特征具有"自为生气"的艺术天地。在创作上，他们一方面强调"要说自家的话"，"不假生气于古人"，一方面又用经史考据来框定诗人的文思和风格，限制诗人的创作视野。他们的文艺观并没有脱出儒家的"文以载道"的藩篱，其思维方式也未能突破传统的模式。他们企图在维持正统诗坛的既定格局的前提下，来一些修修补补，而不敢、也没有想到去触动传统诗歌的基本框架。所以，道咸年间的宋诗运动实质上是一次带有稍许改良色彩的诗歌运动，这是清代诗人们为挽救古典诗歌而作出的又一次努力。经过数十年的坚持，他们也的确在诗歌园地里开辟了一角天地，形成了一个新的流派，并影响于后人，但他们在艺术上始终未能步入更高的境界，这是令人遗憾的。

第三节 宋诗派的诗歌创作

理论上的多元化必定导致美学追求的多向发展，何绍基的二元化诗论也使道咸年间的宋诗运动呈现出双向的美学趋向：一是循着宋诗派理论的基本指向，追求艰涩勾棘的学人风度；二是顺乎诗歌发展的总趋势，以清新俚俗而富于生气的语言，着力表现诗人的自我，追求独特的诗人风格。这两种美学追求本是互相排斥的，但它们又同时并存于中期宋诗派的几乎每一位诗人的创作之中，反映了儒家传统诗论的向心力同诗歌内部发展规律的离心力之间的冲突。

这两种并行发展的美学倾向，较早表现在祁寯藻（1793～1866）的作品中。他是山西寿阳人，字叔颖，又字淳甫、实甫，号春圃，嘉庆十九年（1814）进士，官至体仁阁大学士、太子太保，著有《馤䬼亭集》。他比程恩泽稍晚一些，也是中期宋诗运动的发起者之一。他为诗师法杜甫、韩愈、苏轼。陈衍将他的《题馤䬼亭集》和《自题馤䬼亭图》诸诗推为宋诗派的典范，称赞这些作品是"证据精确，比例切当，所谓学人之诗也；而诗中带着写景言情，则又诗人之诗矣"（《石遗室诗话》）。其实这些诗或杂以考据，或故作闲隐，均非上乘之作。他的艺术上的特色在于以平易朴实的语言刻画山川的雄奇谲幻，如"山水亦何奇？奇观乃在峡。一水划地开，两山逼天插。弯环三十里，势若剑入匣"（《雨中舟宿峡山寺下晨谒旷公》）；"凤滩滩水秋益壮，一滩一丈落天上。上犹牵辂下如坠，前船后船不相望"（《舟下凤滩》）等。《纪事》诗描写一身怀绝技的老人降伏豪霸恶少的故事，个性鲜明，情节曲折，富于传奇色彩。

以编练湘军起家的曾国藩（1811～1872）也是宋诗派的一员主将。他写诗学黄庭坚，曾不无自矜地说："自仆宗涪公，时流颇忻向。"（《题彭旭诗集后即送其南归二首》之二）陈衍的《石遗室诗话》也说"湘乡出而诗皆宗涪翁"，由此可见曾国藩在宋诗运动中的地位和影响。

曾国藩的早年之作较有价值，《里胥》和《哭少时同学某》等少数作品揭露了下层官吏的横征暴敛及其对老百姓的无端凌辱，对被欺凌的弱者表示了比较深切的同情。更多的作品是抒发了他年轻时的寂落抑郁之感，流露出急于出人头地的愿望："衮衮台省无相识，纷纷时事了不闻。门外车马何隐辚，独立阶下看浮云。"(《题毛西垣诗集后即送之归巴陵五首》之五）其政治上的勃勃野心也时而闪烁可见："散发狂歌非关醉，枯株兀坐未是痴。手撼黄尘障河决，自有幻想非人知。"(《感春六首》之一）"男儿未盖棺，进取谁能料？"(《小池》)他为诗时有雄厉劲峭之气，少萧疏恬淡之作，多发议论，极少模山范水，在中期宋诗派中自成一格，但语言的表现力不够，诗中缺乏鲜明可感的形象，作品显得平直和粗疏。

最能体现这一时期宋诗运动的美学追求和创作成就的，当推何绍基、郑珍二人。

何绍基是一位名士，他不仅是著名的诗人和书法家，而且通经史、擅律算，精于鉴别金石书画。他与出将入相的祁寯藻、曾国藩不同。祁寯藻久历官场，为诗循规蹈矩，难免有圆滑、矫情之处；曾国藩以武事起家，征战南北，其诗中自有一股杀伐决绝之气。同他们二人相比，何绍基就算一位比较典型的士大夫诗人了。所谓"无他高妙，只是本色而已"(《近代诗钞》)，正是何绍基诗文的基本特色。

何绍基为诗出入苏、黄之间，受苏轼影响更加显著。他挚爱山林，常常将真挚浓郁的主观感情融会于艺术客体之中，使诗中自有一股明丽流畅的书卷气和狂放不羁的名士做派，显示了豁达旷逸的胸怀。兹以《爱山》和《逆风》两诗为例：

> 诗人爱山如骨肉，终日推篷看不足。诗人腹底本无诗，日把青山当书读。我今半载湘之阳，峰回嶂揖相扶将。岚光翠色艳如雨，飞来洒我征衣裳。转忆缁尘深似海，山水情怀百无在。自知面目已垢淹，却对青山自惭悔。诗人爱山不住山，岂知山意殊所悭。白云送客过江去，青山终古慈悲颜。
>
> ——《爱山》

> 寒雨连江又逆风，舟人怪我屡开篷。老夫不为青山色，何事欹斜白浪中？
>
> ——《逆风》

何绍基还以类似民歌的笔法写了描述水灾惨景的《溪水恶》和讽刺佛教的《普贤西向》，后者流露了诗人对内忧外患的焦虑。最能体现出他诗歌的另一种风貌的，是《望雪同子毅作》一诗。这首诗描绘山中风雪，设想奇特，造语险怪，风格瘦硬冷峭，读来野气森森，艺术上确有独到之处。当然，他也写了一些费力甚巨而诗味甚乏的学问诗，以及一些泛泛的应酬诗。

郑珍（1806～1864）也是一位追求自己独特风格的诗人。他是贵州遵义人，字子尹，晚号柴翁，道光丁酉（1837年）举人，曾官荔波县训导。郑珍一生坎坷，贫愁终身，他局促贵州一隅，在偏僻的山乡渡过了绝大部分时光，所以他的许多作品都是以农村生活为题材。他是道咸年间宋诗派中唯一一位大量从事农村题材创作的诗人。在艺术上，他不盲目模拟古人，反对绮靡诗风，有"评诗要到清静境，绮语不许污秋痕"(《柏容种菊盛开招赏》)之言。

在他的《巢经巢诗集》中，有两类作品比较引人注目，一类是揭露"乐者自乐苦自苦"的社会现实，如描写流民生活的《晨出乐蒙,冒雪至郡,次东坡江上值雪诗韵寄唐生》、《江边老叟诗》等，最有代表性的是政治讽刺诗《酒店垭即事》：

井井泉干争觅水，田田豆落懒收萁。六旬不雨浑闲事，里长催书德政碑。

另一类是描述自己的穷愁之态。他的诗中常常写到断炊："有蔬苦无盐,有水复无米"（《题新昌俞秋农汝本先生书声刀尺图》）；"天寒拥卷作跏坐,日暮向人赊夕炊"（《雪风》）；以致发出了"欲死不得死,欲生无一佳"（《愁苦又一岁赠邵亭》）的哀号。郑珍的诗中常常反映出对粮食的强烈渴求，如《饭麦》、《凉夜》、《瓮尽》等诗，即是如此。他甚至用上考据功夫，写出了长篇的《玉蜀黍歌》，反映出一种生命的本能要求。

郑珍的写景之作达到了很高的水平。他能以清新明快的笔触，描绘出生气勃勃的画面，令人感到春水的少女般的秀媚和顽皮："眉水若处女,春风吹绿裙。迎门却挽去,碧入千花村。"（《云门墱》）而"延江万丈底,死绿凝一线"（《南河渡》）则突出了贵州山水的险恶，显示了诗人锤炼语言的非凡功力。郑孝胥说他"郑君朴学仍能诗,瘦硬偏工兼淡妙"（《黎受生遗郑子尹书四种及巢经巢诗钞》），其中"瘦硬"是指郑珍的一些学问诗，郑珍的基本风格还是"工而淡妙"。

当时与郑珍齐名的还有莫友芝（1811～1871）。他是贵州独山人，字子偲，号郘亭，晚号眲叟，道光辛卯（1831年）举人，曾客曾国藩幕。莫友芝一生也是穷愁潦倒，为生计奔走四方。"我生为糊口,强半寄他域"（《赠从孙大章二首》之一），"田里非恒业,诗书不救贫"（《过张白高山居二首》之二），说明了他的生活状况。莫友芝为诗师法黄庭坚，又喜以考据入诗，题材比较琐细，其语言也嫌冗赘碎芜，只有一些景物小诗还较为可读，其艺术成就远不如郑珍。

中期宋诗派的诗学理论和生涩奥衍的艺术风格，为后起的同光体诗人所继承，使宋诗运动得以延续到20世纪初叶。

第四节　金和及其诗歌创作

当宋诗派风靡一时之际，真正能不依傍古人而自成一格的，是以《秋蟪吟馆诗钞》名世的金和（1818～1885）。他是江苏上元（今南京）人，字弓叔，号亚匏。金和只是诸生出身，一生没做过官，以教书为业，长年奔走湖海，也曾当过幕客，放情诗酒，潦倒而死。"生平好酒不好钱,黄金信手挥万千。生平好酒复好色,风絮因缘半倾国。"（《癸酉七月得庆子元讣诗以哭之》）是他自己的写照。他长年过着"年来乞食牛马走"，"十日九饭常不饱"（《将之粤东留别江南诸友》的"儒丐"生活，养成了不拘形迹、愤世嫉俗、坦率爽直的性格，所以他的诗中不乏穷卑之吟、酸楚之言、狂荡之态，而无矫情趋时之弊。

金和写诗，自称"绝无家法"（《秋蟪吟馆诗钞》卷七），不唐不宋，随心所欲。他打破陈规和传统的束缚，常以散文体、说话体、日记体写作，给人以面目一新之感。他执著地追求那种前人未至的新的境地："万卷读破后，一一勘同异。更从古人前，混沌辟新意。甘使心血枯，百战不退避。一家言既成，试质琅嬛地。必有天上语，古人所未至。"（《题阳湖孙竹床廷镳诗稿》）金和自评己诗道："所作虽不纯乎纯，要之语语皆天真。时人不能为，乃谓非古文。"（《癸酉七月得庆子元讣诗以哭之》）金和在诗歌形式方面，尤其是古体诗，确实表现出一定的独创性。梁启超评价他说："（其）意境、气象、魄力，求诸有清一代，未睹其偶。比诸远古，不名一家，而亦非一家之境界所能域也。呜呼！得此而清之诗史为不寥寂也。"（《秋蟪吟馆诗钞序》）

金和的政治态度比较复杂，太平天国攻陷南京后，他陷于城中，曾阴谋为清军内应，但不被清军将帅理睬。同时，他又具有爱国心，反对英国发动的侵略战争。对于下层劳动人民，他怀着较为深切的同情，不满清军的烧杀劫掠。所以，在《秋蟪吟馆诗钞》中，既有大量的敌视太平天国的作品，也有反映鸦片战争的优秀诗篇，同时也有为数众多的作品揭露清王朝的腐败黑暗。对金和的作品应作多面观。

金和善于从社会的小小一角，来揭示劳动人民的悲惨生活与人间的不平。他对处于社会最底层的妇女怀着深切的同情，先后写出了《弃妇篇》、《苜蓿头》、《芦花衣》等凄怆感人的诗篇。《弃妇篇》写男子喜新厌旧，《苜蓿头》写童养媳的惨状，诗中最后写道："童养妇，前生仇。童养妇，终年囚。童养妇，水中洇。童养妇，火中投。"充满了强烈的控诉。《芦花衣》写穷妇葬儿，连领苇席也买不起，只得以芦花覆之：

> 有芦有芦，在江之滨。有芦有芦，在儿之身。芦花芦花兮衣未寒，母赐儿衣，
> 母恩如山。倘是芦花衣也无，儿行履霜骨已枯。

鸦片战争时期，金和写了《陈忠愍公死事诗》和《围城纪事六咏》。在太平天国时期，他目睹官军的残暴腐败，先后写出了一系列优秀的讽刺诗。《双拜冈观战》写两支清军为争夺一少妇而自相残杀，诗人揶揄双方"直似父母仇，岂但酒肉怒。从来攻城时，未见今日武！"《军前新乐府四首》中的《黄金贵》，以犀利的笔锋揭露清军官兵借军兴之机而大敛黄金，以致出现了"军中黄金多，市上黄金少"的奇怪现象。金和还有《断指生歌》长诗一首，描写一善书法的滁州书生被清军都督捉去强迫写字，书生誓不从命，指头竟被生生剁掉，而他却大笑而去。诗人赞叹道："笔锋不畏刀锋多，刀乎刀乎奈笔何！"联系到金和曾有过诸如"举世茫茫常遇鬼，出门惘惘又依人"（《送庆子元之泰兴》）、"一饭可知恩太重，年来为汝不男儿"（《米》）这样愤激的诗句，可知他写出《芦花衣》、《断指生歌》这样的作品并不是偶然的。

金和最有名的作品是长篇叙事诗《兰陵女儿行》和《烈女行纪黄婉梨事》，其内容都是控诉湘军官兵劫掠良家少女的罪行。《兰陵女儿行》长达一千五百余言，描写一湘军将领以武力劫持一兰陵少女，而少女则于被逼成婚之际，暗藏利剑，于大庭广众之中，"突前一手揿将军，一手有剑欲出且未出"，威逼将军当众答应备宝马放女还家，并保证少女全家的安全。诗人这样描绘少女离开时的英姿："撒手始释将军衣，身未及腾鞍已据。一声长谢破空行，电掣星流不知处。"诗的结尾写宝马返回，上驮少女退回的聘礼："聘礼脱尽处，

蕰叶多一刀。刀光摇摇其锋能吹毛,将军坐此几日夜睡睡不牢。"诗人塑造了一位大智大勇、胆识过人、虑事周密、武艺高强的侠女形象,与清将的色厉内荏、众幕僚的无耻媚态恰成鲜明的对比。这是一个以喜剧收场的故事。全诗一波三折,高潮迭起,常有出人意外的情节设计,是一首不可多得的好诗。

《烈女行纪黄婉梨事》是一个动人的悲剧。诗中描写金陵少女黄婉梨全家被湘军惨杀,自己也被劫持。她在旅途中设计杀死了两名暴徒,留诗壁间,从容自缢。诗人着力刻画少女的心理活动,由此将故事逐步推向高潮。这种写法在我国古典诗歌中是比较少见的。

在语言方面,这两首诗也有自己的特点。《兰陵女儿行》以七言为主,《烈女行纪黄婉梨事》以五言为主,但是都杂用了长短不齐的字句和说话体的散文句法,有助于描述比较复杂的事件和人物心理。陈衍说他"古体极乎以文为诗之能事"(《近代诗钞》),大概指的就是这种写作特点。

金和的七律也很有特色,他善于以清丽的笔触抒写特定环境下的心境隐幽,也能以秾丽的色彩描绘出南国的如画景致,前者如"酒杯缩手秋花下,诗笔伤心幕雨中"(《枕上》),"月华夜久压人重,花气春深阑路骄"(《借舫坐月》);后者如"芳草生时江水绿,春山明处夕阳红"(《雨后泛青溪》),"春尽草香浓似酒,日长花意倦于人"(《游妙相庵》)等,显示了诗人的敏锐的观察力和驾驭语言的功力。他无愧于为道咸年间的优秀诗人。

第五节　蒋春霖及其《水云楼词》

乾隆后期以来,常州词派崛起,以风、骚之旨相号召,提倡比兴,强调寄托,而曾盛极一时的浙西词派则渐渐衰落下去。在这一时期,能自立于词坛而不傍门户的,是写出了《水云楼词》的蒋春霖。

蒋春霖(1818~1868)是江苏江阴人,字鹿潭。他家境贫寒,只当过淮南盐官、权东台富安场大使,一生很不得志。同时代人说他"负文学气义,与世牴牾。官盐曹十年,不合,以事去。流浪海滨歌楼饮肆中,常浮湛跌宕以自适。与人轻直无曲贷。见者或惮之,然咸知其佯狂,不甚以为骇也"(李肇增《水云楼词叙》),由此可以想见他大约是一个阮籍式的文士。他早年善诗,为诗"恢雄肮脏"(出处同上),中年后大都焚去。致力于词,有《水云楼词》二卷计106首,另有诗集《水云楼烬余稿》。在词学理论方面,蒋春霖认为"词祖乐府,与诗同源",反对"偎薄破琐,失风雅之旨"。(出处同上)他的创作态度比较严肃,对自己的作品删存极严,《水云楼词》中很少吟咏花鸟风月和无聊应酬的作品。

蒋春霖的词作有不少是感喟身世沦落的,语言清丽工妙,于凄怨的风格中寓寄着无限的愤懑与嗟叹。他善于寓情于景,描绘出哀飒幽清的意境,并且将畸零的身世毫无痕迹地融合于意境之中,加强了作品的艺术感染力。

第五章　宋诗派及其他诗词流派

怪西风偏聚,断肠人,相逢又天涯,似晴空堕叶,偶随寒雁,吹集平沙。尘世几番蕉鹿,春梦冷窗纱。一夜巴山雨,双鬓都华。笑指江边黄鹤,问楼头明月,今为谁斜?共飘零千里,燕子尚无家。且休卖、珊瑚宝玦,看青衫、写恨入琵琶。同怀感,把悲愁泪,弹上芦花。

——《甘州》

泊秦淮雨霁,又灯火,送归船。正树隐云寒,(一作"树拥云昏"),星垂野阔,暝色浮天。芦边夜潮骤起,晕波心,月影荡江圆。梦醒谁歌楚些,冷冷霜激湘(一作"哀")弦。

婵娟不语对愁眠,往事恨难捐。看莽莽南徐,苍苍北固,如此山川。钩连更无铁锁,任排空樯橹自回旋。寂寞鱼龙睡稳,伤心付与秋烟。

——《木兰花慢[江行晚过北固山]》

前一首词写故友他乡重逢,情景交融,以凄婉见长。后一首描绘大江月夜,于雄浑苍凉中深寓羁旅苦愁,显示了作者的多变的艺术风格。

在《水云楼词》中,以刻画愁绪、抒写相思的作品为最佳,前者如《卜算子》:

燕子不曾来,小院阴阴雨。一角阑干聚落花,此是春归处。弹泪别东风,把酒浇飞絮。化了浮萍也是愁,莫向天涯去。

后者如《风入松》:

弯环绿水抱西城,小舫卧听莺。樱桃树底春衫薄,倚红楼、偷听调筝。心事花开花谢,闲愁潮落潮生。

夕阳江上数峰青,烟草暗离亭。风怀老去如残柳,一丝丝、渐减春情。重写绿窗旧梦,酒阑浑不分明。

词前有小序曰:"昔梦重寻,春情非旧。丝竹中年,岁华自惜。东泽绮语债,亦将借此销除也。"看来当有实指。

蒋春霖"为世摈弃"(李肇增《水云楼词叙》),忘情声色,同当时的一些妓女颇有来往。他对妓女的悲惨命运寄予深切的同情,如《西河[悼曹素云]》、《莺啼叙[哀顾莺]》等都写得比较动人。《四字令》也是一首悼亡之作:

钗边泪纹,灯边梦痕,花开处处思君,况无花过春。鬟飞断云,衣残旧薰,垂杨一路黄昏,到东风墓门。

词中没有提及死者的名字,但从内容上可以推测,这位过世的女性同作者有着非同一般的感情。他悼念亡妻的作品也很感人:"当时曲槛花围,却月疏帘,玉臂清辉。纨扇抛残,空怜锦瑟,西风怨入金徽。返魂烧尽,甚环佩、宵深怕归。茫茫此恨,碧海青天,惟有秋知。"(《庆春宫[秋宵露坐时妇亡四月矣]》)这是该词的下半阕,刻画作者当时的孤寂空落心情十分出色。

蒋春霖的词较有功力,也讲究艺术技巧,但题材比较狭窄,大都囿于个人生活圈子,同时也有一些作品中流露了对太平天国的敌视。

蒋春霖为诗工于近体,尤擅长七绝,不乏雄浑苍远之致,如《冬柳》:

  万派商声竟寂寥,石城落叶下寒潮。天留枯树锁残劫,雪作飞花送六朝。
                    ——其三

  数声羌笛吹寒月,一角荒城压乱流。何处相思许攀折,冷烟凄断十三楼。
                    ——其六

他的少数诗作触及了当时的社会,"野哭空皮骨,民穷一死生。明堂谁献颂?犹喜说时清"(《东台杂诗》十三)。具有尖锐的讽刺性,在题材方面较他的词作有所开拓。

较蒋春霖稍早一些的,还有一位比较著名的女词人顾春(1799~约1876)。她是清宗室贝勒奕绘的侧室,字子春,号太清,自署太清西林春,籍贯不详。顾春幼遭变故,后以才高貌美,颇得奕绘宠爱。1838年奕绘去世,顾春即被奕绘母亲遣出,晚境凄凉。她的词取法于周邦彦、姜夔,多咏物题画之作,真淳幽婉,清丽隽永,其中《早春怨[春夜]》一词历来为人称道:

  杨柳风斜,黄昏人静,睡稳栖鸦。短烛烧残,长更坐尽,小篆添些。红楼不闭窗纱,被一缕、春痕暗遮。澹澹轻烟,溶溶院落,月在梨花。

后两句是从晏殊的"梨花院落溶溶月,柳絮池塘淡淡风"(《无题》)化出,但却显得更为工致深纱。后人论词,有"满洲词人,男中成容若(纳兰性德),女中太清春"之称。顾春亦能诗,以自然清新见长,但伤于纤弱。著有《东海渔歌》和《天游阁集》。

第六章 19世纪40~80年代的小说创作

自道光中至光绪初的小说创作,呈现衰落、倒退的状态。

随着外国殖民势力的不断入侵中国,以及各地农民起义的迭起,中国社会矛盾空前尖锐激烈。清王朝为了维护其统治地位,对外妥协投降,对内残酷镇压;在实行武力镇压的同时,又加紧了文化思想的控制。清王朝建立后,一面钦定"宋学"为思想正宗,科举的依据,故程朱理学长期以来为士林所尚,流毒天下;一面又大兴文字之狱,戕害异己思想,致一般文人埋头故纸堆,"束发就学,皓首穷经",以整理古籍("名物训诂")为避风港。空谈义理、鄙夷世事的宋学与烦琐考证、脱离现实的汉学,虽两相交攻,但是,宋学的牢笼与汉学的桎梏,都同样起着禁锢思想的作用。道咸以降,汉、宋两家虽渐趋调和,然久已流毒社会,浸淫文坛。尤其是宋明理学,深入士林,浸渍诗文,守旧诗文流派如近代宋诗运动的崛起,桐城派——湘乡派的"中兴"桐城派古文,充分说明长期占据清代思想主导地位的宋明理学,余威尚存。统治阶级除利用程朱理学以进一步稳固并强化诗古文辞的正统地位之外,则又以查禁"悖逆"小说戏曲的官方措施,强制小说戏曲创作就范,作为宣扬封建伦理道德的说教工具,所谓"劝善惩恶","以正世道人心",企图压制进步的思想与文学。虽然,道咸年间,应时代之变,经世致用派思想家、文学家,打破了汉、宋两家的一统天下,吹响了社会改革的号角,诗文中表现了反帝爱国和改革社会的热忱,呈现新进文学的勃勃生机。但这种具有近代气息的思潮与文风,却尚未波及小说领域,原因在于士林鄙薄小说之风犹存。因此,长期在宋明理学思想禁锢之下,又被一般文人鄙视的小说创作,虽进入了经历过社会大变动的近代时期,却未能跟上时代,作出反应,冲破思想牢笼,表现出应有的新进锐气。故道咸以降,小说一道,趋向衰落以至倒退,势所必然。

这一时期出现了一批侠义小说、公案小说及狭邪小说,如《荡寇志》、《儿女英雄传》、《三侠五义》和《品花宝鉴》等长篇章回小说。这些小说描写旧生活,颂扬忠臣、孝子、清官、侠士、才子、佳人等,几乎看不到一个代表进步社会力量的正面人物形象,以反映近代新的生活和新的思想,缺乏近代意识,与时代的要求相去甚远。《荡寇志》接续《水浒传》,却以荡灭农民起义为职志,表现了"为王前驱"的角色。《儿女英雄传》模效《红楼梦》,却杜撰一个封建家族的发迹史,美化封建制度,鼓吹"忠孝节义",以形象图解程朱理学的说教。《三侠五义》貌似描摹民间期望的"清官"与"侠士",为民除害,却已被封建统治阶级的思想所涂饰、歪曲，"清官"与"侠士"相勾结，各个成为报效朝廷、维持治安的贤臣能吏。百姓心目中的"清官"与"侠士"的英雄本色已大为褪色，而堕为清王朝的奴才。而《品花宝鉴》等狭邪小说，从才子与佳人的两情缠绵中，虚伪地表现男女性爱的"用情守礼"，在宣扬封建伦理中，发泄对功名利禄、富贵艳福的钦羡之情。总之，这些作品的思想基调仍然是"三纲五常"、忠孝节义的封建伦理道德，同明清小说中的表现人民愿望、批判社会政治、颂扬反封建的民主主义意识等现实主义精神、南辕而北辙。其中虽有不满现状的笔墨，并非追求改革以向前推进，而企求回归康、雍、乾的所谓"盛世"，如此而已。

这些小说之所以在当时仍能流传不息，一是统治阶级的提倡鼓吹，如《荡寇志》的重刻流布，一是迎合了读者的欣赏口味。具体地说，道咸以降，战事频仍，以平内乱，以御外侮，人们追怀康、雍、乾所谓"盛世"的"武功"，又因为《红楼梦》及其续书的广为流传，读者饱览胭脂粉黛，因此于公案侠义小说倍觉新鲜，对"清官""侠士"别具会心，以寄托所怀。然这类公案侠义小说虽合流而别有新貌，但与《水浒传》之精神相悖，堕为侠义小说之末流。狭邪小说亦明清之际人情小说之末流。虽其尘步《红楼》，却变"大观园"为"北里"做情场，变簪缨之家的公子小姐为冶游文人与倡优，以"才子"与"佳人"角逐情场另辟途径，何况又有城市经济发展之因，青楼、戏院遍布，都为狭邪小说之兴，造成条件。故这类小说，又以不同于明清小说中之人情小说所叙写，给读者以新鲜感，乃得以广泛流传，然其流毒社会亦更恶劣，何况文意词色远非其前垒甚极。

此外，文言笔记小说追模《聊斋志异》，也大量流行，如吴炽昌的《客窗闲话》，宣鼎的《夜雨秋灯录》，汤用中的《翼駉稗编》，王韬的《遁窟谰言》、《淞隐漫录》、《淞滨琐话》，邹弢的《浇愁集》，慵讷居士的《咫闻录》，毛祥麟的《墨余录》，许叔平的《里乘》，程趾祥的《此中人语》，黄钧宰的《金壶七墨》，杨凤辉的《南皋笔记》等等，不乏奇篇佳构。虽大多谈狐鬼精魅，又宣扬封建道德，且格调文笔因袭《聊斋志异》，思想艺术远无蒲氏之高深。但其变化发展亦有迹可寻。近代文言笔记小说之写粉黛烟花多于狐鬼木魅，写人事多于精魂，其中王韬之作为一转折点。其次，写人事者，又多写社会风情以及欧美、日本风情物事；社会风情中写大都市生活又多于村野山林。这都说明文言笔记小说的主题题材的变化先于长篇章回小说，因其作者经历与闻见所及，易于以笔记小说迅速反映之故，所以，笔记小说中的近代意识的发展变化，表现较为明显。

然而，这一时期的小说创作，无论是长篇章回体，或者文言笔记体，均是明清之际优秀古典小说体制的仿效之作，袭其貌而遗其神，思想艺术都非昔比。可见，进入近代发展时期的古典小说，已渐趋衰落乃至倒退，而势必为服务于近代资本主义改革需要的"新小说"所替代。

第一节 《荡寇志》

《荡寇志》，又名《结水浒传》，俞万春著，凡七十回，结子一回。它接续金圣叹所传七十回本《水浒传》，由七十一回起续撰。小说立意要写"当年宋江并没有受招安、平方腊的话，只有被张叔夜擒拿正法一句话"，"与《后水浒》绝无交涉"，（俞万春《荡寇志》卷首引言）故结七十回本，使水泊梁山一百单八农民起义军首领"非死即诛"，以求"区宇荡平，既除既治，所谓寇者，则又自有而之无"（俞焞《荡寇志·识语》）的快慰，故又名《荡寇志》。

作者俞万春（1794～1849），字仲华，别号忽来道人，浙江山阴（今绍兴市）人。嘉庆、道光年间，曾随其父屡次"从征瑶变"，镇压广东少数民族起义和农民起义，取得"功名"。后行医杭州，"晚归玄门"，（俞龙光《荡寇志·识语》）崇奉道释以终。俞万春写作《荡寇志》自有一定的思想与生活准备。

《荡寇志》始作于道光六年（1826），写成于道光二十七年（1847），前后凡22年。但俞万春"未遑修饰而殁"，由其子龙光代为"修润"，"惟以不背先君本意而止"。（出处同上）至咸丰元年（1851）"付梓"，咸丰三年初刻问世，在苏州大量印行。《荡寇志》付梓之年，正是太平天国革命爆发之时，用心险恶。1860年6月，太平军占领苏州，即将《荡寇志》及其原书板"毁尽"，以示批判和否定。后来，"当道诸公急以袖珍板刻播是书于乡邑间，以资劝惩"。（钱湘《续刻荡寇志序》）《荡寇志》于同治十年（1871），重刻印行。

作品的基本情节是：原管营提辖陈希真因"好道教修炼，绝意功名"，托病退职家居。有独生女陈丽卿"天生一副神力"，"习得一手好弓箭"，因貌美为高俅养子高衙内看中。父女被逼离家，出京师走山东沂州府投奔姨亲刘广，并结识刘广姻亲景阳镇总管云天彪。后终因"奸臣逼迫"，屡遭追捕，陈希真父女与刘广遂奔猿臂寨"落草"，"权作绿林豪客"。陈希真被推为寨主后，积聚力量，与水浒寨对垒，并在"兴师报国"名目下，勾结朝廷派遣的云天彪、徐槐等"剿匪"官军与地主武装，协力"夹攻梁山"，企图"得胜梁山，作赎罪之计"。最后，张叔夜统率官军一举"平灭梁山"，一百单八英雄"尽数擒拿"，"凌迟处死"。而"平灭梁山文武""三十六臣"，皆蒙"天子分官受职"，"图画功臣"，"入徽猷阁以垂不朽"。陈希真父女"功成"之后，上嵩山忠清观"修道"，"证成正果"，"羽化登仙"。大宋天下从此"恭承天命，永享太平"云。

"尊王灭寇"以"明国纪"是本书的主旨。《荡寇志》"以尊王灭寇为主，而使天下后世，晓然于盗贼之终无不败，忠义之不容假借混蒙，庶几尊君亲上之心，油然而生"（徐佩珂《荡寇志序》），企图惩戒平民百姓"知忠义之不可伪托，而盗贼之终不可为"（半月老人《荡寇志续序》），要农民阶级甘当地主阶级的奴隶，听任剥削与压迫。这就是"尊君亲上""全忠全义"的阶级实质。倘农民阶级一有不满情绪和反抗举动，触犯封建统治秩序，即是"假忠假义""不忠不义"的"盗贼"，为了整肃"国纪"朝纲，便要"荡平"，以维持封建地主阶级的统治。这恰恰暴露了封建统治阶级惶恐不安的心理。

《荡寇志》竭力丑化和反对农民起义军，美化和歌颂封建朝廷和"剿匪"官军，倾向鲜明。其手法是借续《水浒》之名，行反《水浒》之实。作者声称对《水浒传》"甚惊其才"，故"追寻其旨"，"踵而要其成，随时随事，信笔而发明之"（俞万春《荡寇志缘起》），企图利用《水浒传》的影响以蒙蔽读者，续写《水浒传》的人物故事以掩盖续书的面貌。《荡寇志》确实在"造事行文"上"欲摩前传之垒"（《鲁迅全集》卷九第148页），续写《水浒》中已定型的梁山英雄，却竭力歪曲、抹杀他们在思想行动上的正义性和革命性。作品夸大地诬蔑梁山英雄是"杀人越货""打家劫舍""洗涤百姓""罪大恶极"的"强盗"；宋江是"心里强盗，口里忠义""奸诈卑鄙"的"草莽盗首"。通过歪曲、丑化梁山英雄，以达到否定农民起义军的目的。相反，小说对封建君主及其爪牙"剿匪"官军却千方百计加以美化和吹捧。小说颂扬陈希真一伙"出征诸臣，皆系雷部神将"，是"上帝敕令降生，辅佐朝廷，殄灭妖氛"的英雄。作者硬是把陈希真、陈丽卿、祝永清、云天彪等镇压农民起义军的刽子手，写成具有"菩萨心肠，英雄手段"的"风流名将""正人君子"，甚至连徽宗皇帝也被写成"诛奸斥佞"的开明帝王，能"敬天法祖，圣明郅治"。

小说为表现全书主旨，制造了一个违背历史真相的所谓"忠"与"奸"的矛盾，以笼括全书故事情节，企图歪曲和掩盖阶级斗争的历史。作品全部情节围绕着陈希真一伙与"剿匪"官军协力"围剿"宋江等农民起义军的主线展开，但把这种"围剿"与反"围剿"、压迫与反压迫的阶级斗争事实，歪曲为"忠"与"奸"的矛盾。陈希真一伙是"真忠真义""大忠大义"，而宋江等梁山英雄是"假忠假义""不忠不义"。为"使天下后世深明盗贼、忠义之辨"，"剿匪"即是天经地义的了，从而歪曲、掩盖了农民阶级与地主阶级的矛盾斗争的历史真相。其次，作品所写的另一条副线，即统治阶级内部发生的"忠"与"奸"的矛盾。上自皇帝，下至地方官府等"明君良臣"，与高俅、蔡京、童贯等一伙"奸臣佞将"之间展开的矛盾与斗争，本是统治集团内部争权夺利之争。权奸弄权，贪官枉法，本是封建社会的事实，作者难以回避，而且又是《水浒传》的规定情节，不能避而不写。可是，作者却恶意编造这些奸贼与宋江等起义军互相勾结串通的故事，把贪官污吏、权奸佞臣的造成嫁祸于农民起义军的勾引，而不是封建制度本身的产物。这样，就把"权奸"与起义军都作为"忠义"的对立面，要一起加以"荡平"。而把徽宗皇帝捧为"明君"，"剿匪"官军反说成"良臣"，开脱了封建制度的罪责，美化了封建社会。

《荡寇志》对于《水浒传》，立意正相反。后者主要写"官逼民反""除暴杀官"，旨在表现农民起义军"替天行道"的革命行动，歌颂农民阶级反抗地主阶级的正义性和革命性，否定或怀疑封建统治的"长治久安"。前者则主要写"民反官剿""荡'寇'救官"，旨在表现"尊王灭寇"以"明国纪"，以强化封建专制统治，颂扬对农民起义军"荡平""杀绝"的丰功伟绩，肯定封建统治秩序，企求封建王朝"从此江山永固"。正因如此，小说出版后即得到统治阶级的称颂，说《荡寇志》"其功匪浅，抑亦可以不朽"（半月老人《荡寇志续序》），并获各方当道官府、缙绅文人的支持和资助，大量刻印散播。

《荡寇志》是一部思想内容反动而又带有一定艺术性的小说。它有较高的刻画人物的技巧，善于通过语言、行动以及细节描写来显示人物的性格。又擅长战阵的描写，攻退战守，调度自如，不紧不迫，而又惊心动魄。文字也精炼流畅。虽是《水浒传》续书，然"采录景象，亦颇有施、罗所未试者，在纠缠旧作之同类小说中，盖差为佼佼者"（《鲁迅全集》卷九第148页），这就需要认真鉴别。

第二节 《儿女英雄传》

《儿女英雄传》，本名《儿女英雄传评话》，初名《金玉缘》，又名《日下新书》、《正眼法藏五十三参》，共五十三回。因原稿本蠹蚀，"不能缀辑，且笔墨弇陋"（马从善《序》），疑为他人所续，刻印时刊削后十三回残卷，今存"缘起首回"一回，正文四十回，凡四十一回。大约成书于道光中，刊行于光绪初。

作者文康，字铁仙，一字梅庵，别号燕北闲人，满洲镶红旗人。嘉庆中大学士勒保次孙。"少席家世余荫"，以贵为理藩院员外郎。历官天津河间兵备道、安徽凤阳通判。"晚年诸子不肖，家道中落"。（马从善《序》）

作者一生历经了家运世道的盛衰升降。从康熙中至咸丰初，祖上有"三代四大学士之家"的显赫地位，"门第之盛，无有伦比"。而至文康，晚境贫困。"故于世运之变迁，人情之反复，三致意焉。先生殆悔其已往之过，而抒其未遂之志欤！"（出处同上）乃作《儿女英雄传》"以自遣"。作者所写并非是"已往之过"，用写实的方法，去反映像他那样一个世宦之家由"盛"转"衰"的败落局面。相反，却去抒写其"未遂之志"，津津有味地描摹他理想中的"一场儿女英雄公案"，虚构出一个由危转安、由衰变盛、"五伦兼备"的"全福家庭"的发迹史，美化了封建制度。作者虽对"已往之过"有所感触，有所不满，但以为只要依靠"圣主明君"，又有忠臣、孝子、烈女、义士遵循"'忠孝节义'四个大字"去做"一番英雄儿女事业"（首回缘起），辅佐朝廷，就能"作善降祥"，使封建社会从"衰世"转变为"盛世"。这是"垂白之年，重遭穷饿"（马从善《序》）的文康所做的一枕"富贵隆盛"的黄粱梦。作者的平庸昏聩还表现在创作思想上。在首回缘起中，他强调"英雄"与"儿女"互为表里，"有了英雄至性，才成就得儿女心肠；有了儿女真情，才作得出英雄事业"。而所谓"英雄心"，就是"立志要做个忠臣""立志要做个孝子"；所谓"儿女心"，就是"爱君""爱亲"，把"英雄"与"儿女"在"忠君""孝亲"上连结起来。"至于节义两个字，从君亲推到兄弟、夫妇、朋友的相处，同此一心，理无二致……这纯是一团天理人情。"总之，把"英雄事业"与"儿女真情"统一到"忠孝节义"的封建纲常上，鼓吹效忠于封建统治阶级的"儿女英雄事业"，并说成是万古不灭的"天理人情"。因此，小说的基本情节就是写所谓的"儿女英雄事业"，表现"作善降祥"的封建观念，宣扬"忠孝节义"之"善"，"富贵隆盛"之"祥"。

小说主要写安骥（字龙媒），因其父安学海为上司河工总督所陷入狱，携银往救，投宿悦来店，路经能仁寺，险遭图财害命之厄，幸为侠女十三妹所救。先此因在寺中的村女张金凤也同时被救脱险，遂由十三妹做媒，安与张结为夫妻，即奔淮安救父。十三妹即何玉凤，本出名门，智勇绝世，其父中军副将何杞的上司大将军纪献唐，因求何玉凤配其子不遂，将何杞革职拿办毙狱中。玉凤乃奉母避祸青云山，拜老侠士邓九公为师，遁迹江湖市井，伺机为父报仇。安学海得救后，弃官访寻十三妹于青云峰，告诉她纪献唐已获罪为朝廷所诛。何玉凤见父仇已报，母又去世，归葬双亲于故土，亦嫁安骥，与张玉凤情同姐妹，故小说初名《金玉缘》。最后，安骥中举人，成进士，钦点探花及第，擢升为翰林院侍讲学士、国子监祭酒。随即又晋升为二品大员副都统、乌里雅苏台参赞。正愁运行之际，忽又"恩典升了阁学，放了山东学台，作为观风整俗使的钦差，又加了右副都御史衔"，"办了些疑难大案，政声载道，位极人臣……金、玉姐妹各生一子，安老夫妻寿登期颐，子贵孙荣，至今书香不断"云。(第四十回)

小说描写安氏这个封建官宦家族的发迹史，是服从于"作善降祥"的主旨的。主要人物安骥、张金凤、何玉凤被美化为"人中龙凤""儿女英雄"，是"忠孝节义"的化身，"作善"就是遵循"忠孝节义"的封建伦理道德，故小说写人或人物关系则遵循此道安排：安氏父子之"忠"；安骥千里救父与玉凤矢志为父报仇之"孝"；"两凤"劝夫、侍亲、理家之"节"；何玉凤之救安、张于能仁寺，门生乌克斋为安学海平冤，安学海弃官访寻何玉凤，邓九公与何玉凤尊师爱徒等之"义"。所有人物塑造与情节安排无不突出"忠孝节义"的封建伦常，致人物性格失真，言谈举动违背常情，成了封建说教的传声筒。小说的部分内容如权奸弄权祸害何氏一家、赃官河工总督谈尔音的贪赃害民、安学海的冤狱、科举取士的种种内幕等情节，笔底时露不满与讥讽，对封建社会的弊端有所暴露。但这些情节意在突出忠臣孝女的行动，服从于小说总的思想倾向。

《儿女英雄传》也写侠义，但基本上属于人情小说，虽其笔墨模效《红楼》，但从思想倾向来看，却是一部反《红楼》小说。作者认为"曹雪芹作那部书，不知合假托的那贾府有甚牢不可解的怨毒，所以才把他家不曾留得一个完人，道着一句好话"，是曹氏"忍心害理"。所以要写《儿女英雄传》，反《红楼》而行之，"安得不作成个儿女英雄"，"可就为曹雪芹所欺了"。因此，安骥、张金凤和何玉凤个个是"完人"，胜于宝玉、宝钗和黛玉。安骥"自然该于贾宝玉独厚才是"，"功成名就"；宝玉与黛玉、宝钗的爱情悲剧要不得，一个是"暗里弄险"，一个是"尖酸妒人"，要写一个圆满的爱情结局"金玉缘"作青年"儿女英雄"的示范；(第三十四回)何玉凤是集"忠孝节义"于一身的"完人"，侠名十三妹，就隐含着对"金陵十二钗"的轻蔑与否定，以为不若何玉凤的有"儿女英雄"的"至性至情"等等。总之，安家较之贾府更合"人情天理"，充分表明作者的不满《红楼梦》而作《儿女英雄传》的立意。"荣华已落，怆然有怀，命笔留辞，其情况盖与曹雪芹颇类。惟彼为写实，为自叙，此为理想，为叙他，加以经历复殊，而成就遂迥异矣。"(《鲁迅全集》卷九第269页)

《儿女英雄传》是部出自文人的评话，有"平话习气"。文康习闻说书技艺，故模拟其口吻，以京语叙事，尤能纯熟地采用北京方言土语、俚俗民谚、市井口语的笔致，肆意畅达，活灵活现，叙述颇生动、风趣、诙谐。写人物对话，也能表现人物性格、身份、情调，精到传神，如闻其声，如见其人。主要人物描写过于"理想"，未免矫揉造作，性格失真，如所写十三妹，前后判若两人。而次要角色如长姐儿，着墨不多，却鲜明生动，栩栩如生。作品绘事状物，亦颇细致鲜明，工笔描画，栩栩传神，如十三妹在悦来店、能仁寺的故事，安骥中举后的人情世态，均是出色的叙事。所写场景又相当壮阔、多彩，皇宫、巨宅、市镇、野村、庙前、客店、街景、科场等等，无不写得绚丽多姿，色彩鲜明。小说于人情描写中又写侠义，写人情处缠绵，写侠义处豪放，色彩斑斓，点染有度。这种人情与侠义的交织描写，显示了人情小说与侠义小说合流的征兆。作品"结构新奇"(蒋瑞藻《花朝生笔记》)，叙安氏一家故事，线索直露；叙何氏一家故事，则"藏头露尾"，隐约叙来，顺叙倒叙，穿插有度，颇显构思功力。"惜自何玉凤归安氏后，意义渐趋平衍"(出处同上)，且使侠义风顿失，又在写人叙事中，屡

第六章 19世纪40～80年代的小说创作

入大量封建说教，迂腐而噜苏，令人厌烦。

有《续儿女英雄传》三十二回，未完，无名氏撰。卷首有自序，题"不记年月无名氏"，光绪二十四年(1898)北京宏文书局印行。续书接原作结尾，叙安骥携十三妹等赴山东就任钦差办案的"业绩"，写"除暴安良"，偏重侠义，发挥了原作的思想，而文字技术，去原著甚远。

第三节 《三侠五义》

《三侠五义》，原名《忠烈侠义传》，一百二十回，成书于同治十年(1871)前，刊行于光绪五年(1879)。首署"石玉昆述"，入迷道人序云"问竹主人原藏"，退思主人序云"入迷道人编订"，三人皆未详。石玉昆(约1810～约1871)，字振之，天津人，是道光至同治年间久居北京卖唱的说书艺人。"有盛名者近二十年，而性孤僻，游市肆间，王公招之不至。"(富察贵庆《知了义斋诗钞》)他的说唱本《包公案》(一名《龙图公案》)曾以删去唱词后的抄本《龙图耳录》流传，《三侠五义》即据此传抄本编订成书。

《三侠五义》由历代关于包公断狱的传说演化改造而成。《宋史》传包拯"立朝刚毅，贵戚宦官为之敛手"，"性峭直，恶吏苛刻"，人皆"笑比黄河清"，是个"关节不到，有阎罗包老"美誉的刚直廉明的官吏。断狱事迹，《宋史》仅传其知天长县时断"盗割牛舌"一案，其余大约据正史记载附会产生传说，或移他人断狱事迹集包拯于一身。这些传说，大约起于北宋，传于南宋，初盛于元人杂剧，再盛于明清小说。元人杂剧演包拯断案故事的有十多种。至明代，有无名氏作杂纪体《龙图公案》(又名《包公案》)，凡十卷，序署"江右陶筥元乃斌父题于虎丘之悟石轩"。有繁、简两种本子，繁本收故事一百则，简本仅六十六则，专叙包公断狱故事，不成条贯。另有钱塘散人安遇时的《包龙图判百家公案》一百回，饶安完熙生的《包孝肃公百家公案演义》一百回等小说行世。至清，石玉昆据此演成大部的《包公案》(又称《龙图公案》)计一百二十回，以包公为主脑，集合前人种种包公传说，加工改造，组织加密，首尾贯通，间以唱词。后即有根据石玉昆说唱《包公案》的记录本删除唱词，成为《龙图耳录》一百二十回传抄本。此本即《忠烈侠义传》的蓝本。《三侠五义》刊刻后，至光绪十五年(1889)，俞樾认为第一回狸猫换太子"殊涉不经"，即"援据正史，订正俗说"，"别撰第一回"；又认为书中所叙不止"三侠"，"南侠、北侠、丁氏双侠、小侠艾虎，则已得五侠"，再加上黑妖狐智化、小诸葛沈仲元，"已得七侠"，就改名为《七侠五义》，两种本子并行流传。《三侠五义》即由历代包公断案故事汇集加工而成，故所写人物见于史者仅包拯、八王、李妃等数人，事迹也多是附会；众多人物均属虚构，故事也从元明以来之包公断案传说演化而成，如狸猫换太子出自元杂剧《抱妆盒》与明代《包公案》中之《桑林镇》，参合改造；乌盆诉冤脱胎于元曲《盆儿鬼》；又据明代《龙图公案》及《西洋记》中玉面猫和五鼠闹东京的志怪故事，改造为御猫展昭和五义士的侠士形象。所谓襄阳王谋反，史无其事，亦出于附会虚构。总之，包公传说历经演化改造，尤其经石玉昆的加工创造，人物形象与故事情节不断丰富，至

《三侠五义》而定型。

《三侠五义》是一部侠义小说。"凡此流著作,虽意在叙勇侠之士,游行村市,安良除暴,为国立功,而必以一名臣大吏为中枢,以总领一切豪俊,其在《三侠五义》者曰包拯。"(《鲁迅全集》卷九第272页)作品前二十七回主要写包公在侠士们辅佐下断狱平冤,除暴安良的故事,其大部分沿袭元明以来的包公断案传说,稍加改造穿插与描写点染,使之贯通,别铸新意。后面大半部分则基本上是创作,专写七侠士与五义士由相互斗打到协力报效朝廷,随颜查散查探襄阳王谋反案的故事。作品总体构思在写以包拯、颜查散等为首的大吏,统率七侠与五义,惩除以宗室襄阳王、国戚庞吉父子以及恶霸马强、淫棍花冲、高利贷者苗秀等等权奸佞臣、贪官污吏、恶霸豪绅的矛盾与斗争,旨在表现"除暴安良""为民除害"的精神,以辨"忠""奸"之分。包拯被塑造为不畏权贵、执法严正、廉洁奉公、举贤用能、爱民如子的"包青天"。他既能"忠心报国",为君王信赖重用,"凡是包公所奏的,圣上无有不依从,真是君正臣良,太平景象"(第二十七回),是个"忠君贤臣";又能"为民除害",是百姓拥戴的"青天",受到"万民感仰,欢呼载道"(第十五回)。这一典型具有两重意义:作为一个被美化了的封建统治者,包公形象显示了封建制度毕竟能够造成"君正臣良""法律严明""天下太平"的统治秩序,粉饰了封建制度,美化了封建社会,具有极大的迷惑性。作品不承认庞吉一伙权贵、贪官、豪绅、恶霸等封建势力及其横行不法、为非作歹的本身就是封建制度的产物,却用以"忠"诛"奸"的描写为封建制度开脱罪责,反而突出了包拯"为民除害""忠君报国"的精神,抹杀了无论"忠"与"奸"的矛盾双方,都是被统治、被压迫阶级的对立面,都是奴役被压迫,被统治阶级的封建统治势力这一阶级矛盾的客观事实。当然,包公的形象又有为人民传说所创造的理想化的一面,反映了人民群众的要求与愿望。受压迫的人民群众要求有这样一个"包青天'出世'为民作主",平冤、除奸、惩恶以解倒悬之苦,这一愿望正是由政治黑暗、吏治腐败、执法枉法以致民不聊生的封建社会现实所促成。包拯这个形象既是按照人民的愿望,又是屈从封建统治阶级的需要,混杂地塑造而成。这同样表现在对侠义之士的描写中。小说所写的侠士怀抱"天下人管天下事"(第四十四回)的信念,"路见不平,拔刀相助",专行剪除权奸、赃官、豪绅、恶少等"祸国殃民"的败类,从不骚扰百姓,被百姓看做"救命恩人",心目中的"英雄豪杰",反映了人民群众需要这类侠士为自己伸张正义的强烈愿望。但是,小说所写的侠士,本身即是地主、渔霸,横行一方,即使原是绿林豪杰,却已投靠了官府,报效朝廷,高官厚禄。他们身上混合着"侠义"相和奴才相的两重性格。他们在被救助的百姓面前,是"救世主",面对皇帝、包拯,却又奴颜婢膝,附首帖耳,奴才相十足。侠士们"虽在钦差之下,究居平民之上,对一方面固然必须听命,对别方面还是大可逞雄,安全之度增多了,奴性也跟着加足"(《鲁迅全集》卷四第156页)。侠士们的"除暴安良"是"效忠除奸",虽"平冤"也有利于受害的百姓,但在根本上起着维护封建统治的作用。小说宣扬了忠孝节义的封建伦理,君尊臣卑、主贵仆贱、男尊女卑的等级观念,因果报应的迷信思想,轻视劳动群众的落后意识。虽然小说写"除暴安良",说"祸福报应",往往使善良正直的人民群众获得心理满足,但又为封建思想意识所毒害。所以说"《三侠五义》为市井细民写心,乃似较有《水浒》余韵,然亦仅其外貌,而非精神"(《鲁迅全集》卷九第278页)。

作品是侠义小说中较好的一部,有一定的艺术成就。小说人物众多,而各具面貌,形象鲜明,个性突出,如包拯的刚毅明断,白玉堂的骄纵好胜,蒋平的机警沉着,艾虎的粗中有细,欧阳春的稳重狷介,赵虎的鲁莽,卢方的忠厚,徐庆的耿直等等,都写得逼真而生动,"叙事叙人皆能刻划尽致"(问竹主人《序》)。尤其"写草野豪杰,辄奕奕有神,间或衬以世态,杂以诙谐,亦每令莽夫分外生色。值世间方饱于妖异之说,脂粉之谈,而此遂以粗豪见长,于说部中露头角也"(《鲁迅全集》卷九第 273 页)。除此,小说更以细巧的笔致,描写了一群善良而正直的市井细民、奴仆丫鬟,如张别古、范胜父子、汤圆张老、渔民张立以及书童锦笺、雨墨、丫环佳蕙等人物,均写得淳朴可爱,栩栩如生。

作品情节纷繁,错综复杂,变幻莫测,故事中套故事,而能精心结构。放收有度,组织严密,波澜迭起,"接缝斗笋,亦俱巧妙无痕"(问竹主人《序》)。故事虽属离奇,可惊可喜,却又入情入理,令人信服,"无论此事有无,但能情理兼尽"(出处同上)。作者又善于在叙人叙事时点染烘托,顿添情致,闲笔不闲,细节不细,其"描写既细入毫芒,点染又曲中筋节,正如柳麻子说'武松打店',初到店内无人,蓦地一吼,店中空缸空甏,皆瓮瓮有声;闲中着色,精神百倍"(俞越《序》),这是说书艺术的惯用技法在小说中的巧妙运用。

作品又"能以日用寻常之语,发挥惊天动地之事"(问竹主人《序》),叙事则静中见动,缓中有紧,叙人则形神俱备,生动逼真,即使写景,粗笔勾勒而情景交融,也多借助语言的表现功力。小说运用口语、方言、民谚,生动活泼,丰富多彩,风趣传神,活灵活现,具有说书艺术的语言特色,"绘声状物,甚有平话习气"(《鲁迅全集》卷九第 278 页)。

描写济困扶危、扶正压邪、除暴安良侠义行为的作品,古已有之。侠义是封建时代人民要求伸张正义、反对不平待遇的正当愿望的寄托,是人民的正义感和英雄主义的表现,向为人民所喜爱,故侠义故事在历代文学中经久不衰,而特盛于明清。至清中叶,侠义小说空前盛行,作品规模也更宏伟,并与公案小说趋于合流,所写侠士则与"清官"结合,"必以一名臣大吏为中枢,以总领一切豪俊"。这是因为"清官"需要招抚并利用侠士辅佐以维持治安,而侠士迫于高压统治,必得依附名臣大吏才能逞雄。虽这类小说大旨在颂扬勇侠,赞美豪俊,然而,又一定使他们服膺忠义,报效朝廷。清代侠义小说的盛行,反映了那个时期社会矛盾尖锐复杂的状况,侠义也将随着封建社会的趋向末世而走上末路。虽然,清代侠义小说接续宋人话本正脉,显示了市民文学的复兴,但在清王朝封建统治高压之下,侠义小说在思想内容上渐趋平庸,艺术上也愈演愈拙。《三侠五义》虽可称为侠义小说中的佼佼者,至其续书《小五义》(石玉昆述)、《续小五义》(均百二十回),以及合二书而略加删改的《正续小五义全传》六十回本,则文意词色就有逊于《三侠五义》了。

先于《三侠五义》的有《施公案》,原名《施案奇闻》,又名《百断奇观》,九十七回,无名氏撰,约刊行于道光初,开侠义与公案合流之先河。公案小说初兴于宋元,再兴于明清,历久不衰,至清中叶《施公案》问世,公案与侠义合流,"侠士"与"清官"始以奴才与主子结合,演成大部故事。至光绪十七年(1891)则有署名贪梦道人的《彭公案》一百回刊行,亦叙侠士辅佐"清官"(《施公案》中施仕纶,《彭公案》中彭朋)断狱的故事。此后,则类于侠义公案小说之作,摹效不息,《三侠五义》续至二十四集,《施公案》续至十集,《彭公案》续至十七集,尚有《英雄大八义》、《英雄小八义》、《七剑十三侠》、《七剑十八义》、《刘公案》、《李公案》、《于公案》、《张公案》等等,大多盛行于光绪年间。这类续作仿作,文意词色平庸低劣,陈陈相因,近于滥造。

第四节 狭邪小说

道光末,冶游文人描写妓院中人物故事的狭邪小说,引人注目。他们把北里当做情场,把狎客与妓女(或优伶)间的寻欢作乐,写成感情专注的"佳人"与怀才不遇的"才子"之间的"真情实意",摹绘柔情,敷陈艳迹,形成近代"才子佳人"小说之风。

自唐以来,记述文人与倡优冶游生活的,常见于文人的杂著或文言短篇小说,"然大率杂事琐闻,并无条贯……若以狭邪中人物事故为全书主干,且组织成长篇至数十回者,盖始见于《品花宝鉴》,惟所记则为伶人"(《鲁迅全集》卷九第256页)。

《品花宝鉴》,又名《怡情逸史》,凡六十卷六十回。作者陈森,字少逸,别号石函氏,江苏常州人。"作者本江南名宿,半生潦倒,一第蹉跎"(幻中了幻居士《序》),遂游幕北京与广西。"尝游览青楼戏馆","品题梨园"作排遣(陈森《品花宝鉴序》),遂以说部为优伶写照,道人所未道。自道光五年(1825)冬至道光十五年(1835)而撰成《品花宝鉴》,闻者竞相传抄。小说于"戊申年(道光二十八年;1848)十月幻中了幻斋开雕,己酉年(1849)六月工峻"(初版扉页题记)。

乾嘉以来,京都狎优之风极盛,称雏伶曰"像姑",因其美貌似好女子。名公巨卿、王孙公子、名士富商均以狎优、品优为风雅。而《品花宝鉴》一书,为记明僮滥觞"(《鸿雪轩纪艳·侧帽余谭》)。

小说描写"阀阅世家现任翰林院侍读学士"之公子梅子玉(号庾香)与"失足梨园"的旦角男伶杜琴言(亦称琴官、琴仙)同性恋爱为中心线索,"为公卿,为名士,为俊优、佳人、才婢、狂夫",记述"声音笑貌,妍媸邪正,以至狭邪淫荡秽亵诸琐屑事"。(陈森《品花宝鉴序》)作者认为狎客与伶人,是"用情于欢乐场中的人,均不外乎邪正两途",伶人有邪正之分,狎客有雅俗之别,而"最难得者,几个用情守礼之君子与几个洁身自好的优伶"(第一回),故以梅子玉与杜琴言为理想人物。子玉是"貌如良玉,质比精金""万卷贯通"(第一回)的"才子",又是"钟情之子",是欢乐场中"用情守礼的君子"楷模,游戏场上的"仙中正品"。(第六十回)而琴言则"心既高性复爱洁,有山鸡舞镜,丹凤栖梧之志"(第五回),"色艺俱绝"的梨园"花仙",是"洁身自好的优伶"魁首。小说津津乐道地曲尽描摹他们缠绵悱恻、温情软语、情投意合的同性恋爱,却用所谓封建礼教掩饰他们的下流行为与道德堕落,把玩弄优伶的性变态行为美化为"用情守礼",加以颂扬。推崇《品花宝鉴》者,以为小说"寓劝惩","情如骚雅文如史","更比《红楼》艳十分"(卧云轩老人《品花宝鉴题词》);"于诸才子书并《聊斋》、《红楼梦》外,则首推石函氏之《品花宝鉴》",是"说部中之另具一格者"(幻中了幻居士《序》)。说《品花宝鉴》"生面别开"(第一回),是事实,它是写优伶生活的第一部长篇章回小说。但小说内容正面宣扬了统治阶级骄奢淫逸的腐化生活和狎优品优的卑劣风尚,表现了作者对功名利禄的追求和对富贵荣华的歆羡,也反映作者那种科场失意而在情场"醉月评花"(陈森《品花宝鉴序》)聊作自遣自慰的没落情绪及被扭曲的性心态。

第六章　19世纪40~80年代的小说创作

《花月痕》,十六卷五十二回,原署"眠鹤主人编次,栖霞居士评阅"。咸丰八年(1858)作,光绪十四年(1888)刻印。作者魏秀仁(1819~1874),字子安,别号眠鹤山人,福建侯官(今福州市)人。工诗善画,少负文名。道光举人,屡试进士不第,乃游幕陕西、山西、四川。终为成都芙蓉书院院长。著有《石经考》、《陔南山馆诗话》,而以《花月痕》名于时。

《花月痕》写狎妓,亦才子佳人一类小说,在太原知府家坐馆时撰成。它叙述韦痴珠和韩荷生两个才子,因文字缘相交,游幕并州,角逐官场,流连妓院,各有相好。韦钟情刘秋痕,韩誉恋杜采秋。韦"著述等身","文采风流,倾倒一时",但因"名场坎坷"(魏秀仁《花月痕前序》),失意潦倒,困顿羁旅中。后韦与妻先后亡故,秋痕遂以身殉情。韩则"俨然诸侯之上客,参机密而握权要"(出处同上),因镇压农民起义军,战绩累累,功成名就,累迁至封侯,采秋亦得一品夫人封典。所叙韦、韩两人遭遇命运不同,韦失意潦倒,韩飞黄腾达,仕途升沉,情场离合,悲欢交错,以对比为巧妙布局;写才子佳人,哀感顽艳,悱恻缠绵,情见乎词,皆夫子自道。韦、韩两个人物都是作者自己的影子。韦痴珠即作者"自况",而"韩荷生则先生假定为得意后之魏子安"。(张振镛《花月痕考证》)一是作者的现实境遇的写照,一是作者所追求的理想境界,反映了仕途失意的没落情绪和对富贵功名的艳羡。小说虽是"怜才慕色文字"(栖霞居士《题词》),文笔缠绵,"哀感顽艳"(符兆纶《评语》),以才子与佳人的庸俗描写,张扬功名利禄,富贵荣华,聊作失意落拓、穷愁无告的自遣自慰,但"其识者以劝孝为此书大主脑,而劝忠次之,节义又次之"(第五十一回评语),作品企图在温情软语中散布封建说教。作品"后半所述妖乱事,近于蛇足"(《雷颠随笔》)。以妖异之说,播扬封建迷信,复叙"平寇"之功,诋毁太平天国革命。全书充塞大量诗词简启,繁冗晦涩,情节不畅。

《青楼梦》,又名《绮红小史》,凡十六卷六十四回。原署"厘峰慕真山人著,梁溪潇湘馆侍者评",光绪四年(1878)序。作者俞达(?~1884),一名宗骏,字吟香,别号厘峰慕真山人,江苏长洲(今苏州市)人。厘峰即苏州洞庭山。因贫迁洞庭西山乡居。仕途失意,一生坐馆为业,好作冶游。除《青楼梦》外,尚有《醉红轩笔话》、《花问棒》、《吴中考古录》和《闲欧集》。(见邹弢《三借庐笔谈》四)

作者以为"吴中风土,自古繁华,粉篴脂林,不胜枚举。虽经乱离(暗指太平天国革命)之后,而章台种柳,深巷裁花,仍不改风流景象",因感慨"青楼都贮群芳,个侬本是多情种,凭谁人著意评章,愿今生锦帐千重,护遍红妆"。(第一回)乃作《青楼梦》为妓女写照。小说写吴中青楼三十六妓,原是"三十六花仙降世",得以识长洲县富室公子金挹香(字企真)。挹香少工诗赋,才思敏捷,不娶,亦不应试,意欲"得天下有情人终成眷属"(第一回),乃游青楼,与三十六妓相狎,特受爱重,意得志满,深感个个美貌风流而又多情多义的三十六美,于己有知遇情义。金挹香实为作者之化身,作者曾暗示说:"那道者即命我投身吴中金氏。"(第一回)全书内容就是叙写作者"游花国,护美人,采芹香,撷巍科,任政事,报亲恩,全友谊,敦琴瑟,抚子女,睦亲邻,谢繁华,求慕道"这理想中的"二十余年事业"(第一回),借主人翁金挹香之名而铺陈演绎为小说。挹香终于官至太守,纳五妓为一妻四妾(第三十一回),成就功名,享尽艳福。后悟道,"羽化登仙"。因三十六妓"多是散花苑主坐下司花的仙女","如今尘缘已满,应该重入仙班",遂由挹香超度仙去。(第六十四回)荣华已落,富贵如梦,风流云散,反映了作者的没落情绪与腐朽人生观。

小说所写情景,实非作者曾有之经历,而是其所梦求的理想。他感叹"当世滔滔,斯人谁与？竟使一介寒儒,怀才不遇,公卿大夫,竟无一识我之人,反不若青楼女子,竟有慧眼识英雄于未遇时也"(第一回"题纲")。故借小说以发泄胸中之不平,称颂妓女为多情佳人,美化嫖客为风流才子,同情"美人沦落",哀叹"名士漂零","感士不遇"(金湖花隐倚装《青楼梦序》),"以为只有妓女才是才子的知己"(《鲁迅全集》卷九第338页),歪曲了嫖客与妓女的相互关系,把卖笑与玩弄美化为"真情实意",从而掩盖了妓女在封建阶级凌辱下的悲惨命运,粉饰了封建社会,美化了剥削阶级的腐朽生活方式。

　　《海上花列传》,凡六十四回,署"云间花也怜侬著"。自光绪十八年(1892)二月起,始刊于作者所编文艺杂志《海上奇书》,至三十回止。后于光绪二十年(1894)刊印全书。作者韩邦庆(1856～1894),字子云,别号太仙,又号花也怜侬,江苏松江(今属上海市)人。久居上海,任申报馆编辑,所得笔资,多挥霍于青楼。因以"一过来人为之现身说法"(第一回),以上海十里洋场为背景,写此中妓女众生相,故名《海上花列传》。他立意要"具菩萨心,运广长舌,写照传神,属辞比时,点缀渲染,跃跃如生,却绝无半个淫亵秽行字样,盖总不离警觉提撕之旨云"(第一回)。

　　作者以为青楼妓女,命运不同,品位有差,"虽然枝叶扶疏,却都是没有根蒂的"。有的"随波逐流,听其所止",浑浑噩噩,依青楼安身立命;有的横遭"蝶浪蜂狂,莺欺燕妒",而"披猖折辱,狼藉蹂躏",难免厄运;有的"富贵如牡丹,犹能砥柱中流,为群芳吐气",以卖笑发迹;有的"莲之出水不染","早已沉沦自没于其间",不甘毁身为娼。(第一回)小说写各色妓女不同遭遇命运,反映十里洋场妓院生活及其周围社会环境。作者用意也在写狎妓之害,为狎客"警觉提撕",使阅者"见当前之媚于西子,即可知背后之泼于夜叉;见今日之蜜于糟糠,即可卜他年之毒于蛇蝎,也算得是欲觉晨钟,发人深省者！"(第一回)因此,小说以朴斋兄妹为全书主脑,为作者立意之集中寄托者。小说写赵朴斋由乡下到上海谋生,沉溺北里,为狎友诓骗,受妓院索逼,困顿而沦落街头"拉洋车",为生活计遂叫亲妹二宝为娼。妹终为嫖客史三公子所骗,住家又被赖三公子砸毁,又遭流氓毒打,母病待药无着,至走投无路,结束全书。二宝的遭遇较集中地表现了妓女由生活被逼沦落,而横遭厄运的悲惨命运,暴露了上海这个殖民地化城市社会黑暗的真实面貌,鞭笞了那些横行于洋场上的官僚、买办、商贾、流氓等嫖客尔虞我诈、使巧弄乖、荒淫无耻的嘴脸,有其一定的真实性。但小说对妓院生活尽意描写,津津乐道,时露歆美之色,又时把嫖客与妓女写得情投意合,落入"才子佳人"式的窠臼。

　　《海上花列传》是一部颇具特色的吴语小说。人物对话全用苏白方言,颇能表现人物的语气情调,生动而细致。文笔具有"平淡而近自然"(《鲁迅全集》卷九第267页)的特色,淡淡叙来,而颇显精神。其余像结构的紧凑,点染的生动,也是其长处。

　　《海上花列传》同《青楼梦》一样,"虽然也写妓女,但不像《青楼梦》那样的理想,却以为妓女有好,有坏,较近于写实了"(《鲁迅全集》卷九第339页)。至清末,专写妓女的小说踵至,邹弢的《海上尘天影》、孙玉声的《海上繁华梦》、张春帆的《九尾龟》等均摹效前法。唯《九尾龟》"则所写妓女都是坏人,狎客也像了无赖,与《海上花列传》又不同"(出处同上)。封建文人狎妓、眷妓、记妓,每以显其情深而陶醉,表其才华而自得,故以理想之笔或写实方法记述妓女,至于用谩骂笔墨叙写妓女,一变狭邪小说所谓之"风雅",而与黑幕小说合流了。这也是小说界风尚因社会时势变异所致。

至19世纪末20世纪初,"小说界革命"应时崛起,创作与译介"新小说"竟盛极一时,令读者耳目一新,竞相争阅,于是"新小说"对日趋衰落的古典小说产生替代之势,从而为我国小说的发展开拓了一条新路。

第七章 《艺概》及其他文论

第一节 刘熙载及其《艺概》

刘熙载(1813~1881),字伯简,号融斋,江苏兴化人。道光二十四年(1844)进士,官至国子监司业,广东提学使。晚年寓居上海,主讲龙门书院达14年之久。

他历经鸦片战争和太平天国的农民革命运动,正是中国社会处于大动荡大转变,新旧思想激烈冲突,经世致用之学大为盛行的历史时期,然而在他的思想上似乎没有受到多大的震动,仍然是一个"以正学教弟子,有胡安定风"的"粹然儒者"。(陈广德《昨非集跋》)胡安定,北宋初人,提倡"以仁礼乐为学",讲究"明体达用",是一位开宋代理学先声的教育家。刘熙载以他为学,重视封建伦理道德的躬行实践,力求独善其身,是一个在政治思想上倾向保守的比较正统的儒者。可是他在文艺思想上却处处表现出超越前人的精到见解和开明立场。

他一生以治经学为主,精通声韵和算法,旁及子史、天文、填词谱曲、书法、仙释家言等,更擅长文学批评,是一位学冠当时的学者和文学批评家。他著述丰富,有《四音定切》、《说文新声》、《说文迭韵》、《持志塾言》、《昨非集》、《艺概》等,汇刻为《古桐书屋六种》。后又将《古桐书屋札记》、《游艺约言》、《制艺书存》等汇刻为《古桐书屋续刻三种》。其中著称于世的首推《艺概》。

《艺概》作于同治十二年(1873),是他晚年将历年谈文论艺的札记,整理成的综合性文艺论著。全书六卷,其中《文概》、《诗概》、《赋概》、《词曲概》等部分,分别论述散文、诗、赋、词曲等各体文学的艺术特征及其规律。《书概》论书法艺术及其与诗、画的关系,《经义概》专讲治经和八股文的写作,其间也有涉及文艺创作的问题。《艺概》的书名,作者在《自叙》中解释说:"举此以概乎彼,举少以概乎多",既可以"得其大意",又能"触类旁通",举一反三。全书包罗的内容广泛丰富。通过突出重点作家作品的评价,对艺术特征、各种文艺形式的流变和艺术规律等理论问题和艺术表现方法,在继承前人的基础上,从创作实践经验到理论批评进行了总结。论述言简意赅,中肯有力,其中不乏独到见解,至今仍为评论界所引鉴。

《艺概》主旨之一是把"诗品出于人品"作为文学评论的一条重要原则。古代文论家们

第七章 《艺概》及其他文论

对诗品、人品内涵的论述不尽相同,总的来说,诗品涉及作品的思想内容和艺术特色;人品涉及作家的品德修养和艺术创作才能。他们将作品给人的总的审美感受与对作者为人的总的评价联系起来考察作品的高下。因此有观诗可以知人,观诗须知人论世等说法。这种诗品与人品相一致的观点在文学批评史上早就存在。孔子曾说:"有德者必有言"(《论语·宪问》);钟嵘评价刘琨说:"既体良才,又罹厄运,故善叙丧乱,多感恨之词"(《诗品》);叶燮说:"诗之基,其人之胸襟是也"(《原诗·内篇》);薛雪也说:"诗文与书法一理,具得胸襟,人品必高。"(《一瓢诗话》)刘熙载继承了前人的这些观点,在《艺概》中明确提出:

> 诗品出于人品。人品悃款朴忠者最上;超然高举,诛茅力耕者次之;送往劳来,从俗富贵者无讥焉。
> ——《诗概》

认为诗品就是人品的反映,是诗中的人品,二者是直接相关一致的。他的这一观点贯穿在他对各种文学艺术的评述中,认为词也是词品出于人品,"论词莫先于品"(《词曲概》);文也是"观其文,能得其人之性情志尚于工拙疏密之外,庶几知言知人之学也与"(《经义概》),人品寓于文品之中;甚至连书法艺术也不例外,"如其学,如其才,如其志,总之曰:如其人而已"(《书概》)。刘熙载正是从"诗品出于人品"这一重要的文学批评原则出发,评价历代的作家作品。他赞扬屈原的《离骚》所反映的思想正是他高洁人品的体现:"屈子《离骚》,一往皆特立独行之意"(《赋概》);杜甫诗"志在经世","颂其诗,贵知其人,先儒谓杜子美情多,得志必能济物,可为看诗之法"(《诗概》);辛弃疾的词是"英雄出语多本色"(《艺概·附录》)。刘熙载重视人品,竭力推崇那些具有爱国思想、高洁品德的作家及其作品,而对于一些虽在艺术上有所成就,作家人品不高或作品思想平庸低下者则多所否定。传统论词多从声律、艺术技巧和艺术特征来评论。温庭筠、韦庄、周邦彦等人的词,受到历来名家的称赞,刘熙载却认为他们的作品多描写歌姬舞女,"类不出于绮怨"(《词曲概》)。周邦彦的词多写他和妓女的恋情,主题不但缺乏社会理想,没有反映社会现实,而把淫情荡旨宣泄于"富艳精工"的艺术形式之中,"当不得一个'贞'字",自然品格低下,价值不高。故他认为"词进而人亦进,其词可为也;词进而人退,其词不可为也"(《词曲概》)。

刘熙载关于"诗品出于人品"的论述,正是他作为一位经学家,维护封建正统观念,恪守纲常、名教、诗教的思想特点在文学理论上的反映。他所要求的人品,是以儒家的思想道德修养为标准的,然后再用这样的人品标准去评价作品的高下,有他消极落后的一面。但是,他又以高尚的理想抱负,健康的生活情趣,激越的爱国思想和经世态度来重视作品思想内容的评价,反对绮怨淫鄙、无病呻吟的文学风气,又具有积极进步的意义。

《艺概》在文学创作和文学批评中,要求作家要正确处理继承和创造的关系,不囿于传统的观念与成见,敢于革新和创造,提倡独创性。虽然对此前人早已有过论述,但大多着眼于形式的独创,明代以来,人们强调文学的独创性时,往往同反对形式上的模拟联系起来。而刘熙载尤重作品思想内容上的独抒己见,他在《文概》中说:

> 明理之文,大要有二:曰阐前人所已发,扩前人所未发。

前者指在继承前人正确理论的基础上,要有所阐发和创新,独抒己见;后者指在前人尚未涉及的问题上,要有所探索和开拓,独辟境界。他还在《诗概》中说:"诗不可有我而无古,更不可有古而无我。"都说明了继承和创造的辩证关系。刘熙载在《词曲概》中还明白指出:"词要清新,切忌拾古人牙慧。盖在古人为清新者,袭之即腐烂也。拾得珠玉,化为灰尘,岂不重可鄙笑!"因此,他认为屈原的《离骚》不必学《三百篇》,陶渊明的《归去来辞》不必学《离骚》,"皆有其独至处"(《赋概》),才成为传世的名篇,其关键在于作家的胆识与众不同。他在《文概》中说:

> 文以识为主。认题立意,非识之高卓精审,无以中要。才、学、识三长,识为尤重。

这个"识"指的就是作家对生活、社会的独立思考,与众不同的精当见解。他在《文概》中以此评论先秦诸子文章时,认为他们的可贵之处就在于"虽纯驳不同,皆有个自家在内"。对被《范史》一书讥为"好申一隅一说"的东汉王充、王符、仲长统三家之文,赞为"东京之矫矫者",也正在于"各自成家"。鄙薄后世那些"于彼于此,左顾右盼,以求当众之意"的作家。甚至对著《法言》的名家扬雄,也认为模拟《论语》,"其病正坐似圣人"。即是儒家圣人的作品也不应仿效模拟。因此,《艺概》在评论古人的艺术特点和古代文学现象时,也不因袭传统的偏见而"扩前人所未发",标举新意,见解卓绝。前人在评价李白时,多以他继承了屈原的积极浪漫主义的传统,喜欢描绘神境仙界以表现其对黑暗政治的厌恶,片面强调李白出世的一面,忽视他入世的一面。《诗概》针对这种现象说:"太白与少陵同一志在经世,而太白诗中多出世语者,有为言之也。"指出李白"志在经世",一些游仙诗有所寄寓,系"有为言之"。在词的形成和演变的历史上,词坛历来视温庭筠、韦庄等婉约派为五代词的正调,以苏轼、辛弃疾等豪放派为变调,褒"正"贬"变",已成传统偏见。刘熙载却不就词论词,而以作家所处的时代环境对其创作的影响来判明、解释词的正变。他在《词曲概》中说:

> 太白《忆秦娥》声情悲壮,晚唐、五代惟趋婉丽。至东坡始能复古。后世论词者或转以东坡为变调,不知晚唐五代乃变调也。

认为李白的《忆秦娥》"声情悲壮",反映了唐代安史之乱的社会现实,是李白悲愤离乱的真情实感的流露。苏轼继承了太白词的传统,别开词的境界,广阔反映社会现实,抒发远大的理想和抱负,这才是词的正宗。只有这样以作家创作的时代背景来判定词的正变,才能对词作出正确的评价。他又说:"文文山词有'风雨如晦,鸡鸣不已'之意。不知者以为变声,其实乃变之正也,故词当合其人之境地以观之。"(《词曲概》)

《艺概》对作品内容和形式关系的论述充满艺术辩证法,客观地反映了文学创作的规律。他分析"文"与"道"的关系时说:"昌黎曰:'学所以为道,文所以为理耳。'又曰:'愈之所志于古者,不惟其辞之好,好其道焉耳。'东坡称公'文起八代之衰,道济天下之溺'。文与道岂判然两事乎哉!"(《文概》)文以载道,文道统一,密不可分。在分析"文"与"质"的关系时也说:"凡物之文见乎外者,无不以质有其内也。"(《书概》)并说:"孤质非文,浮艳亦非文也。"(《游艺约言》)认为内容的质实与形式的文采应当一致。他在转述王安石的主张时,还明确指出作品要"有补于世",达到一定的社会效果,必须与"有文采"相结合不可。他注意到了内容和形式的辩证统一,二者总是同时并存,不可偏废的。他在分析"识"与"法"的关系中说得十分清楚:"叙事要有法,然无识则法亦虚;论事要有识,然无法识亦晦。"(《文概》)说明内容再好,没有相应的完美的艺术形式也无法表达;反之,艺术形式再完美,缺乏卓越的思想内容,也是无用的。二者相得益彰,是有机的完美结合。但是,他强调二者之间应以内容为重,内容是先于章法、技巧的:"论事叙事,皆以穷尽事理为先。事理尽后,斯可再讲笔法。"(《文概》)又说:"古人意在笔先,故得举止闲暇;后人意在笔后,故至手脚忙乱。"(《文概》)

依前所述,刘熙载在重视思想内容中,首重明道,主张要为政教服务,要有感而发,有为而作。这同他重视人品的观点是一致的。他说:"《乐记》言'声歌各有宜',归于'直己而陈德'。可知歌无今古,皆取以正声感人。故曲之无益风化,无关劝戒者,君子不为也。"(《词曲概》)强调创作要有明确的创作目的,不但要"陈德"、言道,还要有益风化,有关劝戒。其次,还强调有情。他从《诗序》"发乎情",《文赋》"诗缘情",《文心雕龙·体性》"吐纳英华,莫非性情"的观点出发,认为各种文艺作品都离不开"情"的抒发。散文是"作者情生文,斯读者文生情"(《文概》),不管是创作的主体,还是接受的客体,都是通过情而有艺术的感受,产生创作的欲望,鉴赏的美感。又认为"词家先要辨得情字"(《词曲概》),才有佳词妙语惊人。至于诗歌"情深亲切,尤为诗之深致也"(《诗概》),更富有情的特点,蕴含或倾吐作者的某种思想感情,都有鲜明的抒情性。他的这些概括的论述,都抓住了文艺作品内容的共同特点,都需要表现出真挚的情感。怎样才能让这种真挚之情与广大人民的生活感受相一致,动人肺腑,感人心灵,引起共鸣呢?他认为作家要做到这一点是很难的。他在《诗概》中说:

> 代匹夫匹妇语最难。盖饥寒劳困之苦,虽告人,人且不知;知之,必物我无间者也。杜少陵、元次山、白香山,不但如身入间阎,目击其事,直与疾病之在身者无异。

要求作家离开自我生活的狭小天地,"身入间阎",到广大的下层人民中去,亲身体验,"直与疾病之在身者无异"的劳苦生活,转变自己的感情,才能写出"代匹夫匹妇语",同人民生死攸关,感情一致的优秀作品来。这样的见解出自一个封建阶级中的经学家兼文艺批评家之口,确属难能可贵。

同时,他在作品的内容中,还十分重视立意和尚理,结合具体作家作品的分析,指出其特征和规律,也有不少精辟之言,可资借鉴。

《艺概》一书在分析文艺特征,论述文学艺术发展规律的思想是十分丰富的,超越了前人的诸多著作,是我国古代优秀文艺理论的总结。但在文学思想上也有封建糟粕,以儒家的纲常、名教、诗教为中心,且有一些迂腐之言。在他强调的理、意、情等方面,都表现了封建地主阶级的理想和情趣。尽管如此,《艺概》仍不失为一部古代文艺理论的经典著作,在晚清文坛上独放异彩。

第二节 林昌彝及其《射鹰楼诗话》

林昌彝(1803~1876),字惠常,号芗溪,别号茶叟,福建侯官(今福州)人。道光十九年(1839)中举,此后八次参加会试均未考中进士。一生在科举和仕途上都很不得意,只作过福建建宁、邵武两府司教。晚年寓居广州,曾在海门书院讲学。

林昌彝是一个留心时务,主张经世致用的学者与诗词评论家。他与魏源、林则徐、张际亮等经世爱国的作家交往,引为同志,"每谈海氛事,即激昂慷慨,几欲拨剑起舞"(《温训《射鹰楼诗话序》》)。写出了《平夷十六策》和《破逆志》,为巩固海防,反抗帝国主义的侵略出谋献策,族人林则徐赞赏为"真救世之书,为有用之作"(《林则徐书札·致林芗溪函》)。但是他的政治才能始终得不到施展,一生潜心经学的研究,著有说经、考据之作《三礼通释》、《说文二徐本辨伪》等多种。

林昌彝被阿英称为鸦片战争时期"最能尽力之作家"(《鸦片战争文学书录》)。他除著有诗文集《衣谳山房诗集》和《小石渠阁文集》外,在文学上最大的成就是共有五部150卷的诗话体著作。其中有《射鹰楼诗话》24卷、《海天琴思录》8卷、《海天琴思录续录》8卷、《敦旧录》80卷、《诗友存知录》30卷。其中以《射鹰楼诗话》流传较广,影响较大,最为著名。

《射鹰楼诗话》(以下简称《诗话》)24卷,首刊于咸丰元年(1851)。书名"射鹰","鹰"即"英"之谐音,即取射击英帝国主义之意。全书的主要内容有四部分。首先是志在"射鹰",前三卷辑录了魏源、林则徐、张维屏、张际亮、鲁一同、朱琦等爱国诗人鸦片战争时期的主要作品,保存了不少反对帝国主义侵略的优秀诗篇,并在评论中热情地赞扬了这些爱国诗人和人民群众的抗英义举,抨击了清政府腐败无能、屈膝投降的可耻行为,充满忧时愤世的爱国激情,是《诗话》的重要部分。其次是品评"有关风化"的诗作,作者依循儒家"诗教",宣传儒家传统的道德和伦理观念,表现了《诗话》极大的思想局限。此外,林昌彝通过对古今诗作的考订和评述,发表的对诗歌创作和鉴赏的见解,可取之处亦多。他的学生沈葆桢在《〈射鹰楼诗话〉凡例》中说:"夫子论诗极精,诗话中多补前人所未及。"最后是采录师友诗歌,以歌颂清王朝武功的《铙歌》一卷作结。全书论及当代诗人约四百位,诗作二千余首,采择极博,把不同流派创作的或多或少的反帝爱国思想的诗歌集中起来加以宣扬。并多收录福建诗人的作品。"于乡邦不遇之士亦多表彰"(陈衍《石遗室书录》),是研究清代闽派诗人的重要史料。

《诗话》突出经世爱国的思想内容,借诗话抒陈时务,发忧时救世之政见和感慨,有着明确的政治目的。作者说:"余所为诗话,意专主于'射鹰'。"(卷二十二)在《海天琴思录》卷六中,他更明确地宣布:"吾所为诗话为世戒,不为人役也。"因此,他在论诗中把当前危及国家民族命运,全社会共同关心的反抗英帝国主义侵略的问题,放在诗论的首位,把反帝爱国作为选诗、论诗的首要标准。《诗话》的前三卷就"专言时务",几乎全是反映鸦片战争的诗歌。他在评论张维屏的诗歌时说:"目击英夷之变,怒然有忧,故《三元里》及《三将军歌》、《越台》、《江海》、《书愤》诸诗有据鞍顾盼之概"(卷二)。尤其对魏源写于鸦片战争后不久的《前史感》和《后史感》诸作的评论更见其用心之良苦。他认为魏源的诗"如雷电倏忽,金石争鸣,包孕时感,挥洒万有",具有"裨益经济,关系运会"(卷二)的作用。作者在《诗话》中广泛选录这些爱国诗歌,高度赞扬这些诗歌"俯仰世变,深抱隐忧"(卷一)、"留心时务,蒿目疮痍"(卷二)、"关心桑梓,怫然隐忧"(卷三)的现实主义创作倾向。

林昌彝对诗歌的教化作用也是十分重视的。温训在《〈射鹰楼诗话〉序》中说林昌彝写作《诗话》,是"借诗以正风俗,意在维持风化"。在这里所谓"维持风化",有它维护儒家传统道德和伦理观念、宣传封建忠孝节烈的一面;同时在传统的"诗教"思想的影响下,也有它要求诗歌对"时务"产生积极作用的一面。诸如作者在论诗中,对鸦片危害的忧虑,对帝国主义侵略罪恶的揭露,对清政府腐败无能的抨击,对反帝爱国义举的称道,命意都在"借诗以正风俗"。亦即如他在《海天琴思录》中对"诗教"的看法那样:"诗教所施,至广且博……近而室家昆弟欢好和乐,远之羁旅行役怨恨愁苦,其大者若政治之得失,民俗之臧否,古人靡不发为吟咏以见志,故诗之为用至宏。君人者将观览而兴革政教,因之化民成俗。学诗者用心感发志意而治其性情,考鉴得失,识所趋向,学术正而人才奋兴,胥于是乎赖,故圣人立教于诗尤谆谆焉。"他重在发挥诗歌"兴革政教""化民成俗""考鉴得失"的教化作用。

林昌彝在《诗话》中还主张艺术风格多样化,提倡"诸品"齐放,反对独偏一格。他批评"潘四农论诗专取质实二字,亦有偏见",认为"诗之品格多门","质实为诸品之一品则可,谓质实以概诸品则不可。盖质实为诸品之一品则无流弊,若专言质实,流于枯,流于腐,流于拙,则其弊有不可胜言者"。(卷十三)要求诗歌要有相应的艺术表现形式和多样的艺术风格。他还打破宗唐宗宋的界线,谓"宋诗不及唐者,以其少沉郁顿挫耳,然亦自为一代之诗,不可偏废也"(卷十一)。他在《海天琴思录》卷一中说:"学诗实不论汉魏六朝唐宋皆可学,特词与意之别耳。"主张无所依傍,博采众家之长,融会贯通,自成一家。他说:"作诗者须前无古人,后无来者,方为大家。若篇法、句法、字法必求有古人,徒为古人执箕帚耳。"(卷四)针对当时拟古主义和形式主义盛行的风气,强调诗贵独创,反对抄袭、模拟、食古不化。这种对待文学遗产的见解和作法,即使在今天也有其合理可取之处。

林昌彝的乡试座师是宋诗派著名诗人何绍基。两人相识之后有很深的文墨交往。林氏论诗,也自然受有宋诗派诗论的影响。《诗话》论及作诗应重学问还是重性情时,持学问性情兼备并用之说。他以为多读书可使诗有根柢,而尊性情可见天趣天籁。其评宋人严羽"诗有别才,非关学也,诗有别趣,非关理也"时说:"严叟谓诗有别才,是矣,而谓诗非关学,则非也;谓诗有别趣,是矣,而谓非关理,亦非也。果如沧浪所论,则少陵何以读书破万卷耶?"他特别赞赏清代经学家惠栋论诗的见解:"诗之道有根柢,有兴会。根柢源于学问,兴会发于性情。二者兼之,始足称一大家。"《诗话》以为惠栋此说"极精当"(《卷十二》)。

《射鹰楼诗话》"非同世之泛泛诗话"(沈葆桢《〈射鹰楼诗话〉凡例》)之处,在于它真实地记录了鸦片战争前后一批爱国主义诗人反抗侵略的呐喊与救国救民的热忱,并在一定程度上显示出在民族被难时代,文学直面社会现实的审美风貌。

第三节　太平天国的文学主张

鸦片战争结束之后不到十年,由于欧美资本主义国家加紧了对中国的经济侵略,广大农村的迅速破产和清政府庞大官僚体制的腐败,以及对外屈膝投降,对内残酷剥削、血腥镇压的政策,使中国人民和外国侵略者的矛盾,中国人民和封建统治者的矛盾都达到了白热化的程度。全国各地的农民起义风起云涌,竟达一百余起之多。尽管他们先后都被清政府血腥镇压下去了,但是继之而起的却是空前壮阔的太平天国农民革命运动。他们于1851在广西桂平金田村起义,经过两年的激战,很快就定都南京,改名天京,正式建立了农民的革命政权,直到1864年在清政府和外国侵略势力的联合镇压下失败。

太平天国革命是中国近代史上最伟大的一次农民革命运动。它不仅在军事、政治和经济方面对清王朝的封建统治给以沉重打击,想用"武功"来推翻清王朝;同时,在思想文化方面也对传统的封建思想文化进行了激烈的扫荡,企图以"文功"来巩固和发展已经取得的革命成果。他们对军事斗争和思想文化斗争的关系,有一个比较正确的认识。干王洪仁玕就曾秉承洪秀全"文武兼责"(《钦定军次实录》)的旨意,在《英杰归真》这篇文艺性论文中阐明说:"文武统名为士,而称谓各有其真,将见弦诵之士怀经济,纠桓之士尽腹心,文可兼武;韬略载在诗书,武可兼文。干戈化为礼让,事事协文经武纬,人人具武烈文谟。"对事对人均要求文武得兼,相辅相成,二者不可缺一。因此,太平天国的领袖们十分重视文学在革命斗争中的作用。

他们在紧张的战斗和艰难建国的短暂岁月中,还没有来得及留下专门的文学理论著作,但是在他们发布的文告、诏书、施政纲领及领袖们的言论中,都阐述了一定的文学主张。其中最为著名的有总揽全国文教大权的干王洪仁玕为首发布的《戒浮文巧言谕》、天王洪秀全的《改定诗韵诏》,以及其他文告《资政新篇》、《钦定士阶条例》、《钦定军次实录》等,归纳起来,有这样一些文学主张。

一、清除封建传统思想文化的影响,建立新的文学观念

传统的孔孟之道是维护封建统治的精神支柱,是一切封建思想文化的总根子,是奴化人民成为封建制度下顺民的精神枷锁,也是封建文学的思想核心。推翻孔孟之道,清除封建传统思想文化的影响,是解脱人们精神枷锁,激发群众革命热情,发展革命事业,巩固革命成果的重要任务。在太平天国建国的初期,洪秀全就继承了历史上王充"问孔""刺孟",李贽反对"以孔孟之是非为是非"的批判孔孟之道的传统,在他所写的《太平天日》中编造了一个他们崇奉的"皇上帝"鞭挞孔丘的故事,指出"推勘妖魔作怪之由,总追究孔丘教人之书多错","孔孟之书其旨多悖圣教,必不可用"。不但否定孔丘其人其书,还把世间的灾难都归咎于其书之错所造成的。在进军途中,太平军一路焚毁学宫书院,砸毁孔丘牌位。

定都南京之后,立即成立删书衙,审查古籍。洪秀全亲自主持删改"四书""五经"等书,并发布《改定诗韵诏》云:"今特诏左史右史,将朕发出《诗韵》(即《诗经》)一部,遵朕所改。将其中一切鬼话、怪话、妖话、邪话一概删除净尽,只留真话、正话,抄得好好缴进,候朕披阅,刊刻颁行。"(张德坚《贼情汇纂》)大力清理删改有碍太平天国革命的封建文化遗产。并公布"凡一切孔、孟、诸子百家,妖书邪说者尽行焚除,皆不准买卖藏读也"(《诏书盖玺颁行论》)。不仅如此,就连含有封建意识的"古典之言"和词汇,如"'龙德'、'龙颜'及'百灵承运'、'社稷'、'宗庙'等妖魔字样。至祝寿浮词,如'鹤算'、'龟年'、'丘降'、'嵩生'及'三生有幸'字样,尤属不伦,且涉妄诞"(《戒浮文巧言谕》)等陈词滥调全在禁用之列。这样就从内容到形式拔掉这条封建思想文化赖以生存、发展和流传的总根子,清除陈腐的封建文学观念,更换符合太平天国革命需要的新的文学观念。他们为这种新的文学观念涂上浓厚的宗教色彩,使其更具号召力和权威性。在太平天国的启蒙读物《三字经》中有所说明:"皇上帝,亲教导,授诗章,赋真道。"认为诗文作品不是作家个人任意的产物,更不是孔孟所制定的,而是他们敬仰的神灵——皇上帝所授予的,授予诗章的目的就是为了宣传他们为之奋斗的"真道",即太平天国的革命纲领。所以他们诚恐那些宣传封建伦理道德,维护封建统治的文化书籍,"诱惑人心,紊乱真道"(《戒浮文巧言谕》),采取了严格禁绝的措施。并且认为只有如此,才能达到"邪说不能生,真道永宣"(《诏书盖玺颁行论》),江山永葆,巩固政权的作用。把建立新的文学观念,为宣传和实现"真道"服务,同清除封建思想文化的斗争密切结合起来,在破坏旧的传统中去建立新的观念。

二、写作诗文的目的既然是为了"赋真道",因此他们特别强调诗文要为现实的政治斗争服务

他们不但认为官府的"一切奏章文谕,尤属政治所关"(《戒浮文巧言谕》),关系着军国大事,而且还认为"文艺虽微,实关品学,一字一句之末,要必绝乎淫语邪词,而确切于天教真理,以阐乎新天新地之大观"(《钦定士阶条例》),"文艺"涉及人的思想品德教育和政治方向的指导,绝对不能宣传封建毒素和淫秽的低级趣味,要符合"天情""天道",要以"天教真理"为本,向人们宣传太平天国的新思想、新气象,鼓舞人们去为实现"新天新地"的理想而奋斗。这样必然强调诗文要反映现实斗争,要为当前的政治服务。在《钦定军次实录序》中记述干王洪仁玕写作诗文的经过说:"干王奉旨催兵,路经徽、浙,所过郡县乡镇,多有妖习未除,妖形未化,我王不禁触目惊心,思急有以挽救之,每于军次行府,信笔撰写……为之诗以起发志意……文浅意深,语近指远。"指出洪仁玕的诗文是针对现实斗争的需要,不顾戎马倥偬间的劳累,急于写成的。又如东王杨秀清的《果然英勇》一诗,据说就是为了表彰一位在长沙英勇作战的将士,号召全军"须要学他"(《金陵省难纪略》)而写的。洪秀全的《诛妖歌》、《诛妖诏》等则是在粮食缺乏,伤痛猛增或遭受地震,人心惶惶的困难时刻写成的,鼓励人民安定情绪,增强斗志,战胜困难,"同心同力向前","永立新天朝"。由此可见,太平天国领袖们所写的诗文,都是为了打击敌人,鼓舞士气,服务于现实的政治斗争,富有战斗性和现实性。

三、提倡文章要有真实的思想内容，反对"浮文巧言"，改革陈腐文风

这一主张集中体现在 1861 年，以洪仁玕为首发布的文告《戒浮文巧言谕》中。它虽然主要是针对各级政权的"奏章文谕""文移书启"一类应用公文说的，要求进行文体改革，但对当时受桐城派古文和八股文的影响，长期形成的内容空虚，不切实际，模拟抄袭的文学风气是一大冲击。提倡"文以纪实，浮文所在必删；言贵从心，巧言由来当禁。要求"施行正道，存真去伪，一洗颓风"，要"亟于弃伪存真，去浮存实，使人共知虚文之不足尚，而真理自在人心也"。反对文墨之士"喜骋雄谈"，"舞文弄笔"，"参差其说"，"曲直难分"，"不惟无益于事，而且有害于事"的"浮文"。对于"八股六韵"和"吟花咏柳之句"，均是"六代故习，空言无补"的陈腐文风也应一概排斥。提倡朴实的文风，所叙事情的时间、地点、经过，都要"语语确实"，"合天情"，"符真道"。洪仁玕在《钦定军次实录》中还规定："语皆确实，义皆切实，理皆真实。"崇尚文章的实际内容和实用价值。

四、力求诗文朴实浅显，语言大众化，形式通俗化

太平天国十分重视文学的社会功用，把写作诗文同宣传群众，动员群众紧密联系起来。太平军的基本群众绝大多数是破产的农民和手工业者，文化水平较低，作品必须运用大众的语言和群众喜闻乐见的通俗形式，才容易被群众所理解和接受，达到文学为现实政治斗争服务的目的。在他们的许多文告和领导人的言论中，反复提倡诗文的浅显易懂。在《戒浮文巧言谕》中就明确规定文章"总须切实明透，使人一目了然"；在《天情道理书序》中提出"其语句不加藻饰，只取明白晓畅，以便人人易解"；在《钦定军次实录》中文重申"不须古典之言"，要"使人一目了然"，"切不可仍蹈积习，从事虚浮，有负本军师等谆谆谕诫之至意"。他们还将字典中古奥的词句改编为群众容易辨认理解的字词，故将"字典"改名为"字义"。又规定使用逗号、句号、人名号及地名号等几种标点符号，方便群众阅读。在诗文的写作上也常用人民群众熟悉的形式，编写的起义史，用的是章回小说的形式。诗歌常用民间流行的歌谣，连洪秀全所写的"批示皆以韵句，或四言数句如箴颂，或五言数句如歌谣，或七言数句，长者如古风。惟纯以俗语，不用故实。故实谓之妖语，悉禁之"（张汝南《金陵省难记略》）。总之，他们在诗文写作的语言运用和形式的选择上，一切都是从群众易于接受出发，反映了他们将文学服从于群众需要的审美要求。

太平天国的这些文学主张和文学活动，是在中国长期的封建社会迅速崩溃，急遽地向半封建半殖民地社会演变的过程中提出来的。是有史以来第一次对传统的封建思想文化进行如此规模巨大的清算和批判，摇撼了封建统治阶级在意识形态领域内的统治基础，对当时顽固的"道统""文统"，桐城派古文的"义法"，宋诗派的"诗教"，八股时文的清规戒律，统统扫而荡之，宣告了一种开辟新纪元的文学将在这种批判中诞生。使那些封建卫道者们如丧考妣，愤怒异常。曾国藩早在 1854 年的《讨粤匪檄》中，就号召封建的文人学士向太平天国的革命文化展开围剿："士不能诵孔子之经，而别有所谓耶稣之说，《新约》之书，

举中国数千年礼义人伦,诗书典则,一旦扫地荡尽。此岂独我大清之变？我孔子、孟子之所痛哭于九原。凡读书识字者,又焉可袖手安坐,不思一为之所哉。"决心要"卫吾道",重振孔孟之道的统治地位。从封建统治者的恐惧和惊呼中,显示出太平天国的文学主张和文学活动的巨大威力和影响。同时,他们又是近代第一次代表农民革命的利益,反对封建文学,提出了如此明确的文学主张,进行了如此过激、有力的文学活动,反映了他们掌握政权后,积极要求迅速占领思想文化阵地,清除封建思想文化的影响,加强太平天国的革命文学与人民群众的密切联系,巩固和发展革命政权的愿望,是资产阶级旧民主主义革命在文学领域中反对封建思想文化统治的具体表现,揭开了近代资产阶级文学革命的序幕。对后来的资产阶级文学改革运动和白话文运动都具有启蒙的意义和先驱的作用。

在他们的文学主张中也存在着严重的局限和不足。主要是过分重视思想性,严重忽视艺术性。而在思想性中又过分强调诗文直接为现实的政治服务,忽视文学在其他方面的功能,有很大的片面性。以致题材狭窄,内容说教,形式单调,缺乏丰富的现实生活内容和感人的艺术魅力。严格说起来,他们的有些诗文只是革命的宣传品,而不是文学的作品。此外,他们在反对传统的封建思想文化中,矫枉过正,偏激过左,对以孔孟之道为核心的一切文化遗产,一概排斥,表现出一种缺乏科学分析、区别对待的狭隘观点。

中编 (1895~1905)

概　　说

　　自太平天国革命失败(1864年)至中国同盟会成立(1905年)的40年,是帝国主义列强和封建地主买办阶级互相勾结,加紧中国殖民化进程的时期,同时又是中国资本主义在外国资本主义侵入和洋务运动影响下开始发展的时期,也是中国人民群众大规模深入开展反帝反封建斗争的革命风暴孕育时期。在所谓"同治中兴"中出现的洋务运动,是从封建地主阶级内部分化出来的洋务派,冲出封建顽固派的阻挠,凭借在握的权势,依仗帝国主义的支持,在中国搞的一些半封建半买办型的近代工业运动。这种"洋务"又叫做"时务"或"新政"。代表人物是曾国藩、李鸿章和张之洞等。在洋务运动影响下,一部分商人、地主和官僚投资于新式工业,从而产生了民族资本主义。19世纪90年代初,民族资产阶级尚未形成为独立的政治力量,要求发展资本主义的愿望,就由那一时期的早期改良主义思潮的代表人物,如王韬、薛福成、马建忠、陈炽、邵作舟、郑观应等人的思想言论中反映出来。光绪二十年甲午(1894)中日战争以中国失败并签订屈辱的《马关条约》(1895年)而结束。这一事变加剧了中华民族与帝国主义的矛盾,中国面临着帝国主义列强瓜分的危局。甲午战败,宣告洋务运动的破产。早期改良主义者企求在经济和科技方面学习西方以发展中国资本主义的幻想因此破灭。民族危机空前严重,救亡图存迫在眉睫。于是,变法维新思潮应时崛起,逐渐形成以康有为、梁启超为首的资产阶级改良主义政治运动。这是一次旨在变法图强、救亡图存以挽救国家民族危机的爱国运动,反映民族资产阶级上层的利益与愿望,但在封建顽固派的打击下以失败告终。这就教训了国人,在不推翻封建专制统治的前提下,企图采用自上而下的改良主义办法,挽救国家民族危机,发展资本主义,是行不通的,而非采取革命手段以推翻封建君主专制统治不可。又因为1900年(庚子)义和团运动的失败和八国联军入侵京、津的刺激,于是资产阶级民主革命思潮勃然兴起。1905年中国同盟会成立,标志着蕴蓄已久的资产阶级民主革命运动趋向成熟,昭示中国人民反帝反封建斗争进入一个新的阶段。

　　19世纪90年代出现的变法维新思潮,反映了作为独立的政治力量而开始登上中国历史舞台的资产阶级的要求与愿望。维新派要求"变法",就是对国家的经济、政治、文化和教育等方面进行资本主义改革。他们努力学习西方的自然科学技术,尤其是学习西方的社会政治学说和政治制度,企图按照西方资产阶级国家的模式来改变中国的国家制度和政治制度,达到"维新"的目的。在他们看来,"要救国,只有维新,要维新,只有学外国"(毛泽东《论人民民主专政》),变法维新才是挽救国家民族危亡的唯一途径。维新派较之早期改良主义是前进了一步,而不只是学习西方的经济和技艺,与洋务派的"中学为体,西学为用"论调更不可同日而语。但他们并不主张实行西方资产阶级民主共和制,只要求君主立宪,对国家政权机构作一些局部调整,止于改良,而不走向革命。而改良主义道路在当时的中国是根本行不通的,因为帝国主义和封建主义互相勾结,竭力阻挡中国发展为独立的资本主义国家。

在改良主义政治运动中,维新派创办报纸,开设学堂,设立学会,著书立说,提倡新学,批判旧学,鼓吹变法图强,宣传维新思想,从而形成服务于改良主义政治的广泛的文化运动。文化运动的特点,表现为资产阶级新文化与封建主义旧文化的斗争。所谓资产阶级新文化,在那时就是指从西方资本主义国家输入的自然科学、社会科学及政治学说制度,诸如进化论,天赋人权论,资产阶级民权思想,自由、民主、平等观念等等,在中国思想界产生了广泛而深远的影响。康有为、严复、谭嗣同和梁启超等维新志士是这种文化思想启蒙工作的有力推动者。他们运用西方资产阶级思想学说作为理论武器,对封建主义旧文化发动了攻击,批判了"天不变,道亦不变"的形而上学哲学观,对宋明理学、专制君权、科举制度、八股文、古文经学、尊古法古等种种旧思想旧文化也都一一作了程度不等的清算,同时对由封建制度所长期造成的不文明的社会习俗风尚也加以扫荡。在当时思想文化战线上,这种批判具有新学与旧学之争、西学与中学之争的性质,是资产阶级新文化反对封建制度和封建主义旧文化的斗争,在近代中国思想文化战线上造成一次空前的思想解放,具有思想启蒙的积极意义,影响深远。只是这种批判还很不彻底,带有极大的妥协性。维新派标榜"托古改制"、斥古文经为"伪经"、斥理学欲灭人性等等,却又崇尚孔教,张扬今文经学,没有彻底清算作为封建主义文化思想基础的儒学。资产阶级新文化是软弱无力的,面对帝国主义文化与封建主义文化结成的反动文化同盟的强固敌势,最终不能战胜,完成思想文化战线上的反帝反封建的历史使命。

但是,在资产阶级改良主义的政治和文化运动中,文学思潮发生了明显的变化。随着西学的输入和资产阶级新文化的发展,文学界开始接受并运用西方资产阶级文化思想所提供的标准、尺度和方法,用来审视和评价文学现象,从而发生文学观念的新变化。首先是文学价值观的变化。维新派作家特别重视文学的社会功利性,或主张文学是传播"一切新政、新法、新学"(蒋智由《冷的文章热的文章》)等西方文明的"宣传说",或主张文学是推进社会改革,"为世造幸福"(蒋智由《文体》)的"二具说",或主张文学是"灌输国家思想""培养公德"以开发民智(《新民丛报》宗旨)的"改造说",均在主张利用文学服务于改良主义政治。文学价值观的变化,大大加速了中国文学的近代化进程。其次,取法西方资产阶级文学,以革新中国文学,是文学思潮又一变化。维新派作家认识到中国文学长期以来在尊古、拟古的思想牢笼下,陈陈相因,不摆脱这种封闭式的"自为的文学"的传统模式,便不能满足改良政治的需要。于是,文学革新思潮应时而起,提出了"诗界革命""文界革命""小说界革命"和戏剧改良等口号与主张,企图革新中国文学,使之建设成为一种资产阶级自由文学。资产阶级文学改良运动随着改良主义的政治和文化运动的高涨而崛起。当时,在他们看来,革新并建设中国文学的最佳范本,是欧美、日本等西方资产阶级文学。由于师法西方文学的思想、意境、风格、技法和语言,促使中国文学从此由"自为的文学"转变为"开放的文学",开辟了中国文学发展的新途径。第三,维新派作家主张文学的"宣传说""工具说""改造说",一改封建文人视文学为自己独占的雅物,出于书斋、藏之名山的俗习,而要求文学面向国民与社会。文学要社会化,首先必须解决文学语言通俗化的问题。因此,他们主张"言文合一"、"废文言崇白话"(裘廷梁《论白话为维新之本》),不仅撷取流传口头的俚语俗谚,而且汲取外国语法和外来新名词入诗入文,增强了文学语言的表现力。"由古语之文学变为俗语之文学",是"文学之进化"的"一大关键",就反映了他们的文学进化观。(梁启超《小说丛话》)总之,这一时期文学思潮的变化,反映了资产阶级文学思想与传统的封建文学思想相斗争相消长的情势。结果必然导致清末新进文学创作的繁荣与加速文学理论的近代化进程,从而最终完成由清末文学改良到"五四"文学革命的跃进。

　　这一时期的文学创作呈现一派繁荣的景象。在资产阶级文学改良运动中产生的改良文学,代表着这一时期文学创作的成就。梁启超在改良主义政治运动中追随康有为,而在文学改良方面,却是个主要的倡导者和推动者。他的"文学改良论",上承自鸦片战争以来龚自珍等的爱国文学革新思潮,下启五四文学革命论,在清末的文学改良运动中发挥了极大的宣传组织作用。他的诗文、小说和戏剧创作,都是他的文学革新主张在创作实践上的尝试。尤其在散文方面,他所完成的"新文体",以崭新的风貌,开创了一代文风,震动海内。黄遵宪力主诗体解放,主张"别创诗界",而继承传统诗法,主张兼取众长,不拘一格,并以反映一系列近代重大历史事变和西方世界新事物的诗篇,表现了深广的现实主义精神和爱国主义思想,号称"新派诗",显示了"诗界革命"的实绩,被誉为"诗界革命"的一面旗帜。在写作"新派诗"方面作出努力的,较早的有谭嗣同和夏曾佑。他们提倡的"新学诗",其实是后来的"新派诗"的一种尝试。蒋智由和丘逢甲的诗歌,体现了"新派诗"的特色。梁启超把蒋、夏和黄(遵宪)同誉为"近世诗界三杰",而称丘逢甲为"诗界革命之钜子"。康有为诗远法杜工部,近取龚定庵,同其文一样,含蕴浑厚,大气凌厉,慷慨激越,亦表现了诗体与文体解放的特色。其他如"戊戌六君子"的诗歌具有为改革理想而献身的精神。值得注意的是甲午中日战后,台湾诗人纷纷崛起,所作充满爱国主义激情的诗篇将彪炳史册。一般地说,改良派作家在戊戌变法前后的文学创作,叱咤风云,慷慨激昂,奋发向上,具有时代的使命感,此后则渐趋怡淡平庸。这一时期的小说创作与翻译特盛,小说理论也有明显发展,小说杂志如雨后春笋,显示了文学改良运动的实际成效。虽然小说作品思想倾向不一,水平不齐,却都受到"小说界革命"理论的影响,自有"新小说"的崭新面貌。它们的代表作是被鲁迅称作"谴责小说"的清末四大小说,即李伯元的《官场现形记》、吴趼人的《二十年目睹之怪现状》、刘鹗的《老残游记》和曾朴的《孽海花》,都鲜明地烙上了时代的印记。

　　传统诗文并未因为资产阶级文学改良运动的兴起而从诗坛文坛消失,相反,仍拥有相当的作家群。他们因师承和共同的艺术旨趣而形成各自流派。其中影响较大者,是以陈三立、陈衍为代表的"同光体",活跃于光绪初至宣统间,是嘉道年间出现的近代宋诗运动的继续和发展。此外,则有王闿运为代表的汉魏六朝诗派,樊增祥、易顺鼎为代表的中晚唐诗派及其他拟古诗派。虽然这些传统诗派各自模拟的对象不一,而拟古是他们的共同特点。不过,由于感受了国家民族危亡的刺激,拟古诗派中的有些诗人的部分诗篇,也多少流露一些不满现状、感事伤时、救亡图存的爱国情绪,有些写景抒情诗,清新秀丽,也颇可观。近代词学,承袭常州词派嗣响,几有独占词坛之势。从乾嘉年间的常州词派,历经谭献、王鹏运而及朱孝臧、况周颐、郑文焯等,在创作和词学理论上,都是有发展的。尤可称道的是,这些词人同时又在词学整理研究上下过工夫,极一时之盛,成绩斐然,王、朱、况、郑被誉为清末四大词家。

第一章　资产阶级文学改良运动

第一节　文学改良运动的历史进程

19世纪90年代崛起的文学改良思潮,以特定的历史内容和相当的规模,形成由近代资产阶级发动和领导的真正的文学革新运动。这一资产阶级文学改良运动,是在变法维新运动的高潮中发生并发展起来的,在当年是资产阶级改良主义政治运动的重要一翼。

甲午(1894年)中日战争后,中国面临被列强瓜分的空前的民族危机。变法维新、救亡图存的爱国思潮不断高涨,终于形成由资产阶级主持领导的变法维新运动。作为新的社会力量开始登上中国历史舞台的近代资产阶级,在进行资本主义改革的过程中,也要求文学的改革,使之成为宣传变法维新的舆论工具:"吾侪手无斧柯,所以报答国民者,惟此三寸之舌,七寸之管。"(梁启超《清议报一百册祝辞并论报馆之责任及本报之经历》)因为,要变法维新,"新其政不新其民,新其法不新其学",难以奏效。而"欲新民必新学,欲新学必新心"(唐才常《尊新》),要"新心",提高国民的心智觉悟,则改良文学是重要途径之一。在他们看来,文学是"人心所构之史,而今日人心之营构,即为他日人身之所作"(严复、夏曾佑《国闻报馆附印说部缘起》)。结论是维新文学,才能维新人心,因而才能收变法维新之实效。总之,政治、经济的变法维新总是要反映到文学领域,于是文学改良运动也就随着变法维新运动的高涨应运而生了。

凡文学革新运动的形成,总有一个较长时期的蓄积过程。资产阶级文学改良运动的崛起也是如此。

清代中叶,长期占据文坛正统地位的旧体诗文,因袭传统,拘守成规,拟古主义与形式主义倾向极为严重。在鸦片战争前后,特别是鸦片战争后所造成的社会危机的日益加深,不断引起文学的反省与觉悟,由此而孕育了鸦片战争时期的爱国主义文学思潮,以及同光年间的早期改良主义文学思潮。这些作家们在探索社会改革方略的同时,作出了探索文学变革的种种努力,成为光绪末年资产阶级文学改良运动的前路先锋。只是由于历史条件的限制,以及新进文学自身受到文学传统保守性的强固束缚,他们所做的种种探索与变革的努力,历经半个世纪,成效不大,未能根本改造传统文学的体制格局,也未能根本改变正统诗文流派占据文坛的局面。但他们的努力为后继的维新派所发动的文学改良运动蓄积了思想材料和提供了启示。只有当资产阶级终于形成为一支独立的政治力量,并发动起变法维新运动的历史条件下,资产阶级文学改良运动才得以形成。文学改良运动的形成大大推动了近代文学变革的进程。

资产阶级文学改良运动经历了三个发展阶段。

第一阶段是文学改良运动的酝酿发动期,与变法维新运动相始终,止于戊戌政变(1898年9月)。这一时期,作为变法维新运动的一部分,文学改良运动未能独立展开。改良派作家在他们创办的《强学报》、《时务报》(1896年)、《国闻报》、《知新报》、《湘学新报》(后改名《湘学报》)、《演义白话报》、《蒙学报》(1897年)、《湘报》、《清议报》、《无锡白话报》(1898年)等报刊阵地,在宣传变法维新的同时,鼓吹文学改良,发表改良文学作品。康有为、梁启超、黄遵宪、谭嗣同、夏曾佑等都是这时期运动的中坚。由于维新派作家的精力集中在通过自上而下的变法活动以进行资本主义改革,还未能对文学改革引起足够的重视和提出有力的措施。虽然,他们对旧文学作了一定的清算,文学价值观有所变化,文学革新意识有所增强,并尝试创作"新学诗"和"新文体",初步酝酿并发动了文学改良运动,但未具规模,反响不大,成效较小。因为维新派作家还没有明确地认识到文学改良的目标与任务,从而推进文学改良独自地有规模向前发展。

第二阶段是文学改良运动的发展及高潮期。戊戌变法失败后,主要领导人康有为、梁启超流亡国外。不久,即在日本先后创办了《清议报》(1898年)、《新民丛报》、《新小说》(1902年),并在1902年又先后创建了广智书局(上海)和译书局(日本横滨),重建了阵地,集结了队伍,继续改良主义政治活动,企图东山再起,同时继续推进文学改良运动。

进入20世纪后,文学改良运动面临了新形势,出现了新局面。一般爱国维新志士,鉴于戊戌变法的失败教训,加上1900年(庚子)义和团运动的失败和八国联军入侵京、津的刺激,纷纷由"改良"而转向"革命",民主革命思潮迅速高涨。以孙中山为首的资产阶级民主革命运动风起云涌,发展迅猛。在民主革命思潮的猛力冲击下,文学改良运动由此进入一个高潮时期。一部分维新派作家或转向民主革命,或一度接受民主革命思潮的影响,文学革新思想日趋激进(如梁启超);一部分倾向民主革命的爱国作家(如金松岑、马君武、蒋智由等)则加入了文学改良运动的行列,加强了队伍的实力。运动的中坚力量得到充实,队伍的素质大大提高,文学革新意识益趋明确,给文学改良运动带来了新的活力。同时,文学改良运动开展的社会环境也发生了较大的变化,如"学生日多,书局日多,报馆日多"(梁启超《敬告我同业诸君》),文学读者群的心智觉悟和文明程度也提到新的高度:"然至今日,自由则已知之,民权则已知之,革命、平等以及一切新政、新法、新学,大概亦已知之","凡吾民之所未知者而咸使知之,于暗黑之室,而耀之以目火……人心于是乎一大变"。(蒋智由《冷的文章热的文章》)这说明文学改良运动具备了前所未有的社会条件和思想基础。于是,在资产阶级民主革命运动不断高涨的新形势下,在20世纪的头几年,改良派作家与革命派作家在文学改革问题上结成了联合战线,从而使文学改良运动在新的高度与广度上,获得了迅猛发展,取得了巨大成就。

文学改良运动进入高潮期的重要标志是:产生了文学改革纲领和明确了文学改革目标,内容扩大,水准提高。梁启超率先提出了"诗界革命"、"文界革命"(1899年《夏威夷游记》)、"小说界革命"和"戏剧改良"(1902年)等文学改良口号,界定了文学改革的范围与阐发了各体文学改革的纲领性主张。在此基础上，梁启超、蒋智由等提出建设资产阶级自由文学的目标，获得改良派作家的响应。第二阶段运动较之第一阶段的注重于清算旧文学为主，转而广泛提出建设性的主张，并且转向世界文学，冀求从欧美、日本资产阶级文学寻求改造中国文学的蓝图与材料，以建设中国式的资产阶级文学。反映在创作实践上，出现了一大批"新派诗""新文体""新小说"和改良戏曲，繁盛了翻译文学，开展了文学评论与文学史研究工作。文学改良工作出现了空前的兴盛的局面。

运动进入第三阶段，文学改良的"联合战线"破裂，文学改良运动由盛转衰。

在前一阶段，文学改良运动之所以能出现一个新局面，是同改良派作家与革命派作家在文学改革上结成联合战线是分不开的。他们都有改革社会、向西方寻求真理的共同爱国愿望，创作上具有"鼓吹新学思潮，标榜爱国主义"（《马君武诗稿自序》）的共同文学倾向。他们对传统旧文学如桐城派古文及"同光体"等拟古诗派有程度不等的同仇敌忾、决意讨伐的共同意向。在文学革新与创作上有种种共同的旨趣与追求。如金松岑、马君武、蒋智由（后来参加保皇派的"政闻社"）等在《新民丛报》、《新小说》等杂志上发表阐述文学改革主张的文章，推动了运动。一部分民主革命派作家如陈天华、秋瑾、邹容等的诗文，实际上受到文学改良思潮的影响。陈天华的通俗小说，秋瑾的通俗报刊及小说《精卫石》，邹容的政论《革命军》等，至少在冲击传统旧文学和革新文体语言上是与文学改良运动的步伐一致的。尤其是接受民主革命思潮影响的青年爱国者（包括欧美与日本的中国留学生），更是文学改良运动的热烈支持者和改良文学的热心读者。文学改良运动固然以改良派作家为主干，部分民主革命派作家为中坚，而其影响所及，使不同政治派别、学术派别的学者文人，都集合到了文学改良运动的旗帜下，甚至如章炳麟、刘师培、王国维等，也曾发表文学改革的主张，扩大了影响与效果。

由于民主革命运动的深入发展，政治形势发生激变。1906年，以《民报》与《新民丛报》为主要对立阵地，革命派与改良派围绕是"革命"还是"保皇"，是"民主共和"还是"君主立宪"等重大问题，展开论战。康有为、梁启超等的保皇面貌暴露，失去爱国青年的支持。由政治分歧而造成文学改良运动"联合战线"的分裂，给运动造成了由盛转衰的隐患，明显的标志是，鼓吹文学改良最为有力的杂志《新民丛报》和《新小说》先后停办。在绝大多数革命派作家投身实际的民主革命运动，而改良派作家热衷于君主立宪政治活动的时候，唯一一部分以笔墨生涯为职业的作家如吴趼人、李伯元等，则先后创办《月月小说》、《绣像小说》、《小说林》等文艺杂志，以创作为专业，提倡文艺为职志，在一段时期内，尚能维持着文学改良运动所奠定的文学道路，举起"小说界革命"的旗帜，继续进行文学活动，故小说的创作与翻译特盛。至于后起的"南社"的青年歌手们，其中一部分诗人，接过"诗界革命"与"文界革命"的口号，驰骋于诗坛与文坛。文学改良运动的尾声，一直延续到辛亥革命的爆发。

第二节 文学改良运动的目标与内容

一次有规模的文学革新运动,总能形成一个共同的文学倾向和共同的文学革新目标。文学改良的共同文学倾向,就是"鼓吹新学思潮,标榜爱国主义";而共同的文学革新目标,就是建设资产阶级自由文学。1905 年,蒋智由在《新民丛报》上提出:

> 按近世纪文化之一大进步,要而言之,谓为"自由"之所产生可也。盖古代之人,或拘牵于其一国之政治、一国之宗教、一国之风俗,至不敢创一自得之见,发一独到之论,此守旧积习之所由成,而数千年世界之所以无进步,其弊盖坐于此也。然穷久变生,此风渐为人心之所厌弃,而自由之说,遂承其统而代之。因自由而于宗教界、于政治界、于学术界,无不破坏其旧习惯,而开一新面目。文艺亦然,应用自由之一原理,遂得脱去古人种种之窠臼,文艺于是有新生命。不然,谓文章之气运,至古人而已尽可也。伟矣哉! 开近世纪之新天地者,一自由神之权化力也。
>
> ——《维郎氏诗学论》第二章按语

"自由"是资产阶级反对封建专制主义的一面旗帜、一种思想武器。文学改良运动在反对封建旧文学以革新中国文学的过程中,必然要求以建设资产阶级自由文学为文学改革的最终目标。这种自由文学,"当用其叫唤""自由、民权、革命、平等以及其他一切新政、新法、新学"的"热的文章";"其刺激也强,其兴奋也易,读之使人哀,使人怒,使人勇敢"。(蒋智由《冷的文章热的文章》)自由文学属于近代中国资产阶级旧民主主义革命文艺的范畴,是整个近代中国人民反帝反封建新文学的主要部分,同封建主义旧文学相对立。资产阶级文学改良运动所追求的正是这一文学目标。

提出建设资产阶级自由文学,表明近代资产阶级终于产生了自己的文学纲领和文学方向,从而为文学改良运动确立了目标与任务。同时表明,中国文学从此进入了一个新的发展阶段。这是自鸦片战争以来近半个世纪才终于完成的文学探索的征程:由追求"文学的自由"到建设"自由的文学"。龚自珍、魏源的追求文学"其道常主于逆",表现了对文学旧传统的叛逆精神;冯桂芬的"独不信义法之说",主张为文在"称心而言"(《复庄卫生书》);王韬的蔑视"古文辞之门径",但求"自抒胸臆,俾人人知其命意之所在,而一如我怀之所欲吐"(《弢园文录外编自序》),主张文学自由表达作为资产阶级思想代表的"我怀"与"我之性情";黄遵宪的"我手写我口,古岂能拘牵?"(《杂感》)强调自由的个人在文学中的主体地位,谭嗣同的"冲击……词章之网罗"(《仁学自序》),都为追求"文学的自由",摆脱封建文学旧传统束缚,从中解放出来,各自作出了连贯不断的努力。直至文学改良运动的高潮中,才明确创建"自由的文学"的革新目标。梁启超、蒋智由是有力的倡导者。他们意识到,文学是一种意识形态、精神武器,"而自由者,精神界之生命也"(梁启超《十种德性相反相成义·其二自由与制裁》),唯"自由"才能使文学从封建主义牢笼中解放出来,取得新生命。"言自由者无他,不过使之得全其为人之资格而已。质而论之,即不受三纲之压制而已,不受古人之束缚而已。"(梁启超《致康有为书》,1900年4月29日)梁启超强调要"思想自由、言论自由、出版自由","三大自由,皆备于我",于是"每有所触,应时援笔",才能"惟意所之"地写作"自由文学"。(梁启超《自由书叙》)他以"拜伦最爱自由主义",目为"自由文学"的楷模。(梁启超《新中国未来记》)台湾籍爱国诗人邱逢甲也曾表达了对自由文学的向往:"黄人尚昧合群理,诗界差存自主权。"(转引自《饮冰室诗话》第三十六)同蒋智由一样唤呼文学"自由神之权化力",以为由"自由"主宰文学,创作才能促使中国人心的团结,同于他的"自由钟起国民魂"的诗意。邱菽园同样呼唤自由文学:"彩笔生花梦自由,灵源浚出道头头"(《丁未检校贾兰惜言情译本章回小说为之改编一过并附四诗于后》,《啸虹生诗续钞》卷二),认为自由文学可以激发诗人的灵感,而使彩笔生花,谱写心声。总之,他们要求"应用自由之一原理",为文学"开一新面目",输入"新生命"。从鸦片战争以来,主张文学革新的作家追求"文学的自由",到清末文学改良运动确立"自由的文学"的目标,反映了中国文学的近代化过程,也说明资产阶级文学改良运动在思想与文学上所达到的高度。

为革新近代中国文学以建设资产阶级自由文学,文学改良工作主要在这些方面作出了努力:

在运动的发动阶段,文学改良的主要任务,是"冲决……词章之网罗",在清算封建旧文学"种种窠臼"与"守旧积习";并在集中力量"破坏其旧习惯"的同时,进行了有限的文学改革。主要内容是清算文言文体"语言与文字不相合"(黄遵宪《日本国志学术志(二)文学》)的弊害,提出"言文合一"(梁启超《变法通议·论幼学》)与"崇白话而废文言"(裘廷梁《论白话为维新之本》)的语文革新主张与措施;清算旧文体如桐城派古文、选学派骈文与八股文的门户家法,主张文体解放,提倡报章"新文体";清算正统诗坛传统诗派的拟古主义与形式主义倾向,主张诗体解放,提倡"新派诗";清算传统的文学价值观与文学批评尺度,强调文学的社会功能,提倡"新小说"与"讲实用"、"切民用"(谭嗣同《报章总宇宙之文说》)、为"今之世"(黄遵宪《人境庐诗草自序》)的新文学;同时,对历来传统的诗古文辞与小说、戏剧的评价,开始用新的尺度重新审视,表现了反传统成见的革新精神以及文学价值观的变化。在这一阶段,维新派的文学改良工作主要是讨伐旧文学。这对建设自由文学的目标来说,是必然的步骤,也是必要的前提:只有解除封建旧文学的束缚,才能使自由文学茁壮成长。

到运动的高潮阶段,确定了以灌输"国家思想"、推动社会改革、开通民智、培养公德为文学改良的根本宗旨。提出自由文学"务在养吾人国家思想","以国民公利公益为目的……以导中国进步"(《新民丛报·本报之告白》),把自由文学纳入推行资本主义改革的轨道;又要求自由文学成为对国民进行"德育""智育"的形象化教材:"务采合中西道德以为德育之方针,广罗政学理论以为智育之本原。"(《新民丛报·本报之告白》)这一宗旨,体现了文学改良运动的资产阶级改良主义实质。当然,也有一部分主张"文学改良"的作家,文学思想突过改良主义范围,而跃进到民主革命的高度。蒋智由标榜自由文学是一种叫唤"自由、民权、革命、平等"的文学。金松岑也认为"自由文学"应该是民主革命战士的"心声"，是"警旦之士，唤大魔而使之觉，斟血泪，茹古愤，引吭长叹，一啸百应，泠然得秋晓之气"的"元音之美调"(《心声》)。他们所理解并追求的自由文学，具有浓烈的民主革命色彩。

为建设与繁荣自由文学，梁启超还具体地提出了"诗界革命""文界革命""小说界革命"与戏剧改良的口号和主张，以推动文学改良运动的深入。那时，运动的中坚分子认为要改良中国文学的素质，建设自由文学，只有向西方寻求借鉴，吸取必需的文学思想、新颖的表现技巧与新鲜的语言，诚如鲁迅所说"求新声于异邦"(《摩罗诗力说》)。因为，在他们看来，欧美、日本等西方国家的文学"皆有左右世界之力，而不用之何也！"(梁启超《论学术之势力左右世界》)企望引欧美、日本文学为革新中国文学、创建自由文学的借镜。所以他们主张诗歌要革新，"不可不求之于欧洲。欧洲之意境语句，其繁富而玮异，得之可以陵铄千古，涵盖一切"(梁启超《夏威夷游记》)。又强调新派诗"必然泰西文豪之意境之风格，熔铸之以入我诗"，"然而可为此道开一新天地"(梁启超《新中国未来记》第四回"总批")，并以荷马、莎士比亚、弥尔敦、田尼逊(今译丁尼逊)、拜伦等诗人为诗界革命的楷模。"文界革命"也要求"以欧美、日本诸国文体"(梁启超《绍介新书〈原富〉》)为法式，提出以日本明治维新时期的报章政论家福泽谕吉和德富苏峰为典范，认为"德富氏为日本三大新闻主笔之一，其文雄放隽快，善以欧西文思入日本文，实为文界别开一生面者。……中国若有文界革命，当亦不可不起点于是也"(梁启超《夏威夷游记》)。而福泽氏"为日本……报馆之巨擘焉，著书数十种，专以输入泰西文明思想为主"(梁启超《论学术之势力左右世界》)，力主师法福泽氏与德富氏的报章政论新文体。所谓"小说界革命"，也取自日本明治维新时期盛行的"政治小说"模式，认为"于日本维新之运有大功者，小说亦其一端"(梁启超《传播文明三利器》)，要求借鉴日本"政治小说"的体制，"寄托书中之人物，以写自己之政见"(同上引)。梁启超的《新中国未来记》及清末许多长篇社会小说，即是效法这种小说体制与格调的产物。在戏剧改良方面，当年也提出以西方戏剧大师为法，"欲继索士比亚、福禄特尔(今译莎士比亚、伏尔泰)之风为中国剧坛起革命军"(《新小说·本报之内容》)。蒋智由更提出戏剧改良要多演"悲剧"，少演或不演"喜剧"；"剧界多悲剧，故能为社会造福"，"多喜剧，故能为社会种孽"；"而沙翁(指莎士比亚)著名之曲，皆悲剧也"；"欲有益于人心，必以有悲剧为主"(《中国之演剧界》)，其时，有志于戏曲改良的作家与艺人，不仅要求效法欧美悲剧大师，改良中国戏剧，并且输入话剧形式，演"文明戏"(一种穿时装、表演现实题材的戏剧形式)，改良京剧等，蔚成风气。

那时，要进行诗界革命、文界革命、小说界革命与戏剧改良，只能从欧美与日本等西方资本主义国家的文学殿堂，寻找现成的蓝图与材料，构筑自己心目中的"新派诗""新文体""新小说"与"新戏剧"。从这意义上看，所谓梁启超的"文学的革命"(《释革》)，或黄遵宪的文学"无革命而有维新"(《与严幼陵书》)，实质上就是输入西方文学的"意境""风格""技法"与"语言"(外来新名词)等，融入中国文学的传统体制、形式与格调之中而已。例如所谓"新派诗"发端于夏曾佑、谭嗣同提倡的"新学诗"。"新学诗"的特点是"颇喜挦扯新名词以自表异"。丙申(1896)、丁酉(1897)年间，维新派"皆好作此体"，并相约非佛、孔、耶三教之经典语不用，如"纲伦惨以喀私德，法会盛于巴力门"(谭嗣同《金陵听说法》)、"乱草删除绿几丛，旧花别换日新红。去留一一归天择，物自争存我大公"(黄遵宪《己亥杂诗》)、

"冥冥兰陵门,万鬼门如蚁。质多(即撒旦)举只手,阳乌为之死"(夏曾佑《赠任公二首》)等等,拉扯一点新名词,外来语以标新立异,结果,不中不西,忽视了诗歌的艺术特点,令人费解。后来,梁启超批评"新学诗"是"以堆积满纸新名词为革命",不合"诗界革命"要求,主张"以旧风格含新意境""能熔铸新理想入旧风格",这样,"虽间杂一二新名词亦不为病"。(《饮冰室诗话》六三)他要求在不改变中国传统诗歌形式格调的前提下,输入欧美、日本文学的"文思""意境",即"新学理""新思想",主要追求在思想内容上反映出"新派诗"与旧体诗的不同。黄遵宪、夏曾佑、蒋智由、康有为、谭嗣同、梁启超等,都是新派诗的代表作家。所谓"新文体",是继承龚自珍、魏源、王韬等经世派的新体散文,尔后又有所发展的一种新式散文文体。它从旧体文言散文,尤其是桐城派古文、选学派骈文和八股文等的束缚中"至是自解放",文笔"务为平易畅达,时杂以俚语、韵语及外国语法,纵笔所至不检束",因而"条理明晰,笔锋常带感情,对于读者别具一种魔力"。(梁启超《清代学术概论》)但这种"新文体"仍是从古文、骈文和时文中兼取句式格调,又杂以俚语和外国语法,是一种半文半白的浅近文言,较适于表达新生活和新思想。它的开创者是康有为,继而成为"新文体"代表作家的是梁启超。"新小说"与"新戏剧"也同样师法西方。虽然"新派诗""新文体""新小说"和"新戏剧",冠以"新"之名,其实是在中国文学的传统模式中,"拿来"西方资产阶级文学的"意境""风格"和"语言"(外来新名词),进行有限的改造。看起来是中国文学固有传统与西方文学两者的"结合",但是,由于倡导者们既不能真正认识中国文学传统之优良所在,又不能正确把握外来西方文学之精华何者适用于我国文学;何况,他们又只注重文学内容的更新,不注意文学形式的革新。因此所谓"熔铸",难免生搬硬套,吸取而不消化,表现在创作上,意境、格调、技法和语言均未达和谐,未臻完善。不过,由此而终于打破了中国文学长期来(除晋唐时期曾从域外输入异国文学艺术外)的封闭状态,由"自为的文学"转变为"开放的文学",改变了在中国文学固有传统基础上陈陈相因,彼此模拟的自我为之的发展局面,而开始走向世界文学的探索之路。

文学改良运动在建设自由文学的追求过程中,同时在多方面开始了探索性的工作。如大量译介欧美与日本等国的文学名著,以及输入西方资产阶级文艺理论;提倡文学评论,通过报刊开展文学批评与论争,并着手进行文学史的整理与研究;通过创办文艺报刊和撰写通俗文艺,提倡文艺的普及工作,以"开通民智";创办白话报刊,提倡白话文,进行文字改革,改良中国语文,等等,都是文学改良运动的基本内容,亦是为建设资产阶级自由文学所作努力的一部分。

第三节 文学改良运动的历史意义

资产阶级文学改良运动所取得的成就,在近代文学史上是空前的。这是因为它完全符合并适应时代历史的要求,反映了中国人民反帝反封建斗争的利益与愿望;也是因为它一开始就由登上了历史舞台的新兴资产阶级所发动与领导,在爱国的变法维新思潮推动下以及尔后的资产阶级民主革命思潮的影响下开展起来的;也是因为它继承并发展了自鸦片战争以来爱国的文学革新思想,能高举起资产阶级自由文学的旗帜,反对封建主义旧文学的传统束缚。正因为此,运动取得了巨大的成就。

文学改良运动在中国文学史上第一次提出了建设资产阶级自由文学的目标,提出进行"诗界革命""文界革命""小说界革命"与戏剧改良的响亮口号与具体主张,并在理论建设与创作实践两方面获得可观的成果;它在文学史上第一次对封建主义旧文学发起攻击,结束了封建正统文学长期以来占据文坛统治地位的局面,推动了近代整个反帝反封建新文学的发展,并为过渡到五四运动时期发轫的现代文学,起了先导作用。

通过文学改良运动,晚清文学思想发生了显著的变化。

首先,宣传并树立了文学进化观。运用从西方输入的进化论思想解释中国文学现象,是当年文学革新思潮的主导思想原则,是反对封建文学观的有力思想武器。"尊古""厚古""拟古"和"复古"是正统文学观的核心。文学改良首先必须破除这种文学观的思想牢笼。黄遵宪强调文学应为"今之世","古岂能拘牵"。谭嗣同指出"古而可好,则何必为今之人哉!"(《仁学》卷上)梁启超痛斥"中国结习,薄今爱古,无论学问文章事业,皆以古人为不可几及",认为"自今以往,其进步之远轶前代,固不待蓍龟,即并世人物,亦可邀让于古所云哉?"(《饮冰室诗话》八)他们反对"尊古""拟古",反对拘守传统成规,是因为认识到事物是进化的:"夫淘汰也,变革也,岂惟政治上为然耳,凡群治中一切万事万物莫不有焉……学术有学术之革命,文学有文学之革命,风俗有风俗之革命,产业有产业之革命",而"革也者,天演界中不可逃避之公例也"。(《释革》)强调变革与进化是万事万物的公例,为"诗界革命""文界革命""小说界革命"与"曲界革命"的文学革新主张提供理论根据。同时又从文学进化史中寻找文学改良的历史根据。他们用进化论观点说明一时代有一时代的文学:"三代时有三代时之人心风俗,故有三代时之文学。推之汉自为汉,唐自为唐,宋自为宋,晚近亦自为晚近。凡论诗文,当首辨明时代……若仍袭用汉时之体裁文辞,则与实事全不相符。"(蒋智由译《维朗氏诗学论》第一章按语)又认为文体进化是各国文学史之普遍规律:"文学之进化有一大关键,即由古语之文学变为俗语之文学是也。各国文学史之开展,靡不循此轨道。"(梁启超《小说丛话》)从世界各国文学的文体进化的普遍法则上,为文学改良寻求根据。这种文学进化观是对"天不变道亦不变"的形而上学思想的否定,沉重打击了封建正统文学卫士"尊古""拟古"和"复古"的文学观念,为资产阶级文学改良,为中国文学的新发展,确立了思想理论基础。

其次,宣传并树立了新的文学价值观。一反封建文人视文学为"雕虫小技",诗文是"余事","皆第二流以下人物"所为之类鄙薄文学的传统观念。他们认为文学"有左右世界之力",具有为社会改革服务、推动社会进步的巨大功能,文学是"传播文明"之"利器"(梁启超《传播文明三利器》),"文者,所以为世造幸福之一物"(蒋智由《文体》)。尤其改变了一向被封建文人鄙薄为"稗官野史"的小说的看法,认为"小说为文学之最上乘"(梁启超《小说与群治之关系》),"小说为国民之魂"(梁启超《译印政治小说序》),并把小说的地位提到与"经史"(严复、夏曾佑《国闻报馆附印说部缘起》)、"六艺"(康有为《闻菽园居士欲为政变说部诗以速之》)相提并论的高度。虽然,把文学的作用夸大了,但充分肯定文学的社会功能与社会地位,反映了文学价值观念的巨大变化。这不仅有利于清除传统文学价值观念的流毒，而且对发扬文学革新精神，进行文学改良运动具有推动作用。文学价值观的变化，是由于资本主义改革的需要，也由于接受西方文艺思潮影响的结果。

第三，由于输入了西方资产阶级的文艺思潮和译介了大量西方文学名著，改变了传统的文学创作思想，从而对发展我国近代文艺理论，开道引路。例如梁启超对小说的分类，接受了西方较科学的分类法。从创作方法上划分，把小说分为"理想派小说"与"写实派小说"两类(《小说与群治之关系》)，显然是受西方关于浪漫主义与现实主义两类创作方法以解释文学现象的理论影响的；又如按题材内容划分，把小说分为"政治小说""历史小说""哲理科学小说""军事小说""冒险小说""侦探小说""写情小说"以及"语怪小说""札记体小说""传奇体小说"十类，除后三类系传统分类的变通称法，前七类皆取法欧美与日本。这就大大启迪了小说家的创作思路，努力扩大题材范围与丰富表现手法等。蒋智由曾译介法国维朗氏的《诗学论》，输入了"诗学"、"美学"、"理想美"、"天然美"、"美学上之感动"(美感)等新概念与新理论。他的《中国之演剧界》，介绍了西方戏剧，输入了"悲剧"与"喜剧"的新概念与新理论。此外，在宣传文学改良的文章中，大量出现西方文艺理论的新概念，如"烟士披里纯"(灵感)、"人道"、"人性"、"美者实能唤起人两种心理"、"嗜小说,此殆心理学自然之作用"(文艺心理学说)、"思想自由"、"言论自由"、"出版自由"等等的新术语、新观念。由于吸取了西方文艺思潮和文艺理论，用来阐述文学改良主张，不仅提高了文学改良运动的思想理论水准，由此冲破古典文论传统的束缚，也有助于建设科学的文艺理论。当年，译介输入中国的，就有培根、康德、卢骚、笛卡尔、黑格尔、伏尔泰、莎士比亚、雨果、托尔斯泰、狄更斯、孟德斯鸠、福泽谕吉、德富苏峰、拜伦、雪莱、尼采、巴尔扎克等等哲学的或文学的著作。虽然是囫囵输入，泥沙俱下，鱼龙混杂，但为建设自由文学和新的文艺理论，毕竟开始了从西方输入可以抗击封建旧文学的新式武器。

第四，开始运用民主主义思想学说和西方的文学研究方法，开展文学批评与论争，并着手对古典作家作品和文学发展史进行初步整理研究。在文学改良运动中发展起来的文艺报刊，开辟了"论著""绍介新书""谈丛""诗话""小说话"等专门发表文艺评论的栏目，其中陆续发表了不少有分量的文艺论文和文艺随笔，如阙名的《论中国文章首宜变革》(《亚东时报》)、陈荣衮的《论报章宜改用浅说》(《知新报》)、裘廷梁的《论白话为维新之本》(《苏报》)、梁启超的《小说与群治之关系》(《新民丛报》)、蒋智由的《冷的文章热的文章》、《文体》、《中国之演剧界》(《新民丛报》)、柳亚子的《二十世纪大舞台发刊辞》、陈去病的《论戏剧之有益》(《二十世纪大舞台》)、王无生的《论小说与改良社会之关系》(《月月小说》)、狄葆贤的《论文学上小说之位置》(《新小说》)、金松岑的《论写情小说于新社会之关系》(《新小说》)、陶曾佑的《小说原理》(《绣像小说》)等等，对推动文学改良运动以至建设近代文艺理论体系，都有先导作用。同时，由于冲破了旧的文学观念，开始通过报刊公开开展文艺批评与论争，阐述或辩论文学改良问题。如梁启超、黄遵宪对严复就严译《原富》等著作的"文笔太务渊雅""疑出北魏人手"的古奥，提出文界革命的问题，在《新民丛报》上展开了论争，引人注目。如蒋智由的《文体》与《冷的文章热的文章》对文学改良运动中出现的文风问题的批评。如王国维的《论新学语之输入》(《教育世界》)，就文学改良运动中诗文输入外来新名词的利弊问题进行探讨研究，支持文学语言的改良。此外，刘师培的《论近世文学之变迁》(《国粹学报》)、寅半生的《读迦因小说两译本书后》(《游戏世界》)、周作人的《论文章之意义暨其使命因及中国近来论文之失》(《河南》)以及《大陆》报连续发表对梁启超文风的批评文章,等等,都是正面涉及文学改良问题的论争。虽然,这些文学批评与论争的理论武器,还夹杂儒家文学观与古典文论的传统观念,但在文学思想的主导方面,却是输入的西方哲学、社会学说和文艺思想,在晚清文坛呈现一派新的文学风尚。

  由于文学改良运动的推动,对古典文学和文学史的整理研究蔚成风气。"调查吾神明祖国列朝之文学中,而略一研究其体裁,兼卑简引申其沿革",以肯定文学的进化,阐扬文学的优良传统,从而"请速竞争文界,排击文魔,拔剑啸天而起舞!"(陶曾佑《中国文学之概观》)旨在革新文学、推进文学改良运动。其中尤以章炳麟的《文学说例》、《文学总略》、《辨诗》,胡蕴玉的《中国文学史序》,刘师培的《南北文学不同论》、《搜集文章志材料方法》,王旡生的《中国历代小说史论》等为力作。不久,即由黄人撰成我国自编的第一部系统的三十册《中国文学史》("东吴大学堂课本")面世。这些文学史研究与评论文字,阐发新观点,不随俗说,每多精辟见解。如称"《红楼梦》则社会小说也,种族小说也,哀情小说也"(王旡生《论小说与改良社会之关系》);说《水浒传》是"社会主义之小说""虚无党之小说""政治小说",因为所写"平等级,均财产""复仇怨,贼污吏""一切组织,无不完备"(王旡生《中国三大小说家论赞》),所论均是翻案文章,且能评论独见。其他如对《金瓶梅》、《三国演义》、《西游记》、《西厢记》及"临川四梦"等著名小说、戏剧,能冲破旧说诬评的牢笼,发表独见,而能一语中的。尤其值得注意的是,已能试用中西文学比较研究的方法来研究古典小说、戏剧。显然,研究古典文学以发扬优良文学传统,同从域外译介输入西方资产阶级的文学思想与文学名著一样,是为了寻求文学改良的良师,以为建设自由文学的指南。但由于尚未脱尽传统文学观念的影响,有时仍不免落入所谓"志淫志盗""儿女""英雄"等旧说窠臼;有时又发过激之论,不是把古典小说捧到吓人的高度,就是过分颂扬欧美文学,评价偏颇。这都说明所掌握的文艺理论的浅薄与思想方法的不完全科学。

  在创作上,诗、文、小说、戏剧和通俗文艺等领域,都产生了一批以阐扬"自由、民权、革命、平等以及一切新政、新法、新学"等思想为中心内容的作品,发扬了批判社会、改革社会、追求独立富强的民主主义与爱国主义精神,推动了中国人民反帝反封建斗争事业。这些作品诚如蒋智由所说,是一种"热的文章",或如梁启超所说,是"大声疾呼"的"奔进的表情法"(《中国韵文里头所表现的情感》),感情激越,精神高昂,意气风发,富有强烈时代气息和理想色彩。黄遵宪、谭嗣同、康有为、丘逢甲等的新派诗,梁启超的新文体、吴趼人、李伯元等的新小说,汪笑侬的改良京剧等等,不同程度地显示了文学改良的实绩。当然,文学改良运动所要创建的资产阶级自由文学,也仅止是一种"改良文学"。作品的思想内容还不能完全摆脱儒家思想的牢笼,古哲先贤与泰西文豪的思想言论并见,新学(西学)思想夹杂旧学(中学)思想,西方道德与传统道德并存。在文学形式上,由于认为文学革新"当革其精神,非革其形式"的形而上学片面性所囿,主张"以旧风格含新意境",故新派诗仍是沿用旧体诗,小说仍沿用章回体、笔记体,戏曲也多旧程式,文体仍是一种半文半白的浅近文言。文学内容表现了新生活、新思想,而文学形式仍是陈旧的,不过是"旧瓶装新酒。"虽然各种文学体裁有所创新,产生了新体制、新样式,如输入话剧,演文明戏,如写作白话诗、白话文、白话短篇小说,如吸收西方小说的某些技法融入传统章回体,如新式报章体裁等等,但并不普遍,也不纯熟,旧体制、旧格调、旧文体依然占主导地位。

尤其是文学的语言形式,没有当做是文学革新的主要问题认真解决,以彻底改变文言文体的面貌,束缚了文学思想内容和艺术形式的革新。虽然也曾主张"言文合一",提出"崇白话而废文言"的强烈主张,创办白话报,试作白话诗、文和小说,进行文字改革等,但是,他们仍习惯于写文言,读文言。虽然,也重视采取一部分俚语俗谚,又能吸收外来新名词,改革了作品的文学语言,增强了表现力,成为一种浅近的文言,毕竟没有根本改变文言文体的陈旧面貌。不能彻底革新文学语言,也就不能彻底打碎旧文学的桎梏,因而就不能彻底摆脱旧文学的束缚,创造出真正簇新的自由文学,只能是一种经过改良的文学。

总之,这种改良文学,在文学体制、形式、语言上变化较少或不彻底,是文学改良运动的致命弱点,何况在思想内容上还残留封建意识的尾巴。这正如近代资产阶级在政治上所表现的先天具有的软弱性和妥协性一样,不能彻底反封建;表现在文学上,也存在同样弱点,不能彻底反对封建文学,实行彻底的文学革命。这是阶级的历史的局限,有待于五四新文化运动再次发起一场"文学革命",才能予以根本解决。

晚清的文学改良运动,毕竟是文学史上一次由近代资产阶级发动和领导的文学革新运动。虽然它未能彻底地批判和否定整个封建制度及其思想体系,未能真正清理中国文学的庞大遗产,吸取应吸取的民主性精华,抛弃应抛弃的封建性糟粕,也未能妥善择取并正确输入消化西方国家先进的文学养料,因而,未能在文学改良运动中建立起堪称一代文学的资产阶级自由文学,在创作上和理论上产生里程碑式的大家。可是,这一运动对于不久发生的五四文学革命运动来说,确是一次极了不起的演习。五四时期的新文学家们就强调指出:"文学革命……的滥觞应该要追溯到满清末年资产阶级的意识觉醒的时候。这个滥觞时期的代表,我们当推梁任公……大抵在滥觞时期中,近代文学的面影还是一个潜流,还没有十分表现出沙面。……文学革命的泉水经过了一段长久的伏流时期,在五四运动(一九一八)的前后才突然爆发了出来,成了一个划时期的运动。"(郭沫若《文学革命之回顾》)他们把文学改良运动的发动者与领导者梁启超推为"近代创造新文学之一人……论现代文学之革新,必数及梁(启超)先生"(钱玄同《寄陈独秀》,1917年2月25日)。的确,文学改良运动在自己的发展过程中,创造了相当可观的成就,尽管有缺陷与局限,但是,确实为五四文学革命运动作出了前路先锋的努力。它提出的广泛的文学问题,它在文学领域中企图破坏的和建设的未竟之业,它所取得的经验和留下的缺陷,基本上都为五四文学革命运动或接受,或解决,或发展了。五四文学革命当然站得比文学改良运动要高,因为,它的脚下有着文学改良运动这一基础打底,又因为它处在一个新的时代,更因为它由先进的马克思主义思想为指导的缘故。文学革命属于无产阶级文化革命的范畴,而文学改良却属于资产阶级文化革命的范畴。可是,作为前驱者的功绩不容抹杀,资产阶级文学改良运动的文学史地位应充分肯定。

第二章 梁 启 超

第一节 梁启超的生平、思想和著作

梁启超一生经历,跨越晚清和民国两个时期。在近代中国社会风云运转急剧变动的政治潮流中,他被时代的激浪推到历史潮流的中心,经受了一次又一次的冲击,被造就成一个生平和思想都十分复杂的历史人物。综观其一生的历史活动,大致可括于三:政治活动、学术活动和文学活动,而其中心"凡归政治而已"(《吾今后所以报国者》)。他首先是一个资产阶级改良主义政治家,同时又是杰出的宣传家、学者和文学家。

梁启超(1873～1929),字卓如,号任公,别署饮冰室主人。广东新会人。光绪十五年(1889)举人。早年接受传统的封建儒家教育,后入学海堂受训诂词章专门之学。光绪十六年,始接触《瀛环志略》等介绍西学的书籍。是年秋,与陈千秋相偕从康有为学"陆王心学,而并及史学、西学梗概"(《三十自述》),并协助康有为著书立说,任《新学伪经考》校勘,《孔子改制考》分纂,从事改良主义理论的创建工作,为此后一生的改良主义活动奠定思想理论基础。

甲午(1894年)中日战后,投身实际的政治运动,追随康有为从事变法维新的宣传和组织工作。1895年至北京参加会试,随康有为发动"公车上书",时号"康梁"。强学会成立,任书记员,主持《中外纪闻》编务。次年至上海,任《时务报》总撰述,著《变法通议》。翌年至湖南,任时务学堂总教习,参与南学会,提倡民权,宣传变法。戊戌(1898年)变法期间,春上入京襄助康有为组织保国会,又以六品衔专办译书局,赞画奔走,对变法维新运动起了推动作用,成为近代资产阶级改革家。

戊戌政变后,梁启超逃亡日本,继续进行改良主义政治活动,又专以办报、著述为业。1898年冬,在日本横滨创办《清议报》(旬刊)。次年漫游檀香山、新加坡、香港、印度、澳洲等地,发展保皇会。1902年春在横滨主办《新民丛报》(半月刊),11月又创办《新小说》。始出版由何擎一(天柱)辑成的《饮冰室文集》,为之序。在此前后,言论稍激进,鼓吹"斥后(慈禧太后)保皇(光绪皇帝)",并致力于富有成效的思想启蒙宣传工作和文学改良工作,对思想界、文学界发生了广泛和深远的影响。但由于坚持"君主立宪"和"开明专制"的保皇立场,逐步走上反对民主革命的道路。1906年前后,在以《民报》与《新民丛报》为主要对立阵地,革命派与改良派之间的思想论战中,遭到革命派的批判。翌年,《新民丛报》停刊。在此前后,组织政闻社,创办《政论》、《国风报》,继续其宣传和组织"君主立宪"的保皇活动。

辛亥革命后,结束亡命生涯归国,先后组织进步党和研究系,并出任袁世凯政府的司法总长和段祺瑞政府的财政总长。其间,曾与他的学生蔡锷发动"护国战争",发表《异哉所谓国体问题者》文,反对袁氏称帝;又支持段祺瑞"马厂誓师",讨平张勋复辟。五四前后,出游欧洲。回国后,脱离政界,任清华大学研究院的导师和南开大学等校的教授。自此直至逝世,专事讲学与著述,在中国传统学术思想的整理与历史文化的研究方面,作出了有益的贡献。1929年1月19日病逝于北平。

梁启超一生经历复杂,他的思想、著述亦是驳杂的混合体。这是近代中国复杂的社会矛盾和急剧变动的历史行程,在这样一个历史名人身上,所留下的深刻印痕。

这个混合体的两大思想主体是"中学"(即"旧学")和"西学"(即"新学")。中学、西学兼容并蓄,而以儒学为宗,是他的思想形态的特点。他一生致力于推行资本主义改革的方略,争取国家民族的独立富强,因而努力宣传西学,也曾批判过中学,即传统的封建主义文化思想,具有思想启蒙的意义。然而,当他的新学思想与他的旧学思想一旦发生正面撞击时,他不会损坏他所宗奉的传统儒学的根基。他力倡"自由之说""平等之说""竞争之说""权利之说""破坏之说",以输入中国而发扬之,却又忧虑"不以之箴膏肓,而以之灭国粹"(《新民说·论私德》),万万要不得。与其损害"国粹",即封建性旧学,不如排斥西学,或者把西学改造成适于封建传统文化思想所能容纳的形态。因而,他的力主取法西方,进行资本主义改革,仍不能摆脱儒家政治理想的束缚,竭力宣扬道德救国论。以为"救危亡求进步之道"(《新民说·论进步》),在于改良"民质",培养"公德"。即如他的"君主立宪"和"开明专制"的政治改革主张,已充分表明他的新学思想在他所宗奉的儒学思想影响下,大打折扣了。

他在学术思想上接受西方资产阶级进化论哲学思想,否定"天不变,道亦不变"的形而上学观点,反对"尊古""复古",主张变革、进取,具有唯物主义哲学思想因素。但他在运用进化论批判封建传统思想文化的同时,又鼓吹"尊孔保皇"。他尊孔崇儒,尤其宗奉上承孔、孟的陆(九渊)王(阳明)心学,并杂取佛学与西方资产阶级唯心主义学说,宣扬"境者心造"(《自由书·唯心》)、"我见之为有"(译小野冢著《国家原论》注一,《新民丛报》第74期)的主观唯心论。他的这种哲学思想,来自于康德的"自由意志"说、王阳明的"致良知说"和佛教唯识宗的说教。

显然,社会改革思想是梁启超思想中最引人注目的部分。他是近代资产阶级改革家。他的社会改革思想理论依据是西方资产阶级的进化论哲学思想和今文经学典籍《公羊传》的"三世说"历史观。这种历史观被康有为演化为"据乱世、太平世、升平世"三世周而复始的模式,包容历史进化观和历史循环论的思想。梁启超接受西方进化论和今文经学的历史观,因而形成他的政治思想、学术思想和文学思想等既有积极变革的进取性,又有据守渐变的保守性。他始终只是一个改良主义者,而不能前进到突变的革命道路。

总之,西方资产阶级的哲学社会科学和传统的陆王心学、今文经学构成梁启超思想来源的三大支柱,而以儒学为其根基。这种复杂的思想包容形态,决定了梁启超的一生言行，时而激进，时而保守，有时前进，有时倒退，升沉进退，矛盾复杂，人称他"善变"。但是，梁启超能够直面现实，关心社会，忧国忧民，坚持社会改革，憧憬祖国独立富强的爱国主义思想却能贯穿一生。从梁启超的思想、著作中，可以看到在那个"风雨如磐"的岁月里一个资产阶级改革家艰难跋涉的历程，同时也反映出那个动荡社会的时代面影。

梁启超是近世著作甚丰的作家和学者，一生所作，"著""述"两项约在1400万至2000万言左右（包括未刊稿与遗札）。他的著作文字，绝大部分发表于当年的报刊，从最初结集的《饮冰室文集》，至1937年陈筱梅编的《饮冰室文集全编》止，约有40种不同版本，其中以1932年林志钧编的《饮冰室合集》版本最佳，收录最富，体例较妥，校订最善，分《文集》和《专集》两部分，编年排列，合40册。《文集》录文700余篇，诗话一种，诗词300余首。《专集》录各种政治、学术和文学专著（包括翻译）104种。虽其大量著述是属政治的、学术的，但属文学的为数也不少，何况他的大量政论有较强的文学性，也可作文艺性散文阅读。他创作的作品，几乎涉及各种文学体裁，除诗词文之外，也写小说与戏剧，也搞文学翻译，是近世无出其右的多产作家，且有相当数量的作品成为传世之作。自称"委身于文界""专以宣传为业"的梁启超，一生未曾停止过述作，尤以创办《清议报》、《新民丛报》时期最为辉煌，被文坛誉为"文界革命之健将""舆论之骄子""天纵之文豪"，文名满天下。至五四后，弃政从学，退为甘居淡泊的学者，又一次进入著作多产时期，但多为长篇学术专著。梁启超的思想、著作在近现代的文界、学界曾产生过广泛而深远的影响。

第二节　梁启超的"文学改良"论

梁启超是19世纪90年代中国资产阶级文学改良运动的积极推动者。从《时务报》时代起，直至创办《清议报》、《新民丛报》和《新小说》的一段时期，梁启超始终处于文学改良运动的鼓吹者和指导者的地位，从而形成了他的文学改良论。

概括地说，梁启超的文学改良论有如下几方面的内容：

第一，全面提出文学革新的范围与内容，主张实行"诗界革命""文界革命""小说界革命"和戏剧改良，以创作适应资本主义政治经济改革需要的"新派诗""新文体""新小说"和"新戏剧"。

第二，反对"传世之文"，尤其鄙薄八股文、桐城派古文、选派骈文和毫无文学味的考据文，以及传统的拟古诗派，提倡"觉世之文"。要求打破传统诗文的门户家法和拟古习气，使文学成为灌输国家思想、推动社会改革、传播文明思想、培养国民公德这样一种"兴国智民"的工具，以"觉世"为职志。

第三，主张以建设资产阶级自由文学为文学改良的目标。他提倡的"觉世之文"，或谓改良文学，是以"自由"为标帜的。他认为"自由者，亦精神界之生命也"，而"中国数千年来，无'自由'二字"（《致康有为书》，1900年4月29日），"故今日欲救精神界之中国，舍自由美德外，其道无由！"（《十种德性相反相成义·其二自由与制裁》），"今日而知民智之为急,则舍自由无他道矣"(《致康有为书》,1900年4月29日)。当然,作为"精神界"之重要方面军的文学,其革新的要务,势必在追求建立以"自由"为标帜和指向的新文学,也就是自由文学。他对西方之"今日文明诸国所最尊最重者,如思想之自由,信教之自由,集会之自由,言论之自由,著述之自由,行动之自由"(《中国积弱渊源论》)的向往,要求"思想自由、言论自由、出版自由","三大自由,兼备于我"(《自由书叙言》),并以"拜伦最爱自由主义",作为自己的楷模,"诗界革命"的榜样。在他看来,建设自由文学,鼓吹"自由之说""平等之说""竞争之说""权利之说""破坏之说",以"促思想自由之发达"(《新民说·论私德》),是因为"思想自由,为凡百自由之母者"(《十种德性相反相成义·其二自由与制裁》)。他因此把自己的著作名为"自由书",并赞颂说"吁嘻,璀璨哉自由之花!吁嘻,庄严哉自由之神!"(《新民说·论自由》)表现出对建设资产阶级自由文学的热烈向往。文学改良运动以建立这种自由文学为目标与指向,对封建主义旧文学是一种根本性的否定。

第四,倡导借鉴西方资产阶级文学的"意境""风格""文体""技法"和"语句"等,为革新中国文学、建设自由文学的范本。他提出新派诗"必取泰西文豪之意境之风格"(《新中国未来记》第四回总批),新文体"以欧美、日本诸国文体"(《绍介新著〈原富〉》)为法,新小说要以日本明治维新时期的"政治小说"为范本(《普及文明三利器》),或译印欧美小说为法式(《译印政治小说序》),新戏剧则"欲继索士比亚、福禄特尔(今译莎士比亚、伏尔泰)之风为中国剧坛起革命军"(《新民丛报》载《新小说》广告《本报之内容》),改良中国戏剧。取法欧美以改良文学,开拓了中国文学发展的前景,使之具有"开放型文学"的特色。

第五,提倡改良文学语言,主张"言文合一"(《变法通议》、《新民说》)、文质相符与文质并重(《沈氏音书序》),要求吸收外来新词新语和采用俗语俗谚入诗入文,鼓吹创建俗语文学(《小说丛话》)。因为文学"第一,是要把自己的思想和感情完全传达出来;第二,是要令对面的人读下去能确实了解"。(《清代学术概论》)在文学语言问题上,要求自由文学摆脱传统旧文学文言文体的束缚。

第六,提倡报章文学、通俗文艺和文艺的普及。他指出报纸乃是"耳目""喉舌"(《论报馆有益于国事》),是"摧陷专制之戈矛,防卫国民之甲胄"(《敬告我同业诸君》),可"以龚行监督政府之天职","导国民以进化之途径"(出处同上)。因此,他不仅提倡而且改革报章版面与开拓报章文学,提出报章文体的标准:"一曰宗旨定而高,二曰思想新而正,三曰材料富而当,四曰报事确而速。若是者良,反是则劣。"(《清议报一百册祝辞》)同时,他又提倡通俗文艺,用俗语和群众喜闻乐见的文艺形式,创作歌与诗结合的歌谣、歌词、粤讴、弹词等(《饮冰室诗话》)。他竭力提倡新小说,也因为小说通俗而能普及。在梁启超看来,传统文学远离国民,"中国之词章家,则于国民岂有丝毫之影响耶?"(《饮冰室诗话》)所以,他从推行社会改革、培养国民公德需要出发,主张普及文艺。他在谈到诗歌、音乐普及问题时,认为文艺之普及国民,"此中国文学复兴之先河也"(出处同上)。

第七,在文学的革新与继承传统问题上,梁启超既反对"尊古""拟古",主张自由文学"不受三纲之压制""不受古人之束缚""不受箝制于他人"(《致康有为书》,1900年4月29日),"惟意所之"地抒写(《自由书叙言》)。而且声称"我有耳目,我物我格,我有心思,我理我穷,高高山顶立,深深海底行,其于古人也,吾时而师之,时而友之,时而敌之,无容心焉,以公理为衡而已。自由何如也!"(《新民说·论自由》)对传统问题表现了比较清醒的认识。然而,在文学革新的具体问题上,即全盘承认并接受传统文学的体制形式,说什么"革命者,当革其精神,非革其形式"、"能以旧风格含新意境"、"能熔铸新理想以入旧风格"。(《饮冰室诗话》)但求文学思想内容的革新,而保留传统文学的旧形式旧格调。这种形而上学的片面性,使他在革新与继承传统问题上陷入矛盾。不能正确对待传统,继承其优良部分,也就不能彻底反对旧文学的糟粕,真正革新中国文学,建设从内容到形式全新的自由文学。

梁启超的文学改良论是建立在他对文学基本问题的认识基础之上的。

首先,梁启超十分重视文学,把它看做是一个独立的部门,常常把文学同学术、宗教、思想、风俗、人心、名物等各意识形态部门相提并论(《新民说·论进步》),甚至把文学同技术、产业等经济问题并提(《释革》)。在他看来,文学的社会地位何止在当做一个独立部门,"小说学之在中国,殆可增《七略》而为八,蔚四部而为五者矣"(《译印政治小说序》)。所以,他认为既然世界历史上"宗教有宗教之革命"、"道德有道德之革命"、"学术有学术之革命"、"风俗有风俗之革命"、"产业有产业之革命",那么,理所当然地应该"文学有文学之革命",包括"文界革命"、"诗界革命"、"曲界革命"、"小说界革命"、"文字革命"等等的文学革新(《释革》)。虽然,他的"文学革命"应读作"文学改良",但是,正因为他看重文学为一支独立的社会思想力量,才重视文学的革新,鼓吹文学改良。

其次,他重视文学与社会的关系问题。一方面,他指出文学是作者"触受"了社会生活后的产物(《论小说与群治之关系》),并说自己所作,乃"应于时势,发其胸中所欲言"(《饮冰室文集自序》),是笔者"所睹闻,所感触者,能笔之于书,举吾心所言者,能悉达之于人"(《论常识》),肯定文学乃是社会生活的反映的产物。并且认识到,文学反映社会生活,具有反映现实和表达理想的两种功能:一是反映"现境界"的"写实派",能把现实世界"和盘托出,彻底而发露之",能"摹写其情状";一是表现"他境界"的"理想派",因为人们"常非能以现境界而自满足","理想派"却能"导入游于他境界,而变换其常触常受之空气",以满足人们对"身外之身,世界外之世界"的了解和向往(《论小说与群治之关系》)。梁启超既认识到文学反映社会生活,有现实主义("写实派")和浪漫主义("理想派")的不同艺术方法,能分别反映现实生活("现境界")和表现理想意境("他境界"),所以,他要求改良文学,使之表现"新意境"或"新理想"(《饮冰室诗话》),反对厌厌无生气的拟古主义旧文学。另一方面,梁启超又特别强调文学对于社会的作用,认为文学尤其能推动社会政治的进步,欧美、日本"各国政界之日进,则政治小说为功最高"(《译印政治小说序》),甚至认为文学具有"左右世界之力"(《论学术之势力左右世界》)。虽然,他之所论,有过分夸大文学社会作用之嫌,以为"欲新一国之民",包括"欲新道德"、"欲新宗教"、"欲新政治"、"欲新风俗"、"欲新学艺"、"欲新人心",则"先新一国之小说"必能奏效。(《论小说与群治之关系》)他对文学的社会作用以及文学革新的社会政治效果,所论未免偏颇,但他认为革新文学,使之成为传播与普及"文明"的"利器"(《普及文明三利器》),产生"兴国智民"的社会作用,乃是可取的。正因为他认识到文学的巨大社会作用,才努力从改革社会、开发民智的需要出发,竭力提倡文学改良。

再次,梁启超之所以特别强调文学的社会作用,一方面,是因为他身处资产阶级改革、挽救国家民族危亡的政治运动之中,故称"启超等之运动,益带政治的色彩"(《清代学术概论》),固是他追求一种文学上的政治功利主义所使然。但另一方面,他毕竟看到文学具有不可替代的特性,作用于社会具有特殊的功能。他认识到文学作品"浅而易解""乐而多趣",因而具有"可惊可愕可悲可感,读之而生出无量噩梦,抹出无量眼泪者"的形象可感性。文学作品既能"足以尽其情",故而"足以移人"。(《论小说与群治之关系》)这里,他强调了文学作品的形象性及其所含"情""趣"的艺术感染力量("移人"),是把握住了文学的一般特征的。值得注意的是,他看到了这种文学特性所具有的功能的深层,认为文学能作用于人道、人性。他肯定"小说为国民之魂"的命题,小说既能表达国民的意志、要求和愿望,又对国民产生"教之""入之""谕之""治之"的教育感化作用(《译印政治小说序》)。小说之所以是"文学之最上乘",也就是因为小说具有这种"支配人道"的"四种力":"一曰熏",作品对读者有潜移默化的作用,"如近墨朱处而为其所染";"二曰浸",作品对读者具有持续不断的渗透感染作用,"入而与之俱化者也";"三曰刺",作品对读者具有"刺激"作用,能使人"入于一刹那顷忽起异感,而不能自制";"四曰提",作品能使读者的思想感情"自化其身焉入于书中",达忘我境界。(《论小说与群治之关系》)梁启超强调文学作品对于"支配人道"的艺术感染力,因为文学有其特殊的性质功能,故"六经虽美"(《译印政治小说序》),尤不如小说之美,人之"嗜小说,此殆心理学自然之作用"(《论小说与群治之关系》)。因此,作为启蒙宣传家、资产阶级改革家的梁启超,就必然视文学为改革社会的工具,普及文明的"利器",因而重视文学的改良。

最后,梁启超的文学改良论是建立在他的文学进化观基础上的。他的文学进化观是接受了西方资产阶级进化论哲学思想而形成的。他反对"薄今爱古"的"结习",反对文学上的"尊古""拟古"倾向,而主张"尊今非古"。他认为"大地之事事物物,皆由简而进于繁,由质而进于文,由恶而进于善,有一定之等,有一定之时"(《论君政民政相嬗之理》)。并针对韩愈"非三代两汉之书不敢观"的尊古论调,指出:"凡一切事物,其程度愈低级者则愈简单,愈高等者则愈复杂,此公例也。故我之诗界滥觞于《三百篇》,限于四言,其体裁为最简单。渐进为五言,渐进为七言,稍复杂矣。渐进为长短句,愈复杂矣。长短句而有一定之腔,一定之谱,若宋人之词者,则愈复杂矣。由宋词而更进为元曲,其复杂乃达于极点。"(《小说丛话》)又认为"由古语之文学变为俗语之文学",是"文学之进化"的"一大关键","各国文学史之开展,靡不循此轨道"。(出处同上)基于这种文学进化观,主张文学的革新,提倡文学改良,也是顺理成章。因此,他认为要建设新文学,就须破坏旧文学:"实则人群中一切事事物物,大而宗教、学术、思想、人心、风俗,小而文艺、技术、名物,何一不经过破坏之阶级(即"阶段"之意)以上于进步之途也?"倘"枝枝节节而行焉,步步趋趋而摹仿焉,其遂可以进于文明乎?"(《新民说·论进步》)梁启超由于认识到文学是进化的,因而产生文学革新思想,在此基础上,遂形成他的文学改良论。可以这样说,文学革新思想是他的文学改良论的精髓和核心。

必须看到,梁启超的文学改良论,是他的整个资产阶级改革思想的一部分,是近代资产阶级政治经济改革要求和愿望在文学问题上的反映。它服务于资产阶级改良主义政治,具有反对封建主义旧文学的积极意义,对晚清资产阶级文学改良运动的发展和近代爱国主义、民主主义新文学的成长,都起了积极的推动作用。当然,在梁启超的文学改良论指导下的文学改良运动,所追求的只是文学改良,而非文学革命(虽然他标榜的是"革命"

字眼);文学改良运动中产生的新派诗、新文体、新小说和改良戏剧,严格地说,也还只是一种改良文学,而非革命文学。他的文学改良论虽具有反封建主义传统文学思想的进步意义,属近代资产阶级文艺思想范畴,但又表现了对封建主义传统文学思想的妥协性,正如他的政治思想和学术思想不能摆脱传统儒学的影响和束缚一样,他的文学改良论也未能彻底清除儒家传统文学观的流毒。因此,他的文学改良论最终不能引导文学改良运动在文学上彻底完成反帝反封建的历史使命,以至这一历史任务,终于不能不由五四文学革命来承担并完成。不过,梁启超的文学改良论及其在文学改良运动中的贡献,不仅作用于当年,而且也表现在这两次文学运动的联系中,从清末文学改良到五四文学革命的发展链条上,梁启超的文学改良论是不可或缺的一个环节。

第三节 梁启超的文学创作

梁启超的文学创作成就,主要表现在散文创作上,其次是诗词以及小说和戏剧。

梁启超的散文,经历了文体变化的四个阶段。从少年时起,到投身变法维新运动以前,治帖括,擅八股,喜词章,为文学晚汉魏晋,习为议论,绮习较深,又学姚氏《古文辞类纂》,法桐城派古文。守家法,颇尚矜练。这是他散文写作生涯的第一阶段。第二阶段,从《时务报》到《新民丛报》时期,是他冲破传统旧文体束缚,至是自解放,提倡"文界革命"创作"新文体"的时期。这时所作散文"以淹贯流畅,若有电力足以吸住人的文字,婉曲的表达出当时人人所欲言而迄未能言,或未能畅言的政论……像那样不守家法,非桐城,亦非六朝,信笔取之而又舒卷自如,雄辩惊人的崭新文笔,在当时文坛上,耳目实为之一新"(郑振铎《梁任公先生传》)。这是他散文创作思想艺术成就最辉煌的时期。第三阶段,从办《政论》、《国风报》至辛亥革命后从政时期,从追求文体解放,倒退到复古道路,重操骈俪,绮习未除,既法晚汉魏晋,又拟桐城古文,竟为"新民体"之别调。第四阶段,五四前后,弃政从学,文体又一变而为语体文,不复用浅近文言写作,亦应时代之风气。但所作散文,"文字已归恬淡平易,不复如前之浩浩莽莽,有排山倒海的气势,窒人呼吸的电力感了"(郑振铎《梁任公先生传》)。梁启超晚年的散文,虽在文体语言上更趋口语化,但内容已缺乏激情和锋芒了。

最能代表梁启超散文写作成就、影响最为深远的,是他在《时务报》至《清议报》、《新民丛报》时期所发表的新体政论和文艺性短论,如《变法通议》、《自由书》、《少年中国说》、《呵旁观者文》、《新民说》、《过渡时代论》等文。他自称这些文章,"开文章之新体,激民气之暗潮"(《清议报一百册祝辞》)。的确,这些作品议论风发,感情充沛,形式新颖,条理明晰,语言流畅,别创一格,"成为一大派别的文体"(郑振铎《梁任公先生传》)。梁启超自称这一时期的政论为"新文体",以区别于当年仍占正统地位的桐城派古文、骈文和八股文等"旧文体"。而一般论者,从不同角度,给其新体散文以多种称述。因为这种新体散文,大多是政治性的议论文,故称之为"政论"(出处同上);而这种政论,以文学的笔调,议论变法维新,有较浓厚的文艺性，因被叫做"时务的文学"（胡适《五十年来中国之文学》）；由于这类政论屡发表于报刊，故又称为"报章文字"或"报章文学"（严复《与熊纯如书札节钞》，《学衡》第10期）；这种政论的写作，至《新民丛报》时期达到顶峰，因此誉为"新民体"。总之，约起自《时务报》，迄于《新民丛报》的10年间，是梁启超"新文体"写作的全盛时期。此后所作散文，基本上失去原有的那种高昂的爱国激情、犀利的战斗锋芒和社会改革的理想，已不甚为读者所欣赏。

梁启超的新文体的思想内容，反映了近代资产阶级批判旧世界，呼吁社会改革，鼓吹变法图强，追求祖国独立富强的要求和愿望，具有鲜明的时代特色和丰富的社会内容，表现了与旧体文言散文根本不同的思想特质。如长篇政论《变法通议》，就中日甲午战后中国社会的政治、经济、文化、教育等各个领域的问题，提出并反复论述进行资本主义改革的必要性和迫切性，全面阐述了资产阶级维新派倡导变法维新的政治主张，震动海宇。《饮冰室自由书》（一名《自由书》）由独自成篇的文艺短论组成，以时势学理为题，宣传新学思想，鼓吹变法主张。文艺性政论《少年中国说》，描述了少年中国的光辉前景，鼓舞国民为祖国的富强独立而奋斗，充满了乐观进取的精神和理想色彩。文艺性政论《呵旁观者文》，严辞呵责形形色色的旁观者，呼吁国人以天下兴亡，匹夫有责的主人翁态度，面对外强凌辱、内政不振的社会现状，奋起救亡图存、振兴中华的爱国精神，报效祖国。文艺性政论《过渡时代论》，热烈赞颂中国社会结束了数千年来的"停顿时代"，而进入"过渡时代"，也即变革的时代，呼吁国民，尤其是青年，"大张旗鼓，为过渡之先锋"，为争取社会的进步献身。文艺性短论《释革》，阐释了"改革"与"革命"的意义，力主实行"变革"，鼓吹通过政治、经济、文化、教育等的"变革"，推动社会进步，言辞激烈。学术论文《论学术之势力左右世界》，热情颂扬欧美、日本等杰出科学家、文学家的开创性劳动，创造了"今日光明灿烂、如荼如锦之世界"，呼吁国人努力学习西方，"能运他国文明新思想，移植于本国，以造福于其同胞"。总之，这一时期的新文体写作内容大体可概括为四方面："一曰倡民权""二曰衍哲理""三曰明朝局""四曰厉国耻"，"一言以蔽之曰：广民智，振民气也"。（《清议报一百册祝辞》）但是，却也写有大量文章，鼓吹"君主立宪""开明专制""保皇保教""尊孔崇儒"的思想。此后则不复如新文体那样的内容，能感应时代前进的步伐，叱咤风云，激昂慷慨，具有导人进步的积极意义。仅有部分政论，如《异哉所谓国体问题者》、《袁政府伪造民意密电书后》、《辟复辟论》、《丽韩十家文钞序》等，尚能应时代潮流的激荡，闪现爱国主义、民族主义的思想光彩，为人称颂。

梁启超一生所作散文，可称道的艺术成就，还是他的新文体。而其影响，则开启了一代新文风。他晚年评述自己的新文体创作说：

> 启超既亡居日本……复专以宣传为业，为《新民丛报》、《新小说》等诸杂志，畅其旨义，国人竞喜读之。清廷虽严禁，不能遏，每一册出，内地翻刻本辄十数。二十年来学子之思想，颇蒙其影响。启超夙不喜桐城派古文，幼年为文，学晚汉魏晋，颇尚矜炼。至是自解放，务为平易畅达，时杂以俚语、韵语及外国语法，纵笔所至不检束，学者竞效之，号"新文体"。老辈则痛恨，诋为野狐。然其文条理明晰，笔锋常带情感，对于读者，别有一种魔力焉。

——《清代学术概论》二十五

从梁启超的自述,可知新文体的产生是由于宣传变法维新的政治需要:一是为了便于宣传自己的政治主张,"畅其旨义";二是为了使广大报刊读者易于理解接受,裨"国人竞喜读之",因此,不能不从自幼习练的晚汉魏晋文、桐城派古文,以至为应科举而研制的八股文中摆脱出来,"至是自解放",写作应新形势需要的新体散文,表现新生活新思想。于是新文体便应运而生了。这种新文体的特点,如其所述有以下几点:

第一,"平易畅达,时杂以俚语、韵语及外国语法"。这就是说,新文体的文笔语言,文白相杂,文言间出俚语,成为一种浅近的文言文体,接近口语,又能骈散结合,奇句散行与偶句排比相杂,打破骈体与散体的严格界限,增强了文字表现力;还能吸收外来新词新语和外国语法,改良文体的语言素质,提高记事述情的表现力。凡此种种,使新文体显得平易畅达。如《少年中国说》的结束语,是这样论述青年一代与未来新中国的关系的:

……中国而为牛为马为奴为隶,则烹脔鞭箠之惨酷,惟我少年当之;中国如称霸宇内,主盟地球,则指挥顾盼之尊荣,惟我少年享之。于彼气息奄奄、与鬼为邻者何与焉?彼而漠然置之,犹可言也;我而漠然置之,不可言也。使举国之少年而果为少年也,则吾中国为未来之国,其进步未可量也;使举国之少年而亦为老大也,则吾中国为过去之国,其澌亡可翘足而待也。故今日之责任,不在他人,而全在我少年。少年智则国智,少年富则国富,少年强则国强,少年独立则国独立,少年自由则国自由,少年进步则国进步,少年胜于欧洲则国胜于欧洲,少年雄于地球则国雄于地球。红日初升,其道大光;河出伏流,一泻汪洋;潜龙腾渊,鳞爪飞扬;乳虎啸谷,百兽震惶;鹰隼试翼,风尘吸张;奇花初胎,矞矞皇皇;干将发硎,有作其芒;天戴其苍,地履其黄;纵有千古,横有八荒;前途似海,来日方长。美哉,我少年中国,与天不老!壮哉,我中国少年,与国无疆!

这种运用骈偶对仗、八股排比同奇句散行的古文句式,熔于一炉,文言、口语与外来新词新语间杂并出,扩充了语言运用范围,句式多变,感情充沛,气势浩莽,富于艺术魅力。正因如此,就较之旧文体更充分地发挥中国语文的特性,运用诸如比喻、夸张、重叠、排比、反复、递进等修辞手段,使抽象议论与形象概括结合,加强说理论事的文艺性,产生服之以理,动之以情的艺术效果。这也是新文体"平易畅达"的原因之一。

第二,"其文条理明晰"。新文体是一种新体政论,行文起讫自由,各自成段,分项申说,洋洋洒洒,尽意而罢,"纵笔所至不检束",每为长至几千以至万言的长篇政论。而往往又在题目之下,各部分再列小目(小标题),小目之下,又分项论述,"大纲小目,条分缕析"(《新民说》),如《变法通议》、《新民说》、《过渡时代论》等。梁启超重视文章的条理,说"于文,经纬整列曰'理',条段错綜曰'乱'"(出处同上)。他的"纵笔所至不检束",是指不为旧文体的形式格调所约束,能放言纵论,不拘一格,一旦进入自己的论题,则必引经据典,或列举种种中外古今事例,或列举一连串比喻,设喻引类,广征博引,反复申说,"其体势颇像分段写出的八股文的长比,而不受骈四俪六的拘束"(胡适《中国新文学大系·建设理论集导言》)。但求"经纬整列",务必"条理明晰"。从政论的内容到形式均无视古文辞之门径,也是文体上的一大解放。

第三,"笔锋常带情感"。新文体"慷概论天下事",激情洋溢,浩莽奔放,虎虎有生气,因其笔端常倾注充沛的情感。用说理与抒情相结合的文笔议事论理,情理交织,明快犀利,气势汪洋,动人心魄,产生极大的鼓动性、说服力和感染力。例如《变法通议》中云:

> 要而论之,法者,天下之公器也。变者,天下之公理也。大地既通,万国蒸蒸,日趋于上。大势相迫,非可阏制。变亦变,不变亦变。变而变者,变之权操诸己,可以保国,可以保种,可以保教。不变而变者,变之权让诸人,束缚之,驰骤之。呜呼!则非吾之所敢言矣!

这种直抒胸臆,大声疾呼,近于呐喊的议论,伴随着激昂直率、急切痛快的情绪,颇能激励民气。因其议论常带情感,又反对"从容模棱之言"和"主文谲诛",主张"以极端之议论出之"(《敬告我同业诸君》),言词未免"稍偏激"。如《呵旁观者文》开头就发危言耸听、惊世骇俗的议论。

> 天下最可厌可惜可鄙之人,莫过于旁观者。
> 旁观者,如立于东岸,观西岸之火矣,而望其红光以为乐。如立于此船,观彼船之沉溺,而睹其凫浴以为欢。若是者,谓之阴险也不可,谓之狠毒也不可。此种人无以名之,名之曰无血性。嗟呼,血性者,人类之所以生,世界之所以立也;无血性,则是无人类、无世界也。故旁观者,人类之蟊贼,世界之仇敌也。

所论虽偏激,但直言发论,大声疾呼,于说理中倾注情感,使政论带上浓烈的个人主观感情色彩,动之以情,服之以理,富有警策国人的感染力。散文,不是侧重于客观事物的记叙,就是侧重于主观感受的抒发,就后者而言,抒发主观感受的方式,有的运用抽象说理的议论,发表主张,有的运用形象的文笔格调,直抒情怀。而新文体合议论与抒情为一体,常常使人读来感到的是,并非是说理的逻辑力量在推动我们的思路,而是情感的流泻在牵动我们的情绪。故蒋智由说"梁任公笔下大有魔力",或如严复所说,梁启超能"以笔端搅动社会"(严复《与熊纯如书札节钞》二十五,《学衡》第12期),此其重要原因之一。

梁启超的新文体,既是继承自龚自珍、魏源、冯桂芬、王韬等经世文派的新体散文,从思想内容到形式风格,均有所承袭,有所发展。同时,又吸取了桐城派古文、选派骈文和八股文等旧体文言文可以用来表现新生活新思想的表现手法与文体格调,熔铸而成新体。新文体以崭新的题材、崭新的主题和崭新的风格,开创了一代新文风,对中国散文的发展,起了推动作用。黄遵宪评梁启超《清议报》、《新民丛报》时代的新文体说,"惊心动魄,一字千金,人人笔下所无,却为人人意中所有,虽铁石人亦应感动,从古至今文字之力之大,无过于此者矣"(《致饮冰室主人书》,1902年5月)。严复说,"任公文笔原自畅达,其自甲午以后,于报章文字,成绩为多,一纸风行,海内视听为之一耸"(《与熊纯如书札节钞》二十六,《学衡》第10期)。郑振铎说,新文体"不再受已僵死的散文套式与格调的拘束,可以说是前几年(指五四文学革命时)的文体改革的先导"(《梁任公先生传》)。当然,梁启超的新文体仍是半文半白的浅近文言,并未根本改变旧体文言的陈旧面貌,持论往往偏激,说理时有矛盾,缺乏深度和逻辑意识;虽然打破传统文言文体的门户家法,解放文体,自成一格,但文体运用上尚未纯熟,显得芜杂、堆砌、冗长,不够严谨;虽其文欲摆脱"代圣贤立言"的古训的约束,光扬新学,著为新说,却有时又眷恋先哲古贤,言必称圣经贤传,与新学并而杂陈;又"可惜西学不大贯"(《鲁迅全集》卷三,第189页),随意发挥,错解误解,影响新文体议事论理的准确性和科学性。

梁启超并不以诗鸣于时,谓所作诗歌"本为陶写吾心"(《饮冰室诗话》六十六)。因而其诗可以说是他的一生心灵历程的写照。在戊戌变法前后一段时期所作的诗歌,抒发了一个维新志士对国家民族前途的满腔忧愤,立志变法图强的慷慨抱负和对社会改革理想的热烈追求,充满强烈的时代使命感和慷慨自任的献身精神。如《去国行》、《澳亚归舟杂兴》、《读陆放翁集》、《自励》、《志未酬》、《留别澳洲诸同志》等。这时期的诗,总的来说,"诗如其文,天骨开张,精力弥满"(《石遗室诗话》卷二),从其诗可见其人是个"多不能忘情之人"(《石遗室诗话》卷三),感情激越,意气昂扬,充满爱国主义的饱满热忱,具有理想主义的浪漫情调。诗歌艺术形式也能体现诗体解放的特色,如《二十世纪太平洋歌》、《志未酬》、《举国皆吾敌》、《爱国歌四章》等,显示了"诗界革命"精神。这些实验诗体解放的代表诗作,自由抒写,不拘格律,又能以新词新语入诗,意境独辟,"辞新而旨远"(《平等阁诗话》)。辛亥前后的诗作,思想感情渐趋消沉,题材愈益狭窄,诗意失去感人的光彩,诗风大变,如《述归五首》、《既雨》、《欲雪》、《腊不尽二百遗怀》、《庚戌岁暮感怀》和《元日放晴,二日雨,三日阴霾》等,都是这一时期由于政治上走向没落而情绪上日益消沉的真实心境写照。康有为说他的有些诗,或有"杜韩之骨髓",或是"波澜独老成",或是"超脱而自在"(《梁任公诗稿手迹》),以及沈其光谓梁启超诗"浸淫汉魏,出入杜韩"(《瓶粟斋诗话》续篇卷五),陈衍说梁启超是个"善作悲呻之语者","诗多凄婉语"(《石遗室诗话》卷三)云云,说明这些诗评家所注视的正好是梁启超的后期诗歌。而其时,诗人已从追求诗体解放走到了模拟宋诗的末路,竟趋奉同光体诗人赵熙和陈衍,用笔瘦硬拗折,讲究雕琢矫饰,显得"老成""超脱",磨去了激情和光彩。

梁启超创作的《新中国未来记》(仅成四回),是一部政治小说,不过是借小说人物,以发表自己的政见,"似说部非说部,似稗史非稗史,似论著非论著"(《新中国未来记叙言》),人物和情节都缺乏形象性,因而毫无艺术力量。翻译小说有《佳人奇遇》、《经国美谈》、《十五小豪杰》及短篇小说《世界末日记》、《俄皇宫中之人鬼》等。译作较之他的创作小说更有影响。

戏剧方面作有《劫灰梦传奇》(仅成楔子《独啸》一出)、《侠情记传奇》(仅有《纬忧》一出)、《新罗马传奇》(连楔子共八出)及五幕粤剧《班定远平西域》、新串广东班本《黄萧养回头》等。《班定远平西域》一剧,是梁启超特地为设在日本横滨的大同学校学生演出而写的。

上述小说、戏剧创作和翻译,均成于《清议报》、《新民丛报》、《新小说》时期,是作者提倡"小说界革命"和戏剧改良在创作上的实验,可惜大部分创作并未完稿而终止刊出。

第四节　梁启超对近代中国文化事业的主要贡献

作为一个近代资产阶级改革家、学者和文学家，梁启超在近代中国历史上的作用和影响，其主要的方面是积极的。尤其是在思想文化领域所作出的积极贡献，对近代中国文化思想界产生了广泛而深远的影响。

梁启超在文化思想上的主要贡献，是广泛的富有成效的思想启蒙工作。他曾大量地翻译介绍了西方资产阶级社会科学，包括哲学、政治学、经济学、历史学、法学、理财学、社会学、伦理学、文学、教育学、语言学等学说、理论和知识，向国人鼓吹了资产阶级世界观、人生观、政治观、道德观以及来自西方的新的思想、原则和方法，使长期以来封闭在封建传统文化牢笼中的国人大开眼界。因为他的介绍宣传文字，形式生动，语言通俗，又能结合当前国内局势，并且通过报刊刊登，面向国民，普及社会，其作用和影响竟至远远超过当年资产阶级启蒙思想家严复翻译的西方学术著作。

他在学术研究上的贡献，令人瞩目。他的研究工作几乎涉及社会科学的所有领域，并且紧密结合现实政治，学以致用。他的研究又不仅在阐述某一学科领域的具体学说、学理，而且常常以通史的形式概述一门学科的发生演化，或者综论某一学科的研究原则、方法，总是在宏观研究上提供某一学科研究的总体概念和原则方法。虽然，他的学术研究缺乏深度和创见，广博而欠专精。然而，他的创造性学术成果，并不在某一学科方面的理论建树，而是能运用资产阶级近代科学方法对中国的传统学术思想和学术问题所作的广泛而深入的研究探讨，为后人进一步研究提供了基础性的工作，以及提示了近代化的研究方法。

梁启超在改良运动中始终处于宣传家的地位。他在新闻出版事业上的卓著成就，积极推动了近现代新闻出版事业的发展。他一生创办、主编、协助创建的报刊杂志不下十余种，遍及南北、东南沿海、港澳一带，甚而远至海外侨区。他又从《时务报》起，致力于报刊版面的改革，加强了版面内容的政治性、现实性、新闻性和文艺性；又新创了多种报刊政论形式和报刊新文体，如社论、时事短评、随感录、编辑札记、记者答读者问等报章文体，随着他的富有煽动性的通俗的形式和语言，不胫而走，为各报纷纷仿效。尤其是他的报章新文体，为当年一般的编辑记者奉为典范。他创办的《新小说》是晚清第一种专门发表新小说、新戏剧等多种类文艺作品的较为严肃的文艺刊物。他创办的上海广智书局和设在日本横滨的译书局，也是清末重要的翻译、出版阵地之一。

梁启超在文学上的主要贡献，首先表现在输入传播西方资产阶级文学思想方面，它具有文学上的思想启蒙意义。他试着应用西方资产阶级的观念、标准和尺度来解释中国的文学现象，传播了新的文学价值观、文学原理和文学批评方法，冲击了传统的文学观。其次是他的提倡文学革新，鼓吹"文学改良论"，倡导并推动了清末资产阶级文学改良运动，并以自己创作的新文体、新诗派、新小说显示了改良文学的革新面貌。他的这些文学事业，不仅密切配合了当时进行资本主义改革的政治需要，传播了文明思想，起到"兴国智民"的作用,同时也加速了中国文学自身的近代化进程,为五四文学革命的崛起与展开,起了先导引发作用。在近代中国文学向现代中国文学的过渡阶段上,梁启超所作出的卓越贡献,无与伦比。

第三章　黄　遵　宪

第一节　生平与思想

黄遵宪既是一个资产阶级改良主义者,又是一位杰出的诗人。他的"新派诗",显示了清末"诗界革命"的实绩,被誉为"诗界革命"的旗帜。

黄遵宪(1848～1905),字公度,广东嘉应州(今梅县市)人。出身于由经商致富的封建官僚家庭。早年接受儒家教育。遵宪十六、七岁始存诗,并致力于学。29岁(1876年)中举。翌年,随何如璋出使日本,任参赞。从此广泛接触西学。光绪八年(1882),调任美国旧金山总领事。三年后,乞假归里,撰修《日本国志》。光绪十六年(1890),随薛福成出使英国,任参赞。一年后,调任新加坡总领事。光绪二十年(1894),奉调回国,在张之洞督署主持江宁洋务局。在国外任职的十三四年间,为维护国家主权,保护华侨正当权益,促进中外文化交流,做了一些有益的工作,受到侨胞和外国友好人士的赞赏。甲午战败后,举国喧腾,维新变法运动勃然兴起。素抱变法维新之志的黄遵宪,归国不久,即投身这一运动。1895年,在上海参加"强学会",与康有为深相结纳。后即慨然捐资,与汪康年、梁启超共同创办《时务报》,大力鼓吹维新思潮,风动海内外。翌年九月,奉旨入觐,直陈变法事宜,获光绪帝及其近臣翁同和的赏识,被任命为出使德国大臣。因"德人方图胶州,惮先生来折其机牙"(钱仲联《黄公度先生年谱》)而力阻其行,乃改授湖南盐法道,施署湖南按察使,协助巡抚陈宝箴推行新政,海内瞩目。光绪二十四年(1898),被任命为出使日本大臣,因病罢,旅沪治病。及戊戌政变作,即被革职放归。晚年息影故里,仍念念不忘国事,热心公益事业,积极兴办新学。光绪三十一年(1905)2月23日病逝,终年58岁。著有《人境庐诗草》12卷、《日本杂事诗》2卷、《日本国志》40卷。此外,今人辑有《人境庐集外诗辑》行世。

黄遵宪的一生是在内忧外患的动乱年代里寻求救亡图存道路的一生。他是我国近代资产阶级改良主义政治活动家和著名的外交家,又是卓有成就的一位杰出诗人,在中国近代史上,尤其是在文学史上,占有重要地位。

黄遵宪的思想,大体上是属于君主立宪派的思想。他早年随使日本,接触到日本明治维新后的资本主义社会现实,又阅读了孟德斯鸠、卢骚等资产阶级启蒙思想家的著作,曾一度产生"太平世必在民主国"的信念。(《壬寅论学笺》)后来出任美国旧金山总领事一职,耳闻目睹了美国竞选总统的闹剧,"乃知共和政体万不可施于今日之吾国,自是守渐进主义,以立宪为旧宿"(《黄公度先生手札》),对"民主共和"政体大失所望。在随使英国期间,他考察了英国的政治制度后,更加向往君主立宪制,以为"二十世纪中国之政体,其必法英之君民共主"(《致梁任公书》)。从此便竭力加以推行,积极投身于戊戌变法运动,成为维新志士行列中的重要一员。

戊戌政变后,黄遵宪没有接受变法失败的惨痛教训,对当时上层封建统治中的帝党,仍抱着可与图治的不切实际的幻想,继续坚守"君主立宪"派的立场,提出"奉主权以开民智,分官权以保民主",使"君权、民权两得其平"的主张(《壬寅五月致梁任公书》),与当时盛行的"民权自由之说"相对抗。尽管后来他也曾对君主立宪的信念产生过动摇,说"再阅数年,加富尔变而为玛志尼,吾亦不敢知也"(《壬寅十一月致梁任公书》)。预感到自己有可能从立宪派转变为革命党。然而这一新的思想认识萌生不久,他便过早地去世了。因此,终其一生,他的思想仍未能超越资产阶级改良主义的范畴。

黄遵宪毕生从事诗歌创作,素抱"别创诗界"之志,因此在文学上,反对因循守旧,主张革新,成为他文学思想的核心。早在青年时代,他就曾尖锐批评盛行诗坛的拟古风气:"俗儒好尊古,日日故纸研,六经字所无,不敢入诗篇。古人弃糟粕,见之口流涎。沿习甘剿盗,妄造丛罪愆。"因此,他鲜明地提出:"我手写吾口,古岂能拘牵"的主张,强调为诗应表现自我的思想感情,而不受传统的束缚,并进一步追求诗体的解放,提倡用俗语写作:"即今流俗语,我若登简编,五千年后人,惊为古斓斑。"(《杂感》)应该说,这是黄遵宪早年矢志于革新诗坛的一篇宣言书。此后,在诗歌创作与主张方面,始终遵循这一现实主义理论原则前进,并不断有所丰富和发展。在《与朗山论诗书》中,他再次强调"诗固无古今",而不必模仿古人,只要能将"身之所遇,目之所见,耳之所闻","笔之于诗",我诗自有存在的价值。强调诗歌表现诗人的自我感受,具有强烈的民主意识和个人意识,显示了反封建传统诗教的思想解放的特质。尤其是他的《人境庐诗草自序》,集中地阐发了他的面向现实,反映现实和追求诗体解放的诗歌创作主张。他认为:"今之世异于古,今之人亦何必与古人同?"因此,作诗力求做到"诗之外有事,诗之中有人"。也就是说,诗歌要有寄托,要努力反映当前的社会现实;诗歌要有个性,要努力表现作者的思想感情。同时又强调了主体与客体在诗歌创作中的统一。作为一位资产阶级改良派诗人,要求摆脱封建传统束缚,表现自我的主体意识,这充分反映了近代资产阶级在文学上的旨向。所以,直至晚年,他还致书梁启超,表示:"意欲扫去词章家一切陈陈相因之语,用今人所见之理,所用之器,所遭之时事,一寓之诗。务使诗中有人,诗外有事,不能施之于他日,移之于他人;而其用以感人为主。"(转引自黄遵楷《先兄公度先生事实述略》)这就不难理解,黄遵宪终于在资产阶级文学改良运动中成就为"诗界革命"的一面旗帜,以他的现实主义和爱国主义诗歌创作,突出地显示了"诗界革命"的实绩,实现了他的"别创诗界"的艺术指归。

黄遵宪在"别创诗界"的艺术追求上,还就诗歌的艺术表现方法以及如何批判继承古代文学遗产等问题,进一步申述了自己的见解,可归纳为下列五点:一是"复古人比兴之体",继承自《诗经》以来优秀的诗歌创作的艺术手法,遵循形象思维的艺术规律,增强诗歌表情达意的形象性;二是"取《离骚》、乐府之神理而不袭其貌",主张吸取这些古代优秀诗作在思想与艺术上的精髓,而避免形式上的模拟;三是要从经史古籍中吸收有生命力的词语,借以表现新事物。同时还要采用官书会典方言俗谚以述事,借以表现新生活;四是要博取历代优秀诗家之所长,熔炼为自己的独特风格;五是要革新诗歌形式,做到"以单行之神,运排偶之体","用古文家伸缩离合之法以入诗"。也就是说,要打破传统格律的形式束缚,追求诗体的解放,必要时,可"以文为诗",扩大诗歌的表达功能,以便反映丰富复杂的社会生活。这些主张,丰富并发展了"诗界革命"的理论,对资产阶级文学改良运动具有积极的推动作用。

此外,在《与丘菽园书》、《山歌题记》、《日本国志·文学总论》、《与日本友人笔谈遗稿》、《梅水诗传序》、《日本文章轨范序》、《明治名家诗选序》、《读书适余序》、《牛渚漫录序》等诗文,以及晚年与梁启超、严复的通信中,都从不同的侧面,表达了他的文学思想。总的来说,他的文学思想是进步的,体现了新兴资产阶级变革现实的强烈要求和革新中国文学的积极愿望。

第二节 诗歌创作

黄遵宪现存的诗歌,计有《人境庐诗草》642首;《日本杂事诗》200首;《人境庐集外诗辑》200余首,合计1050首左右。

"穷途竟何世,余事作诗人。"(《支离》)黄遵宪自称"不屑以诗人自居",然而,他一生文学成就最显著的方面却在诗歌创作。他的诗,标榜爱国主义,激励民族精神,相当深刻地反映了近代中国的社会现实,具有丰富而深邃的思想内容。

黄遵宪诗歌的思想内容,突出地表现在下述几个方面。

一、反对列强侵略,关心国家命运

黄遵宪生活在我国不断遭受外强侵凌的苦难岁月。耳闻目睹了祖国被列强侵凌的惨痛事实,关心国家民族的前途命运,蒿目世变,抚时感事。将所见所闻所感,发之于诗,描写了一系列重大的历史事件。在《香港感怀》中,诗人写道:

> 弹指楼台现,飞来何处峰?
> 为谁刈藜藿?遍地出芙蓉。
> 方丈三神地,诸侯百里封,
> 居然成重镇,高垒矗狼烽。
>
> 岂被珠崖弃,其如城下盟!
> 帆樯通万国,壁垒逼三城。

> 虎穴人雄据，鸿沟界未明。
> 传闻哀痛诏，犹洒泪纵横。

诗人深痛地回顾了我国在鸦片战争中割地赔款的屈辱历史，展现了香港沦为英国殖民地的现状。诗人念此悲愤异常，"犹洒泪纵横"。这充分表现了诗人反对外强侵略，维护国家主权的爱国立场。在《羊城感赋》中，诗人写道：

> 战台祠庙岿然存，双阙嵯峨耸虎门。
> 谁似伏波饶将略？犹闻蹈海报君恩。
> 要荒又议珠崖弃，霸业弥思蠹屋尊。
> 最是凋零苏武节，无人海外赋《招魂》！

诗人热情地讴歌了在鸦片战争中壮烈牺牲的关天培等将士的爱国精神，猛烈地抨击了两广总督叶名琛的懦弱无能，鲜明地表现了诗人的爱憎感情。

在《由轮舟抵天津作》诗中，诗人吟道："地到腹心犹鼾睡，人来燕赵易悲歌。"对英法联军入侵京、津的屈辱往事，发出无限感慨。面对当年入侵者践踏我国领土所留下的残破景象，诗人悲叹："七万里戎来集此，五千年史未闻诸。"他希望朝廷能以越王勾践为榜样，"教训十年民力盛"，以达雪辱图强"射鲸鱼"的目的。（《和钟西耘庶常德祥津门感怀诗》）

黄遵宪青年时代的这类诗作，主要是对往事的感怀。中法战争以后，他所写的许多诗作，则通过对现实事件的直接评论，集中体现了他的反侵略、反投降的思想，具有更强烈的爱国情感。

中法战争期间，他的《冯将军歌》热情地歌颂了抗法名将冯子材英勇抗敌的精神。在中日甲午战争中，他写有《悲平壤》、《东沟行》、《哀旅顺》、《哭威海》、《马关纪事》、《降将军歌》、《度辽将军歌》、《台湾行》等一系列诗篇。这些诗篇，以如椽巨笔，生动而具体地再现了甲午战争的主要过程，热情地歌颂了保卫祖国的英勇将士，尖锐地讽刺了朽败的清军官僚，猛烈地抨击了日本入侵者的罪行，鲜明地体现出诗人为祖国危亡而担忧的爱国主义感情。

甲午战后，帝国主义列强掀起了妄图瓜分中国的狂潮。面对着神州山河破碎、列强侵凌日炽的现状，诗人更加忧愤怆痛。他的《赠梁任父同年》、《上黄鹤楼》、《上岳阳楼》、《长沙吊贾谊宅》、《书愤》等，均是这方面的力作。例如，《书愤》之一：

> 一自珠崖弃，纷纷各效尤。
> 瓜分惟客听，薪尽向予求。
> 秦楚纵横日，幽燕十六州。
> 未闻南北海，处处扼咽喉。

诗人痛心地指出：自甲午战败、割让台湾以后，我国面临着"瓜分惟客听，薪尽向予求"的民族危机，且远比历史上最动乱的年代还要严重，从南海到北海，"处处扼咽喉"。民族危机迫在眉睫,诗人怎能不为之而极度感愤!

在八国联军入侵我国的日子里,尽管诗人被革职放归家居,但仍时刻为国事担忧:"皇京一片变烟埃,二百年来第一回。荆棘铜驼心上泪,觚棱金爵劫余灰。"(《述闻》)忧国忧民之情,一如既往。

总之,自甲午战争以后,他的诗作大都与反侵略、反投降的主题有关,反映了诗人昂扬的爱国热情。他还曾用通俗的歌谣形式,作《出军歌》、《军中歌》、《旋军歌》。这组诗,实际上是诗人匠心独运的政治鼓动诗。全诗24首,每首末字联结起来,便成为"鼓勇同行,敢战必胜,死战向前,纵横莫抗,旋师定约,强我国权"六句战斗口号。梁启超曾说:"读此诗而不起舞者,必非男子。"(《饮冰室诗话》)可见这一组诗所具有的鼓舞力量。

由于他的大量诗篇描绘了近代中国一系列重大历史事件,突出地反映了近代中国社会的主要矛盾,特别是帝国主义与中华民族的矛盾,因而,赢得人们的称赞,他的诗被誉为"诗史"。

二、批判守旧势力,要求变法图强

早在青年时代,他就从科场失利的切身体验中,感受到封建守旧势力的腐朽。他现存诗集的开卷诗《感怀》,就是将批判的锋芒指向封建守旧势力。

> 世儒诵《诗》《书》,往往矜爪嘴,
> 昂头道皇古,抵掌说平治。
> 上言三代隆,下言百世俟,
> 中言今日乱,痛哭继流涕。
> 摹写车战图,胼胝过百纸,
> 手持《井田谱》,画地期一试。
> 古人岂我欺,今昔奈势异。
> 儒生不出门,勿论当世事。
> 识时贵知今,通情贵阅世。
> 卓哉千古贤,独能救时弊。
> 贾生《治安策》,江统《徙戎议》。

诗人指斥了因循守旧的"世儒",认为他们只晓得"昂头道皇古,抵掌说平治",而不察"今昔势异",恪守古训,是于世无补的;只有那些"识时知今""通情阅世"者,才能"救时弊",做一番于社会有益的事业。

诗人在《杂感》诗中指出,造成守旧知识分子的根本原因,在于八股取士的制度。

> 吁嗟制艺兴,今亦五百载。
> 世儒习固然,老死不知悔。
> 精力疲丹铅,虚荣逐冠盖。

劳劳数行中，鼎鼎百年内。
束发受书始，即已缚杻械。
英雄尽入彀，帝王心始快。
岂知流寇乱，翻出耰锄辈。
诵经贼不避，清谈兵既溃。
儒生用口击，国势几中殆。
从古祸患来，每在思虑外。
三代学校亡，空使人才坏。

谓开明经科，所得学究耳。
谓开制策科，亦只策士气。
谓开词赋科，浮华益无耻。
持较今世文，未易遽轩轾。
……

对科举制度的弊端，作了入木三分的揭露。诗人认为："到此法不变，终难兴英贤。"（《述怀再呈霭人樵野丈》）表达了他要求改革科举制度的强烈愿望。

青年时代的黄遵宪对封建守旧势力的批判，主要对准科举制度。当他结束十多年的外交官生涯以后，他对守旧势力的批判，则具有十分明显的资产阶级变法维新的政治目的。他竭力主张效法日本的明治维新，进行一场自上而下的变法。因此，他以极大的政治热情投身于戊戌变法运动。但是，由于资产阶级改良派本身的软弱和封建顽固势力的过于强大，戊戌变法失败了。黄遵宪对此十分悲痛，他曾在许多诗篇中表露过这种情绪。

《感事》是黄遵宪记叙戊戌政变的组诗。在这组诗里，诗人痛骂泄谋告密的袁世凯为"两端首鼠"，斥责顽固派为"贼"，他猛烈抨击清朝统治者残酷镇压维新派的血腥罪行，对死难的烈士及其他受株连的战友，寄予深切的同情。

对祖国危亡的忧虑，对顽固派倒行逆施的愤慨，成为黄遵宪放归后所作诗歌的中心主题。他在《己亥杂诗》中，歌颂了谭嗣同为维新变法而英勇献身的精神："颈血模糊似未干，中藏耿耿寸心丹。琅函锦箧深韬袭，留付松阴后辈看。"在《五禽言》里，诗人运用古代民歌的形式，借用五种禽鸟的鸣叫声起兴，为光绪帝鸣不平。其中一首这样写道：

阿婆饼焦！阿婆饼焦！阿婆年少时，羹汤能手调。今日阿婆昏且骄。汝辈不解事，阿婆手自操。大妇来，口嗫嗫；小妇来，声嚣嚣；都道阿婆本领高。豆萁燃尽煎太急，炙手手热惊啼号。阿婆饼焦！

诗中借用"阿婆饼焦"的鸟语谐音，十分辛辣地斥责慈禧太后"昏且骄"，并揭露其"豆萁相煎"，迫害光绪帝的残酷手段，对光绪帝深怀同情。

戊戌政变后，诗人被迫赋闲在乡，表面上似乎是过着无拘无束的悠闲生活，但心灵深处的苦痛是难于言说的。他深为同党被害，环境的逼迫，感到国家前途无望，常常触景生

情,在闲适的诗中隐含作者内心的苦辛,在写景诗中寄托诗人深远的寓意。例如《雁》:

> 汝亦惊弦者,来归过我庐。
> 可能沧海外,代寄故人书?
> 四面犹张网,孤飞未定居。
> 匆匆还不暇,他莫问何如。

诗人见到南飞的大雁,便怀念起流亡海外的战友,诗中倾诉的感情何等真挚炽烈!

这些诗,都从不同的侧面反映了改良派与顽固派的斗争,表现了诗人坚持革新的改良思想和对顽固派的憎恶。

三、描述异国风光,吟诵科学文明

黄遵宪晚年曾赠诗云:

> 我是东西南北人,平生自号风波民。
> 百年过半洲游四,留得家园五十春。
>
> ——《己亥杂诗》

十多年外交生涯的特殊经历,使他比较广泛地接触到新的世界,因而给他的诗歌创作带来了新的源泉和新的描写对象。他的许多诗篇,描述了异国风物和西方的科学文明,开辟了诗歌史上从未有过的广阔领域。

《日本杂事诗》二百首,诗人用竹枝词加注的形式,记叙日本的历史和现状,反映日本人民的风俗习惯和生活爱好。这些诗"叙述风土,记载方言,错综事迹,感慨古今"(王韬《日本杂事诗序》),不仅内容丰富,而且记叙生动,清新隽永,既为日本人民所赞赏,也为我国读者所乐道。

在黄遵宪这一部分诗篇中,我们确实可以感受到异国的绮丽风光,了解异国的风土民情,受到艺术美的陶冶。比如《樱花歌》:

> 一花一树来婆娑,坐者行者口吟哦;
> 攀者折者手接莎,来者去者肩相摩。
> 墨江波绿水微波,万花掩映江之沱。
> 倾城看花奈花何,人人同唱樱花歌。

诗人形象地描述了日本人民在樱花盛开之时,如醉如痴,倾城出动的赏花盛况。此外,像《伦敦大雾行》、《登巴黎铁塔》、《苏彝士河》、《新加坡杂诗》等,都为我们描绘了异国的风光。

尤其令人瞩目的是,在他的诗里出现了歌颂西方科学文明的诗。被何藻翔誉为"千古

绝作"的《今别离》,是这类诗的代表作。这组诗,分别咏诵轮船火车、电报、照相术和东西半球昼夜相反之事。试看其中一首:

> 别肠转如轮,一刻既万周。
> 眼见双轮驰,益增中心忧。
> 古亦有山川,古亦有车舟。
> 车舟载离别,行止犹自由。
> 今日舟与车,并力生离愁。
> 明知须臾景,不许稍绸缪。
> 钟声一及时,顷刻不少留。
> 虽有万钧柁,动如绕指柔。
> 岂无打头风,亦不畏石尤。
> 送者未及返,君在天尽头。
> 望影倏不见,烟波杳悠悠。
> 去矣一何速,归定留滞不?
> 所愿君归时,快乘轻气球。
>
> ——咏轮船火车

这类诗,写新事物、新科技,反映了近代社会生活的巨大变化,确实突破了传统诗歌题材的狭隘内容,给诗界带来了新的气息、新的变化,显示了"新派诗"的内容特色。

在接触西方各国的过程中,他也看到了资本主义国家虚假的民主制度,在诗中有所抨击。如《纪事》八首,生动地描写了美国竞选总统时,互相攻击,压制舆论,公开行贿的丑态。

四、在部分诗篇中,表现了诗人对人民疾苦的关切与同情

在《逐客篇》、《番客篇》、《罢美国留学生感赋》等几首以华侨或留学生为题材的作品中,他颂扬了华侨热爱祖国的精神,同时对我国侨胞备受外国资本家及其反动政府迫害的悲惨遭遇,寄予深切的同情,表现了他崇高的爱国思想和民族感情。

对国内的劳苦大众,黄遵宪也倾注了同情,在《武清道中作》一诗中,诗人以深沉的笔触,描述了北方贫困的农家生活。

> 唐魏风同俭,幽并气不豪。
> 龙衣将瓦覆,牛矢压墙高。
> 忧患家多口,荒凉地不毛。
> 最怜罗马拜,中妇乞钱号。
>
> 居者与行者,劳劳同一叹。

> 天恩才咫尺,民气不衣冠。
> 地况穷荒远,人兼琐尾残。
> 监门图一幅,谁上九重看?

通过形象的刻画,把北方农民凄苦的生活历历展现在读者面前,字里行间饱含诗人对劳动人民深切的同情。诗人还特别指出,这些悲惨图景是发生在"天恩才咫尺"的地方,这就流露出诗人对朝政的不满。

此外,在《福州大水行,同张樵野丈、龚霭人丈作》一诗中,记述了福州发生水灾时,灾民在饥饿线上痛苦挣扎的情景,倾诉了对灾民的同情。不过,这一类诗,在黄遵宪现存的诗作中,为数并不多。

当然,黄遵宪诗歌也存在明显的时代与阶级的局限。他的诗,既集中地表现出强烈的爱国思想,同时,在不少诗篇中,又明显地流露出作为一个清室官僚的思想感情。他蔑视人民力量,在他早年与晚年,分别写过诅咒太平天国革命和义和团运动的篇什。此外,他对封建朝廷总是存在幻想,期望清政府能够发愤图强,励精图治。即使在批判顽固派的诗中,也可看出他对皇室是哀其不争、怨其不奋,充满着哀怨和规劝的情思。他的诗集中,凡述及国内政情的诗,均显得比较温和,对清王朝的颠顶腐朽,揭露浮浅乏力。而对帝国主义的凶恶本质,对西方资产阶级民主制度的虚伪性,黄遵宪在认识上也存在着很大的局限。这在他诗作中也时有表露。总之,黄遵宪的诗带有明显的资产阶级改良主义色彩。

第三节 艺术成就及其影响

黄遵宪的诗具有较高的艺术成就,在晚清诗坛堪称"独树一帜",被誉为"诗界之哥伦布"(丘逢甲《人境庐诗草跋》),而自称所作诗歌为"新派诗"。黄诗吸取了杜甫的写实、陶潜的淡远、李白的奔放和宋诗的议论等长处,加以融会贯通,又能重视诗体解放,"熔铸新理想入旧风格","别创诗界",从而形成"权奇倜傥、弘丽恢张"的独特风格。

具体而言,黄诗的艺术成就,突出表现在下述几方面:

一、题材丰富、内容充实

黄诗题材丰富,内容充实,精细地描述了19世纪后半叶一系列重大的历史事件和近世大量的新事物,反映了时代精神。他以诗人特有的敏感和才华,把诗歌创作和社会生活、政治事件密切地结合起来,因而使他的诗具有史诗般的博大宏深的思想内容。

黄诗的这一特色,是同他掌握的严肃的现实主义创作方法分不开的。他继承了我国历代优秀诗家的现实主义传统。在选材时,着力选取那些关系到国计民生的重大事件作为吟咏对象,将平日之所观、所思,和盘托出,熔铸成历史性的诗章。在他现存的一千多首诗中,这类记时事或与时事有关的作品就达五百余首,其数量之多,远远超出同时代的诗人。而且,他的这类诗,有不少是用长篇歌行体或以近体感事组诗的形式抒写。而在写法上,又往往"用古文家伸缩离合之法以入诗",因而,使他的诗不仅政治倾向性十分鲜明,而且,"史"的气味也十分浓烈。

黄诗内容充实的特点,不仅表现在这类记述政治事件的"史诗"上,而且,还表现在那些描写新事物的诗篇中。黄遵宪知识渊博,加上他"博以寰球之游历",又善于体察外界事物,因而,使他这类描述新事物的诗,铺叙开张,气势充沛,恢弘廓大,给人以五光十色、博大宏深之感。如《锡兰岛卧佛》、《今别离》等,均表现了作者惊人的学识和气魄。正因此,梁启超评价黄诗是:"阳开阴合,千变万化,不可端倪。"(《饮冰室诗话》)

二、善于用缜密洗练的笔触刻画人物,记叙事件,因而形象鲜明

黄遵宪具有出色地描绘诗歌形象的才能。在许多叙事中,无论讽刺或歌颂,他都能成功地描画不同类型的人物形象。《冯将军歌》以铺排细节的笔触和激越高昂的格调,正面刻画了抗法英雄冯子材的神武形象,热情歌颂了这位英勇善战的爱国将领。而在《度辽将军歌》中,诗人则以另一笔法成功地刻画了吴大澂这一狂妄而又昏庸的官僚形象。该诗的前半段对这位败将的貌似强大,作了极度的渲染与铺垫。写他的出场,则威风凛凛:"闻鸡夜半投袂起,檄告东人我来矣!"大有气吞山河之势。接着写他过去的战功和现在的兵力:"钢柱铭功白马盟,邻国传闻犹胆颤。自从弭节驻鸡林,所部精兵皆百炼。"紧接着,诗人通过岁朝大会上的细节描写,表现这位将军的狂妄自大:

> 酒酣举白再行酒,拔刀亲割生麑肩;
> 自言平生习枪法,炼目炼臂十五年。
> 目光紫电闪不动,袒臂示客如铁坚。
> 淮河将帅巾帼耳,萧娘吕姥殊可怜。
> 看余上马快杀贼,左盘右辟谁当前?
> 鸭绿之江碧蹄馆,坐令万里销烽烟;
> 坐中黄曾大手笔,为我勒碑铭燕然。
> 么麿鼠子乃敢尔,是何鸡狗何虫豸;
> 会逢天幸遽贪功,它它籍籍来赴死。
> 能降免死跪此牌,敢抗颜行聊一试;
> 待彼三战三北余,试我七纵七擒计。

这位将军眉飞色舞的自我炫耀。俨然是稳操胜券,可望旗开得胜。殊不知,一交战,却一败涂地:

> 两军相接战甫交,纷纷鸟散空营逃。
> 弃冠脱剑无人惜,只幸腰间印未失。

> 将军终是察吏才,湘中一官复归来。
> 八千子弟半摧折,白衣迎拜悲风哀。
> 幕僚步卒皆云散,将军归来犹善饭。

这首诗的巨大讽刺力量就在于,诗人通过惟妙惟肖的细节描写,运用强烈的对比,活现了这位妄想贪功而又极度昏庸的官僚形象。诗人不厌其烦地写他的豪言壮语,正是为了衬托他的腐败无能,以便造成读者强烈的印象,这充分显示出作者高超的艺术才能。

在以自身生活为题材的诗篇中,也不乏形象的刻画。如写自己童年的生活:"上树不停脚,偷芋信手爬。昨日探鹊巢,一跌败两牙。喋血喷满壁,盘礴画龙蛇。兄妹昵我言:向婆乞金钱。直倾紫荷囊,滚地金铃圆。"(《拜曾祖母李太夫人墓》)寥寥几笔,就把自己童年那种天真、顽皮而又聪颖的形象,刻画得栩栩如生。

不仅长篇叙事诗是这样,在篇幅短小的律诗绝句中,也不乏鲜明的形象。如《夜起》,便成功地描绘了诗人的自我形象。又如《己亥杂诗》中的"左列牛宫右豕圈"、"寒鸬爆栗死灰燃"二首,寥寥几笔,就把半封建半殖民地落后地区人们的精神面貌,传神地勾勒出来。

三、善于运用传统的诗歌形式来表现新题材,展示新意境、新理想

黄遵宪的生活领域是广阔的。十多年的域外生活,扩大了他的视野,回国后的动乱生活,引起他的反思。为了表达广阔而新鲜的内容,他不能不致力于诗歌形式的革新。一方面,他探寻新的诗歌形式,如《军歌》、《幼稚园上学歌》、《小学校学生相和歌》等就是这方面的尝试。这些诗已摆脱了严格的格律束缚,语言通俗,形式自由,更接近民间说唱文学。另一方面,他对旧体诗的形式也有所创新,他"疏于格律","选韵尤宽",大胆地以新名词入诗,成功地运用旧形式表现新题材新意境,显示了"以旧风格含新意境"(《饮冰室诗话》)的诗歌革新精神。他所擅长的五言七言古诗,大都具有这一特点。例如《今别离》四首,将传统的男女别离的主题,通过崭新的事物来加以表现,既曲折细腻,又新颖别致,使"今别离"显然不同于"古别离",带有鲜明的时代色彩,体现出新的意境,被人赞为"意境古人所未有,而韵味乃醇古而独绝"。(范肯堂语)

四、善于吸取民间文学的乳汁,造成清新活泼的诗歌气息

黄遵宪的故乡是民歌极发达的地区,素有"山歌之乡"誉称。他从小就受到民间文学的熏陶。成年后,虽离家日久,然而对家乡的民歌仍一往情深。他曾辑录过家乡的民歌,并盛赞说:

> 十五国风妙绝古今,正以妇人女子矢口而成,使学士大夫操笔为之,反不能尔。以人籁易为,天籁难学也。余离家日久,乡音渐忘,辑录此歌谣,往往搜索枯

肠，半日不成一字。因念彼岗头溪尾，肩挑一担，竟日往复，歌声不歇者，何其才之大也。

——《山歌题记》

黄遵宪不仅辑录家乡的民歌，而且将民间文学的乳汁，灌输到自己的创作中，融化成一种清新活泼的气息。他青年时代曾仿照客家民歌，写了《新嫁娘诗》50首，生动逼真地再现了一位妙龄少女在新婚前后的复杂心理，显示出他的艺术才华和民歌素质的积累。他的《哭威海》，通篇用三字句，明显受到客家儿歌《月光光》的影响。他晚年作的《幼稚园上学歌》，也富有客家民歌的鲜明格调。他的《五禽言》，表现出他学习古代民歌的痕迹。

他不仅认真学习本国的民间歌谣，而且对异国的歌谣也颇感兴趣。作于日本东京的《都踊歌》就是明证之一。他在该诗的自序中说："西京旧俗，七月十五至晦日，每夜亘素街上，悬灯数百，儿女艳妆靓服为队，舞蹈达旦，名曰都踊。所唱皆男女猥亵之词，有歌以为之节者，谓之音头，译而录之。"诗中以新鲜活泼的诗句，鲜明的节奏，生动地记载了日本人民的习俗。因此，这首诗实际上是一首用汉语记录的日本民歌。

由于黄遵宪注意吸取民间文学的营养，因而，增强了他诗作的艺术表现力和质朴无华的艺术风格。不过，民歌给他的影响，毕竟是有限的。

此外，他尽管力图在旧形式中表现新理想、新意境，但由于他并未对旧形式作实质性的突破，加上他还受到拟古诗风的影响，因此，他有不少诗，堆砌典故，艰涩难读，笔头显得沉滞呆板。这种现象，反映了改良派诗人所提倡的"诗界革命"的不彻底性。

尽管如此，黄遵宪的诗歌主张及其创作实践，对当时的诗坛曾产生很大的影响。梁启超赞道："近世诗人，能熔铸新理想以入旧风格者，当推黄公度。"并认为"公度之诗，独辟境界，卓然自立于二十世纪诗界中，群推为大家。"(饮冰室诗话)"同光体"诗派巨擘陈三立认为黄遵宪的诗歌"驰域外之观，写心上之语，才思横轶，风格浑转，出其余技，乃近大家。此之谓天下健者"(《人境庐诗草跋》)。应该说，黄遵宪的诗歌主张及其创作实践，不仅影响了当时的诗坛，而且对五四新文化运动中出现的新诗，也产生了一定的影响。

第四章　康有为及其他维新派作家的创作

在资产阶级文学改良运动中,康有为、谭嗣同、夏曾佑、蒋智由(先倾向民主革命,后退为立宪派)、丘逢甲等,也是文学改良的热心鼓吹者,有志于"新派诗"和"新文体"写作的著名维新派作家。维新派作家还包括林旭、刘光第(与谭嗣同、杨锐、杨深秀、康广仁,史称"戊戌六君子")等,都是以变法图强、激励民气为己任,抒发了矢志社会改革理想的献身精神和爱国热诚,颇具浓烈的时代气息。维新派作家的文学创作充分反映了文学改良运动的实际成果。

第一节　康　有　为

康有为(1858~1927),一名祖诒,字广厦,号长素,戊戌政变后,易号更生,广东南海人。祖赞修,官连州教谕,父达初早逝。有为幼年随祖父学文史,"慷慨有远志"。光绪二年(1876),应乡试不第,遂从同里朱次琦学,接受今文经学与经世救民之学。后因进京赴试,途经香港、上海,目睹西方殖民统治之术,由此产生探求西学的念头,尽购译书读之,思想为之一变。康有为以国家前途为念,慨然以经国济世为职志,积极著书立说,办学育人,宣传匡救时弊的主张。甲午(1894年)中日战争前后,他曾七次上书光绪皇帝,请求变法,并先后发动了"公车上书"事件和"戊戌变法"运动,一时饮誉海内外,成为最负盛名的维新派领袖。戊戌政变后,康有为亡命海外,继续资产阶级改良主义政治活动。尽管爱国情思仍萦绕于心,但因个人成见太深,未能跟上时代前进的步伐,坚持君主立宪的保皇立场,敌视民主革命,后又参与张勋复辟活动,成为时代的落伍者。

康有为不仅是我国近代著名的思想家和政治活动家,而且还是卓有成就的文学家。他的文学成就,主要表现在诗文创作上。

康有为的诗,大致可以戊戌政变为界,划分为前后两个时期。前期的诗,反映了当时严重民族危机笼罩下的现实政治,抒发了资产阶级改良主义的社会理想和政治主张,突出地表现了诗人忧国忧民、矢志改革的崇高精神,具有强烈的艺术感染力。

抒写理想抱负,是康有为前期诗作的重要内容。诗人生活在19世纪后半期,面对列强侵凌、国势日衰的严酷现实,渴望为振兴国势、解除国难而有所作为。其诗常常表露以天下为己任的慷慨抱负:

> 少年心事本拏云,南望樵山日又曛。
> 卖舂何惭王景略?画斋故是范希文。
> 拟经制礼吾何敢?蜡屐持筹事未分。
> 稷契许身空笑尔,稻粱不及鹜鹅群。
> ——《苏村卧病写怀》之一

诗人以古贤王猛(字景略)、范仲淹(字希文)自况,以"稷契"自许,希冀自己能为国为民干一番事业。然而,现实黑暗、宏图难展,诗人不免发出理想不能实现的深沉感叹。《出都留别诸公》五首即是这种忧愤情怀的表现。

> 沧海惊波百怪横,唐衢痛哭万人惊。
> 高峰突出诸山妒,上帝无言百鬼狞。
> 岂有汉廷思贾谊?拼教江夏杀祢衡。
> 陆沉预为中原叹,他日应思鲁二生。

> 天龙作骑万灵从,独立飞来缥缈峰。
> 怀抱芳馨兰一握,纵横宙合雾千重。
> 眼中战国成争鹿,海内人才孰卧龙?
> 抚剑长号归去也,千山风雨啸青锋。

这组诗写于1889年。是年,作者再次上书光绪,仍未上达,反遭守旧官僚的奚落。作者以极其愤怒的心情揭露封建顽固派是专门从事镇压新生力量的"百鬼""百怪"。同时,也表露了诗人高洁的情怀和壮志难酬的苦痛心情。

在前期诗作中,为数众多的诗篇反映当年重大历史事件。如《闻邓铁香鸿胪安南画界撤还却寄》一诗,针对法国侵略者在中法战争后得寸进尺,而清政府则步步退让的现状,痛心地发出了"更无十万横磨剑,畴唱三千敕勒歌"的感慨。在《上元夕,桂垣藩署黄植庭方伯丈招观灯,即座口占》一诗中,诗人面对"漫漫紫霞移舞队,微微红烛拥飞仙"的欢乐景象,忽然念及北方正在进行的甲午战争,不禁感叹:"一万莺花开醉眼,忽惊烽火念三边",表示了对战争的极大关切。《东事战败,联十八省举人三千人上书……》一诗,则有声有色地描绘了举国人民抵制"马关条约"的壮阔场面。这一类诗,既谴责了帝国主义的侵略行径,又抨击了投降派的卖国罪行,表现出强烈的民族义愤。

康有为的不少写景吊古之作,往往把眼前的壮景古迹与内心忧国忧民的情怀,把追怀古事与抒发现实之感融为一体,具有鲜明的时代特色和深刻的思想内容。例如《登黄鹤楼》：

> 浪流滚滚大江东，鹤去楼烧矶已空。
> 巫峡雨云卷朝暮，汉阳烟树带青红。
> 万家楼阁随波远，百战山川扼势雄。
> 极目暮天帆历乱，中原万里对西风。

诗人描述武汉重镇的壮丽风光，意在强调其"雄势"，从而抒发了对祖国河山的热爱，并且透过"中原万里对西风"的诗句，流露出对国事的深沉忧虑。诗人运用"融情于景"的手法，表达了深沉的思想感情，高于历代同类诗题的诗作。

也有不少诗篇抨击豪门权贵，慨叹民生疾苦，如《苦蚊行》一诗，通过"蚊虻"形象的描述，辛辣地嘲讽了封建顽固派官僚，指出他们是一批"食人肉"的可鄙可恨的"幺么"小物。《伍氏万松园观斗蟋蟀》一诗，揭露了豪门世家的糜烂生活。而《过石城》则倾诉了对灾区人民的深切同情。

总之，康有为前期的诗作，继承了我国古典诗歌的优良传统，特别是上承龚自珍的诗风，并有所发展，能深刻的反映社会现实，表现了诗人要求变革现实，追求理想的精神，抒发了强烈的爱国主义感情，充满了时代的使命感。

戊戌变法失败后，康有为坚持保皇立场，对抗民主革命，逐渐落后于时代潮流，所作诗歌不复有昔日的激情和光彩。尽管这时期他也写了一些具有爱国思想的诗篇，如《六哀诗》、《爱国诗》、《闻意索三门湾，以兵轮三艘迫浙江，有感》等，但为数众多的诗篇，充塞了忠君保皇思想和孤独没落的情绪，甚而污蔑和诅咒民主革命，是不可取的。

康有为的诗主要远法杜甫，近取龚自珍，兼有现实主义和浪漫主义的诗风特色。梁启超说康有为"先生最嗜杜诗，能诵全杜集，一字不遗。故其诗虽非刻意有所学，然一见殆与杜集乱楮叶"（《饮冰室诗话》）。他还继承了龚自珍那种不满现实，执著追求理想的精神，以及积极浪漫主义的诗歌风格。他也推崇《诗经》、《楚辞》的优良传统。他的诗，不仅具有丰富的思想内容，而且具有较高的艺术性。

康有为在继承古典诗歌优良传统的基础上，力求诗歌革新，运用传统的诗歌形式，来反映瑰丽新奇的现实世界，表达新的理想。他说："新世瑰奇异境生，更搜欧亚造新声"（《与菽园论诗兼寄任公、孺博、曼宣》），就表示了他的诗歌革新的愿望，并力求做到"以旧风格含新意境"。他前期的诗大抵直抒胸臆，不作具体描写，叙事成分较少。而且，往往借助于丰富的想象、含蓄曲折的手法、瑰丽的文辞，来表现社会理想和政治主张，抒发磅礴郁勃的感情。因此，他前期的诗具有一种飞动的气势和大笔淋漓、热情恣肆的风格。

康有为的散文如同他的诗，也明显分为前后两个时期。前期的散文，表现了他进步的社会理想和政治主张，而后期的散文，则大都是他保皇理论的宣传品（后期也作了一些有价值的如海外游记之类文字）。其文辞锋犀利，热情饱满，直抒己见，畅达明快，常常糅合古今中外的典实来阐明自己的观点，加上他又善于运用排偶来增加文章的气势，因而使他的文章具有颇大的说服力和感染力。可以说，康氏之文，一扫传统古文的旧习，力求文体解放，成为后来梁启超完成的"新文体"的先导。

第二节　谭嗣同、夏曾佑、蒋智由

谭嗣同(1865～1898),字复生,号壮飞。其父继洵,官至湖北巡抚。湖南浏阳人。幼年随父在京读书,师事欧阳中鹄。少年时,嫡母死,备受父妾所虐,"遍遭纲伦之厄",萌生了冲决封建礼教的念头。成年后,为遵父命应考,十年中,六赴南北省试,终未中举。然足迹遍及大半个中国,行程八万余里,观察了各地的风土民情,饱览了祖国的名山大川,也目睹了民生疾苦,因而激起强烈的民族意识,产生了"风景不殊,山河顿异,城郭犹是,人民复非"(《三十自纪》)的感慨。

甲午战争的严酷现实,强烈地刺激了谭嗣同。他深感民族危机的深重,立志变法,倡言新政,走上维新变法的道路。他的思想深受孔、墨、佛、耶的影响,又受王夫之、黄宗羲等的熏陶,后习西学,益趋激进。以1896年写成的《仁学》为其一生思想的结晶。其"冲决一切网罗"的呼喊,代表了那时思想界最先进的反封建觉醒。"百日维新"期间,受光绪帝召见,充军机章京,参与新政。未几,戊戌政变作,乃英勇就义,为变法而献身。

谭嗣同是一位激进的、充满自我牺牲精神的资产阶级改良主义政治活动家,也是颇有成就的文学家。尽管他毕生的精力主要用在改良运动的理论著述和实践方面,但也写下了不少优秀的诗文篇章。其存诗近200首,有《莽苍苍斋诗集》三卷行世(现收入《谭嗣同全集》)。他的诗有广阔的漫游生活和崇高的理想抱负做基础,因而格调严正,感情真挚,志趣豪迈。从内容上看,他的诗大致可分为下列几类:

一是伤时感事、忧国忧民的诗。这类诗充满了强烈的爱国感情。如《和仙槎除夕感怀四篇并叙》其四写道:

> 年华世事两迷离,敢道中原鹿死谁。
> 自向冰天炼奇骨,暂教佳句属通眉。
> 无端歌哭因长夜,婪尾阴阳剩此时。
> 有约闻鸡同起舞,灯前转恨漏声迟。

诗中表现诗人因岁月流逝而壮志未酬的苦闷心情,也表明他决心为拯救国难而"闻鸡起舞"的豪情壮志。

甲午战败后,诗人笔端流露出强烈的国破家亡之恨。其《有感一首》云:

> 世间无物抵春愁,合向苍冥一哭休。
> 四万万人齐下泪,天涯何处是神州。

国事多难,危机日深,长歌当哭!感人的诗句,表达了全国亿万人民的共同心声。

谭嗣同在戊戌政变中被投狱中,相传所作《狱中题壁》云:

> 望门投止思张俭,忍死须臾待杜根。
> 我自横刀向天笑,去留肝胆两昆仑。

表现了诗人义无反顾、视死如归、为理想而献身的牺牲精神。

二是写景抒情诗。谭嗣同在青年时代有将近十年的漫游生活,饱览了各地的名山大川,因而他的写景诗,善于描绘祖国的壮丽山川,抒发浓郁的爱国之情。例如《出潼关渡河》:

> 平原莽千里,到此忽嵯峨。
> 关险山争势,途危石坠窝。
> 崤函罗半壁,秦晋界长河。
> 为趁斜阳渡,高吟击楫歌。

诗人面对潼关险峻的风光,不禁发出"高吟击楫歌"的慨叹,他决心效法晋人祖逖,立澄清天下之志,以报效祖国。有部分写景诗,抒情成分虽不浓,但所描绘的自然风光却十分壮丽秀美。如《潼关》:

> 终古高云簇此城,秋风吹散马蹄声。
> 河流大野犹嫌束,山入潼关不解平。

又如《邠州》:

> 棠梨树下鸟呼风,桃李溪边白复红。
> 一百里间春似海,孤城掩映万花中。

读这类诗,使人仿如置身于祖国的锦绣山川之中,得到一种美的享受。

谭嗣同也写了一些以劳苦大众为题的诗篇,如《六盘山转饷谣》、《儿缆船》、《罂粟米囊谣》是这方面的代表作。这类诗,往往用民间口语和谣谚入诗,通俗浅显地表现民生的疾苦,表现了对人民的深切同情。

谭嗣同的诗具有恢弘豪迈、粗犷雄浑的艺术风格,这正如他自己所说:"拔起千仞,高唱入云。"(《致刘淞芙书一》)他的政治抒情诗往往流露出理想与现实之间的深刻矛盾,饱含壮志未酬所引起的忧愤,因而显得悲壮苍凉。他的山水诗,善择奇特的景象,凭借丰富奇幻的想象,造成一种遒劲雄浑的气魄。

值得指出的是,谭嗣同30岁以后,在新学思潮的影响下,曾试作"新学诗"。如《金陵听说法》:"而为上首普观察,承佛威神说偈言。一任法田卖人子,独从性海救灵魂。纲伦惨以喀私德,法会盛于巴力门。大地山河今领取,庵摩罗果掌中论。"这一类诗充塞了西学名词和佛家耶教经语,晦涩难读。显然这种尝试是失败的。不过,这一举动也表现了他勇于革新的精神。

谭嗣同的散文不外乎抒情、记事、议论三类。《远遗堂集外文初编自叙》、《刘云田传》、《仁学自叙》分别是这三类文章的代表作。他早年曾刻意学习骈文和桐城古文,后来却改弦易辙,努力打破骈文、散文绝对分界的局限,力求创作有自己鲜明特色的骈散杂揉的新体散文。他的叙事文,大都能细致地描摹对象,展现出一幅幅栩栩如生的画面。他的抒情文,往往委婉曲折,凄恻动人。他的议论文,具有文辞锋利、论述严密的特点。

夏曾佑(1863~1924),字穗卿,号碎佛,又号别士,浙江杭州人。光绪进士,官泗州知州,充两江总督署文案。1892年寓京期间,结识梁启超、谭嗣同,开始研讨西学,参加维新政治活动。1897年,与严复等人在天津创办《国闻报》,与梁启超在上海的《时务报》相呼应,倡导变法,宣传西学,对变法维新运动起了推动作用。民国时,参与发起成立"孔教公会",任北洋政府教育部普通教育司司长及北京图书馆馆长。著有《碎佛杂诗》(钱玄同、戴克让题《夏穗卿师遗诗》抄本),还有《最新中学中国历史教科书》(后改名《中国古代史》)行世。

夏曾佑是文学改良运动的鼓吹者和推动者之一。他曾和严复等合撰《本馆附印说部缘起》,发表于《国闻报》,鼓吹"小说界革命",拟翻译介绍西方小说;后在《绣像小说》发表《小说原理》,强调小说的社会作用,探求小说的特性。对提高小说的社会地位,促进小说创作的繁荣,起了一定的作用。他还和谭嗣同等人倡导诗体解放,试作"新学诗"。他的"新学诗",喜欢用西学名词及孔、佛、耶三教经典语入诗,因而晦涩难懂。如《无题》之一:"冰期世界太清凉,洪水茫茫下土方。巴别塔前分种教,人天从此感参商。"诗中几乎每句都出自西学和基督教义。这类诗,体现了作者学习西方科学文明的热情,以及进行诗歌革新的探索精神。

夏曾佑作诗不存稿,又未成集,故散佚多,现存诗仅有109题,206首。他的诗有一定的社会内容,反映了资产阶级改良派对当时中国局势的忧虑和救亡图存的愿望。如《丙申三月将改官出都和青来前辈》云:"连天芳草送征轮,未免低回去国身。八百余年王会地,垂杨无语谁为春?"此诗作于1892年离京时,流露了对国事的关切。又如《己亥除夕》之一云:"国与年俱暮,愁随命共长。深宵潜演易,终古闷明王。风雨真如晦(谓浩吾等),天人不可详(谓知游等)。百回从此夜,谁与说兴亡?"戊戌变法失败后一年的除夕夜,诗人对国脉民运,忧虑之深,关心之切,溢于言表。他的许多赠诗,表达了对变法维新往事的无限感慨,而许多写景诗,多有寄托,情景交融,反映了一个爱国者的胸怀与改革者的壮志。其诗含蕴厚重,凄清楚荒,朴实无华。梁启超在《饮冰室诗话》中称他与黄遵宪、蒋智由为"近世诗家三杰",可知其在当年"新派诗"诗坛之地位。

蒋智由(1865~1929),字心斋,一字观云,号愿云,又号因明子,浙江诸暨人。1901年游学日本,与梁启超相识,过从甚密,曾参与《新民丛报》的编辑工作。也曾一度倾向民主革命,参加过中国教育会、光复会等革命团体,为《浙江潮》撰稿。1909年,与梁启超组织"政闻社",担任《政论》主编,参与立宪保皇活动。暮年孤独,晚景黯淡,凄凉以终。有《居东集》、《蒋智由诗钞》、《蒋观云先生遗诗》行世。

蒋智由平生追求新学甚勤,能诗善文,又兼翻译,在思想文化战线上曾努力鼓吹新学,包括西方政治学说和文化思想,是文学改良运动的鼓吹者之一,新派诗的重要诗人。他的诗歌的思想价值,主要体现在前期创作上。他前期的诗,表达了对外国列强入侵后民族危机加深的忧虑,对祖国山河破碎的悲愤,流露了匡时济世、挽救国家危亡的强烈愿望;同时,又以诗歌的形式,直接宣传了西方资产阶级的民主、平等、自由的思想。这对于冲击封建制度及其思想文化体系的束缚,以唤醒中国人民的觉醒,起了一定的进步作用。

比如《有感》:

> 落落何人报大仇?沉沉往事泪长流。
> 凄凉读尽支那史,几个男儿非马牛!

又如《久思》:

> 久思词笔换兜鍪,浩荡雄姿不可收。
> 地覆天翻文字海,可能歌哭挽神州?

这两首诗作于游学日本之时,表现诗人立志投笔从戎,改变现状,以振兴国势,浸透了诗人对祖国深沉的爱。有些诗,直接礼赞西方资产阶级的学说,如《卢骚》:"世人皆欲杀,法国一卢骚。民约倡新义,君威扫旧骄。力填平等路,血灌自由苗。文字收功日,全球革命潮。"诗中充分地肯定了卢骚的伟大功绩,热情地歌颂了资产阶级民主自由、平等的社会理想,流露了作者对资产阶级革命的向往。

蒋智由还有不少诗篇,表达了对黑暗现实的不满,以及政治理想未能实现的苦闷心情。

> 西风一叶下亭皋,明镜今朝见二毛。
> 剩有中原歌哭意,鸣蝉满树读离骚。
> ——《鸣蝉满树读离骚》

> 潇湘一碧天南水,屈贾何缘哀怨深?
> 心在苍生身在野,江枫畦芷总愁吟。
> ——《潇湘怀屈贾》

这两首诗,借怀念屈原、贾谊之情,吐露对现实的不满,以及不得志的心情。

应该说,上述诗篇具有较高的思想性和艺术性。可惜,自辛亥革命后,作者思想渐趋颓唐,诗作失去昔日的思想光芒。作者晚年自编诗稿时,对前期富有积极意义的诗篇又大都删落,更表明他思想的退化。

尽管如此,蒋智由是"诗界革命"的主将之一,对"新派诗"的发展起了积极的推动作用。他的诗用新事、新典、新名词,写资产阶级的新思想、新人物。艺术上虽还不够成熟,但对宣传资产阶级思想,冲击传统诗歌形式的束缚,均起到一定的作用。为此,梁启超称他为"近世诗界三杰"之一。

第三节　丘逢甲与其他台湾爱国诗人

在近代新思潮的影响下,台湾与祖国大陆的联系更为密切,文学创作逐渐走向繁荣。特别是在甲午中日战争中,台湾涌现出一批具有强烈爱国主义思想的维新派诗人,其中影响较大者,有丘逢甲、许南英、施士浩等人。

丘逢甲(1864~1912),又名仓海,字仙根,号蛰仙,又号仲阏,台湾苗栗人(祖籍广东蕉岭)。光绪十五年(1889)成进士,授职工部主事。因不满朝政,无意仕途,到署未几,便以亲老告归,在台湾从事乡梓教育。不久,甲午战争爆发,他号召台民,组织义军,积极从事反侵略的筹划工作。《马关条约》签订后,他刺血上书,要求废约抗战。日军侵占台湾后,他率领义军,与入侵者血战二十余昼夜,终因饷绝弹尽而败,被迫离台内渡,居广东蕉岭,犹不忘复土雪耻,乃以振兴国势、挽救国难为职志,致力于办学,因成绩卓著被推举为广东教育总会会长、广东咨议局副议长。这期间,他的思想逐渐倾向民主革命,为保护革命党人做了许多有益的工作。辛亥革命后,出任广东革命军政府的教育部长,并在南京组建中央临时政府的会议上当选为中央参议员。不久,因积劳成疾,1912年2月25日病逝于蕉岭故里。

丘逢甲是著名的爱国诗人,"诗界革命之巨子"。他平生诗作甚丰,可惜早岁居台时的作品大都散佚,流传于世的只有《岭云海日楼诗钞》,收诗近2000首,糟华尽萃于此。

倾诉对故土台湾沦陷后的悲愤和怀念,抒写收复失土、雪洗国耻的雄心和壮志,是他现存诗作中最突出的主题,数量也最多。

丘逢甲生长在台湾,对台湾的山山水水有着深厚的感情。台湾被日寇占领后,他悲愤交加,将满腔的积愤宣泄于诗中。

> 春愁难遣强看山,往事惊心泪欲潸;
> 四百万人同一哭,去年今日割台湾。
>
> ——《春愁》
>
> 愁云极目昼成阴,飞鸟犹知恋故林。
> 破碎河山收战气,飘零身世损春心。
> 封侯未遂空投笔,结客无成枉散金。
> 梦里陈书仍痛哭,纵横残泪枕痕深。
>
> ——《愁云》

他无论是放浪山水,还是回首往事,国土沦丧之痛都溢于诗中。难能可贵的是,诗人并没有停留在故乡沦亡的哀痛中,而是始终为收复失土、洗雪国耻以自励。在许多诗中,都表

第四章　康有为及其他维新派作家的创作

现出"未死终留报国身"的思想。

> 亲友如相问，吾庐榜念台。
> 全输非定局，已溺有燃灰。
> 弃地原非策，呼天倘见哀。
> 十年如未死，卷土定重来。
>
> ——《送颂臣之台湾》

他一再叮嘱故乡人民要念念不忘祖国的统一，要永远牢记"汉官仪"，坚信"大九州成大一统"的局面一定能实现。这一类诗，饱含作者真切的乡土之念和炽烈的爱国情感，动人心魄。

揭露外国列强的侵略罪行，谴责清廷的腐败无能，急切要求变法图强，这是丘逢甲诗作的又一重大主题。

面对中日甲午战后列强瓜分中国的狂潮，丘逢甲痛心疾首，写下了《闻胶州事书感》、《王晓沧将之官闽中赋别》、《汕头海关歌》、《九龙有感》等为数众多的诗篇，对外国列强的侵略行径，表示了万分的愤慨和无穷的忧虑。他在《岁暮杂感》中写道：

> 一曲升平泪万行，风尘戎马厄潜郎。
> 民愁竞造黄天说，岁熟如逢赤地荒。
> 七贵五侯金穴富，白山黑水铁车忙。
> 老生苦记文忠语，多恐中原见鹜章。

诗人针对沙俄在我国东北地区强筑中东铁路的事实，提醒国人要警惕沙俄得寸进尺、入主中原。丘逢甲在诗中也常常流露对腐败朝政的不满。中日甲午战后，他对朝廷的投降派进行猛烈的抨击，指出他们"战守无能地能让"，一手导致了"百万冤魂海中葬"的悲剧。(《海军衙门歌》)戊戌政变后，诗人对维新志士寄予深切的同情，将抨击矛头直指慈禧太后，对她镇压维新派的行径十分不满，发出了"一网惊心朔党人"(《闻言者屡有改科举之议，迭颐山见赠韵》)的感叹。尤其对八国联军入侵后朝廷所奉行的内政外交路线更为不满，谴责朝廷是"伺人怒喜为怒喜，不知国仇况国耻"(《述哀》)。面对外强入侵、朝政腐败的现状，诗人呼吁要救亡图存，变法图强。《晨起书所见》通过"群雀御独鸦"的生动描述，深刻地说明了"惟独力无大，惟群力无小"的道理，体现了诗人热切期待国人团结御敌的良苦用心。

丘逢甲有不少诗反映了人民的苦难，倾诉了对劳苦大众的同情。在《述灾》一诗中，他遥想淮河两岸数百万无家可归的灾民而难于入睡："平生愧禹稷，饿溺常在念。彷徨起中夕，侧目江云暗。"诗人以无力解救人民的苦难而惭愧不安。在《山村即目》中，诗人以简练的笔触，勾勒了一幅生动逼真的官吏催租图："山田一雨稻初苏，村景宜添七月图；鸡犬惊喧官牒下，农忙时节吏催租。"表露了对官府苛政的不满。丘逢甲的怀古诗，如《说潮》、《韩祠歌》、《铁汉楼怀古》、《凌风楼怀古》等，缅怀古人，抒发忧国忧民的情怀。柳亚子评丘逢甲的诗云:"时流竞说黄公度,英气终输仓海君;战血台澎心未死,寒笳残角海东云。"(《论诗六绝句》)。他的诗的确是"战血台澎心未死"的思想结晶,表现了强烈的爱国主义精神,具有突出的艺术成就。他善律绝,且工于歌行。律诗工整平实,用典贴切;歌行壮阔雄浑,自成一格。他的诗感情充沛,笔力雄健,具有凌厉雄迈,既悲且壮的风格特点。他的风景小诗,清新活泼,含意隽永。他能以旧诗格律形式,撷取新事新典新语入诗,表现新理想、新意境,崇尚新派诗的创作。他的《论诗次铁庐韵十首》集中反映了他的"新派诗"主张,声称"迩来诗界唱革命,谁果独尊吾未逢"。欲在"诗界革命"中争雄,故黄遵宪称他为"天下健者"(《壬寅致梁任公书》),梁启超说他是"诗界革命一巨子"(《饮冰室诗话》)。然丘逢甲的诗,题材不够广泛,有些诗内容雷同,有些诗宣扬了佛家出世思想和封建伦理道德,还有一些诗流露了对义和团等民众运动的不满情绪,均是其诗明显的弱点。

许南英(1855～1917),字子蕴,号蕴白(一作允白),又号窥园主人,台湾安平(今台南市)人。光绪十六年(1890)进士,授职兵部主事。因无意仕途,到署未几,旋归故里,从事"垦土开发"及编纂《台湾通志》。甲午战争爆发后,奔走国事,任台南筹防局统领,协助刘永福镇守台南,抵御日本占领军。台南沦陷后,举家内渡,寄籍福建龙溪。曾漫游南洋,于1897年归国,先后出任广东乡试阅卷分校、佛山税关总办及徐闻、三水等地知县。民国时,曾任福建民事局长。后辞职归隐,以诗酒自娱。1916年应印尼棉兰市市长张鸿南请,撰写传略,不幸染疾,于1917年12月24日病逝。有《窥园留草》行世。

许南英的诗表现了一位忧国忧民的爱国志士的心声。中日甲午战后的诗作,更具浓烈的爱国感情。如《丙申九月初三日有感》:

> 凉秋又是月初三,往事回思只自惭。
> 汉代衣冠遗族恨,顺昌旗帜老生谈。
> 血枯魂化伤春鸟,茧破丝缠未死蚕。
> 今日飘零游绝国,海天东望哭台南。

诗人时客居南洋,在台南沦陷一周年之际,把思乡的愁苦、故土沦丧的悲愤与无力拯救国难的自惭,一并诉诸诗中。在浓重的悲愁诗情中,反映了诗人以天下为己任的精神。他的很多诗反映了清末民初一系列重大的历史事件,表现了诗人对祖国前途和民族命运的关切,诗笔凝重、质朴,具有"诗史"般的特色。

中日甲午战后崛起的台湾爱国诗人还有施士浩、林朝崧、许梦青等人。施士浩(1855～1922),字沄舫,号应嘉,台湾安平人,著有《后苏龛诗词钞》。林朝崧(1875～1915),又名俊堂,字痴仙,台中雾峰人,著有《无闷草堂诗存》。许梦青(1870～1904),号剑渔,台湾彰化人,著有《鸣剑斋遗草》。他们的诗抒写故土沦丧的悲愤,企盼回归祖国怀抱的愿望,充满爱乡爱国的真挚感情。

台湾爱国诗歌的兴起,反映了近代反帝反封建爱国斗争的深入,为自鸦片战争以来崛起的爱国诗潮,增添了新的篇章。

第四节　林旭、刘光第

　　林旭（1875～1898）字暾谷，号晚翠，福建侯官（今福州市）人。少孤，喜浏览群书，博闻强记。弱冠为同邑道员沈瑜庆所赏识，招为婿。此后随岳父宦游金陵、武昌等地，结识陈宝箴等社会名流，增长了见识。光绪十九年（1893）旋里，参加乡试，荣获解元。次年进京参加礼部试，意外落第。于是发愤为诗。未几，甲午战争爆发。他以国事为忧，上书拒和。光绪二十一年（1895）入资为内阁中书。不久，结识康有为，积极参加维新运动，成为"闽学会"的骨干。光绪二十四年（1898）夏，受光绪帝召见，授四品卿衔，充军机章京，参与新政。不久，慈禧发动政变，他惨遭杀害，时年24岁，是同时罹难"六君子"中最年轻的一位。

　　林旭生前作诗甚勤。可惜罹难后，大部分诗作已散失，只有《晚翠轩集》一卷行世。卷中存诗154题、200余首。

　　记叙行踪以及对周围景物的观感，抒发对亲友的怀念，这是林旭现存诗作的主要内容。这类诗尽管缺乏深广的社会内容，但却不乏清新淳朴之气，从中可以感受到诗人对祖国河山的热爱以及对亲友的一片真挚感情。例如《马房沟》一诗，诗人抓住自然景物的特征，通过新颖奇妙的构思，运用明快凝练的笔触，将雨后高邮湖的秀丽景色描绘得淋漓尽致："浅浅绿铺褥，高高青垂帷。霞光由外铄，倒蘸水之湄。蓝滑如泼油，红艳如凝脂。扪之不著手，脚踏跌爬龟。千载苎萝溪，人言浴西施。扬州夸佳丽，此理信可推。"诗中的描绘，使读者仿如置身于祖国河山的美景之中，受到美的陶冶。又如《福州寄内》："人海投身未作谋，多君送我思何周。江干灯火残宵月，客里园林临别游。携手何当歌有道，寄居聊得顾无忧。入关志气吾能励，望远凭高莫自愁。"诗中通过对夫妻离别前难舍难分场面的回顾，表达了诗人对夫人的一片真挚感情。

　　此外，林旭写有为数不少的咏物诗。他的咏物诗，大都是有感而发。或托物言志，抒写抱负，或寄寓感慨，排遣愁怀。如《鹿港香》："拌和花香飘细细，雨窗残梦被惊回。欣然援笔夸乡物，猛省今从异域来。"诗人通过咏赞台湾鹿港所产的名香，抒发了甲午战后国土沦亡的哀痛。又如《闵月湖荷花》："中通外直得之性，蒲稗虽多何足竞？一朝逸口巧中伤，坐令丧气及群芳。藏山居士倘见此，为尔痛哭摧肝肠。"诗人通过对"中通外直"的莲荷的咏颂，道出了诗人刚正的气节和对逸口小人的痛恨。《颐和园葵花》诗中写道："瀛海分余润，秋晖亦圣恩。抚心无愧汝，飘落复何言。"诗人借葵花自喻，表达了他忠君为国、不顾个人荣辱安危的思想感情。这类诗，含意深刻，耐人寻味。

　　尤其值得重视的是，林旭也有一些抚时感事之诗。这类诗直接针对国家大事，率直地袒露心中的愤懑之情。

　　　　都言踏破西山石，我望西山势不行。
　　　　争怪忧时文学士，但看烟翠亦何情。

　　　　　　　　　——《约游西山，会文学士宅，闻和

议成，学士愤甚，余辈亦罢去》

愿使江涛荡寇仇，啾啾故鬼哭荒邱。
新仇旧恨相随续，举目真看麋鹿游。

——《虎丘道上》（诗人自注：
治倭人租界，暴骨千万。）

这两首诗均作于中日甲午战后。前一首，表明诗人是站在文学士（廷式）一边，坚决反对签订卖国投降条约。后一首则针对日本侵略者屠杀我苏州人民的罪行，进行了愤怒的声讨，表现了诗人对外敌的切齿仇恨和对国事的无穷忧虑。这类诗，还有《无题》、《叔峤印伯居伏魔寺数往访之》等。

林旭早年作诗效法黄庭坚、陈师道，以孤涩为体。后来有所突破，兼取众家之长，因而形成清新舒展与冷峻沉着兼于一身的风格，在清末诗坛具有一定影响。

刘光第（1859～1898），字裴村，四川富顺人。光绪九年（1883）成进士，授职刑部主事。戊戌（1898年）六月，经湖南巡抚陈宝箴疏荐，受光绪帝召见，赏四品卿衔，充军机章京，参与新政。未几，政变作，被惨杀于北京菜市口，为"戊戌六君子"之一。有《介白堂诗集》、《衰圣斋文集》行世。近年辑为《刘光第集》，收文55篇，信札63通，诗678首。

刘光第性喜游览，足迹遍及大半个中国，故其诗多半为山水诗。他善于用形象的比喻，精巧的诗句，将所写对象的典型特征描绘出来，给人以艺术享受。如《瞿塘》：

尽唤名山压客舟，甲盐飞去入空道。
双崖云洗肌如铁，一石江穿骨在喉。
风静鱼龙排日睡，水还巴蜀接天流。
涨时倒海枯时涧，安稳哦诗答樟讴。

诗人用十分洗练的句子，形象地描绘出瞿塘峡的险峻风光。尤其是颔联，不仅对偶工整新巧而且比喻十分恰切，堪称佳联。

此外，光第也有不少杂感、咏怀及记事之作。许多诗抒发了忧国忧民之情。

梦中失叫惊妻子，横海楼船战广州。
五色花旗犹照眼，一灯红穗正垂头。
宗臣有说持边衅，寒女何心泣国仇。
自笑书生最迂阔，壮心飞到海南陬。

——《梦中》

通过梦境的叙述，诗人表现了以国事为忧的胸怀和抗敌的决心。

二樊忠爱有遗篇，逸气闲情愤所宣。

> 南宋风骚犹此老,少陵衣钵各真传。
> 苦悲铜马忧王室,闲跨黄牛学地仙。
> 今日钱塘开互市,鉴湖行亦叹腥膻。
>
> ——《杭州买陆放翁诗集,即题其后》

诗中不仅表达了对陆放翁的崇敬心情,而且对外国列强的入侵,也表示了无穷的忧虑。

即使以山水为题的诗中,也时能感受到诗人为国事忧伤的心情。在《万寿山》一诗中,他感慨地写道:"鼋头大如人,出水听众哭。伟哉乌府彦,涕泣陈忠謩。膏血为涂丹,皮骨为板筑。请分将作金,用赈灾黎谷。天容惨不欢,降调未忍逐。海军且扬威,嬉此湖山曲。仙人且弄姿,媚此西山绿。"诗中抨击了朝廷当权者的穷奢极欲。

光第为诗文,以写真情实感为尚。他曾说:"诗文必无一赝语,斯不愧著作。"故其诗文内容厚实,情真意切,表现了一位维新志士的爱国心怀。

光第之诗,取法少陵,大有苍劲敦笃之风。其文则效法昌黎,显得雄厚古朴。其诗文亦"六君子"中之佼佼者。

"戊戌六君子"中,除谭嗣同、林旭、刘光第外,其余三人亦是能诗善文者。杨深秀(1849~1898),字漪春(一作漪村),山西闻喜县人,有《雪虚声堂诗钞》三卷行世。杨锐(1857~1898),字叔峤,又字钝叔,四川绵竹县人,有《说经堂诗草》一卷行世。而康广仁(字幼博,有为之弟)仅存诗一首,余皆散佚。

第五章 "同光体"及其他诗歌流派

同治、光绪之交,中期宋诗运动已告消歇。传统诗坛在经过短暂的沉寂之后,又相继出现了一批拟古诗派,其中影响较大的是继承宋诗传统的"同光体"诗派,另有汉魏六朝诗派、中晚唐诗派等,李慈铭亦唐亦宋,也自成一派。这些诗派大多在理论上提不出新的见解,但在创作上却取得了程度不等的成就,不可一概抹杀。

第一节 "同光体"诗派及其诗歌理论

同治年间(1862~1874),郑珍、莫友芝、曾国藩、何绍基等人先后去世,中期宋诗运动告一段落,但它的余响并未消歇。大约在光绪十年(1884)前后,诗坛上又出现了沈曾植、陈衍、陈三立、郑孝胥等一批年轻诗人,他们以宋诗正统自居,互相标榜,形成了一个新的流派,这就是后期宋诗派,俗称"同光体"。

关于"同光体"名称的由来,陈衍曾说:"丙戌(1886年)在都门,苏堪(郑孝胥)告余,有嘉兴沈子培(曾植)者,能为同光体。同光体者,余与苏堪戏目同光以来诗人不专宗盛唐者也。"(《石遗室诗话》卷一)其实,"同光体"一词并不确切,因为中期宋诗派与后期宋诗派之间空了一个同治年间,而沈、陈等后期宋诗派诗人的创作活动开始于光绪十年左右,所以,"同光体"的"同"字是没有着落的。陈衍、郑孝胥打出"同光体"的旗帜,显然是出于标榜,以上承道咸以来的宋诗传统自居。后来汪国垣著《光宣诗坛点将录》,舍"同光"而改取"光宣",倒是合乎客观事实的,只是由于《石遗室诗话》在民国以后流布甚广,"同光体"一词也就约定俗成地成了后期宋诗派的代称。

"同光体"诗派既是嘉道年间所形成的宋诗运动的继承和发展,又是最后一个退出诗坛的古典诗派。它从19世纪80年代兴起,延续近半个世纪,直到五四时期白话新诗盛行以后,在一些旧式文人中还有余响。"同光体"诗歌的长期延续,反映了中国古典诗歌顽强的生命力,同时也有力地证明了:随着社会的大变革,艺术形式的根本变革是不可避免的。

像回光返照一样,"同光体"为中国古典诗歌写下了最后一页。

"同光体"诗派在诗歌理论上所表现的艺术指向,是与嘉、道、咸年间的宋诗运动一脉相承的,但也有所发展变化。他们标榜"力破余地"之说,企图在古典诗歌的夹缝中寻觅生路、另辟蹊径,但始终未能摆脱拟古主义的旧轨,这从他们的诗学理论上可见一斑。他们的理论家是陈衍。陈衍(1856~1937),字叔伊,号石遗,福建侯官(今福州市)人,光绪八年(1882)举人,曾参与变法维新运动,晚年寓居苏州,与章太炎、金天翮(天羽)倡办国学会,任无锡国学专门学校教授,1937年卒于故里。他的《石遗室诗话》是同光体诗派诗学理论的代表作。

在《石遗室诗话》卷一中,陈衍提出:"宋人皆推本唐人诗法,力破余地耳。"他从艺术渊源和承继关系方面分析,认为宋代诗坛的各种风格都是从唐人那里发展变化而来的,今人应以宋人诗法为本,发展衍变,寻觅生路。道咸以后,诗坛死气沉沉,诗人们多情伪辞穷,窘态毕露,陈衍对此十分不满。他曾多次批评这种现象,抨击诗人们"蓄积贫薄,翻覆只此数意数言,或作色张之,非其人而为是言,非其时而为是言"(《文莫室诗续集叙》),指责他们的作品是"人工赋物,技擅雕虫,蟋蟀萤火之咏,不绝于篇。春水孤雁之,作开卷而是"(《石遗室诗话》(卷二十)),以致"近人诗多困卧纸上"(同上卷十八)。

后期宋诗派与中期宋诗派都强调以学问入诗,主张"学人之言与诗人之言合",但在不少方面还是有所分歧的。中期宋诗派强调"自为生气""不假生气于古人"。何绍基、郑珍、莫友芝等人都很重视学养与功力,他们取径杜、韩、苏、黄,着意表现个人的性情襟怀。他们同时又都是学问家:"合学人诗人之诗二而一之"是很自然的。后期宋诗派在理论上缺乏创新的锐气,他们虽然也谈"学人之诗",但后期宋诗派诸多诗人中,真正能算得上学问家的只有沈曾植一人。他们不过是借"学人之诗"来抬高同光体诗人的地位。同光体的路子显然是越走越窄了。

围绕着"力破余地"之说,陈衍提出了三点见解,一是语言要"宁涩勿滑",二是要有"色泽",三是要"独具笔意"。

所谓"宁涩勿滑",就是避熟避俗,从字句上翻新,务求奇奥。陈衍认为:"吾辈生古人后,好诗已被古人说尽。尚有著笔处者,有无穷新哲理出,可以边际之语写之。"(《石遗室诗话》卷十)他十分神往苏轼能"以极边际之语达极圆满之理"。他在这里说的"以边际之语"达"圆满之理",就是"力破余地"的根本所在。陈衍将古人诗句中的所谓"不可及处"统称为"边际之语",要求诗人们在这方面下苦工夫、死工夫,结果只能使语言更加艰涩险怪,难以卒读,连亦属于同光体诗派的郑孝胥也不禁发出了"何须填难字,苦作酸生活"的感慨,张之洞更索性将同光体讥为"魔派"。

所谓"色泽"之说,包含两方面的内容,一方面是指某首诗给读者造成的具体色泽感受,即"有花卉之色泽,有山水之色泽,有彝鼎图书种种之色泽",但更重要的是指诗人的艺术风格给读者造成的总体性色泽感受。陈衍认为:"吴波不动,楚山丛碧,李太白足以当之;木叶微脱,石气自青,孟浩然足以当之。空山无人,水流花放,韦苏州足以当之。纷红骇绿,韩退之之诗境也;紫青缭白,柳子厚之诗境也。"(《石遗室诗话》卷二十三)由此可知,陈衍把色泽与诗的意境、诗人的风格联系起来,实际上是在探讨语言色彩与艺术风格的关系。他提出色泽说,为的是强调风格的多样性。他还认为,诗的色泽并不是"寻常脂粉",

也不是"寻常斧凿",而必须是匠心独运,自成一格。

至于独具笔意,则与色泽之说相通。陈衍所说的"笔意",其实就是诗人的艺术风格。同是讲风格,色泽之说从语言入手,笔意之说则着重从历史渊源和风格衍变方面探讨。陈衍主张"一人各具一笔意",其目的也在于反对风格上的雷同和重复。

综上所述,同光体诗人所注视的"余地",其实十分狭小偏仄,他们"力破"之处,仅在形式、风格、语言等方面用力,不是在生活与学识上用功夫,势必堕入形式主义的泥坑。

值得注意的是,陈衍特别强调同光体的师承,他提出了"三元"说:"余谓诗莫盛于三元。上元开元(唐玄宗孝隆基年号)、中元元和(唐宪宗李纯年号)、下元元祐(宋哲宗赵煦年号)也。"(《石遗室诗话》(卷一))这就是说,他们不仅师法苏(轼)、黄(庭坚),而且上溯杜(甫)、韩(愈)。沈曾植则提出"三关"之说,认"元嘉(南朝宋文帝刘义隆年号),元和、元祐"为所谓"三关",意在上溯到颜延之、谢灵运,融通晋、宋。陈沈二人在师承的提法上虽略有不同,但在师法韩愈和黄庭坚、苏轼这一基本观点上却是完全一致的,拟古是他们的共同艺术旨趣。由此可见,同光体诗派的师承又不同于嘉、道、咸年间的宋诗派,并不以专宗宋诗为标志,而是作为专宗盛唐诗的反对派而形成的一个诗歌流派。

总的说来,同光体诗人们在理论上没有提出什么新鲜见解。他们眼界狭窄,划界太死,无异于自缚手脚。他们的复古倾向当时就遭到许多人的抨击,林纾说他们"昌言宋诗,搜取枯瘠无华者,用以矜其识力,张其坛坫,其视渔洋、归愚,直同刍狗"(《旅行述异·画征识语》)。柳亚子直斥他们"日暮途穷,东山再起,曲学阿世,迎合时宰,不惜为盗臣民贼之功狗,不知于宗贤位置中,当居何等也"(《胡寄尘诗序》)。同光体当时在诗坛上的处境于此可以想见一斑。

第二节 "同光体"诗派的诗歌创作

宗宋是后期宋诗派的主旨。在这个诗派内部,又可以按地域分成三个支派,它们之间的文学主张和审美倾向不完全一致,因而诗歌创作也不尽相同。

一、江西派

这一派大都是江西人,以陈三立为首,其余有夏敬观、华焯、胡朝梁、王易、王浩等。江西派奉黄庭坚为宗祖,推举陈三立为一代宗师。陈衍曾评论陈三立的诗,说他"避俗避熟,力求生涩,而佳处仍在文从字顺处"(《石遗室诗话》卷十四)。陈三立曾有《黄山谷》一诗云:"驼坐虫语窗,私我涪翁(黄庭坚)诗。镌刻造化手,初不用意为。"生涩镌刻,正是江西派的美学追求。

在同光体诗人中,艺术上比较有成就的是陈三立(1852～1937)。他是江西义宁(今修水)人,字伯严,号散原。光绪十五年(1889)进士,官吏部主事。他的父亲陈宝箴是当时著名的维新派官员,他曾辅佐其父在湖南推行新政,与谭嗣同、丁惠康、吴保初齐名,时称"四公子"。变法失败后,父子二人以"招引奸邪"罪同被免职,永不叙用。其后,陈三立漫游江南各地,思想日趋消沉。清亡后以遗老自居,著有《散原精舍诗》。

在同光体诗派中,陈三立一向被视为首领。他论诗"恶俗恶熟,不肯作一习见语"(《石遗室诗话》卷一),但又常于文从字顺中显出佳处,这是陈三立高于同光体其他诗人的地方。清新、沉郁是他诗作的基本风格。

陈三立曾积极参与新政,所以有不少感喟时事之作。从《赠黄公度》一诗中,可以想见这位年轻的改革者当年所面临的巨大困难以及他的为难心境:

> 千年治乱余今日,四海苍茫到异人。欲挈颓流还孔墨,可怜此意在埃尘。劳劳歌哭昏连晓,历历肝肠久更新。同倚斜阳看雁去,天回地动一沾巾。

《十月十四日夜饮秦淮酒楼,闻陈梅生侍郎、袁叔舆户部述出都遇乱事感赋》抒发了诗人在庚子国难时的忧愤心情:

> 狼嗥豕突哭千门,溅血车茵处处村。敢幸生还携客共,不辞烂漫听歌喧。九州人物灯前泪,一舸风波劫外魂。霜月阑干照头白,天涯为念旧恩存。

变法失败后,他的锐气日渐消磨,自云"凭栏一片风云气,来作神州袖手人"(集外残句),并在编定诗集时,将辛丑(1901年)以前的作品一概删去。其实,即使在保留下的诗篇中,仍有一些愤激郁懑之作。"合眼风涛移枕上,抚膺家国遍灯前"(《晓抵九江作》),才是他真实心境的写照。

陈三立工近体诗,时有构思奇妙之作,如《十一月十四日夜发南昌月江舟行》之二:

> 露气如微虫,波势如卧牛。明月如茧素,裹我江上舟。

这首诗造语平易,而比喻奇特,生动地描绘出露气横江、波涛起伏的大江月夜情景,不足之处是稍见斧凿痕迹,动态不足,失之于纤巧。其他如"移来千嶂雨,酿作一江春"(《泊鸡笼山听雷雨》);"三日车声萦别语,一江月晕澹诗魂"(《保定别实君顺循三日至汉口登江舟望月》);"草润月痕碧,潮喧江气黄"(《同益斋黄浦滩步月》)等,也都能在平易中含清新淡远,这是同光体其他诗人所无以企及的。

二、闽派

这一派都是福建人,以陈衍、郑孝胥、沈瑜庆、陈宝琛为首。他们溯源韩愈、孟郊,于宋人偏重于梅尧臣、王安石、陈师道、姜夔、杨万里,即所谓"瓣香无己(陈师道),标举宛陵(梅尧臣)"(金天羽《答樊山老人论诗书》),诗风不尚奇奥,其诗歌主张则是倡导"三元说"(上元开元,中元元和,下元元祐)和"学人之诗"。

陈衍虽然是同光体诗派的理论家,但他的创作成就却很有限。

他为诗较平易,所谓"平生作诗厌苦语"(《东坡生日陶斋尚书招集宝华庵成长句七百字》),体现了同光体中闽派的不尚奇奥的艺术特点,但同时显得浅脱,韵味不厚。他在26岁时写的《水帘洞歌》,连用奇特的比喻来描绘瀑布的雄奇变幻,句式参差变化,造成了一种浑灏流转的气势,标志着他的艺术成就。但这样的作品在《石遗室诗集》中实属凤毛麟角。《哀渐儿》一诗则直接暴露了诗人的麻木懦弱。八国联军入侵时,他的一个在天津求学的儿子为保护同学妻室免受凌辱竟被侵略军枪杀,他在诗中却埋怨儿子"不自逃匿翻当车"、"义形于色吁其愚",对杀人凶手不敢直斥一言。

陈衍在文学史上的主要贡献,是先后编辑了《近代诗钞》、《辽诗纪事》、《金诗纪事》、《元诗纪事》等资料文献。他的《石遗室诗话》及《续集》也具有一定的文献价值。

同光体的另一员主将是郑孝胥(1860~1938)。他是福建闽侯人,字苏堪,又字太夷。光绪八年(1882)中举,历官中国驻日使馆书记官、神户领事、广西边防大臣以及安徽、广东按察使和湖南布政使。辛亥革命后以遗老自居。1932年伪满洲国成立后,他曾出任伪国务总理兼文教部总长,丧失民族气节。郑孝胥以诗和书法名重一时,著有《海藏楼诗》。

郑孝胥的诗歌创作,早年受谢灵运、柳宗元、孟郊的影响,后学晚唐诸家及王安石,自言"半生作诗多苦语"(《广雅留饭谈诗》之一)。但他同时又受到王维、王士禛的影响,主张"诗要兴象才思两相凑泊"(陈衍《海藏楼诗叙》),与神韵说有相通之处,追求空灵玄妙的意境。这种追求体现在一些写景小诗中:

雨后草堂是断鸿,水边吟思入寒空。风情谁似枫林好?一夜吴霜照影红。
——《兰氏草堂》之一

扬州在何许?帆影乱江树。南风且莫竞,我欲过江去。
——《十一月二十二日书京道中杂诗》之十七

《月》诗比喻贴切,较有新意:

月是钓愁钩,钩来无数愁。月愁有密约,相见五更头。

《伤女惠》一诗悼念13岁的女儿病逝于天津,感情真挚,有动人之处;而《官学杂诗》之二描写了"畿民半漂没,千里势如埽"的水灾惨象,但郑孝胥的这类作品极少。他中年以后的诗渐趋滑脱,追求华丽。

甲午战争之后,郑孝胥对变法维新持反对态度,咒骂倡导改革者是"竖子终何成"(《杂诗》之五),"不动犹拔山"(《天津入都车中》之四)。清亡后他与严复、陈衍、沈曾植、陈三立等相唱和,"楼头弹指人,忽有山河念"(《七月十七日昧爽》),流露出较为明显的复辟思想。他在1912年写的《吊日本大将乃木希典诗》,公开赞扬曾在中国领土作战的日本军国主义将领,可见他日后堕落成为汉奸并非偶然。

三、浙派

以沈曾植、袁昶为代表，金蓉镜继之。这一派都是浙西人，他们继承了乡前辈朱彝尊、钱载的"秀水派"传统，为诗艰深奇奥，力辟平庸，喜用佛典、僻典。沈曾植晚年提倡"元嘉、元和、元祐"为"三关"之说，意在上溯晋、宋，隐然与陈衍的"三元说"分庭抗礼。浙派所师法的，主要是谢灵运、韩愈、孟郊、李商隐、黄庭坚诸家。陈衍说沈曾植的诗于"聱牙钩棘中，时复清言见骨，诉真宰，泣精灵"（《沈乙庵诗序》），可见浙派诗也有清易的一面。

曾被陈衍推为"同光体之魁杰"的沈曾植（1851～1922）是同光体诗派中较早成名的诗人。他是浙江嘉兴人，字子培，别字乙庵，晚号寐叟。光绪六年（1880）进士，官至安徽提学使，署布政使。光绪二十一年（1895），曾与康有为等开强学会于京师，参与维新。清亡后寓于上海，以遗老自居，与王国维等人商讨学术，并曾参与张勋复辟。著有《海日楼诗集》、《文集》。

沈曾植的一些作品以瘦劲孤峭见长，如"高桐百尺瘦，霜月孤轮明"（《练魄》）、"夜光收露静，深树闪星明"（《初十夜月》）之类，能以简练的语言描绘出冷峭清远的意境，但显然是刻意为之，有勉为其难之痕，少浑然天成之功。清亡之后，他写了不少眷恋旧朝、企望复辟的作品。

袁昶也是当时较有诗名的同光体诗人。他是浙江桐庐人，字重黎，一字爽秋，光绪二年（1876）进士，官至太常寺卿，后因义和团事件被慈禧所杀。他作诗喜用典故，力求僻涩，成就不高，有《浙西村人集》。

在这三个支派中，江西派和浙派在艺术上都力求奇奥。陈衍在《石遗室诗话》中将道咸以来的诗派归纳为"清苍幽峭"和"生涩奥衍"两种风格，前者指闽派，后者指江西派和浙派。但江西派的陈三立专宗黄庭坚，而浙派的沈曾植上溯颜延之和谢灵运，他们的美学追求还是有所区别的。

第三节　王闿运与汉魏六朝诗派

清末民初之际，与同光体相抗衡的，有汉魏六朝诗派，其首领是王闿运（1832～1916）。他是湖南湘潭人，字壬秋，一字壬父，号湘绮，咸丰七年（1857）举人。太平天国时期，他曾参加曾国藩幕府，后因与曾国藩不合遂退隐讲学。光绪三十四年（1908）特授翰林院检讨。袁世凯篡权后，曾一度出任国史馆馆长，不久即退隐，卒于长沙。王闿运诗名很高，被奉为"诗坛旧首领"（汪国垣《光宣诗坛点将录》），地位在同光体诗派诸人之上。著有《湘绮楼诗集》、《湘绮楼文集》、《湘军志》等，其门人辑有《湘绮楼全书》、《湘绮楼说诗》。

王闿运论诗十分偏激。他主张"诗必法古"，认为宋诗不如唐，唐诗不如汉魏六朝，所以写诗必宗汉魏六朝，这实际上是一种文学退化论的观点。他在《湘绮楼说诗》中还说："古人之诗，尽美尽善矣。典型不远，又何加焉？"并言"余则尽法古人之美，一一而仿之，熔铸而出之"(《诗法一首示黄生》)。他的这种复古主义论调,在当时就遭到不少人的批评。陈衍曾说:"湘绮五言古沉醉于汉魏六朝者至深,杂之古人集中直莫能辨正。惟其莫能辨,不必其为湘绮之诗矣!……盖其墨守古法,不随时代风气为转移,虽明之前后七子无以过之也"(《近代诗钞》)。陈衍对王闿运虽有门户之见,但他的批评还是正确的。

王闿运作诗多为五言,晚年手订诗集时更将昔作七言近体全部删去。他的五言师法谢灵运,歌行推崇唐人李颀(东川),其排律则明显受到唐初刘希夷、张若虚的影响。他的一些山水抒情小诗写来清新流利,较少作意,也比较含蓄,有可读之处:

宵驾寻野烟,前山暗深树。隔岸闻犬声,知君渡江去。秋夜萤火稀,孤光引归路。

——《夜半送客》

石门无数曲,青嶂碧流间。回互仍相引,空明见一湾。轻舟漾落日,芳草上春山。坐惜余花晚,终怜幽意间。

——《自龙江渡缘水至烟彭庵乘舟暮还》之二

《丰阳舟中寄怀梦缇》是诗人在三十几岁时写给妻子的诗,凝练隽永,颇为动人:

北风度回雁,君处定先寒。水偏孤舟冷,愁连绣被宽。空房留烛久,瘦骨压衣难。欲问相思意,窗前五叶兰。

排律《人日立春对新月忆故情》描绘春江月夜,暗含诗人对人生奥秘的迷茫和探求,写来婉转流畅,情致深邈。诗的最后写道:"远山余光仍似雪,空山夜碧忽如烟。如烟似雪光难取,明月有情应有语。从来照尽古今人,可怜愁思无今古!"为读者描绘了一幅迷离朦胧、如画如梦的意境,以"雪""烟"二字道出春江月夜特有的幻化之美,在同类题材的作品中可谓独具一格。

《湘绮楼诗集》中也有一些反映社会现实的作品。太平天国农民战争期间,他参加曾国藩幕府,奔走于湘赣一带,亲眼看到了"寸步荆棘过州县","市中十室九闭门"和"东南五载困兵燹,道路百里生蒿莱"(《弥之过敝县止而觞,之建福寺见赠长歌,和作一首》)的可怕景象,感叹"兵多令军败,民蹙赋愈繁。谁能顾家室?父子不相完"(《赠族兄世禔》之二)。当然,他还写了不少颂扬湘军、敌视太平天国的作品。同治十年(1871)三月,诗人赴京,凭吊圆明园废址,写下了传诵一时的长诗《圆明园词》。诗中追述名园兴废,隐喻国恨。"百年成毁何匆促,四海荒残如在目",对清廷的奢侈淫逸、腐败无能表示不满。在甲午战争和庚子事变中,他都有一些关心国事的作品,对清廷的卖国行径流露了愤慨之情。

王闿运在文艺心理学领域内也有所建树,他提出了"治情说"的理论,专门探讨诗人在创作过程中应当如何驾驭自己的激情,寻求把握感情、表达感情的最佳分寸以及与之相应的艺术手段。他认为,"诗者,文生情。人之为诗,情生文。文情者,治情也"(《湘绮楼说诗》卷六)。治情说的核心是"情不贵而情乃贵",也就是说,诗人在动笔创作之际,不宜过分倚重主观激情,任其泛滥,而应使这种激情"贵有所止",通过委婉的艺术手法表现出来。"治情"即"文情",文者,饰也,含有艺术处理的意思,用王闿运的话来说,就是"以词掩意,托物起兴,使吾志曲隐而自达"(《湘绮楼说诗》)。他还以谢灵运为例,提出了"笔妙度舒"的观点,作为实现"治情"的途径。"笔妙是对诗人艺术素养和艺术手法的要求,即提倡那种含蓄蕴秀、曲径通幽式的表现手法,反对"快意骋词,自状其偏颇,以供世人之喜怒";"度舒"是对诗人创作心态的要求,提倡心平气静,舒缓从容,反对"气急色浓","以意为重"。"治情说"的提出,对探讨诗歌创作的内部规律是一个可贵的尝试。

王闿运亦能文,《到广州与妇书》以文笔流畅、叙事生动著称。但他的诗歌创作由于思想保守,并苦于才力不足,始终未能取得引人注目的成就。

当时在诗坛上与王闿运风格相近的还有邓辅纶(1828~1893)。他是湖南武冈人,字弥之,曾官浙江候补道。邓辅纶早年曾与王闿运等发起组织兰林(一作"陵")词社。他的诗在形式上模拟晋、宋,工五言而不取歌行近体,有《白香亭诗集》传世。

第四节　樊增祥、易顺鼎与中晚唐诗派

以樊增祥、易顺鼎为代表的中晚唐诗派,在清末民初的诗坛上也有相当影响。他们师法中晚唐诗人,主要是李商隐,以腻艳丽密见长。这一诗派的作品,大多词藻华丽,对仗工巧,喜用典故,以才气见称。樊、易二人的创作数量都很惊人。据《近代诗钞》载,樊增祥"生平以诗为茶饭,无日不作,无地不作,所存万余首"。易顺鼎所作诗词也将近万首。

樊增祥(1846~1931),字嘉父,号云门,一号樊山,湖北恩施人,光绪三年(1877)进士,官江宁布政使、护理两江总督。他是李慈铭的门人,也曾请业于张之洞。著有《樊山全集》。樊增祥的师承不拘于一家,主张"合千百古人之诗以成吾一家之诗"。他早年学袁枚、赵翼,后来受张之洞、李慈铭影响,醉心于中晚唐及西昆体,晚年也学宋诗。樊增祥为诗贪多贪巧,次韵、叠韵之作尤多,欲因难见巧,显示才气。他曾写道:

近来闽粤竞诗钟,未许儿曹学步工。墨竹换诗诗换蟹,画松如篆篆如龙。天衣巧制须无缝,玉合精求必可逢。自古文章珍偶俪,南彭北纪勉相从。
——《儿辈初学属时,余书云:"墨竹换诗诗
换蟹"皆不能属,戏赋》

这首诗颔联的对仗已经算得上工巧了,但他觉得意犹未尽。又作《再示儿辈》,注重腹联:

对属天然雀燕俦,可知锁镇对钩钩?万言每受单词窘,新意须从故实求。墨竹换诗诗换蟹,黄金偿剑剑偿牛。雅人深致循良事,都被先生古锦收。

樊增祥在诗中所显示的,只是一种写诗的"手艺"。他写了不少这类巧对时有、意境全无的充满"匠气"的作品。所以,他在不少场合中实际上只是一位善于作对的"诗匠"。

中日甲午战争失败后,他曾写了《陆沉》等诗,有"君家世世修降表,始自南唐直到今"之句,对清廷的丧权辱国表示愤慨。长诗前后《彩云曲》记述清末名妓傅彩云(赛金花)事,曾传诵一时。这些都是《樊山集》中较有特色的作品。

易顺鼎(1859～1920),字实甫,又字中硕,号哭庵,湖南龙阳(今汉寿)人。光绪元年(1875)举人,曾官广东钦廉道。袁世凯称帝时,出任代理印铸局长。著有《丁戊之间行卷》、《四魂集》等。易顺鼎是一位冥想诗人。他的诗作以冷趣见长,给人以悚淡肃杀之感,并能于冷峭中包孕奇想幽思,也有一些佯狂玩世、放荡不羁的作品。他的思想中兼有释道两家,而以道家为主;在创作上受庄子、贾岛、李贺、李商隐、杜牧的影响,自言"诗骨僧时疑瘦岛,文心仙处爱蒙庄"(《春兴》)。

他曾生动地抒写自己的美学追求和创作时的心境:

> 吾诗耽冷趣,白日常冥搜。下笔幽想来,奔赴万古愁。竹屋一灯青,夜寒吟未休。有时不自主,身被精灵收。无人大荒外,只影贪清游。借兹空际涛,吹我胸中秋。吟成似初悟,顾影疑浮沤。万山烟雨深,独立天西头。
> ——《秋怀诗》之三十八

富于冥想色彩的《天童山中月夜独坐》很能说明他的创作个性:

> 青山无一尘,青天无一云。天上唯一月,山中唯一人。
> 此时闻松声,此时闻钟声。此时闻涧声,此时闻虫声。

他的古风也有特色。他20岁时写的《四月十六夜对月作歌》一首,奇想迭出,雄浑豪放,表现了诗人对宇宙奥秘和人生归宿的探索,同时也流露了他幻想长生不老、永享醇酒、美人的世俗欲念。诗中句式长短变化,最后一句达19字,造成一种错落有致、循环往复的气势,但全诗嫌冗长芜杂,显然是任才气驰骋而缺乏剪裁。

中日甲午战争期间,易顺鼎曾从戎北上,写了一些反映国事的诗,其中有"有客南冠甘效死,泪痕盈眦血盈腔"(《感时四首》之四)、"薰天媪相空持国,割地儿皇尚纪年"(《自关入都道中八叠韵》之一)这样激烈的句子。其后,日军攻台,易顺鼎曾两度赴台,协助刘永福筹谋款项,策划防务,并写下了《台舟感怀四首》、《赠台将》、《寓台咏怀六首》等爱国作品,并有《魂南记》一卷,详细记载了两次赴台的经历,具有一定史料价值,但其中不乏自我标榜之处。

易顺鼎晚年醉心于对仗,专事雕琢,为诗格局益小,时露油滑之态,如"猿啸三声三下泪,溪流九曲九回肠"(《为敬摹家慈遗像寓居上海萧寺中,感事书怀,成长句十首》之一)、"蔽河而下冰如马,在水之涯土作牛"(《阻风阻冰泊唐官屯》)、"水欲接天天接水,花难如雪雪如花"(《大雪偕义宁丈雪中登澄海楼有作》)、"讴歌恐不讴歌汝,笑骂还由笑骂他"(《七叠韵寄梦湘伯裳》之四)之类,实际上是一些文字游戏,谈不上多少诗意。然而易顺鼎津津乐此而不返，如堕魔障，说明随着年岁的增长，他的艺术情趣愈趋低下卑微。

易顺鼎曾先后谀事张之洞和荣禄。袁世凯称帝后，又谀事袁世凯次子袁克文，其人品为时人所不齿。他晚年旅居北京，与樊增祥辈出入于歌场酒肆，写了不少淫滥的"捧角诗"。袁世凯帝制失败后，易顺鼎无所依恃，侘傺失志，放荡益甚，自言"歌姬院里著狂夫"（《买醉津门雪中》之三），不数年即潦倒死去。

第五节 李慈铭

在清末诗坛上，以不名一家，绝无依傍自居的是李慈铭（1830～1894）。他是浙江会稽（今绍兴市）人，字㤅伯，号莼客，光绪六年（1880）进士，官至山西道监察御史，有《白华绛跗阁诗集》、《越缦堂文集》等传世，也能词及骈文。

李慈铭自以为不名一家，其实仍未脱出模拟的窠臼，只是他模拟的对象很广，不限于一朝一人。他自称"所致力莫如杜"（《白华绛跗阁诗初集自序》），实际上也受中晚唐影响，并兼学宋人，所以他的作品有的工密柔丽，有的疏朗沉郁，同时也有一些以考据见长的所谓学人之诗。

李慈铭的七律较见功力。他的一些感喟身世的作品，能以洗练的语言开拓出幽冷清绝的意境，寄寓着生逢乱世、遇复蹭蹬的不平之气：

> 侧身天地一登台，极望东南事可哀。流水自将遗恨下，夕阳无数乱山来。我生不幸值多故，平世犹难容废材。许国谁能信年少？千秋人惜贾生才。
> ——《村居杂感》之九

> 越山云物逼秋清，细雨黄花易得晴。落叶与人争野渡，斜阳随雁下江城。无多朋辈艰求食，如此穷途未悔名。念尔闭门谁送酒，登临应解遣遥情。
> ——《九日寄雪鸥》

他的诗中颇有一些佳联，如"人经多故文章健，事到难图出处轻"（《书近况寄诸故人》），"霜痕近水秋归树，山色连云夜出城"（《又用前韵寄凡公》）等，其功力并不在以属对自矜的樊增祥之下。李慈铭另有《柯山红树行》长歌一首，描绘山林秋光，浓淡相间，寒暖互映，给人以油画般的强烈感受："故人家在柯山曲，门外溪流转寒绿。板桥一抹长林西，尽日烟霞看不足。山深几日生秋风，树色尽作烟脂红。斜阳隔山溅金碧，画屏惨淡开天工。"他善于以各种色调对比，造成强烈的视觉反差，从而烘托出秾艳的油画般的意境，以类似剪影的手法突出艺术形象，这是李慈铭创作中的一大特色。这种特色在他的一些散文中表现得更为突出，如《霞川花隐词自序》中描写故乡风景中的一段："霞川平直演迤，无幽深渺弥之观。其地冲要，杂阛阓，无他可称，而川之两旁居人颇植桃李。春时花开，舟行其间,远山映发,烟水澜漫。每至晨霏夕晖之际,立红桥上望之,层绛间素,迤逦若霞。"李慈铭还用这种手法成功地勾画出一个以假妍取笑于世、"往往多得钱文"的老丑妇形象:"时虚市人散,湖桥夕阳中,一老丑妇顾景(影)行,红紫摇摇满头,儿僮数十喧绕之,争唱以为猫娘归也。"(《猫娘传》)

李慈铭也有一些作品抒发了他对国家命运的担忧和反对清廷与入侵者议和的正义立场:

> 孤愤千秋在,狂呼一击中。夷酋方丧魄,廷议急和戎。歼敌诚非易,要盟岂有终?宋、金殷鉴近,幸莫恃成功。
>
> ——《庚午书事》之一

不过,李慈铭的这类作品数量不多,他的大部分诗篇都是反映自己的士大夫情趣,题材比较狭窄,内容也流于琐屑空泛。《石遗室诗话》说他"声诗极乎和平,不特不抑郁牢愁,亦并不矜才使气",由此可见他的诗作比较缺乏个性色彩,所以后人对他的评价不是太高,而所撰《越缦堂日记》却为后人见重。

第六章　清末常州词派

词与词学的发展至清代进入新的繁荣时期。有清一代,词家蜂起,词学大盛。继阳羡词派、浙西词派之后,在词坛上领一代风骚的是常州词派。常州词派出现在乾嘉年间,其创始人是张惠言、恽敬。常州词派推尊词体,讲求词的立意与寄托,标举婉而多讽,深美闳约的词风。经过嘉道年间周济,同光年间谭献、王鹏运、朱祖谋、陈廷焯等几代词人的共同努力,逐渐成为一个有着独特词学理论体系与创作风格,在清中、末叶影响较为广泛的文学流派。清末常州词派,是指活动在同治、光绪年间的谭献、王鹏运等人。他们在国家、民族被难的动荡岁月里,对常州派的词学遗产有继承,有扬弃,也有新的审美选择与创造。他们的词作,表现了封建末代知识分子特有的意绪与心态,并在风格上呈现出多种流向。

第一节　谭献、庄棫

鸦片战争后,中国经历着亘古未有之变,随着全民族反对外来侵略与欺凌的爱国情绪的高涨,悲壮、遒劲、激昂成为这一时期民族文学的主导风格。词如何描摹时变,传达乱世中纷乱的情绪与感受,谭献较早地表明了自己的审美选择。

谭献(1831~1901),原名廷献,字仲修,号复堂,浙江仁和人。同治举人,曾任歙县、全椒、合肥知县。著有《复堂类稿》,并辑选清人词为《箧中词》一书,其弟子徐珂将他散见于著作中的词论辑为《复堂词话》。

谭献的词论,以词近变雅说与柔厚说为基石。

词是一种抒情诗体。它是唐宋之际,在文被文道笼罩、诗被诗教羁縻的情况下发展起来的。加之其本身参差、倚声的特点,被人视作婉而近情的文体,自然成为遣兴抒情的主要形式。宋人张炎即说过:"簸弄风月,陶写性情,词婉于诗。盖声出莺吭燕舌间,稍近乎情可也。"(《词源·赋情》)词近于情,便易被看做"艳科""小道",一些文人尤以"谑浪游戏"的态度写词,故词格愈卑,几至成为浮花浪蕊、柔靡侧艳之作的别称。常州词派欲挽颓波,其入手处便是推尊词体,提高词的意格,即托体风雅骚歌,讲求寄托比兴。张惠言在《词选序》中,将词比之于变风骚歌,以为词当以男女哀乐的词面,寄寓幽约怨悱的情绪。周济并不满足于张惠言的成说,在《介存斋论词杂著》中指出,词当走出抒写个人遭际感遇的狭小圈子,将感慨系于世道的盛衰,其眼界已较张惠言开阔。谭献受鸦片战争以后时代文学风气及"中丁乱离,濒死者数"的生活经历的影响,试图进一步从观念上改变人们对词体的看法,因而提出"词近变雅"说。

谭献在《复堂词录叙》中说:"愚谓词不必无《颂》,而大旨近《雅》,于《雅》不能大,然亦非小,殆《雅》之变者欤?"我们将此说与《复堂类稿》中《明诗》、《学宛堂诗叙》中有关"世治则可以歌咏功德,扬盛烈于无穷,世乱则又托微物以极时变,风谕政教之失得"之类的论述参照读之,可以发现,谭献提出词近变雅的用意,一是要使词托体更尊,甚至有别于"多出于里巷歌谣之作,所谓男女相歌咏,各言其情者"(朱熹语)的风诗,以更为高雅的词面表达深广的忧愤。二是强调词近"变"雅,当是乱世之音,它应托微物以极时变,讽政教以谏得失,但又须不失雅诗怨悱不乱的风度。

随着词近变雅观念的确立,谭献对常州派所持的词格之正、变观也有所修正。

自明代张綖"词体大略有二,一婉约,一豪放"说行世之后,人们便常用婉约与豪放来品评词家,而又以婉约为词之"正格",柔情曼声,香弱绵丽为当行本色;以豪放为词之"变格",铜琶铁板之音受到鄙薄。这种传统的正变观为常州词派所接受。张惠言选《词选》,以深美闳约为准,所选多为婉约之作。其选苏、辛词,也是近于柔美风格的。吴文英词未能入选,李煜词被斥为杂流。周济著《词辨》,把所选词分正、变两卷,其中以温庭筠、欧阳修、周邦彦、吴文英等17家为正,所谓蕴藉深厚者;而以李煜、苏轼、辛弃疾等15家为变,所谓骏快驰骛、豪宕感激,委曲以致其情者。

谭献对周济将词区分正、变的做法十分赞赏,但又补正道:"予固心知周氏之意,而持论小异,大抵周氏所谓变,亦予所谓正也,而折衷柔厚则同。"(《周氏止庵〈词辨〉跋》)即把骏快驰骛,豪宕感激之作与蕴藉深厚者同列为正格,谭献从这种正变观出发,便对被张惠言斥为杂流、为周济列入变集中的李煜词评价极高,以为李煜词"雄奇幽怨,乃兼二难,……足当太白诗篇,高奇无匹",评蒋春霖词:"咸丰兵事,天挺其才,为倚声家杜老。"(《复堂词话》)

谭献主张把哀悼感慨,骏快豪宕之作列入正格,是对常州词派批评观念的一种修正,而在作这种修正的同时,谭献仍坚持用"柔厚"二字作为他审美经验与审美意识的概括。所谓"柔",就是要运用深微婉约,委曲以致其情的手法,去表现优美、软美的形象和意境。所谓"厚",一方面指蕴藉深厚,重立意,求寄托,而非"文焉而不物",另一方面,指语言庄雅、敦厚,而不流于雕琢曼辞、破碎尖新。谭献的"柔厚说",同张惠言的"深美闳约说",周济的"浑厚说",是一脉相承的。

常州词派把讲求寄托作为提高词的意格的重要手段。自张惠言提出"意内言外"说起,他们便把"缘情造端,兴于微言"作为词表现内在思想感情的手法,提倡词人以深隐含蓄的语言,借助香草美人、晓风残月等抒情形象(言外),将国家、身世之感,磊落不平之气,或一种艺术境界,一种心理情绪(意内),自然和婉而不留痕迹地表现出来,达到意内与言外的水乳交融。这种艺术追求同时也给读者对词的欣赏带来一定的困难。甚至为寄意而

第六章 清末常州词派

穿凿附会。谭献认为，作者创作，尽可做到"侧出其言，旁通其情"，而读者则可"触类以感，充类以尽，甚且作者之用心未必然，而读者之用心何必不然"。(《复堂词录叙》)鼓励读者在读词中，充分展示自己的想象，或被词中某种情绪、某种境界支配，而心与同思，神与共游；或举一反三，言仁而见智，由此触发另一类情绪，经历另一种境界，靠自己的生活体验及想象去补充、发展，完成新的审美创造。谭献的"作者之用心未必然，而读者之用心何必不然"的见解，已触及到接受美学的有关问题。

谭献有词作百余首，辑为《复堂词》。其弟子徐珂记曰：献于"薄书余暇，辄招要朋旧，为文酒之宴集。吮毫伸纸，搭拍应副，若不越乎流连光景之情文者。读其词者，则云幼眇而沉郁、义隐而指远，膈臆而若有不可于名言。盖斯人胸中，别有事在，而官止于令，荦然不能行其志，为可太息也。"(《清稗类钞》)谭生活的年代，内乱外患不已，家国身世之感，于词中隐约可见。其《渡江云·大观亭同阳湖赵敬甫江夏郑赞侯》一词，作者面对大江、空亭，谓"怜旧时人面难寻"，"浑不似故山颜色"，抒发了战乱之后，人物皆非的悲愤之情，而自称"钓矶我亦垂纶手"，却总为断云阴帘所隔，壮志难酬。谭献一生飘零，以词人名世，其《摸鱼儿·用稼轩韵自题复堂填词图》中"短衣匹马天涯客"，"已草草青春，红袖归黄土"，可算是辛酸的自我画像。"种柳光阴，牵罗身世，付与谁怜"(《百家令》)，"凄紧，在人境，比卧老空山，一般孤回已误了华年。那堪重省！"(《天闷·早雪》)，"信是穷途文字贱，悔才华却受风尘误，留不得，便须去"(《金缕曲·江干待发》)，均可谓字字伤感。伤感之中，又不无自信与清高："我是琴赋嵇康，依然病懒，却渐忘龙性。留得广陵弦指在，无复竹林高兴。裁制荷衣，称量药裹，况味君同领，清辉遥夜，碧天飞上明镜。"(《壶中天慢》)

谭献词，以清隽深婉见称，其取径在晚唐五代。他的《蝶恋花》组词，写一对男女的相识、相亲与别后的相思，其中"语在修眉成在目，无端红泪双双落"，"遮断行人西去道，轻躯愿化车前草"等句，将女方的情态，细腻、委婉地表现出来，酷似温、韦风韵。谭词属轻灵一流，故陈廷焯谓其"盖于碧山(南宋·王沂孙)深处，尚少一番涵咏功也"(《白雨斋词话》)。

庄棫(？～1878)是与谭献同时的词人，世称谭庄，字希祖，号中白，江苏丹徒人。一生无功名，曾被曾国藩延至淮南书局，校勘经籍。庄棫论词，喜言比兴。其为《复堂集》作序云："夫义可相附，义即不深，喻可专指，喻即不广"，意在强调词中寓意的模糊性，因而，使词所表现的意绪、心态具有更普遍的意义。此说与谭献的"作者之用心未必然，而读者之用心何必不然"，可谓是互为犄角，异曲同工。其序又说："自古词章，皆关比兴，斯义不明，体制遂舛。狂呼叫嚣，以为慷慨，矫其弊者，流为平庸。风诗之义，亦云渺矣。"把比兴手法视为至尊，进而形成词的艺术表现及体制上的固定模式，又以这种模式来衡量与批评其他表现风格与运用其他表现手法的作品，庄棫的思想方法在常州派中是很有代表性的。从中可以窥知，常州派是怎样从强调词的思想内容入手，却又渐渐走入形式主义魔障的。

庄棫一生未入仕途，故曾言："予无升沉得丧之戚。"(《〈中白词〉自序》)其《中白词》中，身世飘零，怀才不遇的叹喟虽时有可见，但以吟哦山水，表现闲适心情的作品居多。这些闲适词一般写得疏宕明快，飘逸洒脱，并常化用一些前人的词句入词，给词作增添了不少情韵。如〔西江月〕词：

乍雨乍晴天气，轻寒轻暖帘栊。落丝飞絮已无迹，阁外湿云烟重。绿树舟迷前浦,朱栏马滑溪桥。香车油壁漫相邀,谁是西陵苏小?

全词以轻快的笔调,描写了暮春时节的景象与词人略带惆怅的情绪。而"香车"两句,化用古乐府《苏小小歌》中"我乘油壁车,郎乘青骢马。何处结同心?西陵松柏下"的意蕴,点明词人惆怅的由来。

陈廷焯评庄棫词,以为"匪独一代之冠,实能超越三唐两宋,与风骚汉乐府相表里。自词人以来,罕见其匹"(《白雨斋词话》卷五)。其推重太过,而令人难以信服。

第二节 王鹏运、况周颐

稍晚于谭献、庄棫而循常州派途径致力词学的有王鹏运、况周颐、朱祖谋、郑文焯。四人声气相求,切磋唱和,称盛一时,后人誉之为"清末四大词人"。其中,王鹏运、况周颐均为广西临桂人,故又有临桂派之说。

王鹏运(1848～1904),字幼霞,号半塘老人。同治九年(1870)举人,历官内阁侍读、江西道监察御史、礼科给事中。光绪二十八年(1902)年告归,主扬州仪董学堂,后客死苏州。

王鹏运一生,经历了太平天国、甲午战争、戊戌变法、庚子事变等一系列的社会剧变,其为宦委身谏垣数十年,疏数十上,不被采纳,且屡遭责罹,生平悒款抑塞,一寄托于词。其词作有《袖墨集》等九种,晚年删定为《半塘定稿》。

《半塘定稿》中的《袖墨集》、《虫秋集》是王鹏运早期(1886～1893)作品的结集。其时作者初事倚声,与同僚端木埰、许玉琢、况周颐相互切磋词艺,而其中又受端木埰影响较大。端木埰有《碧瀣词》,自称"笃嗜碧山",以南宋王沂孙为宗,恰与周济指示的学词途径中的第一步"问途碧山"吻合。因而,王鹏运的《袖墨》、《虫秋》两集即从学碧山词入手,得其运思用笔,深微细密的长处,而弃其用事用典过多而流于晦涩的弊端,初步形成了绵密委婉,间有几分诙谐的词风。两集所表现的题材还较为狭窄,多是思旧怀亲、感叹不遇之作,个人身世之感的色彩较浓。

《味梨》、《鹜翁》、《蜩蜋》、《校梦龛》诸集,写于甲午战争与戊戌维新期间。甲午战争中,王鹏运是主战派,曾多次上疏弹劾投降派李鸿章、孙毓汶、徐用仪等人。1895年,王鹏运与在北京发动"公车上书"的康有为相识,随后,即参加了北京强学会,热心于变法维新。次年上书力谏,反对光绪驻跸颐和园,并谓时值国难,慈禧建颐和园是"以有限之金钱,兴无益之土木",结果险遭身祸。国家的盛衰,变法的成败,牵动着词人的胸襟与情怀,他的吟诵,不再囿于个人的荣辱,而有了较为广阔的社会内容。

甲午之战的炮声初起,词人在忧愤之中,对洋务派30年惨淡经营的海防与海军的抗御力量还抱有几分乐观:"算胜地铁甲,冲寒堕指,向沙场醉。"(《水龙吟》)但这种乐观情绪很快被中方惨败的事实所粉碎。此后,又有丧权辱国的《马关条约》的签订。目睹残局,词人所剩,便只有怨恨与感伤了。甲午之后,他眼中的神州是"飙轮电卷,惊涛夜涌,承平箫鼓浑如梦,望神州,那不伤愁悴"(《莺啼序》),一派纷乱愁苦景象。

作为一个爱国文人,王鹏运希望维新变法能给国家、民族带来一些生气与活力,但曾几何时,维新事业又被后党断送,词人不禁扼腕叹息。《念奴娇》词云:

> 东风吹面,又等闲春色,三分过二。欢事难期花易老,莫放阑干闲里。怨极书空,愁来说梦。旧曲还慵理。春云无恙,林莺休诉憔悴。

王鹏运这一时期的词,绵密委婉之外,明显地增重了沉郁悲凉的成分,这与他悲愤慷慨的心境有关,也是他有意学习辛词、苏词的结果。他为因弹劾李鸿章而被贬谪的安维峻所写的送别词《满江红》,淋漓酣畅,充溢着耿耿正气。其《念奴娇》又有"男儿坠地,看风云咫尺,几曾心死。也识荒鸡声不恶,无那鬓星星矣。铅杵生涯,櫂榷事业,俯仰犹余耻。箧中鸣剑,夜深休吐光气"之句,气势雄浑,铮铮有声。

1900年,八国联军进犯北京,慈禧挟光绪出走西安。王鹏运身居危城之中,惊叹"古今之变极,生死之路穷",与前来其住宅避难的朱祖谋、刘福姚相约填词,排遣惆怅,兴之所至,势不可收,遂成《庚子秋词》、《春蛰吟》,南归前后又有《南潜集》。

戊戌维新之后,王鹏运虽对变法运动被镇压、"六君子"被杀多有不满,但慑于后党淫威,又上疏请端学术,以正人心,藉以自保。这种愿效力政府而又怕遭到猜忌的心情,在《庚子秋词》中有所流露。其《踏莎行》云:"梦境迷离,心期千万。丝丝缕缕愁难蔫。不辞舞袖为君垂,琐窗云雾知深浅。"但这三本词集所表现的基本主题还是家国之恨,黍离之哀。如《唐多令·衰草和穗平》:

> 难划是愁根,连天没烧痕。漫萋萋、回首青门。陌上铜驼如解语,定相向,怨王孙。　别恨共谁论。凭高空断魂。更无烦,腊鼓催春,不见潜行悲杜老,曲江上,几声吞。

词人以曲江杜甫自比,忧国忧民之怀可见。

生当忧患动乱之时,王鹏运虽多次喟叹,风云咫尺,不能建功立业,经国济世,而托志于倚声,实为无聊之至。"怜渠抵死耽佳句,语便惊人何补?"(〔摸鱼儿〕)便是这种心境的写照,但其终生还是乐此不疲。他的词作,走出了偎红依翠、嘲风弄月与咏叹个人际遇的狭小圈子,抒写了一个爱国词人在动乱社会、变革时代的特殊感受和由国家民族衰败而引起的郁闷情怀,表现出较为深广的思想内容与悲凉慷慨的艺术风格。后人评王鹏运词说:"作气起孱为世重,如文中叶有湘乡(清·曾国藩)。"(卢前《论清词百家望江南》)便是称赞王鹏运变革常州派词风与中兴常州派的功劳的。清末常州派的主将朱祖谋、况周颐步入词坛,都曾得力于王鹏运,故卢前将王鹏运在常州词派中的地位比之于中兴桐城派古文的曾国藩,不是毫无道理的。

在词学整理上,王鹏运用近30年功夫,校勘了《四印斋所刻词》、《四印斋宋元三十家词》,又与朱祖谋共同校订《梦窗集》。其所刻词集,多据善本,搜罗丰富,校勘审慎,为词的流传与研究提供了方便。

况周颐(1859~1926),原名周仪,因避清宣统溥仪之讳,改为周颐,字夔笙,号蕙风。光绪五年(1879)以优贡生举于乡,与王鹏运同官内阁中书。况周颐少喜倚声,与王鹏运交,益以词学相砥砺。不久南归,曾入张之洞、端方幕府。晚居上海,鬻文为生。有词九种,合集为《第一生梅花馆词》,后又删定为《蕙风词》,近人将其词论辑为《蕙风词话》。

　　《蕙风词话》是清末常州词派较为重要的词学理论著作。况周颐在这部词话中,较详尽地阐释了得到清末常州词派作家广泛认同的审美原则——"重、拙、大"说的内在意蕴。

　　以"重、拙、大"论词,况周颐得知于王鹏运,而在心领神会之余,多有发挥。所谓"重",况氏认为,即"沉着之谓,在气格,不在字句"(《卷一》)。何谓"沉着"?"沉着者,厚之发见于外者也","情真理足,笔力能包举之,纯任自然,不假锤炼,则'沉着'二字之诠释也"。(《卷一》)可见,"重"即"沉着",在内为蕴藉深厚,情真理足,发为声音,则从容不迫,凝重工稳。反之,则流于轻与薄。

　　"沉着",在况周颐的词论中,被推为词的最高境界,而良好的修养与学问的积累,则被认为是达到这一境界的唯一通道。强调性情修养与学问积累,这是很近似于宋诗派诗论的看法,也是学人之词的重要标志。追求蕴藉深厚,情真理足,必然导致词向质实、致密的方向发展,这样,不为张惠言《词选》所录的吴文英词,因其在结构上具有质实、致密的特点,便被奉为"沉着"的楷模。

　　"重"是就词的气格、结构而言,而"拙"的标出,意在追求词的自然表现。况周颐在《词学讲义》中曾以对比的方法阐释"重、拙、大"。他说:"轻者重之反,巧者拙之反,纤者大之反。""拙"的对立面是"巧",所谓"巧",是指在词的表现过程中,过度追求技巧,雕琢勾勒,搔首弄姿,破坏了词的自然和谐之美。何者为"拙"?况周颐解释说:"拙不可及。融重与大于拙之中,郁勃久之,有不得已者出乎其中,而不自知,乃至不可解,其殆庶几乎。犹有一言蔽之,若赤子之笑啼然,看似至易,而实至难者也。"(《卷五》)可见,"拙"即"天然去雕饰"之意,追求的是一种归璞返真的"拙趣"。

　　常州词派讲求词有寄托,在创作中,曾出现了一些寄意深远的优秀作品,但也存在着因追求命意而缺乏情韵,或近于套语的偏颇。这种偏颇的出现,与张惠言"意在笔先"的影响有关。况周颐以"拙"为准的,指出词之寄托,亦当以自然流露为上乘:"词贵有寄托,所贵者流露于不知,触发于弗克自已。身世之感,通于性灵,即性灵,即寄托,非二物相比附也。横亘一寄托于搦管之先,此物此志,千首一律,则是门面语耳,略无变化之陈言耳。"(《卷五》)况氏强调将托意融于创作思维之中,使其自然而然,非作者所能任意控制地流露出来,貌似兴到之作,而实有兴寄在内,是对"意在笔先"说及其所引起的偏颇的一种理论修正。

　　"大"涉及词的立意与格调。"大"的对立面是"纤",纤靡之作,词骨软媚,词意细微,或无病呻吟,或偏于侧艳,与沉着浑厚宗旨相背。况周颐认为,世多讥明词纤靡伤格,实非公正之论。明代词家中,纤靡者不过数家。而晚明陈子龙、王夫之等人,身当易代之际,其词直抒孤愤,起衰救弊,"含婀娜于刚健,有风骚之遗则,庶几纤靡者之药石矣"(《卷五》)。因此,"含婀娜于刚健,有风骚之遗则",即是"大"字的注解。

　　清末常州词派,身处封建末代,亲历沧桑之变,文学史上曾出现的音节激楚、怆怏郁伊,表现易代情绪的词作,便易引起他们思想上的共鸣,并有意识地在创作中去追求一种

第六章 清末常州词派

与之相似的哀怨悱恻的艺术境界。况周颐评南宋遗民《凤林书院名儒草堂诗余》说:"词能为悱恻,而不能为激昂。盖当是时,南宋无复中兴之望。余生薇葛,歌啸都非,我安适归,忍与终古。安得'琼楼玉宇',无恙高寒;又安得尺寸干净土,著我铁拨铜琶,唱'大江东去'耶?"道出了易代之际,以清朝遗民自居的常州派词人的普遍心境。于烟柳斜阳之中,寄寓故国神思,借风花雪月题面,抒写麦秀黍离感慨,成为常州派词人共同的创作主题。

由上可知,况周颐的"重、拙、大"之说,旨在追求一种情真理足的词境,凝重沉着的词风和自然真率的表现,因而强调性情修养与学问积累的重要性,发展了常州词派固有的学人之词的审美倾向。"重、拙、大"说在19世纪末、20世纪初得到常州派词人的广泛认同;同时,在国事日非,清王朝摇摇欲坠的形势下,他们又以清朝遗民自居,认定表现易代之感与哀怨悱恻的情绪当是创作的主题与基调,作出了与时代发展潮流相背离的审美选择,这是封建末代文人的共同悲剧。

况周颐尝自述其写词有过两次大的转变。20岁以前矜才,所作多性灵语,而不免尖艳之讥。20岁以后,与王鹏运同处京师,闻"重、拙、大"之旨,始重体格,词为之一变。但仍疏于格律,填词只能做到平仄无误。如是者20年。后与朱祖谋交,因朱氏守律甚严,与之相较,始悟己之不足,乃悉根据宋元旧谱。四者相依,一字不易,词又是一变。况周颐见贤思齐,终于在词学上成就了一番事业。

《蕙风词》是况氏晚年自定词集。其中最为人称道,也即作者"尤爱自诵"的作品是《苏武慢·寒夜闻角》:

> 愁入云遥,寒禁霜重,红烛泪深人倦。情高转抑,思往难回,凄咽不成清变。风际断时,迢递天涯,但闻更点。枉教人回首,少年丝竹,玉容歌管。
>
> 凭作出百绪凄凉,凄凉惟有,花冷月闲庭院。珠帘绣幕,可有人听?听也可曾肠断?除却塞鸿,遮莫城乌,替人惊惯。料南枝明月,应减红香一半。

全词极笔力写出深夜角声的凄楚感人,传递出一种怅然若失的情绪。意换声转之处,从容自然,无炉锤之迹。

辛亥革命后,况周颐以清代遗老自居,词中多抒发所谓故国之思,易代之感。如"千万卷珠帘,斜阳过也,著意看新月"(《摸鱼儿》),"花若再开非故树,云能暂住亦哀丝,不成消遣只成悲"(《浣溪沙》),"貂裘换后峭寒多,江山皷枕梦,风雨缺壶歌"(《临江仙》),词调悲怆低咽,实是唱给清王朝的曲曲挽歌。

《蕙风词》以沉痛、真挚见称,多有才情之笔。近人叶恭绰评况、王之词说:"夔笙先生与幼翁崛起天南,各树旗鼓,半塘气势宏阔,笼罩一切,蔚为词宗;蕙风则寄兴渊微,独思独往,足称巨匠。"(《广箧中词》)

第三节 朱祖谋、郑文焯

清末四大词人中,朱祖谋生年最永,加以他在词的创作与词籍校订方面的成就与影响,故被称为清末词家的殿军。

朱祖谋(1857~1931),一名孝臧,字古微,号沤尹,又号彊村。浙江归安(今吴兴)人。光绪九年(1883)进士,官至礼部侍郎。1904年,出为广东学政,不久抱病辞归,寓居上海。朱祖谋早岁工诗,40岁以后,在王鹏运的鼓励与诱导下,始事倚声,并将后半生精力多用于此。晚年将其所作删定为《彊村语业》二卷。

朱祖谋仕宦期间,并没有卷入政治漩涡的中心,但他对帝党及维新派人物的命运寄予了更多的关心与同情,这种倾向性在其作品中有所表露。戊戌六君子之一的刘光第遇难时,他重过刘氏故居,睹物思人,作《鹧鸪天》词:

野水斜桥又一时,愁心空诉故鸥知。凄迷南郭垂鞭过,清苦西峰侧帽窥。

新雪涕,旧弦诗,惜惜门馆蝶来稀。红萸白菊浑无恙,只是风前有所思。

词中追忆了与刘光第昔日的友情,抒写了物在人去的凄凉与惆怅。红萸、白菊是故居旧物,又何尝不是借喻刘氏旧友。风前所思,别有意味。黄遵宪因参与变法而被遣返故里,朱祖谋不避嫌疑,去人境庐探望,作《烛影摇红》一词记其事,词中充满着大劫之后的感慨:

容易消凝,楚兰多少伤心事。等闲寻至酒边来,滴滴沧州泪。袖手危阑独倚。翠蓬翻,冥冥海气。鱼龙风恶,半折芳馨,愁心难寄。

辛亥革命后,朱祖谋因在清朝作过官,在一种全气节、守贞操的封建观念的支配下,自然将自己划入遗民的行伍,其词作也便被一种怀念清室,对沧桑之变痛心疾首的情绪所笼罩。他作于辛亥年底的《浪淘沙慢》集中表现了这种情绪:"剪不断,连环春绪叠,是当日,鸾带亲结",道出自己与清王朝割舍不断的关系;"宁信长别,恨肠寸折。明镜前,掇取中心如月",则近于矢心不变的自白。他笔下的山川草木,皆染上了易代的愁苦:"更凄绝,斜日新亭路,山河异,风景是,举目成今古。"(《祭天神》)以至于"任题遍花笺,都无好语,剩溅感时泪"(《摸鱼子》)。

朱祖谋的词,取径南宋吴文英,表现出一种绵密曲折,绮丽精工的艺术风格。这种艺术风格体现在以下几个方面。

一、词旨隐蔽

常州词派讲求意内言外与比兴寄托,因而往往是词面意义与内在意义之间存在着一定距离,外部形象与内在精神若即若离,这种内外距离掌握的恰如其分,能收到含蓄、隽永、寄意深远的艺术效果。朱祖谋继承了常州词派传统的表现手法,又学得了梦窗词的潜气内转,加上他先是在帝后两党的夹缝中做官,后是以前朝遗民自居的特殊生活经历的影响。他的词大多是词旨隐蔽,取径曲折,言在此而意在彼。如《声声慢·辛丑十一月十九日,味聃赋落叶词见示,感和》:

> 鸣螿颓城,吹蝶空枝,飘蓬人意相怜。一片离魂,斜阳摇梦成烟。香沟题红处,拼禁花,憔悴年年。寒信急,又神宫凄奏,分付哀蝉。　终古巢鸾无分,正飞霜金井,抛断缠绵,起舞回风,才知恩怨无端。天阴洞庭波阔,夜沉沉,流恨湘弦。摇落事,向空山,休问杜鹃。

这首词的词面意义是咏秋风中飘零散失的落叶,而其内在意义是哀悼被那拉氏残害,而离魂无所归附的珍妃。其内在意义由于文辞深婉,很难从词面上窥出消息,如不知本事,也只有把它作为一首普通的咏物词看待。

二、缘情布景,时空变换

一首词中的内在意义与内在精神是要支配外在意义与外部形象的,因而,根据主题表达的需要,内在意义与内部精神的相对规定性,便带来了外部意义与外部形象的相对随意性。朱祖谋的词,气脉绵密,常运用渲染、烘托的手法造成一种特殊的氛围,因而,在词的外部结构上,就形成了缘情布景,时空变换的特点。以上所引《声声慢》词中,鸣螿颓城,吹蝶空枝、飞霜、空山、杜鹃,都不一定是眼前实见之物,而是为了造成一种凄凉氛围所设置的景物;而斜阳、天阴、夜沉沉,以及香沟、神宫、金井、洞庭、空山都是服从于主题表达,而人为地进行的时间上的变换与空间上的迁移。这种方法的运用,常给人造成一种迷离恍惚、应接不暇的感觉。

三、辞藻绮丽,格律精严

朱祖谋的词,在语言上吸取了李商隐诗、吴文英词的特点,常以瑰奇绮丽的文字表现奇特的想象或构成非凡的境界。如《齐天乐》词咏鸦谓之"倦影依烟,酸声噤月","酸"字的运用,似怪而熨贴。《声声慢》中"一片离魂,斜阳摇梦成烟",在凄凉的气氛中,增添几分神奇的色彩。"问何计消磨,夕阳宦味,逝水心期",《祭天神》以夕阳喻宦味,也是别出心裁。朱祖谋填词,极重声律,力求五音不悖于古,沈曾植谓其:"上去阴阳,矢口平亭,不加检本。"(《彊村校词图序》)可见他在声律上是用功不浅的。

《彊村语业》中,也时有雄浑豪放语。其《夜飞鹊·香港秋眺怀公度》中"不信秋江睡稳,掣鲸身手,终古徘徊,大旗落日,照千山劫墨成灰"句,奇思壮采,洒脱遒劲,实是取法于苏、辛而不可多得的苍劲沉着之语。

朱祖谋的词虽取得了较之晚清诸词家较高的艺术成就,但其词作题材狭窄,词旨隐蔽而近于隐晦,过分注重藻饰而淹没了真情,以及表现手法单调、呆滞都是致命的弱点,这是它今天拥有很少读者的主要原因。

朱祖谋一生还用了许多精力校勘词籍。他所刻《彊村丛书》辑唐五代宋金元词160余家,四校梦窗词又曾为东坡词编年,其《彊村丛书》,与万树的《词律》,戈载的《词林正韵》,张惠言的《词选》,被共称为清代词学四盛。

与朱祖谋的词曲折绵密的风格不同,郑文焯的词则表现出疏朗峭拔的特色。

郑文焯(1856~1918),字俊臣,号小坡、叔问、大鹤山人,奉天铁岭人。他出生于一个属汉军正黄旗的官僚家庭,其父曾官陕西巡抚。而郑文焯在光绪元年(1875)中举,官内阁中书。不久,便离开京都,客居苏州,徜徉于湖山风月之间,行医鬻画,"以笔札自给"。曾为人幕客,但"亦绝无毫末半牍之请,坐是落寞,垂老无依"(《与夏映庵书》)。这种来去无羁、江湖游士般的生活,使他常以大鹤自比:"我亦大鹤无边,数峰危啸,一觉松风枕。三十六鸥盟未远,独立沧江秋影。词赋哀时,吟望吴枫冷,梅根重醉,旧狂清事能领。"他的《念奴娇》词,正是他江湖生涯与心情的写照。

郑文焯词作有《瘦碧》、《冷红》、《比竹余音》、《苕雅余集》多种,晚年删定为《樵风乐府》,其中多是纪游咏物与感怀时事、身世之作。

他的一些小令写得恬静秀丽,表现了闲适的生活情趣。如《鹧鸪天》:

  细语檐禽破晓霏,竹声凉翠梦先知。酒醒一枕红兰泪,染取蛮笺剩写诗。
  幽事浅,世情稀。闲花飞尽见高枝。一春雨横风狂过,绿满池塘无是非。

而他写在庚子事变以后的长调,则多以沉痛之笔,抒写了家国身世之感。如《贺新郎·秋恨》:

  雕栏玉砌都陈迹,黯重扃,夷歌野哭,晦冥朝夕。十万横磨今安在,赢得胡尘千尺。问天地,榛荆谁辟。夜半有人持山去,蓦崩舟,坠壑蛟龙泣。还念此,断肠直。

又如《庆春宫·同羁夜集秋晚叙意》:

  行歌去国心情。宝剑凄凉,泪烛纵横。临老中原,惊尘满目,朔风都作边声。梦沉云海,奈寂寞,鱼龙未醒。伤心词客,如此江南,哀断无名。

前一首,描写了庚子事变给中国带来的深重灾难以及词人对无力抵抗侵略者进攻的清朝政府与军队的讥讽与愤慨。后一首,写出了作者在垂老暮年,面对辛亥革命以后的混乱局面所产生的悲怆心境。

郑文焯曾自述其学词经历说:"为词实自丙戌(1886)岁始。入手即爱白石(南宋·姜夔)骚雅,勤学十年,乃悟清真(北宋·周邦彦)之高妙。"(《与张孟劬书》)可见其创作是顺着姜夔、周邦彦之路子走的,其词风也与姜、周的清空风格为近。郑文焯对吴文英词稍有贬义,以为"词意固宜清空,而举典尤忌冷僻,梦窗(南宋·吴文英)词高隽处固足矫一时放浪通脱之弊,而晦涩终不免焉。至其隶事,虽亦渊雅可观,然锻炼之工,骤难索解,浅人或以意改窜,转不能通"(《梦窗词跋》)。又曾批评朱祖谋词"其作意略入晦涩",而声称"鄙制乃力求疏澹"。(《与夏映庵书》)所谓清空疏澹,在郑文焯词中表现为:在词的表现手法与结构上,不是运用叠床架屋式的方法,层层烘托,反复渲染,追求一种重与大,绵密细致的艺术效果,而是多用单行散句,多用点笔而少用染笔,重在构成一种气脉疏宕,隽永清朗的艺术境界。在语言上,不重富艳,而求清丽。即如《湘春夜月》:

> 最销魂,画楼西畔黄昏。可奈送了斜阳。新月又当门。自见海棠初谢,算几番醒醉,立尽花阴。念隔帘半面,香酬影答,都是离痕。　哀筝自语,残灯在水,轻梦如云。凤帐笼寒,空夜夜,报君红泪,销黯罗襟。蓬山咫尺,更为难,青鸟殷勤?怕后约,误东风一信,香桃瘦损,还忆而今。

这是一首以闺人口吻写出的离愁词。上片由黄昏、新月触动愁思,而下片写鸿书难托,今宵难忘,情景、时空自然推移,将一片痴情,写得真挚自然,与朱祖谋缘情布景、四面盘旋的写法相比较,可谓别有洞天。

第四节　陈廷焯、冯煦

清末词坛上,为常州派推波助澜的,还有陈廷焯与冯煦。

陈廷焯(1853～1892),字亦峰,江苏丹徒人。光绪十四年(1888)举人。陈廷焯在短暂的一生中,于词学用力甚勤。30岁时初事倚声,曾选古今词26卷,名《云韶集》,集后附有《词坛丛话》,集中卷15朱彝尊条下述其选词宗旨说:"余选此集,自唐迄今,悉本先生《词综》,略为增减,大旨以雅正为宗,所以成先生之志也。"即是说《云韶集》的编选是以朱彝尊的《词综》为模式,以浙派所标举的雅正宗旨为标准进行的。《云韶集》成书两年之后,陈廷焯结识了庄棫,受其影响,很快改弦更张,转宗常州派。复有"思欲鼓吹蒿庵(庄棫)共成茗柯(张惠言)复古之志"(《白雨斋词话》卷五),于是又仿张惠言《词选》例,编选《词则》24卷,并作《白雨斋词话》10卷,为常州派张目。

陈廷焯对词体发展、词作词家的评论,经历了一个由重清空骚雅,偏爱富有才情、疏宕痛快之作,到主温厚沉郁,推尚深微婉约、含蓄蕴藉之作的过程。而他在《白雨斋词话自序》中提出的"温厚以为体,沉郁以为用"便是他后期审美原则的概括。

陈廷焯的"忠厚为体,沉郁为用"说,是建立在"诗与词同体异用"的命题之上的。他认为,诗与词的创作本旨是相同的,都要体现温厚和平的精神:"温厚和平,诗教之正,亦词之根本"(《白雨斋词话》卷七),"温厚和平,诗词一本也"(《词话》卷八)。所不同的是,词与诗相较,"其文小,其声哀",故不能如诗,"或以古朴胜,或以冲淡胜,或以巨丽胜,或以雄苍胜"，而必须以"沉郁"胜，方是最高境地，"若词则含沉郁之外，更无以为词"（《词话》卷一），"词则以温厚和平为本。而措语即以沉郁顿挫为正，更不必以平远雍穆为贵，诗与词同体异用者在此"（《词话》卷八）。

所谓忠厚为体，就是要把儒家温柔敦厚的诗教融会于作家的性情品质及艺术创作中，使作品保持怨而不怒的和平色彩。陈廷焯对"沉郁"曾作如此界说：

> 所谓沉郁者，意在笔先，神余言外，写怨夫思妇之怀。寓孽子孤臣之感。凡交情之冷淡，身世之飘零，皆可于一草一木发之。而发之又必若隐若现，欲露不露，反复缠绵，终不许一语道破。匪独体格之高，亦见性情之厚。
>
> 《词话》卷一

这一界说，至少有两层意思：第一，就词所表现的意绪来说，应以悲愤哀怨为主；第二，这种意绪应是借助比兴寄托，以低徊往复，曲折委婉的方式表达。

因此，陈廷焯的"忠厚为体，沉郁为用"，作为一种创作原则，即是要求作家在将温柔敦厚的诗教融会于思想品质与创作过程中的前提下，根据词"体小""声哀"的特性，将郁积的哀怨情绪，借助幽深的意象，一唱三叹的方式表现出来。而作为一种审美与批评原则，则是忠厚之气，哀怨意绪，委婉表达，三者缺一，不能称之为沉郁之作，不能列为词之上品。陈廷焯推王沂孙为宋词之冠，其原因即在于"碧山词，性情和厚，学力精深，怨慕幽思，本诸忠厚"（《词话》卷二）；评辛弃疾与苏轼词，则以为"稼轩求胜于东坡，豪壮或过之，而逊其清超，逊其忠厚"。稼轩词中，一种"悲愤慷慨郁结其中"，却"未能痕迹消融"。（《词话》卷一）

"忠厚为体，沉郁为用"是陈廷焯词学理论的核心，它是在19世纪末风雨如晦的年代里词作家忧患意识与卫道心理的产物。此说与张惠言的"深美闳约"说、谭献的"柔厚"说有一定的血缘关系，与王鹏运、况周颐的"重、拙、大"说也有相通之处。但它更多地强调了封建伦理思想在词的创作中的渗透与作用，显示出其迂腐之处，而以此为标准来评品词家词作，也难免产生一些偏颇和谬误，这是我们应予以正视的。

冯煦（1842～1926），字梦华，号蒿庵。江苏金坛人。光绪十二年进士，官至安徽巡抚。工骈文诗词，有《蒿庵类稿》。又从明代毛晋《宋六十名家词》中选其精华，刻为《宋六十一家词选》。今人将其《词选·例言》中评介文字，辑为《蒿庵论词》。

冯煦论词，持论与陈廷焯相近。他认为词是"羁人迁客藉以写忧"（《答饴澍问为学书》）的文体，虽为小道，但"诗有六义，词亦兼之。是雅非郑，风人恒轨"（《唐五代词选序》）。其评品词派词家，推重唐五代词，以为"词有唐五代，犹文之先秦诸子，诗之汉魏乐府也。近世学者祖尚南渡，天水而上，罕或及之……可谓善学乎？"（《唐五代词选序》）所谓"近世学者"，实指宗南宋的浙派。于宋代词家中，冯煦推重晏几道、秦观，以为两人词"淡语皆有味，浅语皆有致，求之两宋词人，实罕其匹"（《蒿庵论词》）。两人中，尤好秦观，以为秦氏遭贬以后的词"怨悱不乱，悄乎得小雅之遗，后主而后，一人而已"，"他人之词，词才也，少游，词心也，得之于内，不可以传"。（出处同上）他反对"秦七黄九"并称，以为秦观词远非黄庭坚所能匹配。若以柳永配秦观，还差强人意。但柳之词作甚多，虽广为流传，以至于"凡有井水饮处，即能歌柳词"。但柳词为人病也正由此。冯煦的雅俗观是"盖与其千夫竞声,毋宁白雪之寡和也"(出处同上)。

冯煦和他同时代的词人一样,常对南唐、南宋拳拳君国之词另具只眼,从而曲折地表现易代之际的共同感受。他以南唐词人冯延巳的后代自称,其为冯延巳《阳春集》作序,说明冯词"其旨隐,其词微,类劳人、思妇、羁臣、屏子、郁伊怆怳之所为"的原因,在于南唐之时"周师南侵,国势岌岌,中主既昧本图,汶暗不自强,强邻又鹰瞵而鹗睨之……翁负其才略,不能有所匡救,危苦烦乱之中,郁不自达者,一于词发之"。其对南唐局势的描述与他本人所处的时代何其相似,末代人读末代词,更是心有灵犀。冯煦对刘克庄的词也给予较高的评价,以为其放翁,稼轩,犹鼎三足,"其宅心忠厚,亦往往于词得之","胸次如此,岂剪红刻翠者比邪?"(《蒿庵论词》)

辛亥革命后,冯煦自称蒿隐公,其所谓拳拳君国之思在《浣溪沙·题江建霞所藏屈翁山手书崇祯宫词册》一词中隐约可见:

　　一老垒然踏野阴,汉家城阙剧萧森。鹃啼鹤唳又而今。　　遗迹半沦皋羽研,行吟还抱水云琴,更无人识黍离心。

清末常州词派是一个具有相近审美趣味与创作倾向的文学流派。他们强调填词要有学力,同时也注重心灵与主观感受的表现,并力图将这种感受与比兴手法结合起来,去造就一种深厚沉着、郁伊惝怳的艺术境界。他们将哀怨悱恻作为词作的情绪基调,用来表现封建末代知识分子的失落感及感伤的意绪与心态。同时,在彼此确认共同艺术追求的基础上,允许各个作家进行充分展示个性风格的探求,这是此派在清末仍呈现一时之盛的主要原因。

第七章 谴责小说

第一节 谴责小说的兴起及其作家队伍

　　光绪庚子(1900)后,先后出现了一批揭露黑暗政治、抨击社会时弊的小说。这类小说仿效古典讽刺小说《儒林外史》的体制和笔法,但不像《儒林外史》的含蓄蕴藉,寓讽刺于情节发展的自然流露之中,而是"辞气浮露,笔无藏锋,甚且过甚其辞"(鲁迅《中国小说史略》,以下简称《史略》),所以鲁迅别谓之"谴责小说"。

　　谴责小说是清末特定社会环境下的产物。当甲午战败、戊戌变法夭折,尤其是义和团惨遭镇压、八国联军入侵京津之后,社会危机和民族危机日益加深,政治黑暗,官场腐败,社会动荡,清政府无能为治,国人于失望之际,转而加以攻击,正如鲁迅所说:"群乃知政府不足与图治,顿有掊击之意矣。其在小说,则揭发伏藏,显其弊恶,而于时政,严加纠弹,或更扩充,并及风俗。"(《史略》)这就说明了谴责小说产生的主要社会原因。又因为谴责小说旨在"掊击"政府,笔力集中于"揭发""弊恶"和"纠弹""时政",反映了国人普遍高涨起来的对清政府的不满情绪,何况,于"掊击"之时,极尽讽刺挖苦之能事,颇能取悦一般读者,即所谓适应了广大读者"缘时势要求,得此为快"(《史略》)的心理情绪,所以谴责小说得以广泛流布。再次,由于资产阶级文学改良运动兴起,改良派作家把小说创作视为改良社会的重要手段,极力倡导"小说界革命",于是操觚之士竟治小说,尤以谴责时政,惩创人心为职志,也是这类小说盛行的原因之一。此外,近代报刊和出版业的发展,为小说的作者提供了发表与出版的条件,在报纸上逐日连载以后,即能辑出刊印,颇能刺激一般作家撰写小说的积极性。当然,随着半殖民地城市商品经济的畸形发展,小说发行的商品化倾向也是在所难免的,因而出现了些迎合世俗的刊物,登载一些等下之作,但梁启超的《新小说》、李伯元的《绣像小说》、吴趼人的《月月小说》、曾朴的《小说林》四种刊物则较为严肃,也最负盛名,号称"清末四大小说杂志"。此外,尚有《新新小说》、《小说月报》、《小说时报》、《小说世界》、《小说图画报》、《新世界小说报》等,或同时、或相继刊行。这些小说杂志发表的不尽属谴责小说,但以谴责小说数量为多,成就为高,代表了当时小说创作的主流,在中国小说发展史上,可谓盛况空前。

　　从事谴责小说创作的作家,思想倾向不一,但其主流是在当时救亡图存的社会潮流推动下,借小说以发表自己的政见,或则借小说以发泄对政局、时弊的不满情绪。有的对窳弱、腐败的官场进行了不同程度的揭露、鞭挞;有的表现了对列强侵略罪行和清政府屈膝媚外的愤慨;有的对社会弊病与道德沦丧作了辛辣的嘲讽;也有的对打着"维新"、"革命"及"振兴实业"招牌而专事营私诈骗的丑行,进行了淋漓尽致的描绘。其中以李伯元的《官场现形记》、吴趼人的《二十年目睹之怪现状》、刘鹗的《老残游记》、曾朴的《孽海花》影响最大,被称之为晚清四大谴责小说。另外,写官场生活的,还有张春帆的《宦海》、八宝王朗的《冷眼观》等;写假维新人物的,有无名氏的《官场维新记》、浪荡男儿的《上海之维新党》等;写实业家、投机掮客和买办的,有姬文的《市声》、大桥式羽的《胡雪岩外传》、吴趼人的《发财秘诀》等;写反美华工禁约活动的,有无名氏的《苦社会》、中国凉血人的《拒约奇谭》、碧花馆主人的《黄金世界》等;写庚子事变的,有忧患余生的《邻女语》等。

  谴责小说的作者众多,而政治倾向、思想水准、艺术修养却大不一致。但他们的思想认识水平,最大限度也超不出维新派,更何况不少人的思想还跳不出洋务派"中体西用"论的樊篱。他们在"揭发""弊恶"和"纠弹""时政"方面,笔墨有力,不乏动人之处,而大多仅止于"热骂",缺乏批判的力量和深度,更不能为作品中提出的种种社会问题,提供切实可行的解决途径,甚至连为清王朝救弊补残的办法也不能找到。所以在不少作品中,充满失望情绪,笼罩着一层感伤的氛围。

  谴责小说基本上沿用古典小说的章回体,直接取材于现实生活,从不同的角度广泛地描绘了晚清社会的面貌。多数作品采取若断若续、故事"连缀"的长篇结构,并以嬉笑怒骂之笔,直接地进行谴责、嘲讽。有的也借鉴了西方小说的一些技法。但是,由于鼓吹"小说界革命"的梁启超等人,从功利主义出发,过分地宣扬小说的社会作用,而忽视小说自身的艺术规律,仅把小说视为政治主张的传声筒,许多作家对于古典小说的艺术成就,未能很好地继承。一般地说,他们还认识不到人物形象的塑造在创作中的价值,只着重以离奇、夸张的情节增强故事性。由于这些作家思想认识方面的问题,使他们不可能从较深的层次,发掘和反映社会生活的本质,塑造出具有丰富时代内涵的艺术形象。

第二节 李宝嘉和《官场现形记》

  李宝嘉(1867～1906),字伯元,别号南亭亭长,江苏武进人。幼年丧父,曾在山东任知府的堂伯署衙中读书,以第一名考中秀才后,乡试累举不第。乃赴上海办《指南报》,后又改办《游戏报》、《世界繁华报》,为晚清小报的创始者。继而受商务印书馆聘,主编《绣像小说》。光绪辛丑(1901)清廷开特科,湘乡曾慕涛侍郎奏荐李伯元,伯元辞不应召,而后全力投入文学创作活动。光绪三十二年,病卒于上海。著有小说《官场现形记》、《文明小史》、《海天鸿雪记》、《李莲英》、《繁华梦》、《活地狱》、《中国现在记》等十余种,另有《庚子国变弹词》、《南亭笔记》等。

  李伯元从事文学创作的主要年代,是1901～1906年之间。这期间,人们对于清政府的自强，已经感到无望，革命潮流也因之而日益高涨。面对这种现实，李伯元虽有伤时忧民之心，却未能跟上时代潮流。他在一首诗中说："世界昏昏成黑暗，未知何日放光明？书生一掬伤时泪，誓洒大千救众生！"（《活地狱·楔子》）李伯元虽有救众生之志，但却"穷而在下，权不我操"，"空口说白话，谁来睬我？"（《中国现在记·楔子》）于是，唯有寄情笔墨，"编几部教科书，来教导那班官吏们，二十年之后天下还愁不太平吗？"（《官场现形记》六十回）李伯元不想触动封建专制制度，只求开启官智，便会政治清明，天下太平。这是不切实际的幻想。他深受儒家思想影响，尊奉传统道德，与当时的改良派或革命派在许多重大问题上不相容。在李伯元看来，改良派的康、梁师徒，不过是"结党营私，邪说惑世""敛钱愚人"的政治骗子（在《文明小史》中分别以安绍山、颜轶回来影射康有为、梁启超），而革命派，则是依赖外国人，终使国破家亡的败类（《文明小史》二十六回）。他步尘《老残游记》，痛诋"北拳南革"，说革命党"破坏天理国法人情"，义和团"几乎送了国家性命"。李伯元所认为的国家希望又在哪里呢？他在《庚子国变弹词》中，溢美李鸿章是"鞠躬尽瘁武乡侯，直似春蚕死未休"；在《文明小史》中称赞张之洞"很讲究新法，颇思为民兴利"。以为这些人物才是自己心目中匡时救国的英雄。李伯元不无报国思想，但却抱残守缺，寄希望于明君良臣，清明政治与人心道德，舍本逐末，堕入幻想，也就难免要悲叹"成效无期，河清难俟"，"独立苍茫，怆然涕下"了。（《中国现在记·楔子》）

《官场现形记》是李伯元的代表作，是一部旨在暴露晚清官场黑暗的小说，写于1901～1905年间。全书原拟十编百二十回，第五编尚未终稿，作者便去世了。后由朋友续完第五编，共六十回。

小说围绕"千里为官只为财"这句封建官场的信条，从不同侧面集中揭露了官场上下贪污腐败、残害百姓和恐洋卖国等方面的罪行。

作品对官场的贪污、贿赂、敲诈、勒索、营私、舞弊、钻营、盘剥等黑暗腐败，作了较多的揭露和谴责。最高统治者老佛爷（慈禧太后）就直言不讳地说："通天底下一十八省，那里来的清官！"（第十八回）"三年清知府，十万雪花银"，这在封建官场里是天经地义的事。正因为"统天底下的卖买，只有做官的利钱顶好"（第六十回），所以人们拼命跻身仕途，不择手段地夤缘上爬，为的是搜刮钱财。小说写出了从宫廷到督抚，无不卖官鬻爵；司道则更露骨地按差缺肥瘦，明码实价，"公平交易"；州县、佐杂也借征收钱粮，索贿收贿，中饱私囊。他们往往为分赃不均而相互攻讦，勾心斗角。徐大军机因没有得到贾润孙买实缺的拜门贽见，和华中堂相口角；江西署理藩台嫌经手差缺买卖的胞弟中扣太多，二人竟厮打起来。武官和文官一样嗜钱如命，兵营丁勇常是十额九空，大小将领通同吃饱。浙江统领胡若华明知严州无"匪"可剿，但为了邀功请赏，浮开报销，大捞一把，便"无中生有，以小化大"，以搜捕余孽为名，纵兵劫掠，烧杀奸淫。结果是百姓遭到戕害，胡统领却得到了褒奖，并赚了38万巨金。

作品还进一步揭露官场在金钱的旋流中，致使传统的道德全都丧失殆尽。冒得官为了保官升官，巴结上司，千方百计把女儿送给好色的羊统领作外室；刁迈彭从候补知府到出使大臣，却是由巴结巡抚，卖友求荣，诈骗家产，一路高升上去的。凡当官的只要有钱，三妻四妾，吃喝嫖赌，吸食鸦片，无所不为。权柄在手，卖友害亲，无恶不作。纲常名教在官场上已经扫地以尽。

作品又揭露这些寡廉鲜耻的官僚们媚外恐洋的奴相，他们为了保住自己的权势和荣华，丝毫不敢触怒洋人。两江总督文明对当差的巡捕、戈什是"喝了去，骂了来，轻则脚踢，重则马棒"，但一听"洋人"二字，"顿时气焰矮了大半截"，"一样吓的六神无主"。六合县令梅飔仁说，"将来外国人果然得了我们的地方，他百姓固然要，难道官就不要么？没有官，谁帮他治百姓呢？所以兄弟也决计不愁这个"。对这种甘作帝国主义统治中国代理人的奴才心理，刻画可谓入木三分。

在作者笔下，清朝官场的肌体和灵魂，都已完全腐朽。所以，作者要用这部"教科书"陶熔中国官吏，使他们知过必改，再造太平盛世。(第六十回)然而，这只是痴人说梦而已。

《官场现形记》暴露了晚清官场贪赃枉法、尔虞我诈、残害百姓等种种罪恶，对帝国主义侵略中国的罪行，也有所揭发，在一定程度上接触到了近代中国社会的基本矛盾。但小说谴责官场黑暗仅止于"道德"，而不涉及整个社会制度的取舍；虽有同情人民之笔墨，却视人民群众为可以任人摆布的"乡愚"；虽看到了清末社会政治黑暗、吏治腐败、道德沦丧，却不能提供解决问题的出路。凡此种种均充分地反映了作者思想认识上的局限。

《官场现形记》在写作方法上深受《儒林外史》的影响。结构上，由许多相对独立的故事连缀而成，"其记事遂率与一人俱起，亦即与其人俱讫，若断若续"。因"官场伎俩，本小异大同，汇为长编，即千篇一律"(《中国小说史略》)，使人感到冗长，松散，缺乏剪裁。在讽刺手法上，变换较多。如写文制台对来客是否洋人的情态变化，写巡抚傅理堂言行的自相矛盾，写湖广总督贾世文附庸风雅、不学无术的丑态，写胡统领的"德政"就是害民等等，俱不相同。但夸张有时失实，锋芒往往过露，痛快淋漓，但不能发人深思。

人物形象中，写得较有声色的是一些官场下层人物。像申守尧这个候补十几年的老佐杂，既不满自己卑微、困窘的处境，在权势者面前却又是一副受宠若惊、忍辱屈顺的奴才嘴脸，穷形尽相。但总的看来，人物形象多类型化。这和作者只注意搜罗"话柄"，并不真正熟悉自己笔下人物有关。作者自己也说："未作《官场现形记》之先，觉胸中有无限蕴蓄，可以借此发抒。迨一涉笔，又觉描绘世情，不能尽肖，颇自愧阅历未广。"(《谈瀛室随笔》)

李伯元的另一部力作《文明小史》，写于1903~1905年间，共六十回。小说主要从三个方面反映了晚清维新时期的社会面貌：(一)人民群众对帝国主义和封建统治的反抗斗争；(二)在新政、新学幌子下的黑暗官场；(三)新旧思想的矛盾冲突。

小说开始写湖南永顺府的两次民变。一是因前任知府为接待洋人，停了武童的考试；一是因后任知府欲借筹办学堂、机器局和交付赔款之机升官发财，便处处设局收捐，勒索百姓。第三十八回又写外国兵在诸城驻扎扰民，引起民愤，抚台十分疑惧张皇。在这种百姓恨官府、恨洋人，而官府怕洋人、媚洋人的现实中，反映了中国社会半殖民地化的日益加深和民族矛盾、阶级矛盾的日益激化。

在这种背景下的维新运动，虽然是把新政、新学叫得"沸反盈天"，亦不过徒具虚名而已。作者笔下的维新人物，多是些不学无术、口是心非、敛财骗人、看风使舵、贪缘上爬的家伙。抚台万岐是个极讲究维新的，谈起中国前途，锐然以革弊自任。但他照样收受价值千金的贿赂，斥责古代雅典讲民约的梭伦坏人心术。他的小舅子王宋卿因功名心切，便竭力揣摩风气，"上头要行新政，就说新政的话，要招义和团，就说招义和团的话"，山东抚台称他"是个维新领袖"，聘他作学堂总教习。抚台让他出题课吏，他得了200两银子，就把题泄了出去。由此可见新政下的官场一斑。

随着晚清西学的输入,西方的文明开始冲击着传统的封建道德、封建文化。留日青年刘齐礼一进家门,便感到一种压力,就愤然地说:"如今要革命,应该先从家庭革起"(第四十二回);聂慕政、彭仲翔等青年东渡求学,与清廷驻日公使相辩难,被押送回国(第三十七回)。另如刘御史的痛诋学堂,要想恢复八股(第三十二回),江宁知府的查禁新书(第四十二回)等等,都反映了当时新学与旧学、新思想与旧思想的矛盾冲突。

作者在对笔下的大多数人物进行嘲讽、贬抑的同时,却把颂歌献给湖广总督张之洞、陕西巡抚平正(影射端方),并对平正出洋考察后的立宪活动寄予莫大希望。

在人民群众对清廷已经完全绝望,革命力量发展壮大之际,李伯元的《文明小史》,虽然是透过有色棱镜折射出的生活画面,但还是展示了晚清社会的现实矛盾,在概括生活的广阔面上要胜于《官场现形记》。小说的结构方式大致和《官场现形记》一样,但在选材上避免了《官场现形记》的驳杂、雷同的毛病。在人物的描绘上,有时能撷取典型情节,从不同侧面突出人物性格。例如写知府柳继贤,作者并没有把他写成一味恐洋媚外,在百姓面前作威作福的类型化人物。他眷恋官场,便仰顺朝廷逢迎外国人,才停止了武童的考试;而又拒绝责打捆送洋人的乡下人。后来,在洋人讹诈面前,他横下一条心,"宁可这官不做",反倒坦然。在他身上,反映了做官为宦与民族良心之间不可调和的矛盾,是这一作品中写得较好的人物。

第三节 吴沃尧与《二十年目睹之怪现状》

吴沃尧(1866~1910),字小允,号趼人,别署"我佛山人",广东南海县人。出身于封建世家,至其父亲,家道已衰。父卒,家境益窘。18岁时,赴沪佣书江南制造局。1897~1901年间,先后主编过多种小报。1902年10月,梁启超在日本刊行《新小说》杂志,趼人即向其投稿,先后有《二十年目睹之怪现状》、《痛史》、《九命奇冤》等小说在该刊发表部分章节或全文。1905年,受聘赴汉口,任美商英文《楚报》中文版编辑,不久因参加反美华工禁约运动,愤然辞职返沪。1906年,《月月小说》创刊,任主编,并在该刊上发表《劫余灰》、《上海游骖录》、《两晋演义》等长篇小说,1910年9月病逝。

吴沃尧是一位具有爱国主义思想的人物。1901年,他在上海张园反对"俄约"大会上演说,指出中国面临波兰、印度之续,要合大众之热力,众志成城以拒俄,使外国"知我中国之民心尚在耳"。1903年开笔的历史小说《痛史》,鞭挞了贾似道等人卖国侍敌,讴歌了文天祥等人宁死不屈的民族气节,为的是"借古鉴今"。从这种爱国热忱出发,吴沃尧面对因政府腐败而造成国势岌危的现实,忧愤不已。但他又深为儒家思想所限制,不可能认识到现实的症结所在,便把一切归之于道德的沦丧。他在《上海游骖录·自跋》中说:"以仆之眼,观今日之社会,诚岌岌可危;固非急图恢复我固有之道德,不足以维持之,非徒言输入文明,即可以改良革新者也。"他在《恨海》中,塑造的孝女、节妇形象张棣华和孝子、义夫形象陈仲蔼,就是寄托了这种道德理想。

吴沃尧在晚清西学输入、资产阶级民主科学思想影响日深的情况下,固执于传统观念,看到采用西方标点符号的,恨不得食肉寝皮(《最近社会龌龊史·自序》),听说"物竞天择""优胜劣败"及"天赋人权"的言论,不是从"自强保种"和推行民主政治等方面去理解,而斥之为"谬妄之说"(《贾凫西鼓词序》)。连严复等人的改良思想都不理解的吴沃尧,在《上海游骖录》中对革命派的诬蔑,也是自然中的事。因此,也就难怪他为将刺杀恩铭的徐锡麟剖心致祭一事粉饰辩解(《剖心记》第一回)。吴沃尧如此顽固地站在清廷的立场上,但又不满现实的黑暗、窳败,他要改变现实的主张,不过是一种迂腐的幻想。连他自己也承认"其不可为也已"、"此吾来年厌世之心所由生也"。(《贾凫西鼓词序》)吴沃尧的救国道路,恰和他的爱国主义南辕北辙,这正是他悲剧性格的内核。

吴趼人的代表作《二十年目睹之怪现状》,所描绘的晚清社会的诸多方面,构成了一幅色调阴冷的王朝末日图。其中,作为封建统治的主要支柱——官僚体系,是作者着墨最多,鞭挞最力的对象。官场,是封建政治的聚光点,也是封建社会的藏污纳垢之地。活跃在这里的诸色官僚们,无论是科班出身,或是捐班、保举出身,作者都对他们进行了一一剖析。不懂实学,靠诌几篇臭八股和贿买考官,侥幸通了籍的,不过是些无才无德的阘茸之辈;用金钱捐买,盗贼、骗子、赌棍、嫖客,皆可为官;至于朱阿狗那样,因是巡抚的男妾,竟被保举到总镇的官职。做了官,为了捞缺、升迁,就得像卜士仁说的,不择手段地巴结上司。所以有让妻子奉身制台的,也有把儿媳献给总督的,真是不一而足。上自老佛爷、中堂大人,下至道府县吏,无一不贪污索贿,中饱私囊。九死一生说:"我敢说一句话:这个官竟然不是人做的!头一件要先学会了卑污苟贱,才可以求得官差;又要把良心搁过一边,放出那杀人不见血的手段,才弄得着钱。"(第五十回)至于那些有忧国忧民之心的官吏,却无立锥之地。蒙阴县令蔡侣笙因垫款赈灾,便被革职严追。在阴森的官场中,这一丁点的封建政治理想的亮光,也被强大的黑暗势力吞没了。所以作者以忧伤绝望的心情,给蒙阴县父老送别蔡侣笙时的场景,重重地涂上了一层凄惨、阴冷的油彩。

和封建的官僚体系互为表里的,是封建统治的精神支柱——以程朱理学为灵魂的伦理道德,也已经丧失了维护封建秩序、调整封建关系的力量。这种"礼崩乐坏"的局面,正预示了新旧社会代谢的必然性。作者把这种道德的陵替和官场的腐败,作为一经一纬,交织描述的。二者既相区别,又相联系、相映衬、相补充。作者揭发的重点,在于官吏们的道德沦丧。在作者笔下,有虐待祖父、坑骗钱财、诱拐妓女,而满嘴孝悌忠信的道学先生符弥轩;有吞没孤侄寡娣钱财,和妻舅女儿姘居,而教导侄子九死一生不可下与市会为伍的子仁等等。在这些人身上,作者理想中的古老的道德失去了圣洁的光芒,连遮羞布的作用也难以为继了。

在官场和道德的经纬网络中,也可以清楚地看到被这二者所制约的晚清社会的其他侧面。

清王朝的武装力量,从它的统领到营兵,也一样地腐败而不可收拾。在百姓面前是"当官强盗";在帝国主义面前则是风声鹤唳、胆小如鼠。小说中写那些营兵随意携取民财、调戏妇女,谁也不敢和他们较量一句半句;那些神机营中带着仆人、烟枪的少爷兵,操练时"不是拿了鹌鹑囊,便是臂了鹰";用新式武器装备的天津军营,供奉一条称做金龙四大王的小花蛇，连势位显赫的李鸿章也来朝拜；驭远兵轮管带，见天边浓烟，疑是敌舰，慌恐中放水自沉。

军队中的恐洋病，也是整个官僚集团的通病。中法战争中，长门炮台炮击了擅入海域的外国兵轮，福建的大小官吏吓得面无人色。待法国海军袭来，又不准开炮自卫，造成马江惨败；流痞勾结和尚冒充地主，把牯牛岭卖给外国人。事情闹到总理衙门，一位大臣写信给那里的抚台："台湾一省地方，朝廷尚且拿它送给日本，何况区区一座牯牛岭，值得什么！将就送了他罢！况且争了过来，又不是你的产业，何苦呢！"怪不得王伯述说："外国人久有一句说法，说中国将来一定不能自立，他们各国要来把中国瓜分了的。"

作者在对黑暗的现实，进行暴露和批判的同时，也通过九死一生的堂姊和王伯述的话，表达了用所谓旧道德，所谓认真办起海防、边防，提倡实学，来改良社会的愿望。这其实是早已破了产的洋务派的主张，在革命者正准备用武装起义去迎接新制度诞生的时候，吴趼人又重复这种陈词滥调，是荒谬的。但是，《二十年目睹之怪现状》毕竟描绘了晚清社会的诸多方面，把行将就木的清王朝形象凸现在人们面前。尽管作者的用心是在为他所忠于的王朝敲响警钟，但客观上却是为必然灭亡的王朝唱出的一曲无尽的挽歌。

小说以"我"（九死一生）为线索贯穿首尾，以"官场""道德"为经纬覆盖全篇，暴露和谴责了与儒家的政治理想和传统道德相悖离的种种怪异现状。这一结构形式，较之《官场现形记》要严谨得多。在故事连缀、情节安排上，基本上类似《官场现形记》。在色彩诡奇的故事情节的堆积之中，人物往往是事件的标签，所以看不到《儒林外史》中那样血肉丰满的人物形象。至于作者着墨较多，几乎与全书相始终的人物，即如苟才，他那种贪狠奸诈、鲜廉寡耻的性格也还鲜明，"逼嫁儿媳"一节尤具喜剧性，但正如鲁迅说的"描写失之张皇，时或伤于溢恶，言违真实，则感人之力顿微"（《中国小说史略》）。这种高度夸张、漫画式的粗线条勾勒，使形象本身缺乏现实生活的依据，就难免给人以脸谱化的印象。

另外，吴趼人还撰写有《恨海》、《劫余灰》等言情小说。为能较全面地了解作者的创作，仅将最著名的《恨海》简述于下。

《恨海》以庚子事变为背景，描述了两对未婚夫妇的悲惨遭遇。

工部主事陈戟临有两个儿子。长子伯和聘定张家女儿棣华；次子仲蔼聘定王家女儿娟娟。因义和团起义，戟临遭伯和送棣华母女出京避乱。途中被冲散，棣华母客死旅店。待棣华父由沪前来访寻，只见到了女儿。伯和在路上得了笔意外之财，就狂嫖滥赌、吸食鸦片，而后沦为乞丐。张家把他访着，领回家去，但恶习难改，终于病死，棣华也因此出家为尼。另一面，陈戟临夫妇被杀，仲蔼只身逃难，遇到父亲朋友，被举荐到陕西某观察幕中，得以保举功名。于是请假访寻王家，杳无信息，便誓志不娶。后在宴席上与娟娟邂逅相遇，娟娟却已沦为妓女。仲蔼愤然披发入山，不知所终。

作者在这里着意塑造了节妇棣华和义夫仲蔼的形象，在他们身上表达了作者对日渐沦丧的传统道德的讴歌和召唤。作者在《杂说》五中写道："出版后偶取阅之，至悲惨处，辄自堕泪"，说明作者创作时，是如何倾注了一腔深情。在吴趼人之后，有不少人把《恨海》改编为戏曲、话剧、电影，使之风靡一时。可见封建的旧道德在人们意识上的积淀之深。

《恨海》开晚清写情小说之端，并影响到后来鸳鸯蝴蝶派的创作。

第四节　刘鹗与《老残游记》

　　刘鹗(1857～1909)，字铁云，又字公约，号洪都百炼生，祖籍江苏丹徒，徙居淮安。父成忠，以御史出任河南兵备道等职，参加过镇压捻军的活动。鹗自幼随父于任所，20岁回淮安，赴南京乡试，不第。归家后，从事天算、水利、医药等学问的研治。他在《述怀》诗中说："余年初弱冠，束修事龙川(即李晴峰)。"可知鹗20岁左右，即从学于太谷教派传人李晴峰。光绪十四年至十七年，先后在河南巡抚吴大澂、山东巡抚张曜处帮办治黄工程，博得很大声誉。光绪十九年，由山东巡抚福润推荐到总理衙门，以知府任用。光绪二十二年，为借外债筹建芦汉铁路事，受湖广总督张之洞征召，因受盛宣怀忌妒，失意而去。同年又上书直隶总督王文韶，建议用外资兴修津镇铁路，引起同乡京官公愤，以至开除他的乡籍。光绪二十三年，应外商聘，经办山西矿务，初与山西订晋丰公司约，继与河南订豫丰公司约，获取巨额利金，自此"汉奸之名大噪于世"。光绪二十六年，八国联军攻陷北京，刘鹗携资入京，贱价购取俄军所据太仓粟米，粜于饥民，并收购文物，高价售与外人。光绪三十四年(1908)，以私售太仓粟罪被捕，流放新疆，次年病死于迪化(今乌鲁木齐市)。

　　刘鹗是太谷教派的信徒。太谷教以孔孟之道为核心，杂以佛、老教义，具有浓厚的宗教神秘色彩。在清王朝濒于灭亡的前夕，程朱理学已经失去了禁锢人们思想的力量，而一些顽固地站在清廷立场上，如刘鹗一类的人，则企图以这种反民主、反科学的教义，作为对抗资产阶级民主革命的思想武器。《老残游记》中，黄龙子和玙姑关于天下形势的那些神乎其神的解释，正是对太谷教义的具体阐发。

　　政治上，刘鹗依附于洋务派，和李鸿章、张之洞等洋务派头子都有一定的关系。《老残游记》中黄龙子对中国未来的看法："直至甲子，为文明结实之世，可以自立矣。然后由欧洲新文明进而复我三皇五帝旧文明，骎骎进于大同之世矣。"这其实是"中学为体，西学为用"说的翻版。所谓新文明，就是"罗盘""纪限仪"一类西方科学技术和"利用外资，开矿筑路"；所谓旧文明，不过是"三皇五帝"一类的儒家理想政治。刘鹗的这种倾向，决定了他对康、梁变法和资产阶级民主革命的态度。1902年，他给黄葆平的信中说："民困则思乱，迩者，又有康、梁之徒出而鼓荡，天下殆哉岌岌乎。"他在《老残游记》中，借黄龙子的口，对"北拳南革"极尽诬蔑之能事。他本人作过洋商买办，并与"英署哲美生氏、意署沙彪纳氏、及日使内田氏"过往亲密。八国联军入侵京畿，他认为是由于中国人杀了传教士；他无视侵略者烧杀淫掠的罪行，却把日军放还内宫宫女一事大书特书："十一国旗飘上苑，三千宫女感东邻。"(《杂感四首》)为侵略者张目。至于刘鹗的反程朱的理欲之说，称赞《孟子》的"食、色，性也"，恐怕是在为他"喜狎妓，一招十数"(刘大杰《刘铁云轶事》)的糜烂生活，寻求依据吧！

　　《老残游记》原署洪都百炼生著，1903年始发表于《绣像小说》，至十三回中断，后续载于《天津日日新闻》，共计初编二十回，续编九回。1906年，初编单行本刊行，1935年，续编前六回单行本刊行。小说通过江湖医生老残的游历见闻，在一定程度上暴露了晚清社会的黑暗面,并寄托了作者补救残局的政治幻想。

小说第一回,作者借老残的梦境,表达了对晚清社会政治形势的分析理解和为之寻求出路的设想。那艘挣扎于风浪中的破船,是满清帝国的象征。船主、舵手、管帆的是控制国家机器的上层统治者。他们只因走惯了"太平洋","未曾预备方针",所以一遇风浪,再加上阴天,便失去了依傍,慌了手脚。那些搜刮民财的水手,是只顾眼下私利、不顾大局的中下层官吏。而主张打掌舵的演说者,无疑指的是革命派。他们是一伙"只管自己敛钱,叫别人流血"的英雄。他们只能造成"胜负未分,船先覆了"的结局。至于船上的群众,则是一些任人摆布的愚氓。如何使大船转危为安呢?唯有让船主、舵手接受老残一行人送去的外国罗盘和纪限仪。然而老残一行却被骂为汉奸,所乘渔船也被打得粉碎。这正暗示了"中体西用"论的破产。整个梦境透露出的思想,和书中"补残"的活动,以及消极出世的情绪,是相呼应的。因而第一回起着笼罩全篇,提示主题思想的作用。

作者笔下的老残,并不单单是一个自甘淡泊、走街串巷的江湖医生,而是疾恶如仇,急人之难,有一副义勇侠胆心肠的人物。在一次宴席上,他听说受张宫保赏识的办盗能员玉贤,署理曹州府未到一年,用站笼站死2000多人,便决心到曹州府访查一下。当老残了解到以于朝栋家为代表的一系列冤案后,便愤然题诗壁上:"冤埋城阙暗,血染顶珠红。"他看到风雪中的鸟雀,又自然联想到:"这些鸟雀虽然冻饿,却没有人放枪伤害他,又没有什么网罗来捉他,不过暂时饥寒,撑到明年开春,便快活不尽了。若象这曹州府的百姓呢,近几年的年岁,也就很不好,又有这样一个酷虐的父母官,动不动就捉了去当强盗待,用站笼站杀,吓得连一句话也说不出来,于饥寒之外,又多一层惧怕,岂不比鸟雀还要苦吗?"出于这种悲天悯人的情怀,老残恨不得立刻将玉贤杀掉。于是,他把玉贤这种令人发指的"政绩"报告给宫保。宫保只是说"再不明保他了",并不撤他回省。正如宫保的幕僚姚云松说的:"岂有个才明保了的就撤省的道理呢?天下督抚谁不护短!"原来这位求贤若渴的张宫保,为自护其短,不惜让曹州府的百姓们冤死枕藉。至于清廉得格登登的刚弼,和玉贤一样的刚愎酷虐。老残为贾魏氏一案,得到宫保支持,派来了人品学问为众推服的白子寿,昭雪了冤案。在老残看来,玉贤、刚弼们的严刑峻法、滥杀无辜,只能"逼民为盗",动摇封建统治基础;施行"仁政",才能"化盗为民",稳定封建秩序。所以,他赞成白子寿这样的清官。唯有这样的清官,才能从封建统治长远的、根本的利益出发,刚正不阿地维护封建法律、道德的权威,实事求是地折狱断案,也就是使百姓能够得到"做稳了奴隶"(鲁迅语)的权利。这就是老残"仁政"思想的内涵。

老残的"仁政"思想,也体现在他对田环翠遭遇的同情上。因张宫保误听了错误的治河方策,使黄河大堤内十几万生灵化为鱼鳖。田环翠是幸存者,却沦为妓女,受尽鸨母的百般虐待。对造成这样的灾难,老残虽有谴责,但只是轻描淡写地把责任说成创议人的"但会读书,不谙世故"而已。对宫保因轻信人言,准备移民筹得的30万两银子下落不明一事,老残却未置一词。可见老残对现实的批评,是有选择和保留的。他所谴责的对象,只限于知府以下的官吏,如第一回梦境中的那些敛钱的水手们。这些不仁的官吏们,岂止玉贤、刚弼?可谓滔滔者天下皆是。所以老残也无可奈何地对黄人瑞说:"天下事冤枉的多着呢,但是碰在我辈眼目中,尽心力替他做一下子就罢了。"当老残带环翠游泰山斗姥宫时,遇到县衙内强逼尼姑靓云伴宿的事,并听到尼姑逸云的一番话:那些州县老爷们比娼妓还要下贱,"遇见驯良百姓,他治死了还要抽筋剥皮,锉骨扬灰。遇见有权势的人,他装王八给人家踹在脚底下,还要昂起头来叫两声,说我唱个曲子您听听罢"。在这种现实面前,老残也颇有点"道不行,乘桴浮于海"的愤懑。于是,他送环翠出家,说什么"灵山再会"的话,这都透露出了他内心深处补救残局愿望的幻灭,而企图寻求未来天国的超脱。

作者安排黄龙子、玙姑这两个概念化的人物,是为图解太谷教派的教义。从九回至十一回的荒诞不经的描述,装神弄鬼地痛诋"北拳南革",适见得作者思想的荒唐和背时,文笔的卑下。至于续编未收入集子的后三回,写老残梦游地狱的情景,如阴间的妓女,是因为在阳间时,丈夫眠花宿柳,不能感化丈夫,反而咒骂丈夫和妓女,才遭报应的。这真是荒唐可笑。

《老残游记》的作者擅长"叙景状物"(《中国小说史略》),笔法细腻逼真、清丽自然,常常给读者以强烈的美的感受。如写铁公祠对岸千佛山上的梵宇僧楼、松柏丹枫和明湖芦花、斜阳水光相互掩映的奇绝景色,虽然是大段的白描,却于柔和淡雅之中透出秀丽的艳美,引人入胜。另如桃花山遇虎、黄河破冰,或写出虎啸生风,或写出雪月交辉,或苍劲雄浑,或清新疏朗,富有诗情画意。

在摹人状物方面,白妞说鼓书一段尤为精彩。作者先通过老残的所见所闻,从侧面由远及近,一路写出因白妞说书,举城为之疯魔的情景,逗得读者也急于一睹白妞演唱的丰姿。继而,写琴师的绝妙弹奏,和老残"以为观止"的那位第一个登台姑娘的演唱,以烘云托月的手法,使白妞这位未亮相的曲艺明星,在人们心中引起一种该不知如何璀璨夺目的想象,终于,众望所归的主人公登场了。写白妞的相貌,作者以妥帖的比喻,着重描绘她的一双黑白分明、光彩灼人的眼睛,一顾一盼,充满魅力。写白妞演唱,又是一连串比喻,使难以形诸文字的声腔,像是浮现于读者耳畔。白妞那宽广的音域、回环跌宕的行腔,把观众的思绪全都溶进了音乐意境。然后,作者又通过描述观众的体会、评论,写出白妞演唱在观众心中所激起的强烈审美情趣。从而把一个技艺精湛的演员形象凸现在读者面前。

第五节　曾朴及《孽海花》

曾朴(1872～1935),字孟朴,笔名东亚病夫,江苏常熟县人。父亲君表是当时作八股文的名手,因望子成龙心切,在曾朴十三四岁时,便为其延师学习制艺。然而曾朴酷爱文学,常背地里阅读名家说部和笔记杂集。1891年中举。第二年赴京应春闱试,不第,君表为他捐了个内阁中书。1895年,入同文馆学习法文。翌年,应总理衙门试,落榜,离京返里。

1897年,曾朴准备在沪兴办实业,因与谭嗣同、林旭、唐才常等维新派骨干人物往来密切,有维新之志。林旭在沪时,曾介绍曾朴和谙熟法文的陈季同相识,曾朴在其帮助下研究法国文学。1904年,在沪创办小说林书店,征集创作小说及东西洋小说译本,并开始《孽海花》的创作。1907年,发行《小说林》月刊。

1907年，浙江巡抚张曾扬杀害秋瑾。浙江民众发起驱张运动，清政府无奈，把张调抚江苏。曾朴和上海一班同志联名拒张，形成风潮，迫使清廷收回成命。1908年，参加张謇等人的立宪运动。1909年，入两江总督端方幕府。后端方调任，曾朴以候补知府分发浙江任职。辛亥革命爆发，卸任返沪。

　　革命后，曾朴参加了以张謇为首的共和党，并任江苏省议员。1913年赴北京开会期间，曾撮合成蔡锷和小凤仙的婚事。袁世凯称帝，曾朴在江苏响应蔡锷的反袁运动。齐燮元、孙传芳等军阀盘踞江苏期间，曾朴先后出任财政厅长、政务厅长等职。1927年北伐革命，曾朴退出政治舞台，开设真美善书店，发行《真美善》杂志。1931年书店关闭，回故乡常熟闲居。1935年6月因病去世。

　　曾朴出身于封建官僚家庭，中过举，作过小京官，因受西方资产阶级文化、思想以及谭嗣同等人思想的影响，参加过维新活动。他虽然在一定程度上同情资产阶级民主革命，但基本立足点仍在改良主义方面。小说林本《孽海花》等四回中写革命党人陈千秋和维新派云仁甫、王子度的一番对话，表明作者对革命和改良的看法，不过是激进和缓进的区别。出于这种认识，他既同情秋瑾的被难，却又参加张謇等人的立宪运动。他和许多脱胎于封建阶级的资产阶级知识分子一样，与封建阶级有着难以割舍的血缘关系。同时，他还经营过丝业，因外丝的倾销而亏损倒闭，构成了他民族资产阶级的生活经历。这就使他虽有反帝、反封建的要求，但又没有彻底反帝、反封建的勇气。辛亥革命后，他依附北洋军阀，以后又以真美善书店为据点，宣扬民族主义文艺。这些都是符合他的思想发展逻辑的，也正是民族资产阶级的性格在他身上的反映。所以曾朴在《孽海花》中，既称颂康、梁的变法，又表示对革命派的同情，也是无足怪的。

　　曾朴一生的文学活动，除撰写《孽海花》外，另有自传体小说《鲁男子》和一些文学译著。《鲁男子》第一部《恋》，始刊于《真美善》创刊号，连载。以作者青年时，因父母之命未能与所恋的人结合的悲剧为题材，宣泄自己没世难忘的创痛。作者原打算"运用自己所吸收的西欧文化，融合我国固有的优美艺文，然后凭熟练的技巧和细腻的描写，写出一生的历史"（吴琴一《如是我闻〈鲁男子〉》）。惜未竟稿。在翻译方面，由于作者在陈季同指导下，研治法国文学，使他了解到"文艺复兴的关系，古典和浪漫的区别，自然派、象征派和近代各派自由进展的趋势"（1928年《给胡适的复信》），并阅读了法国文坛诸多流派的名著，在此基础上，翻译了不少的戏剧、小说。其中，戏剧有《嚣俄（雨果）戏剧全集》（包括《吕克兰斯鲍夏》、《钟楼怪人》等十二个剧本）、莫利爱（莫里哀）《夫人学堂》等；小说有嚣俄的《九十三年》、《笑的人》，左拉的《南丹与奈侬夫人》等。

　　《孽海花》最初版本，署"爱自由者发起，东亚病夫编述"，后来才改署曾朴著。爱自由者是金松岑的笔名。金是江苏吴江人。1903年在上海参加爱国学社，与邹容、章太炎、蔡元培等人鼓吹资产阶级革命，并开始撰写《孽海花》。但写了六回后，便交给曾朴续写。两人共同拟定了全书六十回题目。曾朴对前六回作了修改，于27年中继续写成三十五回。1905年，小说林社出版初、二两集，共二十回。1928年，真美善书店出版初、二、三集，共三十回。《真美善》上发表的十五回中，后五回未收入。解放后，中华书局出版的增订本，共三十五回。

　　《孽海花》以金雯青和傅彩云的故事为线索，贯穿了许多达官、名士的琐闻逸事，展现了同治朝到光绪甲午战败30年来文化和政治的状况,反映了日益加深的民族危机,和新旧政治力量的斗争与兴衰。

小说从金雯青抢魁,便揭开了晚清上层社会官僚士大夫的生活帷幕。无论台阁重臣,或是封疆大吏,多数是通过科举道路而腾达上去的。他们耽溺科名,精于制艺,并以热衷脱离现实的考据学为高雅,以嫖妓、玩相公、纳妾为风流。一旦遇到内政外交大事,只会空发议论,纸上谈兵。金雯青新贵以后,曾接触到冯桂芬、薛淑云等早期改良主义者,也想学点西学,通点洋务,以趋时高发。但他出任大使以后,并未考察西方的政治、经济、文化,只埋头于元史考证,竟以巨资买了幅伪造的中俄交界地图,而后成为俄国讹诈帕米尔800里地面的口实。和金雯青结金兰契的"含英社"友何珏斋做了几章《孙子十家疏》,刻了篇《枪炮准头说》,便以陆伯言自况。甲午战争中,扬言有七纵七擒之计,"不战而屈人之兵",却不免弃甲曳兵,大败而逃。系天下人望的朝廷柱石龚和甫,在甲午战云密布、朝野震动的情况下,倒有闲情逸致,亲自撰文,书写《失鹤零丁》,寻找丢失的一只仙鹤。他和高扬藻中堂"奉派会议",讨论战事,却"一个谈灾变,一个说梦占"。他们虽不同于威毅伯在列强面前一味地妥协退让,但他们的主战,不过是发一通愤慨、颓唐之言。真如龚自珍《尊隐》上说的"凡在朝的人,恹恹无生气"(三十三回)。至于帝后的明争暗斗,公开卖官鬻爵,无不表明清王朝已经腐败到极点。

在国是日非,外患益深的情况下,官僚士大夫阶层中出现了一股要求改革的思潮。礼部尚书潘八瀛,提倡公羊今文经,称扬民贵君轻的民权思想。出使英法意比四国大臣薛淑云召集的谈瀛会,集中地反映了这一改良主义思潮。其中涉及经营海军、抵御外侮;兴办实业,和列强进行"实业战争";发展教育,以启民智,以及言文一致,重视小说、戏曲的感化作用;更有颂扬西方民主政体的。这些都反映了变法酝酿阶段的社会思想状况。

甲午战败,宣布了洋务运动的彻底破产,加剧了社会阶级矛盾和民族矛盾,其中民族矛盾尤为突出,中国已面临列强的瓜分豆剖,于是改良主义思潮发展成为变法维新的政治运动。可惜的是,小说仅写到这一运动的首领唐常肃(影射康有为)在万木草堂向弟子宣讲今文经、公羊三世说,借孔圣人之灵,为变法鸣锣开道。这一改良运动,如闻韵高说的,"皇上虽有变政的心,可惜孤立无援","所以我们要救国,只有先救皇上"。(三十五回)可以看出资产阶级改良派对封建帝王的幻想和依赖性,从而也就预示了这一改良运动的失败。

当维新变法成为社会运动主流的时候,资产阶级革命派的影响还很小,在思想上还未彻底和改良派划清界限,他们甚至幻想和康、梁"联合救国"。小说中写革命党人杨云衢、陆皓东在船上与改良派戴胜佛的交谈,戴说,"我辈都是同志,虽然主张各异,救国之心总是殊途同归",只不过革命派的做法"似乎太急进了"。杨云衢还劝戴胜佛:"何不帮助我们一起举事?"后来广州起义失败,陆皓东等人死难,改良派麦化蒙、戴胜佛无不义愤填膺。这些反映当时两派关系的描写,是符合历史实际的。

小说还以较大篇幅叙述了虚无党人夏雅丽谋刺俄皇而殒身的事迹。这在封建专制的清朝末年,中国无产阶级还未成为独立的政治力量登上历史舞台,资产阶级民主革命正在发动的时候,对于反对君主专制、冲决罗网、打破桎梏,还是具有一定意义的。

但由于作者改良主义的立场,对光绪帝时时抱有同情。同时,他一方面对威毅伯进行谴责,一方面又为之开脱罪责;一方面对科举制度进行批判,一方面又充满着留恋和向往;

一方面暴露为日本特务送密信的天羽龙伯,一方面又把他写成援助中国革命的仁人志士。又由于作者的唯心史观,他把发生许多重大历史事件的契机归之于男女恋情上:刘永福在抗法中的胜败,都紧系于他的爱妾花哥;台湾巡抚唐景崧抗日失败,是由于两部将争夺一个美婢银荷;英法联军焚掠圆明园,则源于龚自珍和王妃西林春的一段私情;两宫失和,是为着慈禧册定的皇后不合光绪帝的心意。至于慈禧太后是千年白狐转世,扰乱大清江山;傅彩云是烟台妓女梁新燕托生,报复忘恩负义的金雯青,更属荒谬之极。

《孽海花》的作者在《修改后要说的几句话》中,谈到小说的结构,是以主人公做线索,贯穿诸多琐闻逸事:"譬如穿珠","我是蟠曲回旋着穿的,时收时放,东西交错,不离中心,是朵珠花";"我是波澜有起伏,前后有照应,有擒纵,有顺逆"。作品本身的结构确是这样,比《儒林外史》是一大进步。但作为线索的傅彩云,和表现作品的主题思想关系不大,金雯青亦非官场中的核心人物,因而结构虽为工巧,却太著斧迹,没有浑然天成之妙。

《孽海花》共写200多个人物,大都是对实有其人的隐射,但写得一闪即逝,给读者没有留下什么印象。其中也有一些人物的个性写得比较突出,如傅彩云、夏雅丽、金雯青、庄小燕、龚和甫等人。傅彩云被写成飞蝶丽皇后所称道的"放诞的美人",既温柔妩媚,又心狠手辣;表面上她被别人玩弄,实际上她在玩弄别人。作者对她的淫荡虽有嘲讽,但多以欣赏的笔调流露出自己的艳羡,表现了士大夫阶级庸俗的审美情趣。写李纯客,通过他门上"藏书十万卷""补阙一千年"的对联,以及他见庄小燕进屋,连忙伏在破书上装病,声称不能参加为自己做寿的云卧园集会,突出了他恃才傲物,爱发牢骚,矫情作态的名士派头。由于作者熟悉官僚名士,洞悉妓女生活,往往选取不多的典型细节,略加点染,便使这些人物栩栩如生。而唐常肃、孙汶等人物,则写得十分干瘪。尽管作者是站在改良主义立场上,他也未必理解唐常肃一类人物的内心世界。至于孙汶,更不待言了。

小说的语言过于典雅,常杂以骈词俪句,使作品不是那么通俗易懂。另外,对人物事件的臧否上,辞气浮露,笔无藏锋。如写雯青、唐卿、公坊等人考证制艺源流,读者于此自有判断,作者偏让陆荛如出来喊道:"你们真变了考据迷了";另如写龚和甫、高理悝"奉派会议"谈灾说梦,作者又让章直蜚出来批评一番,没有给读者留下任何回味的余地。

小说有些地方,留有模仿《红楼梦》的痕迹。如金雯青和朋友们在灯船上行酒令的《彩云曲》,和《红楼梦》里《金陵十二钗》判词一样,暗示人物一生的命运。又如夏雅丽在酒宴上"酥胸微露,雪腕全陈",戏弄加克的描写,很容易使人想到尤三姐在饮酒中,耍笑贾珍、贾琏时的言语、装束、神态。

总的说来,在晚清四部谴责小说名著中,《孽海花》可以算得上是佼佼者了。

下编（1906～1918）

概　　说

　　20世纪初至五四运动前后这二十余年间,是中国近代文学的发展与蜕变时期。

　　这一时期,接连发生了很多重大政治历史事件。1900年义和团运动失败,八国联军攻陷北京,西太后挟光绪皇帝远逃西安。同年,谭嗣同挚友唐才常领导自立军运动失败,"株连而死者自男爵道员至诸生以千数"。中国在日本的留学生团体励志会,亦于同年成立,并创办《译书汇编》,专门译载欧美政法名著。励志会成员秦力山、吴禄贞等,曾先后归国参加自立军起义,幸免于难,重返日本。翌年,秦力山等在东京发刊《国民报》,组织国民会,拜会著名革命家、兴中会首领孙中山。数年间,孙中山在革命者心目中的地位迅速提高,成为大家公认的领袖。1902年2月,中国留日学生在东京举行新年恳亲会,成立清国留学生会馆。4月,章太炎联合秦力山、马君武等共10人,发起召开"支那亡国二百四十二年纪念会"。其间,留学生中反清风潮迭起,并于1902年冬成立青年会,规定"以民族主义为宗旨,以破坏主义为目的",表现出鲜明的革命色彩。1903年1月29日(夏历癸卯年正月初一日),东京中国留学生举行新年恳亲会,清贝勒载振、驻日公使蔡钧与会。马君武、刘成禺先后登台,发表"排满"演说,声泪俱下,慷慨激昂,产生很大影响——"震动清廷,风靡全国"。在此前后,国内舆论大开,知识界发生很大变化。1902年4月,蔡元培等在上海成立中国教育会。11月,上海南洋公学发生退学风潮,得到中国教育会的支持,成立爱国学社。蔡元培被推为总理,吴稚晖为舍监,教师由教育会选派。师生"高谈革命,放言无忌",爱国学社"隐然成为东南各省学界之革命大本营"。陆续加入中国教育会或入爱国学社者,有蔡元培、叶瀚、蒋观云(智由)、高梦旦、吴稚晖、黄宗仰、林獬(白水)、章炳麟(太炎)、金天翮、陈去病、柳亚子、马君武、马叙伦、陈范、张继、刘师培、章士钊等。他们以《苏报》等报刊为宣传阵地,大力宣传革命,影响遍于东南,波及湘、川、闽、粤。1903年4月,相继爆发拒法、拒俄运动,中国留学生组织了拒俄义勇队。5月,改名为军国民教育会。东京留学生与上海爱国学社的成员,纷纷加入,影响遍于全国。当时,北京、上海、武昌、安庆、南昌、广州、杭州、福州、长沙、开封,南北各地,到处有人演讲、集会、上书,"名为拒俄,实则革命"。潮流所至,无力可遏。连有些清朝政府官员也对义勇队"深为赞美"。在革命高潮中,青年革命家邹容写成《革命军》,章太炎写成《驳康有为论革命书》。《苏报》改组,由章士钊主编,发表大量激烈言论。不久,发生了震动中外的《苏报》案,章、邹被捕入狱,《苏报》和爱国学社被查封。但革命火光已照亮神州,警醒者相继奋起。

1904年2月,华兴会在长沙正式成立,黄兴为会长。参加者有刘揆一、陈天华、杨笃生、宋教仁等,大都是革命实干家。章士钊曾参与其事。同年11月,蔡元培等在上海组织了光复会,参加者有赵声、徐锡麟、陶成章、林獬("白话道人"林白水)、黄韧之(炎培)、秋瑾、陈去病、柳亚子、刘光汉(师培)等,蔡元培任会长。他们在革命宣传工作中,起了非常积极的作用。在这时期,留学生人数激增,从1900年以前不满100人,到1904年增至1000余人,次年8月,激增至5000余人,成为一支很大的势力。1905年7月,孙中山结束了历时一年半的美欧之行,重抵日本横滨,受到留学生的热烈欢迎。孙中山与黄兴会面,又与陈天华、宋教仁等晤谈。经过多次酝酿,兴中会、华兴会、光复会等革命团体联合,成立中国同盟会。同盟会以"驱除鞑虏,恢复中华,创立民国,平均地权"为宗旨,确立孙中山为革命领袖。11月,同盟会机关报《民报》创刊,孙中山在《民报发刊词》中将同盟会的纲领概括为"三大主义:曰民族,曰民权,曰民生"。后被称为"三民主义"。从此中国资产阶级民主革命"开一新纪元"。当时的一大批思想家、文学家,都先后加入了同盟会,有的担任了重要职务,或成为《民报》的主要撰稿人。如章太炎、陈天华、秋瑾、高旭、刘师培、陈去病等。他们和改良派的喉舌《新民丛报》展开了激烈论战,并节节获胜。

1906年以后,相继发生了震骇全国的萍、浏、醴起义,黄冈起义,惠州起义,徐锡麟、秋瑾起义,泸州、成都、叙府起义,广州新军起义,辛亥广州起义(黄花岗之役)等。虽然这一系列武装斗争,都遭到失败,但它们将革命火种洒向了全国各地。1911年(清宣统三年)10月10日,武昌起义,一举成功,号召全国,形成全国规模的辛亥革命。1912年1月1日,孙中山在南京建立临时政府,就任临时大总统,结束了统治中国2000多年的封建帝制,建立了资产阶级政权,称中华民国。从此,中国历史进入了一个新的时期。

可是,辛亥革命不久就遭到了失败。袁世凯篡夺了革命政权,并于1915年12月12日宣布恢复帝制,改元洪宪。洪宪帝制,在全国愤怒声讨中,仅存在73天,被迫宣布取消。袁世凯在数月后忧惧而死。北方政权从此落入北洋军阀之手,连年混战,不到10年,更换了四个大总统。直到1927年北伐革命胜利,局势才有新的转变。这一过程中,暴露了辛亥革命的致命弱点。

正是在这样的背景上,涌现出近代一大批资产阶级思想家、文学家。"这时候的革命工作,一部分是武的,暗杀暴动是家常便饭;另外一部分是文的,便是所谓宣传工作了"(柳亚子《柳亚子的诗和字》)。因此,当时许多思想家、文学家,既从事政治活动,又从事文学创作。有的人学过制造炸药,参加过暗杀团体(如蔡元培、马君武、刘师培);有的直接参与武装暴动的组织领导工作(如秋瑾);有的做过统兵带将的革命元戎(如于右任)。即使终身从事文字宣传工作的人,也往往在毫端带有凌厉的杀气,用语如发锋镝,有横扫千军之势(如章太炎)。数年后,《革命军》的作者邹容,被临时大总统孙中山赠予"大将军"荣衔,便颇带有对一代文人进行评价的象征意味。

这一代中国思想家、文学家,如孙中山所说:是一个"极精彩之团体","以实力行革命之事"。舍身任事者三四百人,"皆学问充实,志气坚锐,魄力雄厚之辈,文武才技俱有之"。(《致陈楚楠函》)他们"在思想能力、热情和性格方面,在多才多艺和学识渊博方面",带有类似恩格斯论述文艺复兴时代欧洲资产阶级伟人时所指出的某些时代特征:视野开阔,热情奔放,勇于行动,无论参加革命、脱离革命或反对革命,都敢于公开亮出自己的旗帜,为捍卫自己的旗帜而斗争。"成为时代特征的冒险精神,或多或少地推动了这些人物。"那时,天下之士,"负奇气,怀大志,历山海,踰邦国","相与衡盱时局,狂歌痛哭,拔剑起舞,而欲有所为"。(陈去病《高柳两君子传》)他们个个身手不凡:"差不多没有一个著名人物不曾作过长途的旅行",不曾到过外国,"不在几个专业上放射出光芒"。孙中山本是一名医生,后来以医国手自期,西行欧美,东走扶桑,成为伟大的革命先行者。章太炎,既是一位经学大师,卓越的语文学家、历史学家、文学家,又是思想界的领袖。秋瑾,是著名的女革命家、妇女运动领袖,又是著名女诗人。陈天华,既是革命实干家、革命政党的创建者和领导者之一,又是极擅长运用通俗文艺形式进行革命宣传的文学家。马君武,是最早追随孙中山的革命家之一,又是中国留德学生中第一个获得博士学位的自然科学家,同时又是在自然科学、社会科学和文学艺术领域都有卓越贡献的翻译家,又是著名诗人。在当时第一个革命文学团体南社中,类似于此的多面手,有一大批,如陈去病、高旭、柳亚子、宁调元、周实、苏曼殊、黄节、黄侃、于右任、李叔同等,大都多才多艺,在不同的文化领域内做出了卓越的贡献。世风所及,那一时代的有些人,虽未投身革命运动,甚至是站在革命队伍的对立面,也带有类似的时代特征。如大学者王国维,他在哲学、史学、美学、考古学、文字学和文学理论等许多方面,都做出了卓越的贡献,在思维能力方面,在多才多艺和学识渊博方面,令人钦佩。

那个时代的人们,"他们的特征是他们几乎全都处在时代运动中,在实际斗争中生活着和活动着,站在这一方面或那一方面进行斗争,一些人用舌和笔,一些人用剑,一些人则两者并用"。虽然他们由于民族的、历史的和阶级的局限,没能从中产生出类似欧洲文艺复兴时代的"巨人",也还缺少"成为完人的那种性格上的完整和坚强"(恩格斯《自然辩证法·导言》),但是,和中华民族的传统性格相比,和他们的上代人相比,他们在性格方面已开始表现出崭新的特征。他们是新的一代。他们的缺点与错误,挫折与失败,乃至他们后来所走的不同道路,甚至他们对自己当初理想的背叛,等等,都无法掩盖他们在这一伟大时代中所闪射出的夺目光辉。历史理应对他们给予公正的评价。

那一时代的先进人物,自以为是在开创民族的新纪元。他们以天下为己任,在各个领域内,自以为是力士,是巨人,甚至是始祖,大有当今之世,非我而谁的英雄气概。他们是真诚的而不是虚妄的,自然的而不是矫饰的。他们中的一部分人,"置古事于不道,别求新声于异邦","不为顺世和乐之音","争天拒俗","雄杰伟美",有类鲁迅所表彰之"摩罗",与中国人传统风格大异。(鲁迅《摩罗诗力说》)章太炎走出诂经精舍,睥睨群雄,傲视一世,成为"独行孤见的哲人"。秋瑾自号竞雄,鉴湖女侠,汉侠女儿,"钗环典质浮沧海","不惜千金买宝刀"。邹容自称"革命军中马前卒",标"独立旗",敲"自由钟",宣言"吾将执卢骚诸大哲之宝幡,以招展于我神州土"。柳亚子以"亚洲的卢骚"自命,由"慰高"更名"人权",字"亚卢"。梁启超自称"中国之新民"。刘师培自名光汉、无畏、"激烈派第一人"。吴稚晖自称"燃料"。金天翮自称"爱自由者"。鲁迅自称"令飞"。周作人取希腊"晨星"之义,定字启明,别号持光。还有人干脆自称"喜马拉雅"……他们充满了真诚的自信。一种令人惊奇的狂热,弥漫于整个时代,预示着一个新的时代正在躁动于母腹之中。这就使他们的作品,自然地而不是人工地带有英雄气息和浪漫主义色彩。他们的作品高华、健美、鲜活,有一股蓬勃旺盛的朝气。这正是古老的中国文学长期所缺乏的东西。它们给中华民族的心理素质中注入了新的因素。这些新的因素,将与民族长存。这是这一代人不朽的功绩。

诚然,这也是一个急遽转变的时代。社会思潮波推浪涌,朝晴夕雨。其间人物,往往变幻莫测。兰成萧艾,荃蕙化茅,革命变成反动,弄潮儿变成落水狗。震撼一时的革命军号手,变成反对革命的鼓吹者;革命的清道夫,变成时代的绊脚石。诸如此类的事,屡见不鲜。章太炎即是其中典型的代表。此外,逻辑专家章士钊,曾经是最早的学生运动领袖之一,后来成为镇压学生运动的"老虎"。"激烈派第一人"刘师培,后来成为复辟封建政治制度的"头羊"。曹汝霖、章宗祥,曾经是励志会中非常激进的人物,积极主张改革中国政治,后来成为五四运动中被打倒的卖国贼。汤槱(尔和),曾经是中国留日学生领袖,以爱国热情震动一时,后来成了汉奸。汪兆铭(精卫),曾经在清朝监狱里高唱过"饮刀成一快,不负少年头",表现了"当年革命党人的气概",一度被柳亚子视为"南社的代表人物",后来却成为民族罪人。诸如此类的人物、事件很多。乍一看来,似乎不合逻辑,不可思议。借用鲁迅评论康有为、严复等时代"前驱"的话来说:"原是拉车前进的好身手,腿肚大,臂膊也粗,这回还是请他拉,拉还是拉,然而是拉车屁股向后,这里只好用古文'呜呼哀哉,尚飨'了。"(《花边文学·趋时和复古》)

这种白云苍狗、急遽转变的时代特点,必然给当时的文学创作以及后代人公正地评判这一时代的文学带来难以克服的困难。"国事如斯岂所期"(黄节《沪江重晤秋枚》),"风虎云龙亦偶然"(于右任《读史》),由于时代风云的不断感召、激发、挫挠、摧折、腾挪、变幻,许多作家,有时高歌入云,有时仰天大哭;有时"挥斥慷慨,神气无双",有时泪洒新亭、哀怨缠绵。他们缺少贯一的美学风格,或失之嚣肆粗粝,或失之柔弱纤软。他们极力欲学龚自珍"箫""剑"合并的美学风格而力所不及,气所不能。这便由其思想内涵等根本方面限制了他们的艺术成就。这是时代使然。

此外,当时的许多作家,将文学创作视作投枪、炸弹,"政治宣传品","宣传的利器",朝攻经籍,夕举刀枪,应时急需,开炉即锻。他们不可能像前代作家那样,"十年磨一剑,霜刃未曾试",或"悼红轩中,披阅十载,增删五次"。因此,有些作品显得匆忙、率易、幼稚、肤浅,不够沉实,比较粗糙。在思想方面,缺少幽邃的探求;在内容方面,缺乏反复的陶炼;在形式方面,缺少精细的打磨,砂粒毛刺,可剔之处较多。这些引人注目的缺点,使它们中的大多数(当然不是全部)很难进入永恒的哲学圣殿和艺术圣殿,也缺乏长期广为流传的可能性。倘与其当初轰动一时的盛况相比,再与古典哲学名作、艺术名作长期被人叹赏的景况相比,这方面就愈显得突出。这是这一时期的文学长期不大被人重视的重要原因之一。

"时运交移,质文代变","文变染乎世情,兴废系乎时序"。(刘勰《文心雕龙·时序》)以辛亥革命为中心的20世纪初期的中国文学,从内质到外形,都是时代的真实写照。它在中国文学从旧内容、旧形式向新内容、新形式过渡的途中,迈出了重要的一步,是传统文学向新文学发展途中重要的一环。无论这一时期的文学作品有着怎样的成就和不足,当时的广大读者都迫切地需要它们,包括那些被作者视作"我的政治宣传品"的应时之作,包括已被新译品代替的古旧体译诗和用文言文翻译的小说,包括已被今人鄙薄不道的鸳鸯蝴蝶派小说,文学创作吸引了当时一大批最杰出的人才来参加,作品风行一时,有的行销全国,达百万册之上。可见这一时期文学作品中的缺点,大都是当时的读者所能容忍的。

便是作品中的失误,亦不完全是文学家个人的过错,而是从一个角度反映了时代的缺陷。更何况这一时期的文学中,也不乏具有永久价值的作品,如章太炎、秋瑾、邹容等人和一部分南社诗人的作品,如王国维那些精粹深湛的美学、文学史论著,如前编中梁启超的"新民"之作、李伯元等人的谴责小说等。因此,从历史发展的眼光来看,20世纪初期至辛亥革命时期的文学,应该在中国文学史上占有一席光荣的位置。

1915年,《新青年》(原名《青年杂志》)创刊,由陈独秀主编。1918年,五四运动前夕,由陈独秀、李大钊、钱玄同、沈尹默、刘半农、胡适六人轮流编辑。此六人中,陈独秀原是蔡元培、章士钊、苏曼殊等许多近代思想家、文学家的好友,早在1903年,即已参加文学和政治活动,曾与章士钊一起编辑过《国民日日报》《甲寅》,与苏曼殊合译过雨果的《悲惨世界》,参加过辛亥前后许多革命活动。李大钊1913年赴日本留学,在《言治》上发表诗文《登楼杂感》《隐忧篇》《大哀篇》,常向章士钊主编的《甲寅》投稿,并与一批同盟会人相熟。钱玄同是同盟会员、经学家、语言文字学家。沈尹默原是南社社员,写过大量旧体诗。刘半农1913年后在《小说月报》《中华小说界》《礼拜六》等处发表过很多侦探小说、滑稽小说、哀情小说、家庭小说等,曾被人视为鸳鸯蝴蝶派文人。胡适后以鼓吹"全盘西化"得骂名,但他本出绩溪胡氏,对中国旧文化有相当根底。此外,《新青年》骁将鲁迅,早在1903年即已从事著译。名作《摩罗诗力说》写于1907年,与秋瑾创办《中国女报》、秋瑾遇难、刘师培创办《天义报》、黄人主编《小说林》同年。他和钱玄同、周作人及文学研究会12名发起人之一朱希祖,都是章太炎门下弟子。由此可见,新文化与旧文化本来交错在一起,你中有我,我中有你。五四新文化运动的参加者,有不少人与辛亥时期的思想界、文学界有过密切关系。论其根由,一大批新文化战士原是由辛亥革命时期的老战士蜕变而来。

如果我们把辛亥革命前后有关孔子与儒教、个人与社会、家庭与婚姻,以及如何对待三纲五常、伦理道德,如何对待外来文化,如何改铸国民灵魂等等言论,和新文化运动初期的《新青年》作一比较,便不难看出,它们有许多血脉相通之处。如果我们再把五四运动前后一批顽固派对于新文化运动的攻击,和辛亥革命前后一批顽固派对于革命派的攻击作一比较,也不难看出,它们之间何等惊人的相似。因此,五四新文化运动,实乃辛亥革命运动向前深入发展的结果。辛亥时期的思想、文化、文学,实际上是五四新文化运动的先驱,是新文化运动的一次不成功的彩排和预演。

20世纪初期的中国文学,是古老的中国文学一个新的黎明时期。"活泼淋漓,有少壮朝气,在暗示中华民族的更生"(曹聚仁《纪念南社》)。它带有黎明时期的特点。万物刚刚开始苏醒,但还没有完全苏醒。它还不能像五四时期那样,旭日东升,光芒四射,使万象更新。但它已预示着一轮朝阳将要喷薄而出了。不久之后,便发生了五四运动。古老的中国文学,经过"凤凰涅槃"式的悲壮历程,重新焕发出璀璨的光彩。

第一章 章炳麟

第一节 生平与思想

章炳麟(1887~1936),字枚叔,浙江余杭人,因仰慕明末清初顾炎武的为人,改名绛,别号太炎。幼年他随外祖父朱左卿读书时,就已听说明末清初大学者王夫之、顾炎武关于民族思想的言论,因而种下了排满思想的种子。稍后,又读了《明季稗史》17 种,这种思想愈发地蓬勃发展起来。(《从狱中答新闻报》)

1892 年,从俞樾问学。他于治学之余,还关心国家大事。时当甲午之后,维新派康、梁师徒正从事变法的活动,组织了"强学会",并创办了《时务报》从事宣传。太炎当时即参加了这些活动,因此戊戌变法失败后,也受到株连。为了避祸,逃往台湾。

庚子(1900 年)联军入侵后,革命浪潮蓬勃兴起。太炎此时摒弃了改良主义思想,参加了革命运动,这时已与维新派决裂,并曾致书康有为,驳斥了康与华商书中的种种谬论,他直斥光绪说"载湉小丑,未辨菽麦"。当他去看望他的老师俞樾的时候,受到俞的怒斥,说他到异域,(指台湾,时已划归日本。)是"背父母陵墓,不孝;讼言索虏之祸,毒敷诸夏;与人书,指斥乘舆,不忠;不孝,不忠,非人类也,小子鸣鼓而攻之可也。"(汤志钧《章太炎年谱长编》1901 年)太炎于是作《谢本师》,表示和俞氏决裂。

太炎因与康书和为邹容的《革命军》做序,于是在上海入狱,判了三年徒刑。1906 年出狱后,即到东京,任《民报》主编,开始与保皇派关于将来的国体问题,进行了论战。

鲁迅当时正在日本留学,非常爱看他编的报纸。章太炎逝世后,鲁迅回忆道:

> 我爱看这《民报》,但并非为了太炎先生的文笔古奥,索解为难,或说佛法,谈"俱分进化",是为了他和主张保皇的梁启超斗争,和"××"的×××斗争……真是所向披靡,令人神旺。前去听讲也在这个时候,但又并非因为他是学者,却为了他是有学问的革命家。
>
> ——《关于太炎先生二三事》

辛亥革命后不久,袁世凯篡夺了革命果实,阴谋帝制,太炎曾亲临总统之门,大骂袁氏

第一章 章炳麟

包藏祸心,因而被软禁。袁氏垮台始被释放。晚年讲学苏州,1936 年 6 月逝世。鲁迅评他晚年时说:

> 既离民众,渐入颓唐,后来的参与投壶,接收馈赠,遂每为论者所不满,但这也不过白圭之玷,并非晚节不终。考其生平,以大勋章作扇坠,临总统府之门,大诟袁世凯的包藏祸心者,并世无第二人;七被追捕,三入牢狱,而革命之志,终不屈挠者,并世亦无第二人;这才是先哲的精神,后生的楷范。
> ——出处同上

生平著述有《章太炎先生所著书》(又名《章氏丛书》二十册,上海古书流通处印刷),近有《章太炎全集》出版(上海人民出版社)。

太炎被鲁迅先生称为"有学问的革命家",他的革命精神突出表现为两点:(一)民族主义思想;(二)早期批孔思想。

他的民族主义思想,是受明末清初顾(炎武)、王(夫之)二人的影响,尤其是前者。明亡以后,顾炎武各地奔走,有光复汉民族河山之志。顾氏有名言,即:

> 有亡国,有亡天下。亡国与亡天下奚辨?曰:易姓改号,谓之亡国。仁义充塞,而至于率兽食人,人将相食,谓之亡天下。……保国者,其君其臣,肉食者谋之。保天下者,匹夫之贱,与有责焉耳矣。
> ——《日知录》卷十三《正始》

太炎深受这种思想的影响,所以虽从俞樾治朴学,但总是关心国事,乃至后来从民族立场出发,参加革命运动。除顾、王外,太炎还受浙东学派影响至深。梁启超在《清代学术概论》二十八中说他:

> 炳麟少受学于俞樾,治小学极谨严。然固浙东人也,受全祖望、章学诚影响颇深,大究心明清间掌故,排满之信念日烈。

民族主义思想形成了他的民族主义历史观,他认为一个民族的兴亡,与其历史的存废有着极密切的关系。他说:

> 露西亚灭波兰而易其言语,突厥灭东罗马而变其风俗,满洲灭支那而毁其历史。
> ——《检论卷四·哀焚书》

他认为人民的民族主义思想之花的开放,必须靠历史来加以灌溉培养。他说:

> 故仆以为民族主义如稼穑然,要以史籍所载人物、制度、地理、风俗之类,为

之灌溉,则蔚然以兴矣。不然,徒知主义之可贵,而不知民族之可爱,吾恐其渐就萎黄也。

——《答铁铮》

这就说明了要复兴汉民族,推翻异族的统治,必须提倡民族主义。而民族主义的发扬,又必须对民族历史加以重视和教育。拿现在的话说,就是一个民族的复兴,要靠人民具有爱国主义思想,而要发扬这种思想,又必须对之进行民族历史的教育。

章太炎于晚清时期,对社会影响最大的是他的批孔思想。清代朴学家,比较能从科学的态度出发,治经学和小学,并进一步治先秦诸子。在研治诸子过程中,对过去儒者所认为异端的如墨子、杨子等(曾受到孟子的大力排斥,称他们为"无父,无君,是禽兽也"),能够比较客观地分析其思想,公允地评论其价值。太炎继而承之,所以在看待先秦诸子时,能够排除过去儒家一尊的阶级偏见。

乾嘉以来,对儒家思想,特别是程朱理学之为祸于人民,思想界曾经进行过批判。首先是戴震、焦循等。戴氏认为酷吏以法杀人,后儒以理杀人,"驳驳乎合法而论理,死矣,更无可救矣!"(《东原文集·与某书》),真是垂涕而道之。到了清末,维新派曾进行排荀运动。他们认为秦以后的学术,不论是汉学宋学,或清代的朴学,追溯渊源,都来自荀卿。谭嗣同在《仁学》卷上中有一段话,说得非常中肯,他说:

故当以为二千年来之政,秦政也,皆大盗也;二千年来之学,荀学也,皆乡愿也。惟大盗利用乡愿,惟乡愿工媚大盗。二者交相资,而罔不讬之于孔。

但是维新派,虽攻击荀卿,还不敢触及荀卿的祖师孔丘。因为维新派当时宗法公羊学,还须要挂孔丘这块招牌。

到了革命派的章太炎,他深知两千年来的帝王无不利用孔丘来巩固他们的政权。清室虽然以异族统治中国,但同样是利用孔丘。推翻清王朝,思想上自然要对为虎作伥的孔丘与其后学所谓儒家,进行揭露与抨击。他在《驳康有为论革命书》中已指出清室的尊孔是为了利用孔子。到了1906年,清王朝看到他们封建大厦行将崩溃的时候,于是又大肆宣扬孔教,认为其极有用。太炎在此时又发表了其震动一时的《诸子学略说》。

文章利用《庄子》、《墨子》书中,有关诋訾孔丘言行的资料,指出他的居心险诈,言行不一。孔丘曾抨击"乡愿",实际他乃是"国愿",曾"乡愿"之不若。至于后来的儒者都是些醉心利禄之辈。"俗谚有云:'书中自有千钟粟'。此儒家必至之弊,贯于征辟、科举、学校之世,而无乎不遍者也。"

论到儒家的理想,太炎说:"故宗旨多在可否之间,论议止于函胡之地。彼耶稣教,天方教,崇奉一尊,其害在堵塞人之思想,而儒术之害,则在淆乱人之思想,此程、朱、陆、王诸家所以有权而无实也。"

太炎的批孔之论在当时影响很大。特别是在革命高潮到来之时,一时间革命派刊物如《河南》,以及在欧洲出版的《新世纪》,都发表了一些类似的文章,这对于后来推翻清廷,在扫除封建思想上起着一定的积极作用。

第一章 章炳麟

五四前夕的"打倒孔家店"的思想革命运动从其渊源来说,也是深受太炎批孔的影响的。吴虞在当时反孔教文章中,一再提到太炎,他说:"知政治儒教当革改者,章太炎诸人也。"(《读荀子书后》)又说:

> 明李卓吾以卑侮孔孟,专崇释氏,为张问达所劾,逮死狱中。所著《焚书》,两次禁毁。言论出版皆失自由。则儒教徒之心理与犷悍,可以想见。谬种流传至今日,某氏收取章太炎《诸子学略说》,烬于一炬,而野蛮荒谬之能事极矣!
> ——《儒家主张阶级制度之害》

反孔最坚决的鲁迅,早在《河南》上发表的《摩罗诗力说》中即对孔子文学观进行过批判。五四前夕发表的《狂人日记》更是反孔教的力作。而鲁迅这种思想实亦源于太炎。由此可见太炎当时批孔思想影响之大。不过太炎晚年思想渐趋保守,并有悔其少作之意。即如他的这篇论文及其他论战文章,即未收入他的自编集子里边。鲁迅在太炎去世后,论及此事还深以为不然,认为"此种醇风,正使物能遁形,遗患千古"(《因太炎先生而想起的二三事》)。

太炎集子中也有些论文的作品。由于他是个文字学家,因而论文常从文字的角度来立论。他的《国故论衡·文学总略》中,曾给文学下过定义,即:"以有文字箸于竹帛,故谓之文;论其法式,谓之文学。"很显然,这个定义在范围上是太广泛了。按这样的理解,文学与文献有什么区别?更不要说与历史、科学之间的区别了。因此后来讲文学的同意他的看法的很少。当他在东京讲学时,他的学生鲁迅也极不赞同这个意见,曾同许寿裳讲:

> 先生诠释文学,范围过于宽泛。把有句读的和无句读的,悉数归入文学,其实文字和文学固当有分别的,《江赋》、《海赋》之类,辞虽奥博,而其文学价值就很难说。
> ——许寿裳《亡友鲁迅印象记》七

太炎对诗文的见解,大体根据各种文体的特点,指出其在写作时,应注意的地方。即以散文而论,他认为一般的叙事与议论文,在表现方法与词汇运用上,不应同于小说和诗歌。他说:

> 除小说外,凡叙事者,尚其直叙,不尚其比况。若云"血流漂杵",或云"积戈甲与熊耳山齐",其文虽工,而为偭规改错矣。凡议论者尚其明示,而不尚其代名。若云颜渊虽笃学,附骥尾而行益显。或云:"足历王庭,垂铒虎口",其文虽工,而为雕刻曼辞矣。乃若叠韵双声,连字连义,用为形容者,惟于韵文为宜,无韵之文亦非所适。所以者何?韵文以声调节奏为本,故形容不患其多……无韵之文,便与此异。前世作者,用之符命,是为合格。其他诸篇,傥见则可,过多则不适矣!……夫解文者,以典章学说之法,施之历史公牍,复以施之杂文,此所以安置妥帖也。不解文者,以小说之法施之杂文,复以施之历史公牍,此所以骩骳

不安也。

——《文学论略》(原载《国粹学报》丙午第九、十、十一期)

可知太炎是主张用平实地议论说理的方法,来写历史公牍与杂文一类的文章,反对用写小说那种铺张夸饰的手法来写这类体裁的文章。所以他举出《尚书》、《武成》,同《史记》中《伯夷列传》中某些词句,加以诋訾。

其次,太炎论文,还提出了"雅俗"的标准。他说:

> 或曰:"子前言一切文辞体裁各异,故其工拙亦因之而异。今乃欲以书志疏证之法,施之于一切文辞,不自相刺谬耶?"答曰:"前者所说,以工拙言也。今者所说,以雅俗言也。工拙者,系乎才调;雅俗者,存乎轨则。轨则之不知,虽有才调而无足贵。是故俗而工者,无宁雅而拙也。雅有消极积极之分。消极之雅,清而无物,欧、曾、方、姚之文是也。积极之雅,闳而能肆,杨、班、张、韩之文是也。虽然俗而工者,无宁雅而拙。故方姚之才虽驽,犹足以傲今人也。"

——出处同上

从这一段话中可以知道,太炎所谓"雅俗"的区别在于文章是否合乎他所说的"轨则",合的为雅,否则为俗。

至于他所提出的雅,有两个标准。一是"轨则",他说:

> 先求训诂,句分字析,而后敢造词也。先辨体裁,引绳切墨,而后敢放言也。

——出处同上

这是先从文字的训诂入手,然后遣词造句;从辨析文章的体裁入手,然后再进行发挥,这是合乎"轨则"的基本之点。

二是"便俗致用"。他说:

> 或曰:子谓不辨雅俗,则工拙可以不论;前者已云以便俗致用为要者,公牍是也。彼公牍者,复何雅之足言乎?答曰:所谓雅者,谓其文能合格。公牍既以便俗,则上准格令,下适时语,无屈奇之称号,无表象之言词,斯为雅矣。《汉书·艺文志》曰:"书者,古之号令,号令于众,其言不立具,则听受施行者弗晓。"古文读应尔雅,故解古今语而可知也。是则古之公牍,以用古语为雅;今之公牍,以用今语为雅。或用军门、观察,守令、丞倅,以代本名,斯所谓屈奇之称号也。或言:水落石出,剜肉补疮,以代本义,斯所谓表象之言词也。其余批判之文,多用四六。昔在宋时,已有《龙筋凤髓》之书,近世宰官,相率效尤,以文掩事,猥渎万端,此弊不除,此公牍所以不雅也。公牍之文与所谓高文典册者,其积极之雅不同,其消极之雅则一,要在质直而已。

——出处同上

从这一段里可以看出，"便俗致用"之要，在老老实实地叙事说理，让看的人容易理解，这就是"雅"，至于那些引用古时官名以代时制，用一些陈词滥调与浮夸的词语来表现事理，既不切合实际，又令读者不明真意，这就是"不雅"，也就是庸俗。

此外，他还用这样的标准来衡量小说。他认为小说亦有雅俗之别。如《史记》之《滑稽列传》，《汉书》之《东方朔传》，邯郸淳之《笑林》，刘义庆之《世说》，以及《搜神记》、《幽明录》之类，无淫污流漫之文，是在小说，犹不失为雅。相反的，那些"惟怀婚姻，自诩风流，廉耻道丧"，以及那些"以古艳相矜，以明媚自喜，则无不沦入恶道"。最后他说："故知小说自有雅俗，非有俗无雅也。"（出处同上）

章太炎以上的观点基本上是正确的。如他提出质直的标准，主张叙事说理，要老老实实等。不炫奇，不浮夸，以及命笔之前先辨体裁，引绳切墨，然后再放言遣词。这在今天，还是值得我们借鉴的。但也有值得商榷的，如先求训诂，句分字析，尔后敢造词，这要求不仅太高，而且为一般人所做不到，特别是今天用白话来叙事、抒情、说理，就更没有必要了。太炎因为是小学家，所以常用这个标准来衡量别人的文章，因而能被他看上眼的作家和作品是屈指可数的。鲁迅早期的文章，如《文化偏至论》、《摩罗诗力说》，因受他的影响，所以渊雅古奥，很难懂，后来鲁迅提倡白话文，就不敢再去看望他了。

另外，他还抨击小说中写男女爱情的作品，说是"惟怀婚姻，自诩风流""流入恶道"等，这种观点，还是由于他受儒家正统的思想观念影响的结果。

至于太炎所提出的"雅"的标准，从理论上似乎还能自圆其说，但在实践上往往形成艰深古奥的文风，令人"读不断，看不懂"（鲁迅评太炎《訄书》语）。这同他提出的"雅"的另一标准——"便俗致用"，产生了明显的矛盾。不过这种矛盾，太炎自己并非没有明显感觉到。他在《革命军序》中讲到当时宣传革命的文章时，说邹容写了《革命军》后给他看时，说："欲以立懦夫，定民志，故辞多恣肆，无所回避，然得无恶其不文耶？"这里说明邹容认为自己的文章笔锋尖刻露骨，毫无顾忌，因而深怕太炎嫌自己的文章不够文雅。但太炎根据洪杨失败的教训，深深感到为了革命的胜利，对理论的宣传是非常重要的。而宣传革命的文章，就不应该用那些温文尔雅的文章。他谈到他们所处的时代，同洪杨那个时代有所不同，但真正潜心从事革命的为数还不多。但就这些人所发表的文墨议论来看，大抵务为蕴藉，不欲以跳踉搏跃言之。意思是他们的文章总是偏重于含蓄，不想搞所谓奔走呼号，大喊大叫。接着他又说："虽余亦不免是也。"显然这时他认为"蕴藉尔雅"的文章是不能适应当时的战斗要求的，因而对自己过去所写的这类文章，作了自我批评。

这篇序中，他对邹容的文章从宣传角度作了肯定，对于甘心为清廷服务的汉民族士大夫，让他们看后惭愧觉悟。对于文化水平不高的屠沽负贩之徒，由于它的径直易知，也能受到教育。最后归结到：要不是不文怎能会收到这样的效果？从这里可以知道章太炎的观点这时已有了很大的转变。

章太炎对文章的雅俗观点，后来又有进一步的发展。他在《与人论文书》（《章氏丛书》文集卷二）中说：

> 徒论辞气，太上则雅，其次犹贵俗耳。俗者，谓土地所生习，婚姻丧祭，旧所行也，非猥鄙之谓。孙卿云："有雅儒者，有俗儒者。"李斯云："随俗雅化。"夫以俗

为缦帛,雅乃继起,以施章彩,故文质不相畔。世有辞言袭常,而不善故训,不綦文理,不致隆高者,然亦自有友纪,宛儇侧媚之辞,薄之,则必在绳墨之外矣,是能俗者也。

这里所说的"俗"不是庸俗的"俗",乃是指的近于日常生活中需要的文章,不过是极其质朴,没有经过进一步加工。如果在这样文章的素质上,作一番艺术加工,那就成为"雅"的文章了。

章太炎以这样的标准来衡量古之作者。他推许魏晋名理之文,认为"其守已有度,伐人有序,和理在中,孚尹旁达,可以为百世师矣"(《国故论衡·论式》)。他肯定唐代的韩、柳、刘、吕,而薄宋代的欧、曾、王、苏等。前者,他认为"纵材薄不能攀姬、汉,其愈隋、唐末流猥文固远";而后者则"志不师古,乃自以当时决科献书之文为体"。(《与人论文书》)对清代文人,重汪中,不薄姚鼐、张惠言。由于"姚、张所法,上不过唐、宋,然视吴、蜀六士为谨……要之文能循俗,后生以是为法,犹有坛宇,不下堕于猥言酿辞,兹所以无废也。"(出处同上)

至于并世作者,他认为王闿运能尽雅,其次吴汝纶以下桐城马其昶为能尽俗。他所鄙薄的乃是严复和林纾。严的文章多有做作,被比之为"曳行作姿"。至于林纾,被说作"辞无涓选,精彩杂污,而更浸润唐人小说之风……自以为妍,而只益其丑也"。(出处同上)

对于诗赋,章太炎有以下观点值得注意:

一是诗赋的作用。他说:

> 盖诗赋者,所以颂善丑之德,泄哀乐之情也。故温雅以广文,兴谕以尽意。
> ——《国故论衡·辨诗》

从前者来说,是要歌颂美的,暴露丑的。从后者来说,是发抒作者哀乐的感情。因之在写作上要用比兴和讽喻的方法。这是上承汉儒的见解而加以综合。

二是诗体代变。他说:

> 语曰:"在心为志,发言为诗。"此则吟咏情性,古今所同,而声律调度异焉。魏文侯听今乐则不知倦,古乐则卧。故知数极而迁,虽才士弗能以为美。
> ——出处同上

所谓"数极而迁",就是指四言变为五言,又变为七言,再变而为长短句说的。下边他就谈到"四言之势尽矣",至"是时五言之势又尽"等等,这个论点也是本于顾宁人和焦理堂之说,不过又从作品上给以证明与阐发。

三是诗歌创作,本于性情,不关学问。他说:

> 古者学诗有大司乐瞽宗之化,在汉则主情性。往者《大风》之歌,《拔山》之曲,高祖、项王,未尝习艺文也,然其言为文儒所不能举。苏、李之徒,结发为诸吏

骑士，未更讽诵，诗亦为天下宗。及陆机、鲍照、江淹之伦，拟以为式，终莫能至。由是言之，情性之用长，而问学之助薄也。

——出处同上

这种见解与宋人严羽《沧浪诗话》中所说"诗有别材，非关书也。诗有别趣，非关理也"的论点也有相似之处。

四是反对创作用典故。他说：

诗又与议奏异状，无取数典，钟嵘所以起例，虽杜甫愧之矣。

——同上

同时他还对宋诗加以抨击。他说：

讫于宋世，小说杂传禅家方技之言，莫不徵引。夫以孙、许高言庄氏，杂以三世之辞，犹云《风》、《骚》体尽，况乎辞无友纪，弥以加厉者哉？宋世诗势已尽，故其吟咏情性，多在燕乐。

——同上

在抨击宋诗之余，接着对晚清宗法江西诗派的作者，又大加诋訾。他说：

及曾国藩自以为功，诵法江西诸家，矜其奇诡，天下鹜逐，古诗多诘诎不可诵，近体乃与杯珓谶词相等，江湖之士，艳而称之，以为至美，盖自《商颂》以来，歌诗失纪，未有如今日者也。

——同上

太炎从这种文体代变的观点出发，对诗歌，总认为后人不及前人。他说：

物极则变，今宜取近体一切断之。古诗断自简文以上，唐有陈、张、李、杜之徒，稍稍删取其要，足以继《风》、《雅》，尽正变。夫观王粲之《从军》，而后知杜甫卑闒也；观潘岳之《悼亡》，而后知元稹凡俗也；观郭璞之《游仙》，而后知李贺诡诞也；观《庐江府吏》、《雁门太守》叙事诸篇，而后知白居易鄙倍也。淡而不厌者陶潜，则王维可废也；矜而不愿者谢灵运，则韩愈可绝也。要之，本情性，限辞语，则诗盛；远情性，憙杂书，则诗衰。

——同上

从艺术观点来看这个说法是正确的，但要从反映生活的角度来看，就未免有点太狭隘了。

章太炎的文学观，总的说来，主张把作品内容放在第一位。对散文主张"必先预之以学"；对诗赋则主张"颂善恶之德，泄哀乐之情"。这都是无可非议的。在形式上他提出雅与俗的标准,提出文章要遵循一定的规则,因而对于那些敢于创新和无视前人清规戒律的作家,予以痛诋,对那些通俗的作品是鄙薄的。即如他对嘉道时期敢于开风气的龚自珍,就大加抨击,说什么"自自珍之文贵,则文学涂地垂尽,将汉种灭亡之妖耶"?(《文录·说林下》)对白居易诗的批评已见前引。像这样具有偏见的论点不能不说是正统的文学观对他的局限。

第二节 诗文创作

　　章太炎的诗文创作在晚清诗坛,自有他独特的风格。先就诗歌来说,他不是以诗著名的,同时他的诗数量极其有限。从现存的作品看,总共不过几十首,而且大抵都是早年作品。

　　太炎的诗,从内容来看,多是感时伤事的抒情之作。由于他是革命家,所以他的篇篇作品都反映了现实斗争。他对诗的作用,认为是"颂善丑之德,泄哀乐之情"。后来在《韵文集自叙》中谈到他创作的动机与目的:

　　　　余生残清之季,逃窜东隅,躬执大象,幸而有功,余烈未殄,复遭讪议,险阻艰难备尝之矣。既壹郁无与语,时假声韵以寄悲愤。躬自移录,不敢比于古人。采之夜诵,抑可以见世盛衰。

——《太炎文录初编》卷二

这就说明他的作品不仅是他个人思想感情的发抒,而且也是当时的时代记录。

　　太炎早年,因反对清庭而被捕入狱后,他的《狱中赠邹容》、《狱中闻沈禹希见杀》等篇,像前一首的"临命须掺手,乾坤只两头",后一首的"中阴当待我,南北几新坟"。既表现了革命者不怕杀头的英雄气概,同时也揭露了清廷镇压革命者的暴行。而这些诗,对当时读者曾发生过深刻的影响,广泛地播下了革命的种子。

　　"颂善丑之德"方面,在为赞扬孙中山而写的《孙逸仙题辞》中,一面把孙中山比作农民起义的领袖刘邦,来推翻索虏的残酷统治;另一方面又把他看做继郑成功、洪秀全之后的汉民族中抗清革命的群众领袖。

　　又如《魏武帝颂》,章太炎在辛亥革命后为什么忽然想起来歌颂曹操呢?原因在于当时窃国大盗袁世凯篡夺了革命果实后,一时颇有一些人把他比作曹操,这当然有点比拟不当。章太炎为了纠正这些错误看法,在篇中赞美了曹操在军事政治上建树的丰功伟绩,以及生活作风上的简朴耿介,这种对曹操的正面歌颂,恰恰从反面对袁氏的丑行加以讥讽。特别在篇末点出了主题,"夫惟其锋之锐,故不狐媚以弭戎警。其气之刚,故不宠赂以要大政,桓文以一匡纪功,尧舜以耿介称圣。苟拟人之失伦,胡厚颜而无赖"。(同上)指出这种不伦不类的比拟,当之者就厚颜无耻到一点也不觉脸红吗?

第一章 章炳麟

在揭露批判方面，如《梁园客》之于梁鼎芬，《咏南海康氏》之于康有为，都是用辛辣的讽刺之笔，画出看风转舵的老官僚和誓死保皇的立宪派的可耻嘴脸。

《艾如张》写出了在张之洞那里遭到打击的惨痛教训，深悔这一次江汉之行是错误的，从而感到改良政治的无望和反动势力的嚣张，从而产生了进一步从事革命的思想。太炎的进步思想，正是从现实中屡屡遭到挫折而向前发展的，他没有因碰壁而灰心丧气，恰恰相反，越受挫折，他对前进道路认识越清，革命意志也更加坚决。

综观章太炎诗的内容，主要有这几个方面：（一）早年由于关心国家民族的命运，与人民的痛苦等问题而寻找救国救民的道路，他最初参加维新变法运动，而最后走向革命道路的历程；（二）从国家和民族利益及革命前途出发对所接触的人物有赞颂有暴露，表现出自己强烈的爱憎；（三）被捕入狱后，在死亡的边缘上，表现出视死如归，坚贞不屈的英雄气概。所以他的诗篇，正如他自己所说的：一则是记录个人悲愤的产物；再则是可以通过这些作品，看出这个时期历史发展的进程。

章太炎的诗在形式上绝大部分是五言，原因是他非常称道建安、正始、太康、直到永嘉这几个时期的作者。他说：

> 独风有异，愤懑而不得舒，其辞从之，无取一通之书，数言之训。及其流风所扇，极乎王粲、曹植、阮籍、左思、刘琨、郭璞诸家，其气可以抗浮云，其诚可以比金石，终之上念国政，下悲小己，与《十五国风》同流。
>
> ——《辨诗》

所以他的诗歌正是完全继承了魏晋作者的流风，"上念国政，下悲小己"，发抒自己愤懑的作品。

在表现方法上基本上用了比兴手法。即如他的《杂感二首之二》中的"谁教两犬竞呀呀，貂尾方山总一家。恨少舞阳屠狗侣，扫除群吠在潼华"。这篇诗揭露了清王朝的统治者，就是在联军入侵仓皇逃到西安时，两宫还在进行着权力之争。"貂尾方山"指的是满族与汉族的官僚，他们之间的斗争，只不过是统治阶级内部强狗与弱狗、饱狗与饿狗之间的斗争，是说不上谁是谁非的。作者深叹没有像早年曾经干过屠狗行业的樊哙一样的人，来把这群在国破家亡时仍然为着个人私利斗争不息的丑类，在潼关华阴一带把他们彻底消灭干净。

从这里表现了作者对那班对外屈膝投降，对内残酷镇压的反动派的深恶痛绝。

章太炎也有直抒胸臆、热情磅礴的作品，即如前边所引的《狱中赠邹容》、《狱中闻沈禹希见杀》，完全是从胸中迸发出的语言，无一雕饰，却感人至深，无怪乎鲁迅早年读过直到晚年还记忆犹新啊！

章太炎在晚清，正如鲁迅所说，"是有学问的革命家"，他在学术上虽继承了"戴、段二王"皖派的正统，但他从早年到中年矢志革命，1902年后组织了光复会。尤其是1906年出狱后到了东京，主持了《民报》笔政，发表了许多具有战斗性的论文。就是他早年出版的《訄书》，也绝非一般为学术而学术的著作，同样是具有深刻政治性和战斗性的革命作品。他的散文大致可分为杂文和述学文两类。

章太炎在《文学论略》中把一般散文均标为"杂文",里边包括符命、论说、对策、杂记、述序、书札等六类。他的杂文在当时影响最大的是论说文。这其中有属于政治斗争的作品和篇幅较短的书信类作品。如《驳康有为论革命书》和《张苍水集序》。前者对康文的驳斥就当时来说乃是革命派革命路线与保皇派改良路线第一次针锋相对的斗争。戊戌变法后,康、梁逃亡日本,康因受载湉的知遇,并且期望他有朝一日能够复辟,自己仍将被重用,所以力倡立宪保皇之说,来与当时蓬勃高涨的革命思潮相对抗。1903年康有为曾发表《与南北美洲诸华商书》,长达万余言,内容不外:(一)说明满汉种族同出一本,不应存种族界限;(二)清政府建立后,政治措施比明代开明;(三)载湉是一位贤明皇帝,一定可以实行立宪;(四)革命不但要流血,而且容易招致瓜分;(五)中国民智未开,即便革命也不能建立共和政体,只会使中国社会越发糟下去;等等。

章太炎当时针对康氏这些反动论点以及康氏所以保皇的动机和目的一一加以驳斥和揭露。这篇文章虽是驳斥保皇派的改良主义路线的,但却揭露并抨击了清王朝政治的腐败与对汉族残酷的压迫,并大力宣传了革命胜利的可能性,大大鼓舞了革命者的斗志,加强了必胜的信心。因此遭到了清政府的深恶痛绝,必欲置之死地而后快。

本文最精彩的是对清廷残酷压迫汉人的揭发。在赋税上,实行一条鞭法后,名为永不加赋,而耗羡平余,犹在正供之外。至于玄晔、弘历数次南巡,强勒报效,数若恒沙,已居尧舜的美名,而使佞幸小人间接以行其聚敛,其酷有甚于加税开矿者。至于对待汉族,廷杖虽除,而诗案史祸,较之廷杖毒螫百倍。接着用康氏的话来反击康氏道:"至于近世,戊戌之变,长素所身受,而犹谓:'满洲政治为大地万国所未有。'呜呼!斯诚大地万国所未有矣!"

其次是对载湉自私无能的揭露,文中说:"载湉小丑,未辨菽麦","戊戌百日之政,……其迹则公,而其心则只为保吾权位。"接着分析他当时的处境,以及清廷顽固派势力的强大。结论是"彼其为私,则不欲变法矣;彼其为公,则亦不能变法矣"。说明康氏仍把立宪变法寄托在载湉身上,纯粹是梦想,是绝对不可能实现的。

继此之后,文中着重比较立宪和革命二者的难易问题。他认为革命犹易,立宪尤难。两相比较,则无宁取其稍难而差易者。至于下边驳斥康氏的"人心公理,未明不能革命"的论点,更其精辟。文中说:

> 人心之智慧,自竞争而后发生。今日之民智,不必恃它事以开之,而但恃革命以开之。且勿举华、拿二圣,而举明末之李自成。李自成者,迫于饥寒,揭竿而起,固无革命观念,尚非今日广西会党之俦也。然自声势稍增,而革命之念起。革命之念起,而剿兵救民、赈饥济困之事兴。岂李自成生而有是志哉?竞争既久,知此事之不可以已也。虽然在李自成之世,则赈饥济困为不可已;在今之世,则合众共和为不可已。是故以赈饥济困结人心者,事成之后,或为枭雄;以合众共和结人心者,事成之后,必为民主。

接着他又举义和团的事例,最后归结为:

　　　　然则公理之未明，即以革命明之；旧俗之俱在，即以革命去之。革命非天雄
　　大黄之猛剂，而实补泻兼备之良药矣。

　　正由于太炎在当时的立场是人民的立场、革命的立场，观点是唯物论的观点，其总的倾向为民族主义和民主主义，所代表的是新生事物的力量，方向是符合历史发展规律的。所以他的话，辞严义正，能博得广大读者的同情和拥护，对革命的发展，起到了巨大的推动作用。当时有人把它与邹容的《革命军》合刊，名为《章邹合刻》，曾经轰动一时。清王朝立志追捕章太炎，必欲得而甘心，不是没有原因的。

　　章太炎另外还有不少篇幅较短的、具有革命激情、影响了广大青年读者的杂文，如：《中夏亡国二百四十二年纪念会书》、《张苍水集后序》、《南疆逸史序》等等。

　　即如《张苍水集后序》，开始叙述这部书的发现与整理的经过，接着论述张煌言率师抗拒清兵时的情况，结尾抒发了个人对这位先烈的崇仰和追怀，并表示了自己同清王朝势不两立的决心。读后让人深受感动。据许寿裳讲："章先生的《张苍水集·后序》，也是鲁迅所爱诵的。"（《亡友鲁迅印象记》四）可知它在当时影响之大。

　　章太炎述学文章，其代表作为《訄书》（后改名《检论》）和《国故论衡》。前者共分9卷，包括64篇短文；后者分3卷，包括27篇论文。从这两部书中，首先可以看出章太炎学术的博大精深，不论是中国历代盛衰兴亡的原因、学术思想的演变，还是典章制度的因革，都能观其会通，并就个人所处的时代与个人的观点提出意见，具有极其精辟的论断，达到"学以致用"和"古为今用"的目的，在当时产生了巨大的、积极的影响。现仅就《检论》中的《案唐》、《清儒》两篇来看他的述学文的特点。

　　《案唐》是一篇论唐代学风的文章。文中首先对唐代用科目来代替门阀世胄选拔人才的制度作了肯定。认为这样，出身寒微的人凡有才能，都有机会被朝廷选拔上来，但接着指出唐代的士风一般习于夸肆而忘礼让，从言论上看，好像很了不起，就是汉代的贾（谊）、晁（错）似乎都不在话下。可是试考察他们的制行，就连楼护、陈遵都赶不上。至这种风气的作俑者，章太炎认为是源于王勃。他假造了一些史事，来抬高他先人王通的身价，从而来增强自己的荣誉。流风所被，后来文士，韩愈、吕温、柳宗元、刘禹锡、李翱、皇甫湜之流，都受其影响。像韩愈远远比不上扬雄，但竟大言不惭地以孟、荀自比。至其品质，是"色厉内荏，内冒没而外言仁义"。这都是受到王勃《中说》的影响。

　　其次王勃虚构史事，增其先德，而韩愈公然受金誉墓，这又是王勃的影响。此外，太炎把唐代比于魏晋江左，就像七国和十二诸侯。从风俗人才上和学术思想上作了对比，驳斥了宋人王应麟的"《世说》清浮，《中说》闳实，天下治乱系之"的看法，为"皮相之见"。

　　综观全文，对唐代学风有阐述，有考证，最后证实了自己的新看法，纠正了前人的谬论。从文章的结构看，开始的"尽唐一代学士，皆王勃之化也"为全文主题，下边先就制行上论述王勃，接着提出了"浮泽盛，故虑宪衰；矜夸行，故廉让废。其败俗与科目相依，而加劲轶焉。终唐之世，文士如韩愈、吕温、柳宗元、刘禹锡、李翱、皇甫湜之伦皆勃之徒也，其辞章奇耦不与焉"的论断。

　　从文章和作风上，章太炎指出："公取宠赂，盛为碑铭，穷极虚誉，以诬来史。此又勃之化也。"这都在证明他开初所提的论点。结尾又论述从文章上看，韩柳古文与王勃的骈俪

似乎是不同的,但是从其思想实质上看,实际也还是一脉相承的。这就说明了章太炎述学文章结构上是严谨的,而逻辑性亦强。

其次《清儒》。章太炎是继承清代皖派学术的一位朴学大师,亦受浙东学派的影响,同时与常州公羊学派处于对立地位。他对清代学术源流以及各派学术的得失,都有极明晰、透辟的见解,全文具有以下几个特点:

一、条理清晰

文中首先论述清代学术产生的时代背景及其原因;其次论述几位朴学的开山大师;再次论述吴皖、浙东、桐城、常州今文,以及清末的汉宋调和等学派;最后评述朴学在整理经学上的总成绩。

二、高度概括

对清代 200 多年的学术发展,仅仅用 4000 多字作了全面的论述,而且说明其源流特点,并评论其得失。没有深刻的理解与高度的概括能力,是绝做不到的。

三、文字简洁,论断明确

即如论朴学的产生,仅仅用几句话作了说明:

> 清世理学之言竭而无余华。多忌,故歌诗文史楛;愚民,故经世先王之志衰。家有智慧,大凑于说经,亦以纾死。

每一句话都包含有丰富的内容,像这样的简练真是达到了惊人的地步。

四、具有联系实际的战斗性

章太炎写《訄书》的同时,正是他开始革命的时候,所以虽是述学的文章,可是篇篇都浸透着民族主义和民主主义思想。即如《清儒》中论述朴学产生的原因,从"多忌""愚民""纾死"等词汇中,就深刻地揭露了清廷对汉族知识分子的残酷压迫。

《案唐》写的时间稍晚,这时他正与保皇派进行斗争。篇末有段话,即:

> 当清之世,学苦其质不苦其文矣。末流矫以驰说,操行至污,乃更以后圣涣号,此复返循王勃《中说》之涂。故仲长子曰:"变而不如前,易而多所败者,亦不可不复也。复又弥戾,以王礼导奸人。"

这就本文主题,联系现实实际,对保皇派予以抨击。所以章太炎的述学文,绝非为学术而学术纯粹客观主义的,而是有着个人的立场、观点,具有一定的战斗性的作品。

第三节　对五四文学革命的影响

　　章太炎是我国近代学术史上的一位继往开来的大师,而兼革命家,可谓桃李满天下,所以他的思想言论影响是极其深远的。单就文学而论,五四前夕的文学革命与太炎就有极密切的关系。

　　五四文学革命的思想是彻底的反帝反封。在反封方面最主要的是"打倒孔家店"。这种反孔教思想,追溯其渊源,实始于太炎。五四前《新青年》中的吴(虞)、陈(独秀)的批孔观点不少本于太炎,不过在新形势下有着进一步的发展罢了。

　　在新文学的创作上,鲁迅的《狂人日记》是当时反孔教、反家族制度的一声春雷。这篇杰作的中心思想同样源于章太炎。直到30年代,鲁迅的历史小说《出关》,还受着《诸子学略说》的影响。(鲁迅《出关的关》)

　　其次,革命派针对当时统治中国文坛的桐城派与"选派"提出了"桐城谬种"与"选学妖孽"两个口号(钱玄同)。这两个口号的提出,也可以说是受章太炎的影响。因为章太炎在散文上,推崇魏晋名理之文,而菲薄骈俪同古文。他在《论式》中说:

> 　　然今法六代者,下视唐、宋,摹唐、宋者,亦以六代为靡。夫李翱、韩愈,局促儒言之间,未能自遂。权德与、吕温及宋司马光辈,略能推论成败而已。欧阳修、曾巩,好为大言,汗漫无以应敌,斯持论最短者也。若乃苏氏父子,则佞人之戈戟者。凡立论,欲其本名家,不欲其本纵横。儒言不胜,而取给于气矜,游獩怒特,蹂稼践蔬,卒之数篇之中,自为错牾,古之人无有也。法晋、宋者,知其病徵,宜思有以相过,而专务温藉,词无芒刺。甲者讥乙,则曰"郑声",乙者讥甲,又云"常语"。持论既莫之胜,何怪人之多言乎!

　　太炎对两派的相互诋訾,给予了这样的批评。特别是对晚清风靡一时的严(复)、林(纾)古文都曾给予严厉的抨击。自然,他的弟子钱玄同在提倡文学革命时,标出的"谬种""妖孽"等口号,当不是偶尔为之。

　　至于钱氏提出的用白话代替文言,其源也本于太炎。他曾说:

> 　　章先生于一九〇八年,著了一部《新方言》。他说:"考中国各地方言,多与古语相合。那么古代的话,就是现代的话,现在所谓古文,倒不是真古,不如把古语代替所谓古文,反能古今一体、言文一致。"这在现在看,虽然觉得他的话不能通行,然而我得了这古今一体、言文一致之说,便绝不敢轻视现代的白话文。从此便种下了后来提倡白话之根。民国元年(1912年)一月,章先生在浙江省教育会

上演说,他曾说过:教育部对于小学校删除读经,固然很对。但外国语修身亦应删去。历史宜注意。将来语言统一以后,小学教科书,不妨用白话来编。我对白话文的主张,实在植根于那个时候,大都是受太炎先生的影响。

——《文化与教育》二十七期,熊梦飞《记录玄同先生语文问题的讲话》

由此可见太炎的学术思想影响之大。当然他对文学的看法有不少不当之处,尤其在五四后,曾反对白话文。在 30 年代,又曾提出:"你们说古文难,白话更难"的论题,当时鲁迅曾就此写出《名人与名言》一文,加以批评。所以对太炎的文学见解,我们必须有区别地加以批判与继承。

第二章 秋瑾及其他革命派作家

第一节 秋　　瑾

秋瑾(1875~1907),原名闺瑾,字璿卿,别署鉴湖女侠;留学日本时改名瑾,易字竞雄,又署汉侠女儿。浙江山阴(今绍兴)人。高祖、曾祖、祖、父,数代为官,历任江、浙、闽、湘等地知县、知州;母出身望族,善诗文。秋瑾出生福建,童年、青年时期随同祖父、父母到过福建、台湾、浙江、湖南许多地方,自幼胸襟开阔,不同一般闺秀。她"十一岁已会做诗,常常捧着杜少陵、辛稼轩等诗词集,吟哦不已"(徐双韵《记秋瑾》),稍长,"有女才子之称"(冯自由《革命逸史》第二集)。她从小读书很多,崇敬历代民族英雄和爱国志士,并"慕朱家、郭解为人"(陈去病《鉴湖女侠秋瑾传》),引历代女英雄花木兰、梁红玉、秦良玉等为同调,曾学习武艺,纵马驰骋。后遂养成独特个性:"赋性质直,胸无宿物"(秋宗章《六六私乘》),"忼爽明决,意气自雄"(徐自华《鉴湖女侠秋君墓表》),"遇有不达时务者,往往面斥,不稍假借"(吴芝瑛《秋女士传》)。如其诗文所自言:"身不得,男儿列,心却比,男儿烈。算平生肝胆,因人常热"(《满江红·小住京华》),"身无傲骨,而苦乏媚容,于时世而行古道,处冷地而举热肠"(《致琴文书》),自知"非下愚者,岂甘与世浮沉,碌碌而终者?"(《致秋誉章书》)这些个性特征,在秋瑾的文学创作中留下了鲜明的印记。

1896年,秋瑾在湖南湘潭与一富家子弟结婚,"以父命,非其本愿"。婚后颇不幸,常有"可怜谢道韫,不嫁鲍参军"(《谢道韫》)、"知己不逢归俗子,终身长恨咽深闺"(《精卫石》)之叹。1903年,随夫进京,阅读新书报,结识吴汝纶之幼女吴芝瑛,思想日趋先进,益感家庭如囚笼,无可忍耐。她在京积极参加吴芝瑛发起的"妇女谈话会"等社会活动,结识多人,思想觉悟发生飞跃变化,毅然与夫家决裂。1904年夏,"钗环典质浮沧海",告别亲友,赴日本留学。

秋瑾在日本生活了一年多,刻苦学习之余,积极参加中国留学生的集会活动和革命团体的活动。由于她"丰貌英美,娴于辞令"(徐自华《鉴湖女侠秋君墓表》),"豪纵尚气,每稠坐论议风发,不可一世"(吴芝瑛《记秋女侠遗事》),"负奇磊落,往会必抠衣登坛,多所陈说。其词淋漓悲壮,荡人心魂,与闻之者,鲜不感动愧赧,而继之以泣也"(陈去病《鉴湖女侠秋瑾传》),很快成为中国留日学生中引人注目的人物。1904年中秋,秋瑾创刊之《白话》杂志问世，内容以鼓吹民主革命为主，兼及妇女解放，语言则"仿欧美新闻纸之例，以俚俗语为文"。第一、二、三期，载秋瑾《演说的好处》、《警告中国二万万女同胞》、《警告我同胞》等，署名"鉴湖女侠秋瑾"。"女侠"声名自此大彰。宋教仁、陶成章、黄兴、刘道一、陈天华、徐锡麟、冯自由、何香凝、周树人（鲁迅）、江亢虎、欧阳予倩等许多风云人物，相继与秋瑾结识。1905年，秋瑾先后加入光复会和中国同盟会，并在同盟会正式成立大会上被推举为浙江分会主盟人和评议部评议员。她是同盟会领导人中唯一的女性。

1905年12月，秋瑾归国。先后曾在湖州、上海等地从事革命活动。1906年12月，创刊《中国女报》，为使中国妇女"生机活泼，精神奋飞，绝尘而奔，以速进于大光明世界"，奔走呼号。后秋瑾亲走内地，发动秘密会党，联络同志，准备起义。1907年，在绍兴主持大通学校校务，以学校为革命据点，运动军界、学界，并多次往返于绍兴、杭州、上海及浙江省内各地，组织光复军，拟定"军制"，准备武装暴动。7月6日，徐锡麟在安庆枪击安徽巡抚恩铭，宣布起义。起义失败，不幸殉难。7月13日，秋瑾在绍兴大通学校被捕，受到严刑拷打，于7月15日英勇就义于绍兴古轩亭口。遗作有诗百余首、词数十阕、文十余篇、歌数首及弹词《精卫石》等（均收入上海古籍出版社〈原中华书局上海编辑所〉出版《秋瑾集》）。其他作品，因烈士生前"随手散弃"，遇难时家人"亟夜焚毁"，已失传。

秋瑾的诗歌，大体可以1903年入京为界分为前后两期。前期作品，多为咏花明志、思亲述怀之作，虽不能与其后期诗词相比，但已表现出不同于一般多情少女、无愁少妇的独特风貌。如《吊屈原》、《谢道韫》、《赤壁怀古》、《题芝龛记》八首、《秋海棠》、《梅》、《兰花》、《菊》、《踏青记事》四首之三、《重阳志感》、《秋日感别》、《风雨口号》等，其襟抱才情，都有不同凡响之处。

秋瑾咏花，与一般风花雪月之作颇有不同。她笔下的"花"，大都表现出一种独立不倚、刚骨自强的品格，英姿飒爽，不让群芳，与秋瑾其人"生平忼爽明决，意气自雄"的风格相一致，它们是诗人人格的再现："平生不藉春光力，几度开来斗晚风"（《秋海棠》）；"开遍江南品最高"，"不与夭桃一例娇"（《梅》）；"九畹齐栽品独优"，"羞伍凡葩斗艳侪"（《兰花》）；"夭桃枉自多含妒，争奈黄花耐晓风"（《菊》）；"独立自怜标格异"（《白梅》）；"冰霜雅操最宜诗"（《咏白梅》）；"国色由来夸素面"，"淡泊风前有异香"（《白莲》）；"嫩白应欺雪，清香不让梅"（《水仙花》）；"本是瑶台第一枝"，"侠骨棱棱画不真"，"自怜风骨难谐俗"，"又同霜雪斗春奄"，"冰姿不怕雪霜侵，羞傍琼楼傍古岑。标格原因独立好，肯教富贵负初心"（《梅》十章）。所有这些"花"，都显现了秋瑾早在未离闺门之时，性格中就有一个重要侧面，"铁骨霜姿"，不同凡俗。这是她后来能够走上革命道路的一个重要原因。当然，她的性格中也有另外一面，有时也"似血如硃"（《杜鹃花》），"嫣红白雪"（《芍药》），"嫩萼含葩"（《咏白梅》），"艳色秾芳"（《桃花》），"夺得胭脂山一座"（《红莲》），"嫣红染就不胜娇"（《剪春罗》）。这没有什么奇怪，秋瑾毕竟是一位"丰貌英美"的女性。我们通过她的诗词看到她的另一面，非但无损于烈士的光辉形象，反而更有助于理解她丰富多彩的精神世界。

秋瑾还有一些思亲、赋别、咏怀、赠答之作，也自始与常人有所不同。其中有些作品，深幽婉曲，哀乐过人，达常人未达之境。"已是秋来无限愁，那禁秋里送离舟？欲将满眼汪洋泪，并入湘江一处流"（《秋日感别》）；"多病休登花外楼，一番风雨一番愁。衔泥燕子多情甚，小语依依傍玉钩"（《风雨口号》）；"容易东篱菊绽黄，却教风雨误重阳。无端身世茫茫感,独上高楼一举觞"(《重阳志感》)。这些作品,比之一般男性诗人多一缕柔婉细腻,又比一般女诗人多一分豪迈劲爽,刚柔相得,真挚、秀美。它们具有不容忽视的审美价值和认识价值。正因为它们出自一位具有铁骨侠肠的著名女革命家之手,更为人类认识自己心灵世界的复杂性、曲折性、多向性提供了宝贵的审美材料,也有助于后人正确认识革命家的风貌。

当然,秋瑾诗文中更有价值的,是她1903年入京之后的后期作品。这时,她北上幽燕,一路所见甚多。南北中国之对比,加以入京后所见清廷种种腐败状况,使她为当时缺少"认真爱国者"深感叹息(《致琴文书》)。秋瑾入京,与爱国名媛吴芝瑛结为姊妹,知己相逢,和吹埙篪,使她在精神上得到很大安慰和鼓舞。"漆室空怀忧国恨,难将巾帼易兜鍪"(《杞人忧》)。她毅然脱离家庭,告别骨肉,走上新的道路。此后,一管诗笔,即常有风云缭绕,迥异于前。

抒发立志扭转乾坤的爱国豪情,是秋瑾后期诗歌中的主要内容。相对于前期作品中的花树莺燕,后期作品中最常出现的事物形象变为刀剑戈甲。相对于前期诗歌中的思亲思乡之情,后期作品中到处可见忧国忧民之情。诗人内心中原有的积极方面,得到了充分发展。

"话到兴亡眦欲裂,千金市得宝剑来"(《宝剑歌》);"愿从兹以天地为炉、阴阳为炭兮,铁聚六洲。铸造出千柄万柄宝刀兮,澄清神州。上继我祖黄帝赫赫之威名兮,一洗数千数百年国史之奇羞!"(《宝刀歌》)她清醒地认识到"世界和平赖武装",并以磅礴气势、高昂激情屡次诉诸长歌。因此,她的诗歌不仅具有撼人心魂的战斗力,而且给人一种雄豪健勇的美感。"恍如天马行空,不受羁勒,非若寻常腐儒之沾沾于格律声调,拾古人余唾者可比"(秋宗章《六六私乘补遗》)。

如《泛东海歌》:

登天骑白龙,走山跨猛虎。叱咤风云生,精神四飞舞。大人处世当与神物游,顾彼豚犬诸儿安足伍!不见项羽酣呼钜鹿战,刘秀雷震昆阳鼓。年约二十余,而能兴汉楚;杀人莫敢当,万世钦英武。愧我年廿七,于世尚无补。空负时局忧,无策驱胡虏。所幸在风尘,志气终不腐。每闻鼓鼙声,心思辄震怒。其奈势力孤,群才不为助。因之泛东海,冀得壮士辅。

全诗直抒胸臆,不加雕琢,却以丰富的想象,饱满的热情,使情境相生,构成强烈的抒情气氛。诗人所抒之志,挟龙虎风云、钜鹿昆阳,喷薄而出,其壮怀所思,自能感人。

"喜散奁资夸任侠,好吟词赋作书痴"(《独对次清明韵》);"室因地僻知音少,人到无聊感慨多"(《秋日独坐》);"漫云女子不英雄,万里乘风独向东"(《日人石井君索和即用原韵》);"祖国陆沉人有责,天涯飘泊我无家"(《感时》);"时局如斯危已甚,闺装愿尔换吴钩"(《柬徐寄尘》);"好将十万头颅血,一洗腥膻祖国尘"(《赠蒋鹿珊先生言志……》)这类诗句,在秋瑾后期诗歌中,多处可见。古今中国女性诗人中,这般诗境,只此一人!

诗词之外,秋瑾后期还写过语言更为通俗,更宜于宣传革命思想的"歌":《同胞苦》、《叹中国》、《我羡欧美人民啊》、《勉女权歌》及长篇弹词《精卫石》等。《精卫石》是一部类似通俗小说的作品,现存仅六回。存目共二十回,拟由女主人公黄鞠瑞反抗封建家庭,争取妇女解放,写到"盛倡自由权黄竞雄遍游内地"、"投盾叱帅女子显英雄";最后写到"拍手凯歌中共欣光复,同心革弊政大建共和"。书中分明带有自传因素和理想色彩,对理解秋瑾的思想很有帮助,惜乎不全。

从以上情况可以看出,秋瑾是一位文坛上的多面手。她"自幼即好翰墨"(陶玉东《秋瑾遗闻》),"偶成小诗,清丽可喜"(秋宗章《六六私乘》)。传统诗文、通俗文体,她都能运用自如,取得一定的成就。雅言常语,她都能驾轻就熟,自由地用以表达思想感情。她的有些文章,如《中国女报发刊辞》、《敬告姊妹们》、《致徐小淑绝命词》,写得相当动人。在她的诗歌中,不仅较为自由的歌行体写得好,律诗、绝句也颇见功力。例如她的代表作之一《黄海舟中日人索句并见日俄战争地图》,就是一首格律谨严、寓意深沉的七律:

> 万里乘风去复来,只身东海挟春雷。
> 忍看图画移颜色?肯使江山付劫灰!
> 浊酒不销忧国泪,救时应仗出群才。
> 拼将十万头颅血,须把乾坤力挽回。

它将秋瑾的爱国激情和革命远见表现得很充分。诗歌格律不仅没有成为束缚,反而有助于表达诗人情怀,使读者悉读其内心世界。名篇《对酒》:

> 不惜千金买宝刀,貂裘换酒也堪豪。一腔热血勤珍重,洒去犹能化碧涛。

脱口而出,不做修饰,活画出诗人的英武形象,一向为人称颂。《绝命词》:

> 秋雨秋风愁煞人

仅此一句,将烈士英勇就义前多种情怀吐露净尽。虽然它出自清人诗集,并非秋瑾自作,但长期以来,一直被视为烈士的心声脍炙人口。

五四时期,关系妇女解放的"娜拉"问题,吸引了不止一代的青年人。白话、文言问题,文学与革命的关系问题,文学的大众化问题,"旧瓶装新酒"的问题,搅动了新旧文学界。其实,"秋瑾所走的路正是'娜拉'的答案"(郭沫若《秋瑾史迹·序》)。秋瑾所走的文学道路,也正在一定程度上预示着文学的未来。

"无情未必真豪杰"(鲁迅《答客诮》)。"衔泥燕子多情甚,小语依依傍玉钩"的秋瑾,同"不惜千金买宝刀,貂裘换酒也堪豪"的秋瑾,原本是一个人。1907年,秋瑾为革命壮烈牺牲,年仅33岁。倘非英年摧折,他年巾帼兜鍪,叱咤风云,或明驼千里,木兰归来,其雄章丽句,更不知几多?

第二节 邹容、陈天华

邹容(1885～1905),字蔚丹(威丹),四川巴县人。出身于富商之家。自幼敏慧好学,善于思考,12岁,与其兄参加巴县童子试,因与主考官发生冲突,愤然退出考场,以示抗议。曾修改《神童诗》"少小须勤学,文章可立身"云云为"少小休勤学,文章误了身。贪官与污吏,尽是读书人",对满清官吏予以尖锐讽刺。他非常崇敬戊戌变法中慷慨就义的谭嗣同,悬其遗像于座侧,题诗于上,以示景慕。在重庆经学书院读书期间,邹容"指天画地,非尧舜,薄周孔,无所避"(章太炎《赠大将军邹君墓表》),"攻击程朱及清儒学说,尤体无完肤"(冯自由《革命逸史》)。1902年,自费赴日本东京留学,途经上海,补习日语,目睹十里洋场各种景状,无端感慨,曾录蒋智由所作《书怀》诗以泄悲愤:"落落何人报大仇,沉沉往事泪长流。凄凉读尽支那史,几个男儿非马牛!"可见当时心情。赴日后,积极参加留学生中的革命活动,每于集会时慷慨陈词,大倡反清。1903年,参加拒俄义勇队,并开始写作著名论著《革命军》。其间,曾约同几名留学生,以故惩戒清政府留日学生监督姚文甫,"快剪刀除辫",剪掉姚的辫子,悬于留学生会馆示众。此事大快人心,轰动一时。清政府十分愤怒,认为"近来留学生之宗旨变坏,应推邹逆为祸首",照会日本外务省,向同文书院索拿邹容。邹容因此被迫回国,入上海爱国学社。

邹容在爱国学社,结识章太炎、章士钊、柳亚子等,大得章太炎赏识,结为兄弟。太炎著名论著《訄书》增订出版,封面由邹容题署书名。太炎作《驳〈革命驳议〉》,结尾一段由邹容执笔。邹容写成《革命军》,请太炎润色,太炎仔细阅读全文,认为无须修饰,并为之作序。当时,章太炎36岁,已是著名思想家、文学家,邹容年方19,一介青年,由此可见邹容在当时革命者心目中的地位已经很高。

《革命军》共两万多字,分做七章:一、绪论;二、革命之原因;三、革命之教育;四、革命必剖清人种;五、革命必先去奴隶之根性;六、革命独立之大义;七、结论。这本书,既是政治斗争的号角,又是文化革新的旗帜,一经问世,不仅对清朝统治造成极大威胁,使清廷认为"此书逆乱,从古所无",而且,在整个思想文化界引起很大反响。尽管"其中尚有不少狭隘与偏颇之处",但"这本书的出版,对人们从资产阶级改良主义思想跃进到资产阶级革命思想,却起了很大的推动作用"。(吴玉章《辛亥革命》)

邹容曾对其亲人说:"皇帝害怕卢梭,我喜欢卢梭。"(邹传德、邹传参《先祖父邹容事迹杂忆》)在《革命军》中,他大力宣传卢梭关于自由、平等、天赋人权等思想,公开宣告:"吾将执卢骚(梭)诸大哲之宝幡,以招展于我神州土。""吾但信卢骚、华盛顿、威曼。诸大哲于地下有灵,必哂曰:孺子有知,吾道其东!"书中大声疾呼:"革命者,天演之公例也。革命者,世界之公理也。革命者,争存争亡过渡时代之要义也。革命者,顺乎天而应乎人者也。革命者,去腐朽而存良善者也。革命者,由野蛮而进文明者也。革命者,除奴隶而为主人者也。"书中专写一章,题为"革命必先去奴隶之根性",认为"中国之所谓二十四朝之史,实一部大奴隶史也","宴息于专制政体之下者,无往而非奴隶"。中国"上下古今,宗教道德,政治学术,一视一听之微物",均须重加清理。清除"奴隶根性",是民族民主革命中的一大任务。邹容这些思想,使《革命军》远远超出了仅为反清革命进行政治宣传这一范围,具有更为深广的意义。《革命军》因此而成为中国思想史上继严复《天演论》之后又一部重要著作。它对中国人民的思想解放,起了非常积极的作用。

《革命军》出版于1903年5月。不久,即发生本编前章所述之"《苏报》案"。章、邹之名,轰动中外。章太炎被捕后,邹容不顾生死,毅然投案,成为又一个谭嗣同。1904年5月,邹容被判监禁两年。翌年4月3日病死狱中,年仅21岁。

在狱期间,邹容与章太炎诗歌唱和,写了《和西狩〈狱中闻沈禹希见杀〉》:

中原久陆沉,英雄出隐沦。
举世呼不应,抉眼悬京门。
一瞑负多疚,长歌召国魂。
头颅当自抚,谁为墨新坟。

《狱中答西狩》:

我兄章枚叔,忧国心如焚。
并世无知己,吾生苦不文。
一朝沦地狱,何日扫妖氛?
昨夜梦和尔,同兴革命军。

这两首诗,在艺术上都不够成熟,但它们表现了年轻的革命家英勇不屈的精神,有助我们认识那一代人的心态。

邹容在《革命军·自序》中写道:"文字收功日,全球革命潮。""《苏报》案"后,《革命军》的传播,如潮激涌。黄兴、孙中山等,先后大量翻印。孙中山说:"《苏报》一案,章太炎、邹容以个人和清朝政府对讼","民气为之大壮";"《革命军》一书,为排满最激烈之言论,华侨极为欢迎。其开导华侨风气,为力甚大"。(《革命原起》)各种版本的《革命军》,销行量以百万计,占清末革命书刊第一位。所以,鲁迅说:"倘说影响,则别的千言万语,大概都抵不过浅近直截的'革命军马前卒邹容'所做的《革命军》。"(《坟·杂忆》)

邹容与其《革命军》,直接影响到一代人的文学创作。1903年,柳亚子作长诗《放歌》、《有怀章太炎、邹威丹两先生狱中》。《放歌》实即诗体的《革命军》。同年八月,《江苏》杂志刊出浴血生《革命军传奇》(杂剧)。同年,陈天华写了一部颇有影响的章回小说《狮子吼》,不仅其中有些人物身上有邹容的影子,还在第七回中直接写到《革命军》,说:"此论一出,人人传颂。革命革命、排满排满之声,遍满全国。"可见其影响之巨。

陈天华(1875~1905),字星台,又字过庭,号思黄,湖南新化人。自幼颖慧,曾有神童之誉。喜读小说弹词,曾仿其文体作通俗小说、山歌、小调。及长,受新学思想影响,慨然欲任天下事。尤喜谈平等自由诸说,为时流所侧目。1903年初,去日本留学,入东京弘文学院。同年,积极参加拒俄运动,与黄兴一道被推举为归国革命运动员。冬,归国。1904

年,随同黄兴、宋教仁等在长沙创立华兴会,谋划起义,事泄失败,逃往日本。1905年8月,同盟会在日本东京成立,陈天华是发起人之一,被推举为会章起草员,并参与《革命方略》拟定工作。陈天华先后参加过革命刊物《游学译编》、《二十世纪之支那》及《民报》的编辑撰稿工作,是一位非常出色的革命宣传家。1905年11月,日本政府文部省颁布"取缔清韩留日学生规则",留日学生群起斗争。陈天华欲以一己之死,激励国民"共讲爱国",写"绝命辞",在日本大森海湾,愤然投海自杀。时年仅31岁。陈天华之死,影响巨大。1906年,灵柩运回湖南,各界人士万余人,哀歌动地,送葬于岳麓山。时当学生暑假,皆著白制服,手执白旗,满山缟素。数年后,《神州日报》主笔杨笃生痛愤国事,步其后尘,于英国利物浦蹈海自杀。柳亚子赋诗以吊:"思黄死后剑生殉,今日湘江又哭君。"1917年,周恩来为寻求革命真理,东渡日本,临行赋诗:"大江歌罢掉头东,邃密群科济世穷。面壁十年图破壁,难酬蹈海亦英雄。"末句即借用陈天华蹈海殉国事以"自督"。

陈天华遗作,均收入湖南人民出版社出版的《陈天华集》,其中影响较大的有弹词《猛回头》,近于说唱的通俗散文《警世钟》和章回小说《狮子吼》等。《猛回头》作于1903年。作者有感于列强侵凌,清廷卖国,"同胞沈迷不醒,依然歌舞太平",号召国民"猛睡狮,梦中醒,向天一吼","雪仇耻,驱外族,复我冠裳"。开篇有诗:"大地沉沦几百秋,烽烟滚滚血横流。伤心细数当时事,同种何人雪耻仇?"结尾有诗:"瓜分豆剖逼人来,同种沉沦剧可哀。太息神州今去矣,劝君猛省莫徘徊。"最后以汉代名将霍去病的两句名言"匈奴未灭,何以家为"结束全文。作者忧国忧民,欲力救"沉沦",所以他才"拿鼓板,坐长街,高声大唱",唱出这篇弹词。"词"中列举近代甲午战争、庚子之祸等丧权辱国的种种事实,告诉国民:"怕只怕,做印度,广土不保;怕只怕,做安南,中兴无望";"怕只怕,做波兰,飘零异域;怕只怕,做犹太,没有家乡";"怕只怕,做非洲,永为牛马;怕只怕,做南洋,服事犬羊";"怕只怕,做澳洲,要把种灭;怕只怕,做苗瑶,日见消亡"。每"唱"一"怕",以下通俗语言列举事实,告诉国民,亡国灭种的危险已迫在眉睫,令人"胆战心惶"。下又指出,若要"死中求活","第一要,除党见,同心同德","第二要,讲公德,有条有纲",共"十要"。又说,要学法兰西、德意志、美利坚、意大利,"改革弊政""报复凶狂""离英自立""独自称王","莫学"张洪范、洪承畴、曾国藩、叶志超,汉奸卖国、事敌辱国。每"唱"一句,加以长篇"说"词。这种"说唱"形式,在当时具有极好的宣传作用,所以陈天华在《警世钟》里也采用了类似的文体。这是一种中国式的"演说",其效果与西方的"讲演"有类似之处,或有过之。当时有人认为,其影响"较之章太炎《驳康有为政见书》及邹容《革命军》有过之无不及"(冯自由《革命逸史》)。

《狮子吼》仅存八回,原载1903年《民报》,是一部没有完成的章回小说。作者设想舟山岛上有一个"民权村","烟户共有三千多家",如同寡民小国,"有议事厅,有医院,有警察局,有邮政局,公园、图书馆、体育会,无不俱备。蒙养学堂、中学堂、女学堂、工艺学堂,共十余所。此外有两三个工厂,一个轮船公司"。村中有革命党,讲求新学,提倡"自治",宣传革命,维护民权,为之不惧流血牺牲。它实际上是作者心目中的资产阶级文明共和国蓝图的一个袖珍版。

陈天华的这些作品,都作于1903年。它们有一些共同特点:作者亟欲"唤醒国民迷梦,提倡独立精神,一字一泪,一语一血",满腔热诚,如同赤子;内容新颖,语言通俗。因此,出版后不胫而走,"三户之市,稍识字之人,无不喜朗诵之。湘中学堂,更聚资为之翻印,备作课本传习"(杨源浚《陈天华殉国记》)。《猛回头》"初版五千部,不及兼旬,销罄无余"(《游学译编》第十一期《再版猛回头》广告)。它们在辛亥革命前后,起到了极其广泛的宣传作用。在士兵、学生以及工农群众中,传播尤广。这在中国历史上是空前的。

第三节　章士钊、刘师培

　　章士钊、刘师培是辛亥革命时期资产阶级革命队伍中另一个类型的文学家。他们都曾以激烈始,而以落伍终,一生功过俱显,毁誉皆著,长期以来,多次成为有争议的人物。

　　章士钊(1881~1973年),字行严,笔名烂柯山人、秋桐、孤桐、青桐、无卯,湖南长沙人。1901年入南京陆师学堂,因思想进步,并有文名,成为学生首领。1902年,响应上海南洋公学退学风潮,率领陆师退学同学到上海,加入爱国学社。章太炎对其颇为器重,与章士钊、张继、邹容约为兄弟,故此后章士钊常称之"吾家太炎"。邹容《革命军》一书初版,亦士钊题签。1903年5月,经章太炎推荐,章士钊被聘为《苏报》主笔。从此《苏报》大为改观,宣称"吾将大索天下之所谓健将者,相与鏖战公敌,以放一线光明于昏天黑地之中"。从6月1日章士钊主持笔政起至7月7日报馆被封,37天中,《苏报》共刊出论说、来稿40篇,几乎篇篇谈论革命。6月1日,刊出《康有为》,宣称"新水非故水,前沤续后沤","今日之新社会,已少康有为立锥之地"。6月9日,刊出章士钊《读〈革命军〉》(署名"爱读《革命军》者"),称邹容之作:"驱以犀利之笔,达以浅直之词","此诚今日国民教育之一教科书也。李商隐之于韩碑,愿书万本诵万遍;吾于此书亦云"。"《苏报》案"后,章士钊按时间顺序收集了《苏报》上的一些论文及与"《苏报》案"有关的文章编成《苏报案纪事》(一名"癸卯大狱记"),在上海出版,对扩大《革命军》及"《苏报》案"的影响,起了重要作用。《苏报》被封后32天,章士钊、何梅士、陈去病、张继、陈独秀、苏曼殊等续办《国民日日报》,继续斗争,宗旨与《苏报》同,人称"苏报第二"。清政府称它"可恨已极",下令禁止售卖和阅读,违者"提究"。同年,章士钊编著《黄帝魂》、《孙逸仙》(译述日人宫崎寅藏《三十三年之梦》,署名"黄中黄")、《沈荩》(署名"黄中黄"),都是非常流行的革命宣传品。1905年,赴日本留学,曾以"烂柯山人"笔名作言情小说《双枰记》。1908年赴英国留学政法,兼攻逻辑,曾著《论英国宪法》。辛亥革命时归国,任总统府常年顾问,后任参议院议员。同时主编《独立周报》,以"袖手旁观人"自命,欲学英人艾狄生,"出其凌空之笔,描写政治社会种种状态"(《发端》)。1914年,因反对袁世凯称帝,逃亡日本,在东京主编《甲寅》杂志,以秋桐笔名发表大量政论、通讯、时评,猛烈抨击帝制。其文慷慨激烈,又善于分析,笔锋犀利,逻辑谨严,论者将其文与严复文并称为"逻辑文学",说他"出其凌空之笔,抉发政情,语语为人所欲出而不得出,其文遂入人心,为人人所爱诵,不啻英伦之于艾狄生焉"。(钱基博《现代中国文学史》下编《新文学》)

　　"新水非故水,前沤续后沤",各代皆然。五四新文化运动前后,章士钊在京任职。"文学革命,思想革命,章士钊虽然见到了,却依然是从前的章士钊"(陈子展《中国近代文学之变迁》)。1924年,他担任北洋军阀政府司法总长,又兼教育总长,在北京学生运动中,顽固地站在进步青年的对立面,因其当初以《甲寅》得名,"寅"者"虎"也,故被人称为"老虎总长"。1925年,由他主办的《甲寅》以周报形式在北京复刊,顽固地站在复古主义立场上,提倡尊孔读经,反对兴白话废文言,与新文化运动对垒。1925年,章士钊以"孤桐"笔名发表《评新文化运动》和《评新文学运动》,是"甲寅派"的代表作。《甲寅》被人称为"老虎报",许多人愤然作文,要"打倒这只拦路虎"。以鲁迅为代表的新文化阵营对"甲寅派"给予有力回击。1925年8月30日,《京报》副刊《国语周刊》第十二期出版反章专号,载胡适《老章又反叛了》、吴稚晖《友丧》、健攻《打倒国语运动的拦路虎》、钱玄同《甲寅与水浒》等文,形成反章统一战线。这场斗争遂成为文言、白话之争的"终结"。"甲寅派"不识时务地做了"复古运动的代表",而又"不足称为敌手"。它如同一只纸老虎,显得非常可怜,"不过以此当做讣闻,公布文言文的气绝罢了"。(鲁迅《华盖集·答KS君》)

1930年后,章士钊做过律师。重庆谈判期间,为人民做过好事。解放前夕,曾担任南京政府和平谈判代表团代表,为国共和谈奔走。解放后,历任全国政协委员、常务委员,全国人大代表、常务委员,及政务院法制委员会委员、中央文史馆馆长等职。著作有《甲寅杂志存稿》、《长沙章氏丛稿》、《逻辑指要》、《柳文指要》等。1973年在香港探亲期间病故,享年92岁。

章士钊是一位个性特殊的人物。日本学者认为,"章炳麟的坚强,章士钊的刚愎,鲁迅的不屈",都有时代的原因,这是有道理的。(〔日〕高田谆《章炳麟·章士钊·鲁迅——辛亥の死ヒ生ヒ》)章士钊一生未脱离政治漩涡,而又一生不加入政党。自称"自有其一人之见,人尽议其刚愎,尽訾其别有用心",而"不借革命党之头衔自重,要为有余",并"始终持此"。(《致杨怀中信》)早年在日本东京,章太炎、孙少侯闭之于室,强要入会,而章不许。民国以后,吴稚晖、张继、于右任诸旧友敦劝入同盟会,黄兴、胡经武(宗畹)推挽入国民党,复不入。其一生行事大皆如此。其为人好尽言而与众立异,又工臧否人物,自以为"不好同恶异",而又与各方皆有异同,以此博得多方责骂,而又多方敬重。其文与其人同,一论既出,便"不肯服输",每有"鏖战公敌"之概及扎硬寨、打死仗精神。若论其早年文章,则确如胡适赠诗所云:"同是曾开风气人。"当时的人们把他的文章称为"逻辑文学",又称"政论文学",认为:"自1905年到1915年(民国四年),这十年是政论文章的发达时期。这一个时代的代表作家是章士钊。章士钊曾著有一部中国文法书,又曾研究伦理学;他的文章的长处在于文法谨严,论理完足。他从桐城派出来,又受了严复的影响不少;他又很崇拜他家太炎,大概也逃不了他的影响。他的文章有章炳麟的谨严与修饰,而没有他的古僻;条理可比梁启超,而没有他的堆砌。"他的文章,是"'欧化'的古文","但他的欧化,只在把古文变精密了,变繁复了;使古文能勉强直接译西洋书,而不消用原意来重做古文;使古文能曲折达繁复的思想而不必用生吞活剥的外国文法"。(胡适《五十年来中国之文学》)这对中国文体的变革,是有积极意义的。"以文体而论,则其论调既无'华夷文学'的自大心,又无'策士文学'的浮泛气;而且文字的组织上又无形中受了西洋文法的影响,所以格外觉得精密。"(罗家伦《近代中国文学思想之变迁》)读者"读他的文章,总觉得它极为谨严莹洁","又严正,又幽默;又深刻,又公允,真有趣味"。(陈子展《中国近代文学之变迁》)

辛亥至五四期间，章士钊的代表作有《政本》、《国家与责任》、《政力向背论》、《复辟平议》、《共和平议》、《帝政驳议》、《时局痛言》、《国家与我》、《甲寅日刊·发端》、《议会之品格》、《宪法问题》、《外交问题》及围绕这些问题所写的若干通信。这些文章，大都涉及国体、政体、宪法、民约等有关国家政治命脉的根本方面，所论多言之有理，言之有据，堂皇著论，洋洋洒洒，可谓敢言而又善者。《政本》说："为政有本。本何在？曰：在有容。何谓有容？曰：不好同恶异。欲得是说，最宜将当今时局不安人心惶惑之象，爬罗而剔抉之，如剥蕉然，剥至终层，将有见也。"章士钊的文章，很多都采用了这种"剥蕉"法，从正负不同方面，将问题一层层地剥开，露出它的核心和本相。其深刻、严密程度和整个文章的厚重程度，远非一般偶发感想、摇旗鼓噪之作可以相比。由于作者所处时代和阶级的原因，在今人看来，这些文章中不无荒谬之见与迂阔之见，但在辛亥革命时期，它们不仅表现了作者炽热的爱国感情，也表现了较高的理论水平和论战能力，对于壮大革命派的声威和阵容，起了不可低估的作用。那时的章士钊，如一军之帅，是很漂亮地打了几次大仗的。说他是1905～1915年间的代表作家，并非虚言。

士钊之文，大多长篇，而又首尾严密，难以摘取，故不录。

刘师培（1884～1919），字申叔，号左庵，后因参加排满运动，主张攘除清廷，光复汉族，曾更名光汉，用过几年。江苏仪征人，世居扬州。曾祖刘文淇，祖毓崧，伯父寿曾，三代人相继致力于《春秋左氏传》的研究，名著于清代道、咸、同、光四朝，世称"三世一经"。父贵曾，亦以经术知名于时。母李汝谖，亦通晓经史。师培聪明过人，髫龄授读，过目成诵，12岁即读毕《四书》、《五经》。经术之外，亦爱文学，曾于两日内成诗百首，亲友誉为神童。读书勤奋，博闻强记，出语恒惊其长老。年18，补县学生员。19中乡试。20（1903）赴京会试，不第，归途，滞上海，结识章太炎、蔡元培、陈独秀、章士钊及爱国学社其他革命者，遂投身革命。6月，在《苏报》发表《论留学生非叛逆》。8月，作《黄帝纪年论》，反对康、梁以孔子诞生纪年，署名"无畏"。11月，继清初王夫之《黄书》，作《攘书》。1904年1月，又继清初黄宗羲《明夷待访录》，并仿法国卢梭《民约论》，作《中国民约精义》。3月，在《中国白话报》发表《论激烈的好处》，署名"激烈派第一人"。此后数年，发表了大量宣传革命和有关经史学术的文章，结识了一大批革命者，先后担任《俄事警闻》（后改名《警钟日报》）、《国粹学报》、《民报》三大革命报刊的编辑和撰稿工作，先后加入光复会和同盟会两大革命政党，因此成为革命队伍中被敌我双方共同注目的著名人物。1907年，东渡日本，与章太炎共事，因太炎字枚叔，刘字申叔，时人称之"二叔"。同年，与其妻何震编印《天义报》半月刊，宣称："本报之宗旨，在于破坏固有之社会，颠覆现今一切之政府，抵抗一切之强权，以实行人类完全之平等。"并与张继等组织社会主义讲习会，成为中国最早宣传无政府主义思想的重要人物之一。师培为人，"厥性无恒，好异矜奇，悁急近利"（刘富曾《亡侄师培墓志铭》）。家有艳妻，悍锐能制其夫。当时与章太炎、陶成章等发生冲突，勾结日人篡夺同盟会领导权，未能得逞，心生异志，遂与其妻何震、姻弟汪公权同受清廷两江总督端方收买，成为清政府密探，革命叛徒。刘曾上端方书，自云参加革命系年幼"不察其诬"，蔡元培、黄兴"以入会相诱胁"，而今"大悟往日革命之非"。"至于师培近今之志，则欲以弭乱为己任，稍为朝廷效力，兼在酬明公之恩"，并献"弭乱之策"十条。辛亥革命前夕，端方在镇压四川保路运动时被杀，刘师培被拘留，因章太炎惜才营救，幸免处治。1913年赴山西，次年，经同盟会友阎锡山推荐，入京谒袁世凯。1915年，与杨度等组织筹安会，为袁世凯复辟帝制大事鼓吹，被袁任命为"上大夫"。革命党人对刘愤怒挞伐，比之为西汉末年曾经写《剧秦美新》，为王莽劝进的扬雄，称之为"莽大夫"，一时臭名昭著。袁氏死后，蔡元培惜其才学，聘请为北京大学教授。刘师培"是时病瘵已深，不能高声讲演，然所编讲义，元元本本，甚为学生所欢迎"（蔡元培《刘君申叔事略》）。当时已成著名学者的黄侃（季刚）执贽称弟子，成为学界佳话。五四新文化运动中，国粹派站在《新青年》的对立面，准备恢复《国粹学报》和《国粹汇编》，与《新青年》相对抗，刘师培曾参与其事。鲁迅在1918年7月5日给钱玄同的信中愤然指出："中国国粹，虽然等于放屁，而一群坏种，要刊丛编，却也毫不足怪。该坏种等，不过还想吃人，而竟奉卖过人肉的侦心探龙做祭酒，大有自觉之意。即此一层，已足令敝人刮目相看，而歃欤羞哉，尚在其次也。""且看其刊之，看其如何国法，如何粹法，如何发昏，如何放屁，如何做梦，如何探龙，亦一大快事也。"信中所说"侦心探龙"，即指当年曾为端方做过密探、出卖过革命同志的刘师培。《国粹学报》复刊一事，未能实现。但"国粹派"于1919年组织了"国故月刊社"，刊行《国故月刊》，奉刘师培为总编辑，继续与新文化运动相对抗。其时刘已病重，11月病逝，年仅36岁。

刘师培一生短促，著作很多，涉及经学、小学、文学、哲学和革命理论等许多方面。1936年，其弟子陈钟凡、刘文典搜辑，其友钱玄同整理，南桂馨、郑裕孚校印，成《刘申叔先生遗书》，凡74种。"除诗文集外，率皆民元前九年（1903）以后十五年中所作，其勤敏可惊也。"（蔡元培《刘君申叔事略》）

刘师培不以诗名，但其《遗书》中《左庵诗录》240首，《词录》17首，亦有可观者。如1903年因《苏报》案章、邹入狱事所作《癸卯夏纪事》："苍狗浮云变幻虚，纵横贝锦近何如？日斜秦野瓜空蔓，秋到湘江蕙已锄。蹈海何心思避世，愚民应更笑焚书。鸾凤窜伏神龙隐，搔首江天恨有余。"《闻某君卒于狱作诗哭之》："七字凄凉墨迹新，当年争说自由神（某君前赠余簪隶书'中国自由神出现'七字）。草间偷活吾滋愧，奇节而今属故人（梅村词云：'故人慷慨多奇节，恨当日沉吟不断，草间偷活'）。"置之当时革命者的同类诗作中，思想内容、艺术功力，均不少让。其他如《读〈天演论〉》二首、《癸卯夏游金陵》、《滇民逃荒行》、《台湾行》、《书怀》、《题风洞山传奇》、《张园》及词《一萼红·徐州怀古》等，也都较有特色。

刘师培的散文，绝大部分是学术论文和政论文。由于作者思想敏锐，感情热烈，学贯古今，兼容中外，其《攘书》、《中国民约精义》等，在当时产生过感人的力量。有些篇章，可视为政论文学。如《攘书·帝洪篇》写洪秀全：

> 及房焰既衰，洪王崛起，以匹夫之力，为天下倡。张挞伐于殷武，振大汉之威声，义旗所指，力扫胡尘，江淮以南，复为净土。虽所经郡邑，多出灰烬之余，然改正朔，易服色，兴言扬之科，布鬻庙之令，蠲繁除苛，与天下相更始。观于檄房之文，谕民之判，百世之下，犹凛然有生人气。胡焰既张，南都倾覆，湘粤遗民，至湛族殒身而不悔，则其志亦足多矣！

作者充分调动了他的历史知识和他擅长四六文（骈文）的本领，来为现实斗争服务，热情高扬，通俗明白，言简意赅，声情并茂。结尾一句，以"湘粤遗民，至湛族殒身而不悔"，反证太平军起义不朽的历史功绩,尤其显得精警敏锐,富于说服力。它显示了作者过人的机智和高超的论辩技巧。类似的妙笔,在刘师培的政论文和学术论辩文中多处可见,读之令人快意。

在当时的历史条件下,刘师培对于革命斗争所起的积极作用是别人难以代替的。当时有些革命者,虽有热情,而学力不足。章太炎精通古学,文章精粹,而好古成癖,文字古奥,不利于传布。刘师培年轻气盛,思想新颖,并且善于融会中西,时加比勘,遂使人耳目一新。他有一点比当时的许多人高明。他思想灵活,善于吸收新观点、新方法,在进行政治批判的同时,开展了比较深入的文化批判。这就使他的有些文章至今也还没有完全失去意义。例如《孔学真论》,刘师培首先通过丰富的历史材料,述"孔学"渊源流变,指出"秦以后之儒学,非孔学之真"。"孔学所明者,实不仅儒家之学","惟孔学传于后世者,仅儒家之一派,是可叹耳"。接着指出,"今欲知孔学之真,宜注意者凡二事:一曰兼具师、儒之长也","师以贤得民,儒以道得民",孔学兼之,"二曰政教之途合一也。孔子之教,无非实践"。然后指出,孔学亦未能"尽美"无失,其失有四。"一曰信人事,而并信天事"。这是由于"春秋之时,民智未开,科学未明",孔学建立在低下的科学水平上,发展到后来,便成为变易五行之说、阴阳谶纬之学,"遂为民智进步之一大阻力"。"二曰重文科而不重实科"。"孔门弟子,舍传六艺","儒学之外,无一能言及名数质力者","以艺为末,以道为本","至今儒教,遂高谈性命,视科学为无足重轻","中国科学不兴,故哲学与工艺无进步",其根源之一,在于孔学。"三曰有持论而无驳诘也"。"其故有二,一由论理思想之缺乏",不像印度有因明法,欧洲有归纳演绎法,"故持论圆满精微,合于理论";"二由孔门之专制","弟子之问难,为孔子所不乐闻"。"四曰执己见而排异说"。"凡遇学术稍与己异者,即排斥不遗余力","学术定于一尊,于学术稍与孔孟异者,悉以非圣无法罪之"。最后作者指出:"有此四失,则孔学所以不能无遗憾也。然以周秦诸子较之,则固未有出孔学之右者矣。"由于刘师培学识渊博,又善沉思,论述问题时原原本本,头头是道,他对孔学的批判便具有较强的说服力。他不像当时的有些人,几乎流于空喊口号,热情有余,而说服力不足。若以精辟透彻而论,当时批孔文字,几无出其右者。至今它也还有一定的参考价值。

刘师培受其乡贤阮元影响,力主文笔之辨。他的骈文,受另一位乡贤汪中的影响,感情充沛,雄丽可喜。例如《书曝书亭集后》:

秀水朱氏,博极群书,虽考古多疏,然不愧博物君子。夫朱氏以故相之裔,值板荡之交,甲申以还,蛰居雒诵,高粟里之节,卜梅市之居,东发深宁,差可比迹。观于马草之什,伤虏政之苛残,北邙之篇,吊皇陵而下泣,亡国之哀,形于言表。此一时也。及其浪游岭峤,回车云朔,亭林引为知音,翁山高其抗节……此一时也。至于献赋承明,校书天禄,文避北山之移,经夸终南之捷,甚至轺车秉节,朵殿承恩,仕莽子云,岂甘寂寞;陷周庾信,聊赋悲哀,此又一时也。后先异轨,出处殊途。冷落青门,忆否故侯之宅?萧条白发,难沾处士之称。此则后凋松柏,莫傲岁寒;晚节黄花,顿改初度者矣!秋风戒寒,朗诵遗集,因论其行藏之概,以备信史之乎采焉。

全文对仗工稳,用典贴切,惋惜之情,出以诙谐之笔,褒贬之意,寓于描画之中,真是一篇美妙的文字。他在诗作《咏禾中近儒》三首中,也曾写到朱彝尊:"竹垞才名噴江左,著书避世类深宁。一从秦赋承明殿,晚节黄花惨不馨。"并自注云:"竹垞早年固亭林、青主之流,设隐居不出,不愧纯儒也。"观其文字,颇类知耻有节之士。遗憾的是,刘师培自己一生,亦"后先异轨,出处殊途",年仅30,数变其节,岂仅晚节"不馨"而已!无怪他在《书曝书亭集后》中指责扬雄"仕莽子云,岂甘寂寞",而在诗作《书扬雄传后》中,却又为扬雄辩护:"紫阳作纲目,笔削更口诛。惟据美新文,遂加莽大夫。吾读华阳志,雄卒居摄初。身未事王莽,兹文将无诬?雄本志淡泊,何至工献谀?"对照刘师培后来甘为"莽大夫"的事实,这种诗文异说,倒是颇能表现他的心态。大约这也属于彼一时也,"此又一时也"!文人无行,以此为尤。数十年来,刘师培仅知名于史学界和语言学界,当初赫赫文名,久已不彰,这也是必然的历史惩罚。

不过,事过多年,平心而论,刘师培在近代文学史上还是应该占有一席地位的。除了诗文创作,他对于美学和文学发展史的研究,达到了较高的水平,应视为这一时期较有成就的美学家之一。其重要论著有《中国美术学变迁论》、《论美术与徵实之学不同》、《论美术援地而区》、《书法分方圆二派考》、《古今画学变迁论》、《舞法起于祀神考》、《原戏》、《文章原始》、《论近世文学之变迁》、《论说部与文学之关系》、《文说》、《论文杂记》、《南北学派不同论》、《中国中古文学史讲义》等。这些论著,涉及音乐、美术、舞蹈、戏剧、书法、诗歌、散文、骈文、小说以及文法、语文教学等许多方面,融会一体,自成统系,力求探其本源,明其流变。论其博洽、深刻、观点新颖、方法得当,并世学者中,除了章太炎、王国维、蔡元培,更无他人能与相比。

刘师培论学,特别重视"变迁"二字。他认为:"文学史者,所以考历代文学之变迁也。"先后写了"美术学变迁""画学变迁""文学变迁"。其他论书法、论舞蹈、论戏、论文章,也都从"变迁"入手。同时,他又很重视地域、风格之异同,以方圆二派论书法风格,以南北两派论学术文化,这就使他的论述在纵的比较和横的比较中达到了他人所未至之深度。他关于美术(即艺术与文学)与"徵实之学"不同的论述,关于艺术中真善美三者关系的论述,关于中国南北两大派系的论述等,至今也还有参考价值。

值得特别一提的,是刘师培的《中国中古文学史》。鲁迅于1927年在《魏晋风度及文章与药及酒之关系》这篇著名的论文中曾经谈到刘师培,说:"研究那时的文学,现在较为容易了,因为已经有人做过工作。"刘师培这部书和严可均、丁福保编辑成的两部书,"对于我们的研究有很大的帮助。能使我们看出这时代的文学的确有点异彩"。"我今天所讲,倘若刘先生的书里已详的,我就略一点;反之,刘先生所略的,我就较详一点。"鲁迅谈到:"汉末,魏初的文章,可说是:'清峻,通脱,华丽,壮大'。""他(曹丕)说诗赋不必寓教训,反对当时那些寓训勉于诗赋的见解,用近代的文学眼光看来,曹丕的一个时代可说是'文学的自觉时代',或如近代所说是为艺术而艺术(Art for Art's Sake)的一派。"这些看法,在一定程度上吸收、改造和发展了刘师培的观点。刘师培认为,汉末魏初之文学,有四个特点:一、"渐趋清峻";二、"渐尚通脱;脱则侈陈哀乐,通则渐藻玄思";三、"乘时之士,颇慕纵横,骋词之风,肇端于此";四、"尚华靡"。他在别的文章里还曾谈到:"词章之文,不以凭虚为戒。""美术(艺术)以性灵为主,而实学则以考核为凭。若于美术之微而必欲责其徵实,则于美术之学反去之远矣!"(《论美术与徵实之学不同》)"东周诸子,均视美术为至轻,非惟视为不急之务也,且视为病国害民之具,一若真、美二端不能相并,故崇真黜美。""东汉以降,名士之风渐昌,学士大夫溺于清谈之习,由清谈而事放诞,由放诞而志清高,由是美术之学亦迥与西汉不同。""魏晋之士,则弗然放弃礼法,不复以礼自拘。及宅心艺术,亦率性而为,视为适性怡情之具。且士矜通脱,以劳身为鄙,不以玩物丧志为讥。加以高门贵阀,雅善清言,兼矜多艺,然襟怀浩阔,宅心事外,超然有出尘之思。由是见闻而外,别有会心,诗语则以神韵为宗,图画则以传神为美……美术之兴,于斯为盛。"(《中国美术学变迁论》)《中国中古文学史》中,贯穿了这些观点,以丰富的资料生动地描绘了一个"文学的自觉时代",体现了一种迥异于前人的"近代的文学眼光"。因此,鲁迅在1928年致台静农信中说:"中国文学史略……我看过已刊的书,无一册好。只有刘申叔的《中古文学史》,倒要算好的。"

  刘师培是中国文化史上一个特殊的产儿。他和章太炎以及当初国粹学报派的一批人,都带有浓厚的文化保守主义倾向。这种文化保守主义,极容易演化成政治保守主义。在一定的历史条件和个人条件下,还可能走得更远。因此,他高飞之时,如戾天之鸢;堕落之时,如泥塘之凫。先后判若两人,而又有灵犀一线,穿通首尾。传统文化和三世传经这一副因袭的重担,在他这个"厥性无恒""悁急近利",经常"思欲有以自见"者的身上,显得太沉重了。他终于挑着这幅家传的担子走入了死胡同。观其一生,他既令人敬重,又令人憎恶;即使人痛恨,又使人惋惜。所以,蔡元培说:"向使君委身学术,不为外缘所扰,以康强其身而尽瘁于著述,其所成就宁可限量?惜哉!"(《刘君申叔事略》)

第四节 金 天 翮

  《孽海花》的初作者金天翮,是这一时期又一类型的革命作家。

  金天翮(1874~1947),原名金懋基,字松岑,号壮游。又名金一。后名天翮,又名天羽,号鹤舫(望)。笔名麒麟、爱自由者、天放楼主人等。江苏吴江人。4岁入塾,7岁能属对。年12,诵九经毕,有志于古人,心厌科举帖括,学为诗文。"观史传,喜谈河渠兵事。其于经术通章句,不信守家法。"于书无所不谈,并好周游山川。早年著作《长江赋》、《西北舆地图表》等,颇负时誉。光绪末,督学以舆地与兵学荐举经济特科,不就。1903年,在上海加入爱国学社,结识章太炎、蔡元培、邹容等,在吴江同里成立中国教育会同里支部,介绍柳亚子等加入。邹容羁狱,金前往探视,为蔡寅与邹容传递秘密信件。其著名论作《国民新灵魂》、小说《孽海花》前六回、鼓吹女界革命的《女界钟》、翻译日本宫崎寅藏宣传孙中山革命事迹的《三十三年落花梦》、译述成书的《文界之大魔王摆伦(拜伦)》、俄国虚无党史《自由血》等,均成于这一时期。这些著述,风行一时,表现了金天翮卓越的眼光、高昂的热情、不凡的才气,使他成为当时东南一带颇负盛名的思想家、文学家。民国初年,金天翮曾出任江苏省议员。1923年任吴江县教育局长,1927年任江南水利局局长,但都为期短暂。

后半生主要从事诗文创作和教育工作,曾在苏州国学会、上海光华大学等处任教。五四运动前后,金天翮像当初《国粹学报》派的许多成员一样,在思想上大倒退,"拉车屁股向后",但他在诗歌创作领域,一直保持着高度的政治热情,坚持用诗歌反映国际、国内重大题材。从1894年第一次中日战争,写到1945年第二次中日战争胜利,从第一次世界大战,写到第二次世界大战,比较全面地反映了半个世纪里中国和世界的历史面貌,"极尽用旧形式写新内容之能事",成为旧体诗创作队伍中独树一帜的人物。因此,有人认为金天翮"在诗的领域里,可以与人境庐媲美",是"'诗界革命'在江苏的一面大纛"。(钱仲联《三百年来江苏的古典诗歌》)

金天翮一生中写过大量政论。1903年所作《国民新灵魂》,是其中一篇杰作。作者从文化批判的角度,指出了"中国国民之魂"的严重疾病。他认为,长期以来,"吾国民之魂","梦魇于官,辞吤于财,病缠于烟,魔着于色,寒噤于鬼,热狂于博,涕縻于游,痁作于战,种种灵魂,不可思议。而于是国力骤缩,民气不扬,投间抵罅,外族入之,铁鞭一击,无敢抗者,乃为奴隶魂,为仆妾魂,为囚房魂,为倡优魂,为饿殍待毙一息之魂,为犬马豢养摇尾乞食之魂"。"耗矣哀哉,中国魂!中国魂!"但他同时又指出,"中国之民族,伟大之民族也"。吾国魂"有粹"。中国文明自有精华,若能"兼采他国之粹者",加以改铸,即可"化分吾旧质而更铸吾新质"。如何化分更铸?金天翮提出,须有"五大原质":"一曰山海魂。谓吾黄族之所以不发达于世界,无探险性质,此其一也。"中国人"萎靡蜷曲",成为惯习。"处交通之世界,而心醉老死不相往来之治";"欲渡黄河冰塞川,将登太行雪满天,心非不往,其如灵魂之已成怯薄而无用何"。欧洲人"经商遍大地,乌皮之靴及五洲","今且南北两极,探险之队,日出未已。独我黄人,未尝涉足游目,此其所以思想之不发达也"。"二曰军人魂"。"立于二十世纪之世界,而不以铁血为主义,非脆虫、泣虫,则谓之供解剖之雏形果"。吾国之民,"闻从军悲,不闻从军喜","以文静而流入于衰弱"。若能"闻战而喜,战死而相与贺,国未有不雄者也"。"三曰游侠魂"。"侠者儒之反。儒者有死容而侠者多生气,儒者尚空谈而侠者重实际,儒者计祸福而侠者忘利害,儒者蹈故常而侠者多创异。使中国而至于今日也,其儒之罪哉!""国亡于儒而兴于侠,人死于儒而生于侠";"共和主义、革命主义、流血主义、暗杀主义,非有游侠主义不能担负之。吾欲以此铸吾国民之魂。吾先溲儒冠、裂儒服以为国民倡,国民其肯从我游哉!""其四曰社会魂。社会者何也?乃平民之代表词也。吾欲鼓吹革命主义于名为上等社会之人,而使之禽受,终不可得矣;吾乃转眼而望诸平民"。"共产均贫富之说,乃个人所欢欣崇拜、香花祝而神明奉者也"。"吾先献身资产,铲平阶级,以为国民倡"。"其五曰魔鬼魂。魔鬼者,非神奇幻异,仗剑披发,如义和团之所为也;乃一种神秘惨黯之精神之手段,使人不可思议如魔鬼之所为也"。此指通过秘密活动,广泛渗入敌人营垒,"以贼杀为目的,以侦探为手段",一举而功成。金天翮说:"吾国民具此五灵魂,而后可以革命,可以流血,可以破坏,可以建设,可以殖民,可以共产,可以结党,可以暗杀恐怖,可以光复汉土,驱除异族。"这就是"龙"的精神。"潜龙勿用,过去之兆也;龙战于野,现在之兆也;见群龙无首吉,未来之兆也。"今者"真魂失舍,灵性改常","中国魂兮归来乎!归来兮,此旧魂也。于是上九天下九渊,旁求泰东西(东方、西方各国)国民之粹,囊之以归,化分吾旧质而更铸吾新质",则"国旗翻翻,黄龙飞舞,石破天惊,云垂海立,则新灵魂出现而中国强矣!"

综观19世纪末叶至20世纪初期思想界、文化界关于改造国民灵魂的论述，金天翮重铸国民新灵魂的主张，不仅表现出鲜明的时代精神，并有其独到的深刻之处。它和十余年后鲁迅等人关于改造国民性的主张一脉相通，有很大的进步性和深刻性。遗憾的是，金天翮未能在更新、更先进、更激烈的民主运动中不断前进。五四运动后，金天翮与章太炎、高吹万等人相率提倡"国学"，尊孔鄙洋，一反初衷。甚至认为："东方之教，温醇高洁，旷世无与伦比。""卢骚、康德、斯宾塞尔、菲斯的、黑格尔、托尔斯泰、菩克森、倭铿、泰戈尔诸人，连犿诇诡，旁生侧挺之说，去肤沥液，以与吾国学校，其犹爝火之于日月，蚁蛭之于嵩华也。"西方各国哲人，"究其所造，高不足以升孟、荀、庄、墨之堂而哜其胾，卑与公孙龙、邓析、邹衍相权"，"独吾孔子，集千圣百王诸先哲之大成，传万世一系之文化，与国运同久"。还认为："有若马克思唱苏维埃制，列宁祖之，工不居肆，农民服畴，屠沽操刀以宰国政，衣冠涂炭，文物榛莽。其徒遍天下，害犹未已。"（《重印〈国学丛选〉序》）这些言论较之金天翮当初决心"献身破产，铲平阶级，以为国民倡"及对于儒学和国民灵魂的剖析，其倒退之神速，真令人抚膺长叹。

《孽海花》与《国民新灵魂》同作于1903年。金天翮有感于"拒俄运动"，"故以赛（金花）为骨，而作五十年来之政治小说"，"非为赛也"。（金天翮《为赛金花墓碣事答高二适书》）作者原计划"述赛金花一生历史，而内容包含中俄交涉、帕米尔界约事件、俄国虚无党事件、东三省事件、最近上海革命事件、东京义勇队事件、广西事件、日俄交涉事件，以至今俄国复据东三省止，又包含无数掌故、学理、轶事、遗闻"（见1904年金译《自由血》书后所附广告）。金天翮自幼"喜剪纸为楼阁舟车人物"，"或以采笔作绘事，虽饭不辍"。（《倪妪述》）年长后善于写人物传记，所作甚多。在勾画人物、叙述事件等方面，他本有一定的才能。在《新小说》杂志上发表的《论写情小说与新社会之关系》，说明他在小说创作理论方面也有自己独到的见解。但1903年前后，金天翮正倾全力于革命宣传，诗、论并举，著、译共进，小说非其所喜，自觉"究非小说家，作六回而辍笔"，改由曾朴续写。曾朴以艺术家的敏感，看出这"是一个好题材"，引起强烈的创作欲望，"三个月功夫，一气呵成了二十回"。小说一出，风行天下。《孽海花》遂以曾朴之名彰。但如果以小说创作的全过程而论，这位"爱自由者"，是《孽海花》的最初"造意者"，其功当不可没。

金天翮在诗文创作方面成就更多。他的《天放楼诗集》、《天放楼文言》、《天放楼续集》、《天放楼诗续存》、《鹤舫中年政论》等，得到章太炎、陈衍、张謇、叶德辉等人的高度评价，一时享有盛名。他继承了"诗界革命"的精神，"能为豪宕之诗，雄浑博丽之文"（徐震《金松岑先生六十寿序》）。自称"余诗有律令，不趁韵，不咏物"（《咏莼》），"喜昭旷闳伟之作"（《再答苏戡先生书》），一反清末诗坛颓靡枯涩之风。他的诗歌，题材广泛，风格多样，在艺术形式方面有创造性。早期作品《新中国唱歌集》，收歌98首，附谱，在当时流行的歌体诗中，是成就较高者。

金天翮较有价值的诗歌，以题材论，大体可分为三类，各类风格不同。

第一类是写国内外重大事件的。写国内的有《感事》（四首）、《题汪石泉费宫人刺虎图便面》、《政变》（二首）、《呵壁》（四首）、《辽东》、《登仙谣》、《感怀》（五首）、《金陵杂诗》（九首）、《辛亥纪事》（五首）、《胶澳》（二首）等，凡当时重大事件，皆著于诗。写国际题材的，有《读黑奴吁天录》（六首）、《读利俾瑟战血余腥记》（八首）、《读秘密使者》（六首）、《都踊歌》、

《题万国演义》、《虫天新乐府》(十首)、《黑云都》、《花门强》、《咏史》等,亦多涉及重大历史事件。"国闻海事,隐显毕具"。"《虫天新乐府》十章,则括欧战以来各国大事,以诙谐之笔出之,而断制谨严,目光如炬"(高圭《天放楼诗集跋》)。这类诗歌"格调近高岑,骨气兼李杜,卑者不失为遗山、道园"(叶德辉《天放楼诗集序》)。"能取汉魏六朝唐宋诸人之精者而融会以成一家,寓悲壮博辩于沈深丽密之中"(诸祖耿《天放楼诗续集序》)。

第二类是写农家苦乐的田园诗,如《田家新乐府》、《悯农》、《村居》、《挑菜女》、《牧牛童》、《看蚕娘》、《渔家乐》、《筍党船》、《卖花声》等,"村村麦秀樱桃熟,爱煞江南四月天"。"一家妇子话农桑,寒雀飞来噪檐际"。清新明丽,富于生活气息,"格近石湖(范成大),又蜕其华而约其博,饮其清而纳其和,不尽袭也"(张謇《天放楼诗集序》)。诗人对劳动者富于同情心,话语平淡而情意深长。诗中每用吴谚,带有民歌气息。不过,这类诗歌大都写于19世纪末叶。庚子事变之后,金天翮诗风邃变,沉郁哀痛,不复有麦秀之声。写到农家,多是记灾之诗了。

第三类是抒怀纪游之作。金天翮"少时喜谈兵,负干济略,并究心农田水利之学,久而无所用,乃大肆力于诗文"(李崇元《天放楼续集序》)。其为人立志高远,胸怀宽阔,知识宏富,故抒怀纪游之作多与人有不同。如1906年《杂感》八首之三:

> 坳堂涓滴水,龙象十万头。虚空走野马,视之行星球。明月将死时,火云磅礴流。海王一昼夜,人间百六秋。种姓溯黄炎,远祖桃猕猴。岂知洪水代,更作蛙黾游。盘古与亚当,本是兄弟俦。万岁一离居,相见操戈矛。已矣复何言,痛饮消我愁。

诗人将现实生活与艺术想象、自然科学与庄子寓言,很自然地融合在一起,纵横杂出,瑰丽雄奇,使人耳目一新。在《杂感》(八首)及《广游仙诗》(十二首)、《江馆》等作品中,诗人想象:成吉思汗赴拿破仑之招,华盛顿"前来访帝尧",哥伦布之前身为张骞、班超,"梭(苏格拉底)柏(柏拉图)逢孔孟,班荆相谐嘲"。在他的艺术世界里,"海阔天辽辽,欧晋文明交。花叶相当对,雅颂笙管调"。这一切,力求"微妙而圆通"。比之"诗界革命"时期谭、夏诸人"颇喜挦扯新名词以自表异",达到了新的境界。有时候,金天翮能很自然地使用洋人典故来抒写中土情事,如《杂感》八首之五写吴地历史、人物,自泰伯、季扎写至东林,结尾处写300年来,金粉东南,波靡不止:"虫鱼蚀老生,鹦鹉调名士。昔也百炼刚,今为柔绕指。无怪什克匿,炳烛朝入市。狂走雅典城,不见一男子。"这对诗歌语言的创新与改造,提供了有益的经验。陈衍说:"松岑诗才调纵横,在画家中为能品,近代中与龚定庵颇相似。"(《近代诗钞》)又说,读其后期诗集,"翻阅十三四,则嵚崎历落,大有杜少陵所云'摘花不插鬓,采柏动盈掬'之态"。"平日之诣力根柢有所余于诗之外",故能"老而不枯,杂而不越"(《天放楼诗续集序》)。可谓知言。

金天翮词作不多,但亦有佳音。夏承焘称之"醇深骚雅,追晤周姜","夷犹婉约,泂泂动人,与其诗文若出两手"(《红鹤山房词序》)。其文则如章太炎诸人所论:"善学班(固)、范(晔)书,而杂以瑰异,至于控搏盘屈,又多縣邈往复之境。""风议感慨,文在季汉三国间。""意气骏发,常恐局促跬步之间,欲必恢恢以尽其才,故节制不能如汪李,视陈夏则骎骎过之矣。"早期之作,呈"洸洋博丽之态","连犿璂玮,高者若周秦三国间"。后期"已稍收摄,盖渐趋于淡泊","渊湛浑静,迥异曩日"。(章太炎《天放楼文言序》、《天放楼续集序》、李崇元《天放楼续集序》、夏承焘《红鹤山房词序》)

金天翮"束发受书,志天地四方之学"(《松陵画苑序》)。"暇常纵论天下大势,如指诸掌。尝欲自成一子,通中土、印度、希腊之邮"(高旭《天放楼诗集跋》)。观其一生,志大才高思深学广,真可谓卓荦不群者,但却如其自述:"志有余而学未纯"(《小匏叶龛诗钞第一序》),"病博涉不为纯儒"(《再答苏戡先生书》)。由于时代的原因和个人的原因,他终未能成为一代大家。此为后代志大才高者提供了有益的镜鉴。从这一角度看,他也是很值得研究的。

第三章　南社与南社诗人

第一节　南　　社

南社是中国近代第一个革命文学团体。1907年,由青年革命诗人陈去病、高旭、柳亚子在上海筹备发起,1909年在苏州正式成立。它实际上是中国同盟会的外围组织和宣传机构。起初,主要骨干大都是中国同盟会员。后来,组织迅速扩大,1912年,已达321人;1923年停止活动时,达1188人,不免鱼龙混杂,有各色人物。但它自始至终与当时的革命斗争有密切关系,它的分化与解体,也是革命斗争不断深入发展的必然结果。它像一面镜子,从几个侧面反映了20世纪初至20年代中国思想、文化和政治斗争发展变化的过程。

南社之"南",是与"北"相对而言。当时的革命者,常鄙称清政府为"北庭",每以南、北喻示对立之意。陈去病在《南社长社雅集纪事》中说:"南者,对北而言,寓不向满清之意。"高旭《和巢南韵即寄并示秋社同人》云:"胡尘滚滚待澄清,惆怅江南野史亭。"1908年,宁调元在长沙狱中写了《南社序》,说:"钟仪操南音,不忘本也。"后来,柳亚子在《新南社成立布告》中说:"它的名字叫南社,就是反对北庭的标志了。"这都是对于南社命名的说明。

"属于'南社'的人们,开初大抵是很革命的"(鲁迅《对于左翼作家联盟的意见》)。有人早在1894年甲午战争时期,即已开始创作。1903年"拒俄运动"以后,大批先进青年投入革命队伍。"诗坛请自今日始,大建革命军之旗"(宁调元《题〈刿秋兰集〉》)。"胚胎革命军,一扫秕与糠"(柳亚子《放歌》)。从1903年到辛亥革命前后,活跃于当时思想界、文化界、新闻界、教育界、科技界的著名先进人士,后来大都加入过南社。名震于当时与后世的人物有:于右任、仇冥鸿、王德钟、王无生、王西神、包天笑、古直、田桐、任鸿隽、朱少屏、朱梁任、江亢虎、吴梅、吴虞、吴恭亨、吕志伊、吕碧城、宋教仁、李叔同、李根源、杜国庠、汪精卫、沈尹默、沈钧儒、阮式一、周实、周仲穆、周瘦鹃、居正、易白沙、林白水、林庚白、邵力子、邵元冲、邵飘萍、姚石子、姚勇忱、姚雨平、柏文蔚、柳亚子、柳无忌、胡先骕、胡怀琛、胡朴安、范烟桥、范鸿仙、郁华、凌景坚、夏丏尊、徐珂、徐枕亚、徐血儿、徐自华、马君武、马叙伦、马小进、高旭、高吹万、高平子、张继、张光厚、张佚凡、张默君、张通典、梅光迪、陈陶遗、陈柱、陈范、陈子范、陈去病、陈英士、陈布雷、陆丹林、傅熊湘、宁调元、景耀月、程家柽、费公直、冯心侠、冯自由、黄人、黄侃、黄节、黄宾虹、杨杏佛、经亨颐、叶楚伧、邹鲁、雷铁厓、赵苕狂、刘三(季平)、刘成禺、刘国钧、潘公展、蔡哲夫、萧蜕、诸宗元、欧阳予倩、谢无量、戴季陶、庞树柏、苏曼殊等。

"文学团体不是豆荚,包含在里面的,始终都是豆。大约集成时本已各个不同,后来更各有种种的变化。"(鲁迅《〈中国新文学大系〉小说二集序》)南社人物,后来鱼龙变化,荃蕙化茅,有人成为革命烈士,有人成为反动头目,甚且有人成为臭名昭著的大汉奸,种种不一。但在辛亥革命时期,大多数南社骨干成员,是当时各界翘楚。他们大都在不同程度上受过西方先进思想的熏陶,追逐欧风美雨,歌唱自由平等,"愿播热潮高万丈,雨飞不住注神州"(宁调元《感怀》),"鼓吹人权,排斥专制,唤醒人民独立思想,增进人民种族观念"(高旭《愿无尽庐诗话》),在中国人民的思想解放进程中,起过积极作用。

南社人物的文学创作,有以下几个主要特点:

第一、它是坚决反对封建王朝、反对封建帝制的。帝王思想,与之不容。林獬(白水、白话道人)说:"世上本不应该有什么皇帝。不要说无道的皇帝要杀,就是有道的圣天子也要杀;不要说别种的强盗来做皇帝的要杀,就是我们汉种的来做皇帝的也要杀,总归不许有个皇帝罢了!"(《黄帝传》)他们对孙中山无比崇拜,一个重要原因,就是孙中山真诚地谋求共和,不做皇帝。高旭说:"中山先生复绝伦,是仙是佛是圣神。""不屑学作朱元璋,亦不屑效洪天王。专以服役为职务,伟论卓识非寻常。光明磊落有如此,辟地开天谁与比?世界伟人不数生,合华盛顿二而已!"(《进步歌题中山先生所书字册》)

正是基于这样一种思想,辛亥革命前,南社社员与清王朝有不共戴天之仇,大批创作针对清廷而发。武昌起义成功,社员欢欣鼓舞。高旭《盼捷》云:"龙蟠虎踞闹英雄,似听登台唱大风。炸弹光中觅天国,头颅飞舞血流红。"王葆桢《沪上所见十首》云:"民国大旗招五色,共和万岁字当中。"朱锡梁《从军歌》云:"民贼独夫五鼎烹,世间无复国君名。共和年月日初吉,记凯旋门志初成。"当时,苏曼殊正在国外,闻讯欣喜若狂,在给柳亚子和马君武的信中写道:"迩者振大汉之天声,想两公都在剑影光中,抵掌而谈。不慧远适异国,惟有神驰左右耳!"

袁世凯称帝前后,南社成员展开积极斗争。他们不仅口诛笔伐,以大量诗文表示了"帝制不两立"的决心,并有不少人如(宋教仁、宁调元、杨德邻、陈子范、周仲穆、程家柽、吴鼐、仇亮等)为之献身。因此,柳亚子说:"南社在反清成功以后,还有反袁的一幕。"(《关于〈纪念南社〉》)这一幕是光辉的。

第二、南社文学比之戊戌维新时期的文学,显出更加强烈的民主性色彩。这一点,集中表现在南社成员对待儒家学说和君臣、父子、夫妇这些封建纲常的态度上。

正当保皇派高举着孔圣人的招牌,"恒欲侪孔子于基督","尊之为教主",南社成员却认为:孔子者,"致胎中国二千年专制之毒,民族衰弱之祸","古之所谓至圣,今之所谓民贼也"(宁调元《孔子之教忠》)。他们非忠、非孝,倡导女权,认为"君臣桎梏,世所不容"(柳亚子《余十眉〈寄心琐语〉序》)。他们反对儒教及家族制度,背叛封建家庭,提倡"不肖主义",公开倡导:"我言为子者,慎勿肖其父;我言为孙者,慎勿肖其祖。"(高旭《不肖》)他们从父子关系这一角度,称赞郑成功"打破了中国传统的文化",是一名可敬的"文化叛徒"。(柳亚子《关于南明忠烈传》)他们视吴虞为英雄,接纳吴虞入社,认为他轰动一时的言行"拔帜树帜,可以助我张目",在他"只手打孔家店的时候","举起双手来摇旗呐喊"。(柳亚子《致吴虞信》、《我的儿童教育观》)所有这些言行,在中国这个素以忠、孝为天下之本的国家里,无异于洪水猛兽。它们和五四新文化运动以来的新民主主义思想是一脉相通的,今天也还没有完全失去它的意义。

第三、南社文学是浪漫主义文学。很多南社诗人的作品,远学庄、骚,近学龚自珍,属于"龚派"。他们在辛亥革命前后,"于诗由燕赵慷慨激烈之音,转为雄奇瑰异,虽跌宕文酒,寄情山水,无不寓其感伤家国之意,故其音韵气节,自然近于龚羽琫"(姚鹓雏《南社琐记》)。同社之人认为:"南社诸人的诗多半出于龚自珍。"(胡怀琛《中国文学史概要》)这些作品,无论总体风格、创作手法,都带有鲜明的浪漫主义特征。在当时人的心目中,它们"活泼淋漓,有少壮朝气,在暗示中华民族的更生。那时年轻人爱读南社诗文,就因为她是前进的革命的富于民族意识的",是"富于革命性的少壮文艺"。(曹聚仁《纪念南社》)

但是,由于中国民族资产阶级本身有很大的弱点,南社成员又大多来自封建地主阶级,南社文学和封建文化有千丝万缕的联系。辛亥革命失败后,许多社员消沉颓废,内部不断分化,南社很快变成一个过时的组织,它在文坛上领袖风骚的地位迅即被新文化运动的健儿们所取代。及至五四运动之后,它的历史使命已告终结。在"新旧思潮之大激战"中,有一大批南社成员站到了新文化运动的对立面。当时与《新青年》、《新潮》等进步刊物相对垒的杂志,书刊,如《国故》、《学衡》、《国学丛选》、《国学周报》等,其主要成员都是南社人物。被后人视为鸳鸯蝴蝶派的主要成员,也是南社人物。1923年,曹锟贿选,南社元老高旭等19人做了"猪仔议员",被陈去病、柳亚子等宣布开除出社。南社旧日的英名,益显黯淡。1923年,组织上本来就比较松散的南社,实际上已经解体。此后,虽然成立了新南社,并有南社纪念会等活动,它对中国文学的发展已经不起太多的积极作用了。

鲁迅与南社人物陈去病、柳亚子、苏曼殊、沈尹默、杨杏佛等人有过交往,并曾参加南社分支越社。他对南社比较了解。大革命失败后,鲁迅曾两次以南社为例,论述文学与革命的关系。他说:"对于革命抱着浪漫谛克的幻想的人,一和革命接近,一到革命进行,便容易失望。""例如属于'南社'的人们,开初大抵是很革命的,但他们抱着一种幻想,以为只要将满洲人赶出去,便一切都恢复了'汉官威仪',人们都穿大袖的衣服,峨冠博带,大步地在街上走。谁知赶走满清皇帝以后,民国成立,情形却全不同,所以他们便失望,以后有些人甚至成为新的运动的反动者。"(《对于左翼作家联盟的意见》)柳亚子认为,鲁迅对南社的评价"是很持平的"。"南社文学在反清反袁上是不无微劳的。不过它不能领导文学界前进的潮流,致为五四以后的青年所唾弃,却也是事实。"(《关于〈纪念南社〉》)

第二节 柳 亚 子

柳亚子(1887～1958),原名慰高,字安如;后更名人权,字亚卢;又更名弃疾,字亚子;笔名青兕。江苏省吴江县人。少年时期,受新思潮影响,对欧美资产阶级思想家和政治家卢梭、孟德斯鸠、华盛顿、拿破仑等人所倡导的人权、民约学说倾心诚服,故先后更名为"人权"、"亚卢",以"亚洲的卢梭"自命。1903 年春,到上海入爱国学社读书,受教于蔡元培、章太炎,并与青年革命家邹容相识。同年,发生《苏报》案,章、邹入狱。柳亚子这一时期作长诗《放歌》,在《江苏》杂志发表《郑成功传》,积极参与反清革命活动,得到《江苏》编者和章、邹的热情赞扬。时年仅 16 岁。1905 年创办《自治报》,后改名《复报》。1906 年,加入中国同盟会。短短数年间,他在《江苏》、《复报》等处,发表《中国革命家第一人陈涉传》、《中国立宪问题》、《哀女界》、《中国灭亡小史》、《民权主义!民族主义!》等大量宣传革命的文章,"挥斥慷慨,神气无双","发挥民族主义,传播革命思潮,为国民之霜钟,作魔王之露橄",在革命队伍中赢得很高的赞誉。1907 年,与陈去病、高旭共同酝酿发起成立南社。1909 年,南社正式成立。此后,柳亚子与南社相始终,代表了南社中的进步力量,被人视为"南社灵魂"。在南社的长期发展过程中,他是实际上的领导人,是公认的南社领袖。

1923 年,柳亚子在家乡梨里创办《新梨里》半月刊。同年 10 月,在上海成立新南社,"鼓吹三民主义,提倡民众文学"。1924 年,参加改组后的中国国民党,作《空言》,宣告"独拜弥天马克斯"。次年,当选为国民党江苏省省党部执行委员会常务委员,兼宣传部长。1927 年"四·一二"反革命政变后,逃亡日本。次年归国。此后 20 余年间,"柳亚子随着时代的进步而进步",是孙中山先生三大政策的忠实拥护者和执行者,与宋庆龄、何香凝并称为"国党三仁"。1949 年初,柳亚子应邀北上参加中国人民政治协商会议。1954 年,当选为第一届全国人民代表大会常务委员会委员。1958 年病逝。著作有《磨剑室诗集》、《词集》、《文集》等,生前多未刊出,1983 年后,陆续收入《柳亚子文集》中。

柳亚子是一位忠贞的爱国主义者、坚定的民主主义革命者、杰出的革命诗人。他的诗,反映了前清末年直到新中国成立后这一漫长的历史时期一部分革命知识分子心灵的历史。郭沫若认为:"亚子先生是一个典型的诗人。他有热烈的感情、豪华的才气、卓越的器识。"(《〈柳亚子诗词选〉序》)这是符合事实的。柳亚子的诗歌,常能将感情与识见融为一体,显示出宏阔深远的视野,为同时代许多人所不及。例如,1903 年所作五言长诗《放歌》,全诗 400 余言,大声疾呼,倡言"人权"、"女权",抨击专制制度,要求平等自由,指斥封建主义与帝国主义,风发泉涌,一气呵成,其内容与风格,使读者一新耳目、一畅胸怀。同年,作《有怀章太炎、邹威丹两先生狱中》二首、《除夕杂感》十四首,悲歌叱咤,搏虎屠龙,自云"十年悔学雕虫技","枉抛心力作词人",在思想与诗艺两方面都颇露锋芒,读之使人如重见夏完淳。

此后,柳亚子于 1904 年作《题〈夏内史集〉》六首,其三云:"鸱枭革面化鸾皇,禹甸尧封旧土疆。大业未成春泄漏,横刀白眼问穹苍。"1905 年作《哭威丹烈士》二首,其一云:"白虹贯日英雄死,如此河山失霸才。不唱铙歌唱薤露,胡儿歌舞汉儿哀!"1907 年作《吊鉴湖秋女士》四首,其四云:

漫说天飞六月霜,珠沉玉碎不须伤。
已拼侠骨成孤注,赢得英名震万方。
碧血摧残酬祖国,怒潮呜咽怨钱塘。
于祠岳庙中间路,留取荒坟葬女郎。

第三章 南社与南社诗人

这些诗歌,大都属于政治抒情诗。作者将它们视作"大刀标枪","是我的政治宣传品,也是我的武器"。(《柳亚子的诗和字》)按说,这类诗歌,本来很可能写得主题刻露,用意直陈,单调枯燥,近乎论述。可是,柳亚子却把一切都化入在形象里,用形象来体现,写得感情饱满,形象鲜明,意在言外,颇多余音。它们在艺术上已显得相当成熟。这些诗作,都写在作者20岁以前。

1907~1923年,南社时期,亚子在思想和诗艺方面都有进一步的发展。其代表作有《自题〈磨剑室诗词〉后》、《惆怅词六十首》、《南社会于虎丘……》、《论诗六绝句》、《孤愤》、《奇泪》、《空言》等。他在《论诗六绝句》中写道:

> 少闻曲笔湘军志,老负虚名太史公。
> 古色斓斑真意少,吾先无取是王翁。
>
> 郑、陈枯寂无生趣,樊、易淫哇乱正声。
> 一笑嗣宗广武语,而今竖子尽成名。
>
> (《磨剑室诗》二集,卷二)

短短数语,对王闿运、郑孝胥、陈三立、陈衍、樊增祥、易顺鼎等旧诗坛上的大人物,一一给以有力的抨击,大长了当时革命文学的声威。因此,时人认为:"亚子论诗绝句六章,字字风霜,大有说大人则藐之气象。"(方瘦坡《习静斋诗话》)

当时的诗坛上,同光体气焰很盛。柳亚子指斥他们是"一二罢官废吏,身见放逐,利禄之怀,耿耿勿忘。既不得逞,则涂饰章句,附庸风雅,造为艰深,以文浅陋"。(《胡寄尘诗集序》)真可谓一针见血。

柳亚子主张作诗要"重名节",反映"人心风俗","尤重布衣之诗"。因此,他的很多作品,表现了高尚的人格,思想性强,民主主义的色彩浓重。在艺术方面,兼有豪放与凝重之美,风华典丽,是一些动人心弦的好诗。如《孤愤》:

> 孤愤真防决地维,忍抬醒眼看群尸。
> 美新已见扬雄颂,劝进还传阮籍词。
> 岂有沐猴能作帝?居然腐鼠亦乘时。
> 宵来忽作亡秦梦,北伐声中起誓师。
>
> (同上二集,卷三)

诗人不仅对大奸窃国、群丑作伥给予愤怒的揭露和无情的鞭挞,而且充满了必胜的信心。

辛亥革命前后的十余年中,中国大地上发生了一系列变化。许多优秀的革命者,在斗争中头颅坠地。他们既谱写了英雄的乐章,又留下了沉痛的教训。南社人物的欢歌悲唱,正当这一时期。柳亚子这一时期的作品,虽也有过"喜闻羽檄动南天"、"要挽银河注酒杯"之类昂扬的诗句,但却有大量作品是以"哭"为标题者。《哭熊味根烈士》、《哭伯先》、《哭杨笃生烈士》、《哭周实丹烈士》、《哭宋遁初烈士》,等等。这些极端悲愤的诗篇,表现了柳亚子对于辛亥革命的深刻反思。后来,他能够不断地奋然前行,不断地否定自身阶级,终于成为新民主主义革命战士和社会主义祖国的卓越的歌手,这是一个重要原因。这一时期,他不再仅以七言绝句见长,七律在他的诗作中逐渐占有较大的比重。高旭说:"翩翩亚子第一流,七律直与三唐俦。"(《诗中八贤歌》)有人称赞亚子:"悲歌慷慨气吞虹,君是当年陆放翁。"都是指他南社时期的创作。此后,他还写过许多优秀作品。毛泽东称他为"人中麟凤",赞颂他的诗"慨当以慷,卑视陆游、陈亮,读之使人感发兴起"。(毛泽东1937年6月25日致何香凝信、1945年10月4日致柳亚子信)茅盾说:"我以为柳亚子是前清末年到解放后这一长时期内在旧体诗词方面最卓越的革命诗人。""柳亚子的诗词反映了前清末年直到新中国成立后这一长时期的历史——从旧民主主义革命到社会主义革命的历史,如果称它为史诗,我以为是名符其实的。"(《解放思想,发扬文艺民主》)

南社时期柳亚子诗歌的主要风格是浪漫主义的。他在美学思想和艺术风格方面,直接继承了龚自珍。他自述学诗过程说:喜欢过李太白、李义山、杜牧之、元遗山等许多人,"尤其喜欢夏存古、顾亭林和龚定庵"。"讲到诗的派别来,我是主张尊唐抑宋的,同时却也崇拜非唐非宋的龚定庵。"他的诗,早期"已经有了定型",属于"龚派"。(《柳亚子的诗和字》)熟悉柳亚子的人,也多认为:"其诗境逼肖羽琌(龚自珍)。"(方瘦坡《习静斋诗话》)"迫似龚定庵,而声调过之。"(林之夏《与柳亚子书》)"所属'诗派'","说得确切一点,是非唐非宋的龚定庵体"。(陈迩冬《柳亚子遗事》)我们细看南社时期柳亚子的律诗、绝句,确乎如此。这些作品,有时雄奇瑰异,热情高昂,有时歌泣无端,低回婉转。它们像龚诗一样,常能得亦箫亦剑之美。柳亚子自述:"我亦当年龚定庵"(《海上赠刘季平》)。他像许多南社诗人一样,写过大量"集龚"诗。在他的诗词中,经常出现"剑气箫心"之类龚自珍用过的词语和意象。

柳亚子自述:"我论诗不喜艰涩,主张风华典丽;做诗不耐苦吟,喜欢俯拾即是。"(《我对于创作旧诗和新诗的感想》)"在短时期中间神经兴奋,像火一般的狂热,甚么事情都高兴做,并且一天能写几千言的白话文和几十首的旧体诗","这是屡试而屡验的事情"。(《南社纪略》)在这一点上,他的创作个性,和19世纪初期的龚自珍,五四时期的郭沫若等,颇多相似之处。他富于激情,重视灵感,信手挥洒,不喜雕琢,凭借"一点烟士披里纯","愿为同胞流血"。(《江苏》第八期载柳亚子《读史界兔尘录感赋》)有时热情澎湃,思绪如潮,汪洋恣肆,难以自已。这样一来,自然也不免带有浪漫主义文学常有的弱点,表现内心世界多,表现社会生活少,在如实地刻画外在客观世界方面显得不足。

这种文学现象,说明中国文学中的浪漫主义传统,在19世纪初期至20世纪初期有复兴之势。20世纪初期,民主运动高涨,是浪漫主义文学再度兴起的主要原因。章太炎驳康有为,邹容倡革命军,陈天华愤然投海,秋瑾慷慨就义,鲁迅著《摩罗诗力说》,南社一大批诗人歌泣无端,均在这一时期。如果我们放在这样的时代背景和文学背景上来看柳亚子和南社诗人的文学活动,就不难给予恰当的评价。

第三节 陈去病、高旭

南社的另外两位发起人，思想、经历、艺术风格，与柳亚子有同有异。

陈去病（1874～1933），原名庆林，字佩忍。后改名去病，改字巢南，均寓反清之意。又字柏儒，别字病倩，号垂虹亭长，笔名季子、南史氏、有妫血胤等。江苏省吴江县人。年少时，"好读书，有大志"，"任侠慷慨"。1898年，与同乡金天翮（松岑）等创办雪耻学会。1902年，加入中国教育会，发起同里支部。1903年春，前往日本，探索救国之路。在日本，加入拒俄义勇队，"与诸少年喋血同盟，誓恢黄胤"。7月，在《江苏》第四期发表《革命其可免乎》，公开鼓吹革命。同年夏秋间归国，先后在上海、吴县、镇江、徽州、绍兴等地，一边从事教育工作，一边进行革命宣传，并担任《警钟日报》主笔，发起出版《二十世纪大舞台》，编辑《陆沉丛书》，编写《清秘史》、《五石脂》等书，在反清革命宣传中起过特殊的作用。1906年，加入中国同盟会，先后组织过黄社、秋社、匡社、越社、神交社等革命社团，并在安徽、杭州、绍兴、汕头、香港等地积极奔走，组织同志，因而在革命队伍中赢得较高的威望。南社成立以后，陈去病、高旭二人，参与具体工作不如柳亚子多，但他们在当时革命队伍中的声望和地位，对于扩大南社的号召力，提高南社在革命者心目中的地位，起了不可忽视的作用。

1913年，陈去病到南京参加"二次革命"，担任黄兴领导的江苏讨袁军总司令部秘书，军中文告多出陈手。1918年，他到广州，追随孙中山筹谋北伐。1922年，孙中山在广东韶关誓师北伐，陈担任大本营前敌宣传主任，与孙中山关系比较密切。晚年曾任南京东南大学、上海持志大学教授、江苏革命博物馆馆长。1933年病故。著作有《浩歌堂诗钞》、《诗学纲要》、《辞赋学纲要》等。

陈去病的童年、青年生活，与柳亚子不同。他的个人生活颇多不幸。1909年，自跋其诗云："近十年来，遭逢坎轲，心志恻伤，虽有所作，大氐欢愉之词寡而穷愁之思切。"（《浩歌堂诗钞》卷一）不过，他并非孟郊、贾岛式的人物。当时的革命热潮和他个人的不幸遭遇，养成了他坚忍豪侠的性格。所到之处，办学、办报、结社、交友、宣传革命、征集文献，一生南下北上，几乎从没有闲暇放逸的时候。"超然异于流俗"，"事虽颠蹶而志实恢弘"。（柳亚子《陈巢南先生五十寿序》）邑人称他为松陵笠泽中的"奇男子"，朋友们称他"短小精悍如郭解，纵横捭阖如苏秦，滑稽突梯如方朔，而高文典册、飞书驰檄则又兼相如、枚叔之长"（柏文蔚、于右任等《为陈佩忍先生五帙征文启》）。他的诗歌，从不同的侧面反映了他的精神面貌。

据陈去病的学生徐蕴华说，陈"生平所作，略得三千余首。顾不自收拾，或经乱散佚"。现存《浩歌堂诗钞》十卷，每卷各有题名。其中，1903年东渡日本时所写的《壮游集》、1908年南游闽粤时所写的《岭南集》和1921年南下广东、追随孙中山先生时所写的《从征集》，佳作较多。

《壮游集》中的长诗《东京雨后寓楼倚望》，借风雨奇景抒革命情怀，情景交融，发人深思。"愁去俄翕集,流电惊飞驰。大地迭震荡,屋摇尤不支。""忽然风雨止,须臾还晴曦。世界恍新沐,光明如琉璃。……大凡物腐败,则为多弃遗。譬如室朽坏,必拆而更始。何者当改革,何者须迁移?巨者或锯之,细者或鏊之。其尤无用者,拉杂摧烧之。循是一变置,辉煌乃合宜。"诗中包含着新颖的哲理,是当时革命者改天换地宏伟理想的生动写照。

《岭南集》是诗人进入成熟期的创作。思想益见深沉,语言愈趋精炼。如《图南一首赋别》:

> 恻恻中原编蔚罗,侧身天地一婆娑。
> 图南此去舒长翮,逐北何年奏凯歌。
> 短铗独携当仆健,孤鸰将护赖君多。
> 补天填海千秋事,莫使伤春赋绿波。

诗中饱含着对革命胜利的期待,并借以劝慰妻子以国事为重,无须因离别而感伤。

同一时期的《访安如[柳亚子]》:

> 梨花村里叩重门,握手相看泪满痕。
> 故国崎岖多碧血,美人幽抑碎芳魂。
> 茫茫宙合将安适,耿耿心期祗尔论。
> 此去壮图如可展,一鞭晴旭返中原。

这是一首与挚友告别的诗,表达了诗人不畏救国前途的坎坷,欲以一展宏图的雄心壮志。

同集《中元节自黄埔出吴淞泛海》:

> 舵楼高唱大江东,万里苍茫一览空。
> 海上波涛回荡极,眼前洲渚有无中。
> 云磨雨洗天如碧,日炙风翻水泛红。
> 唯有胥涛若银练,素车白马战秋风。

全诗于海天苍茫的景色描写中,借吴王夫差不听伍子胥的忠言而亡国事,抒发了对国事阽危的忧愤之情。

这些诗情景交融,形象鲜明,多于苍凉悲壮之中,回荡着昂扬激越的旋律,洋溢着革命者的浩然正气。

辛亥革命失败后,"冠裳一倒置,中原无是非。豺狼当大道,狐鼠任横飞"(《寄安如》)。陈去病不可能再像过去那样,感到光明在即,无限憧憬。他写了一些悲凉的诗句:"中酒恹恹人愈病,思君故故日增愁"(《哭逷初》),"事有难言唯纵酒,身无可托独含愁"(《秋感》),但他并未自隳其志。他仍然坚信:"准拟乘云破空去,大风腾啸海天秋。"《从征集》中的《侯保三以所著塞外纪游见贻书此奉答》、《重游粤中放洋口号》、《重过荔枝湾》、《鮀江分赠诸友》、《瓜泾夜泊》诸作,都是较好的篇章。

论其政治思想的先进性,陈去病不如柳亚子和高旭。论其才华,陈亦不如高、柳。但他的诗,经过艰苦的锤炼,论其功力,可为人师。陈诗的美属于另一种。柳亚子序《浩歌堂诗钞》云:"先生之诗,去华反朴,屏绝雕镂。且其奋斗之精神,恢弘之器宇,皆有不可磨灭者。"吴梅称陈诗:"论文才,铁板大江东,关西将。"(《南吕·满江红》)均可谓知言。

高旭(1877～1925),字天梅,又字剑公、钝剑、慧云、慧子、哀蝉、笔名有秦风、寿黄等。江苏金山人。1903年,创办《觉民》月刊。1904年留学日本东京政法大学,结识孙中山。1905年,加入中国同盟会。归国后,任同盟会江苏分会长。他所创办的上海健行公学及所附"夏寓",是中国同盟会在上海的机关总部,柳亚子、苏曼殊、朱少屏、陈陶遗等许多南社重要人物曾往来其间。1907年春,"夏寓"门前,时有侦探窥伺,高旭被指名查捕,健行公学因而解散,"夏寓"亦关闭。1907年,陈去病发起组织神交社,其后酝酿发起南社,高旭都曾积极参与。但神交社于1907年"七夕"(公历8月15日)在上海愚园举行第一次雅集,南社于1909年11月13日在苏州虎丘举行第一次雅集,高旭都未参加。他自述"海上神交社集,以事不得往"。作为当时处于秘密活动中的同盟会负责人之一,这是可以理解的,不能以"避矰缴"而厚责。实际上,高旭在南社的酝酿成立过程中起了重要作用。陈去病在1908年5月所作《有怀刘三、钝剑(高旭)、安如(柳亚子)并苦念西狩、无畏》诗中写道:"其二有渐离,生来耻帝秦。……要我结南社,谓可张一军。"1906年10月17日,高旭在上海《民吁报》发表《南社启》,宣称"今者不揣陋鄙,与陈子巢南、柳子亚卢有南社之结"。此文曾被后人视为南社"宣言",高旭则被视为南社的首位发起人。(柳无忌编《南社纪略》附录五蒋慎吾《南社纪念会之史的回顾》)

高旭是以余事做诗人的。他在题咏《史记》时写道:"放出毫端五色霞,国民主义始萌芽。史公岂仅文章祖,政治家兼哲学家。"(《题所诵之书五首》)这也正是诗人对自己的期许。辛亥革命前,他在出版于江浙和东京的许多著名报刊上发表文章,诗文中经常既谈政治、又谈哲理。辛亥革命后,高旭当选为众议院议员,益以资产阶级政治家兼思想家自任。在反袁斗争中,他是积极勇敢的,早在1911年12月初,即在《天铎报》上公开指出:"最足为共和新中国之梗者,实袁世凯也。"1913年宁调元被捕,高旭在众议院发起22名议员联名致电武昌,多方设法营救。1917年,孙中山在广州"护法",他曾两度南下,参加非常国会。但他在北京做官日久,渐背初衷,与一些旧官僚往来亲密,诗酒唱和,"剑公"当日锋芒随即消逝。1923年曹锟贿选,高旭和景耀月、马小进等19名南社社友受曹贿买,堕落为"猪仔议员",遭到全国人民的声讨。陈去病、柳亚子、叶楚伧、邵力子、姚光等13人发表《旧南社社友启事》,指斥高旭等"贿选祸国,辱及南社",将其开除出社。南社的声誉由此受到很大损害,高旭本人也从南社主要发起人变成了南社的罪人。因此,1923年柳亚子为《南社丛选》写序云:"中华民国纪元前三年,余与陈巢南诸子,始创南社。"傅熊湘序云:"岁戊申,松陵陈佩忍、柳亚卢,倡南社于海上。"均对高旭不提一字。后人论及南社,亦对高旭多所贬责。高旭一世英名,尽毁于兹,又不能如筹安会杨度君子,改弦易辙,别求光明,遂纵酒悲歌,益趋颓唐。1925年悒郁而终,年仅49岁。

在南社三位发起人中,高旭的思想最矛盾,最复杂,但也最深刻,最新颖。他比较深入系统地学习过中西政治思想史,对于儒家、墨家、佛家和西方先进思想,都进行过比较深入的研究。因此,他对于资产阶级民主思想,对于当时世界形势的认识,比一般南社人物清醒。一般南社人物对于革命斗争,单凭个人热情,容易流于空谈,高旭重视民众力量,较为深沉。他在《海上大风潮起作歌》中狂呼怒号:"要使民权大发达,独立独立呼声嚣。全国人民公许可,从兹高涨红锦潮。嗟哉丑虏剧凶恶,百计凌虐心何劳。割我公产赠与人,台青旅大亲手交。东三省地今又送,联虎狼秦如漆胶。……俎上之肉终啖尽,日掀骇浪飞惊涛。两重奴隶苦复苦,恨不灭此而食朝。"在《路亡国亡歌》中,更进一步呼唤:"诸公知否欧风美雨横渡太平洋,帝国侵略主义其势日扩张。二十世纪大恐怖,疾雷掩耳不及防。倘使我民一心一身一脑一胆团结与之竞,彼虽狡焉思启难逞强权强。"他比一般南社人物以更加强烈的怒火对准了瓜分中国、瓜分世界的帝国主义列强。他去东洋学习政法,对西方法政思想极为崇敬,但又清醒地看到:"古人仿周官,用以覆邦国。今人贩法政,用以灭种族。"(《题所编法制讲义即以留别本科诸同学》)帝国主义列强如同一群贪婪的野物,"俄鹫英狮日蟒蛇,一齐攫咙到中华"(《游东三省动物园》)。他深恐中华帝国"步印度、波兰之后尘",沦落为列强殖民地。高旭把中国问题,放在整个东方和世界的范围中去观察、理解、反映,触及到了近代中国问题的实质。这是陈去病、柳亚子等其他南社诗人所未能做到的。

高旭很重视太平天国的经验教训。他崇敬太平军的英雄业绩,称洪秀全为一代"豪贤",将洪秀全与岳飞、文天祥、朱元璋并列。他热情歌颂"长发军,虎啸创天国"(《创天国》)。1906年,为了革命宣传工作的需要,在上海伪造《石达开遗诗》20首,连同1902年《新民丛报》上发表过的五首石达开遗诗(据说是梁启超伪造的),凡17题25首,一并付印,署"残山剩水楼主人刊"。其中有些诗,如跋文所说:"慷慨激烈,喷血而出。"有的苍凉悲慨,发人深省。如《极目》:"极目楚氛恶,狂风著意吹。荒凉唐日月,黯淡汉旌旗。北地春花笑,南朝秋叶垂。楼头景萧瑟,客子怅吟诗。"《再答涤生一首》:"支撑天柱费辛艰,垓下雌雄决一韩。试看桴枪天上扫,夜深惨淡斗牛寒。"其他如《闻天德王被难》、《我伤朝内乱》、《入剑门》等,或揭露清朝统治,或吟唱英雄豪情,或回顾太平天国历史,多与石达开身世吻合,一时读者多信以为真。《无生诗话》、《龙潭室诗话》、《说元室述闻》、《太平天国野史》、《石达开诗抄》、《太平天国诗文钞》等竞相转载,不胫而走。1920年,冯心侠又将这些诗与吴禄贞诗编为《石达开吴禄贞诗合集》,由高旭题签、题诗刊布,这些作品便进一步传播开来。它们在20世纪初的读者中,"激发民气",产生了很大影响,起了多方面的积极作用,以致柳亚子和阿英(钱杏邨)都认为,"天梅造的石诗,比他自己的好"(柳亚子1940年11月19日致阿英信)。

高旭的诗,题材比较广泛,形式比较自由。长篇歌行在高诗中占有很大比重。有些属于当时流行的歌体诗,诗中杂用三言、五言、四言、七言,乃至一言、十余言,有时文白相间,宜于歌唱,和20世纪以来长期流行的新歌词在语言形式上较为接近。如《女子唱歌》、《爱祖国歌》、《军国民歌》、《路亡国亡歌》等。这对中国诗歌形式的发展,有积极意义。

在艺术风格方面,高旭继承了庄、骚以来的浪漫主义文学传统,汪洋恣肆,纵放横行,善于以瑰丽魁伟的形象,抒写奔放豪迈的热情,"大叶粗枝,奇气横溢,一时无与抗手"(傅熊湘:《天梅遗集》题评)。如《登富士山放歌》:

荒鸡喔喔著耳啼催晓,壁间铿铿刚报三下钟。火云烧天天色变为赤,朱霞片片飞散火熊熊。六鳌扬鬐怒触霹雳斧,血花万缕喷吐五色虹。瞭望微茫一发白齿齿,海波照眼摇荡珊瑚红。游人大笑齐拍手,云是旭日涌出天之东。……更倾斗酒倚绝壁,下览赤县盲目充塞鼾睡浓。警叫一声中华大帝国,天声觥觥震动轩辕宫。无奈偌大睡狮沈醉颓卧终不醒,垂头丧气爪牙脱落双耳聋。何来奔流飞瀑铿然到耳偏激荡,疑是上界仙子调笙镛。

全诗气度恢弘,笔力雄健,和一些只擅长绝句短章的南社诗人有明显差别。他确有一种"推倒一世豪杰,开拓万古心胸"的气概,非一般南社诗人可比。

高旭是一个充满矛盾的人,无论在思想方面、艺术方面,都显得比较复杂。在政坛上,他始为激进的民主主义者,后来堕落成为无耻政客。在诗坛上,他曾经激烈地反对过同光体,自己的大量创作,就是和同光体对立的产物,后来却与易顺鼎等旧文人互相吹捧,甚至学写同光体诗。对于北洋军阀政府,高旭并非毫无认识,却又恋栈其中。他曾经写道:"鲍鱼腥臭嗤秦政"(《吊黄克强先生》),却又道:"鲍鱼腥里我还来"(《次韵示佩忍》)。后来终于在鲍鱼肆中染得一身腥臭,背弃初衷。在南社三位发起人中,本来"高以诗词鸣,柳则以文"(陈去病《高柳两君子传》)。若论诗情之饱满充畅,个性之鲜明生动,题材内容之丰富多彩,语言形式之大胆创造,高旭有在陈、柳之上。可是,他无论在政治上、艺术上,都半途而废,不能善始善终。他的诗,往往失之粗糙,像是尚未经过精细加工的毛坯,砂粒毛刺,斑斑俱在,难称正品,遂与柳、陈等人精心结撰、华美沉厚的诗作不能相比。"此身已置千寻上,不作登峰造极思"(高吹万《上北高峰因天晚不果登其巅》)。这是南社许多人物共同的悲剧。在高旭身上,这种悲剧性体现得尤其突出。这是我们在回首一代人物时很值得深思的。

第四节 苏 曼 殊

苏曼殊(1884～1918),名戬,字子谷,后更名元(玄)瑛,曼殊为其法号。广东香山县(今珠海市前山公社)人。父亲多年在日本经商,母亲是日本人,私生。因为是异国私生混血儿,在日中两处均不免受到种种歧视,自幼心灵受到很大创伤,故自云:"思维身世,有难言之恫。""每一念及,伤心无极。"他的诗、文、小说中,常有一种他人所没有的凄清哀怨,即与其童年有关。后来,他年少出家,披剃为僧,以一领袈裟出入于亲朋诗酒之间,就更加增添了他的"落叶哀蝉"之感。不过,这种种不幸,也滋长了他对黑暗现实的憎恨与反抗,其敏锐与强烈,有时甚于他人。他生当中国资产阶级革命高涨时期,先后和一大批当时最著名的资产阶级革命家、思想家、文学家有过亲密交往,孙中山、章太炎、廖仲恺、陈独秀、赵声、陈去病、高旭、柳亚子、黄节、刘三、乃至鲁迅、章士钊、沈尹默、刘师培等,都曾经是他的朋友。他和一般封建文人有很大区别。1903年,曼殊参加了拒俄义勇队,归国任《国民日日报》翻译,与陈独秀、章士钊同事,翻译嚣俄(雨果)《悲惨世界》,倾心革命。此后多年,曼殊到过上海、苏州、杭州、惠州、香港、长沙、芜湖、广州、青岛等很多地方，并东渡扶桑，南游暹罗、印度、锡兰、爪哇，多次来往于中国与日本，漂流无定。在反清、反袁斗争中，他都表现很好。据何香凝等人回忆，在日本，曼殊曾多次在东京廖仲恺寓所参加孙中山先生主持的会议，"差不多无会不与，当时与朱执信有'同盟会两才子'之称"，"甚为总理（孙中山）所契重"。孙中山称他为"革命的和尚"，并在曼殊病逝之后，出资为其料理后事，命陈去病葬其遗骨于杭州西湖孤山之阴。

曼殊虽身入法门，并未忘怀世事。他是那个时代一个特殊的产儿。辛亥革命前后在《天义报》、《民报》、《南社丛刻》、《太平洋报》、《生活日报》、《华侨日报》、《甲寅》、《新青年》等处发表诗歌、小说、绘画、随笔等，从一个特殊的角度反映了时代面貌。小说有《断鸿零雁记》等六篇，译作有《拜伦诗选》、《英汉三昧集》、《潮音》、《文学因缘》等，均收入柳亚子编《曼殊全集》。曼殊小说，介乎新旧之间，译作与马君武并称。

曼殊遗诗约百首左右，都是抒情诗。除了个别篇章，绝大部分是七言绝句。大体可分为三类。一类是抒写家国之感的。有的写在资产阶级革命高涨时期，充满积极、进取的精神；有的写革命失败之后，充满痛苦和悲凉之感。但它们都发自作者深心，把革命思想融化在个人情感里，如糖在蜜，如盐在水，可觉其味而不见其迹。读惯了古今好发议论的政治抒情诗的读者们，别有一番清新隽永之感，在受其感染教育的同时，觉得荡气回肠，意外地快适。如1903年发表的《以诗并画留别汤国顿》二首：

> 蹈海鲁连不帝秦，茫茫烟水著浮身。
> 国民孤愤英雄泪，洒上鲛绡赠故人。
>
> 海天龙战血玄黄，披发长歌览大荒。
> 易水萧萧人去也，一天明月白如霜。

诗人一腔豪情，喷涌而出。蹈海鲁连，萧萧易水，这些典故，都仿佛信手拈来，恰好用它们表现诗人自己的形象。它们不像当时一般爱国诗歌，只想有意告诉读者一点什么。读者只要明白了那点意思，阅读的目的也就达到。曼殊的诗，则使人看到了全人，看到了一个人的内心深处。诗人把自己整个地亮给你，让你看。它似乎无意于感人，却反而令人感动。这就是唐人司空图所说的："不著一字，尽得风流"，"味在酸咸之外"。曼殊《过郑成功（平户延平）诞生处》所写的那首"袈裟和泪伏碑前"，以及"才如江海命如丝"、"孤愤酸情欲语谁"的《本事诗》、"秋风海上已黄昏，独向遗编吊拜伦"的《题〈拜伦集〉》、"狂歌走马遍天涯"的《赠玄玄》、"相逢莫问人间事，故国伤心只泪流"的《东居杂诗》等，均有此妙。

曼殊的另一类诗歌，是抒写个人身世之感的。他本哀乐过人，而遭逢不幸；遁迹空门，却难忘尘寰。先后有不少女性对他钟情，他不能无动于心，却又不能坦然领受。这便使他坠入在矛盾纠结、重重缠绕的网里，欲断不忍，欲去不能，缠绵悱恻，痛苦不堪。曼殊言告无门，一发于诗。这些诗，把人类爱情生活中经常会有的痛苦和温馨从一个特殊的角度表现出来，使读者的心受到尖利而又不致遭到伤害程度的刺激，既觉得痛苦、伤感而又得到一点安慰，一种惬意，一丝满足，一点甜蜜。因此，它们便成为许多青年男女心爱的诗章，以致有的女青年把曼殊的肖像挂在自己的帐子里,把他看做是一个令人爱怜、令人思念的知心朋友。

这类诗歌,有《为调筝人绘像》二首、《寄调筝人》三首、《本事诗》十首、《无题》八首、《东居杂诗》十九首等,在曼殊诗中占有很大比重。请看其中数首:"收拾禅心侍镜台,沾泥残絮有沉哀。湘弦洒遍胭脂泪,香火重生劫后灰。"(《为调筝人绘像》)"乌舍凌波肌似雪,亲持红叶索题诗。还卿一钵无情泪,恨不相逢未鬀时。""碧玉莫愁身世贱,同乡仙子独销魂。袈裟点点疑樱瓣,半是胭脂半泪痕。"(《本事诗》)"却下珠帘故故羞,浪持银蜡照梳头。玉阶人静情难诉,悄向星河觅女牛。""珍重嫦娥白玉姿,人天携手两无期。遗珠有恨终归海,睹物思人更可悲。"(《东居杂诗》)这类诗,大都写得一往情深,幽艳入骨,有犯佛家"绮语"戒。在有些人眼中,它们是不健康的。可是,很多读者喜欢它们,觉得"有如昔人所谓'却扇一顾,倾城无色'者"(柳亚子《燕子龛遗诗序》)。"虽然词句仿佛迷离,难以定其所指,而隐约之间,却令人生无限伤心,无穷艳思",觉得它们"不即不离,全以真诚的态度,写燕婉的幽怀,不染轻薄的气习,不落香奁的窠臼,最是抒情诗中上乘的作品"。(熊润桐《苏曼殊及其燕子龛诗》)

曼殊还有一类诗,是结合自己的身世写自然风景的,诗中有画,极其美丽。如《过蒲田》:

柳阴深处马蹄骄,无际银沙逐退潮。
茅店冰旗知市近,满山红叶女郎樵。

《淀江道中口占》:

孤村隐隐起微烟,处处秧歌竞插田。
赢马未须愁远道,桃花红欲上吟鞭。

《春雨》(又题《本事》之一):

春雨楼头尺八箫,何时归看浙江潮?
芒鞋破钵无人识,踏过樱花第几桥。

《吴门依易生韵》之十一:

白水青山未尽思,人间天上两霏微。
轻风细雨红泥寺,不见僧归见燕归。

于右任称赞"曼殊诗格超绝,在灵明境中",《春雨》为"尤入神化者"。(《独树斋笔记》)这番评语,也可用于以上其他数首。它们使读者诵读一过,难以忘怀。红叶女郎、桃花吟鞭、芒鞋破钵、红泥僧寺,都是诗人独创的诗境,他人难言。宋元以来,像这样鲜明清丽的诗句,实不多见。

南社诗人中,能够得到新、旧文学家共同喜爱,让不同时期的读者由衷赞赏的,当首推苏曼殊。柳亚子认为:"他的诗好在思想的轻灵,文辞的自然,音节的和谐。总之,是好在自然的流露。"(《苏曼殊之我观》)郁达夫认为他有"浪漫气质","他的诗里有清新味,有近代性,这大约是他译外国诗后所得的好处"。(《杂评曼殊的作品》)冯至把曼殊的诗比做:"月下开遍了/幽美的悲哀花朵。"(《沾泥残絮》)田汉把他比做法国现代派诗人魏尔伦(Paul Verlaine),说他的诗,"读来读去之间,仿佛雨意满窗,骚魂满座"(《苏曼殊与可怜的侣离雁》),无怪有人要把苏曼殊看做"南社最好的代表人物"(曹聚仁《文坛五十年》、《我与我的世界》)了。

不过,苏曼殊的诗,缺点很明显。一是题材狭窄,对于那个风雷激荡的时代反映得不够;一是感伤情绪过于浓重,容易对一部分读者产生消极影响;一是"高逸有余,雄厚不足",虽有拜伦之情,而乏拜伦之力。曼殊虽云"丹顿(但丁)裴伦(拜伦)是我师",终不能如拜伦"立意在反抗,指归在动作","争天拒俗",发为"雄桀伟美"之声。(参鲁迅《摩罗诗力说》)因此,鲁迅称曼殊为"颓废派",对当年兴起的"曼殊热"不以为然。郁达夫指出,曼殊"缺少雄伟气",在他的作品中,到处"都在流露闪耀"着"才气",可要"求一篇浑然大成的东西",则不可得。所以他仅是"一位才子""一个奇人","然而决不是大才"。这些看法都深有道理。

第五节 黄节、于右任等其他南社诗人

南社社员逾千,能诗者以百数。1935年,柳亚子编印《南社诗集》六册,选入343人的诗歌。除以上所述四位,艺术成就较可观者,还有黄节、于右任、马君武、宁调元、周实、张光厚、王德钟、吴虞、沈尹默等。

黄节(1873~1935),字晦闻,号纯熙,广东顺德人。1904年冬,与邓实、陈去病等在上海筹组国学保存会和国粹学社,"发明国学,保存国粹","辨夷夏之义"。后在《国粹学报》等处发表许多诗文,反清反袁,名震一时。当时有人把黄节誉为广东诗坛领袖,曾有"章(太炎)文黄诗""黄诗陈(洵)词"之说。晚年在北京大学、清华大学等校任教,思想比较保守,但在政治大节上表现出铮铮风骨,在诗歌创作和学术研究领域不断精进,成为颇有声望的诗人和学者。现存《蒹葭楼诗》两卷。

黄节诗格律精严,功力甚深,"其诗有通北宋之神理而遗其貌者"(钱仲联《近百年诗坛点将录》)。陈三立认为:"卷中七律疑尤胜,效古而莫寻辙迹。必欲比类,于后山为近,然有过之,无不及也。"张尔田称其诗"味兼酸辣",如同异于荔枝、甜橙的"柠檬"。(《〈蒹葭楼诗〉序》)其若干名作往往锻字炼句,几经炉锤,力求精警。如《岳坟》,先后两稿甚异。诗云:

第三章 南社与南社诗人

> 中原十载拜祠堂，不及西湖山更苍。
> 大汉天声垂断绝，万方兵气此潜藏。
> 双坟晚蝉鸣乌石，一市秋茶说岳王。
> 独有匹夫凭吊去，从来忠愤使人伤。

由于诗中蕴含着一股厚蓄的力量，境界沉郁，不薄不浮，将辛亥革命前夕革命队伍的郁勃之气表现得很成功。这是"诗之高境"（陈廷焯《白雨斋词话》），其审美价值不比当时许多人那些激昂慷慨的作品差。它使人如对黄宾虹墨色淋漓、烟霭腾漾的图画，虽明丽不足，却自有其苍润厚朴之美。

南社诗人所用诗歌形式，几乎全部是五七言旧体诗。旧体诗很讲究句法。诗人功力，于此可见。篇中有无佳句，有如乐曲中是否有美妙的旋律。因此，前人论诗，常以摘句方式品评高下。集中无句可摘，便难称作手。林庚白说："南社诸子，倡导革命，而什九诗才苦薄，诗功甚浅。"（《今诗选自序》）虽云言过，却不失为矫枉之语。黄节是南社最早参加筹备活动的人，他的旧诗功力，对提高南社声誉有积极意义。《蒹葭楼诗》中，可摘之句颇多，如："别路多风雪，天心数点梅"（《草堂留别呈简岸先生》）；"孤樯燕落知山近，沧海尘生惜月迟"（《海舟夕眺》）；"樯镫倒照鲛人出，天幕低张鱼火明"（《海夜》）；"青山原是伤心地，白骨曾为上冢人"（《北郭展墓》）；"千峰落木天为远，万物逢秋气尽辛"（《九日同春坡道人登高》）；"向晚梅花才数点，当头明月满前除"（《十月十一夜月中有怀曼殊》）；"一雪趣行卿独急，九街严逻夜逾寒"（《十一月初二雪夜归作寄伯扬》）；"不反江河仍日下，每闻风雨动吾思"（《沪江重晤秋枚》）；"雪余得暖多非料，世乱逢春百不如"（《元日得胡纳孝书作答》）；"环畿万锸争疏堰，举国连兵甚旱干"（《七月十六日夜园中偶成》）；"及天别鹤吁长叹，入塞饥鸿指故城"（《残蝉》）等。大都对仗工稳，并表现了一定的时代内容。"用笔简朴，摛词雅淡"（屈向邦《粤东诗话》），雅淡中常有愤怒。没有对生活的精细观察和深厚的艺术功力，写不出这些诗句来。因此，有人认为，南社诗人，"若言诗学最深，成功最大的，要数黄节的《蒹葭楼诗》。吴宓称黄晦闻先生是当代的诗学大师，黄先生是当之无愧的"（卢冀野《民族诗歌论集》）。

南社诗人中，另一位功力较深的诗人是国民党元老于右任（1879～1964）。原名伯循，字诱人，又改字右任，后以字行。他是辛亥革命时期著名的风云人物，曾先后创办《神州日报》、《民呼报》、《民吁报》、《民立报》，倡言革命，名震一时。辛亥后，出任南京临时政府交通次长。后长期担任国民党政府监察院院长。在国共合作中，他做过不少有益于团结的工作。晚年在台湾度过，常怀故土之思。1964年，客死台北。遗诗云："葬我于高山之上兮，望我大陆；大陆不可见兮，只有痛哭！葬我于高山之上兮，望我故乡；故乡不可见兮，永不能忘！天苍苍，野茫茫；山之上，国有殇！"其早期诗作，有《半哭半笑楼诗草》、《右任诗存》。柳亚子为《右任诗存》题诗八首，其一云："落落乾坤大布衣，伤麟叹凤欲安归？卅年家国兴亡恨，付与先生一卷诗。"认为"国民党的诗人，于右任最高明"（《柳亚子的诗和字》）。

于右任是南社中的北派。多数南社诗人，自幼被六朝烟水濡染，受晚唐诗风影响较深，哀感顽艳，集中多有靡丽之作。于右任诗格遒劲，有汉魏风骨。他的早期诗作，很多都写于关口、道中,如《赴试过虎牢》、《马关》、《车过灵宝》、《入关》、《灞桥》、《省亲出关》、《函谷题壁》、《月夜宿潼关》、《出关作》、《山关》、《洛阳道中》、《新安早发》、《过渑池》、《过张茅》、《记中道中》、《出京》、《过南京》、《过天安门》、《再过南京》、《津浦道中》、《汴洛道中》、《崤函道中》、《潼关道中》、《二华道中》、《高陵道中》、《淳化道中》,等等。它们给人一个总的印象:诗人在不断行进之中,风尘仆仆,车马匆匆,举手劳劳,席不暇暖,读之令人昂扬振奋,不甘老于牖下。它们有一种特殊的感召力,和那些花前月下,流连光景,吟风弄月,征歌逐酒之作,实在有天壤之别。

1904年春,作者应试开封,因其诗集《半哭半笑楼诗草》中有讽刺清政府之作,遭清廷缉捕,连夜出亡上海。舟次南京,作《孝陵》:"虎口余生亦自矜,天留铁汉卜将兴。短衣散发三千里,亡命南来哭孝陵。"1908年,秘密回乡省亲,作《灞桥》:"吾戴吾头竟入关,关门失险一开颜。灞桥两岸青青柳,曾见亡人几个还?"1926年,诗人以"革命军中一战士"的身份赴苏联,舟入东朝鲜湾,读马克思《资本论》,作歌以纪。入苏,作《舟入大彼得湾》:"二百余年霸业零,天风吹尽浪花腥;掬来十亿劳民泪,彼得湾中吊列宁。"归国,过贝加尔湖等地,自恰克图至库伦,作五言短章:"夜静沙皆白,秋高草不黄;女儿骑恶马,大野牧牛羊。"露宿外蒙兵营,作七言绝句:"星斗低昂落枕边,多情明月映胸前。幕天席地吾滋愧,一夜沙场自在眠。""天似穹庐容我在,地无租赁任人眠。乾坤真作卑田院,脚动星辰亦偶然。"先后20余年间,所作多此类风格者。它们有一种特殊的豪健之气。有的类似北朝乐府民歌。有的使人不禁想起陈子昂《与东方左史虬修竹篇序》:"窃思古人,常恐逶迤颓靡,风雅不作,以耿耿也。一昨于解三处见明公《咏孤桐篇》,骨气端翔,音情顿挫,光英朗练,有金石声。""不图正始之音复睹于兹,可使建安作者相视而笑。"

于右任不仅是诗人,同时又是卓有成就的大书法家。另一位大书法家沈尹默《题于右任标准草书歌》云:"美观实用兼有之,用心大与寻常异。"这也可移用来理解他的诗作。于右任的诗,大都有厚实的内容,寄托很深,艺术锤炼也好。其七言律诗与词曲尤见功力。兹举《武功城外》二首之一:

> 扶杖行吟任所之,武功原上晚晴时。
> 郊禖谁祷姜嫄庙,春雨人耕后稷祠。
> 万里风云掩西北,十年兵火接豳岐。
> 绿杨临水川如画,景物流连老益悲。

此诗写于1922年。当时,于右任奉孙中山之命在陕西任靖国军总司令。诗中以农耕与战火相映,表现了忧国忧民的深情。诗人巧妙而又自然地将姜嫄庙、后稷祠、豳岐、秦川这些与中华民族古远历史有关的地名,像珠贝一样编织起来,显示了浓重的地方色彩和沉厚的历史感。全诗借古代故实,写当前情事,显得古朴苍凉,气度非凡。这是同时代他人之诗很难达到的。因此,柳亚子、吴宓、吴芳吉、卢冀野、姚雪垠等,都对于右任诗给予高度评价。章士钊说:"先生自出秦川,一切公私行事,始终不脱北人风范。居江南久,毫不为六朝靡靡之习所中。发为诗歌,壮有金戈铁马之音,逸亦极白鸥浩荡之致。"(《于右任先生七十寿序》)

第四章　革命派小说及其他小说流派

第一节　革命派小说理论

历史总是走着曲折的道路。如果说,改良主义派的小说理论,把小说从纯粹的"怡情之品"中解脱出来,把它提高到与经史相提并论的地位,因而大大地推动了晚清小说的发展的话,那么,他们同时又有所失误,他们极端夸大小说的社会作用和政治作用,颠倒社会生活与艺术关系,忽视小说的美感作用和艺术价值。这也是时代的局限。

到了1907年,情况发生了较大的变化。改良派的错误理论所造成的恶果已经十分突出:小说创作虽然有了突飞猛进地发展,但有的成了单纯的政治主张传声筒,有的以"自展国民进化之功""大倡谣俗改良之恉"为掩盖,"抒感甄挑卓之隐衷","饰牛鬼蛇神之假面"。(《小说林发刊词》)许多粗制滥造之作充斥书肆,引起了读者的强烈不满。资产阶级革命派为迎接即将来临的革命高潮,当然也希望文艺能起到促进作用,但基于前车之鉴,他们要求比较客观地估价文艺在社会生活中的地位,要求文艺具有较高的艺术魅力。1907年,黄摩西主编的《小说林》创刊,在文艺评论上,它汇聚了徐念慈、黄摩西、王钟麟等革命派的理论主张,形成了一股比较集中的力量。

革命派首先恰当地论述了小说的性质、地位与作用,摆正了社会人生与小说创作的因果关系。觉我在《余之小说观》中指出:"小说者,文学中之以娱乐的,促社会之发展,深性情之刺戟者也。"比较早地提出了文学的娱乐作用、社会作用和情感美化作用。所以他既反对封建顽固派的恒以鸩毒霉菌视小说,也反对改良派的译籍稗贩,以为风俗改良、国民进化,"咸惟小说是赖"的"誉之失当"。他指出:"小说固不足生社会,而惟有社会始成小说","小说与人生,不能沟而分之,即谓小说与人生,不能阙其偏端,以致仅有事迹,而失其记载,为人类之大缺憾"。

黄摩西也反对"昔之视小说也太轻,而今之视小说又太重"的两种错误倾向。黄摩西在《小说林发刊词》中最精彩的议论,是批评改良派以小说为宣传政治的工具、抹煞小说的美学特征。他认为,"小说者,文学之倾于美的方面之一种也",是与哲学法律经训等著作有严格区别的。求诚止善是不错的,但不能捐损其美的本质。黄摩西批评当时的错误倾向说:"一小说也,而号于人曰:吾不屑屑为美,一秉立诚明善之宗旨,则不过一无价值之讲义、不规则之格言而已。"他们名义上推崇小说的地位与作用,实际上却削弱了它的力量。这种错误倾向当时在小说界是如此广泛和严重,使得黄摩西"甘冒不韪而不能已于一言也"。

革命派虽然强调"社会始成小说","社会风尚实先有构成小说性质之力",但又认为小说对于社会的影响也是巨大的。所以,他们强调小说要描写对于社会前途、革命斗争有意义的一些题材。革命派在论述这一问题时,一般是从总结中国历代小说创作经验的基础上,来探讨新小说的题材与作用的。天僇生在《中国历代小说史论》中指出:"吾谓吾国之作小说者,皆贤人君子,穷而在下,有所不能言、不敢言、而又不忍不言者,则姑婉笃诡谲以言之。"然后,他探讨了这些穷而在下的贤人君子所以作小说的三点原因:一曰愤政治之压制;二曰痛社会之混浊;三曰哀婚姻之不自由。革命派与改良派虽然都是以西方资产阶级思想为武器的,但前者的反封建态度要比后者坚决得多。天僇生还把《水浒传》称为社会主义小说,尽管他并不真正理解社会主义为何物,但他能对社会主义持肯定态度,这还是难能可贵的。革命派企望小说能凭借其特殊功能来促进社会发展,所以他们把这三大题材放在重要的位置上。归结到一点上,即是要以作品的内容与思想来冲破数千年专制政体的束缚——这正是革命派抗清的政治主张在文学上的反映。除了描写三大题材外,他们认为只要能"尽国民之天职,穷水陆之险要,阐学术之精蕴,有裨于立身处世"的小说都是好的,因为它们有利于社会之前途。可见,他们在突出重点的同时,对进步小说的题材与内容的理解,还是十分广泛的,视野比较开阔。

革命派既认为小说是一种倾向于美的文学,没有美就没有小说,所以他们十分重视对文学艺术创作规律的探讨。他们的理论采自西方,杂取种种流派的主张为其所用。徐念慈在《小说林缘起》中集中地介绍了黑格尔等德国哲学家的理论,来阐明小说的美学观念。文中写道:"其言曰:'艺术之圆满者,其第一义,为醇化于自然。'简言之,即满足吾人之美的欲望,而使无遗憾也。"意思是说艺术要高于生活,要描写社会现实中人们得不到满足的那种理想愿望。这种主张出现在那时的黑暗专制时代,无疑是进步的。"又曰:'事物现个性者,愈愈丰富,理想之发现亦愈愈圆满,故美之究竟在具象理想,不在于抽象理想。'"这里开始接触到艺术典型的一个重要特征——个性化的问题,这对于纠正晚清小说的公式化、概念化倾向应该是有好处的。可惜,徐念慈没有在这一点上更深入一步。徐念慈更重视艺术表现的具象性,他介绍邱希孟氏(Kirchmaun1802~1884,今译为基尔希曼)的感情美学的理论说:"其言美之快感,谓对于实体之形象而起。"是从美感作用来证实艺术具象的重要性,开始涉及到形象思维的一个重要领域。

革命派所主张的,基本上属于现实主义创作方法范畴。这在《小说小话》文章中表现得特别明显。黄摩西十分强调小说作者应该冷静、客观地描写人物与生活,人物的性质、身份、性格,其优劣好坏,不是由作家说出来的,而是在客观描绘中自然而然地表现出来的,好的作品应该不见任何作家自我的踪影。这种现实主义对于作品倾向性的见解,黄摩西是以镜子为譬取喻的:"小说之描写人物,当如镜中取影,妍媸好丑令观者自知。最忌掺入作者论断,或如戏剧中一脚色出场,横加一段定场白,预言某某若何之善,某某若何之劣,而其人之实事,未必尽肖其言。即先后绝不矛盾,已觉叠床架屋,毫无余味。故小说虽小道,亦不容着一我之见。"镜子说也不无偏颇之处。但黄摩西重视客观描写、让形象本身显示其意义的主张,对坚持和发展中国小说的现实主义传统,无疑是大有裨益的。

黄摩西还十分重视作家知识的广阔性、作品内容的丰富性与人物性格的复杂性。他指出小说与时文成反比例。提倡"文以载道"者,拒绝"一切书籍""一切世务",视小说为蛇蝎魔鬼之不可近。而小说中,非但不拒绝时文,而且将一切谣俗之猥琐、闺房之诟谇、樵夫牧竖之歌谣,皆收笔端。这里实际上已接触到作品与生活靠近,要反映出生活的丰富性问题。黄摩西赞美小说作者"几于无一不知",恰与封建僵化的时文作者"几于一无所知"形成鲜明的对照。对于人物性格的塑造,黄摩西强调要写出其符合生活现实的复杂性,要把真实、生动、能令读者叹赏,放在极其重要的位置上。写正面人物、英雄形象,他反对"过于完善","古来无真正完全之人格,小说虽属理想,亦自有分际,若过求完善,便属拙笔"。所谓"金无足赤,人无完人",违反生活的真实,自然形成虚假,不能打动读者的心。他以《水浒传》、《红楼梦》等杰作与《野叟曝言》作比较,指出宋江与贾宝玉"人格虽不纯,自能生观者崇拜之心",而文素臣"几于全知全能,正令观者味同嚼蜡"。黄摩西恰当地指出了理想与现实的关系,即抒写理想必须以现实生活为根据,超过客观所允许的分界,就成为虚假可笑之作。

黄摩西等人对小说理论的研究,是具有开拓性的。他们既注重摄取西方的某些学说,又十分注意探索中国传统小说的深厚根基,重视民族传统。在后一方面与当时一般小说革新家不同。他们十分推崇我国历史上的优秀杰作,天僇生的《中国历代小说史论》和黄摩西的《小说小话》都认为中国的某些小说名著"未遽出泰西……小说下",其艺术成就足以使吾国小说界为之"自豪"。革命派的这种观点对当时已经萌芽的"全盘西化"倾向,无疑是一种反拨。可惜,它没有引起人们足够的重视。

毋庸讳言,革命派在社会发展的动力观上仍持唯心主义的态度。如觉我在《余之小说观》中认为:"社会之前途无他,一为势力之发展,一为欲望之膨胀。小说者,适用此二者之目的,以人生之起居动作,离合悲欢,铺张其形式,而其精神湛结处决不能越乎此二者之范",就是明显的例子。但他们却在文学与生活的关系,文学的艺术特征,文学的某些现实主义原则,文学创作在吸收西方先进经验的同时应重视民族文学的优秀传统,注意科学化、民族化等方面,较深刻地纠正了前一阶段改良派小说理论的偏颇,较广泛地补充和发展了过去中国小说理论,其功绩是不可磨灭的。虽然当时的文学创作,包括革命派自己的作品,都远远没有达到他们提出的文学理论要求,但革命派的理论主张,从以后的鲁迅、胡适等人身上,也分明能看到受其影响。

第二节 苏曼殊的小说创作

苏曼殊一生共写有七篇小说:《惨世界》(1903年,翻译和创作兼而有之)、《断鸿零雁记》(1912年)、《天涯红泪记》(1914年,未完稿)、《绛纱记》(1915年)、《焚剑记》(1915年)、《碎簪记》(1916年)和《非梦记》(1917年)。这些小说创作,都或多或少地带有浪漫主义的自叙性色彩。由于作品思想内容的自身和复杂矛盾,由于作品形式技巧处于古代小说向近现代小说转变的过渡阶段,自它们问世以来,一直毁誉不一,评价悬殊。但苏曼殊作品所引起的截然不同的反响,正说明它们在近代文学史上的地位与价值——具有艺术的形象性和丰富性,折射出新旧文学交替时期的衔接。

苏曼殊与陈独秀合译的《惨世界》在其全部小说中是一部非常特殊的作品,他们翻译雨果的小说,却在其中描写了一个体现自己理想的英雄形象——白男德。白男德具有朴素的阶级观点和劳动创造世界的思想,他认为"世界上有了为富不仁的财主,才有贫无立锥的穷汉"。他为所谓犯罪的穷人辩护,完全否定罪恶的旧世界,而要另外创造一个他所理想的"公道的新世界"。如果说苏曼殊和陈独秀赋予白男德的上述思想,还没有超出雨果在《悲惨世界》中所抒发的理想的话,那么,他们借外国人之口来彻底否定孔子的哲学,并抒发反清爱国的感情,则完全是他们自己在翻译雨果小说时的一种创造了。白男德这个人物带有较明显的无政府主义色彩。他同情群众,又轻视群众,采用极端的暗杀手段来报复社会,最后因未达预定目的,将被军警抓获而"用枪自毙"。这正是当时资产阶级革命英雄满腔热血,救国拯民,而又脱离群众,找不到出路的一个典型代表,因而是一个具有普遍意义的艺术形象。

苏曼殊以后皈依佛教,有其深刻的社会原因与个人原因。他披剃之后,也不是泥塑木雕的崇拜者,而是把佛教当做一种哲学来研究。他本人的言行也有不少离佛戒甚远。但是,佛教的某些思想原理毕竟对他以后的小说创作影响甚大,有些甚至达到了以形象体现佛理的地步。当苏曼殊以佛教原理来指导他观察社会并进行创作实践的时候,他的作品出现了复杂的情况,的确存在着一些消极因素。这主要表现在两个方面,一是他的以中国社会生活为题材的作品描写了人间的种种苦痛恨愁,只有不满和某些反对情绪,而无积极的反抗,人物往往成了极其可怜的牺牲品。二是作家让其心爱的人物在历遭痛苦之中,乐善好施,尔后或不知去向,或出家,或涅槃,表现出一种隐遁出世的倾向。

当然,事物还有其另外的一面。苏曼殊的作品对黑暗社会的揭露和批判,是有相当积极意义的。"一切皆苦"的佛教结论是片面的,但当苏曼殊"思维身世,有难言之恫"(《题拜伦集》),耳闻目睹晚清社会政治的窳败,人民的痛苦,他所具体描写的"一切皆苦"的社会现象,大部分是由军阀、官僚、富人等旧礼教制度的维护者所制造的不幸悲剧时,这就应该给予充分的肯定评价。晚清时期,中国沦落为半殖民地半封建的社会,帝国主义列强的铁蹄践踏着祖国大地,清政府则醉生梦死,以能保持儿皇帝的地位为光荣。曼殊和其他革命志士一样,当时是以"反满复明"为斗争口号的。在描写此一时期生活的作品中,作者十分注意突出这种推翻清政府统治的时代精神。如《断鸿零雁记》中一开始写海云古刹的历史,中间部分写明之遗臣朱舜水耻食二朝之粟,流寓长崎,"以其地与平户郑成功诞生处近也"等事迹,就是前述精神的表现。辛亥革命失败后,袁世凯阴谋复辟帝制,革命派掀起了讨袁斗争的热潮。苏曼殊在描写这一时期的作品中,也不时突出了这种时代思想,如《碎簪记》。

引人注目的是,苏曼殊的作品具体描绘了晚清社会及民国初年的某些使人怵目惊心的黑暗腐败现象,并同情于下层人民的不幸遭遇,具有批判现实的积极作用。其中以小说《焚剑记》为代表。它以宣统末年和民国初期广东一带惨不忍睹的社会生活为背景,描写

第四章 革命派小说及其他小说流派

独孤粲、阿兰、阿惠的离奇遭遇。作者的结论是："季世险恶"，"宇宙丧乱"，"沧海横流"。这的确是晚清和袁世凯统治时期社会的真实写照，有积极的批判意义。当然由于作者世界观的局限，这种暴露尽管有时可以使人触目惊心，但缺乏深刻性，只是罗列了一些现象，并没有能从社会制度上去寻找它们必然产生的原因，和内在的本质联系。

苏曼殊的作品较具体生动地展现了出家人的痛苦生活和痛苦心灵，这实际上也是对旧社会的一种控诉。宗教信仰作为一种社会现象，自有其深刻的社会根源。时值帝国主义铁蹄的蹂躏，国内的民族矛盾、阶级矛盾异常尖锐，政治极其黑暗，经济极其困乏，战乱极其频繁，不要说压在社会底层的劳动人民生活在朝不保夕的水深火热之中，就是中小地主、商人和一般知识分子，他们也常怀破产或困顿之虞。人们只好把自己良善的愿望寄托于来世王国，从而得到精神上的自救和解脱。出家人中的绝大多数应该说都有一部辛酸的血泪遭遇史。苏曼殊的作品并不是以劳动人民为主要描写对象的，它的主人公大都是先前阔气过的出家人或未来出家人。作家的主观意图也许并不是为了暴露那时社会的宗教根源，但由于作家真实地描写了作品主人公"难言之恫"的身世遭遇和思想感情，自然会起到控诉晚清和民初黑暗社会的作用，从客观上帮助人们形象地了解那时宗教盛行的社会原因。

苏曼殊的小说大多为描写爱情之作，这在当时具有明显的反封建意义。正是封建礼教、封建婚姻制度扼杀了男女之间纯洁真诚的爱情，造成了大大小小的悲剧。在苏曼殊的作品中，男女爱情及其他爱欲在发展过程中产生的冲突，一般来自两个方面：一是社会黑暗势力、传统习惯的阻挠，一是佛法的约束。封建制度实行的是一种买卖婚姻，它以父母之命、媒妁之言来扼杀一切真正的爱情。《断鸿零雁记》中的雪梅之父母，都以为"女子者，实货物耳，吾固可择其礼金高者鬻之"。所以一见三郎家运式微，立即毫不犹豫地绝情毁约，制造了一场悲剧。陈独秀对苏作《碎簪记》的主题曾经概括为这样一段话："人类未出黑暗野蛮时代，个人意志之自由，迫压于社会恶习者又何仅此？然此则最其痛切者。"(《碎簪记后序》)作品描写这种爱情问题上的受压抑之苦，是有社会意义的，它反映了辛亥革命后到五四运动前，中国一部分知识分子在生活中所遇到的一个突出问题。但是，苏曼殊作品的主人公性格都比较软弱，这除了受佛教的宿命论观念影响外，还因为他们一方面不满封建恶习，一方面又与封建经济关系及意识形态有较密切的联系，是属于当时受过欧美(亦包括日本)文化教育的知识分子中旧思想包袱比较沉重的那一部分。所以，他们一方面主张婚姻自由，另一方面又认为"女必贞，而后自由。昔者，王凝之妻因逆旅主人之牵其臂，遂引斧自断其臂。今之女子何如？"(《绛纱记》)一方面看到了封建式的家长专制正在酿造一幕一幕的爱情悲剧；另一方面又提倡不违长辈之命，"为人子侄，固当如是"的旧道德意识。一方面批判资产阶级贪婪成性，"利用物质文明，而使平民日趋于贫"，具有一定的远见性；另一方面又"恭让温良"，颇具守旧性。(《碎簪记》)所以，强大的黑暗封建势力固然决定了他们生活的悲剧性，但个人思想的软弱也制约了他们的行动，使他们不可能有更好的结局。

关于佛戒与爱欲的冲突，在苏曼殊的作品中有两种情况。一种是完全按照佛理来克制人的自然感情，如《断鸿零雁记》中的"余"恋着表姐静子，但以"佛言：'佛子离佛数千里，当念佛戒'"来约束自己。这类描写虽然也反映了一些人的思想与生活，但毕竟是违背人情,屈服于所谓命运,宣扬唯心的教理的。另一种情况是具体形象地描写了人对社会生活及自然中的美的追求,表现了人的丰富感情,这时就常常显露出真朴的动人之处。本来,苏曼殊虽是出家佛子,但他又是一个受过中国和西方文化教育影响,与各种人频繁接触,有较复杂社会关系,有较丰富经历和感情的人,佛戒就不可能时时、处处地约束住他。例如,他追求精神之爱,希望"远隔关山,其情不渝",就与佛教"无常"的理论相冲突。

苏曼殊的爱情小说体现了反封建的精神,但是由于作者对时局的悲观失望,对"才如江海命如丝"的哀叹,加之受了外国作品及中国传统市民文学和社会风气中颓丧部分的影响,在其创作中也有一些不够健康的描写。后来鸳鸯蝴蝶派更将这类描写发展到泛滥的地步。

苏曼殊的小说往往带有自传色彩。《断鸿零雁记》即是如此,甚至《绛纱记》中的昙鸾便是作者常用的一个笔名。《碎簪记》中的庄堤有"至友曼殊君",亦即作者自己。其他作品也都有非常明显的作者和亲友的影子以及他们一些经历的记述。苏曼殊的小说受中国传奇作品的影响,情节曲折离奇,往往以人物的复杂遭遇和内心感情的剧烈矛盾为线索,"能于悲欢离合之中,极尽波谲云诡之致"(魏秉思《断鸿零雁记序》)。苏曼殊以写诗来写小说,作品中的"余"常常无限感慨,作者又往往通过人物来表现自己的某种思想感情,因而具有浓厚的抒情色彩。苏曼殊擅长于描写人物内心活动。中国传统小说往往通过人物的言行来显示其内心的波澜,简练朴实。西方小说长于细致地直接表现人物内心感情的曲折变化,丝丝入微。苏曼殊的小说在描写人物的内心活动方面,二者兼而有之,显示了古代小说向近现代小说转化时期,在技巧方面开始呈现出多样性,并给予后人的小说创作以有益的启示。

苏曼殊兴之所至,其小说有随意流畅的一面,也有缺乏剪裁的一面。他的作品中有不少牵强附会、极不自然的地方,人物形象尚缺乏立体感,个别小说中的一些情节有生硬模仿中外名著的明显痕迹。

综观苏曼殊的创作,他塑造了辛亥革命前后,中国部分知识分子的形象。他们具有爱国思想,民族意识,而又怀才不遇,潦倒落魄,因而对社会现实,深怀不满与憎恨。加之他们既深受西方输入的自由、平等、人道等思想的熏陶,又并未把旧的封建伦理观念抛除,于是在新旧思想的矛盾斗争中,只有借游戏人间,放浪不羁,来排遣自己内心的抑郁与苦痛。在写作方法上,则有传统的继承和外域的影响,并融合二者,形成自己的个性和风格,对后来的文学产生过一定的影响,对中国古代小说向近现代小说过渡是作出了贡献的。

第三节 黄世仲的《洪秀全演义》

黄世仲(1872~1912),广东番禺人,字小配,别署禺山世次郎、嵋世次郎、世次郎等,另有笔名"黄帝嫡裔""世界一个人"等。世仲出身破落地主家庭,少年时已陷于贫困,弱冠后渡南洋谋生。初至新加坡,于工作之余,常为鼓吹维新思想的《天南新报》撰稿,文名渐显。

第四章 革命派小说及其他小说流派

1901年,兴中会会员、和孙中山等并称为"四大寇"的尤列,在南洋英属各埠创建兴中会的外围组织中和堂,世仲积极参与其事,开始走上资产阶级革命的道路。1903年初,经尤列介绍归香港任《中国日报》记者。曾著论斥责广州《岭海报》主笔对革命党的攻击言论,笔战月余。又大力驳斥康有为鼓吹保皇立宪、反对民主革命的《南海先生最近政见书》。1905年,经冯自由介绍,加入同盟会,旋被选为香港分部交际员,次年,复被选为干事部庶务员,于会党运动及文字宣传,尽心尽力,卓有成就。1906年5月,世仲自办《香港少年报》。1907~1908年,与其兄黄伯耀在广州先后主编《广东白话报》和《中外小说林》等。1911年3月,曾参与黄花岗之役。武昌起义后不久,广东宣告独立,世仲被任为民团局长。1912年春,被军阀陈炯明以"侵吞军饷"罪杀害,年仅40岁。

黄世仲生命短暂,著作丰富。除代表作《洪秀全演义》外,尚有暴露晚清粤海关腐败情况的《廿载繁华梦》,揭露康有为"保国保皇原是假,为贤为圣总相欺"的《大马扁》,以袁世凯为中心、反映从甲午战争到慈禧病死时期中国政治演变情形的《宦海升沉录》,叙述黄花岗起义始末的"近事小说"《五日风声》,以及《黄粱梦》、《陈开演义》、《岑春煊》、《党人碑》等。

《洪秀全演义》是一部尚未写完的长篇小说。现存五十四回,原连载于1905~1906年的香港有关报纸。丙午九月,章太炎为之作序,云:"诸葛武侯,岳鄂王事,牧猪奴皆知之,正赖演义为之宣昭。今闻次郎为此,其遗事既得之故老,文亦适俗。自兹以往,余知尊念洪王者,当与尊念葛、岳二公相等。昔人有言:舜何人也,予何人也?洪王朽矣,亦思复有洪王作也。"于此可见本书非仅为太平天国史事撰写演义而已。章太炎一向不屑留意小说戏曲等通俗文学,能为之作序,亦可见时人对《洪秀全演义》的推重。

在清末革命派小说中,《洪秀全演义》是在思想和艺术方面都比较成功的一部。作者以朴素的唯物史观一反"成王败寇"的传统观念,认为洪氏起义之师,虽然所事不终,却根本不是什么"发逆"、"洪匪",而是一些"愤愤百年亡国之惨,起而与民请命之英雄"。作者又从资产阶级民族主义的种族革命出发,认为洪氏之起义史,对以孙中山先生为首的革命党人来说,无疑是"家珍",因为他们的斗争乃"汉族之光荣",他们所建之新国,"雅得文明风气之先","视泰西文明政体,又宁多让乎!"(《〈洪秀全演义〉自序》)当时的革命志士多以反清复明、为汉族争、为国民死为口号,带有狭隘的种族主义思想,但黄世仲矛头所指,主要是针对腐朽的满族统治者,其革命目标也并不以推翻清政府为限,而是要创文明风气,建文明政体。这在当时还是颇有远见的。小说中将太平天国的政体与欧美各国相提并论,并特意描写有一美国人至南京谒见洪秀全,见其政治与西国暗合,不禁叹道:"此自有中国以来第一人也。"遂请秀全遣使美国,共通和好。黄世仲分辨不清农民革命的民主要求与资产阶级民主政治的区别,反映了他钟情于欧美政体的思想感情,其中有不合科学的一面,但也有不以反满为唯一目的,政治视野较为开阔的一面。小说中不厌其详地一一细录钱江的十二条《兴王策》,可见一斑。作品盛赞太平天国君臣以兄弟相称,举国皆同胞,上下皆平等;开录女科,男女平等;遣使通商,互结友好;及行政必行会议等等政见和措施,反映了作者的资产阶级民主主义的理想。

此书名《洪秀全演义》,是因为太平军以洪秀全为首。然而书中着力描写的却是李秀成、石达开、林启荣、林凤翔、钱江、冯云山、陈玉成等人。作者极力赞扬李秀成。《〈洪秀全演义》例言》评李为"古今来第一流人物。其身历安危,民心不变,其得人也胜似武侯;出奇制胜,用兵如神,其行军也胜似韩信;几历艰劫,军粮不绝,其筹饷也胜似萧何。其优待降将,礼葬敌国亡臣,豁达大度,古未曾有,真合清国曾、左、胡、李、僧、胜诸人而不能望其肩背者也。至以一身生死,系国家存亡,则姜维、王彦章以后,惟有此会耳"。不过,从艺术角度来评价,写得较为生动并揭示出其性格多重性的,则是被称为"上上人物"或"一时之奇彦"的石达开、林凤翔等人。特别是石达开诗退曾国藩一幕写得饶有趣味。石深识大义,而又因一时之愤,在韦昌辉怒杀杨秀清之后,率五万大军向四川进发。途中遇到了曾国藩部的阻挡。曾国藩准备先之以礼,招降纳顺,如不从,则出其不意而截击之。于是修书给石达开,一方面赞其为"盖世之雄",一方面叹其"所遇者非人",说:"秀全以草茅下士,铤而走险,穷蹙一隅,行将焉往。"石达开看罢,顾左右道:"彼深知我也,然以天王为草茅下士而轻之,曾亦知汉高、明太固亦草泽英雄耶。且种族不辨,非丈夫也,吾知所以却之矣。"不仅立即回书,而且作律诗五首,中有"投鞭慷慨莅中原,不为仇雠不为恩。只觉苍天方愦愦,莫凭赤手拯元元"与"虞帝勋华多颂美,皇王家世尽鸿蒙。贾人居货移神鼎,亭长还乡唱《大风》"等句。曾国藩终因敬达开有文事而兼有武备,且"彼众而我寡"、"实不易胜之",传令退军 20 里,让石达开过去。"石达开诗退曾国藩"这段描写,是全书最具文学气氛的一节。

黄世仲写《洪秀全演义》时,参阅了《太平天国战史》、《太平实略》、《南都新录》、《杨辅清福州供词》、《满清纪事》等书,又"搜集旧闻,并师诸说及流风余韵之犹存者,悉记之",自称这本小说乃"洪氏一朝之实录"。(《自序》)书中所写洪氏一朝之大事,如金田起义、定都天京、洪杨内讧、达开出走、凤翔北伐、秀成主政等,以及一些主要战役,大都符合历史事实。但由于作者所根据的资料本身也有真伪不辨之处,作者的某些观点又并非客观妥当(如认为杨秀清一奸到底、林则徐不懂通商则例),再加上艺术创作本身离不开虚构,全书确如章太炎序中所说:"说上世故事,多根本经典,而以己意饰增,或言或事,率为数倍。"演义毕竟与历史著作不同。

《洪秀全演义》描写起义将领与清廷官帅,有时能有意避免古代小说中"叙好人完全是好,坏人完全是坏"(鲁迅《中国小说的历史的变迁》)这一毛病,描写人物比较客观。但全书有明显的模仿《三国演义》的痕迹。除个别人物、某些场面写得较生动形象外,大部分尚不富艺术魅力。

第四节 鸳鸯蝴蝶派的小说

清末民初,文坛上出现了趣味主义的文学派别——"鸳鸯蝴蝶派"。这一派的作者虽不少是苏州人,却以典型的半殖民地化的城市、冒险家的乐园——上海为大本营。他们的主要阵地有:《小说时报》、《小说月报》、《妇女时报》、《游戏杂志》、《民权素》、《眉语》、《礼拜六》、《小说丛报》、《好白相》、《女子世界》、《小说海》、《小说新报》、《小说大观》、《小说画报》

第四章 革命派小说及其他小说流派

等,而以《礼拜六》最著名,故此派又称"礼拜六派"。其主要成员有:王钝根、包天笑、江红蕉、周瘦鹃、徐枕亚、孙玉声、范烟桥、恽铁樵、吴双热、许啸天、郑逸梅、刘半农、李定夷、天虚我生等。《〈礼拜六〉出版赘言》云:

> ……买笑耗金钱,觅醉碍卫生,顾曲苦喧嚣,不若读小说之省俭而安乐也。且买笑、觅醉、顾曲,其为乐转瞬即逝,不能继续以至明日也。读小说则以小银元一枚,换得新奇小说数十篇,游倦归斋,挑灯展卷,或与良友抵掌评论,或伴爱妻并肩互读,意兴稍阑,则以其余留于明日读之。晴曦照窗,花香入坐,一编在手,万虑都忘,劳瘁一周,安闲此日,不亦快哉!故人有不爱买笑,不爱觅醉,不爱顾曲,而未有不爱读小说者。况小说之轻便有趣如《礼拜六》者乎?

这的确可以看做是"礼拜六派"的一篇宣言,虽然这并不是一个什么有严密组织的文学团体,但这一派的作者都是以有趣而供人消遣为创作宗旨的。之所以称其为"鸳鸯蝴蝶派",则是因为这一派所写的言情小说,内容多为"卅六鸳鸯同命鸟,一双蝴蝶可怜虫"。他们的一个主要刊物《小说新报》在《发刊词》上也确实地写着:"重翻趣史,吹皱春池,画蝴蝶于罗裙,认鸳鸯于坠瓦。"

这一趣味主义文学派别的出现,是有其深刻的社会原因的。诚如钱玄同在答宋云彬书中所说:"此种书籍盛行之原因,其初由于洪宪皇帝不许腐败官僚以外之人谈政,以致一班'学干禄'的读书人无门可进,乃做几篇旧式的小说,卖几个钱,聊以消遣;后来做做,成了习惯,愈做愈多。别人见其有利可图,于是或剪《小时报》、《探海灯》之类,或抄旧书,或随意胡诌,专拣那秽媟的事情来描写,以博志行薄弱之青年之一盼。适值政府厉行复古政策,社会上又排斥有用之科学,而会得做几句骈文,用几个典故的人,无论哪一方面都很欢迎,所以一切腐臭淫猥的旧诗旧赋旧小说复见盛行;研究的人于用此来敷衍政府社会之余暇,亦摹仿其笔墨,做些小说笔记之类。此所以贻毒于青年之书日见其多也。"(《新青年》6卷1号)总之,统治阶级的高压与愚民政策,复古主义的逆流,十里洋场的腐朽糜烂的风气,文坛上之崇尚拜金主义,再加上中国原有市民文学中猥亵部分的遗毒,西欧文学中颓废色彩的影响,促成了"鸳鸯蝴蝶派"文学的盛行一时。

"鸳鸯蝴蝶派"的作品以言情小说最为著名,也最为典型。20世纪初,西方资产阶级的自由婚姻观以文学为媒介越来越多地传输到中国,辛亥革命虽然以失败告终,却也多少冲击了"父母之命,媒妁之言"的传统婚姻陋习。爱情与婚姻问题本来就是青年男女最关心的一个问题,现在有了一种新的朦胧的意识,就更刺激着他们作某些自由的追求。但由于封建势力的根深蒂固,他们本身的封建意识又相当浓厚,所以不时产生矛盾痛苦,常常演成凄惨的悲剧。正是适应这部分读者的需要,言情小说中的哀情小说便应运而生,其中以徐枕亚的《玉梨魂》最有代表性。这部长篇小说描写家庭教师何梦霞与青年寡妇白梨影的恋爱故事。他俩心心相印,通过梨影的儿子、梦霞的学生鹏郎来传递书信与诗词。但他们又坚守"发乎情止乎礼"的封建古训,始终不敢越雷池一步。两人都被心中的炽烈感情和不可解决的矛盾煎熬得十分痛苦。梨影打算把小姑介绍给梦霞,以解决既爱之又无法得之却冀希时时近之的问题;梦霞写信指责她"庸人自扰";小姑则为婚姻的不自主深感苦恼。在作者与当事人看来,矛盾的纠葛太深又没有解决的出路,只有死亡一法:梨影哀伤病死;小姑怨艾忧死;梦霞则投笔从戎,马革裹尸。这种"有情人不能成为眷属"的"终天之恨",是社会上无数青年男女爱情悲剧的一个反映,引得多愁善感的读者"同声一哭",但也以其较浓厚的旧意识和软弱无力的精神状态麻痹了读者的灵魂。《玉梨魂》是用文言写作的,词藻华美,偶句、整句堆砌如"七宝楼台",如:"无端邂逅,有意缠绵。既无前因,复无后果。如蚕缚丝,如蛾扑火。同沉苦海,竟不回头,已到悬崖,浑难撒手。此非所谓孽冤缠人,有不可以自由解脱者耶?夜窗风雨,凄寂无聊,梦霞已由醉乡而入睡乡,梨娘则心如悬旌,系念梦霞不置。忍寒久坐,对影不双","嗟嗟!匆匆短梦,催醒东风,渺渺相思,恨生南国。地老天荒,可怜人会当此日;蜂愁蝶怨,伤心者何以堪此"。其文字也真如成对成双的鸳鸯蝴蝶一样。

除徐枕亚的《玉梨魂》外,较有影响的言情小说还有吴双热的《孽冤镜》,李定夷的《贾玉怨》,吴绮缘的《冷红日记》,蒋箸超的《蝶花劫》,王无生的《恨海鹃声谱》,许一厂的《武林秋》,俞天愤的《薄命碑》,刘铁冷的《求婚小史》,朱鸳雏的《痴凤血》等。这类新的才子佳人小说因为所写佳人已从婊子转为良家女子,而结局也从大团圆或者成了神仙,或者转化成因为严亲,因为薄命,偶见悲剧的结局,被鲁迅视为"这实在不能不说是一个大进步"(《上海文艺之一瞥》)。不过,它们的格局总是一个模式,故作曲折离奇,无病呻吟的弊端十分严重。天虚我生的《一行书(写情小说)》就是一个典型:

> 海丽得情人书,遂赴约,诡为奸所绐,鬻为娼,觅死勿得。后遇情人卒成眷属。奸人以略诱,受处分。

> 按此篇仅38字,而情节曲折。若使编为长篇,则可分十四章之多。第一章得书;第二章赴约;第三章被绐;第四章诱鬻;第五章堕溷;第六章觅死;第七章遇救;第八章劝妆;第九章应客;第十章重遇;第十一章赎美;第十二章结婚;第十三章控奸;第十四章裁判。直可化作38000言也。因《礼拜六》篇幅有限,用特倡为此格,应请比较甲等倍酬,给洋三角八分。庶得向老虎灶买水,以润一个月份之枯笔,不识钝根、剑秋与夫读者以为如何?(天虚我生戏注)

纯然是游戏态度,以资读者消遣。

"鸳鸯蝴蝶派"的作品尚有一种黑幕小说,如孙玉声的《海上繁华梦》,李涵秋的《广陵潮》,平江不肖生的《留东外史》,海上说梦人(朱瘦菊)的《歇浦潮》,张春帆的《九尾龟》等。王钝根撰选的《〈中国黑幕大观〉序一》写道:"世教衰微,道德堕落;益以内乱外患,商业凌夷,国人生计困难,遂相率为卑污残忍诈伪欺罔之事,以求幸获。受其祸者无所得伸,或泄其愤于口舌,文人笔而存之,是为时下流行之黑幕。黑幕者,摘奸发核之笔记也。"又云:"《中国黑幕大观》,学校以外之教科书也,使天真烂漫之少年,忠厚朴实之君子,读之而知所戒备,尤使贫困之士,勿歆小利而隳其身家,厥功伟哉!"其所揭示的黑幕小说产生的社会原因不唯不对,其所标榜的黑幕小说写作的目的不唯不善,然而因为这些作者往往一边暴露,一边欣赏,并采取自然主义式的描写方法,所以其社会效果恰与其口头之言相背相逆。黑幕小说涉及党、军、政、警、学、商等各界的黑幕,而以写妓院最多。如张春帆的《九尾龟》,第一回谈楔子便说:"大凡妇女不端,其夫便有乌龟之号。在下这部小说,名叫九尾龟,是近来一个富贵达官的小影。这贵官帷薄不修,闹出许多笑话,倒便宜在下,编成了这一部九尾龟。闲话少提,书归正传。且先将一个风流才子,架弄登场,好为诸公解秽。正是莫把酒杯浇块垒,且将绮梦说莺花。且说这名士姓章,单名一个莹字,别号秋谷……"于是便以极大的篇幅,饶有兴趣地描写章秋谷如何嫖堂子,玩女人,凭着他的高明手腕,无往而不胜;直是一部嫖妓"教科书"。故鲁迅称这类作品为"谴责小说"的堕落。

"鸳鸯蝴蝶派"的第三类作品为武侠与侦探小说。这类作品的出现,一方面反映了小市民、小百姓痛恨贪官污吏、土豪劣绅,畏惧人生险恶,欲寻找出路的思想愿望;一方面又展示清官廉吏、豪侠义士的"壮举",寄希望于统治阶级中所谓"圣明""公正"的那一部分人,确实具有两重性。这类小说又以情节曲折离奇,主人公的武艺高强或智慧过人,来迎合某些青少年读者的心理,所以盛极一时。

从艺术角度来说,"鸳鸯蝴蝶派"对中国长篇小说和短篇小说的发展,是起了某些积极作用的。其长篇小说虽仍用中国旧章回体的形式,却吸收了西欧小说的布局法和描写法,作了一些改良。如用倒叙法,用"神龙见首不见尾"来收住全篇;如提高对话的作用,大量描写人物的心理活动,善于撷取生活的场景等等。其短篇小说自1911年后数量猛增,有些写得比较精炼短小,手法也颇新颖,从艺术上为现代短篇小说的最后形成打下了基础,在语言方面,1915年后用白话的增多。《小说画报·例言》竟宣布:"小说以白话为正宗。本杂志全用白话体。"不能不说是一种形式上的革新。

第五章 近代戏曲

第一节　19世纪中、末叶的传奇杂剧及地方戏曲

　　清代是我国戏曲发展的一个重要阶段。明代十分盛行的昆山腔与弋阳腔逐渐走向衰落的同时，清代民间地方戏曲在吸收昆山、弋阳腔艺术成就的基础上，突破了传统的联曲体的传奇方式，创造了板式结构为主的"乱弹"形式，从而使民间地方戏曲获得了长足的发展，逐渐形成具有相当规模和定型化的地方大戏。这些地方戏曲大大丰富了我国戏曲艺术的宝库。从声腔系统来说，康乾之后，除昆山腔与弋阳腔（高腔）之外，又出现了梆子、皮黄两大声腔剧种。这样，从明代末叶即存在着的昆、弋之争，逐渐被雅部昆曲与包括梆子、皮黄、高腔在内的花部乱弹诸腔的花雅之争所代替。乱弹诸腔凭借其浓郁的生活气息、强烈的地方色彩以及广泛的群众基础等诸多优势，终于在嘉道年间，取代了昆山腔在戏曲舞台上的盟主地位。

　　进入近代以来，昆腔剧种继续呈现出衰微的趋势，而各地方大戏逐渐走向成熟。山西梆子、河北梆子、豫剧等梆子剧种，川剧、湘剧、赣剧等高腔剧种，汉剧、徽剧、粤剧等皮黄剧种都有了较大的发展。特别是以徽、汉二调为基础所形成的北京皮黄戏——京剧，更是异军突起，在较短的时间内，很快成为全国性的大型剧种。至咸丰、同治年间，又有一些新兴的地方小戏脱颖而出，它们不断吸收其他剧种的艺术营养，日益发展成为独立、成熟的新剧种，如评剧、沪剧、锡剧、越剧等都是在地方小戏的基础上逐渐形成的。

　　四大声腔系统中，昆腔与高腔在文学形式上属于联曲体的传奇形式。杂剧与传奇，本来是两种具有严格区别的戏剧体裁。但在明代嘉靖以后，杂剧的南曲化、传奇化成为一种普遍的现象，而杂剧式的传奇作品也时有出现。两者在体制上互相渗透、融合，遂使其中的界限渐趋模糊。至清代中叶，杂剧与传奇在曲律上、体制上已无实质的区别，唯有篇幅的长短成为区别传奇与杂剧的主要标志。到了近代，传奇与杂剧的概念具有了更大的随意性和含混性，篇幅的长短也逐渐失去了区分的意义。有些一、两出的短剧，也被称为传奇，甚至有些作品在发表时，目录标明传奇，而正文却改称为杂剧。这种现象说明，在清末，人们已无心追究传奇与杂剧之间的差别，而仅以保留宫调和曲牌的联曲体形式与否以区别于采用板式结构的梆子、皮黄剧种。

第五章 近代戏曲

19世纪中、末叶，传奇、杂剧剧本的创作是十分不景气的。除去社会动乱的影响之外，这种状况的形成，首先与传奇杂剧的主要舞台演出形式——昆曲的衰落有关。这个时期昆曲演出的剧目，大多是曲词典雅的、根据传统剧目改编的折子戏与清唱，新编传奇杂剧剧本上演的机会较少。这样，就在客观上抑制了传奇杂剧剧本数量的增加与质量的提高，并促进了剧本的案头化。其次，传奇、杂剧的体制较为严格，剧作者必须按照一定的结构、宫调、套数作剧，没有一定的文学、音律方面的修养，是难以胜任的。而乾嘉以后，在统治阶级高压政策下，时代的智慧集中在经史典籍的考据与整理方面，戏曲则很少有人问津，这是传奇杂剧剧本创作不景气的另一个重要原因。

这一时期传奇杂剧作家主要有黄燮清（1805～1864），范元亨（1819～1855），陈烺（1822～?），许善长（1823～?）钟祖芬（1845～1894?）等人。他们的作品反映了鸦片输入给中国人民带来的灾难与战争，揭露与批判了人欲横流社会的种种丑恶与封建吏治、军队的腐败，而把稳定社会秩序的希望，寄托在重振封建伦理纲常，矫正风俗人心的道德修正上。钟祖芬的《招隐居》，采取神话剧的表现手法，以主人公魏芝生由拒食鸦片到大吸鸦片，以至于倾家荡产、卖妻鬻女的悲惨故事为线索，形象地再现了鸦片泛滥的种种罪恶。陈烺所作的传奇《蜀锦袍》，谱明末蜀中女将秦良玉事。作者借剧中隐居高人朱道贞之口，说出天下大乱是统治者咎由自取。剧中对是非不明、忠奸不辨的上层官僚毫不留情地给予嘲讽，谓文臣："拥高位、多闲冗，美官厚禄意气雄，私囊自盈充，妻妾皆崇奉，不思孝忠，那识从戎，一个个把钱儿看重，国事皆蒙，一任权奸用。"谓武将："可笑他强兵猛似虎狼牙，贪婪无厌龌龊，殊功未奏先夸伐，到了那败时候，竟如聋似哑，把军粮器械委泥沙。"这文恬武嬉、贪生怕死、视国事如儿戏的现象，在清朝政府、军队中不是比比皆是吗？因而，作者的嘲骂，也就有了深刻的现实意义。黄燮清的《居官鉴》传奇，以鸦片战争为背景，以"官无大小，能忠勤即是良臣，孝在显扬，有树立方称贤子"为主题基调，塑造了"一片心分紫家园，眷怀君父"的忠臣孝子王文锡的形象，意在为居官者树立一个"为民消除灾难，为君支持忧患，为亲显扬门闾"，忠孝两全的榜样。以道德恢复来维系封建大厦永世长存的愿望，使作者为他的故事增添了若干乐观的亮色。

这个时期的传奇杂剧作家，一般还能遵循传奇体制进行写作。但也有一些作品，显示出有意挣脱曲律束缚的势头。范元亨的《空山梦》传奇全剧共八出，完全不用宫调，不遵曲牌，唱词是非常自由的长短句。卷首署名为问园主人的序云："其制谱不用古宫调，知为曲子相公所诃，然有其继之，必有其创之。元人乐府，孰非创自己意者？"透露出剧作者标新立异的意图。

嘉道以后，新兴的梆子腔在吸收民间说唱文学与传奇艺术成就的基础上，突破了曲牌联套的传奇结构，创造出以板式变化为主的艺术形式。这种板式变化结构很快为皮黄腔以及其他剧种所吸收，并得到了不断地丰富和发展逐步成为我国戏曲艺术新的结构体系。

板式结构与曲牌联套的传奇结构主要有以下几点不同：

第一，传奇唱词必须依照曲牌填写，不同的曲牌有不同的句数、字数、用韵、平仄，句式多为长短句，主要选用不同调性的套曲表现不同的情绪与气氛；而板式结构的唱词则是以七字句、十字句为主的整齐的排偶句，主要依靠板式（节拍形式）的变化来调节情绪与气氛。

第二，传奇唱词的长短句形式由词体脱胎而来，抒情意味较浓，词意跳跃性大，词句华丽典雅。板式结构的唱词从弹词发展而来，基本上是一种叙述的口吻，原原本本，一板一眼地说来，词句通俗、质朴、本色，容易听得明白。

第三，传奇音乐以一支完整的曲牌作为基本结构单位，每只曲牌中的片断不能抽出来单独构成一段歌词，这样，一折中有几套曲子，一支曲子有多少句，都是不可变移的，戏剧的布局，人物与情节的安排，必然受到一定的限制。而板式音乐以上下句为基本结构单位，一段完整的歌唱，可以由几十对上下句组成，也可以由一两对上下句组成，这样，剧情的发展歌唱的长短就有了自由伸缩的余地。

板式变化结构与传奇曲牌联套结构相比较所表现出来的灵活性、通俗性，是乱弹诸腔迅速取代昆腔在戏剧舞台上主导地位的重要原因。

京剧则是在乱弹剧种高度繁荣的基础上产生、采用板式结构体系的剧种之一。京剧的形成和发展，经历了三个时期。

一、徽汉合流期

京剧是以西皮、二黄两种腔调为主的剧种。西皮调最初来源于西北的梆子腔，后传入湖北变成襄阳腔，由襄阳腔演化为西皮；二黄调脱胎于江西的宜黄腔，后流行于安徽，形成徽腔。1790年以后，三庆、四喜、春台、和春四大徽班借与乾隆祝寿的机会，来到北京。四大徽班以唱二黄调为主，兼唱昆腔、吹腔、四平调、梆子等其他曲调。一台戏中，人们可以同时欣赏不同剧种的唱腔，徽班很快赢得了北京观众的喜爱。1830年前后，湖北演员王洪贵、余三胜等带汉调入京加入徽班，西皮、二黄调始同台演出，徽、汉两剧在唱腔与表演艺术方面遂出现合流的趋势。

二、京剧形成期

道咸之际，在徽、汉两剧同台演出过程中，经过程长庚、余三胜、张二奎为代表的徽、汉、京三派皮、黄艺人的共同努力，同时，不断吸收昆腔、梆子、弦索等剧种的长处，逐步形成了以皮、黄声腔为主，而又脱离对徽、汉二调的依附，在音乐唱腔、表演艺术方面都是有自己特定的风格的独立剧种——北京皮黄戏。

三、京剧的成熟期

同治光绪年间(1862年以后)是皮黄戏发展的极盛时期，这个时期，皮黄戏多数剧目的唱白语言，已有明显的北京语言的特点，一批具有京剧特点的剧目已经形成，京剧的角色行当基本已具雏形；列名于"同光十三绝"中的第一代京剧表演艺术家与谭鑫培、汪桂芬、孙菊仙等不同艺术流派相继出现，这些都标志着京剧发展的成熟期已经到来。

促使京剧迅速发展的原因是多样的。首先清代地方戏曲的高度繁荣，为京剧的发展提供了优厚的艺术土壤，而京剧本身又善于博采众长，广泛吸取其他声腔剧种的艺术成就。其次以二黄、西皮为主要声腔的京剧,在歌唱上讲求圆宏庄重、浑厚稳健,适应表现沉郁、肃穆悲愤、激昂的情绪,在国事日非的近代,更容易传达出整个时代的感伤与忧患意识,这就使它格外受到观众的青睐。再次,早期京剧主要活动在北京、上海等大中城市,在动乱的社会生活中,获得较之其他剧种都要安定、优裕的生存环境和条件。此外,清政府对皮黄戏采取的奖掖与利用的政策,也在客观上刺激了京剧的发展。

京剧拥有十分丰富的剧目,据陶君起《京剧剧目初探》一书提供的资料,解放后收集到的京剧传统剧目有1200多种。这些剧目中取材于古代政治、军事斗争的三国戏、列国戏、水浒戏、杨家将戏、岳家将戏数量最多。其中如《空城计》、《群英会》、《挑滑车》、《打渔杀家》等均是19世纪中、末叶就开始上演的优秀剧目。这些剧目虽是表述历史故事,但并不拘泥于历史事实,而是一种艺术再创造,剧中渗透着人民群众的道德观念和爱憎感情,重在表现与歌颂一种斗争智慧与斗争精神。《群英会》写的是三国时吴蜀联军破曹的故事,剧中通过舌战群儒、激权激瑜、借东风、火烧战船等情节,塑造了诸葛亮、周瑜、曹操、鲁肃、蒋干等艺术形象,尤其是诸葛亮,料事如神,运筹帷幄,成为智慧与勇敢的化身。《打渔杀家》取材于《水浒后传》,但在故事情节上已有很大变动,剧中主人公肖恩曾是名噪一时的梁山英雄,晚年隐退,携女桂英打鱼为生,因无力交纳豪绅丁员外私立的渔税而被多次凌辱,被迫奋起反抗,杀了丁府满门,逃往他乡。《打渔杀家》所表现的官逼民反的主题,在清末是具有深刻的现实意义的,再加上人物刻画细腻,情节结构紧凑,因而成为当时极受欢迎,长演不衰的剧目。

这一时期,京剧舞台上演出较多的另一类剧目是公案武侠戏。控诉吏治黑暗,而将澄清是非、申明正义的希望寄托在某些理想化的清官身上。这是我国戏曲史上公案戏创作的模式。包拯、海瑞便是这类公案戏中清官形象的代表。在这一时期京剧舞台上演出的包公戏,大多是根据《三侠五义》改编的剧目。如《打龙袍》、《花蝴蝶》、《五鼠闹东京》等,但这些剧目表现的重心已逐渐由包公断案转移至义士行侠。京剧公案戏最优秀的剧目当推《四进士》,剧中通过革职后的刑房书吏宋士杰,运用自己的智慧与对官场习气的熟谙,为受害民妇杨素贞申冤报仇的故事,揭露了官场相互勾结,贿赂公行的种种丑恶,赞扬了新科进士毛朋的清正廉明与宋士杰的老辣干练,见义勇为。

武功戏是京剧的特长。自小说《施公案》问世后,黄天霸逐渐成为京剧中特有的角色。演黄天霸的戏也便被认为是京剧的本色当行。其中《恶虎村》、《连环套》是代表之作。剧中把投靠官府,反过来杀害绿林好汉的黄天霸写成仁义并至,智勇双全的英雄,并为其行为多方辩解,迎合了清政府的需要。

京剧上演的剧目一般有两个来源,一是改编与移植传奇、杂剧名著及花部其他剧种的作品,二是一些下层不得志文人及有文学修养的京剧艺人的创作。在编剧地位十分低下的时代,文人编写的剧本,大多将真名隐去,而艺人编写的剧本,又旨在为舞台演出,更无署名的习惯,加之京剧剧目的流传很大程度上是靠师徒的口授心传,因而,以后收集与整理的京剧剧目,明确知道作者的很少。

第二节　戏曲改良运动

戊戌变法失败后,逃往海外的维新派领袖康有为、梁启超,在总结政治变法失败的教训后,以为维新救国成功的关键在于"新民",而鼓民力、开民智、新民德的最佳途径,莫过于以诗、文、小说、戏曲等文学形式为传播媒介,向民众灌输文明思想,以振作国民精神,铸造新的国魂。于是,在文学新民救国思想的指导下,资产阶级维新派所倡导的、包括戏曲改良在内的文学改良运动在1902年前后迅速掀起高潮。

稍后,处在发展阶段的资产阶级革命派,为争取更多的民众参加民主民族革命,也注意到了戏曲启蒙与戏曲改革。他们的加入,扩大了戏曲改良运动的声势与规模。

戏曲改良的先锋是梁启超。1902年,他在《新民丛报》上连续发表了《劫灰梦》、《新罗马》、《侠情记》传奇三种,并在《新罗马》传奇中,借但丁之口说出自己"雕虫之小技,寓遒铎之微言"的意图:"念及立国根本,在振民精神,因此著了几部小说传奇,佐以许多诗词歌曲,庶几市衢传诵,妇孺知闻,将来民气渐伸,或者国耻可雪。"梁所写的三种传奇中,《新罗马》谱意大利烧炭党人事迹,开"提紫髯碧眼儿,以优孟衣冠""以中国戏演外国事"的先例,是一次具有革新精神的尝试。

继梁启超之后,一批讨论戏曲改良的文章相继在报刊上发表,共同为戏曲改良出谋划策,擂鼓助阵。

1904年,蒋观云在《新民丛报》上发表的《中国之演剧界》认为:我国戏剧界的最大缺憾,在于缺少震撼人心的悲剧,舞台上演出的尽是助人淫思的才子佳人剧。欧洲各国恰好相反,剧界佳作,皆为悲剧。"夫剧界多悲剧,故能为社会造福,社会所以有庆剧也;剧界多喜剧,故能为社会种孽,社会所以有惨剧也",因而,作者大声疾呼具有"陶成英雄之力"功能与"泣风雨、动鬼神"效应的悲剧,以震惊国人之心。这种对悲剧意识的呼唤,传达出整个民族在蒙难时期的焦灼感。

这种焦灼感与悲剧意识,在属革命派阵营中的柳亚子、陈去病的文章中,与驱逐鞑虏,建立共和的历史责任感相融合,变得更加炽烈,更加明确。1904年9月,柳亚子、陈去病、汪笑侬在上海创办了我国第一个戏剧杂志——《二十世纪大舞台》,柳亚子、陈去病在创刊号上撰写的《发刊词》与《论戏剧之有益》,以澎湃的热情,阐述了他们戏剧启蒙的主张。从戏剧拥有处于社会最下层的广大观众这一基本事实出发,他们认为戏曲是最通俗的、最有效地启迪民众的手段,甚至"其奏效之捷,必有过于劳心焦虑、孜孜矻矻以作《革命军》、《驳康书》、《黄帝魂》、《落花梦》、《自由血》者,殆千万倍"(陈文)。"也有持运动社会,鼓吹风潮之大方针者乎?盍一留意于是乎?"(柳文)至于如何改良戏曲,他们认为首当革新戏曲内容,写中国历史上的亡国惨剧,异族虐杀,烈士气节,以觉醒民族意识,写异域革命之成功,独立光复之光荣,以唤起民主精神,这样"他日民智大开,河山还我,建独立之阁,撞独立之钟,以演光复旧物,推倒虏朝之壮剧,则中国万岁,《二十世纪大舞台》万岁",字里行间,充满着热情的骚动。

与柳亚子、陈去病文中所表现的诗人气质相较,陈独秀1905年所写的《论戏曲》则透露出较多的理性主义的思想色彩。论文以西方人权说为武器,提出"戏园者,实普天下人之大学堂也,优伶者,实普天下人之大教师"的命题,阐述演员应与他人平等的道理。陈独秀认为,戏曲改良,宜多编"做得忠孝义烈,唱得激昂慷慨,于世道人心极有益"的戏,戏中可采用西法,或有演说,或演光学、电学,不可演神仙鬼怪之戏,不可演淫戏,应革除富贵功名之俗套。从陈独秀戏曲改良的主张中,我们已经可以看出虽是淡薄,却颇有新鲜的民主、科学思想的色彩。

综观这一时期戏曲改良的主张,主要有以下几点:从社会学的角度,考察了戏曲移风易俗的功用,为达到改良社会、改良民众精神的目的而看重戏曲;悲壮苍凉的审美意识被普遍接受;民主平等的思想,渗透到提高戏曲演员社会地位的呼吁之中;旧戏曲中宣扬神仙鬼怪,富贵功名以及才子佳人为主角的戏被看做革除的对象,反映民族灾难,表彰民族英雄,以及表现欧洲资产阶级革命历史的题材得到提倡。

以上戏曲改良的主张,有力地指导了改良戏曲的创作。1903年以后,各类新型剧本纷纷问世,据阿英《晚清戏曲小说目》提供的资料有150余种。这些剧本因政治倾向不同形成两大中心。资产阶级改良派以《新民丛报》、《新小说》、《绣像小说》、《月月小说》等刊物为阵地,发表的作品多是宣传改良主义政治主张的。资产阶级革命派以《民报》、《江苏》、《汉声》等刊物为阵地,发表的作品多是鼓吹种族、民主革命。当然,这也是就其主要倾向而言。新剧本多采用传奇杂剧的形式,这些剧本从取材时间、地域、表现手法上可分为时事剧、历史剧、神话寓言剧几种。

时事剧是指那些直接取材于现实斗争或事件的剧作,如写徐锡麟刺杀恩铭事件的《苍鹰击传奇》、《皖江血传奇》,写秋瑾殉难的《轩亭冤传奇》、《六月雪传奇》,写邹容事迹的《革命军传奇》,写百日维新经过的地方戏《维新梦》,反映提倡女权、兴办学校的《女子爱国》,抨击官场黑暗的《宦海潮》,反对美国迫害华工的《海侨春》,记述沙俄侵略东北罪行的《黑龙江》等等。时事剧选取人们最关心的政治事件及人物活动,加以艺术再现,显示出巨大的左右人心的力量。作者署名为浴血生的《革命军传奇》,谱邹容因撰写《革命军》入狱事,作品在邹容入狱后不久发表,对披露冤狱真相,向社会揭发清政府迫害革命志士罪恶及让更多的人认识革命者,起到了极好的作用。

历史剧有取材于中国历史与取材于外国历史的区别。取材于中国历史的剧作,重在表彰具有民族气节,为民族利益勇于流血牺牲的英雄人物及事迹;取材于外国历史的剧作,重在宣传民主、自由思想,表现西方资产阶级为争取自身利益和权力所进行的斗争,以及异域民族被瓜分灭亡的惨状。前者如写南宋民族英雄事迹的《爱国魂传奇》、《指南梦传奇》,写南明抗清将领瞿式耜、张苍水的《风洞山传奇》、《悬岙猿传奇》,写巾帼英雄梁红玉大战黄天荡的《女英雄杂剧》等等;后者如写意大利烧炭党人事迹的《新罗马传奇》,写法国革命处决路易十六的《断头台传奇》,写朝鲜沦亡的《亡国恨》,写俄、普、奥瓜分波兰的《波兰亡国惨》等等。这些历史剧的创作大多以借古喻今为宗旨,因而历史事实本身并不十分重要,作者力图在拉开历史帷幕之后,编排出时代的新剧来。

神话寓言剧在这里是指运用非写实的表现手法,依靠艺术形象的折射,表述一种哲理或讽喻的剧作。洪楝园的《警黄钟》与《后南柯》是这类作品的代表。两剧写蜂蚁之间的争斗,影射人世间的战争,以动物中的弱肉强食,喻民族间的优胜劣败,谱"子虚乌有"事,为"警黄种之钟",可谓用心良苦。

这个时期的剧作,不论是主张民主民族革命的,还是倾向保皇改良的,他们对自己所追求的政治目的都表现出一种不可动摇的自信,加之充满历史使命感的自我认同,给他们的作品带来神圣与正义的气氛。他们笔下的英雄,大都有明确的政治信仰和"我不入地狱,谁入地狱"的献身精神,诸如地方戏《维新梦》中慷慨赴难的戊戌六君子,《潘烈士投海》中杀身以儆戒国人的潘英伯,《革命军传奇》中高唱"我若下地狱,地狱自消灭"的周熔(邹容),都是如此。因此,悲壮便成为这一时期剧作的主要审美特征。

在这个时期的剧作中,文学的社会功利作用得到了超量的开掘与发挥,它必然导致戏剧文学中的非文学因素的增长,这就是把艺术创造等同于政治宣传,把演剧看做是化妆的政治演说。譬如《少年登场杂剧》,全剧只有一出,没有故事情节,一青年上台演唱一番自由救国的道理,剧便告结束。剧中有词曰:"挥毫组织南北套,苦心演说兴亡调。"可见剧作者并不掩饰其将演剧变为政治演说的意图。

这个时期由文人创作的新剧作固然很多,但上演率却很低,主要原因在于剧本作者在关目安排上,并不十分注重戏曲演出的程式化特点,大部分剧本采取了已在舞台上消亡的杂剧传奇形式,唱词又过于文雅、诗词化。由于大多数剧作品只是在报刊上刊载,其影响也主要在于知识界。

晚清戏曲改良的另一支重要力量,是戏曲界的表演艺术家与作家。他们积极响应戏曲改良的号召,组织新型的艺术团体,发展、改革不同的地方剧种,编写适宜演出,具有较强艺术生命力的剧本。在他们的努力下,戏曲改良遂由案头、报刊,走向了舞台。

京剧界改良运动开展,是以汪笑侬等人编演京剧新戏为契机的。汪笑侬(1858~1918),满族人,本名德克金,字润田,别署竹天农人。光绪五年举人,捐任河南太康知县,因无心为官,不理政务,不久被革职,于是便"下海"演戏。初居上海,1910年后转辗济南、天津、北京等地,病逝于上海。

汪笑侬是一个有良好艺术修养,而又具有满怀爱国热忱的京剧艺术家,受戏曲改良思潮的影响,他积极赞助陈去病、柳亚子等创办了《二十世纪大舞台》,并为之题词曰:"稳操教化权,借作兴亡表。世界一戏场,犹嫌舞台小。"其又有《自题肖像》诗云:"手挽颓风大改良,靡音曼调变洋洋,化身千万傥如愿,一处歌台一老汪。"表现出强烈地以演戏达到"高台教化""移风易俗"目的的自觉意识。汪笑侬一生创作、改编并演出的京剧剧目有50多种,其中《哭祖庙》、《博浪椎》、《骂阎罗》、《受禅台》、《党人碑》、《洗耳记》、《排王赞》、《马前泼水》、《刀劈三关》等都是风靡一时,脍炙人口的优秀作品。

这些优秀作品以表现历史题材为主。剧中主要塑造了三种类型的人物形象:

一、亡国君主形象

如《受禅台》中的汉献帝,《哭祖庙》中的刘后主,《排王赞》、《煤山恨》中的崇祯帝。作者通过这类形象再现历史上亡国易代的悲剧,以激发朝野上下的民族危机感。同时,也嘲讽了居王位者的昏庸无能与朝中文武官僚的临危背叛行为,具有一定的现实讽刺意义。

二、充满耿耿正气、敢于和强暴抗争的英雄形象

这些人物，一般是有优秀的品质和敢于牺牲的精神。他们进行的是为民族的、正义的事业。诸如《战蚩尤》中叛君造反的蚩尤，《博浪椎》中图谋刺杀秦始皇的张良，《哭祖庙》中以死殉国的刘湛，《党人碑》中怒毁党人碑的谢琼仙，《骂阎罗》中闻岳飞被害，去阴府中质问阎王的胡迪，都属于这类人物。在作者笔下，蚩尤、张良的行为都具有反对专制独裁的色彩。而谢琼仙、胡迪因为忠臣蒙辱或被杀，不惜以性命为其雪耻的行为，则说明正邪自有分辨和人心向背的巨大力量。

三、形态各异的妇女形象

汪笑侬所写剧本中的妇女形象不多，但却写得形态各异，生动丰满。《马前泼水》中去贫趋富，前倨后恭的崔氏，《刀劈三关》中武艺高强，大胆追求异性的万花公主，《孝妇羹》中忍辱负重削臂为婆婆做肉汤羹的炳顺媳妇，这些妇女形象丰富了汪笑侬剧本的人物群体。

汪笑侬所编写的历史题材的剧目，都是于现实生活有所感，或是有强烈现实意义的。如《党人碑》，是有感于戊戌六君子殉难而被以骂名而写的，《博浪椎》写在袁世凯窃国篡权之时。汪笑侬时时在剧中借古人口吻，传达与表现自己忧国忧民的心声和褒善贬恶，激浊扬清的倾向性，因而，他的剧作更增添了打动观众心灵的力量。据《京剧二百年史》记载：《哭祖庙》在大连演出时，当演员道出刘湛的"国破家亡，死了干净"的台词时，声泪俱下，泣不成声，这两句词便成为大连人民的口头禅。

汪笑侬以京剧表演家作剧，其剧本中关目的安排具有简洁、明晰、适宜表演的特点。而他有良好的文学修养，使道白、唱词雅俗适度，富有韵味，明白易晓。对于京剧旧有程式及格律，他视内容需要而善因善创。他曾说："格律原为人所创造，何妨由我肇始？"（周信芳《敬爱的汪笑侬先生》）因而，他剧作中的唱词，时常打破七言或十言的常规，有的一句长达十多字甚至四十多字。他还善于运用大段唱词表现人物重要的内心活动，如《哭祖庙》中第六场在刘湛杀家祭庙时，给他安排了八十多句的唱词，充分表现其亡家亡国的悲愤心情。

在编演历史题材剧目的同时，汪笑侬伙同在上海的京剧艺术家田际云、潘月樵、夏月珊、夏月润、刘艺舟等，编写了大量以现实生活为题材，着当代服饰演出的时事新戏。如写把日本侵略军赶出中国、取消不平等的《马关条约》的《宋帅平东》，写兴办女校的《惠兴女士》，写波兰亡国事的《波兰亡国惨》，讽刺袁世凯称帝的《皇帝梦》等。这些时事新戏不同程度地反映了反帝和民主民族革命的要求，虽在内容与艺术表现上存在着简单化、单一化等缺陷，但在辛亥革命前后的资产阶级革命运动中，却发挥了相当大的作用。

辛亥革命前后，其他地方剧种的戏曲改良活动也显示出一定的声势。在河北唐山，成兆才等组织了庆春班（后改称为警世戏社），在当时说唱艺术形式之一莲花落的基础上，借鉴河北梆子和京剧的唱腔、伴奏、表演程式，创造了平腔梆子戏，后改称评剧。成兆才作为评剧的第一代作家，除改编、移植一些历史题材的剧目外，还编写了一部分反映现实生活

的剧本,其中,最为著名的是《杨三姐告状》,剧中写民国初年,一个17岁的农村少女杨三姐,怀疑她二姐死得不明,于是经过种种磨难,层层上告,最终查明死因,惩办了凶手。此剧暴露了军阀统治下官场的腐败,颂扬了不屈斗争的精神,因而受到广大群众的喜爱,成为评剧的优秀传统剧目。在四川,川剧的改良成绩也令人刮目相看,清末新政改革之际,成都设置了"戏曲改良公会",公会明确提出"改良戏曲,补助教育"的办会宗旨,并集资修建剧场,邀请文人编写剧本,以便于戏班演唱。川剧改良剧本最有成就的作家是黄吉安,他常在历史剧中掺入改良时代的道理,以达到启蒙教育的目的。1912年在西安成立的陕西易俗社是一个秦腔演出班社,该社组织大纲中规定:"以编演各种戏曲,补助社会教育,移风易俗为宗旨",又仿效民主共和制建立领导机构。这个艺术班社在成立之后,演出了不少宣传民主思想的剧目,成为西北地区戏曲改良的明珠。

第三节　吴梅、姚华的戏曲理论研究

辛亥革命前后,致力于戏曲理论研究而较有成就者除王国维外,还有吴梅、姚华。

吴梅(1884~1939),字瞿安,晚号霜厓,江苏吴县人。吴梅自幼喜爱词曲,科场失意后,遂走上戏曲创作与研究的道路。曾在北京大学、中山大学、金陵大学任教。主要著作有《顾曲麈谈》、《中国戏曲概论》、《曲学通论》(又名《词余讲义》)等,并著有《风洞山》等传奇、杂剧12种。

吴梅的《顾曲麈谈》(1916年出版)是有感于戏曲界"独于填词之道,则缺焉不论,遂使千古才人,欲求一成法而不可得"的现状而写的,目的在于"使人知有规矩准绳,而不为诵读所误"。他所说的"填词之道",主要包括定宫、择曲、联套、字格、用韵等戏曲剧目创作与演出中必不可少的制曲填词过程。《顾曲麈谈》重在以个人作曲填词的经验、体会,结合古人曲目写作的成败得失,讲述制曲填词的基本规律及方法,度人金针,使学曲者免于暗中扣索之苦。

在《论作剧法》一节中,吴梅谈到他的戏剧观。他认为,"剧之作用,本在规正风俗",泄导人情以补救社会。剧之妙处,第一在"真",第二须有"风趣",而"真"与"风趣"最终又须归于"美"。"真",即"切实不浮,感人心脾之谓也"。强调的是戏曲情节,人物言行的合情合理。吴梅认为,戏剧创作的构思,不论用"故事",还是用"臆说",重要的是不失情理之真。剧中的情节,人物言行如有背谬之处,则其艺术感染力便会因此而大大削弱。所谓"风趣",即幽默与诙谐,这是戏曲悦人移情的优长之处,它不必像经史那样庄言正色地去教诲人,而可以通过戏剧夸张、讽刺的手法,幽默、诙谐的表演,旁引曲喻,达到劝善惩恶、扶偏救弊的目的。"真"与"风趣"要以美为准的;"真所以补风化,风趣所以动观听,而其唯一之宗旨,则尤在'美'之一字"。"真"和"风趣"带给人们的应是美感和美的享受,而避免刻意求新求异或流于市井谑语。

吴梅对戏曲理论的研究,偏重于声韵与格律方面。他的《南北词谱》对历代曲牌进行了整理与疏释,《曲学通论》系统、详尽地介绍制曲及唱曲的过程与方法,而《中国戏曲概论》对元、明、清三代戏曲的发展,作了鸟瞰式的评述。这些著作,都成为曲学研究较好的参考书籍。

姚华(1878～1930),字重光,号茫父,贵州贵阳人。清光绪甲辰进士,授工部虞衡司主事。庚子事变后,赴日本学法律政治。学竟归来,在邮传部任职。民国建立后,被选为临时参议院议员,虽"四居议席",而无所用事,退而执教与研讨学问。著有《弗堂论稿》、《菉猗室曲话》、《曲海一勺》等。

《曲海一勺》是姚华重要的戏曲理论著作。全书共四章,从不同侧面阐述了他对戏曲的多种价值判断及兴礼乐以挽世风的戏曲改革主张。

姚华在此书中认为,文章(包括戏曲在内)是以写心,写物为本的:"凡音之起,由人心生也。人心之动,物使之然也。一切文章,悉由此则。盖心物交应,构而成象,积则必渲,形之于言。言者,心之声也。声成文谓之音,音之尤美而音之至谐者,莫文章若也。"文章既由心、物而生,而"体物之工,写心之妙,词胜于诗,曲胜于词",因而,曲不当受人鄙薄而被视为小道,"余之祖曲,不贵乎其言,而贵乎其心,亦曰有物而已"。姚华首先从状物写情方面,肯定了戏曲的文学价值。接着,姚华又从民俗学、历史学的角度,判断戏曲的价值。他认为,戏曲是一个时代的人情总归,考察一定时代的习俗风尚,戏曲有着较高的参考价值。也许出于一种矫枉过正的目的,姚华在《曲海一勺》中,专辟一章,阐述曲足当史材的道理。他指出:曲承诗旨,当为史之支流;曲无一般词章雕琢之弊,足当史材;曲兼诗与小说之用,故益足骈史。这些立论有时不免过于牵强,但其提高戏曲地位的意图,还是能为人所理解的。

纵观民国建立后的时局,姚华认为:"欲举其实,明德为先;道德无形,式于礼乐",而礼乐之成,有赖于戏曲。要铺张国华,涵养民性,"其必斟酌于古今,融铸于中外",改革戏曲。他认为,当时盛行的四大声腔系统,梆子腔乃今之郑声"执政悠悠,听其猖狂,国家之患,犹未已也"主张应予铲除;弋阳诸腔,"音律虽胜,不能当场",不切于世用;皮黄腔介于雅俗之间,当为"审音者所不斥"者;而独昆曲腔为今乐之圣,"昆曲之盛衰,实兴亡之所系",因而宜就昆腔,斟酌变革。这些看法,显示了姚华的偏见与偏爱。

《菉猗室曲话》共四卷。卷一是读《古今词统》的感想与随笔。卷二、三、四,是对《六十种曲》中所选部分明代传奇的评论。《古今词统》为明代卓人月所选,姚华重在撷拾其中词曲转化的有关例证,与他的曲源于词说相发明。在评论《东郭记》、《齐东绝倒》时,姚华称两剧为"滑稽之雄",并竭力为滑稽剧正名:"文学之至,喻于上天,滑稽文学,且在天上。滑稽者,文章之绝谊也……予是以崇拜滑稽,尊为无上。神力转运,左右人间,上自贤达,下及朽腐,靡不翕然受其占化,潜观默感,渺不之觉,顾当世未闻或重之者。不名不名,又奚怪哉!"表现出对戏剧的幽默、诙谐及喜剧效果的赞赏与推重。

第四节 早期话剧

话剧是一种不同于中国古典戏曲的戏剧范型。它不用歌唱而全用道白,动作求真而非表意化、程式化,这种新的戏剧雏形在我国出现,最早可追溯到 1900 年前后的上海学生演剧活动。

上海学生演剧最早是在外国人所办的教会学校中进行的,是一种节日自娱活动。所演剧目大都是课本中的剧本,演出时用外语。戊戌变法后,受社会思潮的影响,学生们开始自编一些时事剧演出。这些时事剧形式上不用锣鼓,没有歌唱,并逐渐由学校走向社会,但影响并不大。

1906 年年底,在日本东京学习的留学生曾孝谷、李息霜等爱好戏剧的青年,组织起我国近代第一个话剧团体——春柳社。他们在《春柳社演义部专章》中声明,本社同人把"以言语动作感人为主,即今欧美所流行者"即话剧作为研究与实践的对象,以达到"开通智识,鼓舞精神"的目的。1907 年年初,春柳社同人在一个游艺会上,以真正的话剧样式,演出了法国作家小仲马的《茶花女》中的选场。这次演出完全摆脱了中国旧剧的影响,使许多中国观众为之耳目一新。欧阳予倩就是看了演出之后,要求加入春柳社的。

春柳社初试锋芒,便名声大振,其成员演出兴致更高。他们选定富有反抗民族压迫意识的美国斯托夫人的小说《汤姆叔叔的小屋》为底本(林纾中译本名《黑奴吁天录》),由曾孝谷、李息霜改编为五幕话剧;经过认真的排练,于六月一二三日在东京大戏园"本乡座"举行公演,公演获得了极大的成功,这是中国话剧史上十分值得纪念的一次演出。它轰动了日本的中国留学界,也轰动了日本剧坛和舆论界。他们纷纷撰文,对春柳社的成功演出给予了极高的评价。

《黑奴吁天录》演出之后,欧阳予倩与刚加入春柳社的陆镜若等人,又以申酉会的名义演出过几次戏,其中特别值得提出的是《热泪》(又名《热血》)的演出。《热泪》是陆镜若根据法国作家萨尔都的剧本《女优杜斯卡》稍加改编而成的。剧中故事的排列,情节的发展,人物的安排,具有较强的戏剧性。演员在演出时,没有不合理的情节穿插,没有故意迎合观众的噱头和过分夸张的表演动作,担任主要编剧与导演的陆镜若有较好的戏剧理论修养,因而,全剧的演出,在艺术质量上,较《黑奴吁天录》有了显著的提高。

在国外的春柳社,其艺术追求较多地受日本新派剧和西方话剧现实主义表现方法的濡染,国内话剧的发展,则较多地受到中国传统戏曲与时事新剧表现方法的影响。

1907 年秋,受春柳社演出成功的鼓舞,王钟声在上海组织了春阳社。春阳社向社会公开招聘演员,经过两个多月的准备,在兰心大戏院举行了第一次公演。演出剧目是由许啸天据林纾本直接改编的《黑奴吁天录》。兰心大戏院是上海外国人的一个业余话剧团体 ADC 经常演出的地方,舞台条件很好,灯光布景是当时中国观众所没有见过的。剧目演出时,由于运用了布景而分幕不分场。演员着西装,用对白,也用锣鼓,唱皮黄,登台念引子或上场白。饰演的大部分是黑人,但演员都涂成白脸。春阳社的演出,只留下一次失败的记录。其后,王钟声又同任天知合作,办起了通鉴戏剧学校,但不久便告解散。

1910年年底,任天知在上海竖起进化团的旗帜,当时在上海的演剧爱好者如汪优游、萧天呆、钱逢辛等积极应募。进化团成立后,首先到南京演出,获得极大成功。进化团从此以后便打出"天知派新剧"的牌子。1911年,进化团在长江中下游地区的各大城市演出,名声大振,成为辛亥革命前后二、三年内话剧界的骄子。

进化团成功的主要原因是它所演出的剧目表现出鲜明的革命倾向,抒发与伸张了辛亥革命前后的民声民气。进化团辛亥革命前演出的剧目主要有《白蓑衣》、《东亚风云》、《新茶花》、《安重根刺伊藤》、《尚武鉴》等。这些剧目或控诉民族压迫,或鼓动民主革命,具有极强烈的煽动性。武昌起义胜利后,他们很快编演了反映武昌起义者光辉业绩的《黄鹤楼》,热情赞颂新建立的共和政府的《共和万岁》,号召人们踊跃募捐,以支持新生的革命政权的《黄金赤血》,这些剧目自然受到广大群众的欢迎。

1912年以后,随着革命热潮的消退,进化团的演出逐渐失去往日的活力,不久,便渐渐瓦解。

1912~1915年,比较活跃的话剧职业剧团有新民、民鸣社和新剧同志会。

新剧同志会是由归国后的春柳社部分成员组成的,发起人是陆镜若。不久,吴我尊、欧阳予倩等志同道合者陆续参加。新剧同志会继承春柳社的优秀传统,在十分清苦的生活条件下,孜孜不倦地进行着自己的艺术探求。他们辗转于江、浙、两湖地区演出,1914年在上海演出时,挂出春柳剧场的招牌。

新剧同志会所编演的剧目有80余种。其中,根据外国剧本、小说改编的剧目约有半数。这些改编的剧本以社会剧和家庭剧为主,如《社会钟》、《猛回头》等剧,透露出朦胧的反对阶级压迫的意识,而反映异国男女婚姻悲剧的《不如归》也深深地打动了不少中国观众的心。同志会自编故事,写成详细幕表的剧约有十几种,而完全由自己创作,写成完整剧本的只有《家庭恩怨记》。《家庭恩怨记》由陆镜若执笔编写,剧中讲述的是辛亥革命中发了一笔横财的军官王伯良,因续娶妓女小桃红而导致一场家庭悲剧的故事。这种家庭变故对当时的观众来说并不生疏,而作者在剧末又安排了一个王伯良幡然改悔,作恶者小桃红受到惩罚的结尾,使中国观众"善恶终有报"的鉴赏心理得到满足,加上演员真实生动的表演,此剧获得了良好的声誉,并成为新剧同志会的保留节目。1915年9月,由于经济的拮据及主要领导人陆镜若的去世,新剧同志会便告解散。

新民社、民鸣社是以养活班子为目的演出团体。他们演出的剧目大都是描写家庭悲欢离合及揭露神秘宫廷生活的,这些剧目迎合了一部分观众的需求而获得较好的剧场效益。但这种"成功",是以早期话剧部分丧失其自身的艺术品格为代价而取得的。这种话剧艺术品格的丧失表现在剧情趋于离奇、荒唐;编导、演出制度混乱;演员的表演角色化、程式化等方面。艺术品格的丧失使话剧逐渐被以恶名,人们开始以鄙薄的口气称谓那些粗制滥造,拙劣而带有几分胡闹的表演为"文明戏"。

这一时期,在北方,南开学校新剧团的活动亦值得一提。

南开新剧团成立于1914年,而南开学校的演剧活动在1909年便开始了。南开师生把演剧当做学校辅助教育的良好途径。南开新剧团编演的十余出新剧中,最优秀的是《新村正》、《一元钱》、《一念差》。这三个剧本,或描绘了辛亥革命后农村新旧势力的斗争,或揭露了封建官场的勾心斗角,或再现了下层社会的生活场景,都具有较高的思想性和现实意义。南开新剧团的大部分剧目是由集体创作而完成的。一般是先编出幕表,在排练中逐渐形成固定的台词,演出后方形成固定的剧本。在表演上,较注重动作、语言的真实感。

　　早期话剧奠定了我国话剧与电影表演事业的基础,其荜路蓝缕之功是不可埋没的。五四以后,经过新一代话剧工作者的继续努力,话剧逐渐成为我国剧坛上的一支奇葩。

第六章 翻译文学

第一节 近代翻译文学的兴起

19世纪末20世纪初,中国近代文坛出现了翻译文学。散文、诗歌、尤其是小说翻译,对近代文学的繁荣做出了重要贡献,也为中国现代文学的建立,准备了重要的基石。

近代翻译文学大体可以分为四个时期:

第一期(1840～1896年)为萌芽期。在此期间,西方传教士在宣传基督教教义和资本主义文明时,夹杂一鳞半爪的西方文学,使中国人民洞开窗口,看到了世界文学的一隅。如1857年上海出版的中文杂志《六合丛谈》上,英国人艾约瑟发表《希腊为西国文学之祖》,介绍了荷马史诗,古希腊三大悲剧家和亚里斯托芬的喜剧。其后才出现中国人的翻译文学作品。60年代初,总理各国事务衙门的官僚董恂,翻译了美国诗人郎费罗(Samuel longfellow)的《人生颂》,此为汉译第一首英语诗。1871年王韬、张芝轩合作编译《普法战纪》,以生动的文笔叙述了1870～1871年普法战争的全过程,此可视为近代散文翻译的滥觞。其中的《法国国歌》和德国的《祖国歌》,是首次向国内介绍法、德诗歌。英国小说最早翻译到中国的是《昕夕闲谈》,采用章回体,共五十回,译者署名蠡勺居士,于1872年连载于《瀛寰琐记》文艺月刊。虽然译者认为阅此书可以观"欧洲之风俗",收到"圣经贤传""国史古鉴"的效果,(《昕夕闲谈小序》)但并未引起国人的注意。此时盛行的多是介绍天文地算及声光电化方面的译书,处于萌芽状态的翻译文学,影响甚微。

第二期(1897～1905年)为勃兴期。严复、林纾为西方学术著作及文学作品的翻译,开了风气之先,一时有"译才并世数严林"之目。(康有为《琴南先生写万木草堂图,题诗见赠,赋谢》)此期除严复用桐城古文翻译西方学术著作外,小说翻译占主导地位。这与改良派的理论倡导是分不开的。严复、夏曾佑的《国闻报馆附印说部缘起》、梁启超的《译印政治小说序》、《论小说与群治之关系》,不但呼吁提高小说的文学地位,而且大大推动了译印外国小说的活动。一时译家蜂起,译著缤纷。其中影响最大的是林译小说及对日本等国政治小说的翻译。日本明治十年到二十年(1875～1886年)"以启发人民政治觉悟和宣传政党理想为目的"的政治小说,如《佳人奇遇》、《经国美谈》、《情海波澜》、《雪中梅》及续集《花间莺》,陆续被梁启超等人翻译过来。其他还有《十五小豪杰》、《游侠风月录》、《美国独立记演义》、《瑞西独立警史》等,都带有显豁的功利性,有力配合了改良主义政治运动。同时,其他各类题材的小说也大量涌入中国。如美国乐林司朗治的侦探小说《毒美人》、英国麦希的《蜂针螫》、艳情小说《销魂草》、心理小说《圣人欤盗贼欤》,陈冷血译俄国《虚无党奇话》,小造译法国虚无党小说《秘密囊》、《决斗会》,其影响虽不及政治小说,但对开扩中国读者的眼界,也起了一定的作用。近代翻译文学从此步入自觉时代。

第三期(1905~1911年)为鼎盛期。这是一个维新派告退,资产阶级民主革命运动风起云涌的时代。时代的政治烙印也深深打在文学翻译上。首先代政治小说而起的是翻译外国社会理想小说和科学幻想小说。前者如美国威士著《回头看》,后者如《幻想翼》、《环游月球》、《电术奇谈》、《千年后之世界》。周树人(鲁迅)所译《月界旅行》、《地底旅行》为其中的代表作。有选择地译介斯拉夫系统和被压迫民族的文学作品,是这一时期翻译文学的显著特点。即如俄罗斯文学,从普希金、莱蒙托夫、托尔斯泰、契诃夫到高尔基,都有著名作品被翻译过来。周树人、周作人兄弟翻译功绩最著,《域外小说集》开中国直译小说之始。吴梼译著亦颇可观。同一时期,苏曼殊、马君武两位诗人翻译了一批西方诗歌,拓展了近代翻译文学的体裁和领域。

在小说翻译领域出现了两热:一是虚无党热,二是侦探小说热。一时洛阳纸贵,充斥了大部分期刊杂志。代表翻译家是陈冷血与周桂笙。究其原因,首先是虚无党主张推翻帝制,实行暗杀,与中国资产阶级革命派主张暴力革命多有契合之处。而侦探小说抬头,主要是适合市民阶层的需要。它与中国公案、武侠小说有脉搏互通之处,但又颇有新意,因而受到很多读者的欢迎。对这两种小说虽然毁誉不一,但它们在创作技巧上确为中国作家提供了有益的镜鉴。

第四期(1912~1918年)为嬗变期。本期的特点是题材广阔,短篇增多,数量相当可观,但却有些粗制滥造。如小说翻译,当时二三流的文艺刊物每期都载有外国小说,侦探、言情小说占一半以上。其中也不乏有价值的译作,如1916年陈家麟、陈大镫合译的《风俗闲评》,其中共收契诃夫短篇23篇,继鲁迅兄弟之后,较全面地介绍了契诃夫的作品。1917年周瘦鹃出版《欧美名家短篇小说丛刊》,共分三册,其中一册专收荷兰、西班牙、瑞士、芬兰等国的作品,鲁迅对此亦颇重视。这一时期,用浅近白话和报章体翻译的作品逐渐多了起来,言文渐趋合一。

此时还出现一些根据外国剧本意译或改译的剧本。如徐卓呆译的《遗嘱》、与人合译的《牺牲》,啸天生译的俄国剧《美人心》、《残疾》、《结婚》等,为新兴话剧的发展,打下了良好的基础。这些都呈现出向新文学时期过渡的痕迹。

由此可见,近代翻译文学的发展,经历了一个从被动、非自觉到自觉、从局部到整体、从低级到高级的变化过程。在这一过程中,可以看出近代翻译文学具有以下特点:

一、强烈的政治功利性

严译八大名著,篇篇都为"警世"而发,意在唤醒国人奋起救亡图存,按资产阶级方式治理国家。林纾则把翻译外国小说当做启迪民智、救亡图存的最佳方略。苏曼殊、马君武翻译拜伦的诗歌,是在为资产阶级民主革命呐喊助威;鲁迅、周作人翻译弱小民族的现实主义小说,则是为了转移性情、改造社会。总之,近代著名文学翻译家意在借他人琴弦,弹出自己的心音,而强烈的爱国思想,鲜明的个性意识,进取的战斗精神,是其显豁的主题旋律。

二、用中国古代文学的旧形式,表现西方近代文学的新内容

虽然出现了周桂笙、伍光建等人的白话翻译,但绝大部分译文是文言。严复恪守桐城家法,林译较为自由,文白相兼。苏曼殊、马君武用五、七言古体译西洋诗,鲁迅、周作人的《域外小说集》文风古朴,都没有跳出古代文学旧形式的窠臼。导致旧瓶装新酒的原因,主要是传统文化深层结构中的历史惰性,迫使翻译文学就范于传统文化心理的认可。而这种旧形式所介绍的西方新思想、新文化与新手法,反转过来又加速了旧形式的灭亡。

三、意译占统治地位

晚清汗牛充栋的翻译作品,绝大部分属于意译。这一方面是由于中国文言与西方白话差距甚远,另一方面与翻译界梁启超、严复的理论倡导有关。近代文学翻译家们的成功,在于他们运用了富有魅力的文学笔法,而不在于他们运用了意译方式。意译必然带来错漏改译等弊端,失去原作风貌。《域外小说集》纠正了意译偏颇,提高了翻译水平,但它那曲高和寡的译文,一出世便归于失败,其影响反而远不及意译作品之大。

四、良莠不分,鱼龙混杂

严复介绍的各种主义,林译小说中的没有多少文学价值的二三流作品,艳情、侦探、虚无党、心态小说争相涌进中国,不免泥沙俱下。但它说明沉闷的思想界、文学界一旦遇到新的营养,便饥不择食地吞咽起来,这是对闭关锁国文化政策矫枉过正的大胆反拨。

近代翻译文学异彩纷呈的繁荣局面,昭示中国文学发展到20世纪前后,不再停留在本国文学的版图之内,开始步入世界文学广袤空间。翻译文学的存在,不仅仅是一种解决古典文学危机的权宜之计,已经成为中国文学生存和发展的必要条件。西方近代文学的输入,首先带来思想界的巨大解放,随之而来的世界意识,日益否定了在过去漫长世代中禁锢人们头脑的、狭隘的、地方的、以自我为中心的传统偏见。人们不但重新认识世界,而且重新认识文学。历来被正统文学拒之文学堂庙之外的小说,被提到文学最上乘的地位,文学开始从"文以载道""温柔敦厚"的拘囿中解放出来,成为民族解放、政治革命的号角。在创作手法上,外国文学则为中国作家提供了新鲜经验,吸引着许多人争相比法。思想的解放,文学观念的转换,创作手法的更新,不仅哺育了近代作家,而且造就了现代作家。总之,近代翻译文学为使中国文学尽快步入世界文学时代,做出了卓越贡献。

第二节　严复的翻译及其诗文创作

严复(1853~1921),字又陵(一作幼陵),后改名复,字几道,晚号愈壄老人,福建侯官(今福州市)人。他是我国近代著名的翻译家、资产阶级启蒙思想家,近代认真向西方寻找真理的"先进中国人"。

严复年少时,家贫失怙,遂投考福州船政学堂。同治十年(1871),以优异成绩卒业,旋被派赴军舰服务。光绪二年(1876),留学英国凡三载。1879年归国后,在福州母校任教。次年,奉李鸿章派遣,赴天津北洋水师学堂任职,先后担任总教习、会办、总办等职,达20年。中日甲午战争后(1894),积极鼓吹"尊民叛君""尊今叛古"之论。戊戌变法(1898)失败后,即专力于西方学术著作的翻译绍介。

辛亥革命后,严复在政治上反对共和,主张教育救国,并参加"筹安会";在思想文化方面,由于欧战的爆发,他对西方文明决然失望,转而走上"尊孔读经"之路,甚而反对五四新文化运动。

严复对中国近代文学的贡献,成就最大的是翻译。由于他用文学笔法翻译西方近代学术著作,所以他的翻译具有较高的文学价值。胡适认为"严复译的书……在原文本有文学的价值,他的译本,在古文学史也应该占一个很高的地位"(《五十年来中国之文学》)。

严复是1876年被清政府派往英国学习海军的第一批留学生,功课之余,兼习哲学、政法、经济之学,深受欧洲近代资产阶级思想的熏陶。归国后政治上不受重用,郁郁不得志,遂从桐城派大师吴汝纶问学,造诣非浅。因此,他于西学中学均有较深的研究。1894年中国败于日本。他深刻认识到,洋务派所推崇的汽机兵械,仅是"形下之粗迹",断非西方国家的"命脉之所在"。(《论世变之亟》)于是他悉心翻译西方社会科学著作。他曾先后翻译了赫胥黎的《天演论》、亚丹·斯密的《原富》、斯宾塞的《群学肄言》、穆勒的《群己权界论》和《名学》、耶芳斯的《名学浅说》、甄克斯的《社会通诠》、孟德斯鸠的《法意》,后人称之为严译八大名著。

严译著作介绍的是一系列资产阶级世界观与方法论,每部作品都为"警世"而发,具有明确的政治目的。其中《天演论》影响最巨。《天演论》即进化论,为英国生物学家赫胥黎所著,原名为《Evolution and Ethics》(《进化论与伦理学》)。该书主要阐述了生物是进化的,不是亘古不变的,人类社会亦然。其原因乃在于"物竞"与"天择"。"物竞",即生存竞争;"天择",即自然选择与淘汰。而物争或存或亡,在于天择,"一争一择,而变化之事出矣!"(《天演论》)严复认真把该书翻译过来,其目的是为了让人们洞悉"物竞天择""优胜劣败""适者生存"之理,从而发愤图强,反劣败为优胜。这种石破天惊之论,如巨雷灌耳,震动了当时的思想界。

严复在译书过程中,不忘阐述自己的政治观点。因此每译一书,常加按语,往往结合中国实情发为危言深论,令读者怵然知变。在《法意》的按语中,他为中国积弱不振所找的病根是:"则通国之民,不知公德为底物,爱国为何语,遂使泰西诸邦,群呼支那为苦力国。

何则？终身勤勤，其所恤者，舍一私而外，无余物也。"他称"为终身之偿"的封建婚姻观、贞操观是"束于礼而失其和矣"（出处同上）。总之，严复的按语，触及到了封建制度的种种弊端，"其言皆与时局痛下针砭"（《桐城吴先生全书·尺牍二》），俨有杂文笔法。

由于传统文化势力的制约，严复在翻译时一面介绍西学，一面发挥国故。他认为西方名学（形式逻辑）中的外籀之术（演绎法）与内籀之术（归纳法），在中国早已"有是哉！"（《〈天演论〉自序》）甚至还以《大学》、《中庸》去附会《群学肄言》。严复这样做的目的，是为了增强士大夫阶层对西学的兴趣。为帮助读者理解原文，他还为原著者立传，附带介绍作者本人以及与本书有关的各种学说，这种作法为其译著增色颇多。

严复提出三条翻译标准——信、达、雅，为近代翻译文学做出了突出贡献。

信，即译文要忠实于原著，准确传达原作精神。达，即达旨。严复认为近代西方语言，与中国文言相去甚远，不必"斤斤于字比句次"，而要"全文神理，融会于心"，"至原文词理本深，难于共喻，则当前后引衬，以显其意。凡此经营，皆以为达"。（《译〈天演论〉例言》）雅，即文笔渊雅。严复标举孔子"言之无文，行之不远"之说，主张于"信达而外，求其尔雅"。（出处同上）他所说的"雅"，有两层意思：一是要用汉以前字法句法，做到精理微言；二是译笔要富有文学色彩，通过艺术地再现和加强原作风格来吸引读者。

信、达、雅，三者互相依存，互为因果，缺一不可。这种翻译标准，虽少有人做到，却得到了译界公认。它一直被奉为"翻译界的金科玉律"（郁达夫《读了珰生的译诗而论及于翻译》）。

严复的翻译作品，基本上实践了他的翻译理论。严译虽为西方学术著作，但他以文学笔法译出，因此使其译作颇具艺术魅力。概括起来，具有以下特点：

一、译笔形象生动

最有代表性的是《天演论》的开头，文笔灵动游走，令人有身临其境之感：

> 赫胥黎独处一室之中，在英伦之南，背山而面野。槛外诸境，历历如在几下。乃悬想二千年前，当罗马大将恺撒未到时，此间有何景物。计惟有天造草昧，人功未施，其借征人境者，不过几处荒坟，散见坡陀起伏间，而灌木丛林，蒙茸山麓，未经删治如今日者，则无疑也。怒生之草，交加之藤，势如争长相雄，各据一坏壤土。夏与畏日争，冬与严霜争，四时之内，飘风怒吹，或西发西洋，或东起北海，旁午交扇，无时而息。上有鸟兽之蹄啄，下有蚁喙之啮伤。憔悴孤虚，旋生旋灭，菀枯倾刻，莫可究详。是离离者亦各尽天能，以自存种族而已。
>
> ——《天演论》译本第一页

接下来把"Unceasing struggle for existence"一段，译成"战事炽然，强者后亡，弱者先绝，年年岁岁，偏有留遗"。读来简直像一份战况简报。

在《天演论》中，还可以看到严复的译诗。原文是：

> All nature is but art, unknown to there;
> All chance, direction which that can not see;
> All discord, harmony not understood;
> All partialevil, universal good; And spite of pride, in erring reason's spite,
> One thuthis clear: whateveris, is right.

这是 18 世纪英国诗人亚历山大·蒲伯的诗歌《人论》(Essay on Man),译文是:

> 元宰有秘机,斯人特未悟,
> 世事岂偶然,彼苍审措注,
> 乍疑乐律乖,庸知各得所,
> 虽有偏沴灾,终则其利溥,
> 寄语傲慢徒,慎勿轻毁诅,
> 一理今分明,造化原无过。
> ——《天演论》下卷论十二

这是用韵文译韵文,格律十分严谨。原诗中每行中一正一反两个意思,严复也照译过来,对照分明,干净利落。不惟如此,译文将原文那种自信的口气,甚至蒲伯教训人的神情也传达过来了。(王佐良《严复的用心》)

二、按汉语习惯重新组合词句,译文优美流畅

严复意在调动桐城古文的文学优势,把哲学讲义变成生动的文学形象,叩击读者的心扉。如《群学肄言》第五章,译文往复顿挫的抒情笔调,较原文优美:

> 望舒东睇,一碧无烟,独立湖塘,延赏水月,见自彼月之下,至于目前,一道光芒,晃漾闪烁,谛而察之,皆细浪沧漪,受月光映发而为此也。徘徊数武,是光景者乃若随人。颇有明理士夫,谓是光景为实有物,故能相随,且亦有时以此自诩。不悟是光景者,从人而有,使无见者,则亦无光,更无光景,与人相逐。
> ——译本 73 页

译者由此推及世事,说明不当"以见所及者为有,以所不及者为无"(出处同上)。他让读者通过阅读一篇优美灵动的散文,接受了物不以主观意志为转移而存在的唯物论道理。

三、风格严谨古雅

严复声称自己所译"学理邃赜之书",是给"多读中国古书之人"看的,(《与梁任公论所译〈原富〉书》)是正宗桐城文笔。读其译文可以看出,严译十分严谨,不同于林纾的逞臆而

译。即如制定科学名词,审慎到了"一名之立,旬月踟蹰"(《译〈天演论〉例言》),的地步说他字字由戥子称出并不为过。论及古雅,吴汝纶称其译文"骎骎与晚周诸子相上下"(《天演论序》),实非阿好之词。通览严译著作,篇篇恪守桐城家法,或言辞激切的铺陈义理,或委婉往复的抒情议论,皆用汉以前字法句法,甚至"连字的平仄也都留心"(鲁迅《二心集·关于翻译的通信》)。对于严译文笔的古雅,我们应作辩证理解。严复深知要用西方资产阶级民主与科学思想震动古老而沉闷的思想界不易,感动泥古而又妄自尊大的士大夫知识分子更难。于是他将西方哲学这种难咽的"苦药"饰以古雅的糖衣——桐城古文,使人们乐意吞吃。诚若胡适所说:"严复用古文译书,正如前清官僚戴着红顶子演说,很能抬高译书的身价。"(《五十年来中国之文学》)事实上严复成功了,他介绍的"进化论"等学说,不但震动了当时的思想界,而且影响了包括五四新文学运动倡导者在内的整整一代知识分子。

但另一方面,严译的古雅,抱守桐城家法,则影响了民主科学思想传播的覆盖面。1902年当严译《原富》问世后,梁启超在推荐之余,就曾对此提出批评。他说,"文笔太务渊雅,刻意摹效先秦文体,非多读古书之人,一翻殆难索解",并且认为这是文人结习,不利于"播文明思想于国民也"。(《新民丛报》第一号"绍介新著")不仅如此,严译的古雅,对以后的翻译文学,也在一定程度上带来了不良影响。

严复的散文创作,分为政论、序跋、信札三类,其中政论文成就较高。尤其是戊戌变法前所写的政论,如《论世变之亟》、《原强》、《救亡决论》、《辟韩》等,影响最大。这些文章,大都选择有关国家安危、民族存亡的重大问题作为论题,字里行间洋溢着炽热的爱国感情。他激烈抨击君主专制,揭露封建纲常罪恶,向往西方资产阶级民主政治,呼唤社会改革风雷,希望达到唤醒国人,拯救国难之目的。

严复的政论散文,师法先秦诸子文风,从而形成了恢弘雄辩、往复顿挫的艺术风格。而饱蘸情感的笔调,铺陈对比的方法,以散体为主,骈散杂糅的形式,构成了严复政论散文的基本艺术特征。然而,由于他过分追求文辞的渊雅古朴,致使有的文章艰深难懂。后来随着作者思想的逐渐落伍,其散文创作亦失去昔日的战斗锋芒。

严复的诗歌,现存200余首,结集成《愈壄堂诗集》。其中《感事》、《哭林晚翠》、《古意》等作品,艺术地反映了戊戌政变的历史真实,而另外大部分诗作缺乏深广的社会内容。在艺术上,严诗工整平稳,叙事抒情真切,诗风朴实,不做作,不浮夸,与其政论散文形成了不同的艺术风格。

第三节 林纾对西方小说的翻译

译介西方近代思想的第一人为严复,而开启翻译西方文学之风者则为林纾。林纾虽长于古文、诗词、绘画、戏曲,但最负盛名的是他的翻译。从最初翻译《巴黎茶花女遗事》起,到逝世的25年中,林纾共译外国小说183种约1200多万字。其中涉及英、美、法、俄、挪威、瑞士、比利时、西班牙、日本等许多国家的作品,介绍了莎士比亚、狄更斯、雨果、大仲马、小仲马、易卜生、塞万提斯、托尔斯泰等许多世界著名作家。但其余大部分为二三流作家的作品,其中英国哈葛德、柯南道尔的作品达30余种。林译代表作为《巴黎茶花女遗事》、《黑奴吁天录》、《拊掌录》。

林纾的翻译可以1913年译《离恨天》为界标,分为前后两个时期。前期精力旺盛,态度认真,译笔生动传神。因此,林译小说精华大部分集中在这一时期。法国作家小仲马的《巴黎茶花女遗事》(今译《茶花女》),经林纾用生动的译笔介绍进来之后,一时有外国《红楼梦》之称,风行大江南北。严复1904年留别林纾诗云:"可怜一卷《茶花女》,断尽支那荡子肠。"(《甲辰出都呈同里诸公》)可见其影响之大。

林纾后期译著,虽有塞万提斯的《魔侠传》(《堂·吉诃德》)、孟德斯鸠的《鱼雁抉微》(《波斯人信札》)等名作,但其他多属浪费精力之作。此时林纾年过60,译笔大为退色。塞万提斯生气勃勃、浩瀚流走的原文与林纾死气沉沉、支离纠绕的译文,孟德斯鸠的"神笔"与林纾的"钝笔",形成鲜明对照。如果说翻译文学是"文学因缘",那么后期林译颇像他自己的书名《冰雪因缘》了。(钱钟书《林纾的翻译》)虽然如此,林纾硬是用文言文,把西方近代社会五光十色的"人间喜剧",色彩斑斓地展示给中国读者,拓展了人们的文学视野。

林译小说无论内容与风格,与严译都有很大不同,但亦不乏相似之处。首先,如同严译常加按语一样,林纾常于译著序跋中舒摅政治热情,于爱国保种再三致意。1905年为配合反美华工禁约运动,他翻译了美国斯托夫人的《黑奴吁天录》。在该书跋中,他说译此书是"触黄种之将亡……亦足为振作志气,爱国保种之一助"。他认为,警醒国人、启迪民智是当务之急,而"西方多以小说启发民智"。(《译林叙》)因此译介外国小说就是救亡图存的最佳方略。例如他译《爱国二童子传》,是为了宣扬实业救国思想;译《英孝子火山报仇录》,意在宣扬忠孝伦理观念。虽然这种政治思想他并未以一贯之,但这种"日为叫旦之鸡,冀吾同胞警醒"(《不如归序》)的精神犹有可取之处。

其次,称西方必称我国文明,这与严复一面介绍西学,一面发挥国故如出一辙。林纾虽不谙英文,但他却从口译者那里,像隔窗听来人脚步一样,得出了"西人文体何乃甚类我史迁也"(《斐州烟水愁城录序》)的结论,并反复强调西方小说"往往于伏线、接笋、变调过脉处,大类吾古文家言"(《撒克逊劫后英雄略序》)。另外林纾还用儒家纲常名教来附会西方小说中的风土人情,虽有牵强之嫌,但颇能扩大译作的影响。

林纾与严复同属用古文翻译,但林译小说有着自己鲜明的艺术特点。

桐城古文发展到20世纪初,内容空疏,形式拘束,已成强弩之末。林纾虽自附桐城派,但他在翻译时深感到,如果恪守桐城家法,难免捉襟见肘。因此他便顾不得桐城派语言上的繁多禁律,而一求译文的畅达了。桐城祖师方苞早就批评明末遗老有"杂小说"的毛病,并把"语录中语""藻丽俳语""隽语""佻巧语"列为古文禁律,(见沈莲芳《书方望溪先生传后》引方苞语)而林纾竟以古文译小说,本身就是一种"犯禁"。至于"隽语""佻巧语"在林译小说中俯拾皆是,不一一具引。

由于林纾在翻译时冲破了桐城家法的重重禁忌,而代之以轻松而富有弹性的语言,所以译文生动游走,引人入胜。即如《巴黎茶花女遗事》中写亚猛与马克郊游一段:

> 车行一点半始至,憩以村店,店据岗而门,下临苍碧小畦,中间以秧花。左望,长桥横贯,直出林表。右望,则苍山如屏,葱翠欲滴。山下长河一道,直驶桥外,水平无波,莹洁作玉色。背望,则斜阳反迫,村舍红瓦鳞鳞闪异光。远望而巴黎城郊在半云半雾中矣。

此段描写颇得原文旨趣,言情写景,曲尽其妙,画面清新,沁人心脾。

林纾与严复的最大不同是,严复精通外文,且对西方文化与中国文化均有较深研究,译文基本忠实原著。而林纾则不懂外语,仅凭口译者的口述翻译,即所谓"耳受手追,声已笔止"(林纾《译孝女耐儿传序》)。因此难免出现错、漏、删、改译的现象。这种致命缺陷,多为世人所诉。其具体表现为:一是改变作品体裁。像莎士比亚的戏剧《亨利第四》、易卜生的剧本《群鬼》(梅孽),被他译成小说,全文风格全不见了。二是任意删改原文。如雨果的《九三年》(林译《双雄义死录》)较原文改去大半;塞万提斯的《堂·吉诃德》,仅得原文三分之一。至于其他译文中一二文句的删节,随处皆是。难怪茅盾说林纾从口译者那里,用中国文言二次转译西方白话小说,是两重歪曲。(茅盾《直译·顺译·歪译》,见《话匣子》)林纾对自己译文的不信实,也有认识:"鄙人不审西文,但能笔述,即有讹误,均出不知。"(《西利亚郡主别传·序》)因此他在感叹之余,鼓励青年以自己为鉴戒,奋发学习外语。(《撒克逊劫后英雄略·序》)这种坦率态度,也可称得上一个"信"字。

总之,林译小说在近代翻译领域具有里程碑作用,他与严复的翻译代表了当时翻译文学的最高水平。林译小说的巨大影响,首先是打破了"唯中国有文学"的梦幻。在此以前很少有人以小说家自居,而林纾居然以"古文家"的身份,亲自翻译外国小说,这种大胆举动,影响到后来许多人纷纷以小说家自居。如果说梁启超从理论上纠正了轻视小说的传统偏见,那么林纾则用翻译实践提高了小说地位。其次,林译小说所展示的新的创作方法与创作技巧,不仅影响了近代小说,而且泽及五四新小说的创作。五四时期著名作家大率都有一个耽读林译小说阶段,周作人从事翻译活动就是受到林译小说的影响。而鲁迅在日本留学时,只要林译小说印出一部,便一定跑到神户的中国书林买来阅读。(周启明《鲁迅的青年时代》)郭沫若在《我的童年》里说,《撒克逊劫后英雄略》对他的浪漫主义创作倾向起到了重要影响。林纾晚年虽然公开反对五四新文学运动,但其翻译小说对五四文学革命的间接积极影响,是不容忽视的。

第四节 苏曼殊、马君武、鲁迅等人的翻译活动

近代从事外国诗歌翻译,成就最大的是南社著名诗人苏曼殊、马君武。他们有选择地译介欧洲诗歌,在当时产生过很大影响。

苏曼殊是近代文学史上一位奇才,识英、法、日、梵多种文字。译著有《拜伦诗选》、《汉

英三昧集》《潮音》《文学因缘》等；另有《英译燕子笺》《粤英辞典》《汉英辞典》《梵文典》《初步梵文典》《梵文摩多体文》《沙毗多逻》，并与陈独秀合译雨果的《惨世界》（今译名《悲惨世界》）、独译南印度瞿沙的《娑罗海滨遁迹记》。他最负盛名的是诗歌翻译。他不仅把外国诗歌翻译过来，并将中国诗歌译介出去，促进了东西方文学的交流。

曼殊最著名的译诗是拜伦的《去国行》《赞大海》《哀希腊》三篇。前两篇节译自长篇叙事诗《恰尔德·哈洛尔德游记》，后者节译自《堂璜》。《去国行》"以诗人去国之慨，寄之以吟咏"（苏曼殊《拜伦诗选自序》）抒发了拜伦倜傥不羁，不为当局见容，被迫背井离乡的悲壮之情。《赞大海》则象征自由和力量，熔铸着诗人的美好憧憬。《哀希腊》痛感希腊"威名尽坠地，举族供奴畜"，遭强权凌辱的悲惨，进而号召人民奋起反抗，争取民族自由解放。曼殊译此诗，意在借希腊灭亡之鉴，号召国人起来革命。把译诗当做号召革命的重要武器，这是曼殊译诗的显著特点。曼殊喜译拜伦之诗，更钦佩拜伦其人。究其原因，拜伦不仅与他身世相似，而且还是人格高尚的人。他认为拜伦帮助希腊反抗外来侵略，"功成不居，虽与日月争光可也！"（出处同上）

曼殊怀有拓展翻译体裁，提高翻译质量的良好愿望。因此对严、林皆不以为然，对林纾不谙英文，译自第三人之手深致不满（《与高天梅论文学书》）。他曾慨叹译事难，译诗更难："况诗歌之美，在乎节族长短之间，虑非译意所能尽也。"（《文学因缘自序》）所以他强调译诗要"按文切理，语无增饰，陈义悱恻，事辞相称"（拜伦诗选自序）。《哀希腊》第八节就遵循了这种主张。先看原文：

> What, silent still? and silent all?
> Ah! no;—the voices of the dead,
> Sound like a distant torrent's fall,
> And answer, "let one living head",
> Bnt one arise,—we come, we come,
> T'is but the living who are dumb.

再看译文：

> 万籁一以寂，仿佛闻鬼喧，
> 鬼声纷䰰䰰，幽响如流泉。
> 生者一人起，导我赴行间，
> 槁骨徒为尔，生者默无言。

曼殊对原作理解正确，译作与原意吻合，并富有韵味。在新诗问世以前，他能用五言古诗译外国诗歌。这种"不向他人行处行"的翻译精神，颇为可贵。但其译作将原诗削足适履，排列为中国古诗体，又难免有斧凿之痕。另外由于受小学大师章太炎润色所致，曼殊译诗多用本字古义，因而显得晦涩难懂。

马君武的译诗与苏曼殊旨趣相同，但风格殊异。

马君武(1881~1940),名和,字贵公,广西桂林人。南社著名诗人、翻译家,著名科学家、教育家和革命活动家。民国元年,曾任南京临时政府实业部次长。孙中山在世时,曾任革命政府交通部长、总统府秘书长、广西省省长。后来任上海大夏大学、北京工业大学、广西大学校长等职。一生著译颇丰,涉及社会科学、自然科学许多领域。著作有《马君武诗稿》、《马君武诗文集》等。译著有《法兰西革命史》、达尔文《物种原始》、《人类原始及类择》、卢梭《民约论》,黑格尔《一元哲学》、《自然创造史》,歌德《少年维特之烦恼》,席勒《强盗》、《威廉退尔》,托尔斯泰《心狱》,以及西方科学著作《代数学》、《矿物学》、《机械学》、《立体几何学》、《化学原理及有机化学》、《实用主义植物学教科书》、《实用主义动物学教科书》、《农业政策》、《工业政策》、《商业政策》、《交通政策》等。在近百年诗人、学者、翻译家中,他是一位少有的兼长著译,兼通自然科学、社会科学,在很多方面都有浓厚兴趣和重要贡献的人物。梁启超称之为"好哲学而多情者也"(《饮冰室诗话》)。马君武的诗作,慷慨激昂,豪迈流畅,"鼓吹新学思潮,标榜爱国主义"(《马君武诗稿》自序)。他作诗主张不拘一格,立意创新,"唐宋元明都不管,自成模范铸诗才。须从旧锦翻新样,勿以今魂托古胎"(《寄南社同人》)。时人誉之为"能合欧亚文学之魂于一炉而共冶者"。这些特点,也必然会反映到他的诗歌翻译中。马君武译诗,服从于资产阶级民主革命的需要,注重选择反压迫争自由为主题的诗歌。代表作为拜伦的《哀希腊》与虎特的《缝衣歌》。后者描绘了一个缝衣女子含辛茹苦的悲惨生活。马君武用通俗晓畅的五言古诗译出,寓愤懑于平淡,颇能传出原作精神。诗中女主人公虽然"低头入睡乡,缝衣未敢停",但仍不得温饱:

  缝衣复缝衣,工价何所偿?黑面聊能饱,荐草盈一床。屋漏地板坏,几断足
不稳。素墙无粉饰,夜深挂余影。

诗中深刻反映了贫富悬殊的阶级矛盾,从而折射出译者激进的民主主义革命思想。马君武共译诗38首,用的是古风歌行体,格律自由,语言通俗,因此影响比苏曼殊大。君武译诗也有纠正译界偏颇之意。他对严复的"曲意求雅",伍光健离旨甚远的译书都不赞成,而主张语言化繁为简,通俗晓畅。(芝翁《马君武的真性情》)苏曼殊、马君武的翻译理论与翻译实践,是对严、林的大胆超越,这种超越,显示了近代翻译文学从意译向直译的过渡,而鲁迅、周作人则以自己的翻译实践完成了这种过渡。

  鲁迅(1881~1936),原名周樟寿,后改名树人。浙江绍兴人。文学翻译是青年鲁迅文艺活动的重要方面,其译著有法国雨果的小说《哀尘》,凡尔纳的《月界旅行》、《地底旅行》,佚名的《北极探险记》,美国路易斯·托仑的《造人术》,匈牙利赖息的《裴多飞诗论》以及与周作人合译的《域外小说集》等。

  周作人(1885~1967),原名周櫆寿,鲁迅弟。参加新文学运动前共译有34篇外国短篇小说,七部中篇,计约50万字。

  周氏兄弟留日期间,实现了从科学报国到文艺救国的思想转变。他们认为白金黑铁断不足兴邦,学医仅能医治人的肉体,唯文艺能够转移性情,改造社会。但他们在中国文学版图之内寻求"精神界战士"的反抗跳达之声,几无有矣。于是别求新声于异邦,译介外国文学的民主反抗之音,并以此作为批判的武器,对封建专制及封建文化进行猛烈抨击。

他们的翻译具有明确的政治目的,因此选译审慎,反对将外国至偏至伪的东西,馨香顶礼地照搬进来。鲁迅翻译《月界旅行》、《地底旅行》是为了对民众进行科学启蒙;而介绍争天拒俗的摩罗派诗人,意在"发国人之内曜"(《破恶声论》),反抗黑暗社会。至于他们翻译革命与专制对抗时候的俄国文学和东北欧弱小民族的现实主义文学,是因为这些作品所反映的现实,更接近中国的实际,易引起爱国志士的共鸣。《域外小说集》就是这类作品的代表。

《域外小说集》所译全是短篇,涉及作家有俄国迦尔洵、契诃夫、梭罗古卜、安特莱夫,波兰显克微支,英国王尔德,法国莫泊桑,丹麦安徒生,希腊蔼夫达利阿谛斯,芬兰哀禾。其中鲁迅所译有安特莱夫的《谩》、《默》和迦尔洵的《四日》,其余皆为周作人译作。

《域外小说集》对原著理解及忠实原作方面,远远超过了林纾。如《安乐王子》中一段精彩描写:

> 一夜,有小燕翻飞入城。四十日前,其伴已往埃及,彼爱一苇,独留不去。一日春时,方逐黄色巨蛾,飞经水次,与苇邂逅,爱其纤腰,止与问讯,便曰:"吾爱君可乎?"苇无语,唯一折腰。燕随绕苇而飞,以翼击水,涟起作银色,以相温存,尽此长夏。
>
> 他燕啁哳相语曰:"是良可笑,汝绝无资,且亲属众也。"燕言殊当,川中固皆苇也。
>
> 未几秋至,众各飞去。燕失伴,渐觉孤寂,且倦于爱,曰:"汝不能言,且吾惧彼佻巧,恒与风酬对也。"是诚然,每当风起,苇辄婉转顶礼。燕又曰:"汝或宜家,第吾喜行旅,则吾妻亦必喜此,乃可耳。"遂问之曰:"若能偕吾行乎?"苇摇首,殊爱其故园也。燕曰:"若负我矣。今吾行趣埃及古塔,别矣!"遂飞而去。

这种绝无桐城气与八股气的译文,严格遵循原作的拟人手法,栩栩如生地再现了飞燕与芦苇的艺术形象。由此可见,鲁迅的"异域文术新宗,自此始入华土"(《域外小说集序言》)的自负之说,实在当之无愧。

但是《域外小说集》有的译文喜用本字古义,因而显得古奥难懂。如显克微支的《镫台守》,其中描写一位离故国40年的老人,因读故国诗歌而引起思国之情。译文多用古僻之字,其中译诗用古骚体,读来十分费力。《域外小说集》于1909年出版后仅销售21册。其原因,从主观讲,是鲁迅兄弟当时主要着眼于思想革命,忽视文学语言的改革。从客观讲,是他们忽视了时人文化心理的认可。严译"进化论"与林译小说的问世,既带来思想解放,又带来了文学观念与审美角度的转移。既追求新东西,当然首先感兴趣于新形式,而热衷于旧形式的人们,又不愿去欣赏那些新东西。故求新的人们不喜欢那种古雅的文学译作,而喜欢梁启超式的新文体与白话谴责小说。因此,《域外小说集》的失败在所难免。《域外小说集》虽然销行寥落,但鲁迅兄弟却从中获得了"此路不通"的沉痛教训。后来,他们别开新路,一跃成为新文学运动的战士。五四运动以后,他们又有大量翻译作品问世,那已完全是另一种面貌了。

第七章 王 国 维

第一节 生平学术思想及成就

王国维(1877~1927),字静安,亦字伯隅。号观堂,又号永观。出生于浙江海宁县一个兼营商业的地主家庭。著作浩瀚,对史学、哲学、甲骨文、殷周金文、汉晋书简的研究,均有建树。同时又是最早运用西方美学观念审视中国文学的文艺理论家。在中西文艺理论交流融会,创造新型美学方面,王国维是最有成就的人物之一。他的出现,标志着中国美学发展的新阶段。

1894年中日甲午战争时,王国维年方17岁。他两试不第,又素不喜科举时文,有感于时,遂有意于新学。22岁始至上海,任维新派所办《时务报》书记校雠之役。业余之暇,又入罗振玉私立东文学社学习,并以扇头诗"天下壮观君知否,黑海西头望大秦"句,受知于罗振玉。戊戌变法失败,《时务报》被封,乃任东文学社庶务,继续学习哲学、数学、化学、物理、英语,直至庚子事变后学社解散。1901年受罗振玉资助赴日留学,因病半年即返国,从此专力于研究哲学。曾先后任苏州和南通师范教习,著《叔本华与尼采》,并依叔本华美学观点作《红楼梦评论》,治学兴趣转向文学和美术。

1906年入京,翌年任学部总务司行走,后改充京师图书馆编辑,名词馆协调。著有《人间词话》、《宋元戏曲考》等。辛亥革命后随罗振玉亡命日本,并以清朝遗老自居,专力从事史学研究。1916年归上海,任哈同学术杂志编辑。1921年应聘为北京大学研究所国学门通讯导师。1923年充任废帝溥仪之南书房行走。1925年任清华研究院教授。1927年投颐和园昆明湖自尽。遗著有《海宁王静安先生遗书》,共43种,104卷。

王国维的学术思想受西学影响很深,但他在政治上却始终没有走到资产阶级队伍中来。中日甲午战后,在救亡图存的时代感召下,他毅然走上抛弃旧学、渴求新学的道路。但他与梁启超等戊戌时期的政治家、思想家不同。梁启超等人撷取的是欧洲资产阶级上升时期的思想精华,王国维却倾心于叔本华哲学。叔本华是德国19世纪唯心主义哲学家。他摈弃了康德哲学中的唯物主义因素,变康德的"现象世界"为"表象",变康德的"物自体"为"意志"。他认为"意志"是世界本质和核心。"意志"本身又表现为"欲","欲"的永远不能满足,伴之而来的就是无止无尽的痛苦。因此,人生就是痛苦。叔氏认为解脱痛苦有两个途径：一是通过宗教式的"涅槃"达到彻底解脱；一是沉浸在艺术欣赏之中，达到暂时解脱。王国维认为叔本华道出了人生真谛，并将它当做"破坏旧文化而创造新文化"的思想武器而顶礼膜拜。《叔本华与尼采》)在其诗词作品中，感喟"人生一大梦"《来日》第二首)，"自作牺与牲"（《端居》），劳悴终生，尽归幻灭，不如"蝉蜕人间世，兀然入泥洹（涅槃)"（《偶成》第二首）。他的《人间词甲乙稿》中的一部分作品，表现了封建末世文人的迟暮感与失落感，显示出王国维由消沉而保守的思想历程。辛亥革命前后，他的政治立场更加顽固，在《送日本狩野博士游欧洲》一诗中，哀叹清王朝俄然覆灭，骂革命者是"众雏"太狂，诅咒辛亥革命，希望能出现文天祥、谢翱这种人来勤王复辟。新文化运动全面胜利后的1923年，他竟去食清逊帝的五品俸。

王国维的学术思想同他的政治立场既有联系，又有区别。青年时期对西方哲学和自然科学的精深研究，使他获得西方近代哲学的思辨能力及科学的治学方法。他清醒地认识到：中国学术思想因传统过久而趋于停滞，需要西方学术的外力刺激，始能有新发展；（《论近年之学术界》）但他提倡西学的目的，是要推进中国的纯学术研究，与改革社会的宏旨无关，他生活的最高理想是脱离世事的一切功利躲进象牙之塔进行纯学术研究。这在一定程度上影响了他对问题的探讨。

王国维的文学批评理论，由悲剧论、境界说、进化观三方面组成。这一理论体系，是一个脱胎于叔本华美学，又逐渐摆脱叔氏美学，但终未跳出叔氏窠臼的动态系统。他在1904年发表的《红楼梦评论》是一篇用叔本华美学理论评价中国文学作品的论文。文章以悲剧理论和新方法，在近代文艺理论领域独树一帜，使人耳目一新。但他照搬叔氏美学定义，来附会《红楼梦》，有时不免捉襟见肘。1906年以后，由于他能从文学作品的实际出发，而不是从叔氏美学定义出发，所以在《人间词话》中标举"境界说"，提出"阅世"与"真实"；在《宋元戏曲考》中阐发文学进化说，在一定程度上道出了文学的自身规律，对中国文学理论的发展做出了重大贡献。

总之，王国维的思想及学术观点是一个驳杂的矛盾集合体。在政治立场上，他是一个封建守旧派。而在学术领域中，他主张学术应进入"研究自由之时代，而非教权专制之时代"（《奏定经学科大学文学科大学章程书后》），否定了儒家学说神圣不可侵犯的戒条，并在研究方法上开辟了条不同于旧传统的新途径。在文学研究领域中，他能冲破传统文化心理定势，输入新的美学概念，并以此评价中国文艺现象，这对于丰富中国文学批评，提高人们的理论修养和艺术鉴赏水平，起到了积极作用。他的文学理论中有许多精辟见解，今天仍有夺目的光彩。但是，若从文艺社会学的角度来看，王国维非功利文学观，又在一定程度上阻碍了文艺与时代潮流的结合，割断了文学与社会生活的密切联系。因此，对于王国维的文学理论，应取其精华，剔其糟粕，有分析地予以继承。

第二节 悲 剧 论

在中国文学中,严格意义上的悲剧理论,到近代才产生。王国维以美学范畴中的悲剧观念来评论《红楼梦》,是这种理论产生的标志。

王国维认为,生活的本质就是"欲","欲"不仅"先人生而存在"(《红楼梦评论》),而且是永恒的,"一欲既终,他欲随之"(出处同上)。欲望天网恢恢,人人在所难逃,人们只能像钟表之摆,往复于痛苦与厌倦之中。有没有从这种恶性循环中"解救"出来的药方呢?他说:"有。唯美之为物,不与吾人利害相关系,而吾人观美时,亦不知有一己之利害。"(《叔本华之哲学及其教育学说》)既然美能成为摆脱人间痛苦的灵丹妙药,那么美本身必然是超利害的。王国维在《古雅之在美学上之位置》中概括说:"美之性质,一言以蔽之曰,可爱玩而不可利用者。"因此他反对把文学当做道德政治的手段,认为"汲汲于争存者,决无文学家之资格也"(《文学小言》)。

从美自身的非功利性出发,王国维认为处于美术之巅的诗歌、小说的任务,"在描写人生之苦痛与其解脱之道,而使吾侪冯生之徒,于此桎梏之世界中,离此生活之欲之争斗,而得其暂时之平和,此一切美术之目的也"(《红楼梦评论》)。在他看来,《红楼梦》的美学价值,就在于它描写了人生痛苦和"存于出世,而不存于自杀"的解脱之道。(出处同上)宝玉的"玉",即生活之"欲"的代名词,玉还僧人,宝玉超世出家摆脱了生活之欲的痛苦。所以他把《红楼梦》称作"宇宙间的一大著述"。(出处同上)这种看法实际上肯定了《红楼梦》的消极成分,对其揭示了整个封建制度必然灭亡的伟大之处,并没有看到。

王国维认为,美本身不具有功利性,那么人对美的形式的宁静观照中得到的美感,必然也是非功利的。首先他成功地区分了文学与哲学的不同特征:"文学中诗歌一门,尤与哲学有同一性质,其欲解释者,皆宇宙人生上根本之问题,不过其解释之方法,一直观的,一思考的,一顿悟的,一合理的耳。"(《奏定经学科大学文学科大学章程书后》)既然文学具有"直观""顿悟"的特点,那么它的优越性在于,"若夫知识道理之不能表以议论,而但可表以情感者,与夫不能求诸实地,而但可求诸想象者"(《国学丛刊序》)。这里从理论上确定直观性是区别文学与科学的根本特点,无疑比以前我国文学理论家概括得更鲜明。问题在于他的"美术之知识全为直观之知识"(《叔本华之哲学及其教育学说》)的界说,把美感的直观性和功利性完全割裂开来,对立起来了。这就是他所说的,"而吾人观美时,亦不知有一己之利害"(出处同上)。

王国维认为,"一切之美,皆形式之美也"(《古雅之在美学上之位置》)。他把作品题材称作第一形式,把作品体裁、结构、韵律等称作第二形式,第一形式唯经过第二形式之表现才美,因为第二形式具有优美与壮美的艺术魅力。何谓优美?王国维认为,"由一对象之形式不关于吾人之利害,遂使吾人忘利害之念,而以精神之全力沉浸于此对象之形式中,自然及艺术中普通之美皆此类也"(出处同上)。何谓壮美?"由一对象之形式越乎吾人知力所能驭之范围,或其形式大不利于吾人,而又觉其非人力所能抗,于是吾人保存自己之本能,遂超越乎利害之观念外,而达观其对象之形式"(出处同上)。优美之情由静观而得,壮美之情由动到静时得之。二者皆能使人超然利害之外,忘物我之关系。王国维认为《红楼梦》多属于壮美,因此将其划入悲剧范畴。他将壮美与悲剧相关联,是符合美学原则的。但他将《红楼梦》归入悲剧,则是因为《红楼梦》描写了欲望给人带来的苦痛,以及解决苦痛的办法,或者说更符合叔本华悲观主义美学原则。

在《红楼梦评论》中,王国维按照叔本华的美学观点,将悲剧分为三类:第一类是由极恶势力造成的悲剧;第二类是盲目的运命者所致;第三类是普通人由于环境所致,不得不如此所造成的悲剧,而这种悲剧"其感人贤于前二者远甚"(《红楼梦评论》)。他认为宝、黛爱情悲剧是由于自然之势与当时道德观念所致,而不是邪恶势力与非常变故所致,因此更具有悲剧震撼力,"可谓悲剧中之悲剧也"(出处同上)。这种悲剧观,突破了"英雄悲剧"及"命运悲剧"的拘囿,肯定了普通人的悲剧,在美学史上具有进步意义。

王国维肯定普通人的悲剧是可取的,但他给悲剧下的定义却是荒谬的。他认为悲剧就是欲望不能实现的痛苦,《红楼梦》的悲剧性,在于它揭示了宝玉降生本身就是错误的,这种错误使其具有了"强于饮食之欲"(出处同上)的男女之欲,从而造成了宝玉辗转于苦痛之中的悲剧生活历程。在他看来,悲剧不是"将人生有价值的东西毁灭给人看"(鲁迅语),悲剧中难以实现的欲望追求是无价值的。悲剧的真正价值是使人在观照之后,灭绝一切欲望。从这个意义上讲,他认为宝玉的悲剧,代表了人类的共性,因此宝玉是中国文学史上独一无二的典型悲剧人物。而《红楼梦》不但描写了人生的痛苦,而且还指出了宗教式的解脱道路,所以《红楼梦》是一部彻头彻尾的完整悲剧。由于王国维把悲剧的根源引向"欲",不但否定了宝玉追求个性解放的合理性,而且也使自己的悲剧理论黯然失色。至于王国维所肯定的悲剧解决方法,并且论证出这种办法的美学价值合乎宗教伦理道德规范,意在论证具有壮美之情的悲剧,能使人意志为之破裂而归于内心无欲之平和,属于静美。不言而喻,这是违反悲剧的美感效应的。恩格斯认为悲剧的本质是,"历史的必然要求和这个要求实际上不可能实现之间的悲剧性的冲突"(《致斐·拉萨尔》)。宝、黛追求个性解放的婚姻要求,代表了中国社会的历史发展趋势,他们爱情的失败,婚姻遭阻的悲剧,是封建制度和封建礼教造成的。这种悲壮的美感效应,只能增强对封建专制的控诉力量,使人在悲悯和惊震中进行真理的探索和伦理的追求,并不能归于平和的静美之中。

王国维的悲剧理论,渊源于叔本华美学思想,是建立在非功利基础上的。他对《红楼梦》悲剧的论断多有牵强之处。值得肯定的是,他用西方美学观点评价中国文学作品,并且具有完整的理论体系和严谨的逻辑力量。在这一点上,不但前无古人,而且较后来的红学索引派要略胜一筹。因此,他的悲剧论在中国文学批评方法拓新的途径上,占有重要的位置。

第三节 境 界 说

王国维的文学理论框架是唯美主义的,但其中不乏"合理的内核"。在《人间词话》中,王国维将西方美学理论,自然地融于中国文学批评的传统形式——词话之内,其中标举的"境界说",含有合理因素。

"境界"是王国维作为创作的极致和审美的标准提出的。所谓"境界",他认为就是情景交融,生动具体的艺术画面:"境非独谓景物也,喜怒哀乐亦人心中之一境界,故能写真景物,真感情者,谓之有境界,否则谓之无境界。"(《人间词话》)这是符合文学内部规律的,因为文学形象和艺术画面,实质上就是作者主观感情与所描写客观对象的统一。因此王国维认为"词以境界为上。有境界则自成高格,自成名句"(出处同上)。

"境界"一词,并非叔本华美学中的概念,亦非王国维的独创。此语源出于佛家典籍,六朝时期开始引入书法绘画理论中,此后成为我国传统诗词理论中长期沿用的术语。司空图、王世贞、况周颐、袁枚、康有为、梁启超诸人,都曾以"境界"论诗与词。王国维把这些一鳞半爪的论述,继承下来并加以发展,使之更加理论化、系统化,从而成为中国近代美学中一个重要概念,这是王国维文学理论的重大功绩。

关于艺术境界的创造,王国维认为有"造境"与"写境"。"此理想与写实二派之所由分。然二者颇难分别。因大诗人所造之境,必合乎自然,所写之境,亦必邻于理想故也。"对于这个看法,他又作了比较具体的说明:"自然中之物,互相关系,互相限制。然其写之于文学及美术中也,必遗其关系限制之处。故虽写实家亦理想家也。又虽如何虚构之境,其材料必求之于自然,而其构造亦必从自然之法律,故虽理想家,亦写实家也。"这段论述揭示出浪漫主义与现实主义,是互相渗透地统一在客观现实之上的。亦即浪漫主义创作方法不能脱离现实生活去表现理想境界;而现实主义真实地再现生活,也要以现实生活为依据,但它不能把现实中的所有关系、限制等,都毫无遗漏地加以再现,必须进行选择提炼。作家在选择提炼的创作过程中,总是要包含着理想的因素。由此出发,王国维主张"诗人对宇宙人生,须入乎其内,又须出乎其外。入乎其内,故能写之;出乎其外,故能观之。入乎其内,故有生气;出乎其外,故有高致"。他这里所说的人生,是充满"欲望"的人生,作家要想生灵活现地描写它,必须首先深入其内了解它。但作家必须从这种"欲望"的人生中跳出来,以无欲静观它,才能有高致地描写它。

从创作实际来看,这种"阅世"说,其积极意义在于引导作者深入生活,观察社会,然后再跳出生活真实的圈子,对此进行分析、提炼和加工,通过艺术的真实高屋建瓴地表现生活,这是可取的。但王国维的"阅世"说是不彻底的,他把诗人分为主观和客观两类,认为客观诗人应该多阅世,而主观诗人不必多阅世。主观诗人"阅世愈浅,则性情愈真,李后主是也"。这便不符合艺术创作的实际。李煜的后期词作,比前期更具有感人力量,正是亡国乱离所致。如果他常年生于深宫之中,长于妇人之手,亦不过多作几首"刬袜下香阶,手提金缕鞋"的艳词而已。

王国维还把境界分为"有我之境"与"无我之境"。所谓"有我之境,以我观物,故物皆著我之色彩"。如:"泪眼问花花不语,乱红飞过秋千去。"属于这种境界。所谓"无我之境,以物观物,故不知何者为我,何者为物"。陶潜的"采菊东篱下,悠然见南山"属于此种境界。他把"无我之境"归之为优美,由静观得之。"有我之境"归之为壮美,由动之静时得之。王国维认为,由于"无我之境"中"物"与"我"的形象融为一体,因此比起"有我之境"更能使人忘利害。创造"无我之境"需要更深湛的艺术修养、更纯真的性情。因此"古人为词,写有我之境者为多,然未始不能写无我之境。此在豪杰之士能自树立耳"。可见他是更推崇"无我之境"的。

从古代诗词的实际考察,确实存在以抒发诗人强烈感情为主,和以冷静的笔触描写社会人生或自然景物的两类作品。后者虽不能说"无我",但感情隐蔽,从创作技巧与创作风格来看,它更接近现实主义。而前者更接近浪漫主义。对于"有我"、"无我",王国维的看法是有变化的。他认为区分境界优劣不在大小之分,而在能否做到"意与境浑"(《人间词话·附录》)。所谓"意与境浑",就是感情与景物浑然一体,即"不知何者为我,何者为物"的情景交融,这是最高艺术境界。"其次或以境胜,或以意胜"(出处同上)。并且认为"二者常互相错综,能有所偏重,而不能有所偏废也"(出处同上)。这种说法显然比"有我""无我"更为准确。

要达到"意为境浑"的境界,王国维强调诗人要既重内美,又重修能,即加强品格和艺术修养。以真性情进行创作,力求"自然",禁忌代字,反对雕琢用典和掉书袋子,并以"隔"与"不隔"作为衡量标准。所谓"隔",就是作品不具有生动直观的艺术画面,"如雾里看花,终隔一层";"不隔",即"其言情也必沁人心脾,其写景也必豁人耳目。其辞脱口而出,无矫揉妆束之态","语语都在目前"。他认为"二十四桥仍在,波心荡,冷月无声"(姜夔《扬州慢》),"数峰清苦,商略黄昏雨"(姜夔《点绛唇》),不是呈现于读者眼前生动直观的艺术画面,属于"隔"。而"池塘生春草"(谢灵运《登池上楼》),"空梁落燕泥"(薛道衡《昔昔盐》),形象具体生动,逼真传神,属于"不隔"之作。王国维的这种看法,和中国古典美学中以形写神、神形兼备的思想有着必然联系。他主张"语语都在目前",不意味着浅薄简陋的抒写,而是"淡语皆有味,浅语皆有致"的神来之笔。他认为境界应该有"言外之味,弦外之响"的永久艺术魅力。

由于"境界说"辩证地道出了文学的某些规律,所以王国维尝自诩:"然沧浪(宋·严羽)所谓兴趣,阮亭(清·王士祯)所谓神韵,犹不过道其面目,不若鄙人拈出'境界'二字,为探其本也。"(《人间词话》)事实正是如此,王国维赋予"境界"以新意,不仅丰富了中国文学批评理论的宝库,而且有力冲击了晚清词坛的模仿词风。这是近代思想家对中国古典诗学的重大发展。

第四节　文学发展进化观

　　文学发展的进化观,是王国维文学理论体系中又一个颇具光彩的部分。由于叔本华哲学思想的熏陶,使王国维的文学观念中产生一种不同于一般封建士大夫的认知结构:即"纯文学"应该摆脱政治伦理附庸地位,从而获得独立发展。因此他对古代多托于忠君爱国、劝善惩恶的"载道"文学极为不满。他认为这种"文绣"与"铺缀"文学,统治了文学殿堂,而纯文学得不到昭彰。于是他在《论哲学家与美术家之天职》中大声疾呼,要为"纯文学"争一席之位。在此基础上,他提出了文学进化观。

　　王国维认为,每个时代都有代表这个时代最高成就的艺术形式:"凡一代有一代之文学。楚之骚,汉之赋,六代之骈语,唐之诗,宋之词,元之曲,皆所谓一代之文学,而后世莫能继焉者也。"(《宋元戏曲考序》)那么各领风骚的历代文学是怎样演进的呢？他说:"盖文体通行既久,染指遂多,自成习套。豪杰之士,亦难于其中自出新意,故遁而作他体,以自解脱。一切文体所以始盛终衰者,皆由于此。"(《人间词话》)在王国维看来,新的文学样式的问世,就在于不因袭前人,能自创新体。但时间久了,因袭模仿者增多,又成虚车之具,从而走上绝路,导致这种艺术形式的衰落。这时,新创之艺术形式又逐渐发展起来。所以,就一种艺术形式而言,成熟之后往往走下坡路,可以说后不如前。但从整个文学发展史看,总是不断出现新形式,取得新成果,因而总是不断发展,不断前进的,"故谓文学后不如前,余未敢信"(《人间词话》)。王国维在论述文学的发展变化时,也没有割断前后联系。他认为某些艺术形式之所以取得辉煌成就,是因为它既敢于创新,又勇于继承,也就是他所说的,"最工之文学,非徒善创,亦且善因"(《人间词话》)。通过对唐诗宋词盛衰演变过程的实际考察,王国维认为文学升降的关键是一个"真"字。因为不真,必然是因袭模仿的文学,容易成为"羔雁之具"(出处同上)。而"真"包含着创新精神,所以具有生命力而不至于降为"羔雁之具"。

　　可以看出,王国维主要是从形式演变来考察文学进化历史的,这与他"一切之美,皆形式之美"(《古雅之在美学上之位置》)的看法,有着必然联系。即使这样,却使他的文学观念获得了两大进步:首先,他冲破了夜郎自大的文学心理定势,认识到我国文学尚有不如西方之处。他认为最突出的是我国叙事文学,尚处在"幼稚之时代"(《文学小言》),不若泰西。其次,把属于"一代之文学"的宋元戏曲与明清小说,置于文学之巅,以通俗文学与正统"载道"文学相颉颃。值得重视的是,王国维在文学倾向上与梁启超的功利主义分庭抗礼,但在反对厚古薄今,重视通俗文学的道路上却殊途同归。梁启超受达尔文进化论的影响。认为"文学之进化有一大关键,即由古语之文学,变为俗语之文学是也"(《小说丛话》)。因此他推崇宋元以来的通俗文学,并把小说戏曲当做最上乘的文学。所不同的是,梁启超主张用通俗的戏曲小说为变法维新的政治服务,而王国维则是要使通俗文学摆脱一切功利,为"纯文学"的发展服务。

　　《宋元戏曲考》是其文学进化观之理论结晶。首先,从"一代有一代之文学"出发,他将正统文人鄙弃不复道的元曲,置于楚辞、汉赋、唐诗、宋词之上。这在当时,可谓石破天惊之论。王国维认为,元曲之所以超过其他文学样式,"以其自然故",因为"古今之大文学,无不以自然胜,而莫著于元曲"。(《宋元戏曲考》第十二章)这里所说"自然",是创作动机、作品内容、作品语言与意境的综合物。就其动机而言,"其作剧也,非有藏之名山,传之其人之意也。彼以意兴之所至为之,以自娱娱人"(出处同上),即无所为而为。就其作品内容而言,"彼但摹写其胸中之感想,与时代之情状"。正因为意兴所至,所以它不同于"有名位学问"的正统文学,既不须装头饰面,为传世计;更不用俘伪支离,作应酬语,只不过直抒胸臆,奔泻出自己的感情潮水而已。但元曲作者的感想是缘事而发,因为能描绘出"时代之情状","足以供史家论世之资者不少"。(出处同上)惟其如此,才使元曲"真挚之理,与秀杰之气,时流露于其间"(出处同上)。由此不难看出,王国维的文学进化观,虽从反功利始,但并非绝对反对功利。他的理论锋芒,直指传统的政治功利论,不无进步意义。

王国维认为元曲足当一代之文学,还在于它能自由地使用新语言。他指出元曲的描写,"以许多俗语或自然之声音形容之"(出处同上),为古代文学所未有之现象。他在元代剧作家中盛推关汉卿为第一,是因为关汉卿能"一空依傍,自铸伟词,而其言曲尽人情,字字本色"。虽然王国维一再强调"元剧最佳之处不在其思想结构,而在其文章",甚至称元杂剧"思想之卑陋,所不讳也",然而在论述形成其语言"自然"的原因时,又不得不和思想内容的创新联系起来,即"若其文字之自然,则又为其必然之结果"。(出处同上)这种对"形式进化观"不自觉地自我超越,为他的进化观及整个文学理论增色不少。

王国维认为元曲是最"自然"的文学,因而也是"境界"(意境)最佳的文学:"其文章之妙,亦一言以蔽之,曰:有意境而已矣。"(出处同上)他认为古诗词中的佳作,无不具有"意境",元曲之佳,也是有"意境"的缘故。明以后的作品内容,也有胜于前人者,但无"意境",所以还是略逊元曲一筹。他举例说关汉卿的《谢天香》第三折,马致远《任风子》第二折,《汉宫秋》第三折,《窦娥冤》第二折,《倩女离魂》第三折,均为有"意境"的上乘之作。其原因就是"以上数曲,真所谓写情则沁人心脾,写景则在人耳目,述事则如其口出者"(出处同上)。"意境"实际是王国维对元曲评价的总体标准,与其《人间词话》中的"境界"说交相辉映。

总之,王国维的文学进化观,虽然没有从社会政治经济的发展演变来说明文学的演进规律,但他达到了所处时代可能达到的高度。这种文学观念,对"唯古是尚"的传统文学是一个猛烈冲击;对中国戏曲小说的进一步发展,也起到了辟榛斩荆作用。

结束语：中国近代文学的渊源与流变

一、中国近代文学发展的思想渊源

追溯近代文学的渊源，可从以下几个方面来加以探索与阐明。

首先是晚明以李卓吾为代表的左派王学。明代中叶的思想家王阳明，上承南宋陆象山的理论而大倡"吾心即宇宙，宇宙即吾心"的唯心主义的哲学思想，与程朱派理学相比，其学说重视个人思考，而反对盲从他人，所以王阳明有这样极其大胆的话，即：

> 夫学贵得之心。求之于心而非也，虽其言之出于孔子，不敢以为是也。
> ——《王文成公全书·传习录中·答罗整菴少宰书》

这种思想，到了后来的李贽就有了进一步地发展，首先他认为每个人都具有自己的聪明才智，不待取之于孔子而后足也。他根据历史的发展提出一种无可驳辩的理论道：

> 若必待取足于孔子，则千古以前无孔子，终不得为人乎？
> ——《焚书·答耿中丞》

同时他又进一步提出时代是变化的，而是非的标准也是随着时代的变化而变化的。所以孔子所说的是非标准，不能成为万世不变的标准（《藏书》《世纪列传总目前论》）。在这样的理论指导下所以他认为后人不应以孔子之是非为是非，他说：

> 前三代吾无论矣。后三代，汉、唐、宋是也，中间千百余年而独无是非者，岂其人无是非哉？咸以孔子之是非为是非，故未尝有是非耳。然则，余之是非人也，又安能已。
> ——《藏书·世纪列传总目前论》

而这正是他要以自己之是非为是非，而评论古人写出《藏书》一书的主要原因。

卓吾由于在思想上敢于破除偶像，凭自己的理智，去观察、思考、评价，所以对文学也有其个人独特的看法。他论文，主张在写作上要出自"童心"，也就是发自真心。他说：

> 天下之至文,未有不出于童心焉者也。苟童心常存,则道理不行,闻见不立,无时不文,无人不文,无一样创制体格文字,而非文者。
>
> ——《焚书·童心说》

在这样理论指导下,必然他对当时王(世贞)、李(攀龙)的复古主义持否定态度。他对中国文学的发展,认为一时代有一时代的文学,决不应持厚古而薄今的态度。他说:

> 诗何必古选?文何必先秦?降而为六朝,变而为近体,又变而为传奇,变而为院本,为杂剧,为《西厢曲》,为《水浒传》,为今之举子业,皆古今至文,不可得而时势先后论也。故吾因是而有感于童心者之自文也。更说什么《六经》、更说什么《语》、《孟》乎?
>
> ——出处同上

卓吾的思想与文学观,到他的学生袁中郎,有进一步的阐明和发展。

袁中郎名宏道,同他的大哥宗道、三弟中道,都是明万历年间的知名作者,因是公安人,故世称公安三袁。他们弟兄三人,都曾向李贽问学,受李贽影响最深,且最为李贽所器重的,即中郎。袁中道在《中郎先生行状》中,论到中郎自向卓吾问学后,在思想上出现了一个突飞猛进的新阶段,他说:

> 先生既见龙湖(李贽),始知一向掇拾陈言,株守俗见,死于古人语下,一段精光,不得披露。

及见卓吾之后,境界同过去大有不同,

> 至是浩浩然,如鸿毛之遇顺风,巨鱼之纵大壑,能为心师,不师于心。能转古人,不为古转。复为语言,一一从胸襟流出。盖天盖地,如泉截急流,雷开蛰户,浸浸乎其未有涯也。

这充分说明中郎在卓吾的影响下,思想上达到了一个如何新的高度。

中郎在师事卓吾之后,不久,即开展了对当时以王(世贞)、李(攀龙)为领袖的后七子的复古运动的批判。他的理论的要点不外以下几个方面:

首先,作品是时代的产物,时代变了,作品就不能不变,所以处今日之时代,而因袭前人的作品是决写不好的。因此今日之时代,就应当写出能反映当前人情事态的作品来。他说:

> 世道既变,文亦因之。今之不必模古者也,亦势也。……何也?人事物态有时而更,乡语方言,有时而易,事今日之事,则亦文今日之文而已矣。
>
> ——《与江进之》

所以他驳斥那帮标举"诗必盛唐"的复古派理论的荒谬道：

> 唐自有诗也，不必《选》体也。初、盛、中、晚自有诗也，不必初、盛也。……今之君子，乃欲概天下而唐之，又且以不唐病宋。夫既以不唐病宋矣，何不以不《选》病唐？
>
> ——《与丘长孺》

接着他对复古派所提倡的诗歌创作应该遵循的规律"格调说"加以嘲讽，认为：

> 其高者为格调所缚，如杀翮之鸟，欲飞不得。而其卑者，剽窃影响，若老妪之傅粉，其能独抒己见，信心而言，寄口于腕者，余所见盖无几也。
>
> ——《叙梅子马王程稿》

至中郎在创作上的主张，他提出了要抒写性灵，而他在《叙曾太史集》中，写他自己创作的特点，并把他的作品与曾进行对比，说明其异同道：

> 余文信腕直寄而已。以余诗文视退如，百未当一，而退如过引，若以为同调者，此其气味必有合也。

又说：

> 余与退如所同者，真而已。其为诗异甘苦，其直写性情则一。其为文异雅朴，其不为浮辞滥语则一。此余与退如之气类也。

所谓"信腕直寄"，所谓"真"，所谓"直写性情"，以及"不为浮词滥语"，这就是中郎创作的特点。是他与复古派作品大异其趣的所在。所以中郎之论一出，文坛风气为之一变。稍后于他的钱谦益，在《列朝诗集小传》中评论中郎所倡导的反复古运动的影响道：

> 万历中年，王、李之学盛行，黄茅白苇，弥望皆是。文长、义仍崭然有异，沉痼滋蔓，未克芟薙。中郎以通明之资，学禅于李龙湖，读书、论诗、横说、竖说，心眼明，而胆力放，于是乃昌言击排，大放厥辞……中郎之论出，王、李之云雾一扫，天下之文人才士，始知疏瀹性灵，搜剔慧性，以荡涤模拟涂泽之病，其功伟矣。

根据上边的论述，以李卓吾为代表的左派王学，在学术思想上的解放运动，和以袁中郎为首的公安派对当时复古派文学的革新运动，二者汇合而成为当时一种文化革新的新浪潮。它对当时禁锢人们思想的程朱理学，以及君临一切的传统儒家思想，无疑是一次极大的冲击。中国从晚明到清代中叶，在小说戏曲方面出现的一个黄金时代，就是在这种进步的时代潮流下孕育而生的,绝不是什么无源之水,无本之木,突如其来的现象。而中国近代文学,实上承这一源流。

近代文学另一个思想源头,则为清代乾嘉时期皖派大师戴震。戴震在思想上大张反程朱理学的旗帜,并指出程朱理学,所提出的"存天理","去人欲"的主张,并非圣人之旨,实系从老释二家窃取来的冒牌货。(《答彭进士允初书》)至对理欲问题,东原有极精辟的见解,他说:

> 理欲之分,人人能言之,故今之治人者,视古圣贤体民之情。遂民之欲,多出于鄙细隐曲,不措之意,不足为怪。及其责以理也,不难举旷世之高节,著于义而罪之。尊者以理责卑,长者以理责幼,贵者以理责贱,虽失,谓之顺。卑者,幼者,贱者,以理争之,虽得,谓之逆。于是下之人。不能以天下之同情,天下之同欲,达之于上。上以理责其下,而在下之罪,人人不胜指数。人死于法,犹有怜之者,死于理,其谁怜之!
>
> ——《孟子字义疏证》

这段话说明了几层道理。(一)由于程朱派理学主张"存天理,灭人欲",于是在上者不复以体民情、遂民欲为个人的职责所在,而去从事于解除人民在这些方面存在痛苦的事情。(二)一班权势者,凭借自己优越地位,动不动以"理"来责问比自己地位低的一些人,虽然错了,也是应该的。相反处于地位低的,用理来为争辩,虽然正确,也是不应该的。(三)戴震沉痛地指出:人由于法的残酷而死,还有人可怜他们,可是由于理的关系而死,谁来可怜他们? 这真是代当时被压迫者对杀人不见血的程朱派理学的一个极深刻而彻底地揭发与控诉。当时在戴震思想中,已具有极浓厚的民主、平等的思想,所以才能看出程朱派理学所代表的,乃是尊者、长者、贵者来钳制压迫卑者、幼者、贱者的有力武器。所以他不惜冒天下之大不韪,而揭出予以抨击。鲁迅在《祝中俄文字之交》中,讲到在20世纪初,一部分的中国青年,从俄罗斯文学中,明白了一件大事,是"世界上有两种人,压迫者和被压迫者"。而在中国哲学著作中,明确地提出压迫者和被压迫者,并且旗帜鲜明地站在被压迫的一边,对为虎作伥的程朱派理学进行抨击,恐怕这还是第一次。

梁启超在论到戴震这种极其进步的理论时,曾从中国近代思想史的发展上,与欧洲文艺复兴史相比拟,见解确极精辟。他评论戴震抨击程朱理学的论点时说:

> 综其内容,不外欲以"情感哲学"代"理性哲学"。就此点论之,乃与欧洲文艺复兴时代之思潮之本质绝相类。盖当时人心,为基督教绝对禁欲主义所束缚,痛苦无艺,既反乎人理而又不敢违,乃相与作伪,而道德反扫地以尽。文艺复兴之运动,乃采久闷室之"希腊的情感主义"以药之。一旦解放,文化转一新方向以进行,则蓬勃而莫能御。
>
> ——《清代学术概论》十一

接着他论到戴震的"情感哲学"道:

> 戴震盖确有见于此,其志愿确为中国文化转一新方向。其哲学之立脚点,真可称二千年一大翻案。其论尊、卑、顺、逆一段,实以平等精神,作伦理学上一大革命。其斥宋儒之糅合儒、佛,虽辞带含蓄,而意极严正,随处发挥科学家求真求是之精神,实三百年间最有价值之奇书也。
>
> ——同上

实际这种"情感哲学"早已体现在晚明文化革新运动中,而在文学上汤显祖的《牡丹亭》、蒲松龄的《聊斋志异》、直到曹雪芹的《红楼梦》,其创作思想实贯穿着近代思想,所谓自由、平等与主情主义。戴震的情感哲学,实与当时中国戏曲小说,在精神上基本是一致的。

中国近代文学的开山龚自珍,继承了上述的哲学与文学的新精神,并有长足的发展,从而为中国文学史开辟一新的历史时代。

龚自珍上承晚明文化革新的新思潮,同时又直接从其外祖父段玉裁接受了戴东原的批判程朱理学之论,所以他的世界观是进步的。最足以反映这种精神的,是他的具有寓意与象征手法的杂文《病梅馆记》。从这篇文章中,对于束缚人们个性的种种封建的道德规范,束缚文人创作自由的种种方面的清规戒律,认为都必须彻底地予以打破。这种回归自然,解放人们个性的革命精神,实是近代的精神,是封建的卫道士们所深恶痛绝的离经叛道思想。

正由于他有着这种打破旧的、创造新的愿望与要求,所以在政治上揭露现实中腐朽的不合理的各种政策法令,而主张变法。在文学上反对八股文,以及笼罩海内的桐城派所提倡的"古文义法",而创造出具有他的独特风格的诗歌和散文。而他的鄙因袭、贵独创(《文体箴》)的创作态度,给文坛上的影响尤其深远。

二、西学输入对中国近代文学发展的影响

清王朝在镇压太平军之后,进一步强化文化政策上的封建专制主义。尊崇程朱理学,对进步思想予以禁锢与扼杀。一时文学上形成了停滞与倒退的局面。此时,帝国主义继鸦片战争之后,屡屡入侵,其间给中国人民震动最大的,则是1894年的中日战争,使素以天朝自居的堂堂大国,竟然败于蕞尔弹丸之日本,北洋海军几乎全军覆没,不仅赔偿了巨额军费,而且把台湾也割给了日本。

一时朝野上下的有识之士,都深感中国国运已到了危急存亡的时刻。于是"救亡图存"的问题,成为当务之急。就在这个时候,康(有为)、梁(启超)师徒发动了变法维新运动。他们在思想上,一面上承龚(自珍)、魏(源)公羊学派所提倡的经世致用之学,另一方面则吸取了西方资本主义的民主主义思想,以及将西方立宪 国会的政治体制作为他们的政治理想。

曾经留学英国的严复,除在甲午后的几年间发表许多篇发聋振聩的时论外,并大力翻译西方社会科学与自然科学的有关名著。而当时影响最大的,则为赫胥黎的《天演论》,亚当·斯密的《原富》,穆勒的《名学》与《群己权界》等著作。这一些典籍,对当时变法维新运

动无不起到了推波助澜的巨大作用。一时这一运动成为当时时代的洪流,除了一部分顽固派外,几乎凡稍有进步思想者,无不卷入到这一政治潮流中。

1898 年以光绪皇帝主张的变法新政,遭到顽固派的打击而失败了。参与变法的主要人物,除康、梁逃亡海外外,其余大半遭到镇压。清政府的反动面目,完全暴露于中国人民的面前。接着是义和拳的反帝运动与八国联军的入侵。清政府的"宁赠友邦,不予家奴"(见邹容《革命军》第二章)的卖国嘴脸更加突出。于是推翻清王朝的革命运动勃然兴起。仅 10 年间,中国人民终于推翻了清王朝,并结束了 2000 年来的封建专制制度。

科学的"进化论"的政治理论上的《民约论》,不仅给中国人民革命运动以理论的指导与前进的勇气,迅猛地摧垮了统治中国几千年腐朽的封建专制主义,而且在文艺思想上影响甚深。

首先是"进化论"的观点。中国传统思想不论是道家还是儒家,对中国历史的发展,都认为"今不如昔",因而产生了向往古代的复古主义思想。对一切问题,不是向前看,而是向后看。对这种荒谬思想,最早进行批判的,在文学界就是梁启超、鲁迅。

鲁迅 1898 年进南京矿路学堂之后,就接触到严复所译赫胥黎的《天演论》,内容是用达尔文的"进化论",阐明人类社会的发展,阐明生物发展所谓"物竞天择,适者生存"的规律。鲁迅深受其影响。后来很长时间,"进化论"成为他世界观中的主导思想。(《三闲集序言》)他早期曾以这种理论为武器,来批判中国过去儒道两家的复古主义。他在 1908 年发表于《河南》杂志上的《摩罗诗力说》中指出:

> 吾中国爱智之士,独不与西方同,心神所注,辽远在于唐虞,或径入古初,游于人兽杂居之世。谓其时万祸不作,人安其天,不如斯世之恶浊贴危,无以生活。其说照之人类进化史实,事正背驰。

接着他批判这种观点错误道:

> 故作此念者,为无希望,为无上征,为无努力,较以西方思理,犹水火然。非自杀以从古人,将终其身更无可希冀经营,致人我于所仪之主的,束手浩叹,神质同懑焉而已。

下边他不但阐明进化之理,并且指出西方摩罗派诗人主张抗争,主张前进的精神之可贵道:

> 而不幸进化如飞矢,非堕落不止,非著物不止。祈逆飞而归弦,为理势所无有。此人世所以可悲,而摩罗宗之为至伟也。

梁启超在晚清也是"进化论"的信奉者,他在戊戌政变后流亡东京,到 1902 年在所办的《新民丛刊》中,发表了《天演学初祖达尔文之学说及其略传》中,一方面介绍了"进化论"理论的梗概,同时又说明这种理论出现后对西方思想界所产生的巨大影响。梁启超不但介绍了这种进步的学说,而且也运用它来论述文学上的革新问题。他提倡的"诗界革命",曾为黄遵宪推重,并且在创作上躬身践之。启超便对之大加表彰。他认为黄遵宪的《锡兰岛卧佛》一诗,"在震旦吾敢谓有诗以来所未有也"。(《饮冰室诗话》)梁启超的理论体现了用"进化论"观点,对以往厚古薄今荒谬思想的批判:

> 中国结习,薄今爱古,无论学问、文章、事业,皆以古人为不可几及。余生平最恶闻此言,窃谓自今以往,其进步之远轶前代,固不待著龟,即并世人物,亦何遽让于古所云哉!
>
> ——《饮冰室诗话》八

此外,他在《小说丛话》中,又从"进化论"的观点,指出我国宋元以来的俗语文学,是进化,而绝非退化。最后他认为"苟欲思想之普及,则此体,非徒小说家当采用而已,凡百文章,莫不有然"。

刘师培的《论文杂记》中,同样从"进化论"的观点,提出语言文字合一。认为宋以来儒者的语录,以及元代以来盛行的词典,即开语言文字合一之渐。而《水浒》、《三国演义》,已开俗语入文之渐。他痛斥陋儒不察,以此为文学之日下,然天演之例,莫不由简趋繁,何独于文学而不然。

由以上诸人的观点,可知"进化论"在晚清对中国文学思想影响之大。

其次是法国卢梭的《民约论》。这部影响世界政治思想的杰作,中心内容即是"天赋人权论"。严复早年发表的《论世变之亟》以及后来梁启超写的《卢梭学案》,对这部书的精义,都有所阐发。这部书从日文转译过来后,其影响就更大了。革命派的志士们,不但用论文宣扬此书之内容,而且对卢梭本人也大加赞颂。即如章太炎曾以"希卢"的笔名,在《清议报》中发表讽刺梁鼎芬的诗篇《梁园客》。而柳亚子曾经命名为"柳亚卢"。这同当时"进化论"翻译到中国后,一时知识分子竟以其原理为自己改名一样(如胡适即为采用适者生存之义),同时思想上亦发生了一个翻天覆地的大变化。这就是用自由、平等的观点,推翻了中国几千年的纲伦的钳制与束缚。这样对历史人物,特别是近代人物,在评价上产生了180°的大转变。被视为叛逆的太平天国的领袖们,成为民族革命的英雄。被清王朝奉为中兴名臣的曾、左之流,倒成了汉奸刽子手,成为中华民族的罪人。

至于对古典文学作品,如对《水浒》、《红楼梦》的评价,则一反往日那种荒谬的看法,予以推崇与赞扬。对《水浒传》,说它是"倡民主、民权之萌芽"。对《红楼梦》,认为可称之为政治小说,可谓之伦理小说,可谓之社会小说。原因是作者对中国残酷的旧的伦理,人人身受其酷毒,而万万不敢道者,而《红楼梦》作者竟毅然而道之。(《小说丛话》)又说:

> 故有暴君酷吏之专制,而《水浒》现焉。有男女婚姻之不自由,而《红楼梦》出焉。
>
> ——出处同上

由此可见,西方的科学与民主思想到中国后,其影响不止在政治革命上,而且在文学革新上,也发生了不可估量的作用。至于对西方文学作品的翻译,如苏曼殊、马君武之于诗歌,林纾、魏易等之于小说,不仅大开中国文人的眼界,并且在创作思想与创作方法上,培养了一代的青年作者。五四时代的大作家,如鲁迅、周作人、沈雁冰、郭沫若等,无不深受其影响。可知西学的输入,对中国近代文学的发展,产生了多么大的促进作用。

三、五四前夕的"打倒孔家店"与文学革命运动

五四运动孕育于它之前的文化革命运动。这场文化革命运动亦是思想革命运动——"打倒孔家店",与文学革命二者互相渗透、互相促进,进而形成划时代的壮举。

先就思想革命而论,其根源实由于晚明的反程朱、评孔子。到清代乾、嘉时期,朴学家以戴东原为首的揭发抨击程、朱理学之以理杀人,远远超过了酷吏之"以法杀人"。到了晚清维新派康、梁师徒,以及谭嗣同、夏曾佑等人,曾发动了一个排荀运动。其中立论最激烈的则为谭嗣同,他认为孔子之后,其学衍为两大分支:"一为曾子传子思,而至孟子。孟故畅宣民主之理,以竟孔之志。一由子夏传田子方,而至庄子。庄故痛诋君主,自尧舜以上莫或免焉。不幸此两支皆绝不传,荀乃乘间冒孔之名,以败孔之道。"至其理论:

> 曰:"法后王,尊君统。"以倾孔学也;曰:"有治人,无治法。"阴防后人之变其法也;又喜言礼乐政刑之属,惟恐钳制束缚之具之不繁也。一传而为李斯,而其为祸亦暴著于世矣。
>
> ——《仁学卷上》

在中国学术发展方面,谭嗣同批判汉代的刘歆、唐代的韩愈、直至两宋理学诸大儒,认为他们都不能脱此牢笼,且弥酷而加厉焉。于是沉痛地指出:"呜呼,自生民以来,迄宋而中国乃真亡矣!"接着他对中国2000余年来的学术思想加以总结:

> 故当以为二千年来之政,秦政也,皆大盗也;二千年来之学,荀学也,皆乡愿也。惟大盗利用乡愿,惟乡愿工媚大盗。二者相交资,而罔不托之于孔。执托者之大盗乡愿,而责所托之孔,又乌能知孔哉?
>
> ——同上

梁启超后来在《新民丛报》中发表《论支那宗教改革》一文,对荀子思想的看法,完全同于谭嗣同。其结论谓:

> 二千年之政治,既皆出于荀子矣。而所谓学术者,不外汉学、宋学两大派,而实皆出于荀子。

这与谭嗣同的看法,毫无二致。

至于夏曾佑,他抨击荀学,备见于他的《中国历史教科书》(又名《中国古代史》第二编

第一章第六节中。他从秦代政治实行荀学所得到的悲惨结局,指出秦人择术之不善。最后非常感慨地讲道:

> 夫专制者,所以为富贵,而其极,必并贫贱而不可得。此言赵高逼宫,二世求为黔首而不许,遂自杀。赢氏可为列朝皇室之鉴戒矣!

夏之批荀,较谭、梁尤为彻底。因为谭、梁都不敢触及孔子,至夏氏,则认为荀子源于孔子,他在书中一则曰"本孔子专制之法,行荀子性恶之旨"(同上)。再则曰:"虽然,此亦孔子尊君重生之极致,有以致之也,于汉儒何尤!于荀子何尤!"(《中国历史教科书》第二编第一章第六十节)

继维新派排荀运动之后,继之而起的是革命派的批孔。道理很简单,提倡封建专制主义的祖师是孔子。要提倡民主主义,就不能不彻底地推翻维护封建专制主义的传统的儒家学说,因而不能不对儒家的祖师孔子进行抨击。

作为早期批孔骁将的是章太炎以及受他影响的刘师培。章氏对孔子的抨击,备见于他的《诸子学略说》一文。他称孔子为"国愿",意思比孔子所痛骂的"乡愿"还更坏。至于对孔子的后学,他说:"用儒家之道德,故艰苦卓厉者绝无,而冒没奔竞者皆是。……用儒家之理想,故宗旨多在可否之间,论议止于函胡之地。彼耶稣教、天方教,崇奉一尊,其害在堵塞人之思想,而儒术之害,则在淆乱人之思想。故程朱陆王诸家所以有权而无实也。"

至于刘师培,在《攘书》中《罪纲篇》、《鬻道篇》以及《孔学真论》中,对孔子及其后学也作了揭发与抨击。

有清一代,在学术思想上,始终沿着时代的发展,逐步走向解放的道路。最初是反程朱,继之以排荀学,终至于批孔子,大有长江大河,不达于海而不止之势。随着西方的"科学""民主"思想的传播,以及反对封建的儒家思想的洪流,配合了人民革命运动,终于推翻了清王朝,建立了一个民主共和的新时代。

辛亥革命后,由于革命的不彻底,政权仍在封建军阀与封建官僚手中。于是封建主义,又有所回潮。特别是政治上,袁世凯的帝制与张勋的复辟活动,充分证明了人民民主的政治制度是极其脆弱的。究其原因,乃在于思想界仍为封建的传统思想所统治之故。

当康有为上书政府,请求尊孔读经,以孔教为国教,并把这列入民国宪法之中的时候,陈独秀这时创办了《新青年》,该刊物针对康有为提倡孔教,继续发表了批判孔教的文章,如《驳康有为致总统总理书》、《宪法与孔教》、《孔子之道与现代生活》。接着吴虞也连续在《新青年》上发表了批荀批孔的文章,如《家庭制度为专制主义之根据论》、《读荀子书后》、《消极革命之老庄》等。等到了1918年鲁迅《狂人日记》小说的发表,批孔运动可谓达到了高潮。从此"吃人的孔教"成为人们口头语。

陈(独秀)、吴(虞)两人从理论上批判孔子,尤其是陈的文章,则从当时的政治制度与民主生活,驳斥康有为欲恢复孔教的荒谬观点。及至鲁迅则从几千年来,杀人不见血的封建礼教,形象地指出它是怎样吃人的,从理论认识上,与戴震曾说的"宋儒以理杀人"的见解,是完全一致的,不过用文学的笔墨,形象地给以刻画,特别令人怵目惊心。五四时期的"打倒孔家店",为中国反封建思想一个划时代的里程碑。

紧接着批孔运动而来的是文学革命,由胡适的《文学改良刍议》首开其端,接着陈独秀发表了《文学革命论》,继之以钱玄同、刘半农等人的响应,于是逐渐发展而形成声势浩大的革命运动。

这次运动,绝不是像一些人所认为的,是纯粹受西方文学的影响,与过去绝无关系的。历史上的任何现象,都应有其来龙去脉。与过去毫无关系的事态,是不可能有的。这次文学革命追溯上去,至少也要从晚清维新派梁启超为首所提倡的"诗界革命""散文解放",以及"小说界革命",即我们统称之为"文学改良运动"算起。

晚清资产阶级改良派,为了在国内发展资本主义,不能不在政治上,企图建立一个民主政权,从而解放生产力。为了建立民主政权,就不能不对之作舆论准备,但当时中国文化教育不发达,而在文学形式上,又是脱离口头语言的古文学。如果用以宣传新理论与新思想,是绝难收到普及的效果。以梁氏为首,正为了解决这一矛盾,所以提出诗、文、小说改革的主张。就中影响较大的,是梁氏在实践上对散文形式所实行的解放。他的散文打破了当时桐城派以及选派的清规戒律。他自己说:"纵笔所至不检束,时杂以俚语、韵语,与外国语法。"同时笔端又常带情感,故风靡一时,时号"新文体"。在小说革新方面,由于他的提倡,曾一度出现过小说的繁荣时代。尽管这些小说,在内容上极为芜杂。思想与艺术水平都不够高。但其中被鲁迅所称为"谴责小说派"的作品,在揭露清政府吏治的黑暗,揭露帝国主义与封建统治者的压迫与剥削方面,还是比较深刻、鲜明。这对当时的革命运动的发展,客观上起到了积极的作用。

至于诗歌革新,成绩也是巨大的。晚清黄遵宪的诗作,堪称大家,其对当时国难的反映,不愧为一代的史诗。余其同志者,均有所贡献。

维新派的文学改良运动之后,五四文学革命运动之前,由鲁迅、周作人、许寿裳酝酿发起的文学革新运动,我们可称为"晚清二次文学革新运动"。这次运动,虽因经济原因流产,但当事人的文学论文,以及翻译的西方小说,都发表了,并产生一定影响。鲁迅、周作人的文学论文中,可以看到他们的文艺思想,虽曾受梁启超的影响,但都超过了梁氏。他们对文学的作用,已不再像梁氏仅仅视为宣传新思想的工具,把文学作用夸大到不符合实际的地步,而是把文学作为培育新人、改良人生的有效武器。正由于他们有着比较正确的文学观,加上他们对中外文学的深厚修养,所以在五四文学革命中,他们成为中坚力量。尤其是鲁迅,成为中国新文学的开山大师。

作为五四文学革命的中心人物,应该是陈独秀与鲁迅。陈一方面是批孔的骁将,同时又以他的《文学革命论》,为这一运动提出了战斗纲领。

文章明确指出,要推翻三种古文学,即贵族文学、古典文学、山林文学。建设三种新文学,即国民文学、写实文学、社会文学。剖析这三种文学可以看到:

"贵族文学"与"国民文学"是从文学服务的对象来划分的。"贵族文学"是为封建贵族阶级服务的,其内容必然是阿谀逢迎,而形式自然是雕琢粉饰。

"国民文学"是为广大人民服务的。内容自然是抒情的,而形式也是比较平易。

"古典文学"与"写实文学"是从创作方法上来讲的。"古典文学"由于缺乏进步的思想,所以在创作方法上,只能是堆砌一些陈词滥调,或者用一些空泛的不切实际的铺张扬厉的写法,所以没有任何价值。

至于国民文学,采用写实主义的创作方法,来表现作者对现象的认识与态度,因而能写出为读者所喜爱的新作品。

"山林文学"与"社会文学"是从作者对现实所采取的态度而言的。"山林文学",是一些文人雅士,逃避现实,隐居山林而写的吟风弄月的作品,是消极避世,应该批判的文学。至于社会文学,应该是作者关心国家兴亡与民生疾苦,对现实能发现问题,提出问题,并给以正确反映的文学。所以文学革命不单是形式,而且更重要的是内容。并且涉及作者对现实的态度,以及在写作时所采用的创作方法。

文中对中外文学遗产采取了有分别的给以批判与继承的主张。首先对中国古代文学,提出要批判的十八妖魔,这些作家,都是为封建阶级服务的复古主义派,至于对元明以来代表人民的优秀作家,如马致远、施耐庵、曹雪芹等,则誉之为"盖世文豪"。

文中对欧洲18世纪以来的浪漫主义与写实主义的大作家,如法之雨果、左拉,德之歌德、赫卜特曼,英之狄更斯、王尔德等,认为都是我国作家应该学习的典范。并希望我国作家应以上作家自命,与中国古文学中的十八妖魔,进行战斗!

像这样系统、明确的革命纲领,是以往所不曾有的。但也不是尽善尽美。即如文中所举的革命对象"十八妖魔",就比较笼统而不具体。后来钱玄同提出"桐城谬种"与"选学妖孽",从当时文坛来说,就更具有鲜明的现实性和针对性,因而产生了巨大的打击作用。

至于鲁迅,当时曾发表过震动一时的小说《狂人日记》。不仅内容深刻,形式上也是崭新的。正如鲁迅自己所说:

> 在这里发表了创作的短篇小说的,是鲁迅。从一九一八年五月起,《狂人日记》、《孔乙己》、《药》等,陆续的出现了,算是显示了"文学革命"的实绩,又因为那时的认为"表现的深切和格式的特别",颇激动了一部分青年读者的心。
> ——《中国新文学大系·小说二集·序》

鲁迅后来又陆续发表了不少作品,为中国新文学在创作上,开辟了一条现实主义的广阔道路,因而成为中国新文学的奠基人。

从晚清的排荀、批孔以及文学改良,到五四的新文化运动,有一个从渐变到突变的过程。五四前夕由于欧战的爆发,中国民族工业有了进一步的发展,资产阶级、工人阶级登上历史舞台。社会上出现的阶级变化,必然要导致到意识形态领域的变化。

这次文化革命,给中国思想界与文学界以极深远的影响。1917年俄国十月革命一声炮响,给中国送来了马克思列宁主义。中国先进人士,用共产主义宇宙观和社会革命论,重新考查中国的命运,并给中国革命,指出一条新的道路。李大钊在《新青年》上,对十月革命的欢呼,与对马列主义理论的介绍与传播,为1919年五四运动的爆发,作出了思想上的准备。

通过五四运动,文化革命得到了进一步地深入、扩大与发展。在运动中,新文学得到了实践的检验,充分证明了它是古文学所无法比拟的表现新的思想与感情的最恰当最锋利的工具。从而宣布了古文学的死刑,新文学取代了古文学的正宗宝座,为全国进步人士所公认。

后　　记

　　1984年在杭州召开的第二次全国近代文学学术讨论会上,许多同志在如何开创近代文学研究新格局的讨论中,提出高等院校近代文学课的教学及广大文史工作者急需一本较为详尽,能反映近代文学研究最新成果的《中国近代文学史》。会议进行期间,任访秋约请上海师大王杏根、华南师大钟贤培、河南大学关爱和商议共同编写近代文学史教材事宜,并简单讨论了章节的设置。会后,由关爱和整理出编写大纲。1986年3月,在河南大学召开了本书第一次编写会议。会议推举任访秋担任全书主编,由任访秋(河南大学)、王杏根(上海师大)、张中(南京师大)、李慈健(河南大学)、郑方泽(吉林教育学院)、丘铸昌(华中师大)、王广西(河南省社科院)、关爱和(河南大学)组成编委会,由关爱和、王杏根、张中分别担任全书上、中、下三编的责任编委,协助主编修定每编章节。同时,又特邀张如法(河南大学)、任光(河南大学)担任有关章节的编写工作。

　　在各编章节先后完成之后,编委会邀请中国社科院文学所《文学遗产》副主编卢兴基、近代文学组副组长王飙审阅了全书,他们对本书初稿提出许多宝贵的修改意见。

　　1987年4月,本书定稿会在洛阳召开。编委会全体人员参加了会议,卢兴基、王飙莅临会议指导。会后,由主编与责任编委在郑州对全书稿作了进一步修改。全书共21章,任访秋负责全书的指导与审阅工作,并担任下编第一章及结束语的写作。其他编写分工为:张中:上编第一章、下编第二章、第三章,王广西:上编第三章、第五章、下编第五章,王杏根:上编第六章、中编第一章、第二章,郑方泽:上编第二章、第七章,丘铸昌:中编第三章、第四章,任光:中编第七章,张如法:下编第四章,李慈健:下编第六章、第七章,关爱和:上编第四章、中编第六章、下编第五章。绪论由关爱和、袁凯声(河南大学)、解志熙(河南大学)在任访秋的指导下执笔写出。

　　本书编写过程中,由李慈健、关爱和负责联系协调工作,黄志芹(河南大学)担任了部分资料工作。河南大学出版社管金麟、孟宪法和黄河文艺出版社刘健生给予本书以极大的支持与帮助。特向他们致谢。

编　委　会
1988年5月

校勘后记

《中国近代文学史》出版已二十年了,主编任访秋先生仙逝也已近十年。当时参编的同仁,除外省市高校的四位先生外,河南方面的李慈健、王广西先生先后故去;关爱和先生做了校长,除繁忙的行政工作外,还要搞科研、带研究生;张如法先生退休后,仍忙于一些工作,而仅撰写过《谴责小说》一章的我,也迈进到老年的行列,且因二十年前的无妄之灾,只能坐在轮椅上时而做些文字工作,以打发风烛残年。鉴于这种情况,出版社王四朋先生把校勘《中国近代文学史》的任务交给了我。

说实话,自该书出版后,我从未通读过一遍。尽管也听到一些读者谈到它的不足之处,但我并未放到心上。如今既要校勘,就得逐字逐句地读下去。虽说不能如清代汉学家校勘古籍那样的认真、严谨,但也得以负责的态度,尽自己"一瓶子不满的学识",少留下一些遗憾。

由于编写、印刷过程的疏忽,除行文中的错字、漏字、标点,甚至不当的用词须要纠正外,而核对引文,尤是一项重要而烦琐的事。举两个例子来说:(一)在下编《章炳麟》一章中,有一段引用许寿裳《亡友鲁迅印象记》(七)中的话。接着依次有四处章太炎论述文章的引文,所注出处皆为"同上"。许寿裳的小册子里,根本没有这些引文。于是便查找章氏《国故论衡》中的有关篇子,均不见踪影。后来,在两本线装的《章太炎文钞》(上海进步书局印行)中找到一篇《文学论略》的文章,所有的引文全在其中。该文最早发表在丙午年(1906)《国粹学报》第九、十、十一期上。这使我几乎费去了三天时间。(二)在《结束语》的开始,引有明代王阳明的敢于不以孔子之是非为是非的话。这段话很重要,在于阐明"王学"为什么后来会衍生出其左派代表人物李贽来,但却未注明这段话的出处。这样,它的真实性就有了疑问。为了寻觅它的出处,先在几种《哲学思想史》中翻检关于王阳明的章节,却一无所获。后来还是在嵇文甫的《晚明思想史论》中找到了它的所在——《答罗整庵少宰书》。为了落实这封书信属于《王文成公全书》中的某个部分,翻遍了目录也未找到。便只好耐着性子从《传习录》往后翻,终于在《传习录》(中)里发现了它。两天的时间,就这样地过去了。

另外,该书在行文中,也有个别用词不够准确的地方。如鸦片战争时期(十九世纪中叶),西方资本主义国家尚未进入帝国主义阶段,不宜称其为帝国主义,一般地称其为列强或西方资本主义国家较为合适。又如《绪论》中概述龚自珍时,有这样的话:"他狂放不羁的气度,使气骂座的作派。"其中的"使气骂座"由"使酒骂座"而来,出自《史记·魏其武安侯列传》中灌夫的故事,后人借以形容人的性格粗鄙浅露。文中所以借用此典,是出于吴中宿儒王芑孙批评龚自珍诗的话:"诗中伤时之语,骂座之言,涉目皆是,此大不可也"(张祖廉《定庵先生年谱外记》)。其实,龚自珍对"避席畏闻文字狱"的现实是有清醒认识的。尽管他在针砭时弊时露些锋芒,但他的诗还是多以象征、寓言等手法"东云露一鳞,西云露一爪"(《自春徂秋……》戒诗昔有诗),来表达愤郁难言之痛的,绝不像灌夫那样不计杀身之祸的鲁莽。所以二者是没有可比性的。为了上下文的谐调,把它改为"不畏强御的风骨"。

该书在评价作家作品时,也偶有在行文上过于朦胧的,因而在文字上多少作了些调整。

不应该有的错字,该书中也屡见不鲜。如"夔夔(衮衮)台省"、"主文谲练(谏)"、"初事绮(倚)声"、"相奉(率)崇效"、"游愤(赜)怒特"、"诊(沴)灾"等等,不一而足。至于冷僻的异体字,也尽量改为通行字体。如"鼃(蛙)"、"貲(资)"、"轗轲(坎坷)"等。

还须说明的,古人在文章中往往对所评论的作家,不直呼其名,而称其字或号、或家乡名、或谥号、或官职等。如杜甫,有称子美的,有称少陵的,有称工部的。但多数古代作家,一般读者并不熟悉他们的诸多称谓,这就要注出他们的原名。如"沧浪(宋·严羽)所谓兴趣"、"阮亭(清·王士禛)所谓神韵"等。

其他琐碎的工作,就不再赘述了。总之,由于本人才疏学浅,所进行的校勘工作,肯定有不到之处,讹误是难免的,还望海内方家及广大读者不吝赐正。

《中国近代文学史》即将再版之际,正值主编任纺秋先生100周年诞辰,谨以此作为对他的纪念。同时,对英年早逝的李慈健先生和猝然离世的王广西先生寄以我的哀思。

任光(亮直)
2009年4月9日